Maeve Binchy

Herzenskind

Maeve Binchy

Herzenskind

Roman

Aus dem Englischen
von Gabriela Schönberger

KNAUR

Die englische Originalausgabe erschien 2010 unter dem Titel
»Minding Frankie« bei Orion, London

Besuchen Sie uns im Internet:
www.knaur.de

FSC
www.fsc.org
MIX
Papier aus verantwortungsvollen Quellen
FSC® C019821

Ein Unternehmen der Droemerschen Verlagsanstalt
Th. Knaur Nachf. GmbH & Co. KG, München

Redaktion: Ilse Wagner
Umschlaggestaltung: ZERO Werbeagentur, München
Umschlagabbildung: © MASTERFILE / IIC
Satz: Adobe InDesign im Verlag
Druck und Bindung: C.H. Beck, Nördlingen
Printed in Germany
ISBN 978-3-426-65270-1

2 4 5 3

Für Gordon, der mir mit seiner Großherzigkeit jeden Tag aufs Neue verschönert.

KAPITEL 1

Für Katie Finglas neigte sich ein anstrengender Arbeitstag dem Ende zu. Alles, was schiefgehen konnte, war schiefgegangen. Eine Kundin hatte ihnen nichts von ihrer Allergie gegen Färbemittel erzählt und war mit verfilztem Haar und roten Pusteln auf der Stirn aus dem Salon gestürmt. Eine Brautmutter hatte einen Tobsuchtsanfall bekommen und sie beschimpft, dass sie mit der neuen Frisur wie eine Witzfigur aussehe. Ein junger Mann, der sich blonde Strähnen gewünscht hatte, war vollkommen ausgerastet, als er sich nach der Hälfte der Einwirkzeit erkundigte, was die Behandlung kostete. Und Katies Mann hatte einer sechzigjährigen Kundin arglos beide Hände auf die Schultern gelegt, um postwendend von ihr erklärt zu bekommen, dass sie ihn wegen sexueller Belästigung anzuzeigen gedenke.

Katie betrachtete den Mann, der vor ihr stand – ein beleibter Geistlicher mit blondem, von grauen Strähnen durchzogenem Haar.

»Sie müssen Katie Finglas sein, und Ihnen gehört wohl dieses Etablissement hier«, sagte der Priester und sah sich nervös in dem harmlosen Frisiersalon um, als befände er sich in einem Edelbordell.

»Ganz recht, Father«, erwiderte Katie seufzend. Was gab es nun schon wieder?

»Äh, also, ich habe unten im Zentrum am Kai mit ein paar der Mädchen gesprochen, die hier bei Ihnen arbeiten, und sie haben mir erzählt …«

Katie war unendlich müde. Sie beschäftigte in ihrem Salon tatsächlich mehrere Schulabgängerinnen, die sie anständig be-

zahlte und ausbildete. *Worüber* konnten sie sich bei einem Pfarrer beklagt haben?
»Ja, Father, und wo liegt das Problem?«, fragte sie.
Verlegen trat er von einem Bein auf das andere. »Tja, es gibt in der Tat ein kleines Problem, und deshalb dachte ich mir, ich wende mich direkt an Sie.«
»Sehr richtig, Father«, erwiderte Katie. »Dann verraten Sie mir doch mal, worum es geht.«
»Es geht um diese Frau, Stella Dixon. Sie liegt im Krankenhaus …«
»Im Krankenhaus?«
Katie erschrak. Was hatte das zu bedeuten? Hatte die Frau vielleicht zu viel Wasserstoffsuperoxid inhaliert?
»Das tut mir leid.« Sie versuchte, sich ihre Anspannung nicht anmerken zu lassen.
»Ja, und diese Frau wünscht sich, dass jemand zu ihr kommt und ihr die Haare schneidet.«
»Sie meinen, sie hat trotz allem noch Vertrauen zu uns?«
Schon seltsam, wie das Leben manchmal spielte.
»Äh, ich denke nicht, dass sie schon einmal hier war …« Der Pfarrer schien verwirrt.
»Und was haben Sie mit alledem zu tun, Father?«
»Also, mein Name ist Brian Flynn, und ich vertrete zurzeit den Krankenhausseelsorger im St.-Brigid-Hospital, der auf Pilgerreise in Rom ist. Das ist das erste Mal, dass sich jemand mit einem wirklich ernsthaften Anliegen an mich wendet. Bisher wollten die Patienten immer nur, dass ich ihnen Zigaretten und Alkohol ins Krankenhaus schmuggle.«
»Sie wollen also, dass ich ins Krankenhaus fahre und dieser Frau die Haare schneide?«
»Sie ist schwer krank. Sie liegt im Sterben, und ich könnte mir vorstellen, dass sie jemanden zum Reden braucht, der schon ein wenig älter ist. Nein, nein, nicht dass Sie alt aussehen würden. Sie sind ja fast noch ein junges Mädchen«, wiegelte der Priester ab.

»Guter Gott, da haben die irischen Frauen aber einen herben Verlust erlitten, als Sie sich für das Priesteramt entschieden«, meinte Katie lachend. »Sagen Sie mir, um wen es sich handelt, und ich werde meine Trickkiste einpacken und diese Frau besuchen.«
»Vielen Dank, Ms. Finglas. Ich habe alles hier aufgeschrieben.« Father Flynn reichte ihr einen Zettel.
In dem Moment näherte sich eine Frau mittleren Alters dem Verkaufstresen. Die Brille war ihr auf die Nasenspitze gerutscht, und sie wirkte ein wenig unsicher.
»Aha, Sie bringen den Leuten also Tricks bei, was sie mit ihren Haaren machen sollen«, sagte sie.
»Ja, auch, aber wir bezeichnen das, was wir tun, lieber als *Kunst*«, antwortete Katie.
»Meine Nichte aus Amerika ist für ein paar Wochen zu Besuch bei uns. Sie hat mir erzählt, dass es in Amerika Läden gibt, wo man sich für fast umsonst die Haare schneiden lassen kann, wenn man als Modell den Kopf hinhält.«
»Nun, wir haben ein spezielles Angebot für Schüler und Studenten am Dienstagabend nach Ladenschluss. Die Kunden bringen ihre eigenen Handtücher mit, und wir schneiden ihnen die Haare. Normalerweise spenden sie fünf Euro für einen guten Zweck.«
»Heute ist Dienstag!«, sagte die Frau triumphierend.
Katie seufzte innerlich. »So ist es.«
»Also, könnte ich einen Termin bekommen? Mein Name ist Josie Lynch.«
»Sehr gern, Mrs. Lynch. Dann bis sieben Uhr«, sagte Katie und notiert sich den Namen.
Als sie aufschaute, traf sich Katies Blick mit dem des Priesters, der sie voller Mitgefühl und Verständnis ansah.
Einen eigenen Frisiersalon zu leiten war kein Honigschlecken.

Josie und Charles Lynch hatten seit ihrer Hochzeit vor zweiunddreißig Jahren im St. Jarlath's Crescent Nummer dreiundzwanzig gewohnt und in dieser Zeit viele Veränderungen im

Viertel miterlebt. Der Tante-Emma-Laden um die Ecke hatte sich in einen Mini-Supermarkt verwandelt, und die alte Wäscherei, in die man früher die Bettwäsche zum Bügeln und Zusammenlegen gebracht hatte, war nun ein moderner Waschsalon, in dem die Leute unförmige Tüten voller Schmutzwäsche ablieferten. Wo früher der alte Dr. Gillespie praktizierte – er hatte fast alle Geburten und Todesfälle im Viertel betreut –, hatte jetzt eine Gemeinschaftspraxis mit vier Ärzten eröffnet.
Zu Zeiten des wirtschaftlichen Booms hatten die Immobilien im St. Jarlath's Crescent für schwindelerregende Summen die Besitzer gewechselt. Kleinere Häuser mit Gärten in Citynähe waren sehr gefragt gewesen. Jetzt natürlich nicht mehr – die Rezession hatte sich als großer Gleichmacher erwiesen, auch wenn das Stadtviertel noch immer bedeutend besser dastand als vor dreißig Jahren.
Man brauchte sich nur Molly und Paddy Carroll mit ihrem Sohn Declan ansehen. Der war jetzt Arzt, ein richtiger, echter Doktor! Und dann Muttie und Lizzy Scarlets Tochter Cathy. Sie betrieb eine Catering-Firma, die Top-Events ausrichtete.
Doch vieles hatte sich auch zum Schlechteren gewendet. Heutzutage gab es keinen Gemeinschaftssinn und keine kirchlichen Prozessionen mehr, wie sie noch vor drei Jahrzehnten an Fronleichnam den Crescent auf und ab gezogen waren. Wenn Josie und Charles Lynch sich abends hinknieten und den Rosenkranz beteten, hatten sie das Gefühl, die Einzigen auf dieser Welt zu sein, die das taten – und ganz gewiss im St. Jarlath's Crescent.
So war das immer schon gewesen.
Bei ihrer Hochzeit hatten sie sich vorgestellt, ein Leben nach dem Grundsatz zu führen, dass eine Familie, die gemeinsam betet, auch stets zusammenhält. Sie hatten mit mindestens acht oder neun Kindern gerechnet, da Gott nie ein Wesen in die Welt setzt, das er nicht ernähren kann. Doch es kam alles anders. Nach Noels Geburt hatte man Josie eröffnet, dass sie keine weiteren Kinder mehr bekommen könne. Das war nur schwer zu akzeptieren gewesen. Sie und Charles entstammten beide gro-

ßen Familien, und ihre Geschwister hatten alle viele Kinder in die Welt gesetzt. Doch vielleicht sollte es so sein.
Josie und Charles hatten immer gehofft, dass ihr Sohn Noel eines Tages Priester werden würde. Noch vor seinem dritten Geburtstag hatten sie begonnen, einen Teil von Josies Lohn in der Keksfabrik abzuzweigen und für das Priesterseminar auf die Seite zu legen. Jede Woche sammelte sich ein wenig mehr auf dem Konto bei der Post an, und sobald Charles am Freitag seine Lohntüte von dem Hotel bekam, in dem er als Portier arbeitete, wurde davon ebenfalls eine bestimmte Summe bei dem Postamt eingezahlt. Wenn die Zeit gekommen war, sollte Noel die beste Ausbildung erhalten.
Deshalb war es eine große Überraschung und eine herbe Enttäuschung für die Eltern, als sie erfuhren, dass ihr schweigsamer Sohn keinerlei Interesse an einem Leben in Gott zeigte. Die Patres an seiner Schule erklärten ihnen, keinerlei Anzeichen für eine Berufung an ihm feststellen zu können. Auf ihren entsprechenden Vorschlag hin habe Noel geantwortet, dass ein Priesteramt auf keinen Fall für ihn in Frage käme, und sei dies der letzte Job auf Erden. Da war er gerade mal vierzehn Jahre alt gewesen.
Deutlicher hatte er sich wohl nicht ausdrücken können.
Weniger deutlich war Noel jedoch in Bezug auf das, was er *tatsächlich* machen wollte. Er blieb vage und meinte lediglich, dass es ihm gefallen könne, ein Büro zu leiten. Nicht in einem zu arbeiten, wohlgemerkt, es zu leiten. Dabei zeigte er nicht das geringste Interesse, Büromanagement, Buchführung, Rechnungswesen oder sonst etwas zu studieren, was die Berufsberatung beim Arbeitsamt ihm schmackhaft zu machen versuchte. Er mochte Kunst, aber Maler wollte er auch nicht werden, und erst auf mehrmalige Nachfrage erklärte er, dass er sich gern Gemälde anschaue und darüber nachdenke. Er war ein recht begabter Zeichner und führte stets einen Block und einen Bleistift bei sich; oft konnte man ihn dabei beobachten, wie er sich in eine ruhige Ecke zurückzog und ein Gesicht oder ein Tier skiz-

zierte. Selbstverständlich mündete auch diese Vorliebe nicht in einer beruflichen Laufbahn, doch dies war auch nie Noels Intention gewesen. Seine Hausaufgaben erledigte er nebenbei am Küchentisch, hin und wieder laut seufzend, aber selten besonders engagiert oder begeistert. Beim Elternsprechtag hatten Josie und Charles dieses Thema einmal angesprochen und wissen wollen, ob es denn wenigstens in der Schule etwas gebe, für das der Junge sich begeisterte.

Doch sogar die Lehrer wussten sich nicht mehr zu helfen. Die meisten Jungen im Alter von vierzehn, fünfzehn Jahren stellten ihre Umwelt vor ein Rätsel, aber irgendwann waren alle ihre Schüler wieder zu Sinnen gekommen und hatten begonnen, etwas Vernünftiges zu tun. Oder auch nicht. Noel Lynch war nur noch schweigsamer und introvertierter als bisher schon, wie sie den Eltern erklärten.

Josie und Charles quälten sich mit Zweifeln.

Gewiss, Noel war ein ruhiger Junge, und im Grunde waren sie erleichtert gewesen, dass er nie Horden lauter junger Burschen ins Haus geschleppt hatte, die sich gegenseitig verprügelten. Aber sie hatten dies als Ausdruck seines spirituellen Lebens angesehen, sozusagen als Vorbereitung auf eine Zukunft als Priester. Nun schienen sie einsehen zu müssen, dass dies definitiv nicht der Fall war.

Vielleicht war es die Ordensausrichtung der Brüder, die Noel nicht lag. Vielleicht fühlte er eine andere Berufung in sich und wollte lieber Jesuit oder Missionar werden, wie Josie in ihrer Verzweiflung mutmaßte.

Offenbar jedoch nicht.

Als Noel fünfzehn Jahre alt war, verkündete er, dass er auf keinen Fall weiterhin mit der Familie den Rosenkranz beten wolle; dies sei lediglich ein sinnentleertes, in endloser Wiederholung vor sich hingeplappertes Ritual. Er habe nichts dagegen, Gutes zu tun und zu versuchen, Menschen zu helfen, die weniger Glück im Leben hatten, aber gewiss würde kein Gott verlangen, fünfzehn Minuten lang belanglose Silben herunterzuleiern.

Als ihr Sohn sechzehn Jahre alt wurde, mussten Josie und Charles feststellen, dass er sonntags nicht länger den Gottesdienst besuchte. Er war unten am Kanal gesehen worden, als er eigentlich in der Frühmesse in der Kirche um die Ecke hätte sein sollen. Und schließlich erklärte Noel den Eltern, dass er keinen Sinn mehr darin sehe, weiterhin zur Schule zu gehen, da er dort nichts mehr lernen könne. Bei Hall's stelle man gerade Personal ein, und man würde ihn dort zum Bürokaufmann ausbilden. Statt noch länger Zeit mit der Schule zu verlieren, könne er ebenso gut gleich zu arbeiten anfangen.

Die Patres und Lehrer an Noels Schule bedauerten es sehr, wieder einen Schüler ohne qualifizierten Abschluss zu verlieren, aber noch immer wollte es ihnen nicht gelingen, den Jungen für irgendetwas zu begeistern, wie sie den Eltern erklärten. Er schien nur sehnsüchtig darauf zu warten, dass der Schultag zu Ende ging. Vielleicht war es sogar zu seinem Besten, wenn er die Schule verließ und bei Hall's, dem großen Baustoffhändler, eine Stellung annahm und jede Woche regelmäßig sein Geld bekam. Dann würde man schon sehen, wo seine Interessen lagen.

Traurig dachten Josie und Charles an das kleine Vermögen, das sich im Lauf der Jahre auf dem Sparkonto bei der Post angesammelt hatte. Nie würde dieses Geld ausgegeben werden, um Noel Lynch zum Priester auszubilden. Ein mitfühlender Pater schlug vor, dass sie sich damit einen Urlaub gönnen sollten, aber Charles und Josie wiegelten schockiert ab. Sie hatten dieses Geld gespart, um Gottes Werk zu unterstützen, und dafür würden sie es auch ausgeben.

Noel bekam den Ausbildungsplatz bei Hall's, doch auch dort gestaltete sich sein Kontakt zu seinen Arbeitskollegen eher zurückhaltend. Noel befreundete sich mit niemandem. Er legte es aber auch nicht darauf an, ständig allein zu sein. Allerdings war es so oft einfacher.

In den folgenden Jahren hatte Noel sich mit seiner Mutter darauf geeinigt, an den gemeinsamen Familienmahlzeiten nicht mehr teilzunehmen. Mittags aß er in der Firma, und abends nahm er nur noch einen kleinen Imbiss zu sich, den er sich selbst zubereitete. So ging er nicht nur dem Rosenkranzbeten aus dem Weg, sondern auch frommen Nachbarn und neugierigen Nachfragen darüber, womit er seinen Tag verbracht habe – dem üblichen Gesprächsthema am Essenstisch der Familie Lynch.

Noel gewöhnte es sich an, jeden Tag später nach Hause zu kommen, und war bald Stammgast in Casey's Pub, wo er auf dem Heimweg immer einkehrte. In dem großen Lokal konnte er in der anonymen Menge untertauchen und fühlte sich dennoch geborgen. Hier war er kein Fremder, da ihn alle beim Namen kannten.

»Hey, Noel, altes Haus«, schallte ihm schon an der Tür die Begrüßung durch den Sohn des Hauses entgegen.

Der alte Casey, der wenig sprach, aber alles sah, linste über seine Brillengläser zu ihm hinüber, während er mit einem sauberen Leinentuch die Biergläser polierte.

»'n Abend, Noel.« Unter der routinierten Höflichkeit des Wirts klang die Missbilligung durch, die er für Noel empfand. Schließlich kannte er Noels Vater gut. Einerseits schien der Wirt in ihm das Geld nicht zu verachten, das Noel für sein Bier – oder mehrere Biere – bei Casey's ließ, andererseits schien er enttäuscht, dass der junge Mann nicht vernünftiger mit seinem Lohn wirtschaftete. Aber Noel gefiel es hier. Es war ein altmodisches Pub mit moderaten Preisen und ohne Grüppchen kichernder Mädchen, die einen Mann beim Biertrinken störten. Hier hatte man seine Ruhe.

Und das war viel wert.

Als Noel an diesem Abend nach Haus kam, fiel ihm sofort auf, dass seine Mutter irgendwie anders aussah. Er vermochte jedoch nicht gleich zu sagen, woran es lag. Sie hatte das rote Strickkostüm an, das sie nur zu besonderen Gelegenheiten aus dem Schrank holte. In der Keksfabrik musste sie eine Uniform tragen, was ihr ganz recht war, da sie so ihre guten Sachen schonen konnte. Noels Mutter war nicht geschminkt, also lag es daran auch nicht.

Schließlich bemerkte Noel, dass ihr Haar anders aussah. Seine Mutter war beim Friseur gewesen.

»Du hast ja einen neuen Haarschnitt, Mam!«, sagte er.

Zufrieden nickte Josie Lynch. »Das haben sie dieses Mal gut hingekriegt, nicht wahr?« Sie hörte sich an, als ginge sie regelmäßig zum Friseur.

»Sieht hübsch aus, Mam«, erwiderte er.

»Willst du Tee? Ich mache rasch Wasser heiß«, erbot sie sich.

»Nein, Mam, ist schon in Ordnung.«

Noel konnte es kaum erwarten, die Küche zu verlassen und sich in die Sicherheit seines Zimmers zu flüchten. Und dann fiel ihm ein, dass für den nächsten Tag der Besuch seiner Cousine Emily aus Amerika angekündigt war. Seine Mutter bereitete sich also auf ihre Ankunft vor. Diese Emily wollte offenbar einige Wochen bleiben. Bisher war noch nicht entschieden, wie lange …

Noel hatte sich nicht sehr mit diesem Besuch auseinandergesetzt, sondern lediglich getan, was unumgänglich war. Er hatte seinem Vater geholfen, Emilys Zimmer zu streichen und die Abstellkammer im Erdgeschoss auszuräumen, in der sie die Wände gefliest und eine Dusche eingebaut hatten. Noel wusste nicht viel über seine Cousine; sie war schon ein wenig älter, in den Fünfzigern vielleicht, und die einzige Tochter des ältesten Bruders seines Vaters, Martin. Sie hatte als Kunsterzieherin gearbeitet, aber unerwartet ihre Anstellung verloren und wollte nun mit ihrem Ersparten die Welt bereisen. Ihre erste Etappe war Dublin. Von hier aus war ihr Vater vor vielen Jahren aufgebrochen, um in Amerika sein Glück zu machen.

Viel Glück war ihm nicht beschieden gewesen, vor allem nicht in materieller Hinsicht, wie Charles zu erzählen wusste. Der älteste Sohn der Familie hatte zuletzt in einer Bar gearbeitet, wo er selbst sein bester Kunde war, und sich nie mehr bei seiner Familie gemeldet. Jedes Jahr zu Weihnachten hatte Emily die

Karten geschrieben, und sie war es auch, die sie vor Jahren über den Tod ihres Vaters und schließlich über den ihrer Mutter informiert hatte. In nüchternem Tonfall ließ sie nun ihre Verwandten wissen, dass sie selbstverständlich gedenke, sich während ihres Aufenthalts in Dublin an den Haushaltsausgaben zu beteiligen. Dies sei ihr auch ohne weiteres möglich, da sie beabsichtige, ihr kleines New Yorker Apartment in der Zeit ihrer Abwesenheit zu vermieten. Außerdem sei sie als rücksichtsvoll und zurückhaltend bekannt, wie sie Josie und Charles versicherte, und würde ihnen bestimmt nicht auf die Nerven gehen oder gar von ihnen unterhalten werden wollen. Sie wisse sich schon zu beschäftigen.

Noel seufzte.

Wie immer würden seine Mutter und sein Vater dieses banale Ereignis in höchsten Tönen dramatisieren. Die Frau hätte noch nicht den Fuß über die Türschwelle gesetzt, wüsste sie bereits alles über seine großartige Karriere bei Hall's, über die Tätigkeit seiner Mutter in der Keksfabrik und über die gewichtige Rolle, die sein Vater als dienstältester Portier in dem großen Hotel spielte, in dem er arbeitete. Man würde sie umgehend über den Verfall der moralischen Werte in Irland, die mangelnde Beteiligung an der Sonntagsmesse und über das exzessive Komasaufen aufklären, das jedes Wochenende die Ambulanzen der Krankenhäuser mit Alkoholleichen überschwemmte. Und ganz sicher würden sie Emily auffordern, gemeinsam mit ihnen den Rosenkranz zu beten.

Noels Mutter hatte bereits lange Zeit unschlüssig hin und her überlegt, ob sie ein Bild des Heiligsten Herzens Jesu oder doch lieber das von Unserer lieben Mutter von der Immerwährenden Hilfe in das frisch gestrichene Zimmer hängen sollte. Immerhin hatte Noel es mit seinem Vorschlag, bis zu Emilys Ankunft zu warten, geschafft, jede weitere Diskussion dieses schrecklichen Themas zu unterbinden.

»Sie hat Kunst unterrichtet an der Schule, Mam. Vielleicht bringt sie ja ihre eigenen Bilder mit«, hatte er gesagt, und zu

seinem Erstaunen hatte sich seine Mutter sofort umstimmen lassen.
»Du hast recht, Noel. Ich weiß, ich neige dazu, immer alles regeln zu wollen. Aber ich freue mich schon darauf, wenn eine Frau im Haus ist, mit der ich auch mal solche Dinge besprechen kann.«
Noel konnte nur hoffen, dass seine Mutter recht hatte und dass diese Frau nicht ihr häusliches Leben durcheinanderwirbeln würde. Es standen ohnehin einige Veränderungen bevor. In ein, zwei Jahren würde sein Vater in Rente gehen. Seine Mutter hatte in der Keksfabrik zwar noch ein paar Jahre vor sich, aber auch sie überlegte bereits, baldmöglichst aufzuhören und Charles dabei zu unterstützen, gute Werke zu tun. Noel hoffte, dass Emily ihr Leben vereinfachen und nicht verkomplizieren würde.
Aber meistens dachte er kaum an den bevorstehenden Besuch. Dies war generell Noels Art der Lebensbewältigung: sich nur nicht allzu viele Gedanken machen – nicht über seinen Job bei Hall's, der ihm keinerlei Aufstiegschancen bot; nicht über die vielen Stunden, die er in Old Man Casey's Pub verbrachte, und das viele Geld, das er dort versoff; nicht über den religiösen Wahn seiner Eltern, die im Rosenkranzgebet die Antwort auf alle Probleme dieser Welt sahen. Ebenso blendete Noel einfach aus, dass er keine feste Freundin hatte. Er hatte bisher eben noch nicht die Richtige kennengelernt, das war alles. Auch der Mangel an Freunden generell bereitete ihm kein Kopfzerbrechen. Es gab Orte, an denen man leicht Freundschaften schließen konnte; Hall's Baustoffhandlung zählte gewiss nicht dazu. Die beste Art, mit unbefriedigenden Lebensumständen umzugehen, bestand darin, sie einfach zu ignorieren. Und bisher hatte Noel mit seiner Einstellung Erfolg gehabt.
Warum etwas reparieren wollen, das nicht kaputt war?

Charles Lynch war den ganzen Abend über sehr still gewesen. Weder hatte er den neuen Haarschnitt seiner Frau bemerkt, noch war ihm aufgefallen, dass sein Sohn auf dem Nachhause-

weg vier Bier im Pub getrunken hatte. Und dass am nächsten Tag Emily, die Tochter seines Bruders Martin, vor der Tür stehen würde, interessierte ihn nicht im mindesten. Martin hatte zu Lebzeiten klar zu verstehen gegeben, dass er keinerlei Interesse an der Familie in der alten Heimat habe.
Emily hatte im Lauf der Jahre stets sehr nette Briefe geschrieben und sogar angeboten, während ihres Aufenthalts für Bett und Logis zu zahlen. Das Geld würden sie in nächster Zeit noch dringend benötigen. Man hatte Charles Lynch an diesem Morgen nämlich mitgeteilt, dass man seine Dienste als Hotelportier nicht länger benötige. Er und ein anderer »älterer« Portier würden zum Ende des Monats gehen müssen. Seit er nach Hause gekommen war, versuchte Charles nun, die richtigen Worte zu finden, um Josie die Hiobsbotschaft mitzuteilen, aber ihm wollte nichts einfallen.
Er könnte wiederholen, was der junge Mann im Anzug zu ihm gesagte hatte: eine Abfolge gestelzt klingender Sätze, dass dies nichts mit ihm persönlich oder seiner Loyalität dem Hotel gegenüber zu tun habe. In seiner schmucken Portiersuniform hatte Charles vor dem jungen Mann gestanden – das Sinnbild einer längst versunkenen Epoche. Doch genau darum ging es den neuen Eigentümern. Sie wollten ein neues Image für ihr Hotel, und wer wollte sich schon dem Fortschritt in den Weg stellen?
Charles hatte geglaubt, in seinem Beruf alt werden zu können. Er hatte erwartet, eines Tages eine Jubiläumsfeier erleben zu dürfen, bei der Josie ein langes Kleid tragen und er eine vergoldete Uhr überreicht bekommen würde. Doch nun würde nichts daraus werden.
In zweieinhalb Wochen wäre er arbeitslos.
Für einen Mann jenseits der sechzig, der von dem Hotel entlassen worden war, in dem er seit seinem sechzehnten Lebensjahr gearbeitet hatte, gab es kaum nennenswerte Stellen. Wie gern hätte Charles mit seinem Sohn über sein Problem gesprochen, aber er und Noel hatten seit Jahren kein richtiges Gespräch mehr geführt. Der Junge hatte es stets eilig, in sein Zimmer zu kom-

men und Fragen oder Diskussionen aus dem Weg zu gehen. Ihn jetzt mit seinen Angelegenheiten zu belasten wäre nicht fair. Nirgendwo war jemand in Sicht, bei dem Charles auf Verständnis oder auf einen Rat hätte hoffen können. Erzähl es Josie und bringe es hinter dich, dachte er. Aber sie war so sehr mit dieser Frau beschäftigt, die aus Amerika kommen sollte, dass er überlegte, lieber noch ein paar Tage damit zu warten. Charles seufzte. Der Zeitpunkt war denkbar ungünstig.

Von: Betsy
An: Emily
Hättest du dich bloß nicht entschlossen, nach Irland zu gehen! Du wirst mir schrecklich fehlen.
Und warum darf ich nicht wenigstens mitkommen und dich verabschieden ...? Aber du warst ja immer schon spontan in deinen Entscheidungen. Warum sollte das jetzt anders sein?
Ich weiß, ich sollte dir wünschen, dass sich in Dublin alle deine Träume verwirklichen, aber ich weigere mich. Ich will schon, dass es dir dort gefällt, aber spätestens nach sechs Wochen sollst du wieder nach Hause kommen wollen.
Ohne dich wird es hier öde und leer sein. Heute Abend wird gleich in der Nähe eine Ausstellung eröffnet, aber ich kann mich nicht überwinden, allein hinzugehen. Und ich werde nicht annähernd so viele Theatermatineen besuchen wie mit dir.
Aber ich werde brav jeden Freitag die Miete von der Studentin eintreiben, an die du deine Wohnung vermietet hast, und ein Auge darauf haben, dass sie keine bewusstseinserweiternden Drogen in deinen Blumenkästen anpflanzt.
Also, versprich mir, dass du mir regelmäßig schreiben und mir haarklein alles berichten wirst. Und lass ja nichts aus. Zum Glück hast du deinen Laptop dabei. Du hast also keine Entschuldigung, dich nicht zu melden. Ich werde dir weiterhin den neuesten Klatsch über Eric aus dem Kofferladen schreiben. Er ist wirklich sehr an dir interessiert, Emily, ob du das glaubst oder nicht!

Ich hoffe, dass du deinen Laptop bald irgendwo anschließen und mir alles über deine Ankunft auf der grünen Insel erzählen kannst.
Alles Liebe von deiner einsamen Freundin,
Betsy

An: Betsy
Von: Emily
Wie kommst du nur auf die Idee, dass ich bis Irland warten muss, um deine Mail zu lesen? Ich bin noch am J. F. K.-Flughafen, und mein Laptop läuft auch ohne Netz.
Blödsinn! Ich werde dir nicht fehlen – du und deine übersteigerte Fantasie! Immer bildest du dir alles Mögliche ein. Außerdem ist Eric nicht in mich verliebt, nicht die Bohne. Er ist kein Mann vieler Worte, und wenn er etwas sagt, dann hat das was zu bedeuten. Er redete deswegen mit dir über mich, weil er zu schüchtern ist, dich anzusprechen. Aber das weißt du doch, oder?
Du wirst mir auch fehlen, Bets, aber ich muss das hier durchziehen.
Ich verspreche dir, dass ich mich regelmäßig bei dir melden werde. Wahrscheinlich bekommst du täglich eine ellenlange Mail von mir und wirst mich deswegen bald verfluchen!
Alles Liebe,
deine Emily

»Hätten wir sie nicht doch vom Flughafen abholen sollen?«, fragte Josie Lynch an diesem Morgen schon zum fünften Mal.
»Sie hat gesagt, sie würde lieber allein kommen«, erwiderte Charles wie auch schon die vier Mal zuvor.
Noel trank seinen Tee und sagte nichts.
»In ihrem Brief hat sie geschrieben, dass das Flugzeug vielleicht eher landen wird, wenn sie Rückenwind haben.« Josie hörte sich an, als sei sie regelmäßige Vielfliegerin.
Charles seufzte. »Dann dürfte sie ja jeden Moment hier sein …«

Da er wusste, dass seine Tage dort gezählt waren, ging er an diesem Morgen höchst ungern ins Hotel. Er konnte es Josie immer noch beichten, sobald sich diese Frau hier häuslich eingerichtet hatte. Martins Tochter! Hoffentlich hatte sie nicht den großen Durst ihres Vaters geerbt.

Es klingelte an der Tür, und Josie blickte alarmiert auf. Rasch riss sie Noel die Teetasse aus der Hand und nahm Charles den leeren Eierbecher und den Teller weg, ehe sie den Sitz ihrer Frisur überprüfte und mit hoher, unnatürlicher Stimme säuselte: »Geh doch bitte an die Tür, Noel, und heiße deine Cousine Emily willkommen.«

Als Noel die Tür öffnete, stand eine kleine Frau um die vierzig mit krausem Haar und beigefarbenem Regenmantel vor ihm. An jeder Hand einen roten Trolley, sah sie aus, als hätte sie die Situation völlig im Griff: Ihr erster Besuch in diesem Land, und sie hatte sogar mühelos in den St. Jarlath's Crescent gefunden.

»Du musst Noel sein. Ich hoffe, ich komme nicht zu früh.«

»Nein, wir sind alle schon auf den Beinen. Wir müssen auch gleich los zur Arbeit, aber schön, dass du da bist.«

»Danke. Also, darf ich reinkommen und auch deinen Eltern ›Hallo‹ und ›Auf Wiedersehen‹ sagen?«

Noel schluckte. Hätte sie nichts gesagt, hätte er seine Cousine womöglich noch länger dort stehen lassen, aber schließlich war er noch nicht ganz wach. Der Tag begann erst dann für ihn, wenn er gegen elf Uhr seinen ersten Wodka mit Cola intus hatte. Noel war überzeugt davon, dass bei Hall's niemand von dem morgendlichen Muntermacher und seinem nachmittäglichen Aufputschdrink wusste. Er achtete stets darauf, eine Flasche Diätcola bei sich zu haben, die er mit Wodka auffüllte, sobald er allein war.

Noel führte die kleine Amerikanerin in die Küche, wo seine Mutter und sein Vater sie zur Begrüßung auf die Wange küssten und beteuerten, was für ein Freudentag es doch sei, dass Martin Lynchs Tochter den Weg zurück in das Land ihrer Vorfahren gefunden habe.

»Dann bis heute Abend, Noel«, rief Emily ihm nach.
»Ja, natürlich. Es kann vielleicht ein bisschen später werden. Ich muss einiges nacharbeiten. Aber fühle dich wie zu Hause …«
»Das werde ich, und danke, dass ich bei euch wohnen darf.«
Noel überließ die drei ihrem Schicksal. Als er die Tür hinter sich schloss, hörte er noch, wie seine Mutter Emily stolz das neu eingerichtete Schlafzimmer im Erdgeschoss zeigte, ebenso die begeisterte Antwort seiner Cousine Emily.
Noel war aufgefallen, dass sein Vater den ganzen Morgen und bereits den gestrigen Abend über sehr still gewesen war, aber vielleicht bildete er sich das auch nur ein. Was sollte Charles schon bedrücken? Für ihn war alles in Ordnung, solange sie ihm im Hotel die gebührende Beachtung schenkten, er jeden Abend den Rosenkranz beten und ein Mal im Jahr nach Lourdes pilgern und davon träumen konnte, noch weiter zu verreisen, nach Rom vielleicht oder gar ins Heilige Land. Charles Lynch besaß die glückliche Gabe, mit seinem Leben zufrieden zu sein, so wie es war. Er musste sich nicht stundenlang bei Old Man Casey's betrinken, um die Leere und Sinnlosigkeit seiner Tage und Nächte ertragen zu können.
Noel ging bis zum Ende der Straße, wo er den Bus nehmen wollte. Wie jeden Morgen nickte er den Leuten zu, die ihm entgegenkamen, ohne jedoch irgendwelche Details seiner Umgebung wahrzunehmen. Er fragte sich, wie diese so geschäftig wirkende Amerikanerin wohl hier zurechtkäme.
Wahrscheinlich würde sie gerade einmal eine Woche durchhalten, bevor sie verzweifelt aufgab und wieder abreiste.

In der Keksfabrik hatte Josie nichts Eiligeres zu tun, als den Kolleginnen umgehend von der Ankunft ihrer Nichte Emily zu erzählen, die so problemlos den Weg in den St. Jarlath's Crescent gefunden hatte, als ob sie hier geboren und aufgewachsen wäre. Was war sie doch für eine nette Person. Sie hatte sich tatsächlich erboten, an dem Abend für alle zu kochen, und sie gebeten, ihr den Weg zum Markt zu zeigen und ihr zu sagen, was sie gern aßen und was nicht. Sie musste sich auch nicht erst hinlegen und ausruhen, da sie im Flugzeug geschlafen hatte. Nachdem sie im Haus alles gebührend bewundert hatte, hatte sie Josie erzählt, dass sie Hobbygärtnerin sei und gern ein paar neue Pflanzen für sie besorgen wolle, wenn sie ohnehin beim Einkaufen war. Das heißt, wenn sie nichts dagegen hätten.

Die anderen Frauen beglückwünschten Josie. Sie könne wirklich von Glück reden, dass diese Amerikanerin so unkompliziert war; es hätte auch anders kommen können.

Im Hotel ließ Charles sich nichts anmerken und war nach außen hin so freundlich und zuvorkommend wie immer. Er schleppte Koffer aus den Taxis ins Foyer, zeigte Touristen den Weg zu den Sehenswürdigkeiten von Dublin, schlug die Anfangszeiten von Theateraufführungen nach und schaute immer wieder mal nach dem traurig dreinblickenden kleinen King-Charles-Spaniel draußen vor dem Hotel. Charles kannte den Hund. Cäsar kam oft in Begleitung von Mrs. Monty, einer exzentrischen alten Dame, die stets einen breitkrempigen Hut, eine dreireihige Perlenkette, einen Pelzmantel, aber nichts darunter trug. Ärgerte jemand sie, schlug sie ihren Mantel auf und erntete sprachloses Staunen.

Dass sie den Hund vor dem Hotel angebunden hatte, konnte nur bedeuten, dass sie wieder einmal in die psychiatrische Klinik eingeliefert worden war. Sollte es sich abspielen wie immer, würde sie nach drei Tagen aus der Klinik entlassen werden und vorbeikommen, um Cäsar in ihr unberechenbares Dasein zurückzuholen.

Charles seufzte.

Das letzte Mal hatte er den Hund im Hotel verstecken können, bis Mrs. Monty ihn wieder abgeholt hatte, doch jetzt lagen die Dinge anders. Er wollte den Hund mittags mit nach Hause nehmen, was Josie allerdings nicht sehr gefallen würde. Aber der heilige Franz von Assisi war schließlich oberster Tierschützer. Falls es zum Streit kommen sollte, könnte Josie nur schwerlich gegen den Heiligen argumentieren. Hoffentlich reagierte die

Tochter seines Bruders nicht allergisch auf Hunde oder fürchtete sich gar vor ihnen. Doch dafür wirkte sie viel zu vernünftig.

Emily hatte den Vormittag mit Einkaufen verbracht und stand in der Küche, umgeben von Lebensmitteln, als Charles nach Hause kam. Sie brühte ihm sofort einen Becher Tee auf und machte ihm ein Käsesandwich.

Charles war ihr dankbar, da er befürchtet hatte, nichts zum Mittagessen zu bekommen. Er präsentierte ihr den Hund Cäsar und erklärte ihr den Grund für seinen Besuch im St. Jarlath's Crescent.

Für Emily Lynch schien dies die natürlichste Sache der Welt zu sein.

»Hätte ich gewusst, dass er mitkommt, hätte ich einen Knochen für ihn besorgt«, sagte sie. »Ich habe übrigens euren netten Nachbarn kennengelernt, diesen Mr. Carroll. Er ist Metzger. Vielleicht kann er mir einen geben.«

Sie war noch keine fünf Minuten im Land und kannte bereits ihre Nachbarn!

Bewundernd sah Charles sie an. »Du bist ja ein richtiges Energiebündel«, meinte er. »Für jemanden, der so fit ist wie du, gehst du aber früh in Rente.«

»O nein, ich habe mir das nicht ausgesucht«, widersprach Emily, während sie den Teigrand um die Pastete legte und festdrückte. »Im Gegenteil, ich habe meine Arbeit geliebt. Aber man hat mir zu verstehen gegeben, dass ich gehen sollte.«

»Warum? Warum hat man das getan?« Charles war empört.

»Ich war der Schulleitung zu alt und zu konservativ. Man warf mir vor, nicht modern genug zu sein. Ich bin oft vormittags mit den Kindern in Ausstellungen und Galerien gegangen, habe ihnen ein Blatt Papier mit zwanzig Fragen in die Hand gedrückt, und dann sollten sie sich die Antworten dazu überlegen. So hätten sie meiner Meinung nach eine solide Grundlage, um Gemälde oder Skulpturen beurteilen zu können. Doch dann haben wir einen neuen Rektor bekommen, selbst noch ein halbes

Kind, der der Ansicht war, dass es bei der Kunst einzig und allein um den freien Ausdruck geht. Deshalb wollte er junge Leute von den Universitäten in die Schulen holen, die dort gelernt hatten, wie man dies den Schülern vermittelt. Ich wusste es nicht, also musste ich gehen.«

»Aber man kann doch niemanden entlassen, nur weil derjenige ein gewisses Alter erreicht hat?«

Charles konnte sich gut in Emilys Lage versetzen, auch wenn sein eigener Fall anders lag. Er war schließlich das öffentliche Gesicht des Hotels, wie man ihm gesagt hatte, und heutzutage musste dieses Gesicht jung sein. Logisch, aber grausam. Doch Emily war nicht alt. Sie war noch keine fünfzig. Gegen diese Art der Diskriminierung musste es Gesetze geben.

»Nein, entlassen haben sie mich nicht, aber ich durfte nicht mehr unterrichten. Sie haben mich in die Verwaltung gesteckt, wo ich keinen Kontakt mehr zu den Kindern hatte. Ich bin schließlich selbst gegangen, weil die Situation für mich unerträglich wurde. Aber im Grunde haben sie mich dazu gezwungen.«

»Hast du dich sehr geärgert?«, fragte Charles mitleidig.

»O ja, am Anfang war ich sehr wütend. Ich hatte das Gefühl, als wäre meine jahrelange Arbeit dort völlig umsonst gewesen. Wie oft sind mir früher in Galerien ehemalige Schüler begegnet, die zu mir sagten: ›Miss Lynch, ohne Sie würde ich mich heute nicht für Kunst interessieren.‹ Aber als man mich dann aufs Abstellgleis geschoben hatte, kam es mir so vor, als zählte das alles nichts mehr. Als wollte man mir zu verstehen geben, dass ich mit meinem Engagement nichts bewirkt hatte.«

Charles spürte, wie seine Augen feucht wurden. Sie beschrieb exakt seine eigenen Jahre als Portier im Hotel. Auf das Abstellgleis geschoben – genauso kam auch er sich vor.

Emily hatte sich inzwischen wieder gefangen. Sie legte eine dünne Teigplatte auf die Pastete und machte rasch die Küche sauber.

»Aber meine Freundin Betsy hat mich aufgemuntert und gemeint, ich solle doch nicht so dumm sein und mich in den Schmollwinkel zurückziehen. Ich sollte sofort kündigen und endlich anfangen, das zu tun, was ich immer schon machen wollte. Dies sozusagen als Beginn eines neuen Lebens für mich ansehen, wie sie es nannte.«

»Und – hast du das getan?«, fragte Charles.

War Amerika nicht ein wunderbares Land? *Hier* wäre ihm das niemals möglich – nicht in einer Million Jahre.

»Ja, das habe ich. Ich habe mich sofort hingesetzt und aufgeschrieben, was ich machen wollte. Betsy hatte recht. Hätte ich mich in einer anderen Schule um eine Stelle beworben, wäre vielleicht wieder das Gleiche passiert. Da ich einiges auf der hohen Kante hatte, konnte ich es mir leisten, eine Weile ohne bezahlte Arbeit zu leben. Das Problem war nur, dass ich nicht so genau wusste, was ich eigentlich wollte, und so habe ich erst mal verschiedene Dinge ausprobiert.

Zuerst habe ich einen Kochkurs besucht. Tja, das ist der Grund, warum ich heute so fix eine Hühnerpastete auf den Tisch zaubern kann. Anschließend habe ich mich für einen Intensivkurs angemeldet und alles über Computer und das Internet gelernt, so dass ich jederzeit einen Job in einem Büro bekommen könnte, wenn ich das wollte. Und schließlich habe ich in einer Gärtnerei ein Praktikum gemacht und mir dort alles abgeschaut, was man über Pflanzen und Balkonblumen wissen muss. Im Besitz all dieser neuen Fähigkeiten habe ich dann beschlossen, mir die Welt anzusehen.«

»Und Betsy? Hat sie das alles mitgemacht?«

»Nein. Mit dem Internet kannte sie sich bereits aus, und kochen will sie nicht, weil sie immer auf Diät ist, aber sie ist eine ebenso begeisterte Hobbygärtnerin wie ich.«

»Einmal angenommen, sie bieten dir deine alte Stelle wieder an? Würdest du zurückgehen?«

»Nein, das geht jetzt nicht mehr, selbst wenn sie mich darum *bitten* würden. Ich habe viel zu viel zu tun«, erwiderte Emily.

Charles nickte. »Ich verstehe.«

Er schien noch etwas sagen zu wollen, schwieg aber. Stattdessen goss er sich umständlich Milch in seinen Tee.
Emily wusste, dass er noch etwas auf dem Herzen hatte; sie kannte die Menschen. Doch irgendwann würde er schon damit herausrücken.
»Tja …«, sagte er schließlich gedehnt. Jedes Wort schien ihm große Mühe zu bereiten. »Es heißt doch immer, neue Besen kehren gut, aber außer Spinnweben und Dreck fegen sie auch Dinge fort, die wertvoll und wichtig sind …«
Emily begriff. Dieses Problem musste behutsam angegangen werden. Voller Mitgefühl sah sie ihn an.
»Komm, trink noch einen Tee, Onkel Charles.«
»Nein, ich muss wieder zurück«, wehrte er ab.
»Tatsächlich? Überleg doch mal, Onkel Charles. Musst du wirklich? Was können sie dir denn noch antun? Ich meine, was sie nicht bereits getan haben …«
Er warf ihr einen langen Blick zu.
Diese Frau, die er erst heute Morgen kennengelernt hatte, hatte ohne viele Worte begriffen, was Charles Lynch zugestoßen war. Weder seine Frau noch sein Sohn waren dazu in der Lage gewesen.

Die Hühnerpastete, die es an diesem Abend gab, war ein voller Erfolg. Emily hatte auch noch einen Salat gemacht. Die drei unterhielten sich angeregt, und dann kam Emily auf das Thema ihres Ruhestandes zu sprechen.
»Ist schon erstaunlich. Das, wovor man sich am meisten fürchtet, kann sich manchmal als der größte Segen herausstellen! Erst als es vorbei war, ist mir nämlich klargeworden, wie viele Stunden meines Lebens ich in Zügen und Bussen zugebracht hatte. Kein Wunder, dass ich keine Zeit mehr hatte, mich mit dem Internet oder mit dem Gärtnern zu beschäftigen.«
Bewundernd sah Charles sie an. Unauffällig ebnete sie ihm den Weg für sein Geständnis. Er würde es Josie morgen erzählen, vielleicht aber auch gleich jetzt, noch in dieser Minute.

Es war leichter, als er es für möglich gehalten hätte. Stockend begann er zu erzählen, dass er bereits längere Zeit darüber nachdenke, das Hotel zu verlassen. Nun sei kürzlich genau dieses Thema angesprochen worden, und zu seiner großen Verwunderung habe es sich herausgestellt, dass seine Überlegungen auch dem Hotel gelegen kamen, so dass man beschlossen habe, sich in gegenseitigem Einvernehmen zu trennen. Jetzt müsse er nur noch darauf achten, dass er auch eine anständige Abfindung bekam.

Und er fügte noch hinzu, dass ihm den ganzen Nachmittag über nur so der Kopf geschwirrt habe vor Ideen, was er denn jetzt alles machen könne.

Josie staunte nicht schlecht, und sie musterte Charles besorgt. Vielleicht machte er ihr lediglich etwas vor und tat nach außen hin ruhig, während er innerlich vor Aufregung völlig zerrissen war. Doch soweit sie es beurteilen konnte, schien er es ehrlich zu meinen.

»Wenn unser Herr dies für dich vorgesehen hat«, erwiderte sie gottergeben.

»Ja, und ich werde die Gelegenheit mit beiden Händen ergreifen.«

Charles Lynch sprach tatsächlich die Wahrheit. Seit langer Zeit hatte er sich nicht mehr so frei gefühlt. Seit dem Gespräch mit Emily am Mittag schien es ihm, als hielte das Schicksal tatsächlich auch für ihn ein neues Leben bereit.

Emily räumte den Tisch ab und brachte das Dessert herein. Ab und zu mischte sie sich in die Unterhaltung ein. Als ihr Onkel ankündigte, dass er sich um Mrs. Montys Hund kümmern wolle, bis diese wieder aus der Klinik – aus welcher auch immer – entlassen würde, machte sie Charles den Vorschlag, auch noch andere Hunde spazieren zu führen.

»Dieser Paddy Carroll, der Metzger, er hat einen riesigen Hund namens Dimples, und der müsste mindestens zehn Pfund abnehmen. Der Hund, meine ich, nicht sein Herrchen«, sagte sie eifrig.

»Ich kann von Paddy doch kein Geld verlangen«, protestierte Charles.

Josie stimmte ihm zu. »Weißt du, Emily, Paddy und Molly Carroll sind gute Nachbarn. Es käme mir unrecht vor, von ihnen Geld dafür zu verlangen, dass Charles ihren vertrottelten Hund Gassi führt. Das wäre ziemlich unverschämt.«

»Ich verstehe, dass ihr nicht geldgierig erscheinen wollt, aber vielleicht könnte er sich ja hin und wieder mit ein paar Steaks oder einem Pfund Hackfleisch bei euch revanchieren.«

Emily war eine überzeugte Anhängerin von Tauschgeschäften, und Charles schien dem auch nicht abgeneigt.

»Aber sag mal ehrlich, Emily, glaubst du wirklich, dass Charles wieder eine richtige Arbeit finden wird? Du weißt schon, einen *Beruf* wie im Hotel, wo er ein wichtiger Mann war?«

»Nur vom Spazierenführen von Hunden kann ich bestimmt nicht leben, aber vielleicht finde ich ja Arbeit im Tierheim. Das würde mir gefallen«, meinte Charles.

»Gibt es denn irgendetwas, was ihr beide immer schon mal gemeinsam tun wolltet?«, fragte Emily sanft. »Mir hat es zum Beispiel großen Spaß gemacht, den Stammbaum meiner Familie zu erforschen. Nicht dass ich euch das vorschlagen will.«

»Also, weißt du, was wir immer schon mal machen wollten …«, begann Josie zögernd.

»Was denn?« Emilys Interesse kam von Herzen, und deswegen konnte man auch so gut mit ihr reden.

»Wir fanden es schon immer schade, dass der heilige Jarlath hier im Viertel nie angemessen gefeiert wurde«, fuhr Josie fort. »Unsere Straße ist zwar nach ihm benannt, aber keiner weiß so recht, wer er eigentlich war. Charles und ich haben deswegen überlegt, Geld zu sammeln, um eine Statue zu seinen Ehren errichten zu lassen.«

»Eine Statue für St. Jarlath! Na, so was!« Mit so etwas hatte Emily nicht gerechnet. Vielleicht war es ein Fehler gewesen, die beiden zu ermutigen, ihre Fantasie spielen zu lassen. »Es ist doch bestimmt schon sehr lange her, dass er gelebt hat, oder?« Sie

wollte Josie nicht von vornherein entmutigen, vor allem, als sie sah, dass auch Charles' Gesicht vor Begeisterung aufleuchtete.
Josie tat Emilys Einwand mit einer Handbewegung ab. »Oh, das ist kein Problem. Bei einem Heiligen spielt es keine Rolle, ob er erst vor ein paar Jahren oder bereits im sechsten Jahrhundert gestorben ist«, entgegnete Josie.
»Im *sechsten* Jahrhundert?« Das war ja noch schlimmer, als Emily befürchtet hatte.
»Ja, er ist so um das Jahr 520 nach Christus gestorben, glaube ich, und sein Gedenktag ist der sechste Juni.«
»Das wäre vom Wetter her eine gute Zeit, um eine kleine Prozession zu seinem Gedenkschrein zu veranstalten.« Charles war offenbar bereits eifrig am Planen.
»Stammt er denn aus der Gegend hier?«, erkundigte sich Emily.
Anscheinend nicht. Jarlath hatte im Westen des Landes, an der Atlantikküste, gelebt, an der Stelle des heutigen Städtchens Tuam ein Kloster gegründet und es zu seinem Bischofssitz gemacht. Bis auf den heutigen Tag war Tuam eine Erzdiözese. St. Jarlath schien ein großer Lehrmeister gewesen zu sein, und bei ihm waren andere spätere Heilige wie St. Brendan of Clonfert und St. Colman of Coyne in die Schule gegangen.
»Nein, aber man hat ihn hier immer sehr verehrt«, erklärte Charles.
»Warum hätte man sonst eine Straße nach ihm benannt?«, meinte Josie.
Emily fragte sich, was aus ihrem Vater geworden wäre, wäre er in diesem Land geblieben. Hätte Martin Lynch hier wohl ein ebenso bescheidenes und anspruchsloses Dasein geführt wie Charles und Josie, statt als unzufriedener Säufer zu enden wie in New York? Aber diese Geschichte mit dem Heiligen, der vor Hunderten von Jahren an der Westküste Irlands gestorben war – die sollte man doch nicht allzu ernst nehmen, oder?
»Das Problem dürfte sein, genügend Mittel für die Statue zu sammeln *und* gleichzeitig Geld für den eigenen Lebensunterhalt zu verdienen«, wandte Emily ein.

Das schien offenbar kein Problem zu sein. In der Hoffnung, Noel eines Tages eine Ausbildung zum Priester finanzieren zu können, hatte die beiden jahrelang jeden Penny auf die Seite gelegt. Aber der Wunsch, ihren Sohn Gott zu weihen, hatte sich nicht erfüllt. Josie und Charles hatten ihre Ersparnisse immer der Kirche zukommen lassen wollen, und dies war die perfekte Gelegenheit.

Emily Lynch ermahnte sich, nicht ständig versuchen zu wollen, die Welt zu verändern. Dies war nicht der geeignete Zeitpunkt, sich zu überlegen, für welche anderen guten Zwecke man das Geld verwenden könnte, selbstverständlich auch für katholische Einrichtungen. Schöner hätte Emily es jedoch gefunden, wenn Josie und Charles das Geld für sich ausgegeben und sich nach einem harten, arbeitsreichen Leben eine kleine Belohnung gegönnt hätten. Schließlich hatten sie einen in ihren Augen tragischen Schicksalsschlag erdulden müssen, als es mit der Berufung ihres Sohnes nichts geworden war.

Aber es gab Kräfte, denen man weder mit Logik noch mit Sachlichkeit beikommen konnte. Emily Lynch wusste das nur zu gut.

Noel hatte einen schlechten Tag hinter sich. Zwei Mal hatte sich Mr. Hall, einen drohenden Unterton in der Stimme, nach seinem Befinden erkundigt. Auf die dritte Nachfrage erwiderte Noel höflich, warum er das wissen wolle.

»Wir haben eine leere Flasche gefunden, in der zuvor Wodka gewesen zu sein scheint«, hatte Mr. Hall erklärt.

»Und was hat das mit mir und der Frage zu tun, ob es mir gutgeht?«, hatte Noel gefragt, wieder voller Zuversicht und neuem Mut.

Unter buschigen Augenbrauen warf Mr. Hall ihm einen langen, strengen Blick zu.

»Das ist die Frage, Noel. Viele Männer, die in ferne Länder auswandern müssen, würden sich glücklich schätzen, wenn sie hier die Arbeit machen dürften, für die du eingestellt wurdest.«

Dann war er weitergegangen, und Noel hatte bemerkt, dass die anderen Arbeiter betreten den Blick senkten.
So hatte er Mr. Hall noch nie erlebt. Meistens richtete dieser im Vorübergehen eine freundliche Bemerkung an Noel, verbunden mit der Aufmunterung, weiterhin fleißig Lieferscheine mit Kassenbons abzugleichen, Hauptbuch und Rechnungen zu überprüfen und generell seinen eintönigen Pflichten als Bürokaufmann nachzukommen.
In der Anfangszeit schien Mr. Hall noch der Ansicht gewesen zu sein, dass Noel Potential habe, und hatte ihm immer wieder Vorschläge gemacht. Damals hatte es noch Hoffnung gegeben, doch jetzt nicht mehr. Dies hier war mehr als eine Ermahnung, dies war eine Warnung. Noel war zutiefst erschüttert, und auf dem Nachhauseweg lenkte er seine Schritte automatisch in Richtung von Casey's großem, behaglichem Pub. Vage erinnerte er sich daran, das letzte Mal wohl ein Bier zu viel getrunken zu haben, aber er zögerte nur einen Moment, ehe er eintrat.
Mossy, der Sohn des alten Casey, wirkte nervös. »Ah, Noel höchstpersönlich.«
»Kann ich bitte eine Halbe haben, Mossy?«
»Äh, das ist keine gute Idee, Noel. Du weißt, du kriegst hier nichts mehr zu trinken. Mein Vater hat gesagt …«
»Dein Vater redet viel in der Hitze des Gefechts. Das Verbot ist doch längst aufgehoben.«
»Nein, ist es nicht, Noel. Tut mir leid, aber so ist es nun mal.«
Noel spürte, wie die Ader an seiner Schläfe zu pochen begann. Jetzt musste er vorsichtig sein.
»Nun, das ist eure Entscheidung. Aber zufälligerweise trinke ich keinen Alkohol mehr und wollte dich eigentlich um eine Halbe Limonade bitten.«
Mossy starrte ihn mit offenem Mund an. Noel Lynch trocken? Er konnte es kaum erwarten, seinem Vater davon zu erzählen.
Noel machte Anstalten zu gehen.
»Wann hast du denn den Sprit aufgegeben?«, fragte Mossy.
»Ach, Mossy, das braucht dich nicht zu interessieren. Mach zu,

die Leute warten auf ihre Getränke. Halte ich dich etwa vom Ausschenken ab? Ganz bestimmt nicht.«

»Warte mal, Noel«, rief Mossy ihm nach.

Es tue ihm leid, aber er müsse nun gehen, erwiderte Noel. Und dann stolzierte er hoch erhobenen Hauptes aus dem Lokal, in dem er bisher den größten Teil seiner Freizeit verbracht hatte.

Ein kalter Wind wehte über die Straße, als Noel sich an eine Mauer lehnte und sich klarmachte, was er gerade gesagt hatte. Eigentlich hatte er Mossy, dieses dümmliche Sprachrohr seines Vaters, nur ärgern wollen, doch jetzt musste er zu seinen Worten stehen. Bei Casey's würde er kein Bier mehr bestellen können, sondern er müsste von nun an in das Pub gehen, in dem Declan Carrolls Vater mit seinem riesigen Hund Stammgast war. Hier traf man sich nicht mit »Freunden« oder »Kumpeln«, hier gab es nur Wettbegeisterte wie Muttie Scarlet, der ständig damit beschäftigt war, mit seinen »Kollegen« den Ausgang eines Pferderennens oder eines Fußballspiels zu diskutieren. Dies war jedoch kein Lokal, in dem Noel sich bisher besonders wohl gefühlt hatte.

Wäre es da nicht bedeutend einfacher, *tatsächlich* mit dem Trinken aufzuhören? Dann könnte Mr. Hall so viele Flaschen finden, wie er wollte, und Mr. Casey würde sich in Grund und Boden schämen und sich entschuldigen. Was für eine Genugtuung! Und er hätte abends Zeit, endlich das zu tun, was ihn wirklich interessierte. Er könnte sich weiterbilden und einen Abschluss machen, um die Qualifikation für eine Beförderung zu erlangen. Vielleicht könnte er sogar aus dem St. Jarlath's Crescent ausziehen.

Noel brach zu einem langen Spaziergang durch Dublin auf: den Grand Canal hinauf und über die Georgianischen Plätze wieder zurück. Als er dabei an Restaurants vorbeikam, in denen junge Männer seines Alters mit ihren Freundinnen saßen, kamen ihm so manche Gedanken. Noel war kein gesellschaftlicher Außenseiter, er lebte nur in seiner eigenen Welt, in der diese Art von Frauen für ihn nicht erreichbar waren. Und warum war das so?

Weil er nichts Besseres zu tun hatte, als ständig am Tresen herumzuhängen.

Doch das würde sich jetzt ändern. Er würde sich ein Geschenk machen, besser gesagt zwei, nämlich Nüchternheit und Zeit, viel Zeit. Nach einem kurzen Blick auf die Uhr steckte Noel den Schlüssel zum St. Jarlath's Crescent Nummer dreiundzwanzig ins Schloss. Sie lagen bestimmt alle schon in ihren Betten und schliefen. Zum Glück. Seine Entscheidung war von so weitreichender Bedeutung, dass er sie nicht gleich wieder zerreden wollte.

Doch Noel täuschte sich. Sie waren alle hellwach und saßen lebhaft diskutierend am Küchentisch. Offensichtlich beabsichtigte sein Vater, das Hotel zu verlassen, in dem er sein ganzes Leben gearbeitet hatte. Zudem schienen sie einen kleinen King-Charles-Spaniel namens Cäsar adoptiert zu haben, der ihm aus großen Augen einen seelenvollen Blick zuwarf. Und seine Mutter plante, in der Keksfabrik kürzerzutreten. Seine Cousine Emily hatte offenbar bereits alle Leute aus der Nachbarschaft kennengelernt und sich mit ihnen angefreundet. Doch am meisten beunruhigte Noel, dass seine Eltern vorhatten, eine Kampagne zur Errichtung einer Statue für einen Heiligen ins Leben zu rufen, der – falls er überhaupt je existiert hatte – bereits vor über fünfzehnhundert Jahren gestorben war.

Als er an diesem Morgen das Haus verlassen hatte, waren sie alle noch vollkommen normal gewesen. Was war in der Zwischenzeit geschehen?

Zu seinem größten Leidwesen konnte Noel sich nicht ohne weiteres in sein Zimmer verdrücken und dort wie üblich die Schachtel mit der Aufschrift »Malutensilien« hervorholen, in der er unbenutzte Malpinsel und seinen Vorrat an Wodka oder Wein aufbewahrte.

Aber er hatte das Trinken ja aufgegeben. Das hatte er schon wieder vergessen.

Während er am Tisch saß und versuchte, die merkwürdigen Veränderungen zu Hause zu begreifen, verfiel er plötzlich in tiefste Depression. Heute Abend bliebe es ihm verwehrt, Trost im Vergessen zu finden. Stattdessen stand ihm eine Nacht bevor, in der er den Versuchungen der Flaschen würde widerstehen oder gar deren flüssigen Inhalt in das Handwaschbecken in seinem Zimmer kippen müssen.

Noel bemühte sich, zu verstehen, worüber sein Vater gerade sprach. Es ging darum, Hunde spazieren zu führen, sich um Haustiere zu kümmern, Geld zu sammeln und St. Jarlath den ihm gebührenden Platz zukommen zu lassen. In all den Jahren, in denen er trank, hatte Noel nicht eine Szene erlebt, die so surreal gewesen wäre. Und das an einem Abend, an dem er vollkommen nüchtern war.

Unmerklich verlagerte Noel sein Gewicht und versuchte, die Aufmerksamkeit seiner Cousine Emily zu erregen.

Bestimmt war sie für diesen plötzlichen Stimmungsumschwung verantwortlich, für diese Schnapsidee, dass mit dem heutigen Tag für jeden hier ein neues Leben begönne. Was für ein verrücktes, gefährliches Gedankengut in einem Haus, in dem es seit Jahrzehnten keine Veränderungen mehr gegeben hatte.

Mitten in der Nacht wurde Noel wach und sagte sich, dass ein Entschluss wie der, auf den Alkohol zu verzichten, nicht leichtfertig getroffen werden dürfe. Nächste Woche, wenn sich die Welt um ihn herum wieder beruhigt hatte, könnte er immer noch damit beginnen. Doch als er nach der Flasche in der Schachtel griff, wurde ihm mit einer Klarheit, die er noch nicht oft erlebt hatte, bewusst, dass diese nächste Woche niemals kommen würde. Also schüttete er den Inhalt zweier Wodkaflaschen in das Waschbecken und kippte noch zwei Flaschen Rotwein hinterher.

Dann ging er wieder zu Bett und warf sich unruhig hin und her, bis ihn am nächsten Morgen der Wecker aus dem Schlaf riss.

Emily war in ihrem Zimmer und setzte sich an ihren Laptop, um eine E-Mail an Betsy zu schreiben:

Es kommt mir vor, als würde ich schon seit vielen Jahren hier leben, und dabei habe ich noch nicht einmal die erste Nacht in diesem Land verbracht!
Offenbar bin ich zu einer Zeit gekommen, in der sich erstaunliche Veränderungen anbahnen. Jeder in diesem Haus ist zu einer Art Reise aufgebrochen. Mein Onkel hat seinen Job als Hotelportier verloren und will sich jetzt als Hundesitter selbständig machen, während meine Tante hofft, weniger arbeiten zu können, damit sie Zeit hat, Geld zu sammeln, um einem Heiligen, der schon seit – warte mal – seit über tausendfünfhundert Jahren tot ist, eine Statue zu errichten!
Und der Sohn des Hauses, ein verschlossener Eigenbrötler, hat sich ausgerechnet diesen Tag ausgesucht, um seine Liebesaffäre mit dem Alkohol zu beenden. Ich kann gerade hören, wie er das Zeug flaschenweise in das Waschbecken in seinem Zimmer kippt.
Wie bin ich nur auf die Idee gekommen, hier könnte es friedlich und still zugehen, Betsy? Habe ich denn bisher nichts dazugelernt, oder bin ich dazu verdammt, auf immer und ewig dumm zu bleiben?
Du musst mir nicht antworten. Das ist weniger eine Frage als eine Feststellung.
Du fehlst mir.
Alles Liebe,
Emily

KAPITEL 2

In seiner kleinen Wohnung im Herzen Dublins fand Father Brian Flynn keinen Schlaf. Erst heute hatte er erfahren, dass ihm nur noch drei Wochen Zeit blieben, um sich eine neue Unterkunft zu suchen. Der Umzug wäre nicht das Problem, da er nicht viel besaß, aber leider hatte er auch nicht nennenswert viel Geld. Eine teure Wohnung konnte er sich einfach nicht leisten. Hinzu kam, dass er nur ungern dieses praktische kleine Apartment verließ, das sein Freund Johnny vor Jahren für ihn gefunden hatte. Von hier aus konnte er in ein paar Gehminuten seinen Arbeitsplatz im Gemeindezentrum für Einwanderer erreichen, und eines der besten Pubs in ganz Irland lag direkt um die Ecke. Außerdem kannte er jeden im Viertel. Der bevorstehende Umzug machte Brian große Sorgen.

»Kann dir der Erzbischof nicht eine neue Wohnung besorgen?« Viel Mitleid hatte Johnny nicht mit seinem alten Freund. Er selbst war gerade im Begriff, zu seiner Freundin zu ziehen. Dies war natürlich keine Option für einen katholischen Priester mittleren Alters. Johnny hatte die nervtötende Angewohnheit, jedem, der es hören wollte, zu erzählen, dass heutzutage ein Mann schon ein amtlich beglaubigter Irrer sein müsse, um in diesen Zeiten noch Geistlicher zu werden. Das mindeste, was der Erzbischof von Dublin deshalb für diese armen Schlucker tun könne, sei es, ihnen eine Unterkunft zur Verfügung zu stellen. Schließlich hätten sie alles aufgegeben, was wichtig war im Leben, und täten Tag und Nacht Gutes.

»Das ist nun wirklich nicht Aufgabe des Erzbischofs. Er hat Wichtigeres zu tun«, protestierte Brian Flynn. »Aber es dürfte kein Problem sein, eine neue Wohnung zu finden.«

Die Suche erwies sich als mühseliger, als er für möglich gehalten hatte. Und jetzt blieben ihm nur noch zwanzig Tage.
Brian Flynn konnte nicht glauben, wie viel Miete die Leute verlangten. Wer sollte das bezahlen? Noch dazu mitten in der Krise!
Und es gab noch andere Dinge, die ihm den Schlaf raubten. Der Priester auf Pilgerreise in Rom war die Spanische Treppe hinuntergefallen und hatte sich das Bein gebrochen. Er lag im Krankenhaus und ließ sich die italienischen Weintrauben schmecken, während Father Flynn ihn noch immer als Krankenhausseelsorger am St.-Brigid-Hospital zu vertreten hatte, was sein Leben zusätzlich verkomplizierte.
Auch aus seiner alten Pfarrgemeinde in Rossmore trafen beunruhigende Nachrichten ein. Seine Mutter, die bereits ziemlich verwirrt war und in einem Heim für Senioren lebte, sollte angeblich eine Erscheinung gehabt haben. Doch wie es sich herausstellte, hatte sie damit das Fernsehen gemeint, und alle im Heim waren bitter enttäuscht gewesen.
Da er im Krankenhaus so oft mit dem Ende des Lebens konfrontiert war, stellte Father Flynn fest, dass er immer öfter über den Sinn dieses Lebens nachdachte. Da war zum Beispiel diese arme Stella. Sie schien ihn schon deshalb sehr zu mögen, weil er arrangiert hatte, dass eine Friseurin zu ihr ins Krankenhaus gekommen war. Die junge Frau erwartete ein Kind und war todkrank. Sie hatte bisher nicht viel gehabt von ihrem kurzen Leben, aber anderen Menschen erginge es oft noch viel schlechter, wie sie einmal zu Brian sagte. Stella hatte nicht das geringste Interesse daran, sich auf die Begegnung mit ihrem Schöpfer vorzubereiten, doch in dem Punkt war der Geistliche konsequent. Solange die Patienten das Thema nicht von sich aus zur Sprache brachten, erwähnte er es auch nicht. Schließlich wussten sie, wofür er da war. Wünschten sie Vermittlung mit der himmlischen Instanz, Gebete oder die Vergebung ihrer Sünden, so war er für sie da, ansonsten hielt er sich diskret zurück.
Mit Stella hatte er bei einem Glas Single-Malt-Whiskey so

manches gute Gespräch geführt – ob es dabei nun um die Viertelfinalspiele der Fußballweltmeisterschaft oder um die ungleiche Verteilung des Reichtums in dieser Welt ging. Dabei vertraute Stella ihm eines Tages an, dass sie noch eine letzte Sache zu erledigen habe, ehe sie sich in die andere Welt – was immer diese ihr auch bringen mochte – verabschieden müsse. Eine einzige Sache. Doch sie hegte die Hoffnung, dass sich alles zum Positiven fügen würde. Und dabei hatte sie Father Flynn gefragt, ob er die nette Friseurin bald wieder zu ihr schicken könne, denn sie müsse unbedingt hübsch aussehen, wenn sie alles für diese letzte Sache in die Wege leitete.

Father Flynn lief in seiner kleinen Wohnung auf und ab, deren Wände mit Fußballpostern bedeckt waren, um die feuchten Stellen zu kaschieren. Vielleicht würde er Stella fragen, ob sie nicht eine Unterkunft für ihn wusste. Vielleicht war das taktlos, da er weiterleben würde und sie nicht, aber es wäre immer noch besser, als in ihr verwüstetes Gesicht und in ihre gequälten Augen zu schauen und ihrem Leid einen Sinn zu geben versuchen.

Im St. Jarlath's Crescent lagen Josie und Charles Lynch noch lange wach und flüsterten leise miteinander. Gestern Abend um diese Zeit hatten sie Emily noch nicht einmal gekannt, und heute hatte sie bereits ihr gesamtes Leben umgekrempelt. Jetzt hatten sie einen Hund und eine Untermieterin, und zum ersten Mal seit Monaten hatte Noel sich zu ihnen gesetzt und mit ihnen gesprochen. Und sie waren dabei, eine Kampagne ins Leben zu rufen, um den heiligen Jarlath gebührend zu würdigen.

Das Leben hatte sich an allen Fronten verbessert.

Und erstaunlicherweise blieb dies auch noch eine Weile so.

Die psychiatrische Klinik teilte dem Hotel mit, dass sie Cäsars Besitzerin, eine adelige, wenn auch ziemlich exzentrische Lady, wohl noch länger dabehalten müsste, und fügte hinzu, dass sich doch bitte jemand um den kleinen Hund kümmern möge. Der Hotelmanager begriff im ersten Moment nicht, worum es ging,

war indes erleichtert, als er erfuhr, dass die Angelegenheit bereits geregelt war, und auch ein wenig beschämt, als man ihm sagte, dass er die Lösung des Problems dem alten Portier zu verdanken hatte, den er eben erst wegrationalisierte hatte. Charles Lynch schien ihm nichts nachzutragen, sondern wies nur dezent darauf hin, dass er sich über eine Art Verabschiedung in den Ruhestand sehr freuen würde. Der Manager machte sich eine Notiz, damit er nicht vergaß, etwas zu organisieren oder einen anderen damit zu beauftragen.
Auch in der Keksfabrik staunten Josies Kolleginnen nicht schlecht, als diese ihnen mitteilte, dass sie weniger arbeiten wolle, um mehr Zeit für eine Spendenkampagne für eine Heiligenstatue zu haben. Die meisten hier versuchten verzweifelt, ihre Jobs um jeden Preis zu behalten.
»Dann müssen wir aber eine große Party für dich schmeißen, wenn du endgültig in Rente gehst«, sagte eine der Frauen zu ihr.
»Ein kleiner Beitrag für die Statue von St. Jarlath wäre mir lieber«, erwiderte Josie. Es wurde still in der Keksfabrik, so still, wie man es normalerweise nicht gewohnt war.

Für Noel Lynch wollten die Tage in Hall's Baustoffhandlung in letzter Zeit kein Ende mehr nehmen. Ohne den Schuss hochprozentigen Alkohols, den er sich bisher heimlich auf der Herrentoilette gegönnt hatte, waren die Vormittage kaum zu ertragen. Auch mit den im gnädigen Dämmerzustand verbrachten Nachmittagen war es vorbei, stattdessen ertrug er Stunde um Stunde die eintönige Arbeit, endlos Lieferscheinabschnitte mit den dazugehörigen Kassenbons zu vergleichen. Seine einzige Befriedigung bestand darin, ein Glas Mineralwasser auf seinem Schreibtisch stehen zu lassen und aus der Ferne zu beobachten, wie Mr. Hall daran roch oder gar davon kostete.
Noel wusste nur allzu gut, dass seine Arbeit ohne Probleme von jedem nicht sehr intelligenten Zwölfjährigen erledigt werden konnte. Kaum zu glauben, dass die Firma bereits so lange über-

lebt hatte. Trotz allem hielt Noel durch, und ehe er es sich versah, konnte er bereits eine ganze Woche ohne Alkohol durchhalten.
Es war nicht zuletzt Emilys Anwesenheit in der St. Jarlath's Street dreiundzwanzig, die dazu beitrug. Jeden Abend um sieben Uhr stand eine Mahlzeit auf dem Tisch, und da er nun keine Ausrede mehr hatte, stundenlang in Casey's Pub zu hocken, saß Noel plötzlich in der Küche und aß mit seinen Eltern und seiner Cousine.
Schnell verfielen sie in eine vertraute Routine: Josie deckte den Tisch und bereitete das Gemüse vor, Charles entfachte das Feuer im Kamin und half Noel beim Abwasch. Emily hatte es sogar geschafft, das Rosenkranzbeten auf später zu verschieben. Schließlich benötigte man die gemeinsame Zeit, um die diversen Aktivitäten zu koordinieren. Man musste besprechen, wie man die Spendenkampagne für St. Jarlath angehen sollte, man musste sich überlegen, wie Emily ihren Lebensunterhalt finanzieren und wo man für Charles Hunde zum Spazierengehen finden könnte. Dann stand noch die Frage im Raum, ob Noel Abendkurse in Betriebswirtschaft oder in Buchhaltung belegen sollte, um bei Hall's eine bessere Position zu erreichen.
In einer Woche hatte Emily es fertiggebracht, Noel mehr Informationen über seine Arbeit aus der Nase zu ziehen als seine Eltern in all den Jahren. Sie hatte Unterlagen über das Abendstudium besorgt und Noel auf die Vor- und Nachteile der einzelnen Kurse aufmerksam gemacht. Während ein Kurs gut, vielleicht aber ein wenig zu allgemein gehalten war, schien ein anderer gezielter auf Noels Bedürfnisse zugeschnitten, war aber eventuell nicht so wichtig für seine Arbeit bei Hall's.
Nach und nach hatte Emily mehr über Noels tägliche Schreibtischarbeit in Erfahrung gebracht, die darin bestand, Rechnungen zu vergleichen, Lieferanten zu bezahlen und am Ende des Monats die Ausgaben aller Abteilungen zu erfassen. Offenbar gab es in der Firma gleichaltrige Kollegen, die studiert hatten und besser qualifiziert waren als er, so dass sie auf der Kar-

riereleiter der altmodischen Baustoffhandlung langsam, aber sicher an ihm vorbeizogen.
Emily sah generell wenig Sinn darin, verpassten Gelegenheiten nachzutrauern oder falsche Entscheidungen wie Noels Wunsch, die Schule vorzeitig zu verlassen, übermäßig zu bedauern. Als sie mit Noel einmal allein war, sagte sie ihm auf den Kopf zu, dass der Versuch, sich von einer Alkoholabhängigkeit zu befreien, meistens daran scheiterte, dass man nicht die richtige Unterstützung fand.
»Woher weißt du das? Ich habe dir nie erzählt, dass ich ein Alkoholproblem habe«, hatte Noel sie gefragt.
»Das war auch nicht nötig, Noel. Ich bin die Tochter eines Alkoholikers. Auf dem Gebiet kenne ich mich aus. Dein Onkel Martin hat geglaubt, er könnte es allein schaffen. Darunter mussten wir alle leiden.«
»Vielleicht wollte er nicht zu den Anonymen Alkoholikern, weil er kein geselliger Typ war. Vielleicht war er ein bisschen so wie ich und wollte nicht, dass andere von seinem Problem erfahren«, verteidigte Noel seinen verstorbenen Onkel.
»Er hatte nicht annähernd so viel Potenzial wie du, Noel. Er war ein sehr engstirniger Mensch.«
»Oh, ich bin, glaube ich, auch sehr engstirnig.«
»Nein, das bist du nicht. Wenn du Hilfe brauchst, wirst du sie dir schon suchen. Davon bin ich überzeugt.«
»Ich bin aber nicht der Typ, der sich vor wildfremde Menschen hinstellt und sagt: ›Ich heiße Noel und bin Alkoholiker‹, und der sich dann besser fühlt, wenn sie antworten: ›Hallo, Noel.‹«
»Es gibt Leute, denen das tatsächlich geholfen hat«, entgegnete Emily sanft. »Die Anonymen Alkoholiker haben eine hohe Erfolgsrate.«
»Dieses ›Ich und meine Krankheit‹. Die machen so einen Wirbel darum, dass sich die Leute fast schon wie Helden vorkommen und damit auch noch hausieren gehen.«
Emily zuckte die Schultern. »Na gut, dann kannst du eben momentan nichts damit anfangen. Aber eines Tages wirst du die

AA vielleicht brauchen. Und dann werden sie für dich da sein, so viel ist sicher. Jetzt schauen wir uns lieber mal diese Kurse an. Ich weiß, was CPA bedeutet, aber was heißt ACA und ACCA? Kannst du mir sagen, wo der Unterschied bei diesen Abschlüssen liegt?«

Noel spürte, wie ihm ein Stein vom Herzen fiel. Emily würde ihn nicht weiter mit diesem Thema nerven. Das war die Hauptsache. Sie hatte bereits wieder andere Dinge im Kopf und bat um seinen Rat zu anderen Problemen: Woher sollte sie das Holz für die Blumenkästen bekommen? Ob sein Vater sie wohl zusammenzimmern könne? Wie käme sie am besten an eine bezahlte Stelle? Ein Büro zu leiten wäre ein Leichtes für sie. Und wäre es eventuell eine gute Idee, eine Waschmaschine für den Haushalt anzuschaffen, da sie in Zukunft alle damit beschäftigt wären, Geld für die St.-Jarlath-Statue aufzutreiben?

»Emily, glaubst du wirklich, dass es so weit kommen wird – das mit der Statue, meine ich?«

»Noch nie im Leben war ich mir einer Sache so sicher«, erwiderte sie.

Katie Finglas war erneut auf dem Weg ins Krankenhaus. Stella Dixon sah noch schlechter aus als beim ersten Mal: Ihr Gesicht wirkte eingefallen, ihre Arme waren knochig, und ihr kleiner, runder Bauch fiel stärker auf als zuvor.

»Dieses Mal musst du mir wirklich eine schöne Frisur zaubern, Katie«, bat Stella und inhalierte tief den Rauch ihrer Zigarette. Wie üblich standen die anderen Patienten Wache, für den Fall, eine Schwester oder jemand aus der Verwaltung des Krankenhauses könnte vorbeikommen und Stella beim Rauchen erwischen.

»Hast du denn ein Auge auf jemanden geworfen?«, erkundigte sich Katie.

Katie hätte so gern ein paar ihrer schwierigen Kunden mit hierhergenommen, um ihnen diese Frau zu zeigen, die nur noch aus Haut und Knochen bestand und nichts weiter zu erwarten hatte als den sicheren Tod, sobald der Kaiserschnitt erfolgt war, um ihr Baby auf die Welt zu holen. Im Vergleich dazu wirkten deren Probleme geradezu banal.

Stella ließ sich Zeit mit einer Antwort.

»In meinem jetzigen Zustand dürfte es zu spät für mich sein, ein Auge auf jemanden zu werfen«, erwiderte sie. »Aber ich will jemanden um einen Gefallen bitten, und dafür muss ich normal aussehen, nicht ausgeflippt oder so. Deswegen habe ich an eine eher klassische Frisur gedacht.«

»Gut, dann werden wir dir eben einen klassischen Look verpassen«, meinte Katie und holte den Plastikeinsatz aus der Tasche, den sie auf das Handwaschbecken stellte, um Stellas schmalen Kopf mit den üppigen, präraffaelitisch anmutenden, roten Ringellocken zu waschen. Nach dem letzten Haarschnitt waren die Locken wieder üppig in alle Richtungen gewachsen, so als hätten sie beschlossen, die den Rest des Körpers betreffende Diagnose einfach zu ignorieren.

»Was ist das denn für ein Gefallen?«, fragte Katie beiläufig, um ein Gespräch anzufangen.

»Der größte, um den man jemanden bitten kann«, sagte Stella.

Katie warf ihr einen scharfen Blick zu. Ihr Tonfall hatte sich verändert. Plötzlich schien alles Leben aus dieser jungen Frau gewichen, die stets die ganze Station zum Lachen gebracht und die Leute überredet hatte, ihr Zigaretten ins Krankenhaus zu schmuggeln und Wache zu schieben, damit ihr keiner auf die Schliche kam.

»Ein Anruf für dich, Noel«, sagte Mr. Hall.

Für Noel gingen nie Telefonate in der Firma ein. Die paar Leute, die ihn sprechen wollten, wählten seine Handynummer. Nervös ging er in Mr. Halls Büro. Um diese Zeit hätte er sich normalerweise einen Drink genehmigt; er war völlig erledig, und um mit diesem unerwarteten Ereignis fertig zu werden, hätte er dringend ein wenig alkoholische Unterstützung benötigt.

»Noel? Ich bin's – Stella Dixon. Kannst du dich noch an mich erinnern? Wir haben uns letztes Jahr beim Line Dance kennengelernt.«

»Ja, sicher«, antwortete Noel erfreut.

Der lebhafte Rotschopf hatte beim Trinken durchaus mithalten können. Noel hatte viel Spaß mit ihr gehabt, aber sie war nicht der Typ Frau, den er unbedingt wiedersehen wollte. Und um in seiner momentanen Verfassung mit ihr auszugehen, war sie zu trinkfest.

»Ja, ich erinnere mich gut an dich«, wiederholte er.

»Danach haben wir uns irgendwie aus den Augen verloren«, sagte sie.

Das war jetzt schon eine Weile her. Fast ein Jahr. Oder doch eher erst sechs Monate? Seine Erinnerungen verschwammen.

»Tja, stimmt wohl«, erwiderte Noel ausweichend. Fast alle seine Freundschaften hatten sich irgendwann sang- und klanglos aufgelöst, so dass dies keine große Überraschung für ihn war.

»Ich muss dich sehen, Noel«, fuhr sie fort.

»Ich gehe momentan nicht viel aus, Stella«, begann er. »Auch nicht zum Line Dance.«

»Ich auch nicht. Ich liege in der Onkologie im St.-Brigid-Hospital und setze praktisch keinen Fuß mehr vor die Tür.«

Noel versuchte, sich genauer an sie zu erinnern – eine witzige junge Frau, die gern alle zum Lachen brachte. Die Nachricht war ein Schock für ihn.

»Du willst also, dass ich ins Krankenhaus komme und dich besuche?«

»Ja, bitte, Noel. Heute Abend um sieben Uhr.«

»Heute …?«

»Ich würde dich nicht bitten, wenn es nicht wichtig wäre.«

Noel bemerkte, dass Mr. Hall ihn beobachtete. Er durfte sich keine Blöße geben.

»Gut, dann bis später, Stella«, sagte Noel und fragte sich, weswegen sie ihn wohl sprechen wollte. Aber noch dringender fragte er sich, wie er es überstehen sollte, eine Krebsstation zu betreten, um eine Frau zu besuchen, an die er sich kaum erinnern konnte. Und noch dazu ohne einen Schluck Alkohol. Das war mehr, als ein Mann ertragen konnte.

Um sieben Uhr abends drängten sich viele Besucher auf den Korridoren des St.-Brigid-Krankenhauses. Noel bahnte sich seinen Weg zwischen ihnen hindurch. Dabei entdeckte er Declan Carroll, der vor ihm herging, und er beeilte sich, den Sohn ihrer Nachbarn einzuholen.
»Weißt du, wo die Onkologie für Frauen ist, Declan?«
»Mit dem Lift dort drüben kommst du direkt hin. Du musst in den zweiten Stock.«
Declan fragte nicht, wen Noel besuchen wollte und warum.
»Ich habe gar nicht gewusst, dass es so viele kranke Menschen gibt«, sagte Noel, während er sich umsah.
»Richtig, aber im Vergleich zu der Zeit, als unsere Eltern jung waren, kann heutzutage viel für sie getan werden.« Declan vermochte allem eine positive Seite abzugewinnen.
»Ja, so sollte man das wahrscheinlich sehen«, stimmte Noel ihm zu.
Noel wirkte ein wenig bedrückt auf Declan, aber ein Ausbund an Fröhlichkeit war der junge Mann noch nie gewesen.
»Ganz recht, Noel. Vielleicht hättest du nachher Lust auf ein Bier? Bei Casey's? Das liegt auf unserem Weg.«
»Nein. Ich trinke nichts mehr«, erwiderte Noel mit leiser, gepresster Stimme.
»Na, das finde ich aber wirklich gut.«
»Und außerdem habe ich Hausverbot bei Casey's.«
»Dann sollen sie ihr Guinness selbst trinken. Der Schuppen ist mir ohnehin zu groß.«
Declan nickte Noel aufmunternd zu, war mit seinen Gedanken aber längst wieder woanders. In ein paar Wochen sollte ihr erstes Kind zur Welt kommen. Fiona war bereits vollkommen aus dem Häuschen, und seine Mutter hatte genügend winzige Strampler und Jäckchen gestrickt, um eine Vierlingsgeburt aus-

zustatten, obwohl sie genau wussten, dass Fiona nur ein Baby erwartete.
Ein entspannendes Bier auf die Schnelle hätte er wirklich gebrauchen können, aber das stand jetzt wohl nicht mehr zur Debatte. Declan seufzte und ging auf einen Patienten zu, der bereits ungeduldig Pläne schmiedete, das Krankenhaus zu verlassen, und nun von ihm verlangte, dass er alles tat, um seine Entlassung zu beschleunigen. Declans Diagnose nach würde dieser Mann das Krankenhaus jedoch nie mehr verlassen, sondern innerhalb weniger Wochen hier sterben. Es fiel ihm schwer, ein aufmunterndes Gesicht zu machen und auch dieser Situation noch etwas Positives abzugewinnen, aber irgendwie schaffte er auch das.
Das gehörte nun mal zu seinem Job.

Auf der Station befanden sich sechs Frauen, aber keine von ihnen hatte langes, rotes, lockiges Haar.
Aus einem Bett in der Ecke winkte Noel eine sehr dünne Frau zu.
»Noel, Noel, ich bin's, Stella! Sag bloß nicht, dass ich mich so verändert habe!«
Noel war bestürzt. Die Frau bestand nur noch aus Haut und Knochen, hatte sich aber offensichtlich große Mühe gegeben, sich schick zu machen: Ihr Haar war frisch gewaschen und geföhnt, sie hatte Lippenstift aufgelegt und ein weißes viktorianisches Spitzennachthemd mit hohem Kragen und Manschetten angezogen. An ihr Lächeln konnte er sich erinnern, aber das war schon alles.
»Stella, schön, dich zu sehen«, murmelte er.
Sie schwang ihre dünnen Beine über die Bettkante und deutete ihm an, die Vorhänge um das Bett zuzuziehen.
»Hast du ein paar Kippen für mich?«, flüsterte sie hoffnungsvoll.
»*Hier* drinnen, Stella?« Noel war schockiert.
»Gerade hier drinnen. Also, offenbar hast du mir keine mitge-

bracht. Reich mir mal meinen Kulturbeutel herüber. Die anderen Mädels werden Wache halten.«
Entsetzt sah er zu, wie sie hinter ihrer Zahnpasta eine Zigarette hervorzog, diese geschickt anzündete und einen alten Briefumschlag zu einem Aschenbecher umfunktionierte.
»Wie geht es dir?«, fragte er und wünschte sich noch im selben Augenblick, er hätte nicht gefragt. Offensichtlich nicht gut, sonst würde sie wohl nicht hier vor seinen Augen auf einer Krebsstation dahinsiechen. »Ich meine, wie läuft es so?«, fügte er, noch ungeschickter, hinzu.
»Es lief schon mal besser, um ehrlich zu sein, Noel.«
Er versuchte, sich zu überlegen, was Emily unter diesen Umständen sagen würde. Eine ihrer Angewohnheit war es, Fragen zu stellen, auf die einem nicht sofort eine Antwort einfiel.
»Wovor hast du denn am meisten Angst, Stella?«
Wie Noel erwartet hatte, musste sie erst überlegen.
»Am meisten Angst habe ich davor, dass du mir nicht glaubst«, sagte sie schließlich.
»Dann schieß mal los«, entgegnete er.
Stella stand auf und fing an, in dem kleinen Geviert auf und ab zu gehen. Da sah er, dass sie schwanger war. Und genau in dem Moment platzte sie damit heraus.
»Ich hatte gehofft, dich nicht damit belästigen zu müssen, Noel, aber du bist der Vater. Das Kind ist von dir.«
»Aber Stella, das kann nicht sein. Es ist doch gar nichts passiert zwischen uns.«
»Ich weiß, mich kann man leicht vergessen, aber an das Wochenende musst du dich doch erinnern.«
»Wir waren sturzbetrunken an diesem Wochenende – wir beide.«
»Aber offenbar nicht zu besoffen, um ein neues Leben zu zeugen.«
»Ich schwöre, dass ich damit nichts zu tun habe. Ehrlich, Stella, wenn das Kind von mir wäre, würde ich dazu stehen … Ich würde nicht davonlaufen oder so … aber … aber …«

»Aber was?«
»Es gibt doch bestimmt noch jede Menge anderer Kandidaten.«
»Herzlichen Dank, Noel.«
»Du weißt, wie ich das meine. Eine attraktive Frau wie du hat doch bestimmt viele Partner gehabt.«
»Ich muss es ja wohl wissen. Glaubst du allen Ernstes, dass ich ausgerechnet *dich* aus einer Liste möglicher Kandidaten herauspicken würde? Dass ich dich in diesem Mausoleum anrufen würde, in dem du irgendeinen Hilfsarbeiterjob machst? Dich – einen Alkoholiker? Und bei deinen Eltern wohnst du auch noch! Warum sollte ich ausgerechnet von dir behaupten, dass du der Vater meines Kindes bist, wenn es nicht stimmt?«
»Tja, wie du gerade gesagt hast – herzlichen Dank.«
Noel wirkte verletzt.
»Du hast mich gefragt, wovor ich am meisten Angst habe. Ich habe es dir gesagt, und jetzt glaubst du mir nicht.« Stella ließ den Kopf hängen.
»Du bildest dir das nur ein. Zwischen uns ist nie etwas gewesen. Ich würde mich erinnern. Ich habe in meinem Leben noch nicht mit vielen Frauen geschlafen. Und wie soll ich dir schon helfen? Ich bin, wie du so schön sagst, ein nutzloser Säufer mit einem Hilfsarbeiterjob bei Halls's, der noch bei seinen Eltern wohnt. Eine große Hilfe könnte ich dir nicht sein. Du bist viel besser als ich geeignet, dieses Kind großzuziehen und dem Jungen alles für sein Leben mitzugeben, was er braucht – besser, als ich das jemals könnte. Zieh dein Kind selbst groß, Stella, und wenn du glaubst, dass ich etwas dazu beisteuern kann, dann gern – ich will nicht, dass es dir an etwas fehlt ... natürlich, ohne mich zu der Vaterschaft zu bekennen ... nur um dir zu helfen.«
Ihre Augen funkelten ihn böse an.
»Du bist so ein Idiot, Noel Lynch. Ich werde, verflucht noch mal, nicht mehr hier sein, um mein Kind großzuziehen. In drei bis vier Wochen bin ich tot. Ich werde den Kaiserschnitt nicht überleben. Und das Baby ist übrigens kein Junge, sondern ein

Mädchen, eine Tochter. Ihr Name ist Frankie. So soll sie nämlich heißen: Frances Stella.«

»Das bildest du dir doch alles nur ein, Stella. Diese Krankheit hat dich um den Verstand gebracht.«

»Frag die Leute hier in der Station. Frag die Schwestern. Hör auf zu träumen und stell dich der Realität, Noel. Dieses Kind gibt es, und wir müssen etwas tun.«

»Ich kann kein Kind großziehen, Stella. Du hast bereits alles aufgeführt, was gegen mich spricht. Mit mir hat die Kleine keine Chance.«

»Aber du wirst sie großziehen *müssen*«, sagte Stella. »Sonst muss ich sie weggeben. Und das werde ich auf keinen Fall tun.«

»Aber es wäre das Beste für sie. Es gibt genügend Paare, die alles tun würden, um ein eigenes Kind zu haben«, begann er.

»Ja, und genügend Pflegefamilien wie die meine, wo der Vater und die Onkel sich gern mal an der süßen kleinen Pflegetochter vergreifen. Ich weiß, wovon ich spreche, aber Frankie wird das nicht mitmachen müssen, nur weil sie keine Mutter mehr hat.«

»Was soll ich denn deiner Ansicht nach tun?«

»Du sollst dich um deine Tochter kümmern, ihr ein Zuhause und eine sichere Kindheit geben und ihr sagen, dass ihre Mutter kein schlechter Mensch war. Für sie einstehen. Das Übliche eben.«

»Das kann ich nicht.« Noel stand auf.

»Es gibt so vieles zu besprechen ...«, begann Stella.

»Ohne mich. Es tut mir leid. Und es tut mir auch leid, zu erfahren, wie schlimm es um dich steht, aber ich denke, du siehst die Sache zu schwarz. Krebs ist heutzutage heilbar. Glaub mir, Stella.«

»Auf Wiedersehen, Noel«, entgegnete sie und würdigte ihn keines Blickes mehr, da konnte er ihren Namen noch so oft sagen.

Noel ging zur Tür und drehte sich ein letztes Mal um. Stella, eine schmale Gestalt auf dem weißen Bett, schien noch mehr geschrumpft zu sein. Wahrscheinlich hatten die anderen Frauen den größten Teil ihres Gesprächs mitangehört, mutmaßte Noel, denn alle warfen ihm böse Blicke zu.

Auf der Heimfahrt im Bus überlegte Noel, dass er sich heute Abend auf keinen Fall an den Küchentisch setzen und das Abendessen zu sich zu nehmen konnte, das Emily bestimmt für ihn warm hielt. Heute hatte er keine Lust, über Heilige, Statuen, Spendenkampagnen und Abendkurse zu reden. Heute stand ihm der Sinn eher nach drei Bier in irgendeiner schummrigen Kneipe, um alles zu vergessen. Noel lenkte seine Schritte in Richtung des Pubs, in dem Paddy Carroll, Declans Vater, jeden Abend mit seinem großen Labrador einkehrte. Mit etwas Glück würde ihn um diese Zeit dort niemand erkennen.

Das Bier tat ihm gut und tröstete ihn wie ein alter Freund.

Ehe Noel es sich versah, hatte er vier Halbe getrunken.

Er hatte gehofft, dass ihm der Alkohol nicht mehr schmecken würde, aber dem war leider nicht so. Im Gegenteil. Er verspürte eine große Wut auf sich selbst, dass er sich diesen vertrauten, wohltuenden Genuss so lange versagt hatte. Bereits jetzt fühlte er sich besser. Seine Hand zitterte nicht mehr, und sein Herz klopfte nicht mehr so stark.

Doch er musste einen kühlen Kopf bewahren.

Zurück im St. Jarlath's Crescent würde er so tun müssen, als ob nichts passiert wäre. Emily würde ihn zwar auf den ersten Blick durchschauen, aber er konnte ihr später alles beichten. Doch vielleicht bestand überhaupt keine Notwendigkeit, die Sache zu erwähnen. Schließlich war das alles nur ein Missverständnis. Er wüsste es schließlich, wenn er mit dieser Frau ein Kind gezeugt hätte.

Ganz gewiss sogar.

Diese Stella bildete sich das nur ein, weil sie Krebs hatte. Keine normale Frau hätte sich ausgerechnet Noel als Vater ihres Kindes ausgesucht. Aber die arme Stella war alles andere als normal, und sie tat ihm leid, aber das war lächerlich.

Das Kind konnte nicht von ihm sein.

Noel lehnte das fünfte Bier ab und steuerte die Tür an.
Er bemerkte nicht, dass Declan Carroll mit einem Glas in der Hand neben seinem Vater stand und neugierig den Mann beobachtete, der behauptet hatte, das Trinken aufgegeben zu haben, gerade eben aber in atemberaubender Geschwindigkeit vier Halbe in sich hineingeschüttet hatte.
Declan seufzte.
Wen immer Noel im Krankenhaus besucht und was immer er dort erfahren hatte, es schien nichts Erfreuliches gewesen zu sein.
Paddy Carroll tätschelte die Hand seines Sohnes.
»In ein paar Wochen hast du alles überstanden. Dann hältst du dein Kleines im Arm, und die Warterei wird vergessen sein.«
»Ja, Dad. Erzähl mir doch mal, wie es war, als Mam mich zur Welt brachte.«
»Es ist mir bis heute unbegreiflich, wie ich das überlebt habe«, erklärte Declans Vater und erzählte zum x-ten Mal die bekannte Geschichte aus dem Blickwinkel des werdenden Vaters.
Die Mutter hatte bei der Geburt anscheinend nur eine untergeordnete Rolle gespielt.

Noel hatte kaum die Haustür aufgesperrt, als Emily ihn sah und ihm einen scharfen Blick zuwarf.
Sofort ermahnte sie seine Eltern mit strenger Stimme: »Es ist schon spät, und wir sind jetzt alle müde. Wir sollten die Idee mit dem Wohltätigkeitsladen lieber ein andermal besprechen.«
»Mit dem was?«
Noel schüttelte den Kopf, als würde ihm das helfen, seine wirren Gedanken zu sortieren. Seine Eltern machten ein enttäuschtes Gesicht. Emily hatte sie mit ihrer Begeisterung angesteckt, und nun wollten sie nicht aufhören, Pläne zu schmieden.
Aber Emily war unnachgiebig. Im Handumdrehen hatte sie Charles und Josie davon überzeugt, ins Bett zu gehen.
»Noel, ich habe dir noch eine Portion von den italienischen Fleischbällchen aufgehoben.«

»Die waren wirklich köstlich«, bestätigte Josie. »Emily gelingt einfach alles.«
»Ich glaube, ich habe keinen Hunger mehr. Ich bin auf dem Heimweg kurz …«, begann Noel.
»Das ist mir aufgefallen«, erwiderte Emily, »aber das Essen wird dir guttun, Noel. Geh in dein Zimmer, und ich bringe dir in fünf Minuten das Essen.«
Es gab kein Entkommen für ihn.
Ergeben setzte Noel sich in sein Zimmer und wartete auf Emily und das Donnerwetter, das folgen würde. Merkwürdigerweise blieb die Schelte aus, und Emily erwähnte mit keinem Wort, dass er rückfällig geworden war. Außerdem hatte sie recht, er fühlte sich *tatsächlich* besser, nachdem er etwas gegessen hatte. Als sie das Geschirr auf das Tablett stellte und sich zum Gehen anschickte, fragte sie mitfühlend, ob er einen schlechten Tag gehabt habe.
»Den schlimmsten meines Lebens«, antwortete er.
»Mr. Hall?«
»Nein, der war ganz in Ordnung. Aber später ist etwas vollkommen Verrücktes und wirklich Schlimmes passiert. Deshalb habe ich dringend ein paar Bier gebraucht.«
»Und? Haben sie dir geholfen?« Emilys Interesse schien echt zu sein.
»Zuerst schon, aber jetzt lässt die Wirkung nach, und ich bin stinksauer auf mich selbst, dass ich so lange durchgehalten habe, beim ersten Anflug von Ärger aber sofort schwach wurde.«
»Weißt du denn, was dich so aus der Bahn geworfen hat?«
In Emilys Tonfall lag keinerlei Wertung. Sie verurteilte ihn nicht, sondern sah ihn aufmunternd an. Was immer es war, er konnte sich ihr anvertrauen, aber wenn er nichts zu sagen hatte, würde sie gehen.
»Bitte, setz dich, Emily«, bat Noel, und dann erzählte er ihr stockend und mit vielen Wiederholungen die ganze Geschichte. Im Grunde lief sein Bericht darauf hinaus, dass er sich daran erinnern würde, wenn er mit dieser Frau ein Kind gezeugt hätte.

»Ich habe so selten Sex, Emily, dass ich mir die paar Mal gerade noch merken kann.«
Emily hörte schweigend zu, nur hin und wieder veränderte sich ihre Miene. Sie ließ Sorge und Erschütterung erkennen, als die Rede auf Stellas hageres, leidendes Gesicht kam, und sie zeigte Anteilnahme, als Noel ihr von Stellas Bemerkung erzählte, dass sie – hätte sie die Wahl – ihn nie und nimmer als Vater für ihre Tochter erwählen würde: ihn, einen Säufer und Versager, der noch bei den Eltern wohnte.
Erst als Noel zum Ende seiner Geschichte kam, als er Stella, das Krankenhaus und damit auch das Problem einfach hinter sich gelassen hatte, schien Emily verwirrt.
»Warum hast du das getan?«, fragte sie.
»Was hätte ich sonst tun sollen?«, meinte Noel überrascht. »Schließlich bringt es nichts, wenn ich auf das Theater auch noch eingehe. Diese Frau tickt doch nicht mehr richtig.«
»Du bist also einfach gegangen und hast sie dort sitzenlassen?«
»Was blieb mir anderes übrig, Emily. Du weißt doch, was für ein Drahtseilakt mein Leben ist. Meine Lage ist weiß Gott schlimm genug, ohne dass ich mich zusätzlich mit fremden Hirngespinsten herumschlage.«
»Du sagst also, dass es dir schlechtgeht, Noel? Richtig?«
»Ja, sehr schlecht sogar.« Er klang abwehrend.
»Hast du vielleicht Krebs im Endstadium?«, fragte Emily. »Bist du als Pflegekind missbraucht worden? Musst du in einem Monat sterben, ohne dein Kind jemals im Arm halten zu können? Nein, Noel, diese Probleme hast du alle nicht, aber trotzdem behauptest du, dass es *dir* schlechtgeht.«
Noel wirkte verlegen.
»Du schaust nie über deinen Tellerrand hinaus. Du denkst immer nur daran, wie es *dir* geht, Noel. Schäm dich«, sagte sie voller Verachtung.
Da hatte er nun gedacht, in dieser Frau zum ersten Mal im Leben eine richtige Freundin gefunden zu haben, und jetzt wandte sie sich gegen ihn.

»Bitte, Emily, setz dich wieder. Du hast mich gefragt, was passiert ist, und ich habe es dir erzählt.«

»Ja, das hast du, Noel.« Sie machte keine Anstalten, sich hinzusetzen.

»Also? Willst du nicht mit mir darüber reden?«

»Nein. Warum sollte ich dieses Theater, wie du es nennst, auch noch mitspielen? Mach nicht so ein Gesicht, Noel. Das waren deine eigenen Worte. Weshalb sollte ich nicht auch egoistisch sein und nur daran denken, was ich hier für einen Drahtseilakt vollführe? Tut mir leid, aber alle Beteiligten – wie hast du dich ausgedrückt – ›ticken nicht mehr richtig‹. Warum sollte ich mich mit den Hirngespinsten anderer auseinandersetzen?« Sie war schon fast an der Tür.

»Aber das sind keine Hirngespinste, Emily. Das ist passiert.«

»Stimmt. Es ist keine Einbildung, sondern Realität. Aber, na und, was soll's? Es hat ja nichts mit *dir* zu tun, Noel. Gute Nacht. Tut mir leid, aber mehr kann ich im Moment nicht dazu sagen. Mir fehlen die Worte.«

Und dann war sie weg.

Schlechter kann dieser Tag nicht mehr werden, hatte Noel sich gedacht und es deswegen Emily erzählt. Aber im Abstand von wenigen Stunden hatten sich zwei Frauen empört von ihm abgewandt.

Und nun war dies der schwärzeste Tag seines Lebens geworden.

Betsy,
hier läuft ein Drama, das wir als Teenager wahrscheinlich unheimlich spannend gefunden hätten, wenn wir es am Samstagnachmittag im Kino gesehen hätten. Aber es ist so traurig, dass ich im Moment nicht darüber sprechen kann. Ich werde dir schreiben, wie die Geschichte weitergeht.

Selbstverständlich solltest du mit Eric ausgehen! Ich habe dir doch schon hundert Mal gesagt, dass er nicht an mir interessiert ist. Das hat er doch nur vorgetäuscht, um dich näher kennenzulernen.

Ich weiß, ich weiß! Je länger ich lebe, desto verrückter erscheinen mir die Leute.
Alles Liebe,
Emily

Katie Finglas sperrte den Frisiersalon ab. Es war ein langer Tag gewesen, und sie war müde. Heute hatte Garry seinen freien Abend. Ein Mal in der Woche trafen er und seine Freunde sich zum Kicken und Reden.
Katie wäre jetzt gern nach Hause gegangen und hätte sich ein langes, heißes Bad gegönnt, während Garry seine berühmte französische Zwiebelsuppe für sie zubereitete. Anschließend hätten sie sich vor den Kamin gesetzt und die Entscheidung besprochen, die anstand. Die Leute dachten immer, dass Katie und Garry ständig Zeit zum Reden hatten, da sie schließlich den ganzen Tag über zusammen in ihrem Frisiersalon standen. Aber diese Leute hatten keine Ahnung, wie selten sich ihnen die Gelegenheit bot, auch nur fünf Minuten Kaffeepause zu machen. Außerdem waren sie ständig von Angestellten und Kunden umringt, so dass es ihnen unmöglich war, private Dinge zu besprechen.
Deshalb wünschte Katie sich endlich einmal Zeit für eine echte Diskussion, bei der sie alle Argumente austauschen konnten, alle Gründe, die dafür sprachen, die Räume über ihrem Salon anzumieten: Da sie weder ausreichend Lagerraum noch Aufenthaltsräume für das Personal hatten, mussten sie dringend expandieren. Hätten sie mehr Platz zur Verfügung, könnten sie als weitere Dienstleistung auch Maniküre anbieten und Stühle und Spiegel für mindestens sechs weitere Kunden aufstellen. Dann wären sie endlich in der Lage, mit anderen erfolgreichen Schönheitssalons in Dublin zu konkurrieren.
Andererseits würde niemand, der noch richtig im Kopf war, ernsthaft Geld in die Hand nehmen und in eine Immobilie stecken, die dringend renovierungsbedürftig war. Sie würden sich entschieden zu viel zumuten, und die Wohnung über ihnen

könnten sie ohnehin nur zur Hälfte nützen, da sie zu groß und weitläufig war.
Aber einmal angenommen, sie täten es doch, dann würden sie zumindest ein paar Zimmer herrichten und vermieten müssen, um einen Teil ihrer Investition wieder hereinzuholen.
Und wenn – was würden sie für Mieter bekommen? Einmal angenommen, sie wären von der übelsten Sorte, laut und unordentlich, und würden ihre und Garrys harte Arbeit zunichtemachen?
Seufzend schaltete Katie die Alarmanlage ein.
Auf der anderen Straßenseite sah sie Father Flynn stehen, diesen freundlichen Priester aus dem Einwandererzentrum um die Ecke, der sie mit der armen Stella Dixon im St.-Brigid-Hospital in Kontakt gebracht hatte.
Stella hatte ihr verraten, dass sie normalerweise für Pfaffen nicht viel übrighabe. Dieser Brian Flynn schien jedoch ein sehr anständiger Typ zu sein und lag ihr nicht mit Themen wie Sünde und Erlösung in den Ohren. Wie es sich für einen fürsorglichen Seelsorger gehörte, besorgte er ihr Zigaretten und erledigte für die anderen Patienten auch allerlei Botengänge.
Katie winkte dem Priester zu, und als er vorschlug, bei dem kleinen Italiener an der Ecke eine Tasse Kaffee zu trinken, überlegte sie nicht lange.
Auch er schien das Bedürfnis nach einem Gespräch zu haben. Ein wenig gereizt erzählte er von einem Freund und Priesterkollegen, der die Spanische Treppe hinuntergefallen war und sich in einem Krankenhaus in Rom eine längere Auszeit gönnte. Als Father Flynn auf seinen gierigen Vermieter zu sprechen kam, der ihm gekündigt hatte, klagte er, wie schwierig es sogar für einen bescheidenen Menschen wie ihn war, eine bezahlbare Wohnung zu finden.
»Ich bin wirklich sehr anspruchslos«, sagte Brian Flynn voller Selbstmitleid. »Die Wohnung muss weder schick noch bequem sein.«
Nachdenklich musterte Katie über den Rand ihrer Cappuccino-Tasse hinweg den Priester. »Wie anspruchslos?«, fragte sie.

Plötzlich sah sie eine Lösung für alle ihre Probleme vor sich. Father Flynn wäre der perfekte Mieter.
»Trinken Sie doch mal Ihren Kaffee aus und kommen Sie mit mir«, schlug sie vor, trank selbst rasch aus und eilte zurück in den Salon, den sie eben erst abgesperrt hatte.
Am Ende des Monats hatte Brian Flynn sein neues Zuhause bezogen. Sein Freund Johnny hatte Bücherregale aufgestellt, und Katies Mann Garry hatte einen gebrauchten Kühlschrank für ihn besorgt, in dem er Milch, Butter und auch das eine oder andere Bier aufbewahren konnte. Brians einzige Pflicht bestand darin, dafür zu sorgen, dass der Frisiersalon ordentlich abgesperrt und die Alarmanlage eingeschaltet war, wenn er nach Geschäftsschluss die Wohnung verließ. Dies war für alle die perfekte Lösung.

KAPITEL 3

Noel konnte nicht glauben, dass Emily an dem Morgen, nachdem sie abends wütend und empört sein Zimmer verlassen hatte, wie vom Erdboden verschluckt schien. Seit ihrem Einzug in den St. Jarlath's Crescent war sie fester Bestandteil seines Lebens gewesen.

»Wo ist Emily?«, fragte er seine Mutter. »Es sieht ihr gar nicht ähnlich, nicht zum Frühstück zu erscheinen.«

»Ach, sie ist schon mal losgegangen, um sich einen Raum für den Wohltätigkeitsladen anzusehen«, erklärte Josie Lynch, voller Zuversicht, dass Emily das passende Objekt gefunden hätte, noch ehe sich der Tag dem Ende zuneigte. Es gab schließlich nichts, was diese Frau nicht zustande brachte.

»Und sie hat Cäsar mitgenommen. Sie will nämlich auch noch anderen Hundebesitzern meine Dienste anbieten.« Auch Charles war zufrieden. »Wenn sie mit einem Hund auftritt, verleiht ihr das mehr Glaubwürdigkeit, hat sie gemeint.«

»Mittags ist sie bestimmt wieder zurück, wenn du sie brauchst, Noel«, fügte Josie hinzu. »Heute Abend geht sie zwar noch mal weg, aber sie stellt uns das Abendessen warm. Wie haben wir das eigentlich gemacht, bevor sie zu uns kam?«

»Wohin geht sie denn heute Abend?«

Es war das erste Mal seit ihrer Ankunft, dass Emily bei zwei Mahlzeiten an einem Tag fehlte. Für Noel gab es nur eine Erklärung: Sie ging ihm aus dem Weg.

Im Büro versuchte Noel, so gut es ging, ohne Alkohol über die Runden zu kommen, aber die schmerzhafte Erinnerung an Stellas Zustand und an Emilys Verachtung überfiel ihn immer wieder, während sich der Tag endlos dahinschleppte. Gegen

Nachmittag hielt er es nicht länger aus und behauptete, dass er im Schreibwarenladen etwas besorgen müsste. Unterwegs kaufte er einen halben Liter Wodka und füllte den Inhalt in eine Flasche mit orangegelber Brauselimonade um. Als er ein Glas nach dem anderen trank, spürte er, wie die Kraft in ihn zurückströmte, der Schmerz nachließ und der vertraute Nebel ihn einhüllte wie ein dicker, weicher Schal.

Jetzt fühlte sich Noel imstande, den Nachmittag durchzustehen. Was jedoch nicht verschwand, war das Gefühl, ein Versager zu sein, der gleich drei Menschen bitter enttäuscht hatte: Stella, die bald sterben musste, seine unerschütterliche Cousine Emily und ein ungeborenes kleines Mädchen namens Frankie, auch wenn dieses keinesfalls seine Tochter sein konnte.

Aber er hätte anders reagieren sollen.

Emily stand bei Molly Carroll im Waschsalon. Sie hatte einige Handtücher zum Waschen mitgebracht, war aber in erster Linie aus einem anderen Grund gekommen. Bei einem ihrer ersten Besuche waren ihr zwei ungenutzte Nebengebäude aufgefallen. Vielleicht könnten sie hier den geplanten Wohltätigkeitsladen einrichten, mit dessen Einnahmen sie das Geld für die Statue von St. Jarlath zusammenbekommen wollten. Aber sie musste die Sache vorsichtig angehen und erst einmal herausfinden, wem die Gebäude gehörten.

Die Angelegenheit erwies sich als einfacher, als Emily erwartet hatte. Molly und Paddy Carroll hatten die Räume dem Vorbesitzer abgekauft, als dieser vor ein paar Jahren wegen seiner Spielschulden dringend Geld gebraucht hatte und an einem raschen Verkauf interessiert gewesen war. Bisher hatten sie die Nebengebäude nicht genutzt, aber verkaufen wollten sie sie auch nicht, um zu verhindern, dass ihnen jemand eine Imbissbude mit lärmender Laufkundschaft vor die Nase setzte.

Molly war sofort Feuer und Flamme von Emilys Vorschlag, zeigte ihr sogleich die Räume und stellte Überlegungen an, wohin man die Regale und die Kleiderständer stellen könnte. Es

war geplant, auch gebrauchte Bücher zu verkaufen, und im Lauf des Gesprächs kam Emily auf die Idee, Topfpflanzen zu ziehen und ebenfalls anzubieten.
Begeistert erstellten die beiden eine Liste mit Leuten, die sie fragen wollten, ob sie stundenweise im Laden aushelfen könnten. Molly hatte einen Bekannten mit dem unwahrscheinlichen Namen Dingo – ein durch und durch ehrlicher Mensch, wie sie beteuerte –, der ihnen mit seinem Van bestimmt beim Transport von Waren behilflich wäre. Und Emily hatte bereits mit ein paar Frauen gesprochen, die ihnen zwar gerne zur Hand gehen würden, wie sie sagten, aber Bedenken hatten, mit einer Registrierkasse richtig umgehen zu können. Emily versprach, sich bei den zuständigen Behörden zu erkundigen, welche Betriebsbewilligungen sie bräuchten und ob die Carrolls eine Nutzungsänderung für die Räume beantragen müssten. Als Dank und zur Feier des gemeinsamen Vorhabens versprach sie, in der kommenden Woche einen üppigen Blumenkasten für das Schaufenster des Waschsalons vorbeizubringen.
Und Molly schlug vor, dass der Freund ihres Mannes Paddy und seine »Kollegen« aus dem Pub beim Renovieren helfen könnten. Sie beschlossen, den Laden St.-Jarlath's-Charity-Shop zu nennen – kurz: Charity-Shop. Molly fand es großartig, mit von der Partie zu sein, zumal sie sich so als Erste bedienen könnte, falls mal eine hübsche Jacke unter den Spenden wäre. Stolz, zufrieden und mit dem Gefühl, eine wichtige und schwierige Hürde genommen zu haben, verließ Emily den Waschsalon.
Beim Fischhändler machte sie kurz halt und kaufte für den nächsten Tag geräucherten Kabeljau. Als sie zu Charles und Josie ins Haus gekommen war, hatte keiner von beiden besonders gern Fisch oder Salat gegessen, aber langsam veränderten sie ihre Essgewohnheiten. Emily bedauerte jedoch, dass sie keinen größeren Einfluss auf Noel hatte, aber der junge Mann hatte einen dicken Schutzwall um sich aufgebaut und kam erneut jeden Abend spät nach Hause. Es war offensichtlich, dass er ihr aus dem Weg ging.

»Kann ich noch etwas für dich tun, Stella?« Father Flynn hatte der Kranken die übliche Packung Zigaretten vorbeigebracht.

»Eigentlich nicht, Brian, trotzdem vielen Dank.«

Stella wirkte sehr niedergeschlagen, und jeglicher Mut schien sie verlassen zu haben.

Der Pfarrer zögerte, ihr weitere Fragen zu stellen. Ihre Zukunft sah rabenschwarz aus. Was sollte er ihr schon Hilfreiches sagen?

»Hattest du Besuch?«, fragte er schließlich.

Stellas Blick wurde stumpf. »Ja, aber den Kerl kannst du in der Pfeife rauchen«, erwiderte sie. Als Father Flynn sie mitfühlend ansah, wohl wissend, dass er ihr keinen Trost spenden konnte, bemerkte er zum ersten Mal Tränen in ihren Augen.

»Ich kann nicht so gut mit Worten umgehen, Stella«, begann er.

»Du machst das ganz gut, Brian. Außerdem versorgst du mich mit Zigaretten und schickst mir Katie, die mir die Haare schneidet – auch wenn es vollkommen für die Katz war.«

»Aber deine Haare sehen sehr schön aus«, sagte er hilflos.

»Offenbar nicht schön genug, um diesen ungläubigen Thomas zu überzeugen.«

»Wovon überzeugen?« Brian war verwirrt.

»Dass er der Vater meines Kindes ist. Er behauptet, er kann sich nicht erinnern, mit mir Sex gehabt zu haben. Ist das nicht reizend?«

»Äh, Gott, Stella, das tut mir leid.« Seine Miene drückte echtes Mitgefühl aus.

»Wahrscheinlich war es mein Fehler. Ich habe die Sache falsch angepackt. Der Mann hat ein kleines Alkoholproblem, so wie ich früher auch, und war einfach überfordert. Er ist regelrecht davongerannt, sage ich dir.«

»Vielleicht besinnt er sich und kommt zurück.«

»Bestimmt nicht, er kann sich buchstäblich an nichts erinnern. Er wird sich hier nicht mehr blicken lassen.«

Stella klang resigniert.

»Könntest du nicht einen DNA-Test machen lassen, um zu beweisen, dass er der Vater deiner Tochter ist?«
»Daran habe ich auch schon gedacht, aber wenn er sich nicht erinnert, bei ihrer Zeugung dabei gewesen zu sein, hat es wenig Sinn, ihn zu bitten, Frankie ein Vater zu sein. Nein, sie wird sich eben allein durchs Leben schlagen müssen wie wir alle.«
»Würde es etwas nützen, wenn ich mit ihm spreche?«
Zumindest das sollte ich ihr anbieten, dachte Brian Flynn.
»Nein, Brian, vielen Dank, aber nein. Wenn er schon bei mir davonrennt, dreht er wahrscheinlich durch, wenn ich ihm einen Pfarrer auf den Hals hetze.«
Für einen Augenblick war die alte Stella wieder zu erkennen.

An diesem Abend berichtete Emily im St. Jarlath's Crescent ausführlich über ihre Verhandlungen mit Molly Carroll, und Charles und Josie hingen begeistert an ihren Lippen.
Auch Charles hatte Neuigkeiten. In ein paar Wochen würde das Hotel tatsächlich eine Abschiedsfeier für ihn veranstalten – mit Fingerfood, Wein, Bier und einer Präsentation. Und er konnte kaum glauben, wer ihm dabei die Ehre erweisen wollte: Mrs. Monty. Sie war wirklich eine Dame, auch wenn der Hotelmanager die größten Bedenken hatte, die exzentrische alte Lady, die zu ihrer Perlenkette stets nur Pelzmantel und Hut trug, ins Haus zu lassen.
Mrs. Monty sollte bald in eine Seniorenresidenz umziehen, in der ihr Hund jedoch traurigerweise nicht willkommen war. Da Charles sich einverstanden erklärt hatte, Cäsar zu sich zu nehmen, wollte sie sich auf diese Weise bei dem freundlichen Hotelangestellten bedanken, der dem kleinen Spaniel ein so gutes Zuhause geschenkt hatte. Außerdem beabsichtigte sie, eine bestimmte Summe für einen wohltätigen Zweck seiner Wahl zu spenden. Einen besseren Auftakt für ihre Spendenkampagne konnte man sich wohl kaum vorstellen.
Selbstverständlich konnte Charles zu der Feier auch Familienangehörige und Freunde mitbringen. Und deshalb überlegte er,

außer Josie, Emily und Noel auch noch Paddy und Molly Carroll und die beiden Scarlets, Muttie und Lizzie, einzuladen.
»Ob Noel wirklich mitkommt?«, meinte Emily spitz.
»Da kommt er ja. Wir können ihn gleich selbst fragen!«, sagte Josie.
Noel hörte aufmerksam zu, als man ihm begeistert von der Abschiedsfeier erzählte, und bemühte sich um eine entsprechend freudige Mimik.
Diese Taktik kannte Emily von ihrem Vater. Wichtig war, so wenig wie möglich zu sagen, damit keiner auf die Idee kam, man könnte betrunken sein.
Schließlich musste Noel sich doch äußern. Langsam und sorgfältig formulierte er seine Antwort.
»Es würde mich sehr freuen, bei dieser Feier dir zu Ehren dabei zu sein«, sagte er zu seinem Vater.
Emily biss sich auf die Lippen. Wenigstens war er zu einer angemessenen Antwort fähig gewesen und hatte seinem Vater die Freude nicht verdorben.
»Es ist noch ein bisschen Lammeintopf übrig, Noel. Ich wärme ihn dir rasch auf und bring dir einen Teller voll«, bot sie ihm an, damit er gehen konnte, ehe seine Maske der Nüchternheit zu bröckeln begann.
»Danke, Emily, das wäre nett«, erwiderte Noel und floh in sein Zimmer, nachdem er ihr noch einen dankbaren Blick zugeworfen hatte.
Als sie mit dem Tablett kam, saß er auf seinem Stuhl. Tränen liefen ihm über das Gesicht.
»O Gott, Noel, was ist los?«, fragte sie besorgt.
»Ich bin zu *absolut* nichts nütze, Emily. Ich habe bisher jeden Menschen in meinem Leben enttäuscht. Was hat es noch für einen Sinn, wenn ich morgens aufstehe und abends wieder ins Bett gehe? Was bringt das schon?«
Emily schluckte.
»Iss erst mal, Noel. Ich habe auch noch eine Kanne Kaffee mitgebracht. Wir müssen reden.«

»Ich dachte, *du* wolltest nicht mehr mit mir sprechen«, erwiderte er schniefend und wischte sich über die Augen.
»Und ich dachte, *du* würdest mir aus dem Weg gehen«, konterte sie.
»Was soll ich denn zu Hause, wenn du so kalt und abweisend zu mir bist? Ich habe keinen einzigen Freund auf dieser Welt, Emily. Es gibt niemanden, an den ich mich wenden könnte …«
Noel klang verängstigt und verloren.
»Iss deinen Eintopf, Noel. Ich bin ja da«, beteuerte sie.
Und dann hörte sie sich geduldig sein Lamento an, wie verzweifelt er war und was für einen erbärmlichen Vater er abgeben würde.
Emily unterbrach ihn nicht. Als er fertig war, sagte sie nur: »Mag sein, das du recht hast, aber es kann auch sein, dass Frankie dich verändern und den Menschen aus dir machen wird, der du immer sein wolltest.«
»Die lassen niemals zu, dass ich sie behalte … die Leute vom Sozialamt, meine ich.«
»Dann musst du ihnen zeigen, aus welchem Holz du geschnitzt bist.«
»Besser, wenn sie das nicht wissen«, antwortete Noel.
»Bitte, Noel, kein Selbstmitleid. Aber überleg dir deine nächsten Schritte genau, denn es werden viele Menschen davon betroffen sein.«
»Ich kann das Kind doch nicht hierherbringen«, protestierte er.
»Es ist ohnehin an der Zeit, dass du ausziehst.«
Emily war so ruhig und gelassen, als ginge es darum, das morgige Mittagessen und nicht Noels Zukunft zu besprechen.

Als Stella am nächsten Morgen von der Zeitschrift, in der sie gerade las, aufsah, fiel ein Schatten auf ihr Bett. Noel stand davor, mit einem kleinen Blumenstrauß in der Hand.
»Äh, hallo«, sagte sie. »Wie bist du hereingekommen? Es ist doch gar keine Besuchszeit.«
»Störe ich etwa?«, fragte er.

»Ja, ich informiere mich gerade, wie ich mehr Schwung in meine eingefahrene Ehe bringen kann. Als ob ich davon etwas verstehen würde.«
»Ich bin gekommen, um dich zu fragen, ob du mich heiraten willst«, sagte Noel.
»Oh, Mann, Noel, sei doch kein Idiot. Warum sollte ich dich heiraten? In ein paar Wochen werde ich tot sein!«
»Du würdest nicht sagen, dass das Baby von mir ist, wenn es nicht stimmt. Es wäre eine Ehre für mich, wenn ich die Kleine großziehen dürfte.«
»Hör mal, von Hochzeit war aber nie die Rede.« Stella wusste nicht recht, wie sie reagieren sollte.
»Und ich dachte, du wolltest heiraten!« Jetzt war er an der Reihe, sich zu wundern.
»Nein. Ich wollte, dass du für Frankie sorgst und ihr ein Vater bist, damit sie nicht in die Mühlen der Sozialfürsorge gerät.«
»Also wollen wir doch heiraten?«
»Nein, Noel, auf keinen Fall. Aber wenn du damit ausdrücken willst, dass du als Vater für die Kleine da sein wirst, dann erklär mir mal, wie du das anstellen willst und woher dein plötzlicher Sinneswandel kommt.«
»Ich werde mich ändern, Stella.«
»Schön für dich.«
»Nein, es ist mein Ernst. Ich habe die ganze Nacht kein Auge zugetan und mir alles genau überlegt. Ich werde noch heute zu den Anonymen Alkoholikern gehen und mein Alkoholproblem eingestehen. Anschließend werde ich mich für ein Abendstudium in Betriebswirtschaft am College einschreiben und mir eine Wohnung suchen, wo ich das Baby großziehen kann.«
»Das kommt aber sehr überraschend und spontan. Und wieso bist du heute nicht im Büro?«
Stella schaute ihn fragend an.
»Meine Cousine Emily ist bei Hall's vorbeigegangen und hat ausgerichtet, dass ich wegen einer Privatangelegenheit einen Tag freihaben muss. Ich werde die Zeit nächste Woche wieder

hereinarbeiten, indem ich morgens eine Stunde früher anfange und abends eine Stunde später aufhöre.«

»Weiß Emily über das alles hier Bescheid?«

»Ja, ich musste mich jemandem anvertrauen. Und sie war sehr böse auf mich, weil ich dich einfach so habe sitzenlassen.«

»Du hast mich nicht sitzenlassen, du hast in Panik das Weite gesucht, Noel.«

»Es tut mir leid, glaube mir. *Wahnsinnig* leid.«

»Und warum hast du deine Meinung jetzt geändert?«, fragte Stella interessiert. Sie schien keinen Groll mehr zu verspüren.

»Weil ich aus meinem Leben etwas machen und für einen anderen Menschen da sein will, bevor ich sterbe. Ich werde bald dreißig Jahre alt. Und außer Wunschträumen nachzuhängen und mich zu betrinken habe ich bisher nicht viel erreicht. Und das will ich ändern.«

Stella hörte schweigend zu.

»Also, sag schon. Was soll ich tun, wenn du nicht willst, dass wir heiraten?«

»Ich weiß es nicht, Noel. Ich wünschte, es wäre alles anders gekommen.«

»Das wünschen sich die meisten Leute«, erwiderte er traurig.

»Na gut. Dann möchte ich, dass du morgen Abend kommst und Moira Tierney, die für mich zuständige Sozialarbeiterin, kennenlernst. Sie will meine sogenannte Zukunft mit mir besprechen. Das wird ein kurzes Gespräch werden.«

»Könnte ich vielleicht Emily mitbringen? Sie wollte dich ohnehin mal besuchen und mit dir reden.«

»Ist diese Emily dein Kindermädchen? Wird sie dir auch künftig sagen, was du tun sollst?«

»Nein, ich denke, sie wird bald nach Amerika zurückgehen, aber sie hat es immerhin geschafft, dass ich die Dinge jetzt klarer sehe.«

»Dann bring sie von mir aus mit. Ist sie hübsch? Vielleicht kannst du *sie* heiraten?« Stellas Spitzzüngigkeit gewann wieder die Oberhand.

»Nein! Emily ist schon alt. Na ja, so um die fünfzig oder fünfundvierzig Jahre vielleicht.«

»Bring sie mit«, wiederholte Stella, »aber sie wird sich warm anziehen müssen, um mit Moira fertig zu werden.«

Noel beugte sich vor und stellte die Blumen in eine Vase.

»Noel?«

»Ja?«

»Trotzdem danke, für den Heiratsantrag, meine ich. An so etwas habe ich zwar nicht gedacht, aber es war trotzdem sehr anständig von dir.«

»Vielleicht änderst du deine Meinung ja noch«, erwiderte er.

»Hier im Krankenhaus gibt es einen Pfarrer, der alles für mich macht. Ein echt netter Kerl. Er könnte uns trauen, falls das nötig sein sollte, aber mir wäre es lieber, wenn nicht.«

»Wie du meinst«, sagte Noel und legte Stella sacht die Hand auf die Schulter.

»Bevor du gehst, noch eine Sache … *Wie* hast du es geschafft, außerhalb der Besuchszeiten hier hereinzukommen?«

»Ich habe mit Declan Carroll gesprochen. Er wohnt bei mir in der Straße. Ich habe ihn gebeten, mir diesen Gefallen zu tun, und ein Anruf hat genügt.«

»Er und seine Frau kriegen ungefähr um dieselbe Zeit ihr Baby wie ich«, erzählte Stella. »Ich habe mir immer vorgestellt, dass die beiden Kinder einmal Freunde werden.«

»Na, das lässt sich doch machen«, antwortete er.

Als Noel sich an der Tür umdrehte, sah er, dass Stella wieder auf die Kissen zurückgesunken war, aber ein Lächeln umspielte ihre Lippen, und sie machte einen wesentlich entspannteren Eindruck als beim letzten Mal.

Und dann nahm Noel seinen ganzen Mut zusammen, um sich dem schwierigsten Tag seines Lebens zu stellen.

Es fiel ihm nicht leicht, einen Fuß in das Gebäude zu setzen, in dem das Treffen der Anonymen Alkoholiker stattfand. Zehn Minuten blieb er unschlüssig stehen und beobachtete, wie die

unterschiedlichsten Männer und Frauen eine Tür am Ende eines Korridors ansteuerten.
Schließlich konnte er es nicht länger hinausschieben und folgte ihnen.
Seine momentane Situation kam Noel noch immer völlig unwirklich vor, aber wie er zu Emily gesagt hatte – er konnte nicht länger die Augen davor verschließen, dass er Vater wurde und Alkoholiker war.
Der ersten Tatsache hatte er sich gestellt, und das Leuchten auf Stellas Gesicht war ihm noch immer gegenwärtig. *Sie* sah in ihm nicht einen Versager, der unfähig war, ihr Kind großzuziehen.
Nun musste er sein Alkoholproblem angehen.
Es befanden sich ungefähr dreißig Personen in dem Raum. In der Nähe der Tür saß an einem Schreibtisch ein Mann mit einem müden, zerfurchten Gesicht und strohblondem Haar. Eigentlich sah er nicht aus wie ein Alkoholiker. Vielleicht gehörte er zu den Therapeuten.
»Ich würde gerne bei Ihnen mitmachen«, sagte Noel zu dem Mann und hörte seine eigene Stimme wie aus weiter Ferne.
»Und wie heißen Sie?«, fragte der Mann.
»Noel Lynch.«
»Gut, Noel. Wer hat Sie hierher überwiesen?«
»Wie bitte? Wieso überwiesen?«
»Ich meine – kommen Sie von einem Therapiezentrum?«
»Du meine Güte, nein. Ich bin nicht in Behandlung oder so. Ich trinke einfach zu viel und will, dass es weniger wird.«
»Wir versuchen eigentlich, unsere Mitglieder zu ermutigen, ganz damit aufzuhören. Wissen Sie das?«
»Ja, wenn das möglich wäre, würde ich es gern versuchen.«
»Ich heiße Malachy. Kommen Sie mit«, sagte der Mann. »Wir fangen gleich an.«

Und noch ein drittes Mal an diesem Tag musste Noel sich einer Herausforderung stellen.
Emily hatte für ihn einen Termin mit der Zulassungsstelle am

College vereinbart. Noel wollte sich für ein Diplomstudium in Betriebswirtschaft anmelden, das die Bereiche Marketing, Finanzen, Verkauf und Werbung umfasste. Da die Studiengebühren seine finanziellen Möglichkeiten weit überstiegen, wollte Emily diese übernehmen und ihm als zinsloses Darlehen zur Verfügung stellen, das er später zurückzahlen sollte, wenn er dazu in der Lage wäre.

Glaubhaft hatte sie ihm versichert, dass sie sich keine bessere Verwendung für ihre Ersparnisse vorstellen konnte und dies gewissermaßen als Investition ansah. Eines Tages, wenn er ein wohlhabender, erfolgreicher Geschäftsmann war, würde er sich voller Dankbarkeit an sie erinnern und sie im Alter versorgen.

Der Leiter der Zulassungsstelle bestätigte Noel, dass die Gebühren überwiesen waren und dass die Kurse in der nächsten Woche beginnen sollten. Außer einer regelmäßigen Teilnahme an drei Abenden wurde von Noel erwartet, dass er mindestens noch zwölf weitere Stunden in der Woche zu Hause arbeitete.

»Sind Sie eigentlich verheiratet?«, fragte der Referent.

»Nein, bin ich nicht«, erwiderte Noel, fügte aber rasch hinzu, als wäre es ihm gerade erst eingefallen, »aber in ein paar Wochen bekomme ich ein Baby.«

»Gratuliere, doch bevor das Kind kommt, sollten Sie schon einiges an Vorarbeit geleistet haben«, riet ihm der Mann. Er schien zu wissen, wovon er sprach.

An diesem Abend wollte Josie beim Essen unbedingt einen Eröffnungstermin für den Wohltätigkeitsladen festlegen. Ihre Augen glänzten, und sie sprühte vor Tatendrang.

Auch Charles war bester Laune. Er würde Cäsar behalten dürfen, bekäme seine große Abschiedsfeier im Hotel, hatte weitere Pläne für seinen Hundesitter-Service geschmiedet und den lokalen Tierheimen einen Besuch abgestattet.

Doch bevor sich das Gespräch in eine Richtung entwickeln konnte – Laden oder Service –, sprach Emily ein Machtwort.

»Vielleicht sollten wir unsere Pläne erst einmal zurückstellen, denn ich glaube, dass Noel uns etwas Wichtiges zu sagen hat.«
Noel sah sich um. Nun saß er in der Falle.
Er hatte gewusst, dass dieser Moment kommen würde. Emily hatte ihm erklärt, dass ein Leben in einer Welt der Lügen und Täuschung für sie nicht möglich wäre.
Er musste seinen Eltern beibringen, dass sie in Kürze Großeltern werden würden, dass er ausziehen wolle und dass mit einer Hochzeit nicht zu rechnen war.
Harte Fakten, die ihm bestimmt nicht leicht über die Lippen kämen. Emily hatte vorgeschlagen, dass er nach diesem ersten Geständnis besser eine Pause einlegen sollte, bevor er mit seiner Ankündigung, den Anonymen Alkoholikern beizutreten und sich als Student am College einzuschreiben, fortfuhr. Sie machte sich Sorgen, dass es sonst vielleicht zu viel für Josie und Charles werden könnte.
Aber als Noel dann zu erzählen begann und nichts ausließ, sondern alles so schilderte, wie es sich von Anfang bis Ende zugetragen hatte, fiel ihm dies überraschend leicht. Auch schien es ihm seinen Eltern gegenüber fairer zu sein.
Allerdings kam er sich dabei vor, als redete er über einen fremden Menschen, und er wagte nicht, Charles und Josie auch nur ein einziges Mal in die Augen zu sehen.
Zuerst erzählte er von seinen ersten beiden Begegnungen mit Stella, von ihrer Neuigkeit, die er zunächst nicht hatte glauben wollen, bis er erkannte, dass sie stimmen musste. Er erzählte von dem geplanten Treffen mit der Sozialarbeiterin, um mit ihr die Zukunft des kleinen Mädchens zu besprechen, dessen Geburt den Tod seiner Mutter bedeuten würde.
Eindringlich schilderte er seinen Eltern seine vergeblichen Versuche, allein mit dem Trinken aufzuhören, und fügte hinzu, dass er nun einen Paten namens Malachy bei den Anonymen Alkoholikern habe, zu deren Treffen er täglich gehen würde.
Und schließlich kam er auf seinen eintönigen, deprimierenden Job bei Hall's zu sprechen, wo er bei der Beförderung ständig

übergangen wurde und man ihm jüngere, weniger erfahrene Kollegen vorzog, weil diese Diplome oder höhere Schulabschlüsse hatten.
An dem Punkt fiel Noel auf, dass seine Eltern sehr still geworden waren, und er hob den Kopf, um sie anzusehen.
Ihre Mienen wirkten wie erstarrt angesichts der entsetzlichen Beichte, die ihr Sohn vor ihnen ablegte.
Alle ihre Befürchtungen waren eingetreten. Alles, was in einer gottlosen Welt passieren konnte, war passiert.
Ihr Sohn hatte ein Kind gezeugt, ohne verheiratet zu sein, und gab zu, ein so schlimmes Alkoholproblem zu haben, dass er sich Hilfe bei den Anonymen Alkoholikern suchen musste!
Doch Noel war noch nicht fertig. Stockend fuhr er mit seiner Erklärung fort, wie er sich am eigenen Schopf aus dem Sumpf ziehen wollte, in den er sich selbst gebracht hatte. Er schrieb sich ganz allein die Schuld an seinem Elend zu und machte keine äußeren Umstände dafür verantwortlich.
»Ich schäme mich, euch all das erzählen zu müssen, Mam und Dad. Ihr habt immer ein anständiges Leben geführt. Ihr könnt das alles wahrscheinlich nicht begreifen, aber ich habe mich selbst in diese Situation gebracht und werde mich auch aus eigener Kraft wieder daraus befreien.«
Noch immer sagte keiner ein Wort, und endlich wagte es Noel, seinen Eltern ins Gesicht zu schauen.
Zu seiner größten Verwunderung war ihr Blick voller Mitgefühl. Seiner Mutter standen zwar Tränen in den Augen, aber sie machte ihm keine Vorwürfe, und ihre Miene drückte nichts als Besorgnis aus.
»Warum hast du denn nie mit uns darüber gesprochen, Sohn?«, fragte sein Vater betroffen.
»Was hättet ihr mir schon sagen können? Dass ich ein Idiot war, so früh die Schule verlassen zu haben? Oder dass ich mich mit meiner Situation abfinden soll? Du warst so glücklich in deinem Hotel, Dad. Du warst eine Respektsperson. So läuft das nicht bei Hall's.«

»Und das Baby?«, fragte Josie. »Du hattest keine Ahnung, dass diese Stella ein Kind von dir erwartet?«
»Nicht die geringste, Ma«, beteuerte Noel so offen und ehrlich, dass alle ihm glaubten.
»Aber deine Trinkerei, Noel … Ist es denn wirklich so schlimm, dass du zu diesen AA-Meetings gehen musst?«
»Es ist nötig, Dad, glaube mir.«
»Mir ist nie aufgefallen, dass du zu viel trinkst. Nicht ein einziges Mal. Und aus dem Hotel bin ich Betrunkene gewohnt«, meinte sein Vater kopfschüttelnd.
»Weil das außerhalb deiner Vorstellungskraft liegt, Dad. Du rechnest nicht damit, dass dein Sohn angetrunken aus der Arbeit kommt, nachdem er sich zwei Stunden bei Casey's hat volllaufen lassen.«
»Mit dem alten Casey habe ich noch ein Hühnchen zu rupfen.« Missbilligend schüttelte Charles den Kopf.
»Er hat mich ja nicht zum Trinken gezwungen«, sagte Noel.
Nun meldete sich Emily zum ersten Mal zu Wort.
»So, jetzt müssen wir alles in unserer Macht Stehende tun, um Noel in seinen Vorhaben zu unterstützen. Seine Pläne haben Vorrang vor allem anderen.«
»Und du hast das alles *gewusst?*« Josie Lynch war schockiert und nicht eben erfreut.
»Nur deshalb, weil ich einen Alkoholiker auf den ersten Blick erkenne. Ich habe schließlich ein Leben lang Erfahrung mit Betrunkenen. Es ist kein großes Thema zwischen uns, ich weiß, aber mein Vater war ein zutiefst unglücklicher Mensch. Er war weit weg von zu Hause und hatte niemanden, der ihm geholfen oder ihm einen Rat gegeben hätte, als er die eine falsche Entscheidung traf, die sein ganzes Leben ruinierte.«
»Welche Entscheidung?«, fragte Charles.
Dieser Abend war voller Enthüllungen.
Seit Emily im Haus lebte, hatte bisher keiner die Trunksucht des verstorbenen Martin Lynch erwähnt.
Emily zögerte kurz, ehe sie antwortete.

»Seine Entscheidung, Irland zu verlassen. Er hat sie jeden Tag seines Lebens bitter bereut.«
»Aber das kann nicht sein. Er hatte doch jedes Interesse an uns verloren und ist nie mehr nach Hause gekommen«, widersprach Charles verwundert.
»Stimmt, er ist nie mehr nach Hause gekommen, aber er hat nie das Interesse verloren. Er hat die Erinnerung an euch wie eine offene Wunde mit sich herumgeschleppt. Fortwährend hat er davon geredet, was er alles hätte anders machen können, wenn er geblieben wäre. Natürlich waren das alles nur Hirngespinste. Trotzdem, hätte er jemanden zum Reden gehabt …« Ihre Stimme wurde leiser.
»Was war mit deiner Mutter?«, fragte Josie zaghaft.
»Sie konnte ihm keinen Halt geben. Sie hat nie begriffen, wie sehr er dem Alkohol verfallen war. Sie hat immer nur gesagt, er soll es lassen. Als ob das so einfach wäre.«
»Konntest du nicht mit ihm reden? Du kannst das doch so gut«, sagte Charles bewundernd.
»Nein, das konnte ich nicht. Weißt du, mein Vater besaß nicht so viel Anstand wie Noel. Er wollte nicht akzeptieren, dass er letztendlich selbst für alles verantwortlich war. Er hatte nicht halb so viel Mut wie Noel.«
Für Josie, die sich in der letzten halben Stunde von einer vollen Breitseite aus Schande, Todsünde und Scham überrollt sah, stellte dieses Lob zumindest einen schwachen Trost dar.
»Glaubst du, dass Noel es schaffen wird?«, fragte sie Emily kleinlaut, als ob Noel nicht neben ihr sitzen würde.
»Wir müssen ihm eben dabei helfen, Josie«, antwortete Emily ruhig und unerschütterlich, als ginge es um das morgige Mittagessen.
Und langsam begann auch Noels Zuversicht zu wachsen.

Emily steckte den Kopf zur Tür hinein.
»Hallo, Stella, ich bin Emily, Noels Cousine. Noel ist noch mal los, um dir ein paar Zigaretten zu besorgen. Ich bin ein wenig

früher gekommen, für den Fall, dass ich noch etwas wissen sollte, bevor diese Sozialarbeiterin eintrifft.«

Stella betrachtete die tüchtige aussehende Frau mit dem krausen Haar und dem schicken Regenmantel. Amerikaner waren für das irische Wetter stets richtig gekleidet. Die Iren selbst waren permanent vom Regen durchnässt.

»Freut mich, dich kennenzulernen, Emily. Noel sagt, dass du die Vernunft in Person bist.«

»Das wage ich zu bezweifeln.« Emily runzelte die Stirn. »Schließlich bin ich aus einer Laune heraus nach Europa gekommen, weil ich etwas über die Herkunft meines Vaters erfahren wollte. Jetzt stecke ich bis zum Hals in den Vorbereitungen, eine Statue für einen Heiligen zu organisieren, der seit Jahrhunderten tot ist. Das kann man wohl kaum als vernünftig bezeichnen …«

»Und jetzt halst du dir das hier auch noch auf.« Stella warf einen kläglichen Blick auf die Wölbung unter ihrem Nachthemd.

»Du hast momentan genügend andere Probleme«, entgegnete Emily voller Wärme und Mitgefühl.

»Also, diese Sozialarbeiterin ist eine ziemliche Zicke. Du weißt schon, der Typ, der alles wissen will, nichts glaubt und ständig versucht, dich aus dem Konzept zu bringen.«

»Ich vermute mal, die müssen so auftreten. Schon um der Kinder willen«, murmelte Emily.

»Ja, aber doch nicht so geheimdienstmäßig. Ich habe vorsichtshalber mal durchblicken lassen, dass bei Noel und mir mehr lief, als tatsächlich der Fall war. Dass wir uns öfter gesehen hätten und so, meine ich.«

»Verstehe.« Emily nickte zustimmend. Das war klug von Stella. Es hatte schließlich wenig Sinn, wenn sie einer Mitarbeiterin des Sozialamtes erzählte, dass sie kaum etwas wusste über den Vater ihres ungeborenen Kindes.

Das wäre kein guter Anfang.

»Ich werde dir helfen und dir alles erzählen, was du wissen musst«, versprach Emily.

In dem Moment kam Noel ins Zimmer, dicht gefolgt von Moira Tierney.
Moira war Anfang dreißig und hielt ihr dunkles Haar mit einem rotem Band aus der Stirn. Wäre nicht ihr permanent angestrengter Blick gewesen, hätte man sie durchaus als attraktiv bezeichnen können. Doch Moira war zu beschäftigt, um sich Gedanken über ihr Aussehen zu machen.
»Und Sie sind also Noel Lynch?«, fragte sie barsch und wenig herzlich.
Noel trat verlegen von einem Bein auf das andere und zog die Schultern hoch.
Rasch kam Emily ihm zu Hilfe. »Gib mir doch mal deine Tüten, Noel, damit du Stella richtig begrüßen kannst«, sagte sie und schob ihn in Richtung Bett.
Stella streckte ihm ihre dünnen Ärmchen entgegen, umarmte ihn und drückte ihm einen scheuen Kuss auf die Wange.
Moira beobachtete sie misstrauisch.
»Sie und Stella leben nicht zusammen, Mr. Lynch?«, fragte sie.
»Nein, im Augenblick nicht«, erwiderte er entschuldigend.
»Aber wir sind auf der Suche nach einer geeigneten Wohnung, damit Noel Frankie ein gutes Zuhause bieten kann«, mischte Emily sich ein.
»Und wer sind Sie?« Fragend sah Moira Emily an.
»Ich bin Emily Lynch, Noels Cousine.«
»Sind Sie die einzige Verwandte, die er hat?« Moira warf einen Blick in ihre Unterlagen.
»Gott, nein! Er hat eine Mutter und einen Vater, Josie und Charles«, erwiderte Emily laut genug, damit auch Stella die Namen hörte.
»Und sie sind …?« Moira hatte die irritierende Angewohnheit, ihre Fragen mit einem missbilligenden Unterton zu stellen.
»Sie sind zu Hause und organisieren eine Spendenkampagne für eine Statue von St. Jarlath, die sie in ihrer Straße aufstellen wollen.«
»St. *Jarlath?*« Moira verstand kein Wort.

»Ich weiß! Ist das nicht eine wunderbare Idee? Aber Sie werden die beiden ja selbst bald kennenlernen. Sie kommen morgen, um Stella zu besuchen.«
»Tatsächlich?«, fragte Stella verwundert.
»Natürlich.« Emily klang zuversichtlicher, als sie sich im Innersten fühlte.
Um Josie davon zu überzeugen, diese Frau zu besuchen, die in ihren Augen ein Flittchen war, würde Emily ihre ganzen Überredungskünste aufwenden müssen. Aber sie würde nicht lockerlassen, und im Moment war es das Wichtigste, der Sozialarbeiterin zu zeigen, dass diese Familie zusammenhielt und sich gegenseitig unterstützte.
Und Moira schluckte den Köder.
»Wo beabsichtigen Sie denn nun zu wohnen, Mr. Lynch, *falls* Sie das Sorgerecht für das Kind bekommen?«
»Selbstverständlich wird er das Sorgerecht für das Baby bekommen«, mischte Stella sich empört ein. »Schließlich ist er der Vater des Kindes. Daran besteht kein Zweifel!«
»Gewisse Umstände könnten dies in Frage stellen«, erklärte Moira wichtigtuerisch.
»Was für Umstände?« Jetzt war Stella richtig wütend.
»Zum einen Alkoholmissbrauch«, antwortete Moira.
»Von mir weiß sie das nicht«, warf Stella entschuldigend ein.
»Selbstverständlich haben wir unsere Erkundigungen eingezogen«, sagte Moira.
»Aber dieses Problem ist mittlerweile unter Kontrolle«, konterte Emily.
»Nun, das wird sich zeigen«, entgegnete Moira schnippisch. »Was haben Sie denn nun für eine Wohnung im Auge, Mr. Lynch?«
Wieder antwortete Emily für ihn. »Noels Familie hat sich in der letzten Zeit mit nichts anderem beschäftigt. In den nächsten Tagen schauen wir uns ein Apartment im Chestnut Court an, das ist ein kleiner Wohnblock ganz in der Nähe von Noels Elternhaus.«

»Wäre es nicht wünschenswert, wenn das Kind in einer Familie aufwächst, im … äh, St. Jarlath's Crescent?«
»Nun, wissen Sie …«, begann Noel.
»Moira, Sie sind jederzeit willkommen, Noel zu Hause zu besuchen, aber dann werden Sie feststellen, dass die Räume für ein Baby nicht geeignet sind. Die Umgebung des Chestnut Court ist wesentlich kinderfreundlicher. Die Wohnung, an der wir speziell interessiert sind, liegt im Erdgeschoss. Möchten Sie vielleicht ein Foto sehen?«
Moira winkte ab. So groß war ihr Interesse dann doch wieder nicht. Als ihr Blick auf Noel fiel, bemerkte sie dessen überraschten Gesichtsausdruck.
»Was halten *Sie* denn von dieser Wohnung?«, fragte sie ihn direkt.
Stella und Emily hielten den Atem an.
»Wie Emily schon gesagt hat – wir haben so viele Angebote durchgesprochen, und dieses hier schien uns bisher am passendsten.«
Moira nickte, und falls sie mitbekommen sollte, wie die beiden Frauen erleichtert ausatmeten, so zeigte sie es nicht.
Zuletzt wollte sie noch wissen, ob Noel sich die Miete leisten und die Betreuung des Kindes gewährleisten könne, da er schließlich den ganzen Tag arbeiten müsse.
Und dann war das Kreuzverhör vorüber.
Emily betonte ein letztes Mal, was für ein zuverlässiger Mensch ihr Cousin Noel war.
»Sie sollten vielleicht noch wissen, dass Noel sich nichts sehnlicher wünscht, als Stella zu heiraten, aber Stella hat seinen Antrag abgelehnt. So benimmt sich doch nur ein Mensch, der zu seiner Verantwortung steht.«
»Wie ich schon sagte, Ms. Lynch, wir müssen uns an die Formalitäten halten. Ich werde die Sache mit meinem Team besprechen, und das letzte Wort wird dann der Leiter des Sozialamtes haben.«
»Aber *Sie* sind diejenige, Moira, deren Wort den größten Einfluss hat«, sagte Emily.

Moira nickte steif, ehe sie sich verabschiedete.
Stella wartete, bis ihre Besucherin die Station verlassen hatte, ehe sie mit einer Handbewegung die Vorhänge beiseiteschob, ihre Zigaretten hervorholte und erleichtert aufatmete.
»Gut habt ihr das gemacht«, sagte sie und warf Noel und Emily einen strahlenden Blick zu. »Wir haben die Dame restlos überzeugt!«
»Aber es liegt noch ein langer Weg vor uns«, erwiderte Emily, und dann setzten sie sich zusammen, um ihr weiteres Vorgehen zu besprechen.

Und so ging es die nächsten paar Wochen weiter. Jeder Aspekt wurde berücksichtigt, der wichtig war, um Noel auf seine neue Rolle als Vater vorzubereiten.
Josie und Charles lernten Stella kennen, und nach anfänglicher Verlegenheit entdeckten die drei eine erstaunliche Menge an Gemeinsamkeiten. Sowohl Noels Eltern als auch Stella schienen nämlich felsenfest davon überzeugt zu sein, dass Stella in Kürze an einen besseren Ort gehen würde, und deshalb tat auch keiner so, als könnte sie wieder gesund werden.
Fast beneidete Josie die junge Frau darum, dass sie ziemlich bald ihrem Schöpfer gegenüberstehen würde, und Charles regte an, dass Stella St. Jarlath – falls sie ihn dort oben traf – von ihren Plänen berichten sollte, eine Statue für ihn zu errichten. Leider könne sich die Angelegenheit ein wenig länger hinziehen als beabsichtigt, da sie Noel mit der Kautionszahlung für die Wohnung im Chestnut Court unter die Arme gegriffen hätten. St. Jarlath würde also noch ein wenig warten müssen – aber versprochen war versprochen.
»Sieht er das denn nicht selbst von dort oben?«, fragte Stella.
»Ja, ich denke schon«, gab Charles ihr recht. »Aber es kann nicht schaden, es ihm persönlich auszurichten, wenn du ihn ohnehin bald siehst.«
Noel wand sich vor Verlegenheit, weil seine Eltern die Vorstellung von einem Leben nach dem Tod so wörtlich nahmen, sich

den Himmel tatsächlich als einen großen Park vorstellten, in dem alle sich wiedersahen, und fest daran glaubten, dass Stella bald dort sein würde.
Auch Stella verdrehte ein wenig die Augen, schien es den beiden aber nicht übelzunehmen. Sie wollte keine Spielverderberin sein und war für alles zu haben, sogar dafür, einem uralten Heiligen eine Nachricht zu überbringen.
Aber es wurden auch weitaus irdischere und handfestere Pläne geschmiedet.
Da der Chestnut Court nur sieben Gehminuten vom Haus seiner Eltern entfernt lag, war geplant, dass Noel das Baby jeden Morgen, bevor er zur Arbeit ging, dort im Kinderwagen abliefern sollte. Bis Mittag würden Josie und Charles auf die Kleine aufpassen, und den Nachmittag sollte sie dann entweder bei Molly Carroll oder bei Aidan und Signora verbringen, einem älteren Ehepaar, das bereits das eigene Enkelkind versorgte. Als Reservebabysitter standen noch der Arzt Dr. Hat zur Verfügung, der erst kürzlich in Pension gegangen war und sich schrecklich langweilte, und Muttie und Lizzie Scarlet, die neben ihren eigenen Kindern ein Zwillingspaar großgezogen hatten, das nicht mit ihnen verwandt war.
Auch für die drei Abende in der Woche, an denen Noel seine Kurse am College hatte, war gesorgt.
Die erste Zeit wollte Emily in der neuen Wohnung im Chestnut Court verbringen und dort ihren Papierkram erledigen, und wenn Noel von seinen Abendkursen nach Hause kam, würde sie für ihn kochen. Noel hatte bereits die ersten Unterrichtseinheiten in Sachen Babypflege hinter sich, und die Gemeindeschwester hatte ihn aufgeklärt, was er alles an Erstausstattung für einen Säugling bräuchte. Sie hatte ihm gezeigt, wie man ein Fläschchen vorbereitet, und ihm eingeschärft, wie wichtig es war, dieses zuvor zu sterilisieren. Auch Fiona, Declan Carrolls hochschwangere Frau, hatte sich an Stella und Noel gewandt und sie geradezu angefleht, ihr einen Teil der Babysachen abzunehmen, die sich bei ihr stapelten, da sie damit bereits Sechslin-

ge ausstatten könne. Schließlich würden sie ihre Kinder ungefähr um dieselbe Zeit bekommen, und besser könnte es sich doch gar nicht fügen, oder?
Noel kam vor lauter Aktivitäten überhaupt nicht mehr zum Nachdenken.
Mittlerweile war auch der Wohltätigkeitsladen eröffnet worden. Noel hatte mit seinem Vater die Wände zu Emilys und Josies großer Zufriedenheit gestrichen, und die ersten Leute hatten bereits ihre Spenden zum Verkaufen vorbeigebracht. Manches davon konnte Noel gut für die neue Wohnung gebrauchen, aber Emily war unerbittlich: Er musste einen fairen Preis dafür bezahlen. Das Geld war schließlich für St. Jarlath gedacht und nicht, um Noel ein bequemes Leben zu ermöglichen.
»Die Leute sind alle so großzügig«, meinte er staunend und stolperte über eine Bücherkiste, während Josie und Emily Kleidung und Krimskrams sortierten.
Josie zog einen kleinen, wackeligen Buggy heraus und beäugte ihn zweifelnd. Den könnten sie gut gebrauchen, wenn das Baby ein wenig älter war, aber für die erste Zeit benötigten sie etwas Robusteres. Vielleicht brachte ihnen ja noch jemand einen Kinderwagen vorbei, und sie beschloss, ein Stoßgebet zu St. Jarlath hinaufzuschicken.
Emily, pragmatisch wie immer, versprach sich mehr von einer anderen Lösung: Sie hatte bereits einen Handzettel entworfen und vervielfältigt, den Dingo in alle Briefkästen im Viertel warf. Auf dem Flyer stand, dass er mit seinem Kleinbus jederzeit Babysachen abholen würde, die nicht mehr gebraucht wurden. Einige Tage später fuhr er tatsächlich los, um einen alten Silver-Cross-Kinderwagen aufzuladen, ein großes, schönes Gefährt, das noch dazu sehr gepflegt war. Der perfekte Wagen für das neue Baby.
Noel blieb nicht viel Zeit, um mit Stella allein zu sein, da so viele praktische Dinge geregelt werden mussten. Unter anderem musste er unbedingt wissen, ob Stella ihr Kind im katholischen Glauben erziehen lassen wollte.

Stella zuckte die Schultern. Sie hatte nichts dagegen. Ihre Tochter konnte immer noch aus der Kirche austreten, wenn sie alt genug war. Doch um Josie und Charles nicht vor den Kopf zu stoßen, sollte das Kind zumindest getauft werden und die heilige Erstkommunion und alle übrigen Sakramente empfangen.

Außerdem interessierte es Noel, ob Stella Verwandte hatte, die in Frankies Leben eine Rolle spielen sollten.

»Nein, niemanden.« Ihre Antwort kam prompt und bestimmt.

»Oder sonst jemand aus deinen Pflegefamilien?«

»Nein, Noel, bitte, geh dort bloß nicht hin!«

»Gut. Nur, wenn du weg bist, dann habe ich niemanden mehr, dem ich solche Fragen stellen kann.«

Stellas Gesicht wurde weich. »Ich weiß. Tut mir leid, dass ich dich so angefahren habe. Ich werde Frankie einen Brief hinterlassen, in dem ich ihr ein bisschen was über mich und über dich erzähle und wie anständig du dich verhalten hast.«

»Wo willst du den Brief deponieren?«, fragte Noel.

»Na, bei dir natürlich.«

»Ich meine, wenn du ihn bei einer Bank oder so hinterlegen willst …«, bot Noel an.

»Sehe ich aus, als ob ich ein Bankschließfach hätte, Noel? Bitte …«

»Ich wünschte, du würdest mich nicht verlassen müssen, Stella«, sagte er und nahm ihre schmale Hand in die seine.

»Danke, Noel. Ich will auch nicht fort«, erwiderte sie.

Und so saßen sie da, als Father Flynn hereinkam. Kommentarlos betrachtete er das händchenhaltende Paar.

»Ich war gerade in der Nähe«, meinte er steif.

»Ich wollte ohnehin gehen, Father.« Noel stand auf.

»Vielleicht könnten Sie noch eine Minute bleiben, Noel. Ich wollte Stella fragen, wie sie sich ihre Beerdigung vorstellt.«

Die Frage schien Stella nicht im Geringsten aus der Fassung zu bringen.

»Ach, weißt du, Brian, frag Noels Familie. Ich werde nicht mehr hier sein. Sie sollen machen, was *sie* haben wollen und was am einfachsten für sie ist.«

»Wünschst du dir vielleicht ein bestimmtes Kirchenlied?«, fragte Brian Flynn.

»Klar, warum nicht. Ich hätte gern was Aufmunterndes. So etwas wie einen Gospelchor, wenn möglich.«

»Kein Problem«, meinte Father Flynn. »Möchtest du denn eine Erdbestattung, oder willst du eingeäschert werden? Und könntest du dir vorstellen, deine Organe zu spenden oder deinen Körper der Wissenschaft zu hinterlassen?«

»Ich glaube kaum, dass mein Körper noch große Überraschungen zu bieten hat.« Stella zögerte. »Ich meine, wenn man vier Packungen Zigaretten am Tag raucht, kriegt man einfach irgendwann Lungenkrebs. Und wenn man so viel säuft wie ich, braucht man sich nicht zu wundern, wenn die Leber eines Tages schrumpft. Ich kann mir nicht vorstellen, dass auch nur ein Organ von mir gesund genug ist, um transplantiert zu werden, aber was soll's ... Ich kann ja immer noch als abschreckendes Beispiel dienen.«

Dabei funkelten ihre Augen schelmisch.

Brian Flynn musste schlucken.

»Und noch etwas, Stella. Ich weiß, wir reden nicht viel über solche Dinge, aber wünschst du dir eigentlich eine Totenmesse?«

»Ist das die, bei der es so feierlich zugeht, mit dem vielen Gebimmel und so?«

»So eine Messe spendet vielen Menschen Trost«, erklärte Father Flynn diplomatisch.

»Dann tu, was du nicht lassen kannst, Brian«, sagte Stella.

KAPITEL 4

Lisa Kelly war sehr gut in der Schule gewesen, in allen Fächern. Ihre Englischlehrerin hätte es gerne gesehen, wenn sie englische Literatur studiert und eine Laufbahn an der Universität eingeschlagen hätte. Und ihr Sportlehrer war fest davon überzeugt, dass sie bei ihrer Größe – mit vierzehn Jahren maß sie fast schon einen Meter achtzig – ein Naturtalent sei und Irland sowohl auf dem Tennisplatz als auch auf dem Hockeyfeld repräsentieren könnte. Doch als es dann so weit war, entschied Lisa sich für die Kunst, genauer gesagt, für Grafik und Design.

Als Erste ihres Jahrgangs schloss sie ihr Studium ab und bekam sofort eine Stelle in einer der großen Werbeagenturen in Dublin angeboten. Spätestens zu diesem Zeitpunkt hätte sie ihr Zuhause verlassen sollen.

Ihre jüngere Schwester Katie war drei Jahre zuvor ausgezogen, aber sie war ein anderer Typ als Lisa. Katie war kein schulischer Überflieger und hatte nur mit Mühe mit der Klasse Schritt halten können. Während eines Ferienjobs bei einem Friseur hatte Katie schließlich den Beruf fürs Leben gefunden. Dann hatte sie Garry Finglas geheiratet und mit ihm zusammen einen gutgehenden Salon eröffnet, der jedes Jahr mehr Umsatz machte. Katie liebte es, mit Lisas langem, honigblondem Haar neue Frisuren auszuprobieren, es zu föhnen und in elegante Chignons und Wellen zu legen.

Ihr Mutter Di hatte nur verächtlich den Kopf geschüttelt. »Anderen Leuten in die schmutzigen Haare zu fassen!«, hatte sie entsetzt ausgerufen.

Ihr Vater Jack Kelly äußerte sich kaum zu Katies Berufswahl,

ebenso wenig, wie er anerkennende Worte für Lisas Arbeit fand.
Mehr als ein Mal hatte Katie Lisa angefleht, von zu Hause auszuziehen.
»In der Welt da draußen geht es anderes zu als bei uns. Da herrscht kein bedrückendes Schweigen wie zwischen Mam und Dad. Andere Leute *reden* miteinander und schweigen sich nicht nur an.«
Aber Lisa hatte ihre Bedenken nicht ernst genommen. Katie war schon immer überempfindlich gewesen, was die Atmosphäre zu Hause betraf. Wenn Katie bei Freunden zu Gast war, kehrte sie stets mit einem wehmütigen Blick zurück und erzählte von glücklichen Mahlzeiten am Familientisch, von Müttern und Vätern, die miteinander redeten, lachten und mit ihren Kindern und deren Freunden diskutierten. Nicht so wie bei ihnen zu Hause, wo man die Mahlzeiten schweigend zu sich nahm und als Antwort nur wortlos die Schultern zuckte. Außerdem war Katie schon immer sehr von den Stimmungen anderer Menschen abhängig gewesen. Lisa war anders. Sollte ihre Mutter doch distanziert und ihr Vater verschlossen sein, na und? So waren sie eben.
Ihr Vater arbeitete in einer Bank, wo er offenbar bei jeder Beförderung ignoriert worden war, da er nicht die richtigen Leute kannte. Kein Wunder, dass er nie aus sich herausging und Klatsch und Tratsch verabscheute. Lisa gelang es nie, ihn für irgendeine ihrer Aktivitäten zu interessieren. Zeigte sie ihm eine ihrer Zeichnungen aus der Schule, zuckte er nur die Schultern, als wollte er sagen: »Na und?«
Ihre Mutter war ebenfalls ein unzufriedener Mensch, aber sie hatte auch allen Grund dazu. Sie arbeitete in einer sehr exklusiven, teuren Boutique, in der sich reiche ältere Damen mehrmals im Jahr ein neues Outfit gönnten. Wie gut hätte sie selbst ausgesehen in diesen Kleidern, aber diesen Luxus konnte sie sich nicht leisten. So half sie stattdessen fülligeren Frauen dabei, in schmale Haute-Couture-Modelle zu passen, indem sie

Säume auftrennen und Reißverschlüsse verlängern ließ. Trotz eines sehr großzügigen Personalrabatts blieben diese Kleider unerreichbar für sie. Kein Wunder, dass ihr Mann eine Enttäuschung für sie war. Als sie ihn mit achtzehn Jahren geheiratet hatte, hatte er den Eindruck eines Karrieremenschen auf sie gemacht, der es noch weit bringen würde. Letztendlich hatte es nur zu dieser Stelle in der Bank gereicht.
Lisas Arbeitstage waren normalerweise lang und hart, und die Mittagspausen verbrachte sie mit ihren Kollegen in trendigen In-Lokalen, wo man für wenige Kalorien viel Geld bezahlte. Doch Anton Morans Bekanntschaft machte sie erst bei einem privaten Essen für einen Kunden: Es war einer jener Momente, die sich für immer in ihr Gedächtnis einbrennen sollten.
Lisa beobachtete den Mann, der den Raum durchquerte, an jedem Tisch stehen blieb und kurz mit jedem Gast ein paar Worte wechselte. Der Mann war schlank und trug seine Haare ziemlich lang. Er strahlte Selbstvertrauen und Liebenswürdigkeit aus, ohne arrogant zu wirken.
»Wer ist das?«, fragte sie Miranda, die jeden kannte, leise.
»Oh, das ist Anton Moran, der Küchenchef. Er ist seit einem Jahr hier, geht aber bald, um sein eigenes Restaurant zu eröffnen. Das wird bestimmt ein Renner.«
»Er sieht umwerfend aus«, sagte Lisa.
»Dann stell dich schon mal hinten an!« Miranda lachte. »Die Warteliste für Anton ist so lang wie mein Arm.«
Lisa war es klar, warum. Anton hatte Charisma. Ein Mann wie er war ihr noch nie begegnet. Gemessenen Schrittes bewegte er sich von Tisch zu Tisch. Bald würde er bei ihnen sein.
»Die bezaubernde Miranda!«, rief er.
»Und der noch bezauberndere Anton«, konterte Miranda ironisch. »Darf ich dir meine Freundin Lisa Kelly vorstellen?«
»Hallo, Lisa«, sagte er und warf ihr einen Blick zu, als hätte er ein Leben lang darauf gewartet, sie kennenzulernen.
»Äh, guten Abend«, erwiderte Lisa verlegen. Normalerweise war sie nicht auf den Mund gefallen.

»Ich werde bald mein eigenes Restaurant aufmachen«, fuhr Anton fort. »Heute ist mein letzter Abend. Hier habt ihr meine Handynummer. Ich erwarte, euch beide bei der Eröffnung wiederzusehen. Ich lasse keine Ausrede gelten.«
Mit diesen Worten überreichte er erst Miranda, dann Lisa seine Karte.
»Näheres kann ich euch allerdings erst in paar Wochen sagen, aber dann melde ich mich. Wenn zwei solche Schönheiten wie ihr mein Restaurant beehren, wird es sich schnell herumsprechen, dass es sich lohnt, zu mir zu kommen«, sagte er und blickte von einer zur anderen. Seine Taktik war leicht zu durchschauen. Am nächsten Tisch würde er wahrscheinlich etwas Ähnliches sagen.
Aber Lisa wusste, dass er es ernst meinte. Er wollte sie wiedersehen.
»Ich arbeite in einem Büro für Grafik-Design«, platzte sie unvermittelt heraus. »Falls Sie ein Logo oder ein Design für Speisekarten brauchen, meine ich.«
»Das werde ich bestimmt brauchen«, erwiderte Anton. »Ganz sicher sogar.«
Und dann ging er an den nächsten Tisch.
An das restliche Abendessen hatte Lisa nur noch eine vage Erinnerung. Am liebsten wäre sie mit Miranda nach Hause gegangen und hätte die ganze Nacht mit ihr über Anton geredet und darüber spekuliert, ob er verheiratet war oder eine Partnerin hatte. Aber Lisas Strategie der Lebensbewältigung hatte bisher darin bestanden, weder Freunde zu Hause zu besuchen noch diese zu sich einzuladen. Deswegen wollte sie sich nicht einem so geschwätzigen Menschen wie Miranda anvertrauen. Irgendwann würde sie Anton näher kennenlernen, in ihrem eigenen Tempo. Und dann würde sie ein Logo für ihn entwerfen, über das die ganze Stadt redete.
Das Wichtigste war, nichts zu überstürzen und keine voreiligen Schritte zu tun.
Lisa lag die halbe Nacht wach und dachte über diesen Mann

nach. Er war nicht gutaussehend im klassischen Sinn, aber sein Gesicht und seine Ausstrahlung konnte man nicht vergessen. Intensive dunkle Augen und ein wunderbares Lächeln, gepaart mit einer Anmut der Bewegungen, wie man sie von einem Athleten oder einem Tänzer erwarten würde.
Ein Mann wie er war sicher sehr gefragt und nicht mehr zu haben. Oder vielleicht doch?
Als Anton sie am nächsten Tag anrief, konnte Lisa es nicht fassen.
»Wie schön, ich habe Sie gefunden«, sagte er. Er schien sich zu freuen, ihre Stimme zu hören.
»Wie oft haben Sie es denn probiert?«
»Das ist mein dritter Versuch. Wollen Sie mit mir essen gehen?«
»Heute?«
»Äh, ja, das heißt, falls Sie Zeit haben ...«
Und dann schlug er Quentins vor, eines der renommiertesten Restaurants von ganz Dublin.
Eigentlich hatte Lisa sich an diesem Tag mit ihrer Schwester Katie zum Mittagessen treffen wollen.
Sie überlegte jedoch nicht lange. »Natürlich habe ich Zeit«, erwiderte sie. Katie würde sicher Verständnis haben.
Lisa legte auf und ging zu Kevin, ihrem Chef.
»Ich werde mich heute Mittag mit jemandem treffen, der eventuell als Kunde für uns in Frage käme. Der Mann will sich selbständig machen, und da habe ich mir gedacht ...«
»... ob du ihn nicht in ein teures Restaurant einladen könntest, richtig?«
Kevin war ein abgebrühter Profi, der alles gesehen und alles erlebt hatte.
»Nein. Eigentlich nicht. Er will *mich* einladen. Ich dachte eher daran, ob ich ihm nicht auf Kosten der Agentur ein Glas Champagner spendieren und vielleicht eine Stunde eher aufhören könnte, um zum Friseur zu gehen, damit ich unsere Agentur im besten Licht repräsentieren kann.«

»Deine Frisur sitzt perfekt«, knurrte Kevin.
»Findest du? Ich will schließlich einen guten Eindruck hinterlassen und einem potenziellen Kunden nicht das Gefühl vermitteln, den Termin nicht ernst zu nehmen.«
»Na gut – geht der Friseur auch auf unsere Kosten?«
»Nein, ich bitte dich, Kevin. Ich will dich doch nicht finanziell ruinieren!«, erwiderte Lisa und eilte davon, ehe er es sich anders überlegen konnte.
Unterwegs besorgte sie eine große Topfpflanze für Katie und stürmte in den Salon.
»Aha, mein Trostpreis. Aus unserem Essen wird wohl nichts!«
»Katie, *bitte*, versteh mich doch.«
»Steckt ein Mann dahinter?«, fragte Katie.
»Ein Mann? Nein, selbstverständlich nicht. Na ja, es ist schon ein Mann, aber es handelt sich um ein Geschäftsessen, und ich kann mich davor nicht drücken. Kevin hat mich quasi auf den Knien angefleht. Er hat mir sogar freigegeben, damit ich mir bei dir die Haare machen lassen kann.«
»Wie hättest du es denn gern? Außer dass ich dich vor all den Kunden bedienen soll, die einen Termin haben?«
»Ich flehe dich an, Katie …«
Katie rief eine Mitarbeiterin. »Könntest du der Dame inzwischen die Haare waschen? Mit unserem Spezialshampoo. Ich komme sofort.«
»Du bist zu gütig …«, begann Lisa.
»Ich weiß, ich weiß, ich bin zu gut für diese Welt. Das war schon immer meine Schwäche. Ich wünschte, es *wäre* wegen eines Mannes, Lisa. Dann würde ich mir etwas ganz Besonderes für dich einfallen lassen.«
»Tun wir mal so, als wäre es für einen Mann«, erwiderte Lisa.
»Falls es für einen Mann wäre, der dich aus unserem Elternhaus locken könnte, würde ich es sogar umsonst machen!«, meinte Katie, und Lisa musste schmunzeln.
Wie gern hätte sie es ihrer Schwester erzählt, aber die lebenslange Angst, sich jemandem anzuvertrauen, hinderte sie daran.

»Sie sehen sehr elegant aus«, sagte Anton, als er aufstand, um Lisa bei Quentins zu begrüßen.
»Vielen Dank, Anton. Sie sehen auch nicht so aus, als ob Sie sich gestern noch die Nacht um die Ohren geschlagen hätten.«
»Nein, habe ich nicht. Ich habe an alle Gäste meine Visitenkarte verteilt und bin dann nach Hause, wo ich mir noch eine Tasse Kakao gegönnt habe und früh in mein leeres Bett gegangen bin.«
Sein ansteckendes Lächeln verfehlte nicht seine Wirkung. Lisa wusste nicht, was ihr mehr gefiel: die Vorstellung von Anton mit einer Tasse Kakao in der Hand oder die Tatsache, dass er früh – und noch dazu allein – ins Bett gegangen war. Aber sie konnte aus alledem nur auf ein Signal von ihm schließen, dass er noch zu haben war.
Sollte sie ein entsprechendes Signal zurücksenden, oder war es dafür noch zu früh? Definitiv zu früh.
»Ich habe meinem Boss erzählt, dass ich mich mit einem potenziellen Kunden treffe, der plant, sich selbständig zu machen. Daraufhin hat er gemeint, dass ich Sie auf Kosten unserer Agentur auf ein Gas Champagner einladen soll.«
»Ein echter Gentleman, Ihr Boss«, entgegnete Anton, gerade als Brenda Brennan, die Besitzerin, auf sie zukam.
Brenda kannte Anton Moran seit langem. Er hatte vor einer Weile in ihrem Restaurant gearbeitet. Nun stellte er die beiden Frauen einander vor.
»Lisas Agentur würde uns gern ein Glas Champagner spendieren, Brenda. Könnten wir also mit deiner köstlichen Hausmarke beginnen? Mit einer Bewirtungsquittung für Lisa, versteht sich, und der Rest des Essens geht dann auf mich.«
Brenda lächelte. Ihrer Miene nach zu schließen, hatte sie Anton hier bereits mit diversen anderen Begleiterinnen gesehen.
Lisa verspürte einen kleinen Stich in der Magengegend. Überrascht stellte sie fest, dass sie in den fünfundzwanzig Jahren ihres Lebens noch nie ein derartiges Gefühl gekannt hatte – eine Mischung aus Neid, Eifersucht und Groll. Das war absolut lächerlich.

Schließlich war sie kein romantischer Teenager mehr. Lisa hatte einige Freunde und auch Liebhaber gehabt, doch so unwiderstehlich angezogen wie von Moran hatte sie sich noch von keinem Mann gefühlt.

Am liebsten hätte sie die Hand nach seinem weichen, seidig glänzenden Haar ausgestreckt und es berührt. Und sie verspürte den absurden Wunsch, er möge seinen Kopf auf ihre Schulter legen, damit sie sein Gesicht streicheln konnte. Aber sie musste sich zusammenreißen und sich auf die geschäftliche Seite ihres Treffen konzentrieren. Schließlich war sie hier, um einen Look für Antons neues Restaurant zu kreieren und ein Logo zu entwerfen.

»Wie soll das neue Restaurant denn heißen?«, fragte sie und staunte selbst, wie es ihr gelang, so ruhig zu bleiben.

»Tja, ich weiß, das klingt ein wenig selbstverliebt, aber ich dachte an ›Chez Anton‹«, antwortete er. »Doch wir sollten zuerst bestellen. Hier gibt es ein ausgezeichnetes Käsesoufflé. Ich muss es wissen, in meiner Zeit in der Küche habe ich schließlich viele davon gemacht!«

»Das klingt verlockend«, sagte Lisa.

Sie konnte es nicht fassen. Sie war drauf und dran, sich zum ersten Mal in ihrem Leben ernsthaft zu verlieben.

Als Lisa ins Büro zurückkam, wollte Kevin sofort von ihr wissen, ob ihr Gespräch mit dem Goldjungen – wie er ihn nannte – erfolgreich gewesen sei.

»Ja, und er ist wirklich sehr sympathisch.«

»Hast du ihm unseren Leistungskatalog vorgestellt und unsere Konditionen genannt?«

Kevin war daran gelegen, dass es keinerlei Missverständnis gab.

»Nein – das mache ich später.«

Mit verträumtem Blick dachte Lisa daran, wie Anton sie zum Abschied auf die Wange geküsst hatte.

»Okay, solange er weiß, dass er nichts umsonst von uns bekommt, nur weil er ein hübscher Junge ist«, meinte Kevin.

»Woher weißt du, dass er gut aussieht?«, fragte Lisa.
»Du hast gerade betont, wie sympathisch er ist. Außerdem glaube ich, dass er der Kerl ist, wegen dem meine Nichte einen Nervenzusammenbruch hatte.«
»Deine Nichte?«
»Ja, die Tochter meines Bruders. Sie ist mal mit einem Koch namens Anton Moran gegangen. Nichts als Tränen und Drama. Als sie vom College flog, stellte sie ihn zur Rede, daraufhin heuerte er als Koch auf einem Kreuzfahrtschiff an und ward nie mehr gesehen.«
Lisas Herz wurde schwer. Anton hatte ihr tatsächlich von einem wunderbaren Jahr erzählt, das er auf einem Luxusliner verbracht hatte.
»Ich kann mir nicht vorstellen, dass er das war«, erwiderte sie kühl.
»Nein, vielleicht nicht … wahrscheinlich nicht …« Kevin wollte sich auf keinen Fall Ärger einhandeln. »Hauptsache, er weiß, dass er von uns nichts geschenkt bekommt.«
Plötzlich wusste Lisa mit erschreckender Klarheit, dass ihr eine Menge Ärger bevorstand. Anton hatte kaum das Geld, um die Anzahlung auf das Restaurant zu leisten, und als einzige Sicherheit für das Hypothekendarlehen und die Kosten der Renovierung dienten ihm die exzellenten Kritiken, die er als Koch erhalten hatte. Zudem hatte er sich noch keinerlei Gedanken darüber gemacht, wie viel er für einen Grafiker und eine Werbekampagne veranschlagen müsste.

Die Lage war perfekt für ein Restaurant – in einer kleinen Seitenstraße nur ein paar Schritte von der Hauptstraße entfernt und in unmittelbarer Nähe zum Bahnhof, zu einer Straßenbahnlinie und einem Taxistand gelegen. Anton hatte ein Picknick vorgeschlagen. Lisa brachte Käse und Weintrauben mit, er eine Flasche Wein.
Sie saßen auf Umzugskartons inmitten des Bauschutts, während er ihr seine Pläne schilderte. Lisa bekam kaum etwas mit,

so versunken war sie in Antons Anblick, dessen Begeisterungsfähigkeit wahrhaftig ansteckend war.
Als sie das letzte Stück Käse und die letzte Weintraube verzehrt hatten, war Lisa fest entschlossen, Kevins Agentur zu verlassen und sich selbständig zu machen. Vielleicht würde sie sogar mit Anton zusammenziehen, mit ihm arbeiten – sie könnten das Restaurant gemeinsam aufbauen. Aber sie durfte nichts überstürzen. Und vor allem musste sie vermeiden, einen allzu interessierten Eindruck zu erwecken.
Über sein Privatleben hatte Anton bisher wenig erzählt. Lisa wusste nur, dass seine Mutter sich im Ausland aufhielt, während sein Vater auf dem Land lebte und seine Schwester in London wohnte. Er sprach voller Sympathie über sie.
Lisa verbot es sich, Anton auch nur eine Frage über Kevins Nichte zu stellen. Er durfte sich keinesfalls bedrängt fühlen. Denn in einem hatte er vollkommen recht, davon war sie absolut überzeugt: Seinem Restaurant war ein großer Erfolg beschieden, und daran wollte sie teilhaben. Und zwar von Anfang an.
Sie seufzte zufrieden.
»Der Wein ist gut, nicht wahr?«, sagte Anton.
Lisa hätte ebenso gut Terpentin trinken können, so wenig bekam sie von dem Aroma mit. Aber sie durfte Anton auf keinen Fall jetzt schon zeigen, dass es der Gedanke an eine gemeinsame Zukunft mit ihm war, der ihr diesen zufriedenen Seufzer entlockte.

Es wäre schön gewesen, es jemandem erzählen zu können, der ihr zuhörte und Fragen stellte: Was hast du dann getan? Was hat er darauf geantwortet?
Aber Lisa hatte nur wenige enge Freunde.
In der Agentur konnte sie es auf keinen Fall erzählen, so viel war sicher. Wenn sie Kevins Agentur verließ, wollte sie nicht, dass jemand Verdacht schöpfte. Kevin könnte unangenehm werden und darauf bestehen, dass sie es ihm und dem von ihm

spendierten Champagner zu verdanken hatte, dass der Deal überhaupt zustande gekommen war.
Ein oder zwei Mal hatte er sich bei ihr erkundigt, ob der »schöne Anton« in seiner Entscheidungsfindung bereits einen Schritt weiter sei. Lisa hatte die Schultern gezuckt. Das sei schwer zu sagen, hatte sie erwidert. Außerdem solle man niemanden bedrängen.
»Richtig«, stimmte Kevin ihr zu. »Mir ist alles recht, solange er nichts umsonst bekommt«, fügte er mehrmals warnend hinzu.
»Umsonst? Du machst wohl Witze!«, entgegnete Lisa entrüstet.
Kevin hätte nicht schlecht gestaunt, hätte er gewusst, wie oft Lisa sich mit Anton traf und wie viele Skizzen für das neue Firmenlogo sie ihm dabei vorgelegt hatte. Inspiriert von den blau-weiß-roten Streifen der französischen Flagge, hatte sie in diesen Farben ein großes, schwungvolles A für Anton entworfen. Das sah unverwechselbar aus. Zudem hatte sie Zeichnungen und Aufrisse angefertigt, um ihm zu veranschaulichen, wie sich dieses Logo auf dem Restaurantschild, auf Visitenkarten, Speisekarten, Servietten und eventuell sogar auf dem Porzellan machen würde.
In den vergangenen achtzehn Tagen hatte Lisa jeden Abend mit Anton verbracht, manchmal auf den Umzugskartons im zukünftigen Restaurant sitzend, manchmal in kleineren Lokalen in Dublin, wo Anton sich darüber informierte, was bei den Gästen in dieser Stadt ankam und was nicht.
An einem Abend übernahm er aushilfsweise eine Schicht bei Quentins und lud Lisa ein, zum Personalpreis dort zu essen. Stolz saß sie an ihrem Tisch und schaute sich um. Vor drei Wochen hatte sie diesen Mann noch nicht einmal gekannt, und jetzt war er bereits der Mittelpunkt ihres Lebens. Ihre Entscheidung stand fest. Sie würde Kevins Agentur verlassen und sich selbständig machen.
Und bestimmt würde es dann nicht mehr lange dauern, bis sie ihr kaltes, freudloses Zuhause verlassen konnte, aber sie würde

warten, bis Anton ihr vorschlug, mit ihm zusammenzuziehen. Er würde sie sicher bald fragen.
Bereits bei ihrem fünften Date hatte er den ersten Schritt getan und die Sprache auf dieses Thema gebracht.
»Eigentlich jammerschade, dass ich mich jetzt ganz allein in mein leeres Bett legen muss«, hatte er mit bedeutungsschwangerer Stimme gesagt und mit beiden Händen über ihr langes Haar gestrichen.
»Ich weiß, aber was gibt es für Alternativen?«, hatte Lisa ironisch gefragt.
»Du könntest mich ja in *dein* leeres Bett einladen«, hatte er als Lösung angeboten.
»Ts, ts, ich wohne doch noch bei meinen Eltern. Das kommt nicht in Frage«, erwiderte sie.
»Erst, wenn du deine eigene Wohnung hast, wie?«, murrte er.
»Wir könnten aber auch *deine* Wohnung ausprobieren«, schlug Lisa vor.
Doch darauf ging er nicht ein. Noch nicht.
Als Anton das Thema erneut ansprach, erwähnte er beiläufig ein Hotel, ungefähr dreißig Meilen außerhalb von Dublin, in dem sie zu Abend essen, sich ein paar Anregungen für das neue Restaurant holen und übernachten könnten.
Lisa hatte nichts dagegen einzuwenden, und es wurde ein perfektes Wochenende. Als sie in Antons Armen lag, hielt sie sich für die glücklichste Frau der Welt. Bald würde sie mit dem Mann, den sie liebte, zusammenleben und -arbeiten. Wünschte sich das nicht jede Frau?
Und für sie, Lisa Kelly, sollte dieser Wunsch in Erfüllung gehen.

»Ich habe immer gewusst, dass du eines Tages flügge werden würdest«, sagte Kevin. »Und die letzten paar Wochen bist du besonders ruhelos gewesen. Ich habe mir schon gedacht, dass du was im Schilde führst.«
»Aber ich habe mich hier immer sehr wohl gefühlt«, beteuerte Lisa.

»Klar doch. Du bist gut. Und du wirst überall gut zurechtkommen. Weißt du schon, wohin du gehen willst?«
»Ich will mich selbständig machen«, antwortete Lisa.
Kevin riet ihr ab. »Das halte ich für keine gute Idee in diesen wirtschaftlich schlechten Zeiten.«
»*Du* bist dieses Risiko auch eingegangen, Kevin, und es hat sich ausgezahlt, wie man sieht …«
»Das war etwas anderes. Ich hatte einen reichen Vater und jede Menge Kontakte.«
»Die Kontakte bekomme ich«, meinte Lisa.
»Mit der Zeit bestimmt. Hast du denn schon ein Büro?«
»Ich werde erst mal von zu Hause aus arbeiten.«
»Dann wünsche ich dir viel Glück, Lisa«, sagte Kevin, und es gelang ihr, zu gehen, bevor er sie fragen konnte, ob es etwas Neues von Anton gebe.
Aber Kevin wusste ohnehin Bescheid, welchen Platz Anton inzwischen in Lisas Leben einnahm, und er kannte auch den wahren Grund für ihre Kündigung. Er hatte zufälligerweise ein Wochenende in Hollys Hotel im County Wicklow verbracht, und von der Besitzerin des Hauses, Miss Holly (wie immer stets bemüht, ihre Gäste auf dem Laufenden zu halten), erfahren, dass eine seiner Mitarbeiterinnen, eine Ms. Kelly, tags zuvor hier übernachtet habe.
»Mit einem äußerst attraktiven jungen Mann. Und ein Kenner, was die feine Küche betrifft. Er hat sich lange mit unserem Küchenchef unterhalten.«
»Hieß er vielleicht Anton Moran?«, fragte Kevin.
»Genau so hieß er.« Miss Holly klatschte in die Hände. »Er hat sich sogar nach dem Rezept für unsere spezielle Orangensauce mit Cointreau und Walnüssen erkundigt. Normalerweise verrät unser Küchenchef seine Geheimnisse niemandem, aber bei diesem jungen Mann hat er eine Ausnahme gemacht, weil dieser seine Eltern damit überraschen wollte.«
»Das kann ich mir denken«, hatte Kevin grimmig erwidert. »Und haben die beiden in einem Zimmer geschlafen?«

Miss Holly seufzte. »Natürlich haben sie das, Kevin. Aber so ist es nun mal. Will man heutzutage auf moralische Standards pochen, ist das geschäftsschädigend!«
Kevin dachte an seine Nichte, die sich noch immer nicht von der Enttäuschung erholt hatte, und ihn fröstelte bei dem Gedanken, was die Zukunft für Lisa Kelly, eine der begabtesten Grafik-Designerinnen, die er kannte, bereithalten mochte.

Manchmal fragte Lisa sich, ob es in Dublin noch mehr Elternhäuser wie das ihre gab, in denen die Kommunikation minimal, die Konversation beschränkt und so etwas wie ein wohlwollendes Miteinander quasi nicht existent war. Die Unterhaltung ihrer Eltern beschränkte sich auf tiefe Seufzer, und mit ihr wechselten sie kaum ein Wort.
Jeden Freitag legte Lisa das Geld für die Miete auf die Küchentheke. Dafür hatte sie Logis und Getränke wie Tee und Kaffee frei. Mahlzeiten waren in dem Mietpreis nicht inbegriffen, darum musste sie sich selbst kümmern.
Lisa war nicht sehr erpicht darauf, ihren Eltern zu offenbaren, dass sie in Kürze nichts mehr verdienen würde und deshalb nur schwerlich etwas zur Miete beisteuern könne. Noch weniger begeistert war sie davon, ihnen zu erklären, dass sie ihr Zimmer als Büro benutzen wolle. Theoretisch hätten sie ihr dafür das Esszimmer anbieten können, das nie benutzt wurde und den perfekten Empfangsraum abgegeben hätte. Aber Lisa wusste, dass es besser war, nichts zu überstürzen.
Ihr Vater würde ihr ohnehin Vorhaltungen machen, dass sie keine Millionäre seien, und ihre Mutter würde es naserümpfend verbieten, dass Fremde in ihrem Haus aus und ein gingen. Da war es geschickter, sich Schritt für Schritt vorzutasten. Zunächst sollten sich ihre Eltern an die neue Situation gewöhnen, anschließend würde Lisa ihnen von dem Auftrag erzählen, und erst dann könnte sie allmählich die Notwendigkeit zur Sprache bringen, Kunden im Haus zu empfangen.
Lisa wünschte sich, Anton wäre nicht so stur, was ihre Wohnsi-

tuation betraf. Wenn sie wirklich das Beste in seinem Leben war, wie er ständig beteuerte, warum wollte er dann nicht, dass sie bei ihm einzog?

Aber Anton war nie um eine Ausrede verlegen. In seiner Männer-WG könne er sie nun mal nicht empfangen: Sein Zimmer, das er mietfrei bewohne, sei zu klein. Als Gegenleistung bekoche er seine Mitbewohner ein Mal in der Woche, und eine fremde Frau ins Haus zu holen hieße, deren Gastfreundschaft zu missbrauchen. Außerdem würde eine Frau in der Wohnung alles durcheinanderbringen.

Da er dabei ziemlich ungehalten geklungen hatte, erwähnte Lisa das Thema nicht mehr. Eine eigene Wohnung konnte sie sich nun mal nicht leisten, da sie ihre Ersparnisse für neue Kleider und Delikatessen ausgab. Unter dem Vorwand, sie habe Gutscheine geschenkt bekommen, lud sie Anton zwei Mal sogar in ein teures Hotel ein, um ihn für eine Nacht im Luxus zu entführen. All das kostete Geld.

Ein oder zwei Mal kam ihr der Gedanke, dass Anton vielleicht berechnend sein könnte, zumindest jedoch *extrem* sparsam. Aber er war stets entwaffnend ehrlich zu ihr.

»Lisa, mein Schatz, im Moment bin ich ein echter Parasit. Jeden Euro, den ich mit meinem Schichtdienst verdiene, muss ich sparen, um das Geld für die Einrichtung zusammenzubekommen. Ich komme mir dir gegenüber vor wie ein Bettler, aber ich werde mich revanchieren. Wenn wir beide erst einmal im Restaurant auf unseren ersten Michelin-Stern anstoßen, wirst du wissen, dass es die Mühe wert war.«

Lisa und Anton saßen zusammen in der neuen Küche, die langsam vor ihren Augen Gestalt annahm. Backöfen, Kühlschränke, Kochplatten – die ganze Einrichtung wurde nach und nach angeliefert. Bald würden die Arbeiten im Restaurant beginnen. Auch wegen des Logos hatten sie sich geeinigt und beschlossen, dass es sich auch in den Teppichen wiederholen würde, die farbige Akzente auf dem Holzfußboden setzen sollten. Das Restaurant würde traumhaft schön werden, und Lisa hatte großen Anteil daran.

Anton war nicht sehr überrascht, dass sie Kevins Agentur verlassen hatte. Er hatte immer damit gerechnet, dass sie diesen Schritt eines Tages tun würde. Weniger begeistert war er jedoch von der Vorstellung, dass sie in zwei der freien Räume in dem neuen Gebäude einziehen könnte.

»Aus *dem* Zimmer hier könnte ich eine Art Wohnschlafzimmer für mich machen, und aus dem anderen mein Büro.« Lisa deutete auf die beiden Räume am Ende des Ganges.

»Der hier ist aber als Kühlraum vorgesehen, und hier wollte ich Wäsche und Geschirr aufbewahren«, erklärte Anton gereizt.

»Ja, später dann, aber *irgendwo* muss ich meine Arbeit machen. Wir waren uns doch einig, dass ich auch beim Marketing mithelfen sollte«, begann sie, aber wieder machte Anton eine Leichenbittermiene, und sie ließ das Thema fallen.

Dann würde sie eben von zu Hause aus arbeiten.

Die Reaktion ihrer Eltern war jedoch eisiger, als sie erwartet hatte.

»Lisa, du bist fünfundzwanzig Jahre alt. Du hast eine gute Ausbildung genossen, die uns eine Menge Geld gekostet hat. Wieso kannst du dir nicht eine eigene Wohnung und einen Arbeitsplatz suchen wie andere junge Frauen auch, die weiß Gott nicht so privilegiert sind wie du?«

Ihr Vater sprach mit ihr, als ob sie eine Landstreicherin wäre, die in seine Bank gekommen war und darum bat, hinter dem Schalter schlafen zu dürfen.

»Sogar die arme Katie – und sie hat weiß Gott nicht viel erreicht – ist zumindest fähig, für sich selbst zu sorgen.« So lautete das vernichtende Urteil von Lisas Mutter über ihre älteste Tochter.

»Ich dachte, ihr würdet euch freuen, dass ich mich selbständig mache«, wandte Lisa ein. »Ich überlege sogar, ob ich nicht Abendkurse zum Thema Existenzgründung belegen soll. Ich bin schließlich nicht untätig.«

»Verrückt bist du meiner Meinung nach. In Krisenzeiten wie diesen schmeißt man seinen Job doch nicht aus einer bloßen

Laune heraus hin. Man sieht zu, dass man ihn behält«, schimpfte ihr Vater.
»Und Miete wirst du in absehbarer Zukunft auch keine mehr zahlen können«, meinte ihre Mutter seufzend. »Aber die Heizung wird tagsüber laufen, wenn außer dir niemand hier ist. Und dann sollen auch noch deine Kunden im Haus aus und ein gehen. Nein, Lisa, das kommt nicht in Frage.«
»Wenn wir dein Zimmer an einen Fremden vermieten würden, könnten wir wenigstens eine anständige Miete dafür bekommen«, fügte ihr Vater hinzu.
»Was ist mit dem Esszimmer? Ich könnte es mir mit Regalen und Aktenschränken als Büro einrichten«, begann Lisa.
»Und das schöne Esszimmer ruinieren? Nein, wirklich nicht«, empörte sich ihre Mutter.
»Warum vergisst du die ganze Sache nicht und bleibst, wo du bist ... in deiner Agentur, meine ich«, schlug ihr Vater vor, ein wenig milder gestimmt, als er ihre bekümmerte Miene sah. »Sei ein braves Mädchen, tu uns den Gefallen, und wir reden nicht mehr darüber.«
Lisa wusste nicht mehr, was sie darauf erwidern sollte. Wortlos verließ sie das Haus.
Lisa war kein Mensch, der übermäßig an Geld interessiert war, es machte ihr nichts aus, hart zu arbeiten, und sie verabscheute Selbstmitleid. Doch allmählich bekam sie das Gefühl, als hätte sich die ganze Welt gegen sie verschworen. Ihre eigene Familie fiel ihr in den Rücken, und ihr Freund stellte sich blind und taub gegen alle Signale und Hinweise, die sie aussandte. Er war doch ihr Freund, oder? Sie verbrachten jeden Abend zusammen. Es war noch nie die Rede von einer anderen Frau gewesen, und immer wieder hatte er betont, wie zauberhaft sie sei. Zugegeben, seine Liebe hatte er ihr noch nicht gestanden, aber das war doch fast dasselbe.
Lisas Blick fiel auf ihre Silhouette in einem Schaufenster; sie wirkte gedrückt und niedergeschlagen.
So würde das nie etwas werden. Sie strich das Haar zurück,

straffte die Schultern und eilte zuversichtlich in Richtung von Antons Restaurant, das sich dort bald in aller Pracht aus dem Bauschutt erheben würde.
Später konnte sie sich immer noch Gedanken machen, wo sie wohnen und arbeiten würde. Heute würde sie aus dem Feinkostladen geräucherten Lachs und Frischkäse mitnehmen und Anton nicht mit ihren Problemen auf die Nerven gehen. Auf keinen Fall wollte sie jemals wieder diesen ungehaltenen Ausdruck auf seinem Gesicht sehen.
Zu Lisas großem Unmut war er jedoch nicht allein, sondern in Gesellschaft von acht Freunden, unter ihnen Miranda, die sie mit Anton bekannt gemacht hatte. Sie saßen im Kreis und ließen sich eine wenig appetitanregend aussehende Pizza schmecken.
»Lisa!« Anton gelang das Kunststück, gleichzeitig erfreut und überrascht zu klingen, als ob Lisa nicht jeden Abend um diese Zeit vorbeikäme.
»Komm rein, Lisa, und nimm dir ein Stück Pizza. Ist Miranda nicht ein clevereres Mädchen? Das war eine prima Idee von ihr.«
Lisa presste die Lippen zusammen. »Sehr clever.«
Miranda, die schlank war wie eine Gazelle, obwohl sie aß wie ein Scheunendrescher, hockte in einer hautengen Röhrenjeans auf dem Boden und schlang die Pizza hinunter, als hätte sie seit längerer Zeit nichts zu essen bekommen. Unter den Männern waren einige Mitbewohner aus Antons WG, und die Frauen zeigten viel braune Haut und waren aufgetakelt, als wollten sie für eine Rolle in einem Musical vorsingen.
Keiner von ihnen war pleite, keiner hatte Schulden und war ohne Wohnung und Arbeit. Am liebsten wäre Lisa davongelaufen und hätte sich irgendwo verkrochen und geheult. Aber sie konnte nirgendwohin, und der Ort hier war der einzige, an dem sie wirklich sein wollte.
Also verstaute sie den Räucherlachs und den Frischkäse in einem der Kühlschränke und setzte sich zu der Gruppe.

»Anton hat dich gerade in höchsten Tönen gelobt«, sagte Miranda, als sie kurz den Blick von ihrem großen Stück Pizza hob. »Er sagt, du bist ein Genie.«
Lisa lächelte. »Das ist wohl ein bisschen übertrieben.«
»Nein, es ist die Wahrheit«, versicherte Anton ihr. »Ich erzählte ihnen von deinen tollen Ideen. Die anderen haben gemeint, dass ich von Glück reden kann, dich zu haben.«
Genau das hatte sie seit langem von ihm hören wollen. Warum fühlte es sich dann nicht so echt und wunderbar an wie erhofft? Und dann fuhr Anton fort: »Also, wir haben uns heute zu einem Brainstorming getroffen, um unsere Marketingstrategie zu besprechen. Legen wir los. Lisa, du fängst an …«
Lisa hatte nicht die geringste Absicht, ihre Ideen mit dieser Gruppe zu teilen, und es interessierte sie wenig, ob diese Leute sie gut fanden oder ablehnten.
»Ich bin als Letzte gekommen – also hören wir uns erst mal an, was die anderen zu sagen haben.« Und dabei lächelte sie strahlend in die Runde.
»Schlaues Biest«, flüsterte Miranda, aber laut genug, um von allen gehört zu werden.
Anton schien unbeeindruckt. »Gut. Eddie, was denkst du?«, fragte er.
Eddie, ein großer, stämmiger Rugby-Spieler, hatte jede Menge Ideen, von denen die meisten leider ziemlich unbrauchbar waren.
»Ich an deiner Stelle würde hier einen Treffpunkt für die internationale Rugby-Szene etablieren, wo man sich während der Turniere zum Essen treffen kann.«
»Diese Turniere finden nicht öfter als vier Mal im Jahr statt«, hörte Lisa sich sagen.
»Das stimmt, aber du könntest Benefizveranstaltungen für diverse Rugby-Clubs organisieren«, fuhr Eddie fort.
»Anton muss Geld *verdienen* und nicht ausgeben – zumindest am Anfang«, wandte Lisa ein. Sie wusste, dass sie sich wie eine besserwisserische Gouvernante anhörte, aber im Ernst …

Eine junge Frau namens April schlug vor, dass Anton Weinseminare veranstalten sollte, mit anschließendem Mehrgänge-Menü, das aus den beliebtesten Bestellungen des Abends bestehen könnte. Die Vorstellung, damit Geld verdienen zu wollen, war absolut lächerlich. Diesen Vorschlag konnte doch niemand ernst nehmen, aber alle waren Feuer und Flamme.

»Und woher soll da der Gewinn kommen?«, fragte Lisa mit eisiger Stimme.

»Na, von den Weinerzeugern. Die würden das sponsern«, antwortete April verärgert.

»Aber erst, wenn der Laden läuft. Vorher sicher nicht«, sagte Lisa.

»Anton könnte Modenschauen veranstalten«, schlug Miranda vor.

Alle schauten Lisa an, neugierig, wie sie dieses Argument entkräften würde, aber sie war vorsichtig. Sie hatte sich bereits zwei Mal zu abfällig geäußert.

»Das ist eine gute Idee, Miranda. Hast du bestimmte Designer im Sinn?«

»Nein, aber wir könnten uns was überlegen«, erwiderte Miranda.

»Ich finde, eine Modenschau würde nur vom Essen ablenken«, sagte Anton.

»Tja, vielleicht hast du recht.«

Miranda nahm es ihm nicht übel. Sie war ohnehin nur wegen der Pizza und der Unterhaltung gekommen.

»Und was schlägst *du* vor, Lisa? Hast du außer Grafik-Design vielleicht auch noch Marketing und Betriebswirtschaft studiert?«

»Nein, habe ich nicht, April. Ich habe mich erst kürzlich entschieden, Kurse in Betriebsführung und Marketing zu belegen. Das neue Semester geht nächste Woche los, im Moment kann ich mich also nur auf meinen Instinkt verlassen.«

»Und was sagt dir dein Instinkt?« April wollte es offenbar genau wissen.

»Wie Anton eben gesagt hat – das Essen sollte im Mittelpunkt stehen, und alles andere ist zweitrangig.«
Lisa lächelte. Sie war von ihrer Ankündigung selbst überrascht. Sie hatte zwar mit dem Gedanken gespielt, sich weiterzubilden, vor allem jetzt, da sie sich selbständig machen wollte, aber erst Aprils provozierende Frage hatte sie in ihrem Entschluss bestärkt. Sie würde wieder ans College gehen und es ihnen allen zeigen.

»Du hast mir gar nicht gesagt, dass du wieder studieren willst«, meinte Anton, als die anderen gegangen waren.
Lange Zeit hatte es nicht so ausgesehen, als ob April jemals würde gehen wollen, aber irgendwie schien sie zu begreifen, dass Lisa den längeren Atem hatte, und trat schmollend den Rückzug an.
»Ach, es gibt viele Dinge, die ich dir nicht erzähle, Anton«, sagte sie und schob die klebrigen Pizzareste und die Pappteller in eine Abfalltüte.
»Nicht zu viele, hoffe ich«, erwiderte er.
»Nein, nicht *zu* viele«, antwortete Lisa.
Jetzt wusste sie, wie sie die Sache anzugehen hatte.

Am nächsten Tag schrieb Lisa sich für den Kurs in Betriebswirtschaft ein. Die Leute im College waren sehr freundlich und hilfsbereit, und Lisa händigte ihnen den Scheck mit ihren letzten Ersparnissen aus.
»Wovon wollen Sie denn leben?«, fragte der Dozent sie.
»Es wird nicht leicht werden, aber ich werde es schaffen«, entgegnete sie mit einem strahlenden Lächeln. »Einen Kunden habe ich ja bereits. Der Anfang ist also gemacht.«
»Gut, dann dürfte Ihnen das Geld ja nicht ausgehen«, erklärte der Studienleiter erfreut.
Lisa fragte sich, was er wohl sagen würde, hätte er gewusst, dass ihr einziger Kunde ihr nicht einen Cent für ihre Arbeit einbrachte. Im Gegenteil, er kostete sie ein Vermögen, weil er Wert

darauf legte, dass eine Frau teure Parfums und Spitzenunterwäsche trug. Nur leider konnte er ihr diese Dinge nicht kaufen, da er alles, was er verdiente, in sein Geschäft steckte.

Am ersten Abend in der Universität saß Lisa neben einem stillen jungen Mann namens Noel Lynch, der einen bekümmerten Eindruck auf sie machte.

»Glaubst du, das hier wird uns tatsächlich weiterbringen?«, fragte er sie.

»Gott, keine Ahnung«, antwortete Lisa. »Erfolgreiche Leute behaupten zwar immer, dass Abschlüsse nichts zählen, aber ich finde das schon, weil sie einem nämlich Selbstvertrauen geben.«

»Ja, ich weiß. Deswegen bin ich ja hier. Aber meine Cousine zahlt die Studiengebühren, und ich will nicht, dass sie das irgendwann bereut und denkt, ihr Geld zum Fenster hinausgeworfen zu haben …«

Dieser Noel war das genaue Gegenteil von Antons smarten und agilen Freunden: ein sanfter Mensch, in dessen Gegenwart man sich wohl fühlen konnte.

»Gehen wir hinterher noch was trinken?«, fragte Lisa.

»Nein, tut mir leid. Ich trinke momentan keinen Alkohol und fühle mich in einem Pub nicht wohl«, erklärte er.

»Na, dann auf einen Kaffee?«, schlug Lisa vor.

»Gerne«, antwortete Noel und lächelte.

Lisa fuhr zurück in das freudlose Reihenhaus, das sie so lange als ihr Zuhause betrachtet hatte. Wieso wollte Anton nicht, dass sie bei ihm einzog? Für Lisa schien dies die einzig sinnvolle Lösung zu sein. Wenn sie erst einmal mit ihm zusammenlebte, würde sie ihn schon dazu überreden können, sein Junggesellendasein mit den Freunden aus der Männer-WG aufzugeben. Sie waren schließlich noch auf der Suche, während er bereits fündig geworden war: Er hatte sein eigenes Restaurant und eine Freundin. Was hatten sie nur davon, so zu tun, als wären sie noch immer unwiderstehliche Herzensbrecher?

Wie gern wäre Lisa jetzt in das Restaurant gegangen und hätte Anton von dem Einführungsabend erzählt.
Ihre Mutter war unterwegs, und ihr Vater sah fern. Er hob kaum den Blick, als sie hereinkam.
»Es ist sehr gut gelaufen«, sagte sie zu ihm.
»Was ist gut gelaufen?« Verwirrt schaute er auf.
»Meine erste Vorlesung im College.«
»Du hast einen Abschluss und einen Job. Das sind doch nur Hirngespinste.« Und damit wandte er sich wieder dem Fernsehprogramm zu.
Lisa fühlte sich sehr einsam. Alle aus ihrem Kurs hatten jemanden, mit dem sie darüber reden konnten. Alle außer ihr.
Anton war heute Abend mit seinen Wohnungsgenossen bei irgendeiner Party. Nicht dass es *ihn* sonderlich interessiert hätte, aber wenigstens hätte er ihr eine Weile zugehört.
Katie hätte es interessiert, aber sie und Garry waren über ein verlängertes Wochenende nach Istanbul geflogen. Für drei Nächte lohnte sich das in Lisas Augen zwar kaum, aber die beiden hatten sich sehr darauf gefreut, die Stadt zu erkunden.
Und andere Freunde, Menschen, denen sie wichtig war, hatte Lisa nicht.
Zum Teufel! Dann würde sie eben Anton anrufen. Sie würde ihn nicht lange nerven, nur kurz mit ihm sprechen. Er meldete sich sofort.
»*Lisa,* wie schön. Wo bist du?«
»Ich bin zu Hause.«
»Oh, und ich dachte, du wärst hier«, sagte er und klang tatsächlich enttäuscht.
Lisas Stimmung hellte sich ein wenig auf. »Nein, nein. Ich hatte doch heute meinen ersten Abendkurs.«
»Ach, ja, stimmt. Warum kommst du nicht noch auf einen Sprung vorbei?«
»Was ist das für eine Party?«
»Keine Ahnung, Lisa, aber hier ist ein Haufen witziger Leute. Alle sind da.«

»Du musst doch wissen, wer dich eingeladen hat.«
Sie glaubte, ihn fast vor sich zu sehen, wie er gereizt die Stirn runzelte.
»Schätzchen, ich habe keinen Schimmer, wer das hier veranstaltet. Irgendein Verlag, glaube ich. April hat uns eingeladen – mit der Aussicht auf Champagner ohne Ende und jede Menge Möglichkeiten, wichtige Leute kennenzulernen. Und sie hatte recht.«
»April hat dich also eingeladen.«
»Ja, sie hat irgendwas mit der PR hier zu tun. Ich hatte eigentlich erwartet, dass du auch hier bist …«
»Nein, und ich muss jetzt auch ganz schnell Schluss machen«, sagte Lisa und schaffte es gerade noch, das Gespräch zu beenden, ehe sie in bittere Tränen ausbrach.

Als Katie aus Istanbul zurückkam, rief sie sofort Lisa an, um ihr zu sagen, dass sie ein Geschenk für sie habe.
»Und? Wie war es im College?«, fragte sie.
Lisa staunte. »Dass du daran gedacht hast!« Bisher hatte niemand sie danach gefragt.
»Ich habe dir ein wunderbares Geschenk auf dem Basar gekauft«, fuhr Katie fort. »Das wird dir bestimmt gefallen!«
Lisa spürte ein Prickeln in Nase und Augen. Sie konnte sich nicht erinnern, dass Katie ihr jemals etwas mitgebracht hatte.
»Das ist aber nett«, sagte sie gerührt.
»Hast du Lust, heute Abend zu uns zu kommen? Aber ich warne dich – Garry und ich werden dich zu Tode langweilen mit unseren Erlebnissen.«
Normalerweise hätte Lisa ihre Schwester mit der Ausrede vertröstet, dass sie zwar gerne gekommen wäre, aber leider tausend Dinge zu tun habe. Doch zu ihrer und Katies Überraschung sagte sie zu.
»Vielleicht kommt auch Brian, aber das dürfte kein Problem sein.«
»Brian?«

»Ja, unser Untermieter. Wir haben ihm die beiden Zimmer über dem Salon vermietet. Ich habe dir doch von ihm erzählt.«
»O ja, natürlich.«
Ein Gefühl der Reue stieg in Lisa auf. Katie hatte sie tatsächlich eine Zeitlang genervt und immer wieder davon angefangen, dass sie jemanden für das obere Stockwerk bräuchten. Jetzt wünschte Lisa, sie hätte die beiden Zimmer genommen, aber wie immer war ihr Timing schlecht gewesen.
»Du versuchst doch nicht etwa, mich mit Brian zu verkuppeln?«, fragte sie.
»Das dürfte schwierig werden! Brian ist Pfarrer und geht schon fast auf die hundert zu.«
»Nein!«
»Na ja, fünfzig ist er allemal. Und sein Gelübde wird er bestimmt nicht brechen. Aber sag mal, *du* hast doch seit neuestem einen Freund?«
»Nicht wirklich«, erwiderte Lisa und gestand sich ihre Zweifel zum ersten Mal selbst ein.
»Klar hast du einen«, meinte Katie munter. »Auf jeden Fall freue ich mich, dass du heute Abend Zeit hast – komm so gegen halb acht.«
Lisa hatte Zeit. Auch am vergangenen Abend hatte sie Zeit gehabt und am Abend zuvor ebenfalls. Es war drei Tage her, seit Anton auf Aprils Party gewesen war. Seitdem wartete Lisa, dass er sich bei ihr meldete.

Brian Flynn entpuppte sich als äußerst sympathisch und sehr unterhaltsam. Er hatte viel zu erzählen: von seiner Mutter, die zwar dement war, aber ziemlich glücklich und zufrieden in ihrer eigenen Welt lebte, von seiner Schwester Judy, die einen Mann mit dem Spitznamen Stinktier geheiratet hatte, und von seinem Bruder, der seine Frau wegen einer anderen verlassen hatte, nur um dieser auch wieder davonzulaufen.
In Father Flynns Heimatort gab es eine wundertätige heilige Quelle, von der er aber nicht viel zu halten schien. Mit wesent-

lich mehr Engagement sprach er von dem Zentrum für Einwanderer, in dem er zurzeit arbeitete, und von dem Respekt, den er für die Menschen dort empfand.

Ein, zwei Mal erkundigte er sich nach Katies und Lisas Familie. Da beide jedoch nicht darauf eingingen und rasch das Thema wechselten, ließ Brian es dabei bewenden. Entweder hatte er aufgegeben oder begriffen, dass dies ein Thema war, über das die Schwestern nicht reden wollten.

Im Gegensatz zu ihnen erzählte Garry ungezwungen von seinen Eltern und insbesondere von seinem Vater, in dessen Augen der Beruf des Friseurs lange Zeit nur etwas für Homosexuelle gewesen war. Mittlerweile schien er seine Einstellung allerdings korrigiert zu haben.

Und dann gab Garry noch eine kleine Anekdote aus seiner Kindheit zum Besten. An seinem siebten Geburtstag waren seine Eltern mit ihm in den Zoo gegangen, hatten sich vor das Elefantenhaus gestellt und einer Elefantenkuh mit sanften Augen vorgeschwärmt, was für ein toller Junge ihr Sohn sei, der Beste im ganzen Land. Da Elefanten nie etwas vergaßen, würde sich das Tier immer an ihn erinnern, hatten seine Eltern ihm erklärt. Und bis zum heutigen Tag war Garry davon überzeugt, dass der Elefant ihn nie vergessen hatte.

Alle mussten herzlich lachen.

Lisa fragte sich, weshalb sie Garry bisher immer für einen uninteressanten, schwerfälligen Menschen gehalten hatte. Er war ein anständiger Kerl und noch dazu sehr romantisch, wie ihr klar wurde, als er ihr auf seinem Smartphone Fotos von Katie zeigte: Katie mit wehendem Haar während einer Bootsfahrt auf dem Bosporus, Katie mit Minaretten im Hintergrund, Katies Gesicht in Großaufnahme – Garry schien für nichts anderes als seine Frau Augen gehabt zu haben.

»Seht ihr, wie glücklich Katie aussieht«, wiederholte er immer wieder.

Brian Flynn wandte sich an Lisa. »Und haben Sie auch einen Freund?«

»Nun ja, gewissermaßen«, erwiderte Lisa wahrheitsgemäß. »Es gibt einen Mann, der mir viel bedeutet, aber ich glaube nicht, dass es ihm ebenso ernst ist wie mir.«
»Ach, Männer sind Dummköpfe, glauben Sie mir«, entgegnete Brian Flynn bestimmt. »Sie haben keine Ahnung, was sie wollen. Sie sind viel simpler gestrickt, als Frauen denken, und auch viel chaotischer.«
»Waren Sie denn schon mal verliebt? Ich meine, bevor Sie Priester wurden …«, fragte Lisa.
»Nein, und später auch nicht. Als Ehemann wäre ich ohnehin eine Niete. Bis das Zölibat für Priester endlich abgeschafft wird, werde ich zu alt sein, um mich noch auf jemanden einzulassen, und das ist wahrscheinlich gut so.«
»Fühlen Sie sich manchmal einsam?«
»Nicht mehr als jeder andere Mensch auch«, erwiderte Brian.

Als Lisa nach Hause ging, machte sie einen kleinen Umweg über Antons Restaurant. Oben in dem Raum, den er sich als Büro einrichten wollte, brannte noch Licht. Wie gerne wäre sie nach oben gegangen, aber die Angst vor dem, was sie dort vorfinden könnte, war größer. Wahrscheinlich April mit den Füßen auf seinem Schreibtisch, während Miranda auf dem Boden saß, umringt von weiteren Leuten.
Lisa ging nach Hause und steckte den Schlüssel in die Tür des Reihenhauses, in dem kein Licht mehr brannte und nichts darauf hinwies, dass jemand zu Hause war.
Nur Schweigen schlug ihr entgegen.

Am nächsten Morgen erhielt Lisa eine SMS von Anton:
Wo BIST du? Ich hänge in der Luft ohne deinen Rat und deinen Elan. Ich bin wie ein Qualle ohne Rückgrat. Wohin bist du verschwunden, zauberhafte Lisa? Ein einsamer Anton.
Sie zwang sich, zwei Stunden zu warten, ehe sie antwortete: *Ich bin nirgendwohin verschwunden. Ich bin hier. Grüße, Lisa.*
Woraufhin er zurückschrieb: *Essen bei mir? Um 20:00? Sag ja.*

Wieder zwang Lisa sich, nicht sofort zu antworten. Diese Spielchen waren albern, aber sie schienen zu funktionieren. Schließlich tippte sie in ihr Handy: *Essen um 20:00 klingt verlockend.* Sie bot nicht an, Käse oder Lachs oder Artischockenherzen mitzubringen. Erstens konnte sie sich das nicht mehr leisten, und zweitens lud schließlich er *sie* ein.

Natürlich hatte Anton erwartet, dass Lisa etwas zu essen mitbringen würde. Das wurde ihr klar, als er zum Kühlschrank ging und zwei tiefgefrorene mexikanische Gerichte aus dem Gefrierfach holte, aber sie setzte sich an den Tisch, trank ihren Wein, lächelte und erkundigte sich nach Antons Arbeit. Die Party, zu der April ihn eingeladen hatte, erwähnte sie mit keinem Wort. Sie fragte nur, ob er neue Kontakte geknüpft habe, die ihm bei der Eröffnung nützlich sein könnten.
Während er das Essen zubereitete, machte Anton einen abwesenden Eindruck auf Lisa. Er arbeitete schnell und effizient wie immer, schnitt routiniert die Avocados in Scheiben, entfernte geschickt die Kerne aus den Chilischoten und träufelte Limettensaft über die Krabben, die es als Vorspeise gab, schien dabei mit den Gedanken jedoch weit weg zu sein. Schließlich kam er auf sein Anliegen zu sprechen.
»Habe ich dich irgendwie verärgert, Lisa?«, fragte Anton.
»Nein, natürlich nicht.«
»Bist du sicher?«
»Ja, bin ich. Wie kommst du auf die Idee?«
»Ich weiß nicht. Du bist so anders. Du rufst mich nicht an. Du hast nichts zu essen mitgebracht. Versuchst du vielleicht, mir damit etwas zu sagen?«
»Und das wäre?«
»Dass du sauer bist auf mich oder so?«
»Warum sollte ich sauer sein? Du hast mich zum Essen eingeladen, und ich bin gekommen. Mir geht es gut.«
»Ah, schön. Ich hatte nur so ein Gefühl …«
Er schien sich mit ihrer Antwort zufriedenzugeben.

»Gut. Dann ist die Sache erledigt«, antwortete Lisa munter.
»Ich meine, ich schätze dich sehr, Lisa. Wir hängen zwar nicht permanent zusammen, aber ich weiß durchaus zu würdigen, was du alles für mich getan hast, um meinen Plan mit dem Restaurant umzusetzen.«
Er verstummte.
Erwartungsvoll sah Lisa ihn an. Sie hatte nicht die Absicht, es ihm leichter zu machen.
»Aber irgendwie hatte ich Angst, dass es zwischen uns zu einem Missverständnis gekommen sein könnte, weißt du.«
»Nein, weiß ich nicht. Was für ein Missverständnis?«
»Nun, dass du mehr in die Sache hineininterpretierst, als vorhanden ist.«
»In welche Sache, Anton? Du sprichst in Rätseln.«
»In unsere … na ja, in unsere Beziehung«, antwortete er schließlich.
Lisa spürte, wie ihr der Boden unter den Füßen weggezogen wurde, und sie bemühte sich, einigermaßen normal zu klingen.
»Es ist doch alles in Ordnung, oder?«, fragte sie und hörte ihre eigene Stimme wie aus weiter Ferne.
»Klar. Wahrscheinlich bin ich derjenige, der sich etwas einbildet. Ich meine, wir sind schließlich nicht verlobt oder so …«
»Na ja, wir schlafen miteinander«, stellte Lisa klar.
»Ja, hin und wieder und bestimmt auch weiterhin, aber ich will von dir nicht wissen, mit wem du dich nach deinem Abendkurs triffst oder was du sonst am College machst …«
»Nein, selbstverständlich nicht.«
»Und du willst auch nicht wissen, wohin ich gehe und mit wem ich mich treffe …«
»Nein, wenn du das nicht möchtest.«
»O Lisa, jetzt sei nicht eingeschnappt.«
Wieder trat dieser ungehaltene Ausdruck auf sein Gesicht.
Das Essen schmeckte wie Pappe, und Lisa brachte kaum einen Bissen hinunter.

»Soll ich dir eine Margarita mixen? Du isst ja kaum etwas.« Anton gab sich besorgt.
Lisa schüttelte den Kopf.
»Na komm, jetzt lach mal wieder. Reden wir lieber über die Eröffnung. April hat alle ihre Leute darauf angesetzt.«
»Warum sollen wir dann noch darüber reden?« Lisa wusste, dass sie sich kindisch und verstockt anhörte, aber sie konnte nicht anders.
»O Lisa, jetzt fang nicht an zu nörgeln wie alle anderen Frauen. *Bitte,* Lisa ...«
»Bedeutet dir diese Beziehung, wie du sie nennst, überhaupt etwas?«
»Natürlich. Aber ich bin mit diesem Restaurant ein so großes Risiko eingegangen, dass mir angst und bange wird, ich könnte kräftig auf die Schnauze fallen. Wie ein Jongleur muss ich gleichzeitig ein Dutzend Bälle in der Luft halten, mir sitzt die Bank im Nacken, und ich habe einfach nicht die *Zeit,* mir auch noch ernsthafte Gedanken über ... du weißt schon ... über so etwas wie eine feste Beziehung zu machen.«
Verwirrt und verloren sah er sie an.
Lisa zögerte. »Du hast recht. Ich bin einfach müde und angespannt, weil ich momentan so viel um die Ohren habe. Ich könnte jetzt *tatsächlich* eine Margarita vertragen. Und vergiss das Salz am Glasrand nicht, ja?«
Sofort hellte sich Antons Miene auf.
Vielleicht hatte der Priester, der Untermieter von Katie und Garry, doch recht: Männer waren simpel gestrickt. Und um sie zufriedenzustellen, musste man auf der gleichen Ebene reagieren. Lisa bekämpfte das Gefühl der Panik, das in ihr hochstieg, und wurde dafür mit einem strahlenden Lächeln von Anton belohnt.

Die Abendkurse im College ließen sich gut an, und das Thema fesselte Lisa mehr, als sie erwartet hatte. Und wie ihr klarwurde, besaß sie tatsächlich eine rasche Auffassungsgabe.

Noel bewunderte sie sehr dafür, dass sie bestimmte Konzepte stets als Erste in der Gruppe verstand. Er selbst begriff nur langsam und hätte am liebsten aufgegeben, wäre sein Job bei Hall's nicht gar so öde und langweilig gewesen. Aber da er keinerlei andere Qualifikationen besaß, erhoffte er sich von dem Kurs, dort das nötige Selbstvertrauen und Durchsetzungsvermögen zu erlernen.
In den gemeinsamen Kaffeepausen erfuhr Lisa bald mehr über Noel, auch dass die Abendkurse und seine AA-Meetings die einzigen Gelegenheiten für ihn waren, unter Leute zu kommen. Noel war ein gutmütiger Mensch und stellte Lisa nicht viele Fragen über ihr Leben. Deshalb öffnete sie sich ihm von sich aus und erzählte ihm, dass ihre Eltern sich allem Anschein nach von Herzen verabscheuten und dass sie nicht begreifen konnte, weshalb die beiden noch immer zusammen waren.
»Wahrscheinlich aus Angst, dass es ihnen danach noch schlechter gehen könnte«, meinte Noel, und Lisa musste ihm recht geben.
Einmal erkundigte er sich, ob sie einen Freund habe, und sie antwortete ihm wahrheitsgemäß, dass sie jemanden liebe, dass die Sache aber ein klein wenig kompliziert sei. Dieser Mann wolle sich nicht binden, und so wisse sie nicht, woran sie bei ihm war.
»Das wird sich schon regeln«, meinte Noel, und irgendwie tröstete sie das.

Und Noel hatte recht. Es regelte sich in der Tat alles von selbst. Lisa schaute nie mehr bei Anton vorbei, ohne vorher anzurufen. Sie zeigte sich zwar weiterhin interessiert an allem, was er tat, ließ aber keinerlei Bemerkungen mehr über Aprils Mitarbeit fallen. Stattdessen konzentrierte sie sich darauf, die Einladungskarten für die Eröffnungsparty so außergewöhnlich und edel wie möglich zu gestalten.
Die Frage, ob sie sich für diese Party etwas Neues zum Anziehen kaufen würde, stellte sich ihr erst gar nicht; dafür hatte sie kein Geld mehr. Aber schließlich vertraute sie sich doch Noel an.

»Ist das denn wirklich so wichtig für dich?«, fragte er.
»Irgendwie schon. Wenn ich gut aussehe, trete ich sicherer auf, und ich weiß, das klingt albern, aber viele Leute, die dort sein werden, beurteilen einen nach dem, was man anhat.«
»Das sind doch Idioten«, meinte Noel. »Wie kann man eine Frau wie dich übersehen? Du siehst umwerfend aus mit deiner Figur und deinen Haaren ...«
Lisa warf Noel einen scharfen Blick zu, aber er schien es ehrlich zu meinen und versuchte nicht, ihr zu schmeicheln.
»Der eine oder andere ist sicher ein Idiot, aber ich will ehrlich zu dir sein. Es ist tatsächlich ein Problem für mich, dass ich mir kein neues Kleid kaufen kann.«
»Ich weiß zwar nicht, ob das für dich in Frage kommt, aber hast du schon mal an einen Secondhand-Laden gedacht? Meine Cousine arbeitet manchmal in einem Wohltätigkeitsladen. Sie hat mir erzählt, dass sie oft Designerware hereinbekommt.«
»Bring mich zu ihr«, erwiderte Lisa kurz entschlossen, während ein wenig Hoffnung in ihr aufstieg.
Molly Carroll hatte tatsächlich das perfekte Kleid für sie – scharlachrot mit einem blauen Band am Saum, die Farben von Antons Restaurant und dem Logo, das sie entworfen hatte.
Das Kleid sei wie für Lisa gemacht, schwärmte Molly.
»Ich bin nicht auf dem Laufenden, was die neueste Mode betrifft«, sagte sie, »aber den Leuten wird die Luft wegbleiben, wenn sie Sie sehen.«
Lisa lächelte zufrieden. Das Kleid stand ihr in der Tat sehr gut. In Katies Salon bekam sie Waschen und Föhnen spendiert, und so machte Lisa sich in bester Laune auf den Weg zur Party. April stand wichtigtuerisch an der Tür und hieß die Gäste willkommen.
»Ein tolles Kleid«, sagte sie zu Lisa.
»Danke«, erwiderte Lisa. »Ein Vintage-Modell.« Und dann machte sie sich auf die Suche nach Anton.
»Du siehst absolut umwerfend aus«, sagte er, als er sie erblickte.
»Es ist schließlich *dein* Abend. Wie läuft es?«, fragte sie.

»Tja, seit zwei Tagen arbeite ich jetzt an diesen Canapés, aber ich habe nicht das Gefühl, als ob das *mein* Abend wäre. April tut so, als ob es der *ihre* wäre, und drängt sich auf jedes Bild.«
In dem Moment kam ein Fotograf auf sie zu.
»Und wer ist diese charmante junge Dame?«, fragte er und deutete mit dem Kopf auf Lisa.
»Meine brillante Designerin und Stilistin, Lisa Kelly«, antwortete Anton wie aus der Pistole geschossen.
Der Fotograf notierte sich ihren Namen, und aus dem Augenwinkel konnte Lisa sehen, wie April missbilligend die Stirn runzelte. Umso strahlender wurde ihr Lächeln.
»Du siehst wirklich super aus.« Anton überschlug sich fast vor Bewunderung. »Und meine Farben trägst du auch noch.«
Lisa genoss die Anerkennung sehr. Sie wusste, es würden Zeiten kommen, da würde sie sich diese Szene immer wieder ins Gedächtnis rufen, um sich daran festzuhalten. Aber sie durfte sich und das Kleid nicht überbewerten.
In Gedanken ließ sie Noel und Molly Carroll hochleben. Wie wenig hatte sie für ihr Outfit bezahlt, und dennoch war sie eine der elegantesten Frauen im Raum. Immer mehr Fotografen umringten sie, und Lisa versuchte so zu tun, als ginge sie das alles nichts an.
»Es wimmelt hier ja nur so von Gästen«, meinte Lisa. »Sind denn alle wichtigen Leute gekommen, die du eingeladen hast?«
April, die ein paar Schritte von ihnen entfernt stand, machte ein Gesicht wie zehn Tage Regenwetter. »Aber ich sollte dich nicht so lange mit Beschlag belegen, Anton«, fügte Lisa hinzu und mischte sich unter die Gäste, wohl wissend, dass Anton ihr bewundernd nachsah.
Miranda war schon leicht betrunken.
»Mir scheint, es heißt Spiel, Satz und Sieg für dich, Lisa«, lispelte sie.
»Wie meinst du das?«, fragte Lisa unschuldig.
»Oh, ich glaube, du hast April auf die Plätze verwiesen ...«
»Was?«

»Das sagt man so beim Pferderennen. Da gibt es den Sieger und die auf den anderen Plätzen, das heißt die, die nicht gewonnen haben.«

»Ich *weiß*, was es bedeutet«, erwiderte Lisa, »aber was willst *du* damit ausdrücken?«

»Ich denke, du hast dir die ungeteilte, exklusive Aufmerksamkeit von Anton Moran gesichert«, erklärte Miranda. Der Satz war viel zu kompliziert für ihre momentane geistige Verfassung, und so musste sie sich erst einmal setzen.

Lisa schmunzelte. Was sollte sie tun? Versuchen, April zu ignorieren, oder gehen? Lisa beschloss, früher zu gehen, auch wenn es ihr schwerfiel.

Antons Enttäuschung war Balsam für ihre Seele.

»Du willst schon gehen? Und ich dachte, wir zwei setzen uns hinterher noch zusammen und feiern richtig. Nur wir beide.«

»Ach, Unfug! Es bleiben sicher noch viele Leute da. April, zum Beispiel.«

»O Gott, Lisa, nein. Rette mich. Sie wird mir nur wieder in den Ohren liegen mit ihren langweiligen Mediadaten und dem Ticken ihrer biologischen Uhr.«

Lisa lachte laut auf.

»Nein, Anton, das kann ich mir nicht vorstellen. Also, bis bald. Ruf mich an und erzähle mir, wie es gelaufen ist.«

Und dann war sie weg.

Der Bus stand wartend am Straßenrand. Lisa beeilte sich, ihn zu erreichen, und blickte in die müden Gesichter der anderen Fahrgäste, die von der Arbeit nach Hause fuhren. In ihrem eleganten Kleid und in den hochhackigen Schuhen kam sie sich vor wie ein exotischer Schmetterling, wohingegen alle um sie herum eintönig und farblos gekleidet waren. Sie hatte zwei Cocktails intus, der Mann, den sie liebte, hatte sie mit Komplimenten überschüttet und sie nur unter Protest gehen lassen.

Es war erst neun Uhr abends. Das Glück stand auf ihrer Seite. Das durfte sie nicht vergessen.

KAPITEL 5

Für Stella Dixon verging die Zeit wie im Flug, so viel hatte sie jeden Tag zu tun. Sie musste mit dem Anwalt sprechen, mit der Schwester von der Gesundheitsbehörde und mit der OP-Schwester, die vergebens versuchte, ihr den Ablauf der Operation zu erklären. Doch Stella wollte nichts davon hören; dafür sei sie viel zu beschäftigt. Denn sobald die Narkose bei ihr wirkte, wäre für sie Feierabend, wie sie sich ausdrückte. Deshalb musste sie unbedingt alles erledigen, solange sie noch dazu in der Lage war.

Ihr Arzt, Declan Carroll, kam regelmäßig zur Visite, und dabei erkundigte sich Stella oft nach dem Befinden seiner Frau.

»Vielleicht werden sich die Kinder ja mal kennenlernen«, hatte sie eines Tages wehmütig gesagt.

»Schon möglich. Dann werden wir eben dafür sorgen müssen.« Declan war wirklich eine Seele von Mensch.

»Sie meinen, *Sie* werden dafür sorgen müssen«, erwiderte Stella mit einem Lächeln, das Declan fast das Herz zerriss.

Auch für Noel hatte der Tag nicht genügend Stunden. Er ging nun täglich zu den Treffen der Anonymen Alkoholiker, da ihn der Glaube, dass die meisten Probleme mit ein paar Bierchen und drei Gläsern Whiskey zu lösen wären, noch immer nicht gänzlich losließ. Und jede freie Minute, in der er sich nicht mit dem Zwölf-Schritte-Programm der AA auseinandersetzte, sich nicht bei Hall's im Büro abrackerte oder nicht gerade für das College lernte, verbrachte er surfend im Netz auf der Suche nach Ratschlägen für den Umgang mit einem Neugeborenen. Mittlerweile war er auch in die neue Wohnung im Chestnut

Court umgezogen und bereitete sich unter Hochdruck auf die Ankunft des Säuglings vor.

Manchmal fragte Noel sich, woher er früher eigentlich die Zeit zum Trinken genommen hatte.

»Vielleicht habe ich meine Sucht ja tatsächlich schon fast überwunden«, sagte er hoffnungsvoll zu Malachy, seinem Paten bei der Gruppe.

»Ich will dich nicht entmutigen, aber das haben wir in der Anfangszeit alle gedacht«, warnte Malachy ihn.

»Na, von Anfangszeit kann man bei mir nicht mehr sprechen. Ich habe jetzt schon seit drei Wochen nichts mehr getrunken«, erklärte Noel stolz.

»Das hast du wirklich gut gemacht, aber ich bin jetzt seit vier Jahren trocken, und dennoch … Falls in meinem Leben etwas ernsthaft schieflaufen sollte, weiß ich nur allzu gut, wo ich nach einer Lösung suchen würde. Für ein paar Stunden wären alle Probleme verschwunden, aber dann müsste ich wieder von vorn anfangen … mit denselben Schwierigkeiten wie beim ersten Mal, nur viel schlimmer.«

Auch für Brian Flynn verging die Zeit wie im Flug. Er hatte sich bestens in seiner neuen Wohnung eingelebt und konnte sich nicht mehr vorstellen, jemals woanders gewohnt zu haben als über einem Friseursalon, in dem ein ständiges Kommen und Gehen herrschte. Ein Mal im Monat zähmte Garry höchstpersönlich Brians widerspenstige, von grauen Strähnen durchzogene Haare und verpasste ihm einen vernünftigen Schnitt. Er sei besser als alle Wachfirmen, freuten sich Katie und Garry, und wirke mit seiner Anwesenheit abschreckend auf jeden Einbrecher.

Jeden Morgen ging Father Flynn zu Fuß in das Einwanderzentrum, in dem er arbeitete. Auf seinem Weg dorthin musste er zwangsläufig durch den Salon und vorbei an Kundinnen in allen Stadien der Verschönerung. Jedes Mal wunderte er sich aufs Neue, wie viel Frauen im Namen der Schönheit über sich erge-

hen ließen. Aber er grüßte die Damen stets freundlich, und Katie stellte ihn als ihren geistlichen Untermieter vor.
»Sie könnten bei uns eigentlich gleich noch die Beichte abnehmen, Brian, aber wahrscheinlich wären Sie entsetzt von dem, was Sie hier alles zu hören bekämen«, meinte Katie scherzhaft. Seit kurzem machte sie die Erfahrung, dass Frauen in einer wirtschaftlichen Krise offenbar noch mehr Wert auf ein gepflegtes Äußeres legten. Wahrscheinlich gab ihnen das Sicherheit, und sie glaubten, die Situation unter Kontrolle zu haben.

Nur für Lisa Kelly krochen die Tage wie im Zeitlupentempo dahin.
So musste sie feststellen, dass die Entscheidung über die Verwendung ihrer Entwürfe für Antons Restaurant immer wieder hinausgeschoben wurde, denn das hätte Geld gekostet. Obwohl »Chez Anton« bereits eröffnet und jeden Abend bis auf den letzten Platz ausgebucht war, stand noch immer nicht fest, ob ihr Logo und ihre anderen Entwürfe auch bei Tischwäsche und Geschirr Verwendung finden sollten. Also konzentrierte Lisa sich auf ihre Arbeit am College und unterstützte Noel, wo immer sie nur konnte.
Noel hatte eine erstaunliche Wandlung durchgemacht. Zuerst hatte Lisa seine Absicht, ein Baby zu sich zu nehmen, als reines Hirngespinst abgetan. Sie war sicher gewesen, dass er dieser Dreifachbelastung aus Job, Abendkurs und der Sorge für ein Neugeborenes niemals gewachsen wäre. Das war zu viel für jeden Menschen, vor allem aber für einen, der so labil und scheu war wie Noel. Doch nun musste sie ihre Meinung ändern.
Noel hatte sie überrascht, und in gewisser Weise beneidete sie ihn beinahe darum, mit welcher Inbrunst er sich seinen Aufgaben widmete. Alles war neu für ihn. Vor ihm lag ein völlig neues Leben, während Lisa das Gefühl hatte, dass sie sich im Kreis drehte. Selbstverständlich war das alles noch graue Theorie; das Baby war noch nicht einmal geboren, aber Noel bereitete sich bereits nach besten Kräften auf seine neue Rolle als Vater vor.

Sogar am Rand der Mitschriften für das College notierte er seine Einkaufslisten. *Große Dose Penatencreme, feuchte Tücher, Wattebäusche* war da zu lesen, dann: *vier Fläschchen, Flaschenbürste, Einwegsauger, Sterilisator …*

Lisas Eltern gingen wie gewohnt distanziert und lieblos miteinander um. Sie lebten zwar unter einem Dach, jedoch getrennt von Tisch und Bett und hatten sich nichts mehr zu sagen. Sie interessierten sich weder für Lisa noch für ihr Leben und wollten auch nicht wissen, ob Katie und Garry mit ihrem Frisiersalon zurechtkamen oder nicht. Man konnte nicht sagen, dass sie feindselig miteinander umgingen wie so manch andere Paare, nur eben gleichgültig. Kam der eine ins Zimmer, ging der andere hinaus.

Und Anton machte sich rar: Da war *diese* Besprechung und *jenes* Treffen, *dieser* Fernsehauftritt und *jenes* Radiointerview. Seit Wochen hatte Lisa ihn nicht mehr allein gesehen. Die Fotos von ihr und Anton bei der Eröffnungsfeier waren abgelöst worden von Schnappschüssen mit einer Vielzahl hübscher junger Frauen, doch hätte er eine neue Freundin gehabt, hätte Lisa sicher aus den Sonntagszeitungen davon erfahren. Antons Methode, die Werbetrommel für sich zu rühren, bestand schließlich darin, Zeitungskolumnisten und Fotografen in sein Restaurant einzuladen und sich bei diesen Gelegenheiten in Gesellschaft schöner Frauen ablichten zu lassen, so dass der Eindruck entstand, er hätte die Qual der Wahl.

Aber Anton hatte Lisa keineswegs vergessen. Es verging nicht ein Tag, an dem er ihr nicht eine SMS schickte, stets bedauernd, wie unglaublich viel er zu tun habe: Gestern Abend erst war eine Rockband bei ihm aufgetreten, als Nächstes stand eine Prominentenhochzeit an, dann eine Benefizveranstaltung, eine Weindegustation, eine Woche mit Spezialitäten aus der Bretagne und so weiter und so fort. Aber mit keinem Wort erwähnte er Lisa oder ihre Entwürfe und Pläne.

Doch gerade als Lisa sich damit abzufinden begann, dass er nichts mehr von ihr wissen wollte, schwärmte er ihr von einem schlichtweg göttlichen Fischrestaurant in Honfleur und dessen unnachahmlicher Küche vor, von dem er kürzlich erfahren habe. Sie müssten unbedingt baldmöglichst ein Wochenende dort zusammen verbringen und es sich richtig gutgehen lassen. Ein Datum erwähnte Anton nicht, und gerade, als Lisa für sich akzeptieren wollte, dass aus dem »bald« wohl »niemals« werden würde, schrieb er ihr, dass im kommenden Monat in Paris eine Gastronomie-Messe stattfände, auf der sie beide sich neue Ideen holen könnten, um anschließend nach Honfleur weiterzufahren. Und vor Ort könnten sie gleich einen Themenmonat Normandie-Spezial für sein Restaurant konzipieren.

Lisas Leben war eine Achterbahn der Gefühle.

Außerdem wollte es ihr nicht gelingen, neue Aufträge zu akquirieren. Stattdessen veränderte oder verbesserte sie immer wieder die Entwürfe für Anton, der sich im Grunde nicht für ihre Ideen interessierte.

Am College lief alles bestens für Lisa, aber ihre Fortschritte waren mit denen von Noel nicht zu vergleichen. Dieser Mann legte sich wirklich ins Zeug. So erklärte er stolz, dass er mit viereinhalb Stunden Schlaf auskäme, und fügte lachend hinzu, dass er sich wahrscheinlich mit noch weniger begnügen müsse, wenn das Baby erst mal da war. Und dabei schien er die Ruhe in Person zu sein.

»Liebst du diese Stella eigentlich?«, hatte Lisa ihn einmal gefragt.

»Liebe ist vielleicht ein zu starkes Wort, aber ich mag sie«, hatte Noel, um Ehrlichkeit bemüht, erwidert.

»Aber sie muss dich lieben, wenn sie dir jetzt ihr Kind anvertraut«, meinte Lisa.

»Nein, das glaube ich nicht. Sie verlässt sich auf mich.«

»Tja, das ist ein wichtiger Aspekt im Leben. Wenn man sich auf jemandem verlassen kann und ihm vertraut, ist das schon die halbe Miete«, hatte Lisa geantwortet.

»Hast du denn Vertrauen zu diesem Anton, von dem du so viel erzählst?«

»Nein, eigentlich nicht«, entgegnete Lisa, und plötzlich wirkte ihr Gesicht so verschlossen, dass sich jedes weitere Gespräch erübrigte.
Noel hatte nur die Schultern gezuckt. Er war wieder einmal auf dem Sprung ins Krankenhaus. Lange dauerte es nicht mehr, bis bei Stella der Kaiserschnitt vorgenommen wurde, den sie mit größter Wahrscheinlichkeit nicht überleben würde.

Drei Tage später stand Declan Carroll im Kreißsaal und hielt die Hand seiner Frau Fiona, die stöhnte und wimmerte.
»Tapferes Mädchen. Noch drei Mal … nur noch drei Mal …«
»Woher willst du wissen, dass ich nur noch drei Mal pressen muss?«, keuchte Fiona mit hochrotem Gesicht. Das feuchte Haar klebte ihr an der Stirn.
»Vertrau mir, ich bin Arzt«, sagte Declan.
»Aber du bist keine Frau«, stieß Fiona zwischen zusammengebissenen Zähnen hervor und bereitete sich auf die nächste Presswehe vor.
Aber ihr Mann hatte recht gehabt – nach drei Presswehen wurde der Kopf ihres Sohnes sichtbar, und Declan weinte vor Erleichterung und Glück.
»Da hast du ihn«, sagte er und legte ihr das Baby nackt in den Arm, ehe er ein Foto von den beiden machte und eine Schwester sie alle drei zusammen fotografierte.
»Er wird sich bestimmt schrecklich für das Bild schämen, wenn er mal groß ist«, sagte Fiona.
John Patrick Carroll krähte zustimmend.
»Nur kurz, dann wird er sich darüber freuen«, antwortete Declan. Er kannte sich aus mit Frauen, die – wie seine Mutter Molly im Waschsalon – völlig fremden Menschen kompromittierende Fotos ihrer Kinder zeigten.

Declan verließ den Kreißsaal von St. Brigid und eilte hinüber in die Onkologie. Er wusste, wann Stella in den OP gebracht wurde, und wollte zur moralischen Unterstützung zur Stelle sein.

Gerade eben legte man sie auf die Rollbahre.
»Declan!«, rief sie erfreut.
»Ich musste doch kommen und Ihnen Glück wünschen«, sagte er.
»Noel kennen Sie ja, und das ist seine Cousine Emily.«
Stella war vollkommen ruhig und gelassen, als wäre sie auf dem Weg zu einer Party, statt die letzte Reise ihres Lebens anzutreten.
Declan kannte Emily bereits aus seiner Gemeinschaftspraxis. Sie sprang ab und zu am Empfang ein, kochte Kaffee oder putzte die Praxisräume. Keiner wusste so recht, was sie dort eigentlich machte, aber allen war klar, dass ohne sie die Praxis würde schließen müssen. Außerdem half sie Declans Mutter hin und wieder im Waschsalon. Sie war sich wirklich für keine Arbeit zu schade, obwohl sie einen Universitätsabschluss in Kunstgeschichte hatte.
Declan versuchte, aus Emily schlau zu werden, während sie in dem kleinen Raum darauf warteten, dass Stella in den Operationssaal gebracht wurde. Es war reiner Selbstschutz, sich auf die Lebenden zu konzentrieren, statt auf Stella, die nicht mehr lange unter ihnen weilen würde.
»Gibt es schon Neuigkeiten von *Ihrem* Baby, Declan?«, fragte Stella.
Declan beschloss, ihr seine Freude über die Geburt seines Sohns zu verschweigen. Das machte die Sache nur noch schlimmer für diese Frau, die ihr eigenes Kind niemals im Arm halten würde.
»Nein, da tut sich noch gar nichts«, log er.
»Vergessen Sie nicht – die beiden sollen einmal Freunde werden«, bat Stella.
»Das habe ich Ihnen doch versprochen«, beteuerte Declan.
In dem Moment kam die Stationsschwester herein. Sie lächelte, als sie Declan sah.
»Gratuliere, Doktor! Wir haben gerade erfahren, dass Sie stolzer Vater eines prächtigen Jungen geworden sind!«
Declan befand sich in der Klemme. Er konnte schlecht seinen

Sohn verleugnen, und Überraschung konnte er auch nicht heucheln, da es alle erfahren würden, dass er bei der Geburt dabei gewesen war.

Also musste er sich der peinlichen Situation stellen.

»Es tut mir so leid, Stella, aber ich wollte nicht damit angeben.«

»Als ob Sie der Typ wären«, erwiderte sie. »Ein Junge! Wie schön!«

»Ja, wir wollten uns überraschen lassen.«

»Und ist er gesund?«

»Gott sei Dank.«

Und dann wurde Stella hinausgeschoben, und Noel, Emily und Declan blieben allein zurück.

Frances Stella Dixon Lynch kam am neunten Oktober um sieben Uhr abends per Kaiserschnitt zur Welt. Ein winziges Baby, aber perfekt: zehn winzige, perfekte Finger, zehn winzige, perfekte Zehen und ein Schopf Haare auf einem winzigen, perfekten Kopf. Stirnrunzelnd betrachtete sie die Welt um sich herum und rümpfte ihre winzige Nase, bevor sie den Mund aufriss und einen Schrei ausstieß, als wäre ihr bereits jetzt alles zu viel.

Ihre Mutter starb zwanzig Minuten später.

Der erste Mensch, den Noel daraufhin anrief, war Malachy, sein Pate bei den Anonymen Alkoholikern.

»Ich überstehe diese Nacht nicht ohne eine Drink«, stöhnte er.

Malachy versprach, sofort ins Krankenhaus zu kommen, Noel solle sich auf keinen Fall von der Stelle rühren.

Die Frauen auf der Station waren voller Mitgefühl und versorgten ihn mit Tee und Keksen, die in seinem Zustand jedoch wie Sägespäne schmeckten.

Auf Stellas Nachttisch lag ein Bündel Papiere, mit einem Gummiband umwickelt. Auf der obersten Seite stand Noels Name.

Immer wieder musste er sich beim Lesen die Tränen abwischen.

Ein Brief war an Frankie gerichtet, alle anderen Schriftstücke betrafen praktische Dinge und enthielten Anweisungen für die Beerdigung und Stellas ausdrücklichen Wunsch, dass Frankie im katholischen Glauben erzogen werden sollte, solange ihr dies vernünftig erschien. Und dann war da noch ein Blatt Papier mit dem Datum der vergangenen Nacht:

Noel, sag Frankie, dass ich kein schlechter Mensch war und dass ich alles für sie getan habe, sobald ich wusste, dass ich ein Baby kriege. Sag ihr auch, dass ich zum Ende hin Mut bewiesen und mir nicht die Augen ausgeweint habe. Und richte ihr aus, dass wir beide für sie da gewesen wären, wenn es anders gekommen wäre. Oh, und noch was. Sag ihr, dass ich von hier oben aus auf sie aufpassen werde. Wer weiß? Vielleicht klappt das tatsächlich.
Danke noch mal für alles.
Stella

Mit Tränen in den Augen schaute Noel auf das winzige Baby.
»Deine Mam wollte dich nicht verlassen, mein kleiner Spatz«, flüsterte er. »Sie wollte so gern bei dir bleiben, aber sie musste fort. Jetzt sind nur noch wir beide da. Ich weiß zwar nicht, wie wir das schaffen sollen, aber irgendwie werden wir das schon hinkriegen. Wir müssen eben aufeinander aufpassen.«
Feierlich erwiderte das Neugeborene Noels Blick, als wollte es sich dessen Worte für immer einprägen.

Die kleine Frances wurde untersucht und für gesund befunden, und bald beugten sich jede Menge fremde Gesichter über das Bettchen, in dem sie lag. Außer von Noel, der jeden Tag vorbeikam, erhielt sie alsbald Besuch von Moira Tierney, der Sozialarbeiterin, und natürlich auch von Emily. Diese brachte Charles und Josie Lynch mit, die beim Anblick ihres Enkelkindes sichtlich dahinschmolzen und völlig zu vergessen schienen, wie ablehnend sie noch vor Monaten dem Thema Sex vor der Ehe gegenübergestanden hatten. Josie nahm die Kleine sogar auf den Arm und streichelte ihren Rücken.
Auch Lisa Kelly kam mehrmals, ebenso wie Malachy. Und so-

gar Noels Chef, Mr. Hall, machte seinen Antrittsbesuch, ganz zu schweigen vom alten Casey, der es sehr bedauerte, dass er seit einiger Zeit auf Noel als Stammgast in seinem Pub verzichten musste. Dr. Declan Carroll brachte seinen Sohn mit und stellte die beiden Babys einander vor, wie es sich gehörte.

Auch Father Brian Flynn kam nicht allein, sondern brachte Father Kevin Kenny mit, der es – immer noch auf Krücken – eilig hatte, wieder in seine Rolle als Krankenhausseelsorger zu schlüpfen. Er wirkte ein wenig verstimmt, dass man Father Flynn als seinen Vertreter so herzlich aufgenommen hatte. Alle kannten ihn und nannten ihn Brian, was Father Kenny für zu vertraulich hielt. Offenbar hatte er die Schwangerschaft dieser unglücklichen Frau von Anfang bis Ende betreut und sich auch des mutterlosen Babys angenommen, das ihn aus großen Augen ansah.

Nun erwartete Father Kevin, auf die Schnelle eine Taufe arrangieren zu müssen, und wollte sich gerade räuspern und die Einzelheiten besprechen, als Father Flynn ihm ins Wort fiel.

Nein, wiegelte Brian ab, das könne man getrost den Großeltern des Kindes überlassen, die außerordentlich gläubige Menschen waren und zu einem späteren Zeitpunkt alles regeln würden.

Zu guter Letzt ließ sich auch noch Muttie Scarlet, der Nachbar von Charles und Josie Lynch, im Krankenhaus blicken. Da er ohnehin gerade hier zu tun habe – geschäftlich, wie er sich ausdrückte –, wolle er die Gelegenheit ergreifen, das Neugeborene willkommen zu heißen.

Und schließlich war es so weit: Noel durfte seine kleine Tochter mit in die neue Wohnung nehmen. Mit Schrecken wurde ihm in dem Moment bewusst, dass er von nun an kein Besucher mehr war, sondern die Verantwortung für dieses winzige menschliche Wesen trug. Wie sollte er sich nur all die lebenswichtigen Dinge merken? Angenommen, er ließ die Kleine fallen oder vergiftete sie? Er konnte nicht die Verantwortung übernehmen für dieses Baby. Es war lächerlich, das von ihm zu verlangen. Stella war verrückt gewesen. In ihrer Verzweiflung

hatte sie nicht mehr gewusst, was sie tat. Sie mussten unbedingt einen anderen Menschen finden, der für Stellas Baby sorgte – für *ihr* Baby, mit dem er schließlich nichts zu tun hatte. Plötzlich verspürte Noel den unbändigen Drang, zu fliehen, den Gang hinunterzulaufen und hinaus auf die Straße, immer weiter, bis das Krankenhaus und Stella und Frankie und alle anderen nur noch eine vage Erinnerung wären.
Gerade als er seine Schritte zur Tür und hinaus auf den Korridor lenken wollte, trat die Schwester mit Frankie – eingewickelt in eine große, pinkfarbene Babydecke – ins Zimmer.
Die Kleine sah ihn so vertrauensvoll an, dass Noel spürte, wie sich in ihm mit überwältigender Intensität der Beschützerinstinkt regte. Dieses arme, hilflose Geschöpf hatte sonst niemanden auf der Welt. Stella hatte ihm das Wertvollste anvertraut, das sie besaß – ihr Kind, das sie niemals aufwachsen sehen würde.
Nervös, fast schüchtern, nahm Noel der Schwester das Baby ab. »Komm, kleine Frankie«, sagte er, »gehen wir nach Hause.«

Um Noel über die Anfangsschwierigkeiten hinwegzuhelfen, hatte Emily versprochen, die erste Zeit bei ihm im Chestnut Court zu wohnen. In der Wohnung gab es drei Schlafzimmer. Zwei davon waren recht geräumig, und in dem dritten, dem kleinsten, sollte Frankie schlafen, so dass Emily bequem Platz hatte. Die Gemeindeschwester schaute zwar alle paar Tage vorbei, aber trotzdem gab es für Noel noch viele offene Fragen.
War die Farbe dieser stinkenden Masse in der Windel normal, oder stimmte irgendetwas mit dem Kind nicht? Wie schaffte es dieses winzige Wesen nur, dass man zehn Mal am Tag die Windel wechseln musste? War die Atmung normal? Konnte er es wagen, sich schlafen zu legen, oder stand zu befürchten, dass Frankie plötzlich zu atmen aufhörte?
Und wie stellte man es an, all die Druckknöpfe am Schlafanzug des Babys in der richtigen Reihenfolge zu schließen? Genügte eine Decke, oder war das zu wenig? Noel wusste zwar, dass die

Kleine immer warm gehalten werden musste, aber andererseits waren die Elternzeitschriften voll mit schrecklichen Warnungen vor den Gefahren eines Hitzestaus.

Und dann das abendliche Bad. Ein Alptraum. Selbstverständlich maß Noel die Temperatur mit dem Ellbogen, aber reagierte der Ellbogen einer Mutter vielleicht empfindsamer als seiner? Deshalb musste Emily unbedingt ein zweites Mal die Wassertemperatur überprüfen.

Emily hatte alle Hände voll zu tun. Sie kümmerte sich um die Wäsche und half bei der Vorbereitung der Fläschchen. Eifrig studierten sie und Noel die Babyratgeber und die Anweisungen, die das Krankenhaus ihnen mitgegeben hatte, und informierten sich zudem im Internet. Sie maßen Frankies Temperatur und sorgten dafür, dass der Vorrat an Windeln, feuchten Tüchern und Säuglingsnahrung nie ausging. Und sie benötigten Unmengen davon, was ihr Budget arg strapazierte. Wie kam man nur mit alledem zurecht?

Und woher sollte man wissen, was das Schreien eines Säuglings zu bedeuten hatte? War er hungrig, fühlte er sich unwohl, oder hatte er gar Schmerzen? In Noels Ohren klang das Krähen und Weinen immer gleich durchdringend und schrill und besaß die Fähigkeit, ihn aus dem tiefsten, einer Ohnmacht ähnlichen Schlaf zu reißen. Niemand hatte ihm gesagt, wie ermüdend es war, drei, vier Mal nachts geweckt zu werden, und das Nacht für Nacht. Nach drei Tagen stand Noel kurz davor, vor Erschöpfung in Tränen auszubrechen. Als er mit seiner Tochter auf dem Arm auf und ab ging und versuchte, sie nach dem dritten Fläschchen dieser Nacht wieder in den Schlaf zu wiegen, passierte es ihm, dass er über die Möbel stolperte, unfähig, sich noch länger auf den Beinen zu halten.

Am nächsten Morgen fand Emily ihn schlafend im Sessel vor.

»Denk daran, dass du ein Mal in der Woche ins Zentrum gehen musst«, ermahnte sie ihn.

Noel warf ihr einen zweifelnden Blick zu. »Einen wie mich werden die dort kaum mit offenen Armen aufnehmen.«

»Es gilt schließlich gleiches Recht für alle. Es heißt zwar ›Mutter-und-Kind-Gruppe‹, aber daraus werden mehr und mehr ›Vater-und-Kind-Gruppen‹.« Emily war pragmatisch wie immer.

»Glaubst du nicht, die könnten befürchten, dass ich ein schlechtes Vorbild abgebe – ich mit meiner Vergangenheit als Alkoholiker?«, fragte Noel.

»Nein. Bilde dir das bloß nicht ein. Bist du nicht ein glänzendes Vorbild für das, was ein Mensch alles erreichen kann?«

»Ich habe einfach Angst, Emily.«

»Natürlich hast du Angst. Ich auch, aber wir werden das schon hinkriegen.«

»Du wirst aber nicht so bald nach Amerika zurückgehen und mich allein lassen …?«

»Im Moment habe ich das nicht vor, trotzdem finde ich, dass du dir von Anfang an eine Art Netzwerk aufbauen solltest. Du könntest zum Beispiel sonntags immer zum Mittagessen zu deinen Eltern gehen.«

»Ich weiß nicht … *Jede* Woche?«

»Mindestens. Und wenn es so weit ist, solltest du Declan und Fiona anbieten, einen Abend in der Woche auf ihr Baby aufzupassen, damit die beiden auch einmal einen freien Abend haben. Sie werden dasselbe für dich tun.«

»Du hörst dich aber an, als würdest du deinen Absprung planen und versuchen, mich aufzubauen, damit ich bei der Stange bleibe«, sagte Noel.

»Unsinn, Noel. Aber du musst lernen, ohne mich zurechtzukommen. Du wirst irgendwann mal allein sein.«

Emily hatte zwar nicht die Absicht, in absehbarer Zeit nach New York zurückzukehren, aber sie musste aus praktischen Erwägungen dafür sorgen, dass der Alltag mit dem Baby auch ohne sie reibungslos lief.

Stellas Totenmesse fand in Father Flynns Kirche im Einwandererzentrum statt, untermalt von den Gesängen eines Gospel-Chors, den der Pfarrer engagiert hatte. Maud und Simon, die

Enkelkinder von Muttie Scarlet, bereiteten einen kleinen Imbiss im Saal nebenan vor. Weder in der Kirche noch am Grab wurden lange Reden gehalten. Declan und Fiona saßen neben Charles und Josie; Emily hatte die Tasche mit den Babysachen dabei, während Noel seine Tochter Frankie, in eine warme Decke gehüllt, auf dem Arm trug.

Father Flynn sprach ein paar schlichte, aber bewegende Worte und beschrieb Stellas kurzes, schwieriges Leben. Mit ihrem Tod habe sie ein sehr wertvolles Vermächtnis hinterlassen, sagte er, und jeder, der Stella kenne und dem sie etwas bedeute, würde Noel nach Kräften unterstützen, die gemeinsame Tochter aufzuziehen …

Auch Katie war mit ihrem Mann Garry und ihrer Schwester Lisa gekommen. Erst kürzlich hatte sie erfahren, dass Lisa im selben Kurs wie Noel war und sich inzwischen sogar mit ihm angefreundet hatte. Lisa kannte also seine Geschichte, und so hatte Katie gehofft, dass ihre Schwester etwas daraus lernen würde: dass es nämlich durchaus möglich war, alles hinter sich zu lassen, auch die vermeintliche Geborgenheit ihres Elternhauses. Ohnehin keine sonderlich gesunde Umgebung, wie Katie fand, aber Lisa – schön und ruhelos wie immer – wollte nichts davon hören.

Trotzdem bemerkte Katie, dass Lisa nicht so distanziert und zurückhaltend war wie sonst, sondern dabei half, Teller herumzureichen und Kaffee auszuschenken. Und jetzt stand sie sogar bei Noel und redete auf ihn ein.

»Ich werde dir helfen, sooft es mir möglich ist. Und wenn du einen Abend mal nicht kommen kannst, gebe ich dir gern meine Notizen«, bot sie an.

»Die Leute sind alle so nett zu mir«, sagte Noel, »viel netter, als ich erwartet habe.«

»So ein Baby hat schon was für sich«, meinte Lisa.

»Ja, und ob. Sie ist noch so klein. Ich weiß nicht, ob ich das fertigbringe … ich meine, ich bin ziemlich unbeholfen.«

»Alle frischgebackenen Eltern sind unbeholfen«, versicherte Lisa ihm.

»Da drüben steht übrigens diese Sozialarbeiterin – Moira.« Er zeigte auf die Frau.
»Sie sieht aber sehr gestresst aus«, meinte Lisa.
»Es ist auch ein stressiger Job. Ständig hat sie mit Versagern wie mir zu tun.«
»Du bist doch kein Versager. Für mich bist du ein Held«, erklärte Lisa.

Moira Tierney hatte nie etwas anderes als Sozialarbeiterin werden wollen. Als sie noch ganz jung gewesen war, hatte sie sogar überlegt, ins Kloster zu gehen, aber im Lauf der Jahre hatten sich ihre Vorstellungen gewandelt. Vor allem die Nonnen hatten sich verändert. Sie lebten nicht länger in großen, weltabgeschiedenen Klöstern und sangen Choräle bei Morgengrauen und in der Abenddämmerung. Es gab keine schattigen Kreuzgänge und kein Glockengeläut mehr. Heutzutage waren Nonnen mehr oder weniger Sozialarbeiterinnen, nur ohne die wunderbaren Rituale und Zeremonien der Kirche.
Moira stammte aus dem Westen Irlands, aber jetzt lebte sie allein in einer kleinen Wohnung. Während ihrer Anfangszeit in Dublin war sie jeden Monat zu ihren Eltern nach Hause gefahren. Sie waren sehr traurig, weil ihre Tochter nie geheiratet hatte, und fanden es höchst bedauerlich, dass Moira nach wie vor mit sozial benachteiligten Menschen am Rande der Gesellschaft arbeitete, statt beruflich Höheres anzustreben.
Im Grunde konnte Moira es den beiden nie recht machen. Nach dem Tod ihrer Mutter wurden ihre Besuche dann auch immer seltener. Inzwischen fuhr sie nur noch ein oder zwei Mal im Jahr zurück auf den heruntergekommenen Hof, der einst ihr Zuhause gewesen war.
Dass es in ihrem Wohnblock keinen Garten gab, bedauerte Moira sehr, aber die übrigen Bewohner hatten sich ausnahmslos für mehr Parkplätze ausgesprochen, so dass sich nun vor und hinter dem Haus endlose Meter Beton erstreckten. Doch so ist das nun mal in einer Demokratie, dachte Moira und hegte

und pflegte stattdessen ihre Blumenkästen, um die sie alle ihre Nachbarn beneideten.
Moira liebte ihre Arbeit, auch wenn die Fälle oft recht kompliziert waren. Dieser Noel Lynch, zum Beispiel. Der Mann war ein Rätsel für sie. Allem Anschein nach hatte er bis wenige Wochen vor der Geburt des Babys nicht einmal gewusst, dass er mit dieser Stella ein Kind gezeugt hatte. Es schien keinerlei Kontakt mehr bestanden zu haben. Und dann hatte er plötzlich quasi über Nacht sein Leben vollkommen umgekrempelt, sich einem Zwölf-Schritte-Programm bei den Anonymen Alkoholikern angeschlossen, seine berufliche Fortbildung wieder aufgenommen und sich bei Hall's so richtig in die Arbeit gekniet. Jeder einzelne dieser Schritte hätte bereits genügt, ein Leben zu verändern, doch sich alles gleichzeitig aufzuhalsen und nebenbei noch ein Baby aufzuziehen erschien Moira geradezu aberwitzig.
Moira hatte zu viele besorgt und empört klingende Artikel über Sozialarbeiter gelesen, die ihren Pflichten nicht sorgfältig genug nachgekommen waren, um angesichts dieser Sachlage nicht ein leichtes Unbehagen zu verspüren. Sie ahnte bereits, was die Journalisten in dem Fall schreiben würden: Die Anzeichen, dass dies eine gefährliche Situation war, hätten dem Sozialdienst geradezu ins Auge stechen müssen. Moira wusste nicht, woher sie ihre Gewissheit nahm, aber das ungute Gefühl wollte einfach nicht weichen. Alle formalen Kriterien waren erfüllt, alle relevanten Behörden kontaktiert worden, und trotzdem war sie zutiefst überzeugt davon, dass hier etwas nicht stimmte.
Dieser Noel Lynch glich einer wandelnden Zeitbombe und steuerte auf eine Katastrophe zu.

Auch Lisa Kelly dachte in dem Moment über Noel nach.
Erst kürzlich hatte sie zu ihrer Schwester Katie gesagt, dass sie, wäre sie jemand, der gern wettet, Noel wahrscheinlich gerade mal eine Woche geben würde, bevor er wieder an der Flasche

hing, und zwei Wochen, bis er seinen Abendkurs sausen ließ. Und was sein Leben mit einem Säugling betraf – die Sozialarbeiter wären im Haus, noch ehe man das Wort »Pflegeeltern« aussprechen könnte!

Nur gut, dass sie kein Wettbüro gefunden hatte.

Inzwischen hatte Lisa zwar einen Auftrag für ein Gartencenter angenommen, aber ihr Herz war nicht bei der Sache. Während sie Blumenkörbe und Gießkannen und dazu Sonnenblumen in voller Blüte auf das Papier kritzelte, war sie in Gedanken bei Anton und seinem Restaurant. Beim Zeichnen einer Braut, die ihren Brautstrauß warf, kam ihr schließlich eine Idee.

Anton könnte sich auf Hochzeiten spezialisieren.

Und zwar auf exklusive Prominenten-Hochzeiten. Die Leute würden darum kämpfen müssen, einen Termin bei ihm zu bekommen. Hinter dem Restaurant lag ein wenig genutzter Innenhof, in den sich momentan die Raucher auf eine schnelle Zigarette flüchteten. Den könnte man mit einem Zeltdach und einer Vielzahl von Spiegeln in eine festliche Location verwandelt.

Samstags war das Restaurant tagsüber geschlossen, und in dieser Zeit könnten die Empfänge stattfinden, so dass die Gäste bis sechs Uhr abends wieder gegangen wären. In der Nähe lag ein Musik-Pub namens Irish Eyes, mit dem man ein entsprechendes Arrangement für einen Willkommensdrink vereinbaren könnte, um sodann nahtlos zum Essen überzugehen. Der Vater der Braut wäre erleichtert, dass er nicht den ganzen Abend alle mit Champagner freihalten musste, und das Restaurant wäre für die Abendgäste wieder einsatzbereit. Jährlich würde es nicht mehr als fünfzig Paare geben, die bei Anton feiern könnten, und gewiss wäre der Ansturm groß.

Die Idee war viel zu gut, um sie für sich zu behalten.

Antons letzte Textnachrichten hatten sehr gereizt geklungen. Er könne sich auf keinen Fall auf ein Datum für ihre Reise in die Normandie festlegen, jetzt doch nicht, mitten in einer Rezession. Das Geschäft war viel zu unberechenbar. Es fehlten die Gruppen von Immobilienmaklern und Versteigerern, die ihre

Verkäufe feierten, wie es während des Immobilenbooms täglich der Fall gewesen war. Und es gab keine üppigen Geschäftsessen mehr. Die Zeiten waren hart.
Deshalb war Lisa überzeugt, dass ihm ihre Idee sehr gefallen würde. Doch wann sollte sie es ihm sagen?
Hätte sie doch nur eine eigene Wohnung. Dann hätte die Sache völlig anders ausgesehen: Anton hätte am Nachmittag oder am frühen Abend auf einen Sprung bei ihr vorbeikommen können, oder besser noch, nach der Arbeit, so dass er entspannt die Nacht bei ihr hätte verbringen können. Wenn Lisa sich mit Anton traf, dann immer nur in anonymen Tagungshotels oder zum Essen in Spezialitätenrestaurants, um anschließend in einem nahe gelegenen Gasthaus zu übernachten. Die Hoffnung auf ein paar gemeinsame Tage Honfleur hatte sie seit Wochen bei Laune gehalten, doch jetzt hatte es den Anschein, als würde nie etwas daraus werden. Aber wenn er erst einmal sah, wie viel Arbeit sie in das Konzept von »Antons Hochzeitstempel« gesteckt hatte, wäre er sicher dankbar und beeindruckt, dass Lisa ihm wieder einmal aus der Patsche geholfen hatte.
Lisa konnte nicht länger warten. Sie würde es ihm noch heute Abend sagen. Gleich nach dem Abendkurs würde sie Anton im Restaurant besuchen. Doch zuvor würde sie rasch nach Hause fahren und sich umziehen. Sie wollte schließlich gut aussehen, wenn sie ihm ihre Idee präsentierte, die aus ihm einen reichen Mann machen und ihrer beider Leben verändern würde.

Zu Hause angekommen, eilte Lisa sofort in ihr Zimmer und holte zwei Kleider aus dem Schrank – das eine rot-schwarz mit schwarzem Spitzenbesatz, das andere aus feiner, rosenholzfarbener Wolle mit einem breiten Band in der Taille. Das erste Kleid war sexy und fast ein wenig nuttig, das zweite eleganter, aber auch empfindlicher und müsste hinterher bestimmt gereinigt werden.
Lisa duschte rasch, schlüpfte in das rot-schwarze Kleid und legte reichlich Make-up auf.

Teddy, der Oberkellner, war überrascht, als er Lisa in das Restaurant kommen sah.
»Sie haben sich in letzter Zeit aber sehr rar gemacht, Lisa«, sagte er und lächelte professionell.
»Die Arbeit, gute Ideen für das Restaurant zu entwickeln, hat mich vollkommen in Anspruch genommen.«
Lisa lachte. Das Lachen klang sogar in ihren Ohren schrill und aufgesetzt; sie mochte Teddy nicht. Doch heute Abend würde sie sich ein für alle Mal ihren Platz in diesem Restaurant erobern. Anton würde erkennen, wie brillant ihr Vorschlag war, und Lisa verspürte nicht die geringste Nervosität, ihm gegenüberzutreten und ihm ihren neuen Plan zu erläutern.
»Wollten Sie heute Abend hier essen, Lisa?«
Teddy, höflich wie immer, kam sofort zum Wesentlichen. In seinem Leben war kein Platz für Unklarheiten.
»Ja. Ich hatte gehofft, dass Sie noch ein Plätzchen für mich haben. Ich muss nämlich dringend mit Anton reden.«
»Wie schade, wir sind komplett ausgebucht«, erwiderte Teddy und lächelte bedauernd. »Es ist nicht ein Tisch mehr frei.«
Um dem Restaurant Chez Anton größere Bekanntheit zu verschaffen, fand an diesem Abend eine Aktion statt, bei der vier Gänge für den Preis von zweien serviert wurden. Natürlich eine von Aprils Ideen.
»Die Leute rennen uns regelrecht die Bude ein«, fügte Teddy hinzu. »Es gibt sogar eine Warteliste.«
Das hörte Lisa nicht gern. Sie hatte Anton eigentlich klarmachen wollen, wie er das Restaurant auf Vordermann bringen könnte.
»Aber ich muss unbedingt mit ihm sprechen«, insistierte sie. »Ich habe eine wunderbare Idee für eine neue Geschäftssparte. Hören Sie, Teddy«, fuhr sie fort, stellte aber erschrocken fest, dass der schrille Ton ihrer Stimme allmählich Aufmerksamkeit erregte, »er wird meinen Vorschlag wirklich hören wollen, und wenn Sie mich nicht zu ihm bringen, wird er gewiss ärgerlich werden.«

»Es tut mir außerordentlich leid, Lisa«, erwiderte Teddy bestimmt. »Das ist mir leider unmöglich. Sie sehen doch, wie viel wir im Moment zu tun haben.«
»Dann gehe ich eben rasch in die Küche und überzeuge mich selbst, was Anton mir zu sagen hat …«, setzte Lisa an.
»Das halte ich für eine ausgesprochen schlechte Idee«, meinte Teddy, trat geschmeidig neben sie und ergriff sie am Ellbogen. »Warum rufen Sie Anton nicht morgen an und verabreden einen Termin mit ihm? Oder besser noch – reservieren Sie einen Tisch. Wir würden uns wirklich freuen, Sie wieder bei uns zu sehen, und ich werde Anton gewiss ausrichten, dass Sie vorbeigekommen sind.«
Während er das sagte, führte er sie mit festem Griff zur Tür.
Ehe sie wusste, wie ihr geschah, befand Lisa sich draußen auf der Straße und schaute zurück zu den Gästen, die sie wie hypnotisiert anstarrten.
Nichts wie weg von hier. Lisa machte auf dem Absatz kehrt und rannte davon, so schnell ihr enger Rock es ihr erlaubte.
Als sie wieder durchatmen konnte, holte sie ihr Handy heraus, um ein Taxi zu rufen. Zu ihrem größten Verdruss musste sie jedoch feststellen, dass der Akku leer war. Das wurde ja immer schlimmer.
Und nun fing es auch noch zu regnen an.

Es war still im Haus, als Lisa aufsperrte. Wie immer. Falls Katie nicht zufällig zu einem ihrer sporadischen Besuche da war, kümmerte sich hier keiner um den anderen. Heute Abend jedoch hoffte Lisa, dass sie allein wäre. Sie schien Glück zu haben. Lauschend blieb sie am Fuß der Treppe stehen. Schwer lastete das Schweigen auf dem Haus, als hielte es den Atem an.
Und in dem Moment sah Lisa die Frau, die man in einem Zeitungsartikel wohl als »spärlich bekleidet« bezeichnet hätte. Sie kam aus dem Badezimmer am oberen Treppenabsatz und hielt sich ein Handy ans Ohr. Die Frau hatte langes, feuchtes Haar und trug nichts anderes außer einem Slip aus grünem Satin.

»Wer sind *Sie* denn?«, fragte Lisa schockiert.
»Dasselbe könnte ich Sie fragen«, erwiderte die Frau. Sie schien weder verärgert noch überrascht oder gar verlegen zu sein. »Wollen Sie auch zu ihm? Die Agentur hat mir nichts gesagt. Ich habe Sie auch noch nie gesehen. Ich wollte mir gerade ein Taxi rufen.«
»Äh, wieso rufen Sie von hier aus an?«, fragte Lisa ein wenig beschränkt.
Wer konnte die Frau sein? Man hörte ja oft genug von Einbrechern, die dreist genug waren, den Hausbesitzern offen ins Gesicht zu leugnen. Vielleicht gehörte sie zu einer Gang?
Dann hörte Lisa die Stimme ihres Vaters.
»Was ist los, Bella? Mit wem sprichst du da?« Nur mit einem Morgenmantel bekleidet, trat ihr Vater aus der Schlafzimmertür. Er schien schockiert zu sein, als er Lisa sah. »Ich wusste nicht, dass *du* zu Hause bist«, sagte er verblüfft.
»Offenbar«, erwiderte Lisa und griff mit zitternder Hand nach dem Knauf der Eingangstür.
»Wer ist sie?«, fragte die Frau in dem grünen Satinslip.
»Das spielt keine Rolle«, antwortete Lisas Vater.
Und er hatte recht, wie Lisa erkennen musste. Es hatte nie eine Rolle für ihn gespielt, wer oder was sie oder Katie waren.
»Tja, wer bin ich schon, um dir zu sagen, was du mit deinem Geld machen sollst …« Die Frau namens Bella zuckte die Schultern und ging zurück ins Schlafzimmer.
Eine endlose Minute lang sahen Lisa und ihr Vater einander in die Augen; dann folgte er Bella ins Schlafzimmer, während Lisa mit zitternden Knien das Haus verließ.

Noel war stolz auf sich. Stella wäre gewiss zufrieden, wie er sein Leben mit ihrer gemeinsamen Tochter gestaltete. Seit fast zwei Monaten hatte er keinen Alkohol mehr angerührt, mindestens fünf Mal die Woche nahm er an einem AA-Meeting teil, und an den Tagen, an denen er es nicht schaffte, telefonierte er mit seinem Freund Malachy.

Er hatte Frankie in den Chestnut Court geholt und ihr ein Heim bereitet. Sicher, manchmal schlich er vor Müdigkeit umher wie ein Zombie, aber er ließ die Kleine weder verhungern noch verdursten, und sogar die Gemeindeschwester war der Ansicht, dass Frankie prächtig gedieh. Die Kleine schlief in ihrem Bett neben dem von Noel, und wenn sie schrie, stand er auf und trug sie im Zimmer auf und ab. Er sterilisierte brav alle Fläschchen und Sauger, bereitete ihre Säuglingsnahrung zu und wechselte regelmäßig ihre Windeln. Er badete sie, legte sie sich über die Schulter, bis sie ihr Bäuerchen machte, und wiegte sie in den Schlaf.

Jeden Abend, wenn er mit ihr im Badezimmer auf und ab ging, sang er Frankie alle möglichen Lieder vor, die ihm gerade in den Sinn kamen, und seien sie noch so unpassend oder abwegig. »Sitting on the Dock of the Bay«, »I Don't Like Mondays«, »Let Me Entertain You«, »Fairytale of New York« ... Noel schmetterte jedes Lied, an das er sich erinnern konnte.

Eines Abends ertappte er sich dabei, wie er ihr den Text von »Frankie und Johnny« vorsang. Er zögerte bei den Worten, aber sobald er aufhörte, fing sie wieder zu schreien an. Rasch sang er weiter. Wieso kenne ich eigentlich keine richtigen Wiegenlieder, fragte er sich.

In der Zwischenzeit hatte Noel drei erfolgreiche Treffen mit Moira Tierney, der Sozialarbeiterin, absolviert, und fünf Mal hatte Imelda, die Gemeindeschwester, nach ihnen gesehen.

Sein Vaterschaftsurlaub neigte sich dem Ende zu, und bald musste er bei Hall's wieder im Büro antreten; Noel freute sich nicht darauf, aber Babys waren teuer, und er brauchte das Geld. Er würde eine Weile warten und dann um eine Gehaltserhöhung bitten. Auch den versäumten Unterricht im College holte er dank Lisa, die Wort gehalten und für ihn mitgeschrieben hatte, allmählich wieder auf.

Noel war eigentlich immer müde, aber das war jede junge Mutter, der er auf der Straße oder im Supermarkt begegnete. Er war so müde, dass er überhaupt nicht auf den Gedanken kam, ein-

mal innezuhalten und sich zu fragen, ob er dabei auch glücklich war. Das Baby brauchte ihn, und er war da. Basta. So einfach war das. Und sein Leben war gewiss viel besser, als es noch vor acht Wochen gewesen war.
Noel legte seine Bücher beiseite. Es war ruhig in der Wohnung. Seine Cousine Emily schlief in ihrem Zimmer, und die kleine Frankie lag friedlich schlummernd in dem Gitterbettchen neben seinem eigenen Bett. Noel schaute aus dem Fenster im Chestnut Court. Es war schon spät. Draußen war es dunkel, regnerisch und sehr still.
In dem Moment sah er ein Taxi vorfahren und eine junge Frau aussteigen. Wie anders manche Leute doch lebten. Zwei Sekunden später klingelte es an seiner Tür. Wer mochte ihn – Noel Lynch – um diese Zeit noch besuchen?

»Lisa?« Noel wunderte sich sehr, um diese späte Stunde ihr Gesicht auf dem kleinen Bildschirm der Schließanlage zu sehen.
»Kann ich einen Moment reinkommen, Noel? Ich möchte dich etwas fragen.«
»Ja … äh … ich meine … das Baby schläft … aber, sicher doch, komm herein.«
Er drückte auf den Türöffner.
Lisa sah sehr niedergeschlagen aus.
»Du hast wahrscheinlich keinen Alkohol im Haus, oder? Nein, tut mir leid, natürlich nicht. Sorry. Verzeih mir.«
Gedankenlos und mit der ganzen Unbekümmertheit eines Menschen, der nie Probleme mit Alkohol gehabt hatte, war ihr diese Frage einfach herausgerutscht.
Malachy hatte Noel erzählt, dass es genau diese unbedachte Haltung war, die ihm besonders zu schaffen machte. Die Kommentare seiner Freunde, dass sie es ebenso gut lassen könnten, wenn sie wollten, und dabei völlig den schrecklichen Zwang zum Trinken übersahen, unter dem der Süchtige litt.
»Ich kann dir einen Tee oder eine heiße Schokolade anbieten«, sagte Noel, seine Verstimmung hinunterschluckend.

Lisa wusste es nicht besser. Sie würde nie wissen, wie es sich anfühlte. Aber er würde seine Beherrschung nicht verlieren. Trotzdem fragte Noel sich, was Lisa hier machte.

»Danke, ich hätte gern einen Tee«, erwiderte sie.

Er setzte das Wasser auf und wartete.

»Ich kann nicht nach Hause, Noel.«

»Nein?«

»Nein.«

»Und was hast du jetzt vor, Lisa?«

»Kann ich auf deinem Sofa schlafen? *Bitte,* Noel. Nur für eine Nacht. Morgen werde ich mir etwas anderes überlegen.«

»Hattest du Streit zu Hause?«

»Nein.«

»Und was ist mit deinem Freund Anton, von dem du immer so viel erzählst?«

»Ich war bei ihm. Er will mich nicht sehen.«

»Und jetzt bin ich deine letzte Hoffnung, wie?«

»So ungefähr«, erwiderte sie matt.

»In Ordnung«, antwortete Noel.

»Was?«

»Ich sagte – in Ordnung. Du kannst bleiben. Ich kann dir leider kein Nachthemd anbieten und mein Bett auch nicht. Frankies Bettchen steht daneben, und sie muss in ein paar Stunden ihre Flasche bekommen. Wir stehen hier sehr zeitig auf, und es geht ziemlich hektisch zu.«

»Ich wäre dir wirklich sehr dankbar, Noel.«

»Klar doch. Trink deinen Tee und leg dich dann hin. Da drüben liegt eine Decke, und du kannst dir auch eines der Sofakissen nehmen.«

»Willst du gar nicht wissen, was passiert ist?«, fragte sie.

»Nein, Lisa, will ich nicht. Ich bin vor Müdigkeit nicht mehr sehr aufnahmefähig. Ach, und falls du vor mir wach sein solltest – meine Cousine Emily wird Frankie morgen früh fertig machen, um mit ihr zum Kinderarzt in die Poliklinik zu gehen.«

»Dann werde ich ihr eben erklären, was ich hier zu suchen habe.«
»Nein, das ist nicht nötig.«
»Wie schön, dass du so umkompliziert bist«, sagte Lisa Kelly bewundernd.
Sie erwartete, nicht ein Auge zuzubekommen, aber sie schlief rasch ein und schreckte nur ein paar Mal kurz hoch, als sie glaubte, ein Baby schreien zu hören. Durch halb geschlossene Augenlider sah sie Noel Lynch mit einem Säugling auf dem Arm auf und ab laufen. Sie war nicht einmal lange genug wach, um sich zu überlegen, welche Spielchen Anton mit ihr spielte oder ob ihr Vater sich auch nur im Entferntesten für den Zwischenfall in ihrem Haus schämte. Rasch war sie wieder eingeschlafen und wachte erst auf, als sie hörte, wie jemand einen Becher Tee neben sie stellte.
Cousine Emily natürlich. Die Superfrau, die genau in dem Moment in Erscheinung getreten war, als sie am dringendsten gebraucht wurde. Emily schien nicht im Mindesten überrascht zu sein, auf Noels Sofa eine Frau in einem schwarz-roten Spitzenminikleid vorzufinden.
»Musst du zu einer bestimmten Zeit im Büro sein?«, fragte sie nur.
»Nein. Nein, muss ich nicht. Ich warte so lange, bis meine Eltern aus dem Haus sind, dann fahre ich zurück und hole meine Sachen und … und suche mir irgendwo anders eine Bleibe. Ich heiße übrigens Lisa.«
Emily sah sie an. »Ich weiß, und ich heiße Emily. Wir haben uns bei Stellas Beerdigung getroffen. Um welche Zeit gehen deine Eltern aus dem Haus?«, fragte sie.
»So gegen neun Uhr – an einem normalen Morgen jedenfalls.«
»Aber heute ist vielleicht kein normaler Morgen?«, mutmaßte Emily.
»Nein, vielleicht nicht. Wo ist …«
»Noel ist vor einer halben Stunde gegangen. Es ist acht Uhr. Ich muss bald mit Frankie in die Poliklinik und zuvor noch in den

Secondhand-Laden ... und ich weiß jetzt nicht so recht, was wir tun sollen.«
»Ich bin eine alte Freundin von Noel, aus dem College ...«, begann Lisa.
»Aber das weiß ich doch.«
»Du musst dir also keine Gedanken machen, mich allein hierzulassen, wenn du gehst, aber vielleicht ist es dir nicht recht ...«
Emily schüttelte heftig den Kopf, um ja keinen Verdacht aufkommen zu lassen, sie könnte Lisas wegen Zweifel hegen.
»Nein, ich habe eigentlich eher an dein Frühstück gedacht. Noel hat sich sein übliches Bananen-Sandwich gemacht, und den Kaffee trinkt er auf dem Weg zur Arbeit. Ich werde jetzt Frankie die Flasche geben, dann den Laden aufsperren und dort Obst und Müsli frühstücken. Vielleicht hast du ja Lust, mitzukommen? Was hältst du davon?«
»Das wäre wunderbar, Emily. Ich putze mir nur rasch die Zähne und mache mich frisch.«
Lisa sprang auf und lief ins Bad. Ihr Make-up war verschmiert, und sie sah schrecklich aus, wie ein von Gott und der Welt verlassenes Flittchen.
Kein Wunder, dass Emily sie nicht allein in der Wohnung zurücklassen wollte. Kein Mensch würde jemanden in ihrem Zustand irgendetwas anvertrauen. Vielleicht fand Lisa im Laden etwas zum Anziehen, in dem sie seriöser aussah. Sie spritzte sich kaltes Wasser ins Gesicht, wusch sich notdürftig und zog einen Pullover, den Emily ihr gegeben hatte, über das Kleid.
Emily war bereits fertig; sie trug ein tailliertes grünes Wollkleid und hatte eine große Einkaufstasche bei sich. Das Baby im Kinderwagen war winzig – kaum einen Monat alt – und strahlte die beiden Frauen vertrauensvoll an.
Lisa spürte eine Welle der Zuneigung zu diesem kleinen, schutzlosen Wesen in sich aufsteigen, das sich darauf verließ, dass zwei fremde Frauen – Emily und Lisa – es durch diesen Tag brachten. Sie fragte sich, ob sich wohl jemand ebenso liebevoll

um sie gekümmert hatte, als sie noch klein gewesen war. Wahrscheinlich nicht, dachte sie bedrückt.
Dieser Tag sollte für Lisa der unwirklichste ihres Lebens werden. Emily Lynch stellte ihr keinerlei Fragen. Stattdessen erzählte sie voller Bewunderung von Noel und dem, was er tagtäglich leistete. Und sie gestand Lisa, dass weder sie noch Noel zuvor etwas vom Umgang mit kleinen Kindern verstanden hätten. Aber dank Internet und Kinderambulanz kamen sie nun einigermaßen zurecht.
Im Charity-Shop fiel Emily unter den Neueingängen sofort ein brauner Hosenanzug ins Auge, und sie ermutigte Lisa, ihn anzuprobieren. Er passte wie angegossen.
»Ich habe aber nur vierzig Euro. Damit muss ich heute auskommen«, sagte Lisa entschuldigend. »Und wahrscheinlich muss ich mir ein Taxi nehmen, um die Sachen bei meinen Eltern abzuholen.«
»Das ist doch kein Problem. Du kannst den Hosenanzug ja abarbeiten. Was hältst du davon?«, schlug Emily vor.
»Wie – abarbeiten?«, fragte Lisa irritiert.
»Na, du könntest hier im Laden aushelfen, bis ich Frankie zum Arzt bringe, und anschließend mitkommen, wenn ich mit ihr spazieren gehe. Danach könntest du mich ins Gesundheitszentrum begleiten, wo ich kurz etwas abgeben muss, und anschließend gehen wir im St. Jarlath's Crescent vorbei, wo ich mir die Gärten anschauen will. Wenn Frankie sich langweilt, kannst du sie ja im Kinderwagen hin und her schieben. Dann hast du den ganzen Tag lang gearbeitet und dir diesen Hosenanzug redlich verdient.«
»Aber ich muss unbedingt meine Sachen holen und mir eine andere Unterkunft suchen«, wandte Lisa ein.
»Wir haben noch den ganzen Tag Zeit, uns darüber Gedanken zu machen«, erwiderte Emily seelenruhig.
Und so nahm der Tag seinen Lauf.
Nie zuvor hatte Lisa an einem Arbeitstag mit so vielen unterschiedlichen Menschen zu tun gehabt. Sie, die normalerweise

allein an ihrem Schreibtisch saß und über den Entwürfen und Zeichnungen für Anton brütete, hatte oft Stunden verbracht, ohne mit einem Menschen zu reden. Emily Lynchs Leben hingegen verlief in völlig anderen Bahnen.

Vom Charity-Shop gingen sie direkt in die Poliklinik, wo Frankie gewogen und vermessen wurde. Der Kinderarzt war sehr zufrieden mit ihren Fortschritten. Anschließend hatten sie einen Termin mit Moira, aber als sie in ihr Büro kamen, sagte man ihnen, dass die Sozialarbeiterin zu einem Notfall gerufen worden war.

»Das Leben dieser armen Frau scheint ein einziger Notfalleinsatz zu sein.«

Statt verärgert reagierte Emily mit Mitgefühl auf die geplatzte Verabredung. Danach ging es weiter in die Gemeinschaftspraxis, wo Emily einen Stapel Broschüren mitnahm und sich angeregt mit den dortigen Ärzten unterhielt.

»Das ist Lisa. Sie hilft mir heute.«

Alle nickten freundlich. Mehr war als Erklärung nicht nötig. Lisa fühlte sich auf Anhieb wohl.

Frankie ist wirklich ein hübsches Baby, dachte Lisa. Natürlich machte sie viel Arbeit, aber welches Kind tat das nicht? Lisa konnte sich kaum vorstellen, dass sie oder Katie jemals auch nur die Hälfte der Aufmerksamkeit bekommen hatten, die Frankie erhielt.

Zu guter Letzt packte Emily ihr Mitbringsel für Dr. Hat aus, der jeden Moment erwartet wurde. Erst kürzlich hatte er seine eigene Arztpraxis geschlossen und arbeitete nun einen Tag in der Woche als Vertretung. Irgendwann hatte Emily herausgefunden, dass Dr. Hat nicht kochen konnte und es offenbar auch nicht lernen wollte. Seitdem brachte sie ihm ein Mal wöchentlich eine Portion ihres Abendessens vom Vortag vorbei. Heute gab es Pastete mit geräuchertem Kabeljau, Eiern und Spinat samt einer schriftlichen Anweisung, wie das Töpfchen zu erwärmen war.

»Das ist wahrscheinlich die einzige warme Mahlzeit in der Wo-

che, die der gute Doktor Hat zu sich nimmt«, meinte Emily und schüttelte missbilligend den Kopf.
»Hat?«
»Ja, so heißt er.«
»Ist das eine Abkürzung?« Lisas Neugier war geweckt.
»Ich habe ihn nie gefragt. Ich glaube aber, das kommt daher, weil er immer einen Hut trägt«, erklärte Emily.
»Auch nachts?«, fragte Lisa mit einem schiefen Lächeln.
»Also, woher soll ich das wissen?«
Als Emily ihr einen interessierten Blick zuwarf, wurde Lisa bewusst, dass sie sich zum ersten Mal an diesem Tag ein Lächeln gestattet hatte. Verkrampft und unfähig, an etwas anderes zu denken als an ihre vermeintlich unersetzliche Familie und an den einzigen Mann, den sie je geliebt hatte, war sie wie versteinert gewesen.
»Stimmt. Und wohin gehen wir jetzt?« Lisa war fest entschlossen, gut gelaunt zu bleiben.
»Wir könnten heimgehen, Mittagspause machen und anschließend Frankie ein paar Stunden zu ihrer Großmutter bringen, damit ich endlich mit diesem Papierkram anfangen kann. Ich werde Dingo Duggan bitte, dich nach Hause zu fahren, damit du deine Sachen holen kannst. Er kann den Kleinbus vom Laden nehmen.«
»Hey, Emily, nicht so schnell. Ich weiß doch noch gar nicht, wohin.«
»Oh, du wirst schon was Passendes finden.« Emily war unerschütterlich in ihrer Zuversicht. »Sobald man eine Entscheidung getroffen hat, soll man nicht mehr lange zögern.«
»Aber du weißt nicht, wie schlimm die Dinge stehen«, sagte Lisa.
»Doch, das weiß ich«, erwiderte Emily.
»Woher? Ich habe es nicht einmal Noel erzählt.«
»Na ja, es muss sehr schlimm für dich gewesen sein, wenn du mitten in der Nacht im Chestnut Court auftauchst«, erklärte Emily, wandte sich jedoch gleich wieder einem anderen Thema zu. »Was hältst du davon, wenn wir über den Markt schlendern

und frische Hühnerleber besorgen? Wir könnten auch ein paar Pilze und Reis kaufen. Heute hat Noel seinen Abendkurs, und da benötigt er eine gute Grundlage zum Lernen. Aber das weißt du ja, und deswegen brauchst du *auch* deine Unterlagen und Aufzeichnungen.«

»O nein, heute Abend schaffe ich das nicht mehr. Mein Leben ist total aus den Fugen geraten. Und zum Studieren werde ich auch keine Zeit mehr haben!«, rief Lisa.

»Gerade wenn um einen herum alles aus den Fugen gerät, muss man aktiv werden«, erklärte Emily bestimmt, als wäre dies das Offensichtlichste von der Welt. »Was hältst du übrigens von Ofenkartoffeln mit Sauerrahm zum Mittagessen? Das spendet Kraft, und die wirst du die nächsten paar Tage brauchen.«

»Einverstanden«, erwiderte Lisa seufzend.

»Gut. Dann los. Und nach dem Markt inspizieren wir die Gärten im St. Jarlath's Crescent. Kannst du vielleicht einen Block und Bleistift nehmen und mitschreiben, was alles gemacht werden muss?«

Lisa fragte sich, wie es wohl wäre, ein Leben wie das von Emily zu führen: Alle waren in gewisser Weise von einem abhängig, aber niemand liebte einen dafür.

Dingo Duggan erklärte sich sofort bereit, Lisa zu ihren Eltern zu fahren, und wollte wissen, wohin er die Sachen anschließend bringen sollte.

»Das besprechen wir beim Essen, Dingo«, meinte Emily. »Wir geben dir später Bescheid.«

Lisa drehte sich fast der Kopf von der Geschwindigkeit, mit der alles geschah. Diese kleine, umtriebige Frau mit dem krausen Haar hatte sie mühelos in ihre Aktivitäten eingebunden, jedoch zu keinem Zeitpunkt eine Erklärung für Lisas häusliche Situation oder für den Grund ihrer Flucht verlangt.

Stattdessen waren sie auf den Markt gegangen, wo Emily an jedem Stand erbarmungslos gefeilscht hatte. Sie schien jeden hier persönlich zu kennen. Dann hatten sie den Kinderwagen

den St. Jarlath's Crescent entlanggeschoben, während Lisa nebenbei To-do-Listen erstellen musste: Neue Pflanzen sollten gekauft, Unkraut musste gejätet und Farbe zum Streichen der maroden Zäune besorgt werden. Manche der Gärten waren liebevoll gepflegt, andere hingegen sträflich vernachlässigt, aber da Emily regelmäßig ein Auge darauf hatte, erweckte die ganze Straße mittlerweile den Eindruck behaglicher Bürgerlichkeit. Lisa war gerade dabei, sich zu orientieren, als sie vor Noels Elternhaus standen.
Wieder konnte sie sich nur wundern über Emilys Tempo, als diese ihr bereits mit knappen Worten Noels Vater und Mutter vorstellte.
»Charles und Josie. Die beiden sind herzensgute Menschen, Lisa. Den ganzen Tag tun sie Gutes und sammeln Geld, um dem heiligen Jarlath eine Statue zu errichten. Also werden wir sie nicht lange von ihrer Arbeit abhalten. Und das ist Lisa, eine gute Freundin von Noel. Sie kennt ihn aus dem College. Heute hat sie mit auf Frankie aufgepasst und war mir generell eine große Hilfe. Und da habt ihr eure süße kleine Enkeltochter, Josie. Sie konnte es kaum erwarten, zu euch zu kommen.«
»Das arme Ding.«
Josie nahm das Baby auf den Arm, und Charles blickte strahlend von seinem wenig appetitlich aussehenden Sandwich auf.
Als Lisa mit Emily allein deren Zimmer war, holte Emily eine Flasche Wein heraus.
»Normalerweise trinke ich in Noels Gegenwart keinen Alkohol, aber heute ist ein besonderer Tag«, erklärte sie. »Wir warten, bis du deine Sachen abgeholt hast, und dann trinken wir den Wein zum Essen.«
»Ja, du bist bestimmt sehr erschöpft.« Lisa dachte, dass Emily sich für den hektischen Vormittag entschädigen wollte.
»O nein, das war noch gar nichts.« Emily tat ihre Bemerkung mit einer wegwerfenden Handbewegung ab. »Ich wollte damit sagen, dass heute ein Tag der Entscheidung für uns alle ist. Da wird uns ein Glas Wein guttun.«

Anton saß in seinem Restaurant, stellte Menüs zusammen und sprach über Lisa. »Ich rufe sie wohl besser an«, sagte er mürrisch.
»Dir wird schon was Passendes einfallen, Anton. Du triffst doch immer den richtigen Ton«, meinte Teddy diplomatisch und mit einem bewundernden Unterton in der Stimme.
»Das ist nicht so einfach, wie es klingt«, antwortete Anton und griff nach dem Telefon.
Da Lisas Handy ausgeschaltet war, versuchte Anton es mit der Nummer ihres Elternhauses. Ihre Mutter meldete sich.
»Nein, wir haben sie seit gestern nicht mehr gesehen.« Die Stimme klang distanziert und nicht im Geringsten besorgt. »Sie ist letzte Nacht nicht nach Hause gekommen. Und …«
»Und … was?« Anton verlor allmählich die Geduld mit dieser Frau.
»Tja … nichts, eigentlich …« Ihre Stimme verlor sich. »Lisa ist eine erwachsene Frau, wie Sie ja wohl wissen. Es macht wenig Sinn, sich Sorgen zu machen. Soll ich ihr etwas ausrichten von Ihnen?«
Lisas Mutter schaffte es, gleichzeitig gleichgültig und höflich zu klingen, und das irritierte Anton sehr.
»Sparen Sie sich die Mühe!«, erwiderte er und legte auf.
Lisas Mutter zuckte die Schultern. Sie wollte gerade nach oben gehen, als ihr Mann zur Haustür hereinkam.
»Hat Lisa mit dir gesprochen?«, begann er.
»Nein, ich habe sie nicht gesehen. Warum?«
»Das wird sie schon noch«, meinte er.
»Was wird sie schon noch?«
»Mit dir reden. Gestern Abend gab es einen kleinen Zwischenfall. Mir war nicht klar, dass sie zu Hause war, und ich hatte eine junge Frau bei mir.«
»Wie reizend.« Das Gesicht seiner Ehefrau drückte grenzenlose Verachtung aus.
»Sie schien wütend zu sein.«
»Ich kann mir nicht vorstellen, weshalb.«

»Sie verfügt nun mal nicht über deine Fähigkeit, so zu tun, als ginge sie das alles nichts an – deshalb.«
»Sie ist bestimmt nicht gleich ausgezogen. Die Tür zu ihrem Zimmer steht offen, und alle ihre Sachen sind noch da.«
Lisas Mutter hörte sich an, als spräche sie über eine entfernte Bekannte.
»Natürlich ist sie nicht ausgezogen. Wo will sie denn schon hin?«
Wieder zuckte Lisas Mutter die Schultern. »Sie macht doch ohnehin, was sie will. Wie jeder hier«, fügte sie hinzu und verließ das Haus durch die Tür, durch die ihr Mann eben hereingekommen war.

»Wohin sollen wir jetzt deine Sachen bringen?«, fragte Dingo.
»Lassen wir sie doch erst einmal im Wagen, falls dir das recht ist, ja?«, antwortete Lisa. Sie wusste im Moment nicht, wo ihr der Kopf stand – so viele neue Leute hatte sie an diesem Vormittag bereits kennengelernt.
»Ja, aber wo willst du denn wohnen?« Dingo ließ nicht locker.
»Ich habe mich noch nicht entschieden.«
Das klang, als würde sie seinen Fragen ausweichen wollen, aber sie sagte die Wahrheit.
»Na, dann sag mir doch mal, wohin du heute Abend dein müdes Haupt betten willst?« Dingo schien fest entschlossen, ihr eine Antwort zu entlocken.
Lisa spürte, dass ihre Widerstandskraft erlahmte. »Wieso nennen dich eigentlich alle Dingo?«, fragte sie, um von sich abzulenken.
»Weil ich mal sieben Wochen in Australien war«, erwiderte er stolz.
»Und warum bist du zurückgekommen?«
Sie musste unbedingt bei diesem Thema bleiben, um allzu neugierige Fragen über sich zu vermeiden.
»Weil ich dort unten vereinsamt bin«, antwortete Dingo, als wäre es das Natürlichste von der Welt. »Das wird dir auch pas-

sieren. Merk dir das. Wenn du erst mal bei Josie und Charles wohnst und zehn Rosenkränze am Tag betest, wirst du dich nach deinem alten Zuhause zurücksehnen.«
»Wieso sollte ich bei Josie und Charles einziehen? Nein, das stand niemals zur Debatte«, erklärte Lisa entsetzt.
»Also, wohin soll ich dich bringen, nachdem wir deine Sachen abgeholt haben? Ah, da sind wir ja schon.«
»Ich brauche zehn Minuten, Dingo.«
Lisa stieg aus dem Kleinbus.
»Emily hat gesagt, dass ich mit reinkommen und dir beim Tragen helfen soll.«
»Sie glaubt wohl, sie muss sich um alles kümmern, wie?«, murrte Lisa.
»Andere stellen sich dabei dümmer an«, konterte Dingo salopp.
Dingo benötigte nicht lange, um den Wagen vollzupacken. Da er bereits eine Kleiderstange installiert hatte, hängte er Lisas Kleider einfach daran auf. Außerdem hatte er mehrere Umzugskartons dabei, in denen er umsichtig ihren Computer und ihre Unterlagen verstaute; den Rest ihrer persönlichen Sachen packte er in weitere leere Kisten. Nicht viel, was sich bisher in meinem Leben angesammelt hat, dachte Lisa.
Es war nichts zu hören, aber Lisa wusste, dass ihr Vater zu Hause war. Sie hatte gesehen, wie sich die Vorhänge in seinem Zimmer leicht bewegt hatten. Ihr Vater machte jedoch keinerlei Anstalten, herauszukommen und sie aufzuhalten, geschweige denn, ihr eine Erklärung für das zu liefern, was sie gestern Abend gesehen hatte. In gewisser Weise war Lisa erleichtert, aber es zeigte ihr auch, wie wenig es ihn interessierte, ob sie da war oder nicht.
Als sie und Dingo die letzten Gegenstände zum Kleinbus trugen, sah sie, wie sich die Vorhänge erneut bewegten. Wie sehr sie in ihrem Leben bisher auch gescheitert sein mochte – das war nichts im Vergleich zu der traurigen Farce, die ihre Eltern aus ihrem Leben gemacht hatten.

Lisa hinterließ für sie eine Nachricht auf dem runden Tischchen im Vorraum.

Hier habt ihr den Hausschlüssel, damit ihr begreift, dass ich für immer ausgezogen bin. Ich wünsche euch alles Gute, vor allem aber, dass ihr glücklicher werdet, als ihr es jetzt seid. Ich habe mich übrigens nicht mit Katie abgesprochen. Sobald ich weiß, wo ich unterkomme, schicke ich euch meine Nachsendeadresse.
Lisa

Keine Grüße, kein Dank, keine Erklärung, keine Abschiedsworte. Lisa sah sich in dem Haus um, als sähe sie es zum ersten Mal. Dabei wurde ihr klar, dass dies wohl die Art war, mit der ihre Mutter die Dinge um sich herum wahrnahm.
Es war noch nicht lange her, da hatte Katie Lisa davor gewarnt, dass sie wie ihre Eltern werden würde und deswegen so bald wie möglich ausziehen sollte. Nun konnte Lisa es kaum erwarten, Katie zu erzählen, dass sie ihren Rat endlich befolgt hatte; aber sie würde warten, bis sie eine Unterkunft gefunden hatte. Gewiss nicht bei Charles und Josie im St. Jarlath's Crescent, egal, was Dingo dachte und wie sehr Emily sie eventuell zu überzeugen versuchte.

Als Lisa zu den Lynchs zurückkam, wollte Emily natürlich sofort wissen, wie es gelaufen war, und nickte erleichtert, als sie erfuhr, dass die Konfrontation ausgeblieben war. Sie hatte nämlich befürchtet, dass Lisa Dinge sagen könnte, die sie hinterher bereute.
»Ich werde nie mehr ein Wort mit meinen Eltern reden«, erklärte Lisa.
»Nie mehr ist eine lange Zeit. Ich glaube, ich schiebe jetzt erst mal die Kartoffeln in die Mikrowelle.«
Erschöpft setzte Lisa sich an den Küchentisch. Als sie Emily dabei beobachtete, wie diese sich in der kleinen Küche bewegte, als

wäre sie hier schon zu Hause, fiel ihr das Reden plötzlich leicht. Sie schilderte ihren Schock vom Abend zuvor, als sie ihren Vater mit einer Prostituierten gesehen hatte, ihr Entsetzen, als ihr klargeworden war, dass Anton in ihr nicht den Mittelpunkt seines Lebens sah, und die grausame Erkenntnis, dass sie kein Geld, keine Wohnung und keine Arbeit hatte.

Lisa bemühte sich, sachlich zu bleiben und nicht laut zu werden. Emily hatte etwas an sich, das es ihr leichtmachte, sich dieser Frau anzuvertrauen. Hin und wieder nickte Emily, Zustimmung murmelnd. Sie stellte die richtigen Fragen, ohne Lisa in Verlegenheit zu bringen. Noch nie zuvor hatte Lisa so offen mit einem Menschen sprechen können. Schließlich kam sie zum Ende.

»Entschuldige, Emily, aber jetzt habe ich den ganzen Nachmittag nur über mich gesprochen. Du hast doch sicher noch etwas anderes vor.«

»Ich habe vorhin mit Noel telefoniert. Er kommt so gegen fünf Uhr vorbei. Dann bringe ich Frankie zurück in den Chestnut Court, und Dingo kann aktiv werden.«

Lisa sah sie verständnislos an.

»Was meinst du damit, Emily? Ich bin ein bisschen verwirrt. Willst du damit andeuten, dass ich hier bei Charles und Josie wohnen soll, denn ehrlich, ich denke …«

»Nein, wo denkst du hin. Ich werde wieder für eine Weile hierherziehen, und wer weiß, was sich dann noch alles ergibt?«

Und dabei machte Emily ein Gesicht, als wäre dies das Naheliegendste von der Welt.

»Ja, äh … Aber Emily, alle meine Sachen sind draußen in Dingos Kleinbus. Wo soll ich denn hin?«

»Du könntest zu Noel in den Chestnut Court ziehen, dachte ich mir«, erwiderte Emily. »Das wäre doch die beste Lösung für alle.«

KAPITEL 6

Moira Tierney war eine hervorragende Sozialarbeiterin, und ihr eilte der Ruf voraus, sich auch noch um das kleinste Detail persönlich zu kümmern. Ihr Büro mit dem perfekten Ablagesystem diente angehenden jüngeren Kollegen als Vorbild. Nie hörte jemand Moira unter der Last ihrer vielen Fälle stöhnen oder sich über den Mangel an Rückhalt vonseiten ihrer Dienststelle beschweren. Es war ihr Job, und sie erledigte ihn.

Sozialarbeit war kein Beruf mit festen Bürozeiten von neun Uhr früh bis fünf Uhr abends; Moira musste stets damit rechnen, auch noch nach Dienstschluss zu Problemfamilien gerufen zu werden. Genau dann wurde sie nämlich am meisten gebraucht. Deshalb hatte Moira ständig ihr Handy parat, und ihre Kollegen hatte sich längst daran gewöhnt, dass Moira mitten in einer Besprechung aufstand und diese wegen eines Notfalls verlassen musste. Ihr machte das nichts aus. Das gehörte nun mal zu ihrem Job.

Im Grunde tat Moira Tag und Nacht nichts anderes, als die Scherben unglücklicher Beziehungen aufzusammeln. Gescheiterte Ehen, verlassene Kinder und häusliche Gewalt waren ihr täglich Brot. Doch auch diese Menschen waren einst voll hoffnungsvoller Romantik in ihr Leben gestartet. Damals allerdings hatte Moira noch nichts mit ihnen zu tun gehabt. Nicht dass Moira deswegen eine besonders zynische Haltung entwickelt hätte, was Liebe und Ehe anging, ihrer Ansicht nach war deren Erfolg oder Misserfolg eher eine Frage von Zeit und Gelegenheit.

Abends war Moira müde und hatte keine Energie mehr für ein

ausgeprägtes Nachtleben. Und selbst wenn, hätte es leicht passieren können, dass sie auch noch auf der Tanzfläche an ihr Handy gegangen wäre, um überstürzt aufzubrechen und sich mit den Problemen fremder Menschen zu befassen.

Selbstverständlich hätte sie gern einen Partner gehabt. Welche Frau wünschte sich das nicht?

Moira war keine Schönheit – das Gesicht ein wenig zu kantig vielleicht, dazu welliges, aschblondes Haar –, aber hässlich war sie auch nicht. Viel gewöhnlichere Frauen als sie hatten Freunde, Liebhaber, Ehemänner gefunden. Irgendwo da draußen wartete bestimmt ein Mann auf sie, ein ruhiger, gelassener Mensch, der friedfertig und mit sich im Reinen war, was man von den Männern, die sie in ihrem Heimatort zurückgelassen hatte, nicht sagen konnte.

Alle paar Monate kehrte Moira nach Liscuan zurück. Samstags fuhr sie mit dem Zug in die nächstgrößere Ortschaft und stieg dort in den Bus um, der sie am Ende der Straße absetzte, wo die Farm ihrer Eltern lag. Tags darauf fuhr sie wieder zurück. Den größten Teil der Zeit brachte sie damit zu, das Haus zu putzen und herauszufinden, welche Sozialleistungen ihrem Vater zustanden.

So war es immer schon gewesen. In all den Jahren, seit sie zum Studieren nach Dublin gegangen war, hatte sich nichts verändert.

Inzwischen mieden die Leute den elterlichen Hof, und Moiras Vater hatte es sich angewöhnt, zum Essen zu Mrs. Kennedy hinüberzugehen, für die er als Gegenleistung Holz hackte. Mr. Kennedy war allem Anschein nach auf der Suche nach Arbeit nach England ausgewandert. Ob er fündig geworden war, wusste man nicht, denn er war nie zurückgekommen, um davon zu berichten.

Moiras Bruder Pat blieb zumeist sich selbst überlassen. Er werkelte auf der Farm, melkte die beiden Kühe und fütterte die Hühner. Samstagabend war er Stammgast im Dorf-Pub von Liscuan, so dass Moira kaum Gelegenheit hatte, sich mit ihm zu

unterhalten. Es stimmte sie traurig, ihn dabei zu beobachten, wenn er für seinen wöchentlichen Ausgang in ein frisches Hemd schlüpfte und Öl in sein Haar kämmte. Im Leben ihres Bruders gab es ebenso wenig Liebe wie in ihrem.
Pat äußerte sich nicht zu diesem Thema, sondern ruinierte eine Bratpfanne nach der anderen, wenn er sich abends Eier mit Speck zum Essen zubereitete und alles anbrennen ließ. Auf diesem beengten kleinen Hof würde wohl nie das Lachen fröhlicher Enkelkinder ertönen.

Nach Liscuan zurückzukehren, war nicht eben aufmunternd, aber Moira brachte den Besuch jedes Mal mit Anstand hinter sich. Weder ihrem Vater noch ihrem Bruder konnte sie von ihrem Leben in Dublin erzählen. Die beiden wären schockiert gewesen, hätten sie gewusst, womit Moira tagtäglich konfrontiert war: mit Elfjährigen, die vom eigenen Vater missbraucht und geschwängert wurden, mit misshandelten Ehefrauen und mit betrunkenen Müttern, die ihre Kinder zu Hause einsperrten, um ins Pub gehen zu können. In Liscuan passierte nichts dergleichen. Oder zumindest dachten die Tierneys das.
Und so behielt Moira ihre Gedanken für sich. An diesem speziellen Wochenende war sie sogar froh, Zeit für sich zu haben, denn sie musste dringend über etwas nachdenken. Moira Tierney war nämlich überzeugt davon, ein besonderes Gespür für Situationen zu haben, in denen etwas nicht stimmte. Diesen siebten Sinn hatte sie sich schließlich in all den Jahren des Studiums und der Berufstätigkeit hart erarbeitet.
Und Moira machte sich große Sorgen um Frankie Lynch.
Die Entscheidung, Noel Lynch das Sorgerecht für das Kind zu überlassen, erschien ihr absolut falsch. Moira hatte die Akten aufmerksam durchgelesen und festgestellt, dass er mit Stella, der Mutter des Kindes, niemals zusammengelebt hatte. Erst als der Tag der Geburt und damit ihr Ende näherrückte, war Stella wieder mit Noel in Kontakt getreten.
Dies alles gefiel Moira ganz und gar nicht.

Zugegeben, Noel hatte es geschafft, sich ein Netzwerk aus Helfern aufzubauen, das zumindest auf dem Papier einen guten Eindruck machte. Die Wohnung war sauber und warm und mit allem ausgestattet, was man für einen Säugling brauchte. Der Sterilisator für die Babyflaschen stand bereit und ebenso die Babybadewanne. Nicht einmal Moira fand hieran etwas zu beanstanden.

Noels Cousine Emily, eine seriös wirkende Frau in mittleren Jahren, hatte die erste Zeit bei ihm gewohnt und kümmerte sich auch jetzt noch häufig um das Baby. Manchmal blieb die Kleine auch in der Obhut einer Krankenschwester, die selbst erst ein Kind bekommen hatte und mit einem Arzt verheiratet war. Auf jeden Fall eine sichere und gesunde Umgebung. Und dann war da noch ein älteres Paar namens Nora und Aidan, die bereits ihr eigenes Enkelkind versorgten.

Außerdem gab es weitere Helfer: Noels Eltern, zwei religiöse Fanatiker, die eifrig Geld sammelten, um für einen Heiligen, der seit Abertausenden von Jahren tot war, eine Statue zu errichten, und ein Paar namens Muttie und Lizzie Scarlet und deren zwei Enkelkinder im Teenageralter. Und wenn alle Stricke rissen, stand noch ein gewisser Dr. Hat zur Verfügung, ein Arzt im Ruhestand, dem ein besonders positiver Einfluss auf Kinder nachgesagt wurde. Alles zuverlässige Menschen, und trotzdem …

Dieser bunt zusammengewürfelte Haufen aus Babysittern erschien Moira doch ein wenig zu unseriös und erinnerte sie eher an eine fahrende Schauspielertruppe. Fiel nur ein Glied in dieser Kette aus, brach das ganze System zusammen. Aber es wollte Moira einfach nicht gelingen, jemanden von ihren bösen Vorahnungen zu überzeugen. Sogar ihre unmittelbare Vorgesetzte und Leiterin der Abteilung schüttelte den Kopf und fand, dass sie sich unnötig aufregte.

Vergebens hatte Moira versucht, diese amerikanische Cousine auf ihre Seite zu bringen, aber was Noel anging, schien Emily blind und taub zu sein. Er habe schließlich enorme Fortschritte gemacht und sein Leben vollkommen umgekrempelt, um das

Sorgerecht für seine Tochter zu bekommen, verteidigte sie ihn, und sei extrem fleißig: Er machte Überstunden, lernte nachts, um seine beruflichen Chancen zu verbessern, und rührte keinen Tropfen Alkohol mehr an. Dies fiel ihm besonders schwer, aber er hielt tapfer durch. Wenn ihm das Sozialamt nun sein Kind wegnähme, wäre das ein Schlag ins Gesicht für ihn. Schließlich habe er der Mutter des Kindes geschworen, dass die Kleine nicht bei Pflegeeltern aufwachsen müsse.

»Die staatliche Fürsorge könnte dem Kind aber viel mehr bieten als Noel«, hatte Moira eingewandt.

»Mag sein.« Emily war nicht so leicht zu überzeugen.

Also musste Moira ihre Bedenken zurückstellen; aber sie beobachtete weiterhin mit Argusaugen das Geschehen und wartete, dass etwas Außergewöhnliches passierte.

Und jetzt war es so weit.

Noel hatte eine Frau zu sich in die Wohnung genommen und das leere Zimmer für sie eingerichtet.

Diese Frau war jung und quirlig – eines dieser ellenlangen, knochigen jungen Dinger mit Haaren bis zur Taille. Sie hatte keine Ahnung von Babys und war natürlich prompt eingeschnappt gewesen, als Moira sie nach ihren Erfahrungen mit Kindern gefragt hatte.

»Ich wohne hier nur vorübergehend«, hatte sie immer wieder betont. »Außerdem habe ich einen Freund. Er heißt Anton Moran, und ihm gehört ein Restaurant. Noel war so freundlich, mich übergangsweise bei sich aufzunehmen, und als Gegenleistung helfe ich ihm mit Frankie.«

Dabei zuckte sie die Schultern, als müsste dies auch noch der beschränkteste Geist sofort begreifen.

Moira mochte sie nicht. Es gab viel zu viele von diesen langbeinigen, geistlosen jungen Frauen, die nichts im Kopf hatten außer Mode. Ein Blick auf das Kleid, das diese Lisa am Schrank hängen hatte, genügte. Ein rot-blaues Designermodell, das wahrscheinlich ein Vermögen gekostet hatte. Welche Zweifel Moira bisher an Noels Urteilungsvermögen gehabt haben mochte – Lisa Kellys Erscheinen verstärkte diese um das Hundertfache.

Indes wurden eifrig Pläne für eine Doppeltaufe geschmiedet. Frankie Lynch und Johnny Carroll waren beide am selben Tag geboren, wuchsen in der liebevollen Obhut derselben Menschen auf und sollten deshalb auch zusammen getauft werden.
Auch Moira erhielt zu ihrer großen Verwunderung eine Einladung. Laut Noel sollte die Taufe in Father Flynns Kirche unten an der Liffey stattfinden, und anschließend war in dem Saal nebenan ein kleiner Empfang geplant. Er würde sich freuen, sagte Noel, wenn Moira käme.
Moira bemühte sich, ein dankbares Lächeln auf ihr Gesicht zu zaubern. Die Einladung war nicht nötig gewesen, aber vielleicht wollte Noel damit die Stabilität der Verhältnisse betonen, in denen er lebte.
»Was haben Sie sich denn als Taufgeschenk vorgestellt?«, fragte Moira.
Noel sah sie überrascht an.
»Sie müssen uns nichts schenken, Moira. Jeder Gast bringt eine Glückwunschkarte für Frankie und Johnny mit, und die kleben wir dann mit den Fotos in ein Album, damit die Kinder eine Erinnerung an diesen Tag haben.«
»O ja, natürlich, sicher«, erwiderte Moira rasch, die sich von seiner Zurückweisung brüskiert zu fühlen schien.
Noel konnte sich nicht helfen, aber er empfand eine gewisse Genugtuung, dass es ihm gelungen war, diese Frau aus der Fassung zu bringen.
»Wir freuen uns schon darauf, Sie bei der Taufe zu sehen, Moira«, fügte er hinzu, wenn auch wenig überzeugend.

Moira staunte, wie groß die Festgemeinde war, die sich in Father Flynns Kirche eingefunden hatte. Woher kannten sie nur all diese Leute? Die meisten waren bestimmt Freunde von

Dr. Carroll und seiner Frau. Noel Lynch kannte sicher nicht einmal die Hälfte aller hier Anwesenden.
Ganz vorn saßen die beiden Taufpatinnen – Emily mit Frankie auf dem Arm und Fionas Freundin Barbara, die als Schwester in der Herzklinik arbeitete, mit Johnny. Die beiden frisch gefütterten und gewickelten Täuflinge benahmen sich untadelig und verschliefen den größten Teil der Zeremonie, die Father Flynn recht kurz hielt. Als den beiden Kindern das Wasser über die Stirn geträufelt wurde, wachten sie natürlich auf, ließen sich aber schnell wieder beruhigen. Die Taufpaten sprachen an ihrer Stelle das Glaubensbekenntnis an Jesus Christus, und nun waren Frankie und Johnny Teil der Kirche Gottes und seiner Familie. Father Flynn gab ihnen seine Hoffnung mit auf den Weg, dass sie in diesem Wissen Glück und Stärke finden mögen.
Gegen diese moderne Tauffeier konnte niemand etwas einzuwenden haben, und die Babys nahmen ohnehin alles gelassen hin. Danach begaben sich die Gäste nach nebenan, wo ein Büfett aufgebaut war, mit einem großen Kuchen als Blickfang, auf dem in Zuckergussbuchstaben »Frankie und Johnny« stand.
Maud und Simon Mitchell besorgten das Catering. Moira kannte ihre Namen von der Liste der Babysitter, die Noel ihr gegeben hatte. Die beiden passten absolut nicht in das Bild, das sie sich von Frankies Leben machte. Aber schließlich fiel diese ganze Tauffeier aus dem Rahmen.
Moira stand ein wenig abseits und beobachtete, wie sich die anderen Gäste miteinander unterhielten, hin und wieder zu den Babys traten und sie auf den Arm nahmen. Es herrschte eine rundum angenehme Atmosphäre, aber Moira kam sich ausgeschlossen vor. Im Hintergrund spielte Musik. Noel, ein Glas Orangensaft in der Hand, wanderte von einem zum anderen und wechselte mit jedem ein paar Worte. Auch Lisa war da, wie Moira bemerkte, und sah sehr glamourös aus mit dem kleinen roten Hut, unter dem sie ihr honigfarbenes Haar hochgesteckt trug.
Irgendwann fiel Maud auf, dass Moira bereits eine geraume Weile allein in der Ecke stand, und sie ging mit dem Servierta-

blett zu ihr hin. »Kann ich Ihnen noch ein Stück Kuchen anbieten?«

»Nein, vielen Dank. Ich bin übrigens Moira, Frankies Sozialarbeiterin«, stellte sie sich vor.

»Ja, ich weiß, wer Sie sind. Ich bin Maud Mitchell, eine von Frankies Babysitterinnen. Sie entwickelt sich doch prächtig, finden Sie nicht auch?«

Moira hakte sofort ein. »Ja, haben Sie denn befürchtet, dass es ihr schlechtgehen könnte?«, fragte sie eifrig.

»O nein, im Gegenteil. Noel muss für die Kleine immerhin Vater *und* Mutter sein, und ich finde, er macht seinen Job richtig gut.«

Die halten wirklich alle zusammen, dachte Moira. Wie eine Armee, die geschlossen gegen sie vorrückte. Trotzdem sah sie vor ihrem geistigen Auge bereits die folgenden Schlagzeilen: *Erneutes Versagen des Sozialamtes. Alle Warnungen in den Wind geschlagen …*

Sie bohrte weiter. »Woher kennen Sie und Ihr Bruder Noel eigentlich?«

»Wir wohnen in der Straße, in der seine Eltern heute noch leben und er früher zu Hause war. Aber wir hoffen, dass wir bald nach New Jersey auswandern können. Man hat uns dort einen Job angeboten.« Bei den letzten Worten strahlte sie über das ganze Gesicht.

»Gibt es hier denn keine Arbeit?«

»Nicht für selbständige Caterer wie uns. Die Leute haben heutzutage viele weniger Geld zur Verfügung und geben keine großen Partys mehr wie früher.«

»Und Ihre Eltern? Sie lassen Sie bestimmt nur ungern gehen.«

»Na ja, wie soll ich sagen – unsere Eltern sind schon vor langer Zeit gegangen. Wir leben jetzt bei Muttie und Lizzie Scarlet, und die beiden zu verlassen, das wird uns sicher schwerfallen. Aber das ist eine lange Geschichte, und ich soll ja eigentlich die schmutzigen Teller einsammeln. Da drüben steht übrigens Muttie – der in der Mitte, der gerade große Reden schwingt.«

Maud deutete auf einen kleinen Mann, der mit pfeifendem Atem – was ihn jedoch nicht daran zu hindern schien – die tollsten Geschichten erzählte.
Warum hatte er wohl diese beiden jungen Menschen großgezogen? Das war Moira ein Rätsel, und sie hasste Rätsel.

Beim wöchentlichen Meeting forderte Moiras Abteilungsleiterin ihre Mitarbeiter auf, über mögliche Problemfälle Bericht zu erstatten.
Wie immer brachte Moira die Rede prompt auf Noel und seine kleine Tochter. Die Abteilungsleiterin blätterte in den vor ihr liegenden Unterlagen.
»Uns liegt hier der Bericht der Gemeindeschwester vor. Sie schreibt, dass es dem Kind gutgeht.«
»Die Frau sieht doch nur, was sie sehen will.«
Moira wusste, dass sie sich engstirnig und verbohrt anhörte.
»Also, die Gewichtszunahme ist normal, der Hygienestatus ist bestens. Bisher hat der Vater sich nichts zuschulden kommen lassen.«
»Erst kürzlich hat er sich ein schrilles junges Ding ins Haus geholt.«
»Wir sind doch keine Nonnen, Moira. Die Fünfzigerjahre sind endgültig vorbei. Solange der Vater das Kind anständig versorgt, geht es uns nichts an, was er in seinem Privatleben macht. Seine Freundinnen tun nichts zur Sache.«
»Aber sie behauptet, *nicht* seine Freundin zu sein, und er sagt das auch.«
»Wirklich, Moira, Ihnen kann man nichts recht machen. *Ist* sie seine Freundin, passt es Ihnen nicht, ist sie es nicht, ärgern Sie sich noch *mehr*. Gibt es eigentlich irgendetwas, mit dem Sie zufrieden wären?«
»Ja, wenn dieses Kind der staatlichen Fürsorge unterstellt würde«, erwiderte Moira.
»In dem Punkt war die Mutter unerbittlich, und der Vater hat nichts falsch gemacht. Nächster Fall.«

Moira spürte, wie ihr eine dumpfe Röte ins Gesicht stieg. Alle ihre Kollegen hielten sie allmählich für besessen. Aber sie sollten nur warten, bis etwas passierte. Vorwürfe bekamen immer die Sozialarbeiter zu hören, und auch dieses Mal würden sie wieder als Sündenbock herhalten müssen.
Aber sie nicht. Dafür würde sie schon sorgen.

Am nächsten Morgen beschloss Moira, dem St.-Jarlath's-Charity-Shop einen Besuch abzustatten. Hier verbrachte Frankie immerhin einige Stunden des Tages.
Der Laden war sauber und aufgeräumt. Auch über schlechte Luft konnte man sich nicht beschweren. Emily und eine Nachbarin – offenbar Molly Carroll – hängten Kleider auf, die gerade neu hereingekommen waren.
»Ah, Moira«, hieß Emily sie willkommen. »Möchten Sie vielleicht ein hübsches Strickkostüm? Das würde Ihnen sicher gut stehen. Es ist ganz mit Satin gefüttert. Irgendeine Dame hat das gute Stück nicht mehr in ihrem Schrank sehen können und es heute Morgen vorbeigebracht. Und so ein schönes Erikarot.«
Es war in der Tat ein hübscher Zweiteiler, und unter anderen Umstanden wäre Moira durchaus interessiert gewesen. Doch dies war ein Arbeitsbesuch und kein Einkaufsbummel.
»Nein danke, Ms. Lynch. Ich bin gekommen, weil ich von Ihnen wissen will, ob Sie mit der neuen Situation im Chestnut Court zufrieden sind?«
»Mit welcher Situation?« Emily sah sie verständnislos an.
»Ich meine damit diese ›Untermieterin‹. Im Moment fällt mir kein besserer Ausdruck ein.«
»Oh, Lisa! Ja, ist das nicht wunderbar? Ganz allein auf sich gestellt, wäre Noel nachts mit Frankie ziemlich überlastet. Außerdem können die beiden jetzt gemeinsam für das College lernen. Und da Lisa die Kleine jeden Morgen hierherbringt, ist das auch eine große Entlastung für mich.«
So leicht war Moira nicht zu überzeugen. »Aber die Frau hat doch einen Freund?«

»O ja, sie ist ganz verliebt in einen jungen Restaurantchef.«
»Und was für eine ›Beziehung‹ ist das?«
»Wissen Sie, Moira, was die Franzosen, die sehr klug, aber auch oft auch ein wenig zynisch sind, über die Liebe sagen? ›Es gibt immer einen, der küsst, und einen, der die Wange hinhält.‹ Ich glaube, genau das ist hier der Fall: Lisa küsst, und dieser Anton hält die Wange hin und lässt sich küssen.«
Moira verschlug es die Sprache. Woher wusste diese nicht mehr ganz junge Amerikanerin das alles?
Moira war unschlüssig, ob sie das erikafarbene Strickkostüm eventuell doch kaufen sollte. Aber sie wollte sich diesen beiden Frauen nicht verpflichtet fühlen. Vielleicht sollte sie eine Freundin vorbeischicken, um das Kostüm für sie zu kaufen.

Am nächsten Tag hing vor Moiras Büro im Sozialamt eine Notiz am Anschlagbrett. Die ambulante Herzklinik von St. Brigid benötigte für einige Wochen die Dienste eines Sozialarbeiters. Die Leiterin Dr. Clara Casey plante, von neutraler Seite einen Bericht erstellen zu lassen, mit dem sie bei der Krankenhausverwaltung den Nachweis liefern konnte, dass die zeitweise Mithilfe eines Sozialarbeiters die Lebensqualität der Patienten in der Klinik steigern würde. Mochte das Personal auch noch so bemüht und eifrig sein, es kannte sich nun mal nicht aus mit all den Vergünstigungen und Leistungen, die den Patienten zustanden; außerdem fehlte den Schwestern und Physiotherapeuten das Fachwissen, um die Patienten zu beraten, wie sie im Anschluss an die Behandlung ihr Leben am besten gestalten sollten.
Moira warf einen flüchtigen Blick auf die Ausschreibung der Stelle. Sie war nicht sonderlich interessiert. In ihren Augen war das reine Krankenhauspolitik. Diese Dr. Casey wollte nur ihren Machtbereich ausdehnen, mehr nicht. An so etwas hatte Moira kein Interesse.
Folglich war sie sehr überrascht und noch mehr verärgert, als die Abteilungsleiterin genau mit diesem Anliegen zu ihr kam.

Wie üblich bewunderte sie Moiras perfekt aufgeräumtes Büro und bedauerte seufzend, dass nicht alle ihre Mitarbeiter so gut organisiert waren wie sie.

»Diese Stelle in St. Brigid ist auf zwei Wochen befristet. Ich möchte, dass Sie das übernehmen, Moira.«

»So etwas liegt mir aber gar nicht«, widersprach Moira.

»Oh, doch! Keiner könnte diese Ausgabe sorgfältiger oder befriedigender erledigen als Sie. Clara Casey wird von Ihnen begeistert sein.«

»Und was wird aus meinen Fällen?«

»Die werden unter uns aufgeteilt, während Sie fort sind.«

Moira musste nicht lange fragen – das war ein Befehl. Das wusste sie.

Bevor sie ihre zweiwöchige Tätigkeit im St.-Brigid-Hospital antrat, hatte Moira alles erledigt, was Noel und seinen Fall betraf. Nun stand ihr noch ein letzter Besuch bevor. Als sie bei Declan Carroll klingelte, öffnete ihr dieser mit seinem kleinen Sohn auf dem Arm die Tür.

»Kommen Sie doch herein«, begrüßte er sie. »Hier herrscht ein ständiges Kommen und Gehen. Fiona fängt morgen wieder zu arbeiten an.«

»Und wie werden Sie dann zurechtkommen?«, fragte Moira interessiert.

»Ach, hier in der Straße gibt es doch unsere Baby-Mafia, wie Sie wissen. Wir passen alle auf Frankie auf, und die anderen kümmern sich dafür auch um Johnny. Meine Eltern können es kaum erwarten, ihren Enkel in die Finger zu bekommen und aus ihm einen Metzgermeister wie meinen Vater zu machen! Emily Lynch, Noels Eltern, Muttie und Lizzie, die Zwillinge, Dr. Hat, Nora und Aidan – sie sind alle für die Kinder da. Die Liste ist so lang wie mein Arm.«

»Ihre Frau arbeitet in einer Tagesklinik für Herzpatienten, richtig?« Moira hatte ihre Akten gründlich studiert.

»Ja, drüben im St. Brigid.«

»Zufälligerweise bin ich dort zwei Wochen lang tätig«, erklärte Moira verdrossen.
»Es wird Ihnen sicher gefallen. Dort herrscht ein tolles Arbeitsklima«, sagte Declan Carroll und setzte sich das Baby auf die andere Hüfte.
»Halten Sie Noel eigentlich für fähig, ein Kind zu erziehen?«, platzte Moira ohne Vorwarnung heraus.
Falls sie gehofft haben sollte, Declan mit ihrer Überrumpelungstaktik zu einer unbedachten Äußerung zu verleiten, so hatte sie sich getäuscht.
Declan schaute sie verwundert an. »Wie bitte?«, fragte er langsam.
Nervös wiederholte Moira ihre Frage.
»Ich kann nicht glauben, dass Sie mich auffordern, ein Urteil über einen Nachbarn abzugeben.«
»Äh, aber Sie kennen doch die Situation, und deswegen dachte ich, ich frage Sie einfach mal.«
»Ich halte es für das Beste, wenn ich so tue, als hätten Sie mich das nicht gefragt.«
Wieder spürte Moira, wie ihr langsam die Röte ins Gesicht stieg. Wie kam sie nur auf die Idee, sie könnte gut mit Menschen zusammenarbeiten? Es war doch offensichtlich, dass sie jeden vor den Kopf stieß, mit dem sie zu tun hatte.

»Diese Sozialarbeiterin ist wirklich eine Nervensäge«, sagte Declan an diesem Abend zu Fiona.
»Sie erledigt doch nur ihren Job«, erwiderte seine Frau.
»Ja, wir machen alle unsere Arbeit, aber ohne die Leute gegeneinander aufzuhetzen«, murrte er.
Fiona lachte. »Meistens jedenfalls.«
»Was hat sie erwartet, von mir zu hören? Dass Noel ein unverantwortlicher Alkoholiker ist, dem man das Kind besser wegnehmen sollte? Der arme Kerl reißt sich doch alle Beine aus bei dem Versuch, Frankie ein gutes Leben zu bieten.«
Declan schüttelte den Kopf.

»Für diese Sozialarbeiter gibt es eben nur Schwarz oder Weiß«, meinte Fiona.
Declan schnaubte. »Dann sollten sie sich mal unter uns Sterbliche mischen und die Welt in all ihren Grautönen wahrnehmen, wie sie ist.«
»Ich liebe dich, Declan Carroll!«, verkündete Fiona.
»Und ich dich. Aber ich möchte wetten, dass kein Mensch diesen Feldwebel von Moira so richtig gern hat.«
»Declan! Das sieht dir gar nicht ähnlich. Vielleicht führt diese Frau ein ausschweifendes Liebesleben, von dem wir keine Ahnung haben!«

Moira hatte ihre Kollegin Dolores gebeten, den Strickzweiteiler für sie zu kaufen. Da Dolores einen Kopf kleiner war als Moira und ungefähr den doppelten Umfang maß, wusste Emily genau, für wen das Kostüm war.
»Viel Spaß beim Tragen«, sagte sie zu Dolores.
»Oh ... äh ... danke«, stammelte Dolores. Beim Geheimdienst hätte sie es bestimmt nicht weit gebracht.

An ihrem ersten Tag in der Herzklinik trug Moira das erikafarbene Strickkostüm, das von Clara Casey sofort heftig bewundert wurde.
»Ich liebe schöne Kleider. Sie sind meine einzige Schwäche. Das ist ein wunderbares Ensemble.«
»Ich persönlich mache mir ja nicht viel aus Kleidern.« Moira wollte von vornherein klarstellen, dass sie eine Frau war, die mit beiden Beinen im Leben stand. »Ich habe im Lauf der Jahre zu viele Menschen erlebt, die außer Mode bald nichts mehr im Kopf hatten.«
»Wie recht Sie doch haben.«
Trotz Claras vordergründig unbekümmerter Antwort konnte Moira sich des Gefühls nicht erwehren, auch diese Frau wieder vor den Kopf gestoßen und mit ihrer unbedachten Bemerkung die Freundlichkeit dieser Herzspezialistin zurückgewiesen zu

haben. Wie schon viele Male zuvor wünschte sie sich, erst nachgedacht zu haben, bevor sie den Mund aufmachte.

War die Situation noch zu retten?

»Dr. Casey, mir liegt viel daran, hier gute Arbeit zu leisten. Können Sie mir sagen, welche Art von Bericht Sie genau von mir erwarten?«

»Nun, ich gehe davon aus, dass Sie sich ein selbständiges Urteil bilden und mir nicht nach dem Mund reden werden, Miss Tierney. Diesen Eindruck machen Sie nicht auf mich.«

»Bitte, nennen Sie mich doch Moira.«

»Später vielleicht. Im Moment würde ich gern bei Ms. Tierney bleiben. Ich habe Ihnen hier die Bereiche zusammengestellt, bei denen Sie Ihre Recherchen beginnen können. Ich möchte Sie jedoch bitten, im Umgang mit unserem Personal und den Patienten ein gewisses Fingerspitzengefühl zu zeigen. Gerade Patienten mit Herzproblemen sind oft sehr empfindlich. Deswegen legen wir großen Wert auf ein konstruktives Umfeld und auf positives Denken.«

Seit ihrer Zeit als Studentin hatte Moira nicht mehr einen so offensichtlichen Rüffel erhalten. Wie gern hätte sie die Zeit bis zu dem Augenblick zurückgedreht, als sie in dieses Büro gekommen war. An der Stelle, an der Clara ihr Outfit bewundert hatte, hätte sie ihr überschwenglich danken und ihr vielleicht sogar das Satinfutter zeigen sollen. Eines Tages würde sie es bestimmt noch lernen, aber vielleicht wäre es dann zu spät.

Die Abteilungsleiterin hatte ihr nicht explizit verboten, sich weiterhin ihrer Fälle anzunehmen. Und so machte Moira auf dem Nachhauseweg einen Umweg über den Chestnut Court und klingelte an Noels Tür. Er bat sie sofort ins Haus.

Sie wirkten wie eine ganz normale Familie. Lisa gab dem Baby die Flasche, und Noel bereitete Spaghetti bolognese zu.

»Ich dachte, Sie wären zwei Wochen lang anderswo eingesetzt?«, sagte Lisa.

»Ich bleibe immer am Ball«, erwiderte Moira.

Argwöhnisch beobachtete sie Lisa, die das Baby auf dem Arm hatte und dabei vorsichtig den Kopf der Kleinen stützte, wie man es ihr gezeigt hatte. Zärtlich wiegte sie die friedlich schlafende Frankie. Die junge Frau hatte das Kind offenbar in ihr Herz geschlossen. Zu ihrem Leidwesen fand Moira nichts zu kritisieren; im Gegenteil, alles machte einen stabilen und sicheren Eindruck auf sie. Jeder Außenstehende hätte die drei für eine intakte Familie gehalten und nicht für das, was sie in Wirklichkeit waren: unberechenbare Chaoten.

Moira startete einen Versuchsballon. »Es ist hier sicher oft sehr langweilig für Sie, Lisa. Sie haben doch einen Freund, soviel ich weiß.«

»Er ist im Moment nicht da. Anton ist zu einer Gastronomie-Messe gefahren«, erklärte Lisa munter.

»Dann fühlen Sie sich wahrscheinlich ein wenig einsam.« Moira konnte es nicht lassen.

»Nein, überhaupt nicht. So kommen Noel und ich wenigstens dazu, für unser Studium zu lernen. Möchten Sie vielleicht einen Teller Spaghetti mit uns essen?«

»Nein danke. Das ist sehr nett von Ihnen, aber ich muss weiter.«

»Es reicht leicht für uns alle ...«, beteuerte Lisa.

»Nein ... nochmals danke.«

Moira stand auf und machte sich endgültig auf den Nachhauseweg. Warum hatte sie die Einladung zu einem Teller Spaghetti nicht angenommen? Es roch sehr gut in der Küche. Außer einem kleinen Stück Käse und ein paar Brötchen hatte sie nichts zu essen im Haus. Es hätte sie nicht kompromittiert, wäre sie geblieben.

Doch unterwegs stellte Moira fest, dass sie froh war, nicht geblieben zu sein. Dies alles würde noch in einer Katastrophe enden, und dann wollte sie sich nicht nachsagen lassen, sie hätte mit den beiden gemeinsame Sache gemacht.

Am Kanal sah Moira, dass ihr ein kleiner Mann entgegenkam. Es war Noels Vater, Charles Lynch, umringt von mehreren

Hunden aller möglichen Größen und Rassen: Ein Spaniel, ein Pudel und ein Miniaturschnauzer trippelten auf einer Seite an der Leine neben ihm her, während auf der anderen Seite eine Dänische Dogge trottete. Zwei ältere Labradore umkreisten die Gruppe und bellten fröhlich. Charles Lynch wirkte kein bisschen lächerlich, sondern sah glücklich und zufrieden aus.
Charles nahm seinen Job als Hundesitter sehr ernst. Die Kunden zahlten ihm gutes Geld dafür, dass er ihre Lieblinge spazieren führte, und er verhielt sich stets korrekt. Als er die Frau erblickte, die ihm mit ernster Miene entgegenkam, erkannte er in ihr sofort die Sozialarbeiterin, die für seinen Sohn und seine Enkeltochter zuständig war.
»Miss Tierney«, grüßte er sie respektvoll.
»Guten Abend, Mr. Lynch. Freut mich, zu sehen, dass außer mir noch jemand in dieser Stadt einer geregelten Arbeit nachgeht.«
»Na, mit Ihrer verantwortungsvollen Arbeit kann man die meine nun wirklich nicht vergleichen, Miss Tierney. Diese Hunde hier machen mir nichts als Freude. Ich war den ganzen Tag mit ihnen spazieren und bringe sie nun nach Hause zu ihren Besitzern. Nur Cäsar nicht, der wohnt jetzt ständig bei uns.«
»Und die anderen beiden Hunde, die, die nicht angeleint sind – wem gehören die?«, fragte Moira.
»Ah, die sind aus unserer Straße. Das sind Hooves und Dimples aus dem St. Jarlath's Crescent. Die sind nur aus Spaß an der Freude dabei.«
Und dabei deutete er mit dem Kopf auf die beiden älteren Hundeherren, die den anderen Gesellschaft leisteten.
Moira wünschte sich, ihr Leben wäre ebenso unkompliziert. Charles Lynch musste sich nicht vor Zeitungsartikeln fürchten, die sich darüber ereiferten, dass diese verantwortungslosen Hundesitter ihre Schützlinge vernachlässigten und dass jeder, der Augen im Kopf hatte, dies längst hätte kommen sehen.

Am nächsten Tag bekam Moira einen ersten Eindruck, worin ihre Arbeit in der Klinik bestand. Hilary, die Büroleiterin, gab ihr eine kleine Einführung, unterstützt von Ania, einer jungen Polin, die vor kurzem ein Fehlgeburt erlitten und gerade erst wieder zu arbeiten angefangen hatte. Für Ania war Clara Casey die Größte und die ambulante Klinik für Herzpatienten der beste Arbeitsplatz der Welt.

Offensichtlich gab es jedoch einen internen Widersacher in der Krankenhausverwaltung, einen gewissen Frank Ennis, der sich weigerte, Geld für wie auch immer geartete Sozialdienste in der Herzambulanz auszugeben.

»Warum kann Clara Casey nicht mit ihm darüber sprechen?«, fragte Moira.

»Sie kann und tut es, aber er ist ein sturer Bock.«

»Und wenn sie mit ihm mal zum Mittagessen ginge?«

Moira war sehr daran gelegen, dass die Angelegenheit geregelt wurde, damit sie wieder zu ihrer eigentlichen Arbeit zurückkehren konnte.

»Oh, sie macht noch viel mehr«, erklärte Ania. »Sie schläft sogar mit ihm. Aber das nützt auch nichts, denn er weiß sein Leben geschickt in verschiedene Bereiche aufzuteilen.«

Hilary bemühte sich, das eben Gesagte zu relativieren. »Ania will damit nur andeuten, worauf Sie sich hier einzustellen haben.«

»Tut mir leid. Ich dachte, sie ist auf unserer Seite«, erwiderte Ania zerknirscht.

»Das bin ich doch«, beteuerte Moira.

»Na, dann ist ja alles in Ordnung«, stellte Ania erleichtert fest.

Die in der Klinik vorherrschende Atmosphäre war eine Mischung aus Professionalität und Empathie. Moira fiel auf, dass alle Patienten über die Wirkungsweise der verschiedenen Medikamente bestens Bescheid wussten und bei jedem Besuch ihr Gewicht und ihren Blutdruck in kleinen Notizheften notierten. Die meisten von ihnen wussten auch mit dem Computer umzugehen und sich im Internet entsprechend zu informieren.

»Sie können sich nicht vorstellen, was das für ein Ärger war, bis

wir einen Kurs organisieren konnten. Frank Ennis hat es geschafft, das Internet als Teufelszeug hinzustellen. Clara musste fast bis vor die UNO gehen, um Trainer genehmigt zu bekommen«, erzählte Hilary.
»Das klingt ja, als wäre dieser Mann ein vorsintflutliches Fossil«, erwiderte Moira missbilligend.
Hilary nickte eifrig. »Genau das ist er.«
»Aber Sie sagten doch, dass Dr. Casey mit ihm … nun … äh, dass sie ihn näher kennt?«, fragte Moira.
»Nein, das hat Ania gesagt, nicht ich – aber es stimmt. Clara ist auf dem besten Weg, einen Menschen aus ihm zu machen, aber sie hat noch viel vor sich.«
»Weiß Frank Ennis überhaupt, dass *ich* hier bin?«
»Das glaube ich nicht, Moira. Es hat schließlich keinen Sinn, ihn unnötig aufzuregen.«
»Ich halte mich aber gern an die Spielregeln«, sagte Moira pikiert.
»Es gibt solche und solche Regeln«, erwiderte Hilary kryptisch.
»Wenn ich einen Bericht schreiben soll, muss ich auch seine Sicht der Dinge kennen.«
»Dann lassen Sie ihn aus dem Spiel, bis Sie fast fertig sind«, riet ihr Hilary.
Und wie so oft in diesen Tagen hatte Moira das Gefühl, als entglitte ihr die Kontrolle über die Lage. Es kam ihr vor, als würden ihr Hilary und die Klinik die kalte Schulter zeigen. Moira hatte als Retterin in der Not auftreten wollen, aber mit ihrer Ankündigung, sich an die Spielregeln halten zu wollen, hatte sie Claras Auftrag quasi unterlaufen, woraufhin deren Mitarbeiterinnen ihr nun die Unterstützung entzogen.
Es war die Geschichte ihres Lebens.

Alldem zum Trotz stürzte Moira sich in die Arbeit.
Bereits nach kurzer Zeit begriff sie, wie notwendig es war, dass wenigstens ein Mal in der Woche ein Sozialarbeiter den Patienten zur Verfügung stand. Sie blätterte ihre Notizen durch. Da

war diese Kitty Reilly, die wahrscheinlich an einem frühen Stadium von Demenz litt und lange Zwiegespräche mit Heiligen führte. Da war Judy, die dringend häusliche Hilfe benötigte, aber nicht wusste, an wen sie sich deswegen wenden sollte. Und dann dieser Lar Kelly. Nach außen hin ein fröhlicher, extrovertierter Mensch, schien er allerdings sehr einsam zu sein, was auch der Grund dafür war, weshalb er weiterhin regelmäßig in die Klinik kam, »nur um sicherzugehen«, wie er es formulierte. Eine Sozialarbeiterin könnte Kitty Reilly die Vorstellung schmackhaft machen, einige Stunden in der Woche in einer betreuten Tagesstätte zu verbringen, sie könnte einen Betreuer für Judy finden und arrangieren, dass Lar zum Mittagessen in ein Sozialzentrum ging, um etwas Abwechslung und Unterhaltung zu haben.

Irgendwann erschien es Moira an der Zeit, den großen Frank Ennis aufzusuchen, und so verabredete sie an ihrem letzten Tag in der Klinik einen Termin mit ihm. Frank Ennis war höflich und freundlich – ganz und gar nicht das Monster, vor dem sie alle gewarnt hatten.

»Ms. Tierney!«, begrüßte er sie und schien sich tatsächlich zu freuen, sie zu sehen.

»Moira«, korrigierte sie ihn.

»Nein, nein, Clara sagt, dass Sie nicht der Typ sind, den man mit Vornamen anspricht.«

»Tatsächlich? Und hat sie sonst noch etwas über mich gesagt?« Moira war wütend, dass Clara ihr zuvorgekommen war.

»Ja. Dass Ihnen auf Ihrem Gebiet keiner so leicht etwas vormacht, dass Sie äußerst sachlich und kein bisschen sentimental sind und sich gern an die Spielregeln halten. Alles Charakteristika einer guten Sozialarbeiterin, sollte man meinen.«

Für Moira klang das nicht so. Es hörte sich eher an, als hätte Clara sie als verbissen und arbeitswütig beschrieben. Aber sie hatte nun mal diese Aufgabe übernommen.

»Dann erklären Sie mir bitte, aus welchem Grund Sie der Ansicht sind, dass die Herzambulanz die Teilzeitdienste eines Sozialarbeiters oder einer Sozialarbeiterin *nicht* nötig hat?«, forderte sie Frank Ennis auf.

»Weil Clara der Ansicht ist, dass das Krankenhaus über Geldmittel im Überfluss verfügt, die allesamt ihr zur Verfügung stehen sollten.«

»Ich dachte, Sie beide sind befreundet …«, begann Moira.

»Wir sind Freunde und auch mehr, wenn es nach mir geht, aber was dieses Fass ohne Boden, sprich, diese Klinik, betrifft, werden wir nie einer Meinung sein«, antwortete er.

»Aber Sie brauchen dringend einen Sozialarbeiter, ein paar Mal in der Woche mindestens«, fuhr Moira fort. »Das wäre sozusagen das Tüpfelchen auf dem i. Dann könnte St. Brigid mit Fug und Recht behaupten, dass man hier wirklich alles für das Wohlergehen seiner Patienten macht.«

»Bereits jetzt werden unsere Sozialarbeiter und Seelsorger im eigentlichen Krankenhaus ganz schön auf Trab gehalten. Sie wären bestimmt nicht sehr erfreut, wenn sie jetzt auch noch in der Herzambulanz eingesetzt werden und sich mit den imaginären Problemen absolut gesunder Menschen herumschlagen sollten.«

Moira ließ nicht locker. »Dann stellen Sie für zwei oder drei Tage in der Woche einen neuen Mitarbeiter ein.«

»Für einen Tag in der Woche.«

»Eineinhalb Tage«, konterte Moira.

»Clara hat recht, Ms. Tierney, Sie haben großes Verhandlungsgeschick. Eineinhalb Tage die Woche und nicht eine Minute mehr.«

»Ich bin sicher, Sie werden es nicht bereuen, Mr. Ennis.«

»Und werden Sie das selbst übernehmen, Ms. Tierney?«

Moira war entsetzt bei dem bloßen Gedanken daran.

»O nein! Keinesfalls, Mr. Ennis. Ich ersticke in Fällen und hätte gar nicht die Zeit dafür.«

»Das ist aber schade. Und ich dachte, Sie könnten in dieser Funktion Augen und Ohren für mich offen halten und verhindern, dass die Damen dort drüben zu viel Geld ausgeben.«

Er schien ehrlich enttäuscht zu sein, dass sie nicht bleiben wollte. Ein seltenes Ereignis in diesen Tagen, in denen die meisten Leute Moira aus dem Weg zu gehen schienen.
Aber natürlich war das nicht möglich. Moira kam kaum mit ihrer eigenen Arbeit nach und konnte sich unmöglich eine neue Aufgabe aufhalsen. Trotzdem tat es ihr leid, die Herzambulanz so bald schon wieder zu verlassen.

Ania hatte Shortbread zum Nachmittagstee mitgebracht, mit dem sie Moira verabschieden wollten. Auch Clara gesellte sich zu ihnen und hielt eine kleine Ansprache.
»Wir konnten von Glück reden, dass man uns eine Frau wie Moira Tierney geschickt hat. Sie hat einen hervorragenden Bericht abgeliefert und sich auch noch persönlich in die Höhle des Löwen gewagt. Frank Ennis hat mich gerade angerufen und mir mitgeteilt, dass die Verwaltung uns die Dienste einer Sozialarbeiterin für eineinhalb Tage in der Woche genehmigt hat.«
»Dann kommen Sie also wieder zu uns!« Ania schien sich zu freuen.
»Nein, Ms. Tierney hat mir zu verstehen gegeben, dass an anderer Stelle wichtigere Arbeit auf sie wartet. Wir sind ihr auf jeden Fall sehr dankbar, dass sie diese in den zwei Wochen, die sie bei uns war, zurückgestellt hat.«
Frank Ennis hatte seine Freundin offensichtlich genauestens über die Situation informiert. Moira wünschte sich, sie hätte Frank Ennis gegenüber nicht so stark betont, wie wichtig ihre eigene Arbeit im Vergleich zu der in der Klinik war. Vielleicht wäre es doch ganz angenehm, regelmäßig hierherzukommen. Bis auf Clara Casey waren inzwischen alle nett und freundlich zu ihr. Und fairerweise musste gesagt werden, dass Clara Moiras Arbeit in höchsten Tönen gelobt hatte.
Hilary reagierte praktisch wie immer. »Vielleicht kennt Ms. Tierney ja eine Kollegin, die zu uns passen würde«, sagte sie.
Gedämpft wie durch einen langen Tunnel, hörte Moira sich sa-

gen: »Wenn ich es mir recht überlege, dann könnte ich meinen Terminplan durchaus umstellen, und wenn Sie alle der Ansicht sind, dass ich die Richtige für die Stelle bin, würde ich mich geehrt fühlen, hier zu arbeiten.«
Alle Blicke richteten sich erwartungsvoll auf Clara. Sie schwieg kurz, ehe sie antwortete: »Ich glaube, ich spreche in unser aller Namen, wenn ich sage, dass wir Moira gern bei uns hätten, aber nur, wenn sie uns schriftlich ihre Verschwiegenheit zusichert. Frank wird bestimmt erwarten, dass sie Augen und Ohren für ihn offen hält. Aber sie wird sich da schon zu helfen wissen, glaube ich.«
Moira lächelte. »Ich habe verstanden, Clara«, sagte sie.
Und zu ihrer großen Überraschung erntete sie Applaus.

Die Abteilungsleiterin im Sozialamt war nicht sonderlich erfreut.
»Ich habe Sie gebeten, diesen Bericht zu schreiben, und nicht, sich noch mehr Arbeit aufzuhalsen, Moira. Sie arbeiten jetzt schon zu viel. Sie sollten die Sache mal ein bisschen lockerer angehen.«
»In der Klinik konnte ich es lockerer angehen, und da ich die dortigen Abläufe jetzt bestens kenne, scheint es mir sogar sinnvoll, dass ich die Stelle übernehme, statt jemand anderen einzuarbeiten.«
»Nun gut. Und was Ihre eigentliche Arbeit betrifft – Sie wissen, wie weit Sie gehen können. Und keine Detektivspielchen mehr, ja?«
»Ich bin nur wachsam, mehr nicht«, beteuerte Moira.

Mit Aktentasche und Klemmbrett ausgerüstet, stattete Moira der Wohnung im Chestnut Court wieder einmal einen Besuch ab. Noel war nicht da, nur Lisa, so dass Moira ihr die üblichen Routinefragen stellte.
»Wer hat Frankie heute gebadet?«, fragte sie.
»Ich«, erwiderte Lisa stolz. »Das ist gar nicht so einfach, wenn

man allein ist – so ein Säugling kann einem leicht aus der Hand rutschen, aber die Kleine hat das Bad sehr genossen und immer wieder in die Hände geklatscht.«

Das Kind war sauber, trocken und gepudert. Hier gab es also nichts zu beanstanden.

»Wann bekommt sie das nächste Mal ihr Fläschchen?«, fuhr Moira mit der Befragung fort.

»In einer Stunde ungefähr. Dort drüben steht das Milchpulver, und die Flaschen sind sterilisiert.«

Wieder fand Moira nichts zu kritisieren. So zählte sie nach, ob ausreichend Windeln vorhanden waren, und schnupperte an der Babykleidung, ob diese gut gelüftet war.

»Kann ich Ihnen vielleicht einen Kaffee anbieten?«, fragte Lisa. Da sie das letzte Mal so abweisend gewesen war, stimmte Moira zu.

»Gern, aber eigentlich bin ich ziemlich erledigt. Haben Sie nichts Stärkeres im Haus? Ich könnte jetzt gut ein Glas Wein vertragen.«

Lisa warf ihr einen vernichtenden Blick zu.

»Nein, Moira, wir haben keinen Alkohol im Haus. Wie Sie ja wissen, hatte Noel in der Vergangenheit ein Problem damit, und deswegen werden Sie bei uns nichts dergleichen finden. *Sie* müssten das doch eigentlich wissen, nachdem Sie ständig danach gefragt und überall nach versteckten Flaschen gesucht haben.«

Moira fühlte sich ertappt. Ihr Versuch war vielleicht doch ein wenig zu offensichtlich gewesen. Sie benahm sich in der Tat wie ein Privatdetektiv, aber ein sehr tölpelhafter.

»Ich habe nicht daran gedacht«, schwindelte sie.

»Nein, natürlich nicht, aber einen Kaffee trinken Sie mit, oder?«

Lisa erhob sich von dem Tisch, der mit Papieren und Zeichnungen übersät war, um in die Küche zu gehen.

»Ich störe Sie hoffentlich nicht«, sagte Moira.

»Nein, ich bin sogar froh über die Unterbrechung. Mir fiel ohnehin nichts mehr ein.«

»Wo ist eigentlich Noel heute Abend?«
»Das weiß ich nicht.«
»Hat er nichts zu Ihnen gesagt?«
»Nein. Wir sind schließlich nicht verheiratet. Aber ich schätze, er ist bei seinen Eltern.«
»Und da hat er Sie mit dem Baby allein gelassen?«
»Wissen Sie, was, Noel war so freundlich, mich hier bei sich aufzunehmen. Und ich bin froh, dass ich ihm das vergelten kann, indem ich auf das Kind aufpasse. Sehr froh sogar«, sagte Lisa.
»Weshalb sind Sie denn von zu Hause ausgezogen?« Leute ausfragen, das konnte Moira.
»Das Thema hatten wir doch schon, Moira. Es waren persönliche Gründe. Das habe ich Ihnen damals gesagt, und das sage ich Ihnen heute. Ich bin kein Teenager, der von zu Hause durchgebrannt ist. Ich bin fünfundzwanzig Jahre alt. Ich frage Sie ja auch nicht, warum Sie von zu Hause fortgegangen sind, oder?«
»Das ist etwas anderes ...«, begann Moira.
»Es ist absolut nichts anderes und hat, um ehrlich zu sein, nichts mit diesem Fall zu tun. Ich weiß, Sie sind für Frankie zuständig, und Sie machen ihren Job sehr gut, aber ich bin hier nur Untermieterin und springe hin und wieder als Babysitter ein, wenn Not am Mann ist. Meine Lebensumstände haben nichts damit zu tun.«
Lisa ging in die Küche und machte sich dort eine Weile zu schaffen.
Verzweifelt suchte Moira nach unverfänglichen Gesprächsthemen. Es war nicht leicht, welche zu finden.
»Ich habe übrigens Fiona Carroll getroffen. Sie wissen schon ... Johnnys Mutter.«
»Ah, ja?«, erwiderte Lisa.
»Sie hat gemeint, dass Sie und Noel tolle Arbeit leisten, was Frankie angeht.«
»Ja ... nun ... gut.«

»Sie war wirklich schwer beeindruckt.«
»Und Sie sicher sehr überrascht, oder?«, fragte Lisa.
»Nein, selbstverständlich nicht.«
»Gut, weil ich nämlich die allergrößte Bewunderung für Noel empfinde. Das alles hier ist buchstäblich aus heiterem Himmel auf ihn eingestürzt, und dafür hält er sich erstaunlich gut. Ich würde nie zulassen, dass jemand schlecht über ihn redet – ganz egal, wer«, fauchte Lisa wie eine Tigerin, die ihr Junges verteidigt.
Moira gab einen Laut zwischen Räuspern und Schnauben von sich, der Zustimmung und Begeisterung ausdrücken sollte. Sie konnte nur hoffen, dass es auch so ankam.

Moiras nächster Besuch galt einer Familie, die versuchte, den Vater unter Vormundschaft des Gerichts stellen zu lassen. In Moiras Augen fehlte dem alten Gerald nicht das Geringste. Sicher, er war gebrechlich und einsam, aber verrückt? Nein.
Geralds Tochter und deren Mann war offenbar sehr daran gelegen, ihn für unzurechnungsfähig erklären zu lassen, damit sie sein Haus überschrieben bekamen und den Vater in ein Pflegeheim abschieben konnten.
Moira wollte nichts davon hören. Gerald wünschte sich, in seinem Haus zu bleiben, und dafür würde sie sich mit all ihren Kräften einsetzen. Einer zufälligen Bemerkung des Schwiegersohns konnte sie entnehmen, dass der Mann wohl Spielschulden hatte. Wenn man seinen Schwiegervater wegsperrte, käme ihm das sehr gelegen. Dann könnten er und seine Frau das Haus verkaufen und sich eine kleinere Wohnung anschaffen.
Doch solange Moira hier etwas zu sagen hatte, würde das nicht geschehen. Ihr Klemmbrett war randvoll mit Notizen für Briefe, die sie an die entsprechenden Stellen schreiben würde.
Damit hatte sie dem Schwiegersohn allen Wind aus den Segeln genommen, und der alte Mann warf Moira einen dankbaren Blick zu.
»Sie sind ja besser als jeder Leibwächter«, lobte er sie.

Dies machte Moira sehr stolz, denn genau in dieser Rolle sah sie sich. Sie tätschelte die Hand des Alten.
»Ich werde mich darum kümmern, dass regelmäßig eine Betreuerin zu Ihnen ins Haus kommt und Sie versorgt. An sie können Sie sich wenden, falls sich jemand schlecht benimmt. Außerdem werde ich mich mit Ihrem Arzt in Verbindung setzen. Mal sehen … das ist Dr. Carroll, ja?«
»Früher war ich bei Dr. Hat«, erklärte Gerald. »Dr. Carroll ist ein netter Kerl, das schon, aber er könnte ja mein Enkelsohn sein, wenn Sie verstehen, was ich meine. Dr. Hat war mehr meine Generation.«
»Und wo ist dieser Dr. Hat jetzt?«, fragte Moira.
»Ab und zu kommt er noch in die Praxis, wenn Not am Mann ist«, erzählte der alte Mann traurig. »Aber ich scheine ihn immer zu verpassen.«
»Ich werde ihn für Sie ausfindig machen«, versprach Moira und fuhr umgehend in die Gemeinschaftspraxis am Ende des St. Jarlath's Crescent.
Dr. Carroll empfing sie. Er schmunzelte, als das Gespräch auf Gerald kam.
»Ich halte den alten Mann für absolut clever und zurechnungsfähig.«
»Seine Familie ist da anderer Meinung«, erwiderte Moira.
»Na, das ist doch klar, oder? Der Schwiegersohn würde alles tun, um das Geld der Familie in die Hände zu bekommen.«
»Genauso sehe ich das auch«, erklärte Moira. »In dem Zusammenhang können Sie mir vielleicht sagen, ob Dr. Hat noch Hausbesuche macht.«
»Nein, ich glaube nicht. Er ist schon im Ruhestand, springt aber ab und zu als Vertretung für uns ein. Warum fragen Sie?«
Dieses Mal wählte Moira ihre Worte sehr sorgfältig.
»Gerald hält große Stücke auf Sie, Doktor, das hat er mehrmals wiederholt. Aber ich glaube, er findet, dass Dr. … äh … Hat mehr seiner Altersgruppe entspricht.«
»Gott, er ist doch bestimmt fünfzehn Jahre älter als Hat!«

»Ja, aber Sie sind fünfzig Jahre jünger als er, Doktor.«
»Dr. Hat ist ein hilfsbereiter Mensch. Man kann ihn bestimmt bitten, von Zeit zu Zeit bei Gerald vorbeizuschauen. Ich werde mit ihm reden.«
»Könnte ich das vielleicht übernehmen?«
Moira konnte unzählige Geschichten von Leuten erzählen, die mit bester Absicht versprachen, Dinge zu tun, die dann unerledigt blieben.
Declan Carroll hatte nichts dagegen. »Natürlich, gern. Ich gebe Ihnen seine Adresse.«
Für ihn bedeutete es eine Verpflichtung weniger. Diese Moira Tierney schien ja immens tüchtig zu sein und ganz in ihrem Beruf aufzugehen. Jammerschade, dass sie den armen Noel, der sich abrackerte, um allen Anforderungen gerecht zu werden, ständig kontrollierte.

Dr. Hat trug in der Tat eine Kopfbedeckung – eine flotte dunkelblaue Schirmmütze. Er hieß Moira herzlich willkommen und bot ihre eine Tasse heiße Schokolade an.
»Sie wissen noch nicht, weshalb ich gekommen bin«, sagte sie zögernd.
Vielleicht fand er sie aufdringlich, und sie wollte seine Einladung nicht unter Vorspiegelung falscher Tatsachen annehmen.
»Aber das weiß ich doch. Declan hat mich eben angerufen und mich gewissermaßen vorgewarnt.«
»Das war sehr höflich von ihm«, erwiderte Moira, aber eigentlich wäre es ihr viel lieber gewesen, wenn er ihr das überlassen hätte.
»Gerald ist ein sympathischer Mensch. Ich hätte kein Problem damit, ihn hin und wieder zu besuchen. Wir könnten zusammen Schach spielen. Das würde mir sogar gefallen.«
Moira atmete erleichtert auf. Jetzt würde sie gern eine heiße Schokolade trinken. Manchmal klappte das eine oder andere doch recht gut. Nicht immer, aber manchmal. So wie jetzt.

Kurz nachdem sie in ihre Wohnung zurückgekommen war, erhielt Moira einen Anruf von zu Hause. Normalerweise rief ihr Bruder Pat sie nie an, und sie wusste aus Erfahrung, dass es keinen Sinn hatte, ihn mit Fragen zu bedrängen, auch wenn sie noch so beunruhigt war. Pat hatte seinen eigenen Rhythmus.
»Es ist wegen Dad«, sagte er schließlich. »Er ist ausgezogen und will verkaufen.«
»Wohin ausgezogen?«
»Er ist drüben bei Mrs. Kennedy und kommt nicht mehr zurück.«
»Kannst du ihn denn nicht zurückholen?«
»Das habe ich mal gemacht, und davon war er gar nicht begeistert«, erklärte Pat. »Kannst du nicht was tun, Moira?«
»Großer Gott, Pat, ich bin zweihundert Meilen weit weg. Das müsst ihr beide schon unter euch klären. Geh rüber zu Mrs. Kennedy und finde heraus, was er vorhat. Ich kann erst nächstes Wochenende kommen.«
»Aber was soll ich denn tun?«, jammerte Pat. »Wenn er verkaufen will, dann weiß ich nicht, wohin.«
Moira wurde ungeduldig. »Warum sollte er die Farm verkaufen wollen?«
»Du hast ja keine Ahnung, was hier los ist«, erwiderte Pat.
Moira setzte sich und überlegte, was zu tun war. Sie wusste immer eine Lösung, wenn es um das Leben anderer Menschen ging, aber wenn sie selbst betroffen war, fiel ihr nichts ein. Schließlich riss sie sich zusammen und griff zum Telefon. Für den Fall, dass sie jemals mit ihrem Vater sprechen musste, wenn er gerade beim Holzhacken war, hatte sie sich Mrs. Kennedys Nummer in ihrem dicken Adressbuch notiert. Moira verlangte ihren Vater zu sprechen, doch dieser war, um mit Pats Worten zu sprechen, nicht sehr begeistert.
»Warum störst du mich hier?«, fragte er missmutig.
»Ich werde nächstes Wochenende nach Hause kommen. Ich muss dich sehen, Dad. Wir müssen miteinander reden …«

Und dann legte sie schnell auf, ehe ihr Vater Gelegenheit hatte, ihr zu erzählen, wie wenig begeistert er über ihren Anruf war.

Clara Casey sollte sich als Freundin und nicht als Feindin entpuppen. Eines Tages lud sie Moira sogar zum Mittagessen ein, was in der Arbeitswelt nicht allzu häufig vorkam. Moiras Abteilungsleiterin hätte niemals ein gemeinsames Mittagessen vorgeschlagen.
Folglich war Moira mehr als überrascht, freute sich aber auch sehr. Und noch mehr freute sie sich, als es hieß, dass sie ins Quentins gehen würden. Moira hatte damit gerechnet, dass sie in einem der vielen Schnellrestaurants in der Fußgängerzone einen Happen zu sich nehmen würden.
Im Gegensatz zu Moira, die noch nie hier gewesen war, schien Clara in dem eleganten Restaurant bestens bekannt zu sein. Brenda Brennan, die Besitzerin, schlug ihnen Seeteufel in einer delikaten Safransauce vor.
»Ich vermute, dass Ihr Restaurant von den negativen Auswirkungen der Wirtschaftskrise nicht betroffen ist«, sagte Clara zu Brenda.
»Schön wär's. Alle sparen. Außerdem haben wir einen mächtigen Konkurrenten bekommen. Anton Moran zieht viele Gäste von uns ab.«
»Davon habe ich in der Zeitung gelesen. Kann er denn was?«, fragte Clara.
»Und ob. Er hat ein gutes Gespür für das Geschäft und ein souveränes Auftreten.«
»Kennen Sie ihn?«
»Ja, er hat früher bei uns gearbeitet und danach noch ab und zu ausgeholfen. Außerdem ist er ein wahrer Herzensbrecher – die Hälfte aller Frauen in Dublin liegt ihm zu Füßen.«
Moira stutzte. Das war doch der Name des jungen Mannes, mit dem Lisa Kelly befreundet war? Sie hatte den Namen mehr als ein Mal erwähnt. Moira lächelte in sich hinein. Es sah so aus, als müsste auch Lisa feststellen, dass die Welt sich nicht nur um sie drehte.

Clara war eine angenehme Gesellschaft. Sie stellte Moira interessiert Fragen und erwies sich auch als hilfreich, was deren Bruder betraf.

»Vielleicht sollten Sie bis Montag bleiben, falls Sie noch etwas erledigen müssen«, schlug Clara vor. »Wir können Ihre Arbeitstage verschieben – kein Problem.«

Moira bedauerte sehr, dass sie und Clara so bald wieder in die Klinik zurückmussten. Es wäre schön gewesen, noch auf eine Flasche Wein zu bleiben und ein richtiges Gespräch mit ihrer Chefin zu führen. Diese könnte ihr von den anderen Mitarbeitern in der Herzambulanz erzählen und vielleicht auch von ihrer Freundschaft mit Frank Ennis, deren Natur Moira nicht so recht verstand. Aber es war leider ein normaler Arbeitstag. So trank jede der beiden Frauen nur ein wenig Wein, mit Wasser verdünnt, und verzehrte das Essen zügig.

Über Clara selbst hatte Moira nicht viel erfahren, außer, dass sie bereits länger von ihrem Mann getrennt lebte und zwei verheiratete Töchter hatte: Die eine leitete ein Öko-Projekt in Südamerika, und die andere führte einen großen Laden für CDs und DVDs. Ursprünglich hatte Clara die Stelle in der Herzambulanz nur für ein Jahr angenommen, aber mittlerweile war die Klinik ihr ans Herz gewachsen, und sie wollte nicht, dass irgendjemand – vor allem nicht jemand wie Frank Ennis – ihr auch nur ein Fitzelchen ihrer Macht oder Autorität streitig machte.

Als Moira ihr vom Tod ihrer Mutter erzählte, zeigte Clara besonders viel Mitgefühl. Ihr eigene Mutter sei zwar eine böse, hartherzige Frau, sagte sie, aber sie wisse genau, dass dies nicht bei allen Müttern der Fall ist. Hilary zum Beispiel sei untröstlich gewesen, als ihre Mutter gestorben war.

Deshalb sollte Moira sich so viel Zeit nehmen, wie sie brauchte, um ihre familiären Probleme zu lösen. Das wäre doch selbstverständlich.

Die Situation stellte sich als ziemlich verworren heraus, als Moira in Liscuan eintraf. Aber das hatte sie vorher schon gewusst. Pat war vollkommen zusammengebrochen. Er hatte weder die Kühe gemolken noch die Hühner gefüttert und brabbelte ständig vor sich hin, dass sein Vater ihm sein Zuhause quasi unter dem Hintern weg verkaufen und zu Mrs. Kennedy ziehen wolle. Und genau das schien in der Tat der Fall zu sein.

Moira stellte ihren Vater zur Rede. »Wahrscheinlich hat Pat etwas missverstanden, Dad, aber er glaubt, dass du vorhast, für immer zu Mrs. Kennedy zu ziehen und das Haus hier zu verkaufen.«

»Pat hat recht«, erwiderte ihr Vater. »Ich habe tatsächlich die Absicht, mit Mrs. Kennedy zusammenzuleben.«

»Und was wird aus Pat?«

»Ich werde alles zu Geld machen.« Er zuckte die Schultern und deutete auf die schmutzige Küche. »Schau dich doch um, Moira. Ich ertrage das nicht mehr. Während du dir eine schöne Zeit in Dublin gemacht hast, habe ich mich mein Leben lang mit alldem hier herumschlagen müssen. Jetzt steht mir auch ein bisschen Glück zu.«

Bei jedem einzelnen ihrer Klienten wusste Moira stets, was zu tun war. Sie hatte gewusst, wie sie die Situation von Kitty Reilly, Judy und Kar aus der Herzklinik verbessern konnte. Wieso war ihre eigene Situation dann so verfahren?

Den ganzen Montag brachte sie damit zu, Pat bei der Wohnungssuche zu helfen. Dann wünschte sie ihrem Vater viel Glück für sein neues Leben mit Mrs. Kennedy und bestieg den Zug zurück nach Dublin.

Im Chestnut Court schrie Frankie noch immer wie am Spieß. Allmählich bezweifelte Noel, jemals zu verstehen, was das Schreien bedeutete. Es gab Nächte, da schlief Frankie nicht mehr als zehn Minuten am Stück. Hunger konnte sie keinen mehr haben, denn sie war frisch gefüttert und hatte ihr Bäuerchen gemacht. Vielleicht hatte sie wieder einmal Blähungen. Behutsam nahm Noel seine Tochter auf den Arm, hob sie an seine Schulter und klopfte ihr vorsichtig auf den Rücken. Sie schrie weiter. Noel setzte sich, legte sich die Kleine bäuchlings auf den Unterarm und massierte ihren Rücken, um sie zu beruhigen.

»Frankie, bitte, hör auf zu weinen, mein kleiner Spatz, pst, beruhige dich ...«

Nichts. Noel war klar, dass er zunehmend gestresster klang, während Frankie weiterhin erbärmlich schrie. Sollte er die Windel wechseln? Vielleicht war das ihr Problem.

Er hatte recht. Die Windel war tatsächlich feucht. Vorsichtig legte Noel das Baby auf ein Handtuch auf dem Wickeltisch. Kaum hatte er die nasse Windel entfernt, hörte das Schreien auf, und Noel wurde mit einem wonnigen Lächeln und einem Glucksen belohnt.

»Meine liebe Frankie«, sagte er und strahlte sie an, »du wirst allmählich lernen müssen, dich mitzuteilen. Es ist nicht gut, wenn du schreist, dann verstehe ich nämlich nicht, was du willst.«

Frankie prustete und griff nach den Papiervögeln an dem Mobile über ihrem Kopf. Als Noel die Hand nach den Reinigungstüchern ausstreckte, drehte sie sich auf die Seite und rutschte zu seinem Entsetzen vom Wickeltisch.

So schnell er auch reagierte, es war zu spät.

Es geschah alles wie in Zeitlupe. Während Noel vor Schreck erstarrte, traf Frankie erst den Stuhl, ehe sie auf dem Boden aufschlug. Blut breitete sich um ihren Kopf aus, als sie wie am Spieß zu brüllen begann.

»Frankie, *bitte, Frankie.*«

Schluchzend bückte sich Noel und riss die Kleine an sich. Er wusste nicht zu sagen, ob oder wo oder wie schlimm sie sich weh getan hatte. Panik überkam ihn.

»Nein, bitte, *lieber Gott, nein,* nimm sie mir nicht weg, mach, dass alles wieder in Ordnung kommt. Frankie, kleine Frankie, bitte, bitte ...«

Es dauerte noch einen Moment, ehe er sich wieder im Griff hatte und den Notarzt verständigen konnte.

Gerade als der Zug in Dublin einfuhr, erhielt Moira eine SMS auf ihrem Handy.
Es hatte einen Unfall gegeben. Frankie hatte sich den Kopf angeschlagen. Noel hatte sie in die Notaufnahme des St.-Brigid-Hospitals gebracht und war der Meinung, dass Moira dies wissen sollte.
Moira nahm den Bus, der vom Bahnhof aus direkt zum Krankenhaus fuhr. Sie hatte *gewusst,* dass so etwas passieren würde, aber sie empfand keinerlei Genugtuung über diese Bestätigung, nur Wut, eine enorme Wut über die Naivität der anderen, die der Ansicht waren, dass ein Trunkenbold und eine oberflächliche junge Frau die Verantwortung für ein kleines Kind tragen könnten.
Früher oder später hatte es dazu kommen müssen.
Im Krankenhaus lief ihr ein blasser Noel entgegen, der vor Erleichterung fast weinte.
»Die Ärzte sagen, es ist nur eine tiefe Schürfwunde, und es wird bloß einen blauen Fleck geben. Gott sei Dank! Da war so viel Blut, dass ich mir nicht vorstellen konnte, was passiert war.«
Moiras fiel ihm mit schneidender Stimme ins Wort. »Wie ist das geschehen?«
»Sie hat sich auf die Seite gedreht, als ich sie gerade gewickelt habe, und ist dabei vom Tisch gefallen«, erklärte er.
»Sie haben sie von der Wickelkommode fallen lassen?« Moira schaffte es, gleichzeitig absolute Ungläubigkeit und den allergrößten Vorwurf in ihre Stimme zu legen.
»Sie ist erst auf den Stuhl gerutscht, das hat gewissermaßen den Fall gedämpft.« Noel war sich bewusst, wie verzweifelt er klang.
»Das ist nicht zu fassen, Noel.«
»Als ob ich das nicht selbst wüsste, Moira. Ich habe getan, was ich konnte, und sofort den Notarzt gerufen, damit er sie hierherbringt.«
»Warum haben Sie nicht Dr. Carroll geholt? Der ist doch viel näher.«

»Bei dem vielen Blut habe ich mir gedacht, dass dies ein Notfall ist und dass er Frankie bestimmt ins Krankenhaus bringen lassen wird.«

»Und wo war Ihre Partnerin, als das geschah?«

»Meine Partnerin?«

»Lisa Kelly.«

»Oh, sie musste weg. Sie war nicht da.«

»Und warum haben Sie die Kleine fallen lassen?«

»Ich habe sie nicht fallen lassen. Sie hat sich von mir weggedreht. Das habe ich Ihnen doch gesagt ...«

Noel sah aus, als ob er vor Erschöpfung gleich in Ohnmacht fallen würde.

»Gott, Noel, Frankie ist ein schutzloses kleines Kind.«

»Als ob ich das nicht selbst wüsste. Was glauben Sie, warum ich mir solche Sorgen mache?«

»Also, was war der Grund, weshalb Sie das Baby haben fallen lassen? So war es doch – *Sie* haben sie fallen lassen. Waren Sie von etwas abgelenkt?«

»Nein, war ich nicht.«

»Oder haben Sie sich vielleicht ein kleines Gläschen genehmigt?«

»*Nein,* ich habe mir weder ein kleines noch ein großes Glas genehmigt, aber jetzt könnte ich wahrhaftig einen Drink vertragen. Ich habe fast einen Herzanfall bekommen. Natürlich fühle ich mich schuldig, und nun gehen Sie auf mich los und stellen es so hin, als hätte ich das Kind mit Absicht auf den Boden geworfen.«

»Das unterstelle ich Ihnen doch gar nicht. Mir ist klar, dass es ein Unfall war. Ich versuche nur, herauszufinden, wie es passiert ist.«

»So etwas wird nie mehr passieren«, beteuerte Noel.

»Und woher wollen wir das wissen?«, sagte Moira sanft, als redete sie mit einem kleinen Kind.

»Weil wir den Wickeltisch näher an die Wand rücken werden«, erklärte Noel.

»Und das ist uns nicht früher eingefallen?«
»Nein, ist es nicht.«
»Ich würde gern mit Lisa reden, wenn wir in den Chestnut Court zurückkommen, und die täglichen Abläufe noch einmal mit ihr durchsprechen.«
»Ich habe es Ihnen doch gesagt – sie ist nicht da.«
»Aber sie kommt doch wieder, oder?«
»Erst in ein paar Tagen. Anton hat eine Einladung, an einer Veranstaltung für Star-Köche in London teilzunehmen, die im Fernsehen übertragen wird. Er hat Lisa gebeten, ihn zu begleiten.«
»Glauben Sie, dieser Anton findet es toll, dass seine Freundin bei Ihnen wohnt?«
»Darüber habe ich mir wirklich noch nie Gedanken gemacht. Auf jeden Fall ist Lisa mit der Situation zufrieden. Anton weiß, dass wir kein Paar sind. Warum fragen Sie mich das?«
»Es ist meine Aufgabe, dafür zu sorgen, dass Frankie in geordneten Verhältnissen aufwächst«, erwiderte Moira selbstgefällig.
»Natürlich. Aber da Sie gerade hier sind – könnten Sie mir vielleicht helfen, Frankie zum Bus zu tragen?«
»Wie meinen Sie das?«
»Sie könnten mir beispielsweise die Türen aufhalten. Ich habe den Kinderwagen nicht dabei. Ich hatte Angst, nicht mit dem Taxi nach Hause fahren zu können.«
Und so ging Moira vor Noel her, hielt ihm die Türen auf und lotste ihn durch die vielen Korridore. Noel schien sich tatsächlich große Sorgen um das Kind zu machen. Vielleicht hatte er diesen aufrüttelnden Schock gebraucht. Aber sie musste weiterhin konsequent mit ihm sein. Im Lauf der Jahre hatte Moira die Erfahrung gemacht, dass sich Konsequenz stets auszahlte.

Noel wollte das Baby am liebsten nicht mehr loslassen. Zu Hause setzte er sich erst mal in seinen Sessel und drückte Frankie fest an seine Brust.

»Es wird alles wieder gut werden, Frankie«, beteuerte er, während er sie in seinen Armen wiegte.

Wie gerne hätte Noel jetzt einen Schluck Alkohol getrunken, um seine Nerven zu beruhigen. Er überlegte kurz, Malachy anzurufen, aber bald hatte er sich wieder im Griff. Das Kind war wichtiger als ein Drink. Er würde das schon schaffen.

»So, Frankie, und jetzt höre ich auf, Selbstgespräche zu führen, und lese dir stattdessen etwas vor«, sagte er.

Mit aller Kraft konzentrierte er sich darauf, ihr die Geschichte von dem Vogel vorzulesen, der aus dem Nest gefallen war. Natürlich gab es ein Happy End, auch für Noel, der darüber jeden Gedanken an ein großes Glas Whiskey vergaß.

Und Frankie schlummerte selig ein.

Drei Tage später telefonierte Lisa Kelly mit Moira.

»Hallo, Moira, Noel hat mich gebeten, Sie anzurufen. Er sagt, Sie wollten die täglichen Abläufe mit Frankie noch einmal mit mir durchgehen.«

»Haben Sie sich gut amüsiert in London?«, fragte Moira.

»Es ging so. Was wollten Sie denn mit mir besprechen?«

»Das Übliche: wann Frankie gebadet wird, wann sie ihre Flasche bekommt und wann die Windeln gewechselt werden. Sie wissen, dass sie einen Unfall hatte, als Sie nicht da waren?«

»Ja, natürlich. Der arme Noel ist nervlich ein Wrack. Aber es ist zum Glück ja nichts Schlimmes passiert.«

»Dieses Mal nicht, aber es ist nicht gut, wenn ein Säugling auf den Kopf fällt.«

»Natürlich nicht, aber Declan war hier und hat bestätigt, dass es der Kleinen so weit gutgeht.«

Moira freute sich, dass es ihr offensichtlich gelungen war, Noel genügend Angst zu machen, um ihn die Bedeutung des Vorfalls begreifen zu lassen.

»Und, hat sich Ihr Freund gut geschlagen bei der Veranstaltung?«

»Nein, nicht so gut wie gedacht. Aber das haben Sie doch sicher in der Zeitung gesehen.«

»Ja, ich glaube, ich habe etwas gelesen.«
»Irgendwie ist alles schiefgelaufen. Diese April ist plötzlich aufgetaucht und hat was von ›Medienecho‹ und ›Potenzial‹ erzählt. Sie versteht absolut nichts von der Materie, nur, wie sie ihren Namen in die Zeitung bringt.«
»Ja, sie ist auch erwähnt worden. Das hat mich ein wenig überrascht. Noel hat mir nämlich erzählt, dass *Sie* Anton begleitet haben, aber dem Bericht nach hat es ausgesehen, als ob diese April alle Arbeit gemacht hätte.«
»Wenn das Schlürfen von Cocktails und das Verteilen von Visitenkarten Arbeit ist, dann hat sie wirklich viel getan«, erwiderte Lisa. Doch dann riss sie sich zusammen. »Was genau wollten Sie denn nun mit mir besprechen?«
»Ich glaube, ich werde heute Abend lieber persönlich vorbeikommen«, erklärte Moira.
Nicht zum ersten Mal äußerte Lisa Noel gegenüber die Vermutung, dass Moira wohl keinerlei Privatleben hatte.
»Wir sollten Emily einladen. Sie kann die Situation vielleicht entschärfen.«
»Das ist eine gute Idee«, stimmte Lisa ihm zu. »Ich wollte auch Katie bitten, zum Essen zu kommen. Je mehr Verbündete wir um uns scharen, desto einfacher wird es für uns, Generalissimo Moira gegenüberzutreten.«

Moira war überrascht, als sie sah, wie viele Menschen sich in der kleinen Wohnung eingefunden hatten. Zu ihrem größten Leidwesen trug sie auch noch das erikafarbene Strickkostüm aus dem Charity-Shop. Jetzt wüssten alle, dass sie Dolores geschickt hatte, um es zu kaufen!
Noel zeigte ihr als Erstes den neuen Standort des Wickeltisches und schaute gehorsam zu, wie sie die Menge für Frankies Fläschchen abmaß, obwohl er der Kleinen nun schon seit Monaten anstandslos die Flaschennahrung zubereitete. Und sogar Frankie schlief gehorsam ein wie ein Bilderbuchbaby.
»Bitte, bleiben Sie doch wenigstens *heute* zum Essen, Moira«,

bat Lisa. »Ich habe extra zwei Hühnerschlegel mehr gemacht für Sie.«
»Nein, nein, vielen Dank.«
»Ach, ich bitte Sie, Moira, sonst streiten wir uns nur um die Extraportion«, warf Lisas Schwester Katie scherzhaft ein.
Also setzten sich alle, und Lisa zauberte ein schmackhaftes Abendessen auf den Tisch. Moira musste ihre Meinung über sie revidieren, denn für eine hirnlose Blondine verfügte sie tatsächlich über einige Fähigkeiten. Aber sie war ja schließlich die Freundin eines Meisterkochs.
Lisas Schwester Katie machte den Eindruck, eine vernünftige junge Frau zu sein, die mit beiden Beinen im Leben stand. Sie zeigte ihnen Bilder von ihrer Reise nach Istanbul und sprach sehr liebevoll über ihren Mann Garry.
Weder sie noch Lisa erwähnten ihr Elternhaus. Aber fairerweise musste Moira zugeben, dass sie das auch nicht tat.
Stattdessen stand Noels und Lisas Abendstudium im Mittelpunkt der Unterhaltung. Als die Rede auf Father Flynn kam, der sich momentan zu Besuch bei seiner Mutter in Rossmore aufhielt, erwähnte Noel, dass er den Priester kennengelernt hatte, als er für Stella Zigaretten ins Krankenhaus schmuggelte.
Missbilligend schüttelte Moira den Kopf. »Unter den Umständen war das wahrlich nicht sehr hilfreich.«
»Stella meinte, dass es zum Aufhören ohnehin schon zu spät war und dass sie ihre letzten Tage wenigstens noch genießen wollte«, antwortete Noel.
»Wieso kümmert sich eigentlich die Kirche nicht um eine Unterkunft für diesen Priester? Es gibt doch kircheneigene Wohnungen …« Moira musste wirklich alles genau wissen.
»Das will er nicht. Dort käme er sich vor wie in einer religiösen Gemeinschaft, und er ist eher ein Einzelgänger.«
»Und wieso sind Sie nicht in Katies Wohnung gezogen, Lisa?«, fragte Moira.
Lisa warf ihr einen gereizten Blick zu. »Sind Sie eigentlich *immer* im Dienst, Moira?«, fragte sie verärgert.

Beschwichtigend mischte Emily sich ein. »Moira ist nun mal eine Sozialarbeiterin im besten Sinn des Wortes, Lisa«, sagte sie diplomatisch. »Sie interessiert sich eben für Menschen.« Und an Moira gewandt, sagte sie: »Father Flynn ist bei uns eingezogen, bevor Lisa ausziehen musste. Das stimmt doch?« Und dabei warf sie einen freundlichen Blick in die Runde.
Lisas Antwort war kurz. »Stimmt genau.«
»Richtig.« Katies Antwort fiel noch knapper aus.
Da es sehr unhöflich gewesen wäre, weiter in Lisa zu dringen und sie zu fragen, warum sie denn nun habe ausziehen müssen, beschloss Moira – wenn auch widerwillig –, es dabei zu belassen. Stattdessen lobte sie das Hühnchen.
»Außer Oliven, Knoblauch und Tomaten ist da nicht viel drin«, erklärte Lisa, noch immer verstimmt. »Das hat mir Emily beigebracht.«
Nach außen hin schienen diese Menschen einen völlig normalen Eindruck zu machen, und während des ganzen Essens gab es nicht einen Tropfen Alkohol zu trinken. Manchmal wünschte Moira sich, nicht einen sechsten Sinn für mögliche Katastrophen zu haben, denn dieses Gefühl hatte sie bei Noel von Anfang an begleitet.

Antons Restaurant bot seit neuestem am Samstag spezielle Mittagsmenüs an. Moira beschloss, Dr. Casey als Dank für das Essen im Quentins dorthin einzuladen.
»Aber das ist doch nicht nötig, Moira«, hatte Clara gesagt.
»Nein, natürlich nicht, aber Sie würden mir eine große Freude machen. Bitte sagen Sie ja.«
Der Termin passte Clara ganz und gar nicht. Normalerweise traf sie sich am Samstag immer zu einem gemütlichen Mittagessen mit Frank Ennis. Anschließend gingen sie in eine Nachmittagsvorstellung ins Kino oder ins Theater, manchmal auch in eine Kunstausstellung. Dies war ihnen zur lieben Gewohnheit geworden. Aber sie konnte sich ja hinterher mit Frank treffen.

Und so sagte sie zu. »Das wäre ganz reizend, Moira.«
Moira plante, persönlich im Chez Anton vorbeizugehen, um einen Tisch zu reservieren. Sie wollte, dass man sie dort kannte und ebenso überschwenglich begrüßte wie Clara im Quentins. Wie gerne wäre sie so souverän und selbstbewusst wie Clara aufgetreten. Aber das würde ihr wahrscheinlich nie gelingen.
Als sie in das Restaurant kam, wurde sie von Anton persönlich begrüßt. Der schlanke Mann mit dem jungenhaften Aussehen war in der Tat äußerst charmant. Er deutete auf den Raum.
»Wo möchten Sie denn sitzen, Ms. Tierney? Ich würde Ihnen gern den schönsten Tisch geben«, sagte er.
Moira deutete auf einen Tisch.
»Ausgezeichnete Wahl. Hier haben Sie einen guten Überblick und werden selbst von allen gesehen. Gilt Ihre Einladung einem Freund?«
»Nun ja, eigentlich meiner Chefin. Sie ist Ärztin in einer Herzambulanz.«
»Wir werden alles tun, damit die Damen sich bei uns wohl fühlen«, versprach er.
Moira verließ das Restaurant mit dem Gefühl, zehn Jahre jünger und wesentlich attraktiver zu sein. Kein Wunder, dass diese Lisa so verknallt in den Mann war. Anton war in der Tat etwas Besonderes.

Und Anton hielt sein Versprechen. Kaum hatten sie das Restaurant betreten, kam der Oberkellner auf sie zu und hieß sie willkommen, als wäre Moira ein regelmäßiger und gern gesehener Stammgast.
»Ah, Ms. Tierney!«, erwiderte Teddy, als sie ihren Namen nannte. »Anton hat mich angewiesen, mich gut um Sie zu kümmern und Ihnen und Ihrem Gast zur Begrüßung unseren Hauscocktail anzubieten.«
»Ach, ich weiß nicht recht«, sagte Clara.
Moira kicherte. »Warum nicht? Er ist gratis.«
Und so nippten sie bald darauf an einem Drink, der aus frischer

Minze, zerstoßenem Eis, Soda, irgendeinem exotischen Likör und wahrscheinlich einem dreifachen Wodka bestand.

»Gott sei Dank ist heute Samstag«, erklärte Clara seufzend. »Nach diesem Hauscocktail würde es keine von uns mehr schaffen, sich wieder an die Arbeit zu machen.«

Das Mittagessen verlief in angenehmer Atmosphäre. Dabei kam Clara auch auf ihre Tochter Linda zu sprechen, die sich sehnlichst ein Kind wünschte und bereits seit achtzehn Monaten vergeblich gegen ihre Unfruchtbarkeit behandelt wurde.

»Wissen Sie vielleicht, ob in der nächsten Zeit auch Säuglinge zur Adoption anstehen?«, fragte Clara.

Moira überlegte ernsthaft. »Ja, schon möglich«, sagte sie. »Da ist ein kleines Mädchen, ein paar Monate alt.«

»Ich meine, ist sie zur Adoption freigegeben oder nicht?« Clara redete nicht lange um den heißen Brei herum.

»Im Augenblick noch nicht, aber ich bezweifle, dass die Kleine noch länger in ihrer gegenwärtigen Umgebung bleiben wird«, erwiderte Moira.

»Wieso? Wird sie schlecht behandelt?«

»Nein, das nicht. Aber die Leute sind schlichtweg überfordert.«

»Lieben sie das Kind denn? Ich meine, sie werden sie doch bestimmt nicht weggeben, wenn sie die Kleine mögen.«

»Womöglich bleibt ihnen keine andere Wahl«, meinte Moira.

»Ich werde Linda aber vorerst noch nichts sagen. Es hat wenig Sinn, ihr Hoffnungen zu machen«, sagte Clara.

»Nein. Aber falls es dazu kommt, gebe ich Ihnen umgehend Bescheid.«

Dann wandte sich ihr Gespräch den verschiedenen Patienten der Herzklinik zu, und schließlich nahm Moira ihren ganzen Mut zusammen und brachte die Sprache auf Frank Ennis. Dabei sollte sie erfahren, dass Claras Freund im Großen und Ganzen ein sehr anständiger Mensch war, der nur einen blinden Fleck hatte – sein Bestreben, dem Krankenhaus St. Brigid Geld zu sparen, wo immer es möglich war.

Auch Clara erkundigte sich nach Moiras Privatleben und wollte wissen, ob es einen Mann in ihrem Leben gab. Leider nein, erwiderte Moira, dafür sei sie immer viel zu beschäftigt gewesen. Kurz kam das Gespräch auch auf Claras Ex-Mann Alan – anscheinend ein schrecklicher Mensch – und auf Moiras Vater, der nun zufrieden mit Mrs. Kennedy zusammenlebte, nachdem er in seinem Alter noch das Glück gesucht hatte und es auch gefunden zu haben schien.

Als Moira die Rechnung begleichen wollte, kam Anton in Begleitung einer sehr hübschen jungen Frau, die keinen Tag älter als zwanzig Jahre zu sein schien, an ihren Tisch.
»Ms. Tierney, ich hoffe, alles war zu Ihrer Zufriedenheit?«, fragte er.
»Ja, es hat wunderbar geschmeckt«, antwortete Moira. »Das ist übrigens Dr. Casey ... Clara, das ist Anton Moran.«
»Es war köstlich«, bestätigte Clara. »Ich werde Sie ganz sicher weiterempfehlen.«
»Das hört man gern.« Anton war charmant wie immer.
Erwartungsvoll schaute Moira die junge Frau an.
Schließlich stellte Anton sie ihr vor. »Das ist April Monaghan«, sagte er.
»Oh, ich habe über Sie in der Zeitung gelesen. Sie waren kürzlich zusammen in London«, meinte Moira und errötete leicht.
April nickte. »Das stimmt.«
»Ich kenne zufälligerweise eine gute Freundin von Ihnen, eine sehr *enge* Freundin – Lisa Kelly. Sie war zur selben Zeit dort.«
»Ja, richtig.«
Nichts konnte Antons Lächeln trüben.
»Woher kennen Sie Lisa, Ms. Tierney?«
»Durch meine Arbeit. Ich bin Sozialarbeiterin«, erwiderte Moira und staunte selbst, wie bereitwillig sie Auskunft gab.
»Ich dachte, Sozialarbeiter dürfen in der Öffentlichkeit nicht über ihre Fälle sprechen.« Anton lächelte noch immer, nur seine Augen blickten jetzt ernst.

»Nein, nein, Lisa ist kein Fall von mir. Ich kenne sie in einem anderen Zusammenhang …«

Moira war verwirrt. Sie spürte Claras Missbilligung. Warum hatte sie dieses Thema ansprechen müssen? Doch nur, weil sie unbedingt etwas über den Chestnut Court erfahren wollte. Der ungewohnte Begrüßungscocktail und die Flasche Wein hatten ihr die Zunge gelockert, und sie hatte es wieder einmal geschafft, allen diesen schönen Tag zu verderben.

In der Herzklinik ging bald alles seinen gewohnten Gang. Clara Casey schien Moira als Bereicherung für ihre Mannschaft anzusehen und fand nichts an ihr auszusetzen. Doch die aufkeimende Sympathie zwischen ihnen war distanzierter Höflichkeit gewichen, und Moira hatte das Gefühl, nicht mehr ganz so akzeptiert zu werden wie vorher.

Die anderen waren freundlich wie immer, doch Clara schien den Respekt vor ihr verloren zu haben. Auf Hilarys Schreibtisch hatte Moira ein Formular liegen sehen, auf dem angefragt wurde, ob die Teilzeitstelle der Sozialarbeiterin als permanente Einrichtung gedacht war.

Clara hatte einen Zettel daran befestigt. »Schreib zurück – noch nicht. Die Probezeit läuft noch.«

Moira musste befürchten, dass Clara Casey wegen ihrer dummen, taktlosen Bemerkung im Restaurant kein Vertrauen mehr zu ihr hatte, und so verdoppelte sie ihre Anstrengungen an allen Fronten.

Zum größten Missfallen seiner Tochter und seines Schwiegersohnes gelang es ihr, Gerald eine häusliche Rund-um-die-Uhr-Betreuung zu besorgen und ihn damit vor dem verhassten Altersheim zu retten. Seitdem erklärte er jedem, dass Moira ein weiblicher Ritter in schimmernder Rüstung sei. Als weiteren Erfolg konnte Moira verbuchen, dass sie für die Kinder einer drogenabhängigen Mutter einen Pflegeplatz in einer fürsorglichen Familie fand, wo sie zum ersten Mal in ihrem Leben regelmäßige Mahlzeiten, liebevolle Zuwendung und Spielzeug bekamen. In dieser Zeit lief Moira auch ein junges Mädchen über den Weg, das von zu Hause ausgerissen war und unter einer Brücke am Fluss schlief. Sie lud den Teenager auf eine Suppe und ein Gespräch zu sich nach Hause ein. Siebzehn Stunden schlief sich das Mädchen auf Moiras Sofa aus und kehrte danach brav wieder zu ihrer Familie zurück.

Aber Moira konnte auch anders. Einem jungen Paar, das Arbeitslosenhilfe beantragte, obwohl es mit seiner Sandwich-Bar gutes Geld verdiente, redete sie dieses unverschämte Ansinnen aus, und einem Fabrikbesitzer, der nicht einmal den Mindestlohn bezahlte, drohte sie, damit an die Öffentlichkeit zu gehen. Und sie hatte es sogar geschafft, ihrem Bruder Pat eine Wohnung und einen Job in einer Autowerkstatt zu besorgen.

Ihr Vater hatte sich einverstanden erklärt, das Haus zu verkaufen und den Erlös zwischen sich und den beiden Kindern aufzuteilen. Auch Mrs. Kennedy schien zufrieden zu sein, denn sie plante bereits eifrig den Einbau einer neuen Küche. Also gab es zumindest *einige* Bereiche in Moiras Leben, in denen sie Erfolg hatte.

Aber beileibe nicht in allen. Vielleicht war sie einfach zu ehrgeizig, was ihre Erfolgsquote betraf.

Das Haus von Moiras Vater erzielte bei der Auktion keinen guten Preis. Es war nur ein kleines Anwesen, und die Zeit, um Immobilien zu verkaufen, war denkbar schlecht. Aber immerhin verfügte Moira nun über die Anzahlung für ein eigenes Haus oder eine Wohnung und konnte sich auf die Suche danach machen.

»Ein kleiner Garten sollte schon dabei sein«, riet Emily ihr.

Hilary hatte andere Prioritäten. »Es sollte unbedingt in der Nähe einer Tram- oder Bushaltestelle liegen.«

»Kaufen Sie sich ein altes, renovierungsbedürftiges Haus und richten Sie es her«, meinte Johnny, der in der Herzklinik als Physiotherapeut arbeitete.

»Kaufen Sie sich auf jeden Fall etwas Neues, das nicht gleich auseinanderfällt«, lautete Geralds Rat, dessen Lebenswille wieder erstarkt war, nachdem Moira ihn vor dem Altenheim bewahrt hatte. Sein Verstand schien noch bestens zu funktionieren.

Moira machte sich auf den Weg zu Noels Familie im St. Jarlath's Crescent, wie sie es von Zeit zu Zeit tat. Das war im Moment einfacher, als sich im Chestnut Court mit Noel und Lisa auseinanderzusetzen, die noch immer verärgert waren. Mit Emily und Noels Eltern konnte man sich wenigstens zivilisiert unterhalten.

»In einer Straße wie dem St. Jarlath's Crescent würde ich auch gerne wohnen«, meinte Moira. »Wissen Sie, ob hier ein Haus zum Verkauf steht?«

Emily wusste, dass Noel nicht sehr begeistert wäre, wenn seine Intimfeindin Moira in seine Nähe und in die Nachbarschaft seiner Eltern ziehen würde.

»Ich glaube nicht, dass jemand ausziehen will«, erwiderte Emily, und wie so oft folgten Josie und Charles ihrem Beispiel und nickten bestätigend.

»Aber es freut mich, dass wieder junge Leute in unsere Gegend ziehen wollen«, fügte Josie hinzu, in Erinnerungen an die guten alten Zeiten schwelgend. »Als Charles und ich noch jung waren, war das Viertel hier nicht sehr angesehen.«

»Declan könnte vielleicht wissen, ob jemand plant, wegzugehen«, meinte Emily.

Sie wusste sehr wohl, dass weder Declan noch Fiona große Sympathie für Moira hegten. Auch sie hielten ihre ständigen Einmischungen in Noels Leben für unnötig. Schließlich rackerte er sich ab, für sich und Frankie eine stabile Existenz aufzubauen. Selbst wenn Declan gewusst hätte, dass die halbe Straße zum Verkauf stand, hätte er dies Moira nicht gesagt.

Höflich erkundigte sich Moira nach dem Stand der Spendenkampagne für die Statue von St. Jarlath, und Josie und Charles zeigten ihr einige Entwürfe von Bildhauern. Bronze war teuer, aber sie hofften, sich dieses Material leisten zu können.

»Empfinden Sie denn eine besondere Hingabe für St. Jarlath?« Josie ließ keine Gelegenheit ungenützt verstreichen, um neue Unterstützer für ihre Sache zu gewinnen.
»Bewunderung ja«, murmelte Moira, »aber Hingabe wäre vielleicht ein wenig übertrieben.«
Emily verkniff sich ein Schmunzeln. Wenn Moira diplomatisch konterte, konnte man sich vorstellen, wie gut sie in ihrem Beruf war. Wirklich schade, dass sie blind war für die gewaltigen Fortschritte, die Noel machte. Warum musste sie sich ihm gegenüber wie ein Gesetzeshüter aufführen, statt ihn zu ermutigen und ihm ihre Unterstützung anzubieten?
Wie üblich schrieb Emily auch an diesem Abend an ihre Freundin Betsy in New York. Alles in ihren Laptop zu tippen half ihr, Unwichtiges von Wichtigem zu unterscheiden.

Bets, du musst unbedingt nach Irland kommen. Wenn du und Eric heiratet – was bestimmt früher als später der Fall sein wird, wie ich hoffe –, dann werdet ihr sicher auch in die Flitterwochen fahren. Bucht einen preiswerten Flug, und ich besorge euch eine schöne Unterkunft. Aber du musst diesen verrückten Haufen hier unbedingt kennenlernen. Da sind zum einen Noel und seine kleine Tochter. Unglaublich, wie dieser Mann sich verändert hat. Seit Monaten nicht ein Schluck Alkohol mehr. Er schuftet wie ein Stier in seiner öden Firma und lernt nebenbei fleißig für das Abendstudium.
Jetzt lebt er schon seit einiger Zeit mit einer etwas verkorksten jungen Frau namens Lisa in seiner Wohnung zusammen, wo sie gemeinsam das Kind versorgen und zusammen für ihren College-Abschluss lernen. Wie ein altes Ehepaar. Aber sexuell läuft nichts zwischen den beiden. Sie hat nämlich ein Verhältnis mit einem Star-Koch. Stell dir das mal vor! Und dann ist da diese Moira, eine Sozialarbeiterin, die den beiden das Leben schwermacht. Sicher, sie erledigt nur ihre Arbeit, aber sie tut alles, um den beiden irgendwelches Fehlverhalten nachzuweisen.

Und die Spendensammlung für die Statue läuft wie die Feuerwehr. Im Augenblick denken wir daran, St. Jarlath in Bronze gießen zu lassen! Außerdem hat Josie mit dem Charity-Shop völlig neuen Auftrieb bekommen und unterstützt mich und Molly Carroll nach Kräften. Letzte Woche haben wir übrigens einen wunderschönen Filzhut hereinbekommen, den Josie Dr. Hat für seine Sammlung verehrt hat.
Mein Onkel Charles hat sich als Hundesitter mittlerweile bestens etabliert; sogar das Hotel, für das er früher gearbeitet hat, ist auf ihn zugekommen und hat ihn engagiert, die Hunde seiner Gäste spazieren zu führen.
An den Abenden, an denen Noel und Lisa Unterricht haben, passt er auf seine Enkeltochter auf.
Und was mache ich? Wenn ich nicht gerade in der Gemeinschaftspraxis arbeite, pflege ich die Gärten und bepflanze Blumenkästen – im ganzen Crescent grünt und blüht es mittlerweile. Momentan könnten wir sogar an einem Wettbewerb teilnehmen und würden bestimmt den ersten Preis als schönste Straße Dublins gewinnen. Ich habe so viel zu tun, dass ich noch nicht ein einziges Buch gelesen habe und nicht ein Mal im Theater gewesen bin. Und eine Kunstausstellung habe ich schon seit Monaten nicht mehr gesehen!
Schreib mir alles über dich und dein Leben drüben in der Heimat. Ich habe schon ganz vergessen, dass ich jemals in New York gelebt habe!
Liebe Grüße,
Emily

Die Antwort kam postwendend wenige Minuten später.

Emily,
du scheinst hellsehen zu können.
Gestern Abend hat Eric mich gefragt, ob ich seine Frau werden will. Ich habe ja gesagt, aber nur unter der Bedingung, dass du zur Hochzeit nach New York kommst und meine

Brautjungfer wirst. Angesichts unseres fortgeschrittenen Alters hielte ich eine kleine, feine Feier für angebracht, aber schließlich steht nirgendwo geschrieben, dass dies auch für die Hochzeitsreise gilt.
Irland, wir kommen!
Ich umarme dich,
Betsy

Moira stattete Noel wieder einmal einen ihrer Routinebesuche ab.
»Ich habe gehört, dass Ihre Tante in Amerika Urlaub machen will«, sagte sie.
»Eigentlich ist Emily meine Cousine, aber Sie haben recht, sie fliegt tatsächlich nach New York. Woher wissen Sie das?«, fragte Noel verwundert.
»Ach, das hat jemand erwähnt.«
Moira, die den Ehrgeiz hatte, immer bestens informiert zu sein, ließ sich nicht in die Karten blicken.
»Ja, sie fährt zur Hochzeit einer Freundin«, erklärte Noel. »Aber danach kommt sie wieder zurück. Meine Eltern sind sehr erleichtert, das kann ich Ihnen sagen. Ohne Emily wären sie verloren.«
»Und Sie wohl auch, Noel, wie?«, fragte Moira.
»Natürlich würde sie mir fehlen, aber meine Mutter wäre stärker betroffen, da der Secondhand-Laden ohne Emily schließen müsste, und mein Vater hält ohnehin die größten Stücke auf sie.«
Moira ließ nicht locker. »Aber Ihnen hat sie doch sicher am meisten geholfen Noel, oder?«
»Wie meinen Sie das?«
»Hat Sie nicht die Studiengebühren für Sie bezahlt? Ihnen die Wohnung besorgt und die Babysitterdienste für Sie organisiert? Und wahrscheinlich hat sie noch viel mehr getan …«
Noel spürte, wie ihm die Röte ins Gesicht stieg. Noch nie zuvor in seinem ganzen Leben war er so zornig gewesen. Hatte Emily

sich bei dieser schrecklichen Frau verplappert und Moira – seiner Intimfeindin – all die Dinge erzählt, die ihr Geheimnis hätten bleiben sollen? Niemand hätte jemals von den Studiengebühren erfahren sollen. Noel fühlte sich verraten und verkauft. Woher sollte er denn auch wissen, dass Moira nur einen Versuchsballon gestartet hatte.

Höflich sah Moira ihn an und wartete auf eine Antwort, aber Noel wagte nicht, den Mund aufzumachen.

»Sie haben sich doch sicher schon Gedanken gemacht, wer für Emily einspringen wird, wenn sie weg ist, oder?«

»Ich dachte mir, vielleicht könnte Dingo aushelfen«, antwortete Noel schließlich mit belegter Stimme.

»Dingo?«, wiederholte Moira pikiert.

»Ja, er transportiert hin und wieder Kartons für den Wohltätigkeitsladen. Dingo Duggan.«

»Ich kenne den Burschen nicht.«

»Er springt auch nur ein, wenn sonst niemand Zeit hat.«

»Und wieso haben Sie mir bisher noch nichts von diesem Dingo Duggan erzählt?«, fragte Moira empört.

Noel räusperte sich. »Jetzt hören Sie mir mal zu, Moira. Sie können sich gar nicht vorstellen, wie sehr Sie mir mit Ihrer ewigen Fragerei auf die Nerven gehen.«

Ungläubig starrte sie ihn an. »Wie bitte?«

»Sie haben mich schon verstanden. Tag und Nacht reiße ich mir den Arsch auf, um alles auf die Reihe zu kriegen. Manchmal kann ich mich vor Müdigkeit kaum mehr auf den Beinen halten, aber erkennen Sie das jemals an? O nein, ständig setzen Sie die Messlatte noch höher, nörgeln herum und schnüffeln mir nach wie ein Geheimagent.«

»Aber wirklich, Noel, jetzt reißen Sie sich mal zusammen.«

»O nein, ich werde mich nicht zusammenreißen. Sie kommen ungebeten in meine Wohnung und verhören mich wie einen Schwerverbrecher. Sie sprechen Dingos Namen mit so viel Abscheu aus, als wäre er ein Massenmörder und nicht der arme, anständige Kerl, der er ist.«

»*Armer, anständiger Kerl?* Ich verstehe.«
Moira machte Anstalten, sich etwas zu notieren, aber Noel stieß ihr das Klemmbrett aus der Hand, so dass es zu Boden fiel.
»Und dann laufen Sie überall herum, schnüffeln und löchern auch noch die Nachbarn mit Ihren Fragen. Sie versuchen, sie dazu zu bringen, schlechte Dinge über mich zu sagen, und das alles unter dem Vorwand, dass Sie nur Frankies Wohl im Auge hätten.«
Moira blieb während Noels Ausbruch stumm. Schließlich sagte sie: »Ich werde jetzt gehen, Noel, und morgen wiederkommen. Bis dahin werden Sie sich hoffentlich beruhigt haben.«
Und damit drehte sie sich um und verließ die Wohnung.

Noel ließ sich auf einen Stuhl fallen und starrte vor sich hin. Diese Frau würde nicht davor zurückschrecken, mit Verstärkung wiederzukommen und ihm Frankie wegzunehmen. Seine Augen füllten sich mit Tränen. Er und Lisa hatten bereits Pläne für ihr erstes Weihnachtsfest geschmiedet, doch jetzt bezweifelte Noel, ob Frankie nächste Woche noch bei ihnen sein würde.
Er griff zum Telefon und rief Dingo an.
»Kumpel, kannst du mir einen großen Gefallen tun? Kannst du zu mir kommen und hier ein paar Stunden lang die Stellung halten?«
Dingo war hilfsbereit wie immer.
»Klar doch, Noel. Kann ich mir eine DVD mitbringen, oder schläft die Kleine?«
»Wenn du den Ton nicht zu laut stellst, wird sie schon nicht aufwachen.«
Noel wartete, bis Dingo sich häuslich eingerichtet hatte.
»Dann gehe ich jetzt«, sagte er.
Dingo warf ihm einen fragenden Blick zu. »Alles in Ordnung, Noel? Du schaust ein bisschen – tja, weiß nicht – komisch aus.«
»Mir geht es gut«, erwiderte Noel.
»Schaltest du dein Handy ein?«
»Vielleicht, aber du weißt ja, Dingo, die Notfallnummern sind

in der Küche: Lisa, meine Eltern, Emily, das Krankenhaus. Ihre Nummern hängen alle an der Wand.«

Und dann war er fort. Er fuhr mit dem Bus quer durch Dublin, wo er zum ersten Mal seit Monaten in der Anonymität einer verräucherten Bar untertauchte und sich ein Bier bestellte. Und dann noch eines.

Sie taten ihm unendlich gut …

KAPITEL 7

Es war Declan, der als Retter in der Not einspringen musste. Eine halbe Stunde nach Mitternacht rief Dingo, sichtlich erregt, bei ihm an.

»Es tut mir leid, wenn ich dich aufwecke, Declan, aber ich weiß nicht mehr, was ich tun soll – sie brüllt wie am Spieß.«

»Wer brüllt wie am Spieß?« Declan bemühte sich, wach zu werden.

»Frankie. Hörst du sie nicht?«

»Geht es ihr gut? Wann hast du ihr zuletzt die Flasche gegeben? Braucht sie vielleicht eine frische Windel?«, schlug Declan vor.

»Mit dem Wickeln und Füttern habe ich es nicht so. Ich halte hier nur die Stellung. Noel hat mich darum gebeten.«

»Und wo ist er? Wo ist Noel?«

»Genau das weiß ich eben nicht. Seit sechs Stunden halte ich jetzt hier schon die Stellung, verdammt noch mal!«

»Und sein Handy?«

»Hat er nicht eingeschaltet. Gott, Declan, was soll ich tun? Sie ist puterrot im Gesicht.«

»Ich bin in zehn Minuten da«, sagte Declan und sprang aus dem Bett.

»*Nein*, Declan, du musst nicht in die Klinik. Du hast keinen Dienst!«, protestierte Fiona.

»Noel ist unauffindbar«, erklärte Declan. »Er hat die Kleine mit Dingo allein gelassen. Ich muss rüber.«

»Gott, das würde Noel doch niemals tun!« Fiona war bestürzt.

»Ich weiß, deswegen gehe ich ja rüber.«

»Und wo ist Lisa?«

»Offensichtlich auch nicht da. Schlaf du mal weiter, Fiona. Es

nützt keinem etwas, wenn morgen die ganze Familie nicht in der Lage ist, zur Arbeit zu gehen.«
Minuten später war Declan angezogen und verließ das Haus. Er machte sich Sorgen um Noel Lynch, große Sorgen sogar.

»Gott sei Dank bist du so schnell gekommen, Declan«, sagte Dingo und stieß einen Seufzer der Erleichterung aus, als Declan im Chestnut Court eintraf.
Gebannt sah er zu, wie Declan routiniert die Windel wechselte, Frankies Po säuberte und einpuderte, die Milch erhitzte und die Babynahrung zubereitete.
»Das könnte ich nie«, meinte Dingo bewundernd.
»Natürlich könntest du das. Du wirst schon müssen, wenn du ein eigenes Kind hast.«
»Das wollte ich eigentlich alles der Frau überlassen, die mich mal nimmt …«, gab Dingo zu.
»Darauf würde ich mich nicht verlassen, Dingo, mein Freund. Nicht heutzutage. Heute wird alles geteilt, glaube mir. Und das ist auch richtig so.«
Frankie war wieder ein mustergültiges Baby. Jetzt mussten sie nur noch ihren Vater finden.
»Er hat nicht gesagt, wohin er wollte, aber ich habe gedacht, er bleibt höchstens ein, zwei Stunden weg. Ich dachte, er geht zu seinen Eltern.«
»War er aufgebracht, als er aus dem Haus ging?«
»Ja, ein bisschen abwesend ist er mir schon vorgekommen. Er hat mir die Notfallnummern an der Wand gezeigt …«
»Als ob er vorhätte, länger wegzubleiben, meinst du?«
»Gott, keine Ahnung, Declan. Vielleicht ist der arme Kerl unter einen Bus geraten, und wir verdächtigen ihn völlig zu Unrecht. Vielleicht liegt er irgendwo in einer Notaufnahme, und sein Handy ist kaputt.«
»Könnte sein.«
Declan wusste nicht, woher er die Gewissheit nahm, dass Noel wieder zu trinken angefangen hatte. Seit Monaten hatte sich

der Bursche tapfer geschlagen. *Was* könnte ihn jetzt dazu veranlasst haben, alles in Frage zu stellen? Und was noch wichtiger war – wie sollten sie ihn finden?

Declan seufzte. »Fahr nach Hause, Dingo. Du hast die Stellung jetzt lange genug gehalten. Ich bleibe hier, bis Noel zurückkommt.«

»Sollen wir nicht jemanden von dieser Liste anrufen? Was meinst du?« Dingo wollte nicht einfach so gehen.

»Es ist ein Uhr morgens. Es hat keinen Sinn, alle verrückt zu machen.«

»Nein, wahrscheinlich nicht.« Dingo zögerte noch immer.

»Ich rufe dich an, wenn wir ihn gefunden haben, Dingo, und sage ihm, dass ich dich quasi aus dem Haus werfen musste, weil du nicht gehen wolltest.«

Damit hatte Declan den richtigen Ton getroffen. Ohne Erlaubnis hatte Dingo seinen Posten nicht verlassen wollen. Jetzt konnte er ohne Schuldgewühle nach Hause zurückkehren.

Declan warf einen Blick in Frankies Bettchen. Das Baby schlummerte so friedlich wie zu Hause sein eigener Sohn. Doch der kleine Johnny Carroll hatte eine weitaus sicherere Zukunft vor sich als die arme Frankie. Mit einem tiefen Seufzer ließ Declan sich in einem bequemen Sessel nieder.

Wo konnte Noel um diese Zeit nur sein?

Noel lag schlafend in einem Gartenhäuschen auf der anderen Seite von Dublin.

Er hatte keine Ahnung, wie er dorthin geraten war. Das Letzte, an das er sich erinnerte, war ein Streit in einer Kneipe und die Weigerung des Wirts, ihm noch etwas zu trinken zu geben. Wütend war er davongestapft, hatte jedoch zu seinem größten Verdruss feststellen müssen, dass es in der Nähe keine weiteren Lokale gab. Anschließend war er – zumindest schien es ihm so – sehr lange herumgelaufen, und dann war ihm kalt geworden, so dass er beschlossen hatte, sich irgendwo auszuruhen, bevor er nach Hause zurückkehrte.

Nach Hause?
Er würde vorsichtig sein müssen, um niemanden aufzuwecken, wenn er die Tür zum St. Jarlath's Crescent Nummer dreiundzwanzig aufsperrte. Doch dann fiel ihm siedend heiß ein, dass er dort nicht mehr wohnte.
Er wohnte jetzt im Chestnut Court zusammen mit Frankie und Lisa.
Dann würde er ja noch vorsichtiger sein müssen. Lisa wäre gewiss schockiert, und Frankie würde sich vielleicht sogar vor ihm fürchten.
Aber Lisa war nicht da. Das fiel ihm in dem Moment wieder ein. Sein Herz setzte einen Schlag lang aus. Was war mit dem Baby? Er hatte Frankie doch nicht allein in der Wohnung gelassen, oder?
Nein, natürlich nicht. Er erinnerte sich, dass Dingo gekommen war.
Noel schaute auf seine Uhr. Das war schon vor Stunden gewesen. Ob Dingo noch da war? Er hatte doch hoffentlich nicht Moira verständigt. O Gott, bitte! Bitte, St. Jarlath und alle ihr Heiligen dort oben im Himmel, macht, dass Dingo Moira nicht angerufen hat.
Bei dem Gedanken wurde ihm übel, und er merkte, dass ihm tatsächlich schlecht war. Aus Rücksicht auf den Besitzer des Gartenhäuschens rannte Noel hinaus auf die Straße. Doch seine Beine wollten ihn nicht weit tragen und gaben unter ihm nach. Also kehrte er in die Bretterbude zurück und verlor das Bewusstsein.

Trotz der unbequemen Lage schlief Declan mehrere Stunden in dem Sessel. Als der Morgen graute, stellte er fest, dass Noel noch immer nicht nach Hause gekommen war. Declan ging in die Küche, um sich einen Tee zu machen und zu überlegen, was er tun sollte.
Als Erstes rief er Fiona an.
»Hat Moira heute Dienst in der Klinik?«

»Ja, am Vormittag. Kommst du nach Hause?«

»Nicht sofort. Denk daran – kein Wort zu Moira über diesen Vorfall. Wir müssen Noel decken. Sie darf nichts davon erfahren. Erst wenn wir ihn gefunden haben.«

»Wo ist er, Declan?« Fiona klang verängstigt.

»Irgendwo auf Sauftour, vermute ich …«

»Hör mal, Signora und Aidan kommen bald, um Johnny und anschließend Frankie abzuholen und sie in die Wohnung ihrer Tochter mitzunehmen …«

»Dann warte ich so lange, bis sie hier sind. Ich mache Frankie inzwischen fertig.«

»Du bist wirklich ein Heiliger, Declan«, sagte Fiona.

»Was soll ich denn sonst tun? Und denk daran – Moira weiß von nichts.«

»Von mir erfährt der alte Feldwebel bestimmt nichts«, versprach Fiona.

In der Herzklinik waren alle in hellem Aufruhr, weil Frank Ennis einen seiner Überraschungsbesuche abstattete.

Hilary sah Clara Casey fragend an. »Du warst doch gestern Abend mit ihm aus. Hat er keine Anspielung gemacht, dass er heute kommen wollte?«

»*Mir* gegenüber?«, fragte Clara ungläubig. »Ich bin der letzte Mensch auf der Welt, dem er das sagen würde. Er hofft doch ständig, mich bei irgendetwas zu ertappen. Es macht ihn ganz verrückt, dass ihm dies bisher noch nicht gelungen ist.«

»Schau mal, er unterhält sich gerade äußerst angeregt mit Moira«, flüsterte Hilary.

»Also, sie weiß Bescheid wegen Frank«, erwiderte Clara, »und falls Ms. Tierney auch nur ein falsches Wort sagt, fliegt sie.«

»Ich geh mal rüber. Vielleicht bekomme ich etwas mit von ihrem Gespräch«, bot Hilary an.

In gespieltem Entsetzen schüttelte Clara den Kopf. »Aber Hilary, du überraschst mich.«

»Zieh du dich mal diskret zurück, und ich werde ein bisschen spionieren«, sagte Hilary. »Ich bin eine Meisterin auf dem Gebiet. Deswegen bin ich auch immer so gut informiert.«

Als Clara an ihren Schreibtisch im Zentrum der Klinik kam, klingelte das Telefon. Es war Declan.

»Sagen Sie meinen Namen nicht«, bat er sofort.

»Klar, in Ordnung. Was kann ich für Sie tun?«

»Ist Moira in der Nähe?«

»Ja, ist sie.«

»Könnten Sie für mich herausfinden, was sie heute vorhat, wenn sie die Klinik verlässt? Ich sollte Ihnen vielleicht den Zusammenhang erklären. Wir – meine Frau und ich – haben mit einem Freund ein Abkommen getroffen, dass wir gegenseitig auf unsere beiden Babys aufpassen. Moira ist als Sozialarbeiterin zuständig für Noel und seine Tochter Frankie, nur leider hat sie unseren Freund in letzter Zeit ziemlich schikaniert. Und nun ist er unterwegs auf Sauftour. Ich muss ihn erst wieder nach Hause lotsen und die Dinge in Ordnung bringen, und deshalb müssen wir Moira um jeden Preis bis morgen von seiner Wohnung fernhalten. Falls sie erfährt, was passiert ist, ist der Teufel los.«

»Ich verstehe …«

»Also, wenn Sie sie irgendwohin schicken könnten, wo sie nicht …«

»Überlassen Sie das ruhig mir«, erwiderte Clara, »und Kopf hoch – vielleicht ist die Sache nicht so schlimm, wie Sie befürchten.«

»Nein, ich fürchte, ich habe nur allzu recht. Noels Freund von den Anonymen Alkoholikern hat mich gerade angerufen. Er bringt ihn in ungefähr einer halben Stunde nach Hause.«

Hilary näherte sich dem Schreibtisch, um Clara zu berichten, was sie erfahren hatte.

»Frank quetscht Moira regelrecht aus. Er will wissen, ob sie irgendwelche ›verdächtigen Abfälle‹ gesehen hat oder weiß, ob die Diätkochkurse wirklich etwas bringen oder nur zur Unterhaltung dienen. Du weißt schon, seine üblichen Lieblingsthemen.«

»Und, singt sie?«
»Bisher nicht, aber das liegt vielleicht daran, weil wir sie hier im Auge haben. Wenn er sie mal allein erwischen sollte – Gott weiß, was er dann aus ihr herausbekommt.«
»Sei nicht so pessimistisch, Hilary. Wir tun schließlich nichts Falsches. Aber du hast mich auf eine Idee gebracht.«
Clara gesellte sich zu Frank Ennis und Moira.
»Da ich euch gerade hier zusammen sehe, fällt mir ein, dass Moira die Organisation der Sozialstation im Haupthaus noch nicht kennt. Vielleicht könntest du sie mit jemandem aus dem Team drüben bekannt machen, Frank, womöglich heute noch?«
»Oh, ich habe heute noch jede Menge Hausbesuche zu erledigen.«
Clara lachte. »Aber, Moira, Sie haben Ihre Fälle doch bestens im Griff. Ich könnte mir vorstellen, dass bei Ihnen alles wie am Schnürchen läuft.«
Moira schien geschmeichelt über das Lob.
»Sie wissen doch selbst, wie das ist. Man muss stets die Augen offen halten«, entgegnete sie.
»Da haben Sie recht«, mischte Frank sich unerwartet ein. »Jeder sollte generell wachsamer sein.«
»Eigentlich hatte ich gehofft, dass Sie sich mit dem System drüben vertraut machen könnten, Moira, aber wenn Sie meinen, dass das heute zu viel für Sie ist …«
Claras Spekulation ging auf.
Moira verabredete sich um die Mittagszeit mit Frank, und Clara hatte es geschafft, Noel, Declan und dem Mann von den Anonymen Alkoholikern ein kleinen Vorsprung zu verschaffen.

Aidan und Signora Dunne waren mit dem kleinen Johnny Carroll vorbeigekommen und hatten Frankie mitgenommen. Sie wollten mit den Kinderwagen den Kanal entlang bis zum Haus von Aidans Tochter spazieren. Dort würde Signora auf die drei Kinder aufpassen – auf ihren Enkel Joseph Edward, auf Frankie

und Johnny –, während Aidan interessierten Schülern als Vorbereitung auf die Universität Privatunterricht in Latein gab.
Der Vormittag verlief friedlich und ohne jede Aufregung. Falls Aidan und Signora sich gewundert haben sollten, was Dr. Carroll in der Wohnung von Noel Lynch machte und weshalb der sonst so liebevolle Vater nirgendwo zu sehen war, so hatten sie nichts gesagt. Die Dunnes waren diskrete Menschen, die ihre Nase nicht in fremde Angelegenheiten steckten. So froh wie an diesem Tag war Declan noch nie darüber gewesen. Je weniger Leute von der Sache wussten, desto besser.
Als Malachy kam, musste er Noel mehr oder weniger stützen. Noel zitterte am ganzen Leib, seine Kleidung war schmutzig und voller Flecken, und er schien vollkommen orientierungslos zu sein.
»Ist er noch immer betrunken?«, fragte Declan.
Malachy war kein Freund vieler Worte. »Schwer zu sagen. Wahrscheinlich.«
»Ich drehe schon mal die Dusche auf. Können Sie ihn hineinschaffen?«
»Klar.«
Auf Malachy war Verlass. Er schob Noel unter den Wasserstrahl und drehte den Hahn für das kalte Wasser immer weiter auf, bis der Strahl fast eiskalt war. Inzwischen sammelte Declan die schmutzige Wäsche ein und steckte sie in die Waschmaschine. Dann legte er für Noel frische Kleidung heraus und bereitete für alle Tee zu.
Noels Blick war mittlerweile klarer, aber er sagte noch immer nichts.
Malachy sagte ebenfalls kein Wort.
Declan füllte die Becher bereits zum zweiten Mal mit Tee. Allmählich wurde das Schweigen unangenehm, aber Declan sah sich nicht genötigt, etwas dagegen zu unternehmen. *Er* würde es Noel nicht leichtmachen. Noel würde sich schon etwas einfallen lassen müssen.
Schließlich fragte Noel: »Wo ist Frankie?«

»Bei Aidan und Signora.«
»Und wo ist Dingo?«
»Bei der Arbeit«, erwiderte Declan kurz angebunden. Jetzt war wieder Noel an der Reihe.
»Und hat *er* dich angerufen?«
»Ja, deswegen bin ich hier«, antwortete Declan.
»Und hat er *nur* dich angerufen?«, fügte Noel mit dünner Stimme hinzu.
Declan zuckte die Schultern. »Ich habe keine Ahnung«, sagte er. Noel soll ruhig ein wenig schwitzen und glauben, dass Moira im Bilde ist, dachte er.
Noel seufzte. »O mein Gott …« Sein Gesicht war blass vor Kummer.
Endlich erbarmte sich Declan seiner. »Tja, nachdem sonst niemand gekommen ist, nehme ich an, dass ich der Einzige war«, meinte er.
»Es tut mir so leid«, begann Noel.
»Warum?«, fiel Declan ihm ins Wort.
»Ich kann mich an nichts erinnern. Ehrlich nicht. Ich war nicht so gut drauf und dachte mir, ein, zwei Bier würden mir guttun und schon nicht schaden. Ich wusste doch nicht, dass ich so abstürzen würde …«
Declan erwiderte nichts, und auch Malachy blieb stumm. Noel hielt es nicht länger aus.
»Malachy, warum hast du mich nicht davon abgehalten?«, fragte er.
»Weil ich zu Hause war und mit meinem zehnjährigen Sohn ein Puzzle gemacht habe, und außerdem hast du mir nicht mitgeteilt, dass du die Absicht hast, dich vollaufen zu lassen – deswegen.«
Das war der längste Satz, der bisher über Malachys Lippen gekommen war.
»Aber Malachy, ich dachte, du solltest …«
»Ich soll bei dir sein, wenn die Gefahr besteht, dass du vielleicht wieder zu trinken anfangen könntest. Man erwartet aber *nicht*

von mir, dass der Heilige Geist über mich kommt und mir den Zeitpunkt ins Ohr flüstert, wann du beschließt, eben genau dies zu tun«, sagte Malachy.

»Ich wusste doch nicht, dass ich so schlimm abstürzen würde«, wiederholte Noel kleinlaut.

»Nein, du hast dir vorgestellt, dass alles so schön abläuft wie im Kino. Und bestimmt hast du dich gefragt, was wir bei unseren Meetings eigentlich machen.«

Noels Gesicht sprach Bände. Genau das hatte er sich tatsächlich gefragt. Declan Carroll verspürte plötzlich eine große Müdigkeit.

»Und wie soll das jetzt weitergehen?«, fragte er die beiden Männer.

»Das liegt ganz bei Noel«, erwiderte Malachy.

»Wieso bei mir?«, rief Noel.

»Wenn du versuchen willst, das Ruder noch einmal herumzureißen, werde ich versuchen, dir dabei zu helfen. Aber es wird die Hölle werden.«

»Natürlich will ich das«, beteuerte Noel.

»Aber wenn du nur darauf wartest, dass ich dich jetzt in Ruhe lasse, damit du dich in die nächste Kneipe davonstehlen und dir einen hinter die Binde kippen kannst, nützt das alles nichts.«

»Das will ich doch gar nicht«, jammerte Noel. »Von morgen an bin ich wieder trocken.«

»Was soll das heißen – *morgen?* Wieso nicht *heute?*«, fragte Malachy.

»Na ja, ab morgen höre ich wieder mit dem Trinken auf.«

»Ab heute – ohne Wenn und Aber«, drohte Malachy.

Noel fing zu betteln an. »Nur ein, zwei Wodkas, damit ich wieder ins Lot komme, und dann fangen wir morgen von vorn an, ja?«

»Werde endlich erwachsen, Noel«, erwiderte Malachy.

Jetzt mischte Declan sich ein. »In dem Fall kann ich es nicht mehr erlauben, dass du weiterhin auf unseren Sohn aufpasst, Noel. Johnny kommt erst dann wieder hierher, wenn wir wis-

sen, dass du nicht mehr an der Flasche hängst«, sagte er langsam und kühl.
»Ach, Declan, jetzt tritt nicht noch auf mich ein, während ich schon am Boden liege. Ich würde deinem Kind doch nie ein Haar krümmen.« Noel hatte Tränen in den Augen.
»Deine eigene Tochter hast du stundenlang mit Dingo Duggan allein gelassen. Nein, Noel, das Risiko will ich nicht eingehen. Und selbst wenn ich es täte – Fiona bestimmt nicht.«
»Muss sie es denn erfahren?«
»Ja, sicher.«
Declan fiel es nicht leicht, dies zu sagen, aber es war die Wahrheit. Sie konnten Noel nicht mehr vertrauen. Und wenn es ihm schon so erging, wie würde dann Moira erst reagieren?
Er wagte nicht, darüber nachzudenken.
»Wir müssen es auch Aidan und Signora sagen«, fügte Declan hinzu.
»Aber warum?«, fragte Noel ängstlich. »Ich habe mich wieder im Griff. Sie sollen nicht wissen, was für ein Schwächling ich bin. Das will ich nicht.«
»Du bist *nicht* schwach, Noel, im Gegenteil, du bist sehr stark. Es kostet dich große Kraft, dein Leben so zu meistern, wie es jetzt ist. Ich weiß das. Glaube mir.«
»Nein, das glaube ich dir nicht, Declan. Du warst immer ein Gesellschaftstrinker – eine Halbe am Abend, mehr nicht. Du würdest nie über die Stränge schlagen. Aber ich hatte es noch nie sehr mit dem Maßhalten.«
»Dafür hast du jetzt mehr Verantwortung übernommen als die meisten Männer. Das bewundere ich«, erklärte Declan.
»Ich bewundere mich nicht. Ich finde mich verachtenswert«, sagte Noel.
»Und wie soll das Frankie helfen, wenn sie größer wird? Jetzt komm schon, Noel, ihr erstes Weihnachtsfest steht vor der Tür. Die ganze Straße wird zusammen feiern. Dafür musst du in Topform sein. Verkneif dir dein Selbstmitleid.«
»Aber Signora und Aidan?«

»Sie wissen ohnehin, dass irgendetwas nicht stimmt. Ihnen müssen wir nichts vormachen. Sie können damit umgehen, Noel. Sie haben schon ganz andere Dinge in ihrem Leben bewältigt.«

Noel verzog schmerzlich das Gesicht. »Soll ich es sonst noch jemandem sagen?«

»Ja, Lisa natürlich, und Emily.« Declans Tonfall war sehr bestimmt.

»Nein, bitte. Bitte nicht Emily.«

»Deinen Eltern musst du es nicht sagen, meinen Eltern oder sonst jemandem auch nicht, aber Emily und Lisa müssen Bescheid wissen.«

»Und ich dachte, ich hätte das alles hinter mir«, sagte Noel traurig. Declan zwang sich zu einem aufmunternden Lächeln. »Bald wirst du es für immer hinter dir haben, und je mehr Hilfe du bis dahin bekommen kannst, desto besser.«

»Geh du zurück in deine Welt und heile die Kranken, Declan. Kümmere dich nicht weiter um mich und meine Sucht. Dort wirst du dringender gebraucht.«

»Welcher Fall könnte dringender sein als der eines Mannes, dessen Tochter am selben Tag zur Welt kam wie mein Sohn? Was würde Stella dazu sagen?«

»Gott sei Dank weiß sie nicht, wie sich alles entwickelt hat«, erwiderte Noel heftig.

»Bisher hat sich alles bestens entwickelt, und so wird es auch wieder werden. Außerdem *weiß* Stella Bescheid, wenn man den Aussagen deiner und meiner Eltern trauen kann, und sie hat vollstes Verständnis.«

»Du glaubst doch wohl nicht an dieses abergläubische Geschwätz, Declan?«

»Nein, eigentlich nicht, aber weißt du ja ...« Declan beendete den Satz nicht.

»Nein, ich weiß nichts, gar nichts weiß ich. Aber wenn ich es Aidan und Signora sagen soll, dann mache ich das. Ist das okay?«

»Danke, Noel.«

Natürlich hatte Declan Fiona bereits alles über Noel erzählt, und sie reagierte mit ihrem üblichen pragmatischen Optimismus.
»Er scheint selbst schockiert zu sein über das, was er getan hat«, sagte sie.
»Ja, aber ich wüsste trotzdem gern, *warum* er es getan hat.« Declan klang besorgt.
»Du hast doch selbst gesagt, dass er in schlechter Verfassung war.«
»Aber in den letzten paar Monaten war er bestimmt mehr als ein Mal in schlechter Verfassung und ist trotzdem nie auf Sauftour gegangen. Er liebt dieses Kind. Du solltest ihn mal mit der Kleinen erleben. Er ist so gut wie jede Mutter.«
»Ich weiß, ich *habe* ihn gesehen ... Alle wissen es. Dieses Kind hat ein Dutzend Familien hier im Viertel, und im Moment leisten alle Überstunden.«
»Noel will nicht, dass die Leute etwas davon erfahren, doch er muss es ihnen sagen. Behalte es trotzdem einstweilen für dich, bis er von sich aus etwas sagt.«
»Ich werde schweigen wie ein Grab«, versprach Fiona.

Declan Carroll eilte mit zwei Stunden Verspätung in seine vormittägliche Sprechstunde. Dr. Hat war für ihn eingesprungen.
»Muttie Scarlet hat schon ein paar Mal angerufen. Er hat gemeint, Sie hätten heute einige Ergebnisse für ihn.«
»Die habe ich auch«, erwiderte Declan düster.
Dr. Hat nickte mitfühlend. »Das habe ich befürchtet.«
»Ist das Leben nicht manchmal beschissen, Hat?«, meinte Declan.
»Das ist es in der Tat, aber normalerweise ist das mein Text, und Sie widersprechen mir.«
»Heute widerspreche ich Ihnen nicht. Ich werde jetzt sofort zu Muttie hinübergehen. Könnten Sie vielleicht noch ein wenig länger bleiben?«
»Ich bleibe so lange, wie Sie mich brauchen, auch wenn Ihre

Patienten mich nicht haben wollen und fragen, wann der *richtige* Doktor zurückkommt«, erwiderte Dr. Hat lachend.
»Das kann ich mir gut vorstellen! Mich fragen sie auch jedes Mal, ob ich schon auf der Welt war, als sie ihr erstes Zipperlein bekamen, und jedes Mal wieder muss ich passen.«

Muttie öffnete ihm die Tür.
»Ah, Declan, gibt es immer noch nichts Neues?«, fragte er mit gedämpfter Stimme. Er wollte nicht, dass seine Frau Lizzie das Gespräch mit anhörte.
»Du kennst doch diese Typen im Krankenhaus«, erwiderte Declan. »Bloß nichts überstürzen, lautet ihre Devise …«
»Und?«, fragte Muttie.
»Was hältst du davon, wenn wir auf ein Bier ins Pub gehen?«, schlug Declan vor.
»Gern, dann nehme ich Hooves mit«, meinte Muttie.
»Nein, gehen wir lieber zu Casey's statt in dein und Dads Pub – dort sitzen mir zu viele deiner ›Kollegen‹ herum … da kommen wir nicht zum Reden.«
Ein Blick in Mutties Gesicht genügte. Er wusste, dass Declan keine guten Neuigkeiten für ihn hatte.

Old Man Casey bediente sie höchstpersönlich, aber nachdem er auf seine Kommentare über das Wetter, die Nachbarschaft und die Rezession keine Antwort bekommen hatte, ließ er sie in Ruhe.
»Nun rück schon raus mit der Sprache, Declan«, bat Muttie.
»Es ist noch ganz am Anfang, Muttie.«
»Aber anscheinend schlimm genug, dass du mitten am Tag mit mir auf ein Bier gehen willst, Junge. Sagst du es mir jetzt, oder muss ich es aus dir herausprügeln?«
»Beim Röntgen hat man einen Schatten entdeckt, der sich bei der Computertomografie als kleiner Tumor herausgestellt hat.«
»Tumor?«
»Du weißt schon … eine Geschwulst. Ich habe für nächsten

Monat einen Termin bei einem Spezialisten für dich ausgemacht.«
»Für nächsten *Monat?*«
»Je eher wir die Sache in Angriff nehmen, desto besser, Muttie.«
»Wie, in Gottes Namen, hast du es geschafft, so schnell einen Termin zu bekommen? Ich dachte, die Warteliste ist so lang wie mein Arm?«
»Ich habe dich privat angemeldet«, sagte Declan.
»Aber ich bin ein einfacher Arbeiter, Declan. Ich kann mir diese Arzthonorare nicht leisten …«
»Du hast doch erst vor ein paar Jahren ein kleines Vermögen beim Pferderennen gewonnen. Und auf der Bank hast du auch Geld liegen. Das hast du mir selbst gesagt.«
»Aber das ist für Notfälle, für schlechte Zeiten …«
»Dies ist ein Notfall, Muttie.«
Declan putzte sich lautstark die Nase. Das war mehr, als er im Moment ertragen konnte. Auch jetzt hörte er sich wieder lügen, wie schon den ganzen Tag.
»Der Termin lässt sich jetzt leider nicht mehr absagen, Muttie. Du musst so oder so dafür zahlen.«
»Das ist doch eine Schande!« Muttie war empört. »Sind diese Leute nicht schrecklich geldgierig?«
»So ist das System,«, erwiderte Declan müde.
»So etwas dürfte nicht erlaubt sein.« Muttie schüttelte missbilligend den Kopf.
»Aber du wirst hingehen, ja? Versprich es mir.«
»Ich werde hingehen, weil ich aus der Nummer jetzt nicht mehr herauskomme. Aber ich muss schon sagen, das war sehr selbstherrlich von dir, Declan. Und falls dieser Kerl irgendeine verrückte und teure Behandlung vorschlägt – der bekommt keinen weiteren Cent von mir!«, schwor Muttie.
»Nein, es geht nur darum, zu erfahren, welche Behandlung er vorschlägt. Ein einziger Besuch bei ihm …«
»Na gut, in Ordnung«, knurrte Muttie.

»Du fragst mich ja gar nichts«, sagte Declan. »Es gibt nämlich mehrere Möglichkeiten der Behandlung: Chemotherapie, Bestrahlung, Operation …«
Mutti bedachte ihn mit dem Blick eines Mannes, dem nichts mehr fremd war.
»Das erfahre ich alles im nächsten Monat von dem Kerl, dem ich den Rolls-Royce finanziere, oder? Es bringt doch nichts, wenn ich vorher darüber nachdenke. Okay?«
»Okay«, stimmte Declan ihm zu und fragte sich, ob dieser Tag wohl jemals ein Ende fände.

Als Moira an dem Tag im Chestnut Court vorbeischaute, hatte sich die erste Aufregung bereits gelegt.
Noel hatte sich schließlich doch noch überreden lassen, an dem Tag nichts mehr zu trinken, woraufhin Malachy ihn zu einem AA-Meeting mitgenommen hatte. Niemand dort hatte ihm einen Vorwurf gemacht. Im Gegenteil, alle gratulierten ihm, dass er erneut den Weg zu ihnen gefunden hatte.
Das Treffen lief noch, als Noel plötzlich einfiel, dass er bei Hall's nicht Bescheid gegeben hatte, dass er heute fehlen würde.
»Das hat Declan längst erledigt«, erklärte Malachy.
»Was hat er gesagt?«
»Dass er dein Arzt ist und dass du nicht kommen kannst. Und dass er aus deiner Wohnung anruft.«
»Wie Mr. Hall das wohl aufgenommen hat?« Noel war nicht wohl in seiner Haut.
»Oh, Declan wird ihn schon beruhigt haben. Dem Mann nimmst du alles ab, was er sagt. Außerdem hat es ja gestimmt. Du konntest nicht kommen, und er *war* in deiner Wohnung.«
»Declan hat einen sehr verärgerten Eindruck auf mich gemacht«, meinte Noel. »Hoffentlich ist er jetzt nicht gegen mich.«
»Nein, ich denke, er war wegen einer anderen Sache verärgert.«
Malachy wusste, wann es Zeit war, die Zügel anzuziehen, und wann, sie locker zu lassen.

Moira war über Malachys Anwesenheit im Haus nicht sehr erfreut.
»Sind Sie auch ein Babysitter?«, fragte sie.
»Nein, Ms. Tierney, ich bin von den Anonymen Alkoholikern. Daher kenne ich auch Noel.«
»So, tatsächlich ...« Sie runzelte die Stirn. »Gibt es einen speziellen Grund für Ihren Besuch?«
»Wir waren zusammen bei einem Treffen, und Noel hat mich auf einen Tee eingeladen. Das ist doch hoffentlich nicht verboten?«
»Selbstverständlich nicht. Sie brauchen mich gar nicht als Ungeheuer hinzustellen. Ich bin lediglich zu Frankies Wohl hier. Es ist nur so, dass wir gestern eine größere Meinungsverschiedenheit hatten, und als ich Sie hier sah, nun, da dachte ich, dass Sie vielleicht ... dass Noel eventuell ... dass etwas nicht in Ordnung ist.«
»Und jetzt sind Sie beruhigt?«, fragte Malachy charmant.
»Frankie kommt bald nach Hause. Wir würden gern alles dafür vorbereiten ... Es sei denn, es liegt noch etwas anderes an?«, meldete sich Noel höflich zu Wort.
Moira verabschiedete sich und ging.
Malachy wandte sich an Noel. »Was für ein Drachen«, sagte er stöhnend, und zum ersten Mal an diesem Tag konnte Noel zumindest wieder lächeln.

Alle schmiedeten eifrig Pläne für das erste Weihnachtsfest von Frankie und Johnny. Ausführlich wurde diskutiert, wie und womit der Raum geschmückt werden sollte. Die Feier sollte nämlich im Chestnut Court stattfinden, wo es einen großen Gemeinschaftsraum für alle Mieter gab, der für solche Gelegenheiten angemietet werden konnte. Lisa und Noel hatten ihn schon vor Wochen reserviert. Doch nun stand die Frage im Raum, ob Noel bereits stabil genug war, dass die Party wie geplant stattfinden konnte.
»Wir müssen das jetzt durchziehen«, ermutigte Lisa ihn. »Sonst wird Frankie sich fragen, warum ausgerechnet von ihrem ers-

ten Weihnachtsfest keine Fotos in ihrem Album zu finden sind.«

»Wahrscheinlich wird sie sich nie gemeinsam mit uns irgendwelche Fotoalben ansehen«, erwiderte Noel grimmig.

»Wie meinst du das?«

»Sie werden sie mir wegnehmen, und das geschieht mir recht. Wer würde mir schon ein Kind überlassen?«

»Na, herzlichen Dank von uns allen, die wir alles tun, um Frankie ein schönes Zuhause zu bereiten«, sagte Lisa spitz. »So leicht geben wir nicht auf. Leg sie in den Kinderwagen, Noel, und dann schauen wir uns diesen Raum an.«

In dem Moment klingelte es an der Tür.

»Noel, ich bin's, Declan. Können wir Johnny für eine Stunde hierlassen? Das wäre uns eine große Hilfe.«

Das war das erste Mal seit Noels Rückfall, dass sie Johnny vorbeibrachten.

Noel wusste, dass dies ein Friedensangebot war, aber auch, dass Declan ihm damit sein Vertrauen aussprach. Er fühlte sich sofort ein paar Zentimeter größer.

»Klar doch, Declan. Dann nehmen wir ihn gleich mit. Wir wollen uns den Raum anschauen, in dem er sein erstes Weihnachten erleben wird«, sagte er.

Auch Declan schien sich darüber zu freuen, dass die Party tatsächlich stattfand.

Ein Fest für die Kinder drei Tage vor Heiligabend bot ihren Familien eine willkommene Gelegenheit, gemeinsam zu feiern. Die meisten von ihnen gingen an Weihnachten nicht aus dem Haus und verbrachten den Tag damit, Unmengen an Truthahn zu essen und vor dem Fernsehapparat zu faulenzen. Aber nun hatten sie eine Ausrede, sich bei einem geselligen Beisammensein alberne Papierhüte aufzusetzen – und das alles nur wegen der Kinder, zweier kleiner Babys, die ohnehin die meiste Zeit über schliefen.

Lisa hatte die Aufgabe übernommen, den Raum zu dekorieren,

den sie ganz in Scharlachrot und Silber hielt. Emily half ihr dabei, die langen roten Vorhänge zu drapieren, die sie aus dem Gemeindesaal geliehen hatte. Dingo Duggan hatte eine Wagenladung Stechpalmen angeschleppt, die er irgendwo auf dem Land besorgt hatte, wie er sich ausdrückte, und Aidan und Signora hatten einen Baum geschmückt, der die Feiertage über stehen bleiben sollte. Sie wollten ihren Enkel Joseph Edward zu der Party mitbringen, und auch Mutties Enkelsohn Thomas Muttance Feather hatte versprochen vorbeizuschauen, allerdings nur, wenn er sich weder mit den Babys abgeben noch am Kindertisch sitzen müsste.
Josie und Charles fragten zaghaft nach, ob ein Bild von St. Jarlath wohl zu der Dekoration passen würde, und Lisa fand auch dafür eine Stelle, wo es nicht absolut deplaziert wirkte.
Da Simon und Maud bereits einen anderen Auftrag hatten, konnten sie das Catering nicht übernehmen. Daraufhin hatte Emily sich des Problems angenommen und ein Festmenü zusammengestellt, bei dem die Frauen ein Hühnchengericht oder Gemüse und die Männer Wein, Bier oder Säfte und eine Nachspeise mitbringen sollten. Natürlich waren fast alle in den Supermarkt gelaufen und hatten Unmengen an Schokolade und Pralinen gekauft, die man kunstvoll auf einem extra Tisch arrangierte, der nach dem Hauptgang hereingerollt werden sollte.
Noel zeigte Frankie die Weihnachtsdekoration und lächelte sie liebevoll an, während sie vor Vergnügen quietschte und an ihren Fingern saugte. In ihrem roten Strampelanzug und mit der roten Koboldmütze, die ihr Köpfchen wärmte, wurde sie von einem grinsenden Erwachsenen zum anderen herumgereicht und mindestens hundert Mal zusammen mit Johnny fotografiert. Sogar Thomas ließ sich überreden und posierte mit den drei Kleinen und einem Teller Weihnachtsgebäck.
Father Flynn hatte ein tschechisches Trio mitgebracht, das für die musikalische Unterhaltung sorgte. Da die drei sich in Dublin einsam gefühlt hatten und unter Heimweh litten, hatte der Pfarrer mehrere solcher Auftritte für sie arrangiert. So beka-

men sie nicht nur etwas Leckeres zu essen und das Busgeld, sondern wurden zu ihrer großen Freude auch noch von einem begeisterten Publikum bejubelt.
Das Trio sang Weihnachtslieder auf Tschechisch und Englisch. Als sie die ersten Zeilen von »Away in a manger« anstimmten, verstummten alle ehrfürchtig und schauten auf die schlafenden Babys. Dann stimmten alle in die nächsten Zeilen mit ein.

The stars in the bright sky
Looked down where he lay
The little Lord Jesus
Asleep in the hay.

Jeder im Raum, war er nun gläubig oder nicht, spürte, wie ihn ein weihnachtliches Gefühl überkam.

»Nett von dir, dass du Muttie begleitest«, sagte Lizzie, als Declan an einem kalten Januarmorgen an der Tür der Scarlets klingelte. »Er geht doch so ungern zur Bank. Das macht ihn immer nervös. Er hat sich herausgeputzt wie für einen Ball und läuft schon den ganzen Vormittag wie ein Tiger im Käfig herum.«
»Ach, ist schon gut, Lizzie. Ich muss ohnehin bei der Bank vorbei und freue mich über die Gesellschaft.«
Offenbar hatte Muttie Lizzie nichts von seinem Termin bei dem Facharzt erzählt. Als Declan Muttie betrachtete, der sich mit seinem besten Anzug und Krawatte ausstaffiert hatte, fiel ihm auf, wie dünn der alte Mann geworden war. Erstaunlich, dass Lizzie das noch nicht bemerkt hatte.
Schweigend fuhren sie dahin. Muttie trommelte nervös mit den Fingern, während Declan sich noch einmal durch den Kopf gehen ließ, was er sagen würde, wenn Mr. Harris Muttie die Diagnose mitteilte, die Declan aus Röntgenaufnahmen, CT-Bildern und Laborberichten bereits bestens kannte.
Zuerst machten sie an der Bank halt, wo Declan einen Scheck einlöste als Beweis dafür, dass er tatsächlich etwas zu erledigen

hatte. Derweil hob Muttie von seinem Sparkonto fünfhundert Euro ab.
»Kann mir zwar nicht vorstellen, dass dieser Raffzahn Harris so viel berechnen wird …«, murmelte er, während er die Scheine in seine Brieftasche schob.
Muttie Scarlet trug nur ungern derart große Summen mit sich herum, aber noch mehr widerstrebte es ihm, sie diesem geldgierigen Menschen auszuhändigen.
Wie es sich herausstellte, war dieser Mr. Harris jedoch ein äußerst freundlicher Mann, der sich darüber freute, dass Declan bei der Besprechung dabei war.
»Wenn ich in unverständliches Medizinchinesisch verfallen sollte, kann Dr. Carroll es ja in normales Englisch übersetzen«, meinte er lächelnd.
»Declan ist der Erste aus unserer Straße, der an der Universität studiert hat«, erklärte Muttie stolz.
»Tatsächlich? In meiner Familie war ich auch der Erste mit Universitätsabschluss. Sicher haben Ihre Eltern ein großes Foto von Ihrer Promotionsfeier auf dem Kaminsims stehen.« Mr. Harris' Interesse schien echt zu sein.
Declan grinste. »Ja, anstelle der Herz-Jesu-Lampe.«
»Nun, Mr. Scarlet, jetzt sollten wir aber nicht länger in Erinnerungen schwelgen.« Damit kam Mr. Harris auf den Grund ihres Besuchs zu sprechen. »Ihre Aufnahmen aus dem St.-Brigid-Krankenhaus liefern ein eindeutiges Bild von Ihrer Lunge. Es bestehen leider keine Zweifel. Sie haben einen großen und schnell wachsenden Tumor in Ihrem linken Lungenflügel und Metastasen in der Leber.«
Declan bemerkte auf dem Schreibtisch eine Karaffe mit Wasser und ein Glas, das Mr. Harris nun füllte und Muttie reichte, der ungewöhnlich still war.
»Und jetzt müssen wir uns überlegen, wie wir am besten dagegen vorgehen, Mr. Scarlet.«
Muttie war noch immer sprachlos.
»Ist eine Operation möglich?«, fragte Declan.

»Nein, in diesem Stadium nicht mehr. Im Moment haben wir die Wahl zwischen einer Bestrahlung und einer Chemotherapie, und zusätzlich sollte eine Palliativpflege entweder zu Hause oder in einem Hospiz arrangiert werden.«
»Was ist ›Palliativpflege‹?«, meldete Muttie sich zum ersten Mal zu Wort.
»Es gibt speziell ausgebildete Schwestern und Pfleger. Das sind sehr einfühlsame Menschen, die sich bestens mit diesen Krankheiten auskennen.«
»Weil sie selbst diese Krankheit haben?«, fragte Muttie.
»Nein, aber sie sind sehr gut ausgebildet, und durch die Pflege anderer Kranker verstehen sie eine Menge davon. Sie wissen, was die Patienten wollen und wie sie deren Lebensqualität verbessern können.«
Muttie dachte eine Weile nach.
»Die einzige Lebensqualität, die ich mir wünsche, ist die, noch *ganz* lange mit Lizzie zusammenzuleben, alle meine Kinder wiederzusehen und zu erleben, dass die Zwillinge entweder Erfolg mit ihrem Catering-Service haben oder gute Jobs finden. Und ich möchte miterleben, wie mein Enkel Thomas Muttance Feather zu einem stattlichen jungen Mann heranwächst. Außerdem will ich noch viele, viele Jahre lang mit meinem Hund Hooves in das Pub spazieren, mich dort mit meinen Kollegen treffen und drei Mal jährlich zum Pferderennen gehen. Das wäre mir die liebste Lebensqualität.«
Declan sah, wie Mr. Harris für einen Moment die Brille abnahm und sie sorgfältig putzte. Als er sich wieder zu sprechen in der Lage fühlte, sagte er: »Vieles davon werden Sie auch noch eine Zeitlang tun können. Also konzentrieren wir uns ganz darauf.«
»Aber nicht mehr viele, viele Jahre lang?«
»Nein, nicht mehr viele, viele Jahre lang, Mr. Scarlet. Deshalb ist es wichtig, die noch verbleibende Zeit intensiv zu nutzen.«
»Wie lange?«
»Das ist schwer zu sagen ...«
»*Wie lange?*«

»Ein paar Monate. Ein halbes Jahr? Vielleicht länger, wenn wir Glück haben …«
»Tja, vielen Dank, Mr. Harris. Das war ja mehr als deutlich. Ob das gleich ein paar hundert Euro wert ist, weiß ich nicht, aber Sie waren ehrlich zu mir und freundlich auch. Wie viel schulde ich Ihnen?«
Muttie holte seine Brieftasche heraus und legte sie vor sich auf den Schreibtisch.
Mr. Harris würdigte sie nicht eines Blickes.
»Nichts, Mr. Scarlet. Sie sind hier in Begleitung von Dr. Carroll. Unter uns Ärzten ist es Tradition, dass wir von einem Kollegen für eine Konsultation nichts verlangen.«
Muttie war verwirrt. »Aber Declan fehlt doch nichts.«
»Sie sind sein Freund. Er hat sie mitgebracht. Er hätte auch zu einem anderen Spezialisten gehen können. Bitte akzeptieren Sie mein Angebot. Ich werde Dr. Carroll meinen Bericht und meine Empfehlungen zusenden, und bei ihm werden Sie in den besten Händen sein.«
Mr. Harris begleitete sie zum Aufzug. Als die Empfangsdame die Rechnung überreichen wollte, sah Declan, dass sein Kollege kaum merklich den Kopf schüttelte. Eine wirklich noble Geste. Nun stand ihm jedoch bevor, Muttie nach Hause zu begleiten und ihm zu helfen, Lizzie die schlechte Nachricht schonend beizubringen. Und für das Problem mit Noel würde er auch noch eine Lösung finden.
Zum Glück hatte er Dr. Hat, der sich in seiner Abwesenheit um die Praxis kümmerte.

In dem Moment, als Declan durch die Tür trat, wusste Fiona, dass etwas nicht stimmte.
»Declan, du bist ja weiß wie die Wand! Was ist passiert? Ist was mit Noel?«
»Ich liebe euch, Fiona, dich und Johnny«, sagte er niedergeschlagen.
»Ach, Gott, Declan, was ist los?«

»Es ist wegen Muttie.«
»Ist ihm etwas zugestoßen? Nun sag schon, Declan …«
»Ihm bleiben nur noch wenige Monate«, antwortete Declan.
»Nein!« Fiona war so schockiert, dass sie sich hinsetzen musste.
»Ja. Ich war heute Morgen mit ihm bei einem Spezialisten.«
»Ich dachte, du wolltest mit ihm zur Bank.«
»War ich auch, damit er das Arzthonorar abheben konnte.«
»Muttie war in einer Privatsprechstunde? Gott, dann muss er sich aber große Sorgen gemacht haben …«
»Ich habe ihn sozusagen dazu genötigt, aber der Kollege wollte nichts berechnen.«
»Warum hast du das getan?«
»Weil Muttie nun mal Muttie ist«, erwiderte Declan.
»Er muss es Lizzie sagen«, meinte Fiona.
Declan machte ein unglückliches Gesicht. »Das hat er schon. Ich war dabei.«
»Und?«
»Es war so schlimm, wie du es dir nur vorstellen kannst. Noch schlimmer. Lizzie wiederholte dauernd, dass sie doch noch so viele Dinge mit Muttie hätte unternehmen wollen. Sie hatte vorgehabt, mit ihm zum Grand National nach Liverpool zu fahren. Aber, Fiona, bis zum Rennplatz von Aintree wird Muttie es niemals schaffen.«
Und dann fing er zu schluchzen an wie ein Kind.

Maud und Simon, die bei Muttie und Lizzie aufgewachsen waren und kaum noch Erinnerungen an ihr vorheriges Leben hatten, waren außer sich vor Kummer.
»Aber er ist doch noch gar nicht alt«, meinte Maud.
»Mit sechzig ist man doch heutzutage noch im besten Alter«, stimmte Simon ihr zu.
»Erinnerst du dich – die Torte, die wir ihm zu seinem Geburtstag gemacht haben?«
»Sechzig glorreiche Jahre.«

»Wir werden die Sache mit Amerika erst mal verschieben müssen«, sagte Maud.
Simon schüttelte den Kopf. »Das geht nicht. Die werden die Stelle nicht ewig für uns freihalten.«
»Es gibt noch andere Jobs. Auch später.«
Aber Simon war nicht bereit, so leicht aufzugeben. »Das ist unsere Chance, Maud. Muttie würde wollen, dass wir sie ergreifen. Wir werden viel Geld verdienen, und davon könnten wir auch Muttie etwas schicken.«
»Wann war Muttie je an Geld interessiert?«
»Ich weiß ... du hast recht. Das war nur so eine Idee«, gab Simon zu.
»Dann sollten wir lieber versuchen, Aushilfsjobs in guten Dubliner Restaurants zu bekommen.«
»Uns nimmt doch keiner. Wir haben einfach nicht genügend Erfahrung.«
»Ach, ich bitte dich, Simon, sei nicht so defätistisch. Wir können exzellente Empfehlungen und Referenzen von den Leuten vorweisen, für die wir das Catering gemacht haben. Ich wette, dass uns bestimmt jemand einstellen wird.«
»Wo sollen wir denn anfangen?«
»Zuerst sollten wir ein paar Euro investieren und in schicken Restaurants wie dem Quentins, dem Colm's oder Chez Anton zum Essen gehen. Du weißt schon – nur allererste Adressen. Wir sollten uns dort zu Recherchezwecken umsehen und uns dann gezielt bewerben.«
»Das kommt mir aber angesichts von Mutties Zustand ziemlich herzlos vor.«
»Aber immer noch besser, als einfach auf die andere Seite der Erdkugel zu verschwinden«, sagte Maud, nun endgültig fest entschlossen.
Den Anfang wollten sie mit dem Colm's in der Tara Road machen. Dort wählten sie die billigsten Gerichte auf der Speisekarte und machten sich eifrig Notizen: Wie bedienten die Kellner, wie ließen sie den Gast den Wein probieren, wie servierten sie

den Käse, und wie schnitten sie die Stücke nach den Wünschen der Gäste ab.

»Wir sollten alle Käsesorten kennen, bevor wir es hier versuchen«, flüsterte Maud.

»Der da drüben ist der Chef.« Simon deutete auf Colm, den Besitzer.

Colm kam an ihren Tisch.

»Freut mich, auch mal jüngere Gäste begrüßen zu dürfen«, sagte er.

»Wir sind im Cateringbusiness tätig«, platzte Maud heraus.

»Tatsächlich?«

Simon verzog verärgert das Gesicht. Es war nicht geplant gewesen, so schnell mit der Sprache herauszurücken. Jetzt hatten sie sich als Spione und nicht als normale Gäste zu erkennen gegeben.

»Unsere Referenzen sind ausgezeichnet, und ich würde Ihnen gern unsere Visitenkarte hierlassen für den Fall, dass Sie einmal einen personellen Engpass haben sollten.«

»Danke. Die behalte ich natürlich. Seid ihr nicht mit Cathy Mitchell von Scarlet Feather verwandt?«

»Ja, sie hat uns alles beigebracht«, antwortete Maud stolz.

»Sie war mit einem Cousin von uns verheiratet, Neil Mitchell.« Simon sah keinerlei Notwendigkeit, die Situation näher zu erklären.

»Na, wenn Cathy euch ausgebildet hat, dann müsst ihr ja spitze sein! Aber ich Moment habe ich leider nichts für euch. Annie, die Tochter meiner Partnerin – sie steht da drüben –, hat gerade bei mir angefangen. Deswegen sind wir im Augenblick gut besetzt. Aber ich werde mir eure Namen notieren.«

Dann zog er sich wieder in die Küche zurück.

»Der war aber nett«, flüsterte Maud.

»Ja, ich hoffe bloß, er erkundigt sich nicht sofort bei Cathy über uns. Sie ist sehr besorgt wegen Muttie, und das würde doch ein bisschen herzlos wirken.«

Die Ärzte entschieden sich für Chemotherapie. Mittlerweile wussten alle im St. Jarlath's Crescent über Mutties Zustand Bescheid und versorgten ihn mit guten Ratschlägen. Josie und Charles Lynch versicherten ihm, dass St. Jarlath bei seinem großen Interesse an der Kampagne zur Errichtung der Statue gewiss ein gutes Wort für ihn einlegen würde. Dr. Hat bot ihm an, ihn in sein Pub zu fahren, wann immer er wolle; nur mit hineingehen würde er nicht, sondern ihn später wieder abholen. Und Emily Lynch versuchte Muttie abzulenken, indem sie ihm vorschlug, neue Büsche in seinem Garten zu pflanzen, damit dort auch im Winter für Farbe gesorgt war.

»Aber werde ich denn noch etwas davon haben, Emily?«, fragte er sie eines Tages.

»Ich bitte dich, Muttie. Alle großen Gärtner der Geschichte haben für die Zukunft geplant.«

»Du hast recht«, erwiderte Muttie und verkniff sich jegliches Selbstmitleid.

Declans Eltern richteten es so ein, dass am Ende eines Tages stets eine halbe Lammhaxe oder vier Filetsteaks in der Metzgerei übrig waren, und Cathy Scarlet schaute täglich bei den Eltern vorbei und brachte irgendwelche Köstlichkeiten mit.

»Wir haben zu viele von diesen kleinen Lachstörtchen gemacht, Dad. Es wäre mir sehr geholfen, Mam, wenn du sie mir abnehmen könntest.«

Oft kam sie auch in Begleitung ihres Sohnes Thomas, ein lebhafter Junge, der Muttie mit seiner munteren Art auf andere Gedanken brachte.

Mit einem Wort, es lief alles besser, als Declan gedacht hatte. Eigentlich hatte er erwartet, dass der normalerweise so optimistische Muttie in tiefste Depressionen verfallen würde, aber weit gefehlt. Laut Declans Vater war Muttie noch immer das Herz und die Seele des Pubs und genoss sein Bier wie zuvor, da es ihm schließlich nicht mehr groß schaden konnte.

Declan schrieb Mr. Harris einen Brief:

Mir fehlen die Worte, um mich bei Ihnen für die Freundlichkeit und Güte zu bedanken, die Sie Muttie Scarlet und mir entgegengebracht haben. Ich weiß Ihre noble Geste wegen des Honorars sehr zu schätzen. Vielleicht interessiert es Sie, zu erfahren, dass Muttie gute Fortschritte macht, sich nicht unterkriegen lässt und sein Leben jeden Tag in vollen Zügen genießt.
Sie und Ihre positive Einstellung haben sehr dazu beigetragen, und dafür danke ich Ihnen von Herzen
Declan Carroll

Mr. Harris' Antwort ließ nicht lange auf sich warten.

Es hat mich sehr gefreut, von Ihnen zu hören, Dr. Carroll. Freunde von mir suchen für ihre Praxis der Allgemeinmedizin einen Partner und haben mich gefragt, ob ich ihnen jemanden empfehlen könnte. Dabei habe ich sofort an Sie gedacht. Die Praxis liegt in einem sehr attraktiven Teil von Dublin, und es gehört auch ein Haus dazu, das Sie erwerben könnten, falls gewünscht. Ich habe Ihnen die Einzelheiten beigefügt.
Diese Ärzte sind sehr engagierte, integre Menschen, und ihre Klientel ist wohlhabend, was jedoch nicht heißt, dass es sich dabei nur um reiche Hypochonder handelt. Sie sind ebenso besorgt und verunsichert wie jeder andere Kranke auch.
Lassen Sie es mich wissen, falls Sie Interesse haben, und schicken Sie mir Ihr Curriculum Vitae, das ich sofort weiterreichen werde. Eine Antwort wird sicher nicht lange auf sich warten lassen.
Ich werde Ihren Freund Muttie Scarlet nie vergessen. Einen so herzensguten, authentischen Menschen wie ihn trifft man nur äußerst selten im Leben.
Ich würde mich freuen, bald von Ihnen zu hören.
James Harris

Declan musste den Brief drei Mal lesen, ehe er begriff. Man bot ihm eine Partnerschaft in einer der renommiertesten Arztpraxen von ganz Dublin an. Dazu ein Haus mit großem Garten, und es gab eine feudale Schule für Johnny. Um eine solche Stelle hätte er sich frühestens in zehn Jahren zu bewerben gewagt. Aber *jetzt!* Noch vor seinem dreißigsten Geburtstag! Das war im Moment fast zu viel.

Fiona war bei der Arbeit, als der Brief eintraf, so dass er ihr die Neuigkeit nicht sofort erzählen konnte. Emily hatte Johnny abgeholt und war mit ihm zu Noel gefahren, wo sie Frankie mitnehmen wollte. Den Vormittag würden die Kinder im Charity-Shop verbringen und den Nachmittag bei Declans Eltern. Das System funktionierte mit der Präzision eines Uhrwerks, und auch Noel schien sich wieder im Griff zu haben.

Declans Sprechstunde begann erst um zehn Uhr, so dass er noch Zeit hatte, bei Muttie vorbeizuschauen und mit ihm über die Schwester zu sprechen, die heute zum ersten Mal kommen sollte. Declan kannte die Palliativschwester, eine sehr erfahrene, sensible Frau namens Jessica, die mit einer großen Einfühlungsgabe ausgestattet war und es gelernt hatte, auch noch das Absurdeste vernünftig erscheinen zu lassen.

»Er hat seinen eigenen Kopf, Jessica«, hatte Declan sie gewarnt. »Womöglich erzählt er Ihnen, dass ihm absolut nichts fehlt.«

»Das kenne ich, Declan, entspannen Sie sich. Wir werden bestens miteinander auskommen.«

Und Declan wusste, dass er ihr glauben konnte.

Moira eilte gerade den St. Jarlath's Crescent entlang, als Declan das Haus verließ. Die Frau schien mit ihrem Klemmbrett geradezu verwachsen zu sein. Declan hatte sie noch nie ohne gesehen. Er winkte Moira zu und wollte weitergehen, aber sie hielt ihn auf. Sie schien etwas auf dem Herzen zu haben.

»Wohin gehen Sie?«, fragte er sie.

»Ich habe erfahren, dass hier in der Straße ein Haus zum Verkauf steht«, erklärte Moira. »Ich habe mir immer einen kleinen Garten gewünscht. Wissen Sie etwas darüber? Es ist die Nummer zweiundzwanzig.«

Declan überlegte rasch; das Haus gehörte einer alten Dame, die in ein Seniorenheim umziehen würde, und lag genau neben Declans Elternhaus. Noel wäre gewiss nicht erfreut über die neue Nachbarin.

»Wahrscheinlich ist das Haus sehr renovierungsbedürftig«, sagte er schließlich. »Die alte Dame hatte nie viel Kontakt.«

»Nun, dann ist es vielleicht günstiger zu haben«, meinte Moira munter.

Wenn sie lächelte, sah sie eigentlich recht hübsch aus.

»Geht es Noel wieder besser?«, fragte sie.

»Sie sehen ihn wahrscheinlich öfter als ich, Moira«, erwiderte Declan.

»Tja, das ist mein Job. Aber finden Sie nicht, dass er manchmal ein bisschen empfindlich ist?«

»Empfindlich? Nein, das ist mir noch nie aufgefallen.«

»Erst neulich hat er mir meine Notizen aus der Hand geschlagen und mich angeschrien.«

»Worum ging es denn?«

»Um einen gewissen Dingo Duggan, den er als zusätzlichen Babysitter angeheuert hat. Ich habe Noel nur gefragt, wer dieser Mann ist, und daraufhin hat er mich angebrüllt, dass dieser Dingo ein *armer, anständiger Kerl* sei, und mich wüst beschimpft. Eine absolute Unverschämtheit war das.«

Declan betrachtete Moira nachdenklich. Das also hatte Noel an jenem Abend aus der Bahn geworfen. Er zögerte.

»Stimmt etwas nicht, Declan?«, fragte Moira. »Ich habe das Gefühl, dass man mir etwas verschweigt.«

Declan schluckte.

Bald wäre er weit fort von Moira, Noel und dem St. Jarlath's Crescent. Er musste sich zusammenreißen. Er durfte jetzt auf keinen Fall die Beherrschung verlieren und eine Spur aus Chaos und Ressentiments hinterlassen.

»Ich bin sicher, dass Sie mit der Situation bestens fertig geworden sind, Moira«, antwortete er diplomatisch. »So wie wir Ärzte an die wechselnden Stimmungen unserer Patienten gewöhnt sind, dürfte auch Ihnen dieses Phänomen bestimmt nicht unbekannt sein.«

»Es ist immer gut, wenn man die ganze Geschichte kennt«, entgegnete Moira. »Aber im Augenblick habe ich das Gefühl, als würde man mir etwas vorenthalten.«

»Nun, Sie lassen es mich wissen, wenn Sie klarer sehen, ja?« Declan zauberte ein Lächeln auf sein Gesicht und ging weiter.

Er war auf dem Weg in den Wohltätigkeitsladen, wo seine Mutter Dienst hatte. Zärtlich küsste er seinen Sohn auf die Stirn, der neben seiner Freundin Frankie auf dem Bauch lag. Die beiden Säuglinge sahen aus, als wären sie einer Reklame für Babykleidung entsprungen, und schienen vollkommen vom Anblick ihrer Hände fasziniert zu sein.

»Wer ist Daddys kleiner Junge?«, flötete Declan.

Aber seine Stimme klang anders als sonst. Alarmiert blickte Molly Carroll auf.

»Hat dein Besuch einen besonderen Grund?«, fragte sie.

»Nein, ich wollte nur meinem Sohn und Erben ›Hallo‹ sagen und mich bei meiner Mutter und meiner Freundin Emily bedanken, dass sie uns beiden das Leben so erleichtern.«

Declan lächelte. Und dieses Mal war sein Lächeln echt.

»Das ist doch wohl das mindeste, was ich tun kann, oder?« Trotzdem freute Molly sich. »Habe ich nicht alles, wovon eine Mutter träumt? Mein Sohn und mein Enkel wohnen bei mir im Haus! Wenn ich an all die Leute denke, die ihre Enkel kaum zu Gesicht bekommen, dann fühle ich mich jeden Tag aufs Neue gesegnet.«

Nicht mehr sehr lange, dachte Declan grimmig. Seine nächste Station waren Muttie und Lizzie. Die beiden diskutierten gerade heftig, wie sie Jessica, die heute zum ersten Mal kommen sollte, am besten willkommen heißen könnten.

»Ich habe ein paar Scones gebacken, aber Muttie findet, dass ihr eine anständige Mahlzeit wahrscheinlich lieber wäre. Was meinst du, Declan?«

»Ich finde die Idee mit den Scones gut. Ihr könnt sie ja ein andermal zu einem richtigen Essen einladen«, erwiderte er.

»Ist sie verheiratet oder lebt sie allein?«, erkundigte sich Muttie.
»Sie ist Witwe. Ihr Mann ist vor drei Jahren gestorben.«
»Der Herr sei seiner armen Seele gnädig. Das ist bestimmt hart für sie«, sagte Lizzie, ohne daran zu denken, dass sie bald auch Witwe sein würde.
»Ja, aber Jessica hat ein großes Herz. Sie steckt all ihre Kraft in ihre Familie und ihre Arbeit.«
»Das ist sehr klug von ihr«, meinte Lizzie. »Und ich hoffe für sie, dass sie damals auch so einen guten Arzt hatte wie wir jetzt.« Dabei warf sie Declan einen herzlichen Blick zu.
»Das kannst du laut sagen«, erklärte Muttie.
»Hör auf, Muttie, sonst bilde ich mir womöglich noch etwas darauf ein!«, wehrte Declan ab.
»Mit Recht. Ich habe jedem von diesem Mr. Harris erzählt und auch davon, dass er nichts von mir nehmen wollte, weil du ein Kollege von ihm bist und ich wiederum dein ›Kollege‹ bin.«
Declan spürte, wie seine Augen feucht wurden. Wenn Muttie im Sterben lag, würden er und Fiona bereits in einem völlig anderen Stadtteil von Dublin leben. Muttie und Lizzie hätten ihren vertrauten Arzt verloren und seine Eltern ihren Sohn und ihr Enkelkind.
Auf dem Weg in die Praxis liefen ihm auch noch Josie und Charles Lynch über den Weg.
»Stimmt es, dass das Haus nebenan zum Verkauf steht?«, fragte er.
»Ja, das Schild wird morgen aufgestellt. Woher weißt du das schon?«
»Moira«, sagte er nur.
Josie stöhnte. »Himmel, diese Frau hört ja das Gras wachsen.«
»Sie war neulich bei uns und hat sich auf den Knien vergewissert, dass nirgendwo Hundehaare herumliegen. In was für einer Welt lebt diese Frau eigentlich? Ja, glaubt sie denn tatsächlich, dass Hunde nicht haaren?« Charles schüttelte den Kopf.
»Sie will das Haus kaufen«, erklärte Declan.

»*Nein!*« Josie war schockiert. »Himmel, dann wohnt sie ja praktisch neben uns!«
»Na, zum Glück haben wir ja Declan, der sie im Notfall in ihre Schranken weist.« Auch Josie konnte allem noch einen positiven Aspekt abgewinnen.
Aber nicht mehr lange, dachte Declan.

An diesem Vormittag schienen sich alle seine Patienten verschworen zu haben, Declan eine Anekdote zu erzählen oder ihn an einen Vorfall zu erinnern, bei dem er ihnen geholfen hatte. Hätte Declan auch nur ein Viertel der Lobenshymnen geglaubt, die an diesem Vormittag auf ihn einprasselten, wäre er wohl sehr eingebildet gewesen. Er wünschte sich, sie hätten sich nicht ausgerechnet diesen Tag dafür ausgesucht, an dem er drauf und dran war, sein Leben zu verändern und sie alle zu verlassen.
Declan reservierte für den Abend einen Tisch im Chez Anton. Er wollte Fiona die Neuigkeit in einer neutralen Umgebung und nicht zu Hause erzählen, wo sie Wand an Wand mit seinen Eltern lebten, die mehr oder weniger alles mitbekamen.
»Wie sind Sie auf unser Restaurant aufmerksam geworden, Sir?«, fragte der Oberkellner.
Declan wollte gerade erwidern, dass Lisa Kelly kein anderes Thema kannte, aber ein plötzlicher Impuls hielt ihn davon ab.
»Wir haben in der Zeitung über Sie gelesen«, sagte er vage.
»Ich hoffe, Sie werden mit uns zufrieden sein, Sir«, meinte Teddy.
»Ja, wir freuen uns schon auf den Abend«, entgegnete Declan.
Noch lag ein langer Tag vor ihm, bis Dingo ihn und Fiona um sieben Uhr abholen würde.
Erst vor ein paar Wochen hatte Dingo übermütig in einem griechischen Lokal getanzt und war dabei unglücklich in einen zerbrochenen Teller getreten. Declan hatte Dingo verarztet und die Scherben aus seinen Fußsohlen herausgezogen. Da er nie Geld von Dingo genommen hätte, einigte man sich stattdessen als

faire Gegenleistung auf viermalige Chauffeurdienste mit Dingos Kleinbus. So konnte Declan Fiona die großartige Neuigkeit bei einer Flasche Champagner erzählen.

Gerade als er die Praxis verlassen wollte, kam Noel vorbei.

»Schenk mir nur drei Minuten deiner Zeit, Declan, bitte.«

»Natürlich, komm rein.«

»Du bist immer so freundlich, Declan. Ist das echt, oder tust du nur so?«

»Manchmal tue ich nur so, aber manchmal, so wie jetzt, ist es echt.« Declan lächelte aufmunternd.

»Dann komme ich gleich auf den Punkt. Ich mache mir Sorgen um Lisa. Ich weiß nicht, was ich tun soll …«

»Was ist denn los?«, fragte Declan.

»Wenn es um diesen Anton geht, dann setzt ihr Verstand total aus. Dann weiß sie nicht mehr, was real ist und was nicht. Sicher, ich sollte wissen, was es heißt, etwas nicht wahrhaben zu wollen. Aber genau das tut sie.«

»Trinkt sie denn zu viel?«

Declan überlegte, ob Noel vielleicht plötzlich eine Abneigung gegen jede Form von Alkohol entwickelt haben könnte.

»Nein, nein, nichts dergleichen. Sie ist einfach besessen von diesem Mann. Sie plant eine gemeinsame Zukunft mit ihm, aber dabei lügt sie sich ständig in die eigene Tasche.«

»Das ist natürlich ein Problem.«

»Sie braucht Hilfe, Declan. Sie ist dabei, ihr Leben zu ruinieren. Du musst sie an jemanden überweisen.«

»Ich bin nicht ihr Arzt, und sie hat nicht darum gebeten, an jemanden überwiesen zu werden.«

»Also, du bist doch nicht einer, der sich immer an die Regeln hält, Declan. Überzeuge jemanden – einen Psychiater –, dass er sich Lisa mal anschauen soll.«

»Das *kann* ich nicht, Noel. So funktioniert das nicht. Ich kann mich nicht hinstellen und sagen: Lisa, hör mal, Noel glaubt, dass du dich in diese Sache verrannt hast. Also komm mit und begleite mich zu einem Seelenklempner.«

Noel seufzte. »So *sollte* es aber funktionieren, und außerdem würden dir schon die richtigen Argumente einfallen.«

»Bisher hat sie doch nichts Verrücktes getan, oder? Deine Gefühle in Ehren, aber ganz ehrlich – ich wüsste nicht, was eine Einmischung von außen bewirken sollte. Kannst *du* sie nicht zur Vernunft bringen? Du wohnst schließlich mit ihr zusammen – ihr seht euch täglich.«

»Sicher, wer wird mir schon glauben?«, fragte Noel. »*Du* schon, du hast mir immer geglaubt. Das muss ich dir wirklich zugutehalten. Du hast mir immer das Gefühl gegeben, normal, nicht verrückt zu sein.«

»Du bist ein völlig normaler Mensch, Noel.«

Declan kratzte sich am Kopf. Gab es eigentlich noch irgendjemanden, der ihm heute nicht gesagt hatte, wie wichtig er für ihn war?

Fiona war bester Laune, obwohl sie in der Mittagspause nichts gegessen hatte. Ihre Freundin Barbara hätte zwar liebend gern in einem netten Bistro mit ihr darüber sprechen wollen, wie kompliziert die Männer waren, aber Fiona hatte abgewunken und ihr erklärt, dass sie an diesem Abend ins Restaurant Chez Anton eingeladen sei. Dann habe es wohl wenig Sinn, hatte Barbara bedauernd gemeint, ausgerechnet mit ihr über die Komplexität der Männer zu diskutieren, da sie ein Juwel von Ehemann zu Hause hatte – einen von der Sorte, die leider sehr rar waren.

Abends trug Fiona ihr neues pinkfarbenes Kleid mit einem schwarzen Bolerojäckchen. Declan betrachtete sie stolz, als sie im Restaurant Platz nahmen. Sie sah so schön aus und stand, was Eleganz anging, keiner der anderen Frauen hier nach. Declan umfasste Fionas Gesicht mit beiden Händen und küsste sie lange.

»Declan, bitte! Was sollen die Leute denken?«, fragte sie.

»Sie werden denken, dass wir glücklich sind«, erwiderte er, und aus heiterem Himmel traf er die für ihn zweitwichtigste Entscheidung seines Lebens. Die erste Entscheidung war die gewesen, Fiona zu seiner Frau zu machen. Doch dieser Fall lag anders und verlangte von ihm, sich nicht für, sondern gegen etwas zu entscheiden.

Er würde ihr nichts von dem Brief von Mr. Harris erzählen. Jetzt nicht und später nicht. Plötzlich waren alle Zweifel wie weggewischt.

»Weißt du … ich habe mir überlegt, ob wir nicht das Haus Nummer zweiundzwanzig kaufen sollten. Dann hätten wir unser eigenes Zuhause.«

KAPITEL 8

Ich habe ein kleines Problem«, sagte Frank Ennis zu Clara Casey, als er sie von der Herzklinik abholte.

»Lass mich raten«, erwiderte sie lachend. »Wir haben letzten Monat im Waschraum eine Packung Lufterfrischer zu viel verwendet, ja?«

»Nein, nichts dergleichen«, erwiderte er ungeduldig, während er sich in den Verkehr einfädelte.

»Nein, sag es mir nicht. Ich komme schon noch darauf. Es ist die Messingplakette an der Tür. Wir haben ein neues Messingputzmittel gekauft, und ich habe vergessen, dich deswegen zu fragen? Ist es das, ja?«

»Aber wirklich, Clara, ich verstehe nicht, warum du in mir immer nur diesen geizigen Buchhaltertypen siehst und nie den Krankenhausmanager, der ich nun mal bin. Mein Problem hat aber nichts mir dir und deinen zusätzlichen verschwenderischen Ausgaben für deine Klinik zu tun.«

»Für *unsere* Klinik, Frank. Sie ist Teil des St.-Brigid-Krankenhauses.«

»Sie ist ein Ableger des Krankenhauses, war aber von Anfang an selbständig.«

»Was bist du doch kleinlich und kindisch«, sagte Clara und schüttelte missbilligend den Kopf.

»Clara, möchtest du unbedingt zu diesem Konzert heute Abend?«, fragte Frank plötzlich.

»Ist etwas passiert?«

Sie warf ihm einen fragenden Blick zu. Frank hatte noch nie eine Verabredung abgesagt.

»Nein, *passiert* direkt ist nichts, aber ich muss mit dir reden.«

»Versprichst du mir, dass es nicht mit Papierhandtüchern, Büroklammern und meiner generellen Verschwendungssucht zu tun hat, die dein Krankenhaus ausblutet?«, fragte Clara.
Frank brachte tatsächlich ein Lächeln zustande. »Nein, nichts dergleichen.«
»Nun gut. Natürlich lassen wir das Konzert sausen. Wollen wir irgendwohin zum Essen gehen?«
»Komm mit mir nach Hause.«
»Ich muss irgendetwas essen, Frank, und dein Kühlschrank ist immer leer.«
»Ich habe bei einer Catering-Firma ein Abendessen für zwei bestellt«, erklärte er verlegen.
»Warst du so sicher, dass ich mitkommen würde?«
Er suchte nach den richtigen Worten. »Na ja, meistens bist du recht vernünftig – um nicht zu sagen normal.«
»Eine Catering-Firma, soso …«
»Also, die beiden Betreiber sind noch ziemlich jung, Halb-Profis würde ich sagen. Sie haben noch nicht gelernt, überteuerte Preise zu verlangen.«
Clara staunte. »Auch noch Sklavenarbeit? Anfänger, die man ausbeuten kann, ja?«
»Oh, Clara, könntest du vielleicht mal einen Abend lang deinen Kampfgeist vergessen?«, bat Frank Ennis.

Maud und Simon legten letzte Hand an in Franks Wohnung. Sie hatten den Tisch mit ihren eigenen Servietten geschmückt und sogar eine Rose mitgebracht.
»Treiben wir da nicht ein bisschen viel Aufwand?«, fragte Simon besorgt.
»Nein, weil er ihr nämlich einen Antrag machen wird. Das weiß ich genau«, erwiderte Maud.
»Hat er das zu dir gesagt?«
»Selbstverständlich nicht, aber warum sollte er sonst für eine Frau ein intimes Abendessen in seiner Wohnung planen?«
Für Maud war die Sache klar.

Die Vorspeise – Räucherlachs mit Avocadomousse und als Dekoration eine kleine Rosette aus der Schale einer sizilianischen Zitrone – stand bereit. Das Senfhuhn war im Ofen. Auf der Anrichte wartete eine Apfeltarte mit Sahne darauf, verzehrt zu werden.
»Ich kann nur hoffen, dass sie ›ja‹ sagt«, meinte Simon. »Der Mann investiert schließlich einiges in unser Essen und das ganze Drum und Dran.«
»Die Frau muss ziemlich alt sein …«, überlegte Maud. »Mr. Ennis ist ja schon steinalt. Erstaunlich, dass er sich noch zu einem Heiratsantrag aufraffen kann. Von gewissen anderen Dingen will ich lieber nicht reden!«
»Nein, besser nicht«, wehrte Simon ab.
Nach einem letzten Blick verließen sie die Wohnung und warfen den Schlüssel wie verabredet in den Briefkasten.

Clara hatte Franks Wohnung immer als trist und seelenlos empfunden. Heute Abend sah es hier jedoch anders aus. Gedämpftes Licht verbreitete eine angenehme Atmosphäre, und der Esstisch war liebevoll gedeckt.
Und dann fiel ihr die rote Rose auf. Das sah nicht nach Frank aus. Vielleicht hatten sich die beiden jungen Leute das einfallen lassen. Plötzlich traf es sie wie ein Schock. Er würde ihr doch keinen Heiratsantrag machen?
Gewiss nicht. Sie und Frank hatten sich von Anfang an auf eine unverbindliche Beziehung ohne gegenseitige Verpflichtungen geeinigt. Sie waren beide frei, sich auch weiterhin mit anderen Leuten zu treffen. Wenn sie zusammen über das Wochenende wegfuhren – oder auch in den Urlaub wie damals in die schottischen Highlands –, dann übernachteten sie durchaus in einem Zimmer und genossen ein anregendes, wenn auch sporadisches Liebesleben, wie Clara es vielleicht formuliert hätte. Das heißt, falls sie jemandem davon erzählt hätte, was sie natürlich nicht tat. Nicht einmal ihrer guten Freundin Hilary aus der Herzklinik oder ihrer ältesten Freundin Dervla.

Und schon gar nicht ihrer Mutter, die sich gelegentliche Nachfragen nach Claras neuem Begleiter nicht verkneifen konnte. Auch ihre Töchter zog sie nicht ins Vertrauen; sie gingen vermutlich davon aus, dass ihre arme alte Mutter an Vergnügungen dieser Art längst nicht mehr interessiert war. Selbstverständlich wusste auch Claras Ex-Mann Alan nicht Bescheid, der noch immer im Hintergrund präsent war und darauf wartete, dass sie zu ihm zurückkam.

Nein, Frank hatte sie bestimmt nicht missverstanden.

Frank ging in sein Arbeitszimmer und kehrte mit einem mehrseitigen Brief zurück.

»Das sieht aber sehr hübsch aus«, bewunderte Clara den gedeckten Tisch.

»Ja, mir gefällt es auch. Und danke, dass du so schnell einverstanden warst, deine Pläne zu ändern ...«

»Ich bitte dich. Es muss ja wohl wichtig sein ...«

Clara überlegte, wie sie reagieren sollte, falls er tatsächlich den Verstand verloren hatte und ihr einen Antrag machte. Sie musste ihn natürlich ablehnen, aber wie, ohne Frank zu verletzen oder ihn dumm dastehen zu lassen? Das war das Problem.

Frank schenkte ihr ein Glas Wein ein und reichte ihr den Brief.

»Das hier ist mein Problem, Clara. Ich habe einen Brief von einem jungen Mann aus Australien erhalten, der behauptet, mein Sohn zu sein.«

Simon und Maud hatten Muttie gebeten, sich an diesem Abend als Test-Esser für ihr Coulibiac zur Verfügung zu stellen. Sie wussten natürlich, dass ihnen die Fischpastete perfekt gelingen würde, aber sie hatten nach einer Ausrede gesucht, wie sie Muttie am besten beschäftigen und die Mühe rechtfertigen konnten, die sie sich seinetwegen machten. Also führten sie ihm in allen Einzelheiten vor, wie sie den Blätterteig ausrollten und den gekochten Lachs, den Reis und die hartgekochten Eier vermengten.

Interessiert sah er ihnen zu.

»Als ich noch jung war, waren wir so froh, mal ein Stück Lachs zu bekommen, dass wir den Fisch niemals mit Reis und Eiern vermischt hätten!« Staunend schüttelte er den Kopf.
»Also, heutzutage muss alles kompliziert sein, Muttie«, erklärte Maud.
»Streitet ihr euch deswegen ständig darüber, ob ihr eure Pasta selbst machen sollt, statt die Nudeln wie alle anderen im Laden zu kaufen?«
»Deswegen bestimmt nicht«, warf Simon lachend ein. »Maud interessiert sich für Pasta, weil sie ein Interesse an Marco hat!«
»Ich kenne ihn doch kaum«, erwiderte Maud wenig überzeugend.
»Aber du würdest ihn gern näher kennenlernen«, feixte Simon.
»Wer ist denn dieser Marco?«, fragte Muttie.
»Sein Vater ist Ennio Romano. Du weißt schon – Ennios Trattoria. Wir haben dir davon erzählt«, antwortete Simon.
»Wir hoffen, dort Arbeit zu bekommen«, meinte Maud.
»Ich kenne da jemanden, der *betet* geradezu darum, dass sie uns dort nehmen«, fügte Simon hinzu und lachte, als seine Schwester errötete.
Maud bemühte sich, ein geschäftsmäßiges Gesicht zu machen. »Da es sich um ein italienisches Restaurant handelt, ist es sinnvoll, wenn wir wissen, wie man eigenhändig Nudeln zubereitet. Und selbst wenn wir dort keine Arbeit bekommen, wäre das nützlich für unseren Catering-Service. Unsere Kunden wären bestimmt beeindruckt.«
»Und ihre Gäste grün vor Neid«, sagte Simon.
»Aber was hat es für einen Sinn, wenn man sich Leute nach Hause einlädt, um sie neidisch zu machen?« Muttie sah keinen Sinn darin.
Die Zwillinge seufzten.
»Ob er sie schon gefragt hat?«, meinte Maud.
»Bestimmt, wenn er nicht will, dass sein Abendessen verbrutzelt.«
»Wen meint ihr damit?«, fragte Muttie neugierig.

»Einen steinalten Mann namens Frank Ennis, der einer fast ebenso alten Frau einen Heiratsantrag machen will.«
»Frank Ennis? Arbeitet er nicht im St.-Brigid-Hospital?«
»Ja, stimmt. Kennst du ihn denn, Muttie?«
»Nicht persönlich, aber ich weiß alles über ihn. Von Fiona. Offenbar macht er allen Leuten in der Klinik, in der sie arbeitet, das Leben schwer. Declan kennt ihn auch. Er meint allerdings, dass dieser Frank kein böser alter Mann ist, sondern nur sehr arbeitswütig.«
»Das wird bestimmt alles anders, wenn er die alte Dame heiratet«, entgegnete Simon.
»Für die alte Dame wird sich auch einiges verändern, vergiss das nicht«, fügte Maud hinzu.
»Hat er euch schon bezahlt?«, fragte Muttie.
»Ja. Er hat einen Umschlag für uns auf dem Tisch liegen lassen«, bestätigte Simon.
»Gut. Dann ist es ja in Ordnung. Wie Fiona mir erzählt hat, ist er nämlich ein schlimmer Geizkragen und zahlt seine Rechnungen immer erst auf den letzten Drücker.«
»Ja, zugegeben, er hat was von einer Zahlungsfrist von dreißig Tagen gemurmelt«, meinte Simon.
»Davon hast du mir ja gar nichts erzählt!«, brauste Maud auf.
»Das war auch nicht nötig. Ich habe ihm nämlich erklärt, dass wir normalerweise auf Vorauszahlung bestehen und nicht im Kreditgeschäft tätig sind. Das hat er verstanden.«
Simon war ungemein stolz auf sein Verhandlungsgeschick und seine Beherrschung der kaufmännischen Fachbegriffe.

Clara Casey betrachtete den Brief, den Frank ihr gegeben hatte.
»Bist du sicher, dass ich das lesen soll?«, fragte sie. »Der Brief ist schließlich nicht an mich gerichtet …«
»Er weiß ja nichts von deiner Existenz«, meinte Frank.
»Die Frage ist doch, was weiß er über *dich?*«, hakte Clara vorsichtig nach.
»Lies selbst, Clara.«

Und so vertiefte sie sich in die Zeilen dieses ihr unbekannten jungen Mannes:

Sehr geehrter Mr. Ennis,
Sie werden bestimmt überrascht sein, diesen Brief von mir zu bekommen. Mein Name ist Des Raven, und ich glaube, dass ich Ihr Sohn bin. Wahrscheinlich wird diese Neuigkeit großen Schrecken bei Ihnen hervorrufen, und Sie werden mich vielleicht für einen Erbschleicher halten. Aber ich will Sie beruhigen, dass es mir nicht um Geld geht.
Ich bin mit meinem Leben als Lehrer hier in New South Wales sehr zufrieden und habe – noch einmal zu Ihrer Beruhigung! – nicht die Absicht, auszuwandern!
Falls mein Besuch in Dublin aber Ihnen oder Ihrer Familie Unannehmlichkeiten bereiten sollte, kann ich das verstehen. Ich hatte jedoch gehofft, dass es eventuell möglich wäre, Sie während meines Aufenthalts in Irland wenigstens ein Mal zu treffen.
Meine Mutter Rita Raven ist letztes Jahr an einer schweren Lungenentzündung verstorben, die leider nicht richtig behandelt wurde. Ich habe zwar seit sechs Jahren, seit ich an die Universität zum Studieren gegangen bin, nicht mehr zu Hause gewohnt, bin aber mindestens ein Mal in der Woche heimgefahren und habe meine Mutter bekocht. Dafür hat sie meine Wäsche gewaschen, aber das hat sie gern gemacht. Ehrlich. Seltsamerweise habe ich sie nie nach meiner Herkunft gefragt und nie wissen wollen, was für ein Mensch mein Vater war. Wahrscheinlich habe ich deswegen keine Fragen gestellt, weil meine Mutter nur ungern darüber gesprochen hat. Sie hat immer nur gesagt, dass sie damals noch sehr jung und sehr dumm gewesen sei und außerdem sei doch alles gut ausgegangen, oder? Nicht einen Tag habe sie bereut, mich bekommen zu haben. Und Australien war gut zu ihr. Als sie hochschwanger und ohne einen Penny hier ankam, fand sie bald Arbeit als Rezeptionistin in einem Hotel.

In den Jahren danach hatte meine Mutter mehrere Romanzen; eine Beziehung hat sogar sechs Jahre gedauert. Ich habe den Kerl nicht sonderlich gemocht, aber er hat sie glücklich gemacht … zumindest, bis ihm eine interessantere Frau über den Weg lief, glaube ich. Aber meine Mutter hatte viele gute Freunde und blieb stets in Kontakt mit ihrer verheirateten Schwester, die in England lebt. Als sie starb, war sie erst zweiundvierzig Jahre alt, auch wenn sie immer behauptet hatte, drei Jahre jünger zu sein. Alles in allem hatte sie ein gutes und glückliches Leben, würde ich sagen.
Über Sie, Mr. Ennis, weiß ich nicht mehr als Ihren Namen auf meiner Geburtsurkunde. Ich habe im Internet recherchiert und daraufhin im Krankenhaus nachgefragt, ob Sie noch dort arbeiten. Das hat man mir bestätigt.
Und so habe ich Ihre Adresse erfahren und Ihnen geschrieben!
Ich kann Ihnen nur noch einmal versichern, dass ich Ihnen und Ihrer jetzigen Frau und Familie keinerlei Ärger bereiten werde. Ich weiß, dass Sie über mich und meine Lebensumstände nicht das Geringste wussten. In dem Punkt war Mam sehr konsequent. Das hat sie mir an jedem Geburtstag gesagt, damit ich ja kein Geschenk erwarte.
Aber ich würde mich wirklich sehr freuen, wenn wir uns kennenlernen könnten.
Mit freundlichen Grüßen
Des Raven …

Clara ließ den Brief sinken und schaute zu Frank hinüber. Seine Augen glitzerten verdächtig, und eine Träne lief über sein Gesicht. Clara stand auf und ging mit ausgebreiteten Armen auf ihn zu.
»Ist das nicht *wunderbar,* Frank?«, rief sie. »Du hast einen Sohn! Gibt es bessere Neuigkeiten?«
»Äh, ja, aber man muss vorsichtig sein«, gab Frank zu bedenken.

»Weswegen müssen wir vorsichtig sein? Es gab doch eine Frau namens Rita Raven, oder?«
»Ja, aber …«
»Und sie ist spurlos verschwunden?«
»Sie ist zu irgendwelchen Verwandten nach Amerika ausgewandert«, sagte Frank.
»Oder zu Fremden nach Australien«, meinte Clara.
»Aber wir werden uns genau erkundigen müssen«, begann er erneut.
Clara tat so, als würde sie ihn missverstehen. »Natürlich, die Flüge und alles, aber das soll er selbst machen, Frank. Die jungen Leute können das viel besser als wir – Flüge online buchen, meine ich. Viel wichtiger ist doch, die Frage zu klären, wie spät es momentan in Australien ist. Ich würde ihn gleich anrufen.« Sie machte sich daran, die Frischhaltefolie von dem Räucherlachs zu entfernen.
Frank machte keinerlei Anstalten, aufzustehen. Er brachte es nicht über sich, Clara zu gestehen, dass er den Brief bereits vor zwei Wochen erhalten hatte und bisher nicht in der Lage gewesen war, eine Entscheidung zu treffen.
»Komm schon, Frank, dort ist jetzt Vormittag, und wenn du noch länger wartest, ist er schon in der Schule. Ruf ihn an, ja?«
»Aber müssen wir das zuerst nicht besprechen?«
»Was willst du denn besprechen?«
»Macht dir das denn nichts aus?«
»Was soll mir etwas *ausmachen*, Frank? Ich freue mich für dich. Allerdings fände ich es schade, wenn du nach all den Jahren auf einen Anrufbeantworter sprechen müsstest.«
Erstaunt sah Frank sie an. Es gab so viele Dinge, die er nie begreifen würde.

»Wie war Frank gestern Abend?«, erkundigte sich Hilary am nächsten Tag in der Klinik bei Clara. Nur Hilary erfuhr hin und wieder etwas über die Beziehung der beiden und wagte auch als Einzige, Fragen zu stellen.

»Erstaunlich«, erwiderte Clara, ohne näher darauf einzugehen. Hilary ließ nicht locker. »Und hat dir das Konzert gefallen?«
»Wir sind nicht hingegangen. Frank hat ein Abendessen bei sich zu Hause arrangiert.«
»Mein Gott, das hört sich aber ernst an!«
Hilary war begeistert. Sie beteuerte stets, dass die beiden wie füreinander gemacht seien, was Clara jedoch ebenso vehement bestritt.
»Frank ist, wie er immer war und immer sein wird: übervorsichtig und auf der Hut, nie spontan. Hör also bitte auf, mich verkuppeln zu wollen, ja, Hilary?«
Am Abend zuvor hatte Frank schließlich so lange gezögert, bis das Telefonklingeln in Des Ravens Haus am anderen Ende der Welt ungehört verhallte. Er hatte es verpasst, mit dem Sohn zu reden, von dessen Existenz er nichts gewusst hatte, aus Angst, eben diese bestätigt zu bekommen. Nun war er so klug wie zuvor, aber nichts von alledem erzählte Clara ihrer Freundin Hilary. Dies war Franks Geheimnis, und sie würde es nicht in die Welt hinausposaunen.
»Wo ist eigentlich Moira? Sie hat doch heute Dienst, oder?«
»Sie ist gerade mit Kitty Reilly auf eine Besichtungstour durch alle möglichen Seniorenheime aufgebrochen. Und sie hat eine ellenlange Checkliste dabei, was Kitty so alles braucht. Du weißt schon – eine Kirche in Gehweite, vegetarische Kost … solche Dinge eben.« Hilarys Tonfall schwankte zwischen Bewunderung und Hohn.
»Moira ist eben sehr gründlich. Das muss ich ihr zugutehalten«, erklärte Clara widerstrebend.
»Ich weiß schon, was du damit sagen willst. Wenn ihr wenigstens mal ein Lächeln über die Lippen käme«, meinte Hilary seufzend. »Linda hat übrigens vorhin angerufen. Du warst gerade beschäftigt, also bin ich rangegangen.«
Hilarys Sohn Nick hatte Claras Tochter Linda geheiratet, nachdem die beiden Freundinnen ihre Kinder erfolgreich miteinander verkuppelt hatten. Nur die Enkelkinder ließen noch auf sich

warten. Nick und Linda bemühten sich zwar nach Kräften, verloren aber allmählich die Zuversicht.
»Wieder kein Glück, hat sie gesagt.«
»Wenn sie die Sache weiterhin so verkrampft angeht, wird sie *nie* schwanger. Jeden Monat ruft sie deswegen mindestens drei Dutzend Leute an. Dich, mich und noch dreißig andere.«
»Clara!« Hilary klang schockiert. »Sie ist deine Tochter, und sie glaubt nun mal, dass du bei dem Gedanken, Großmutter zu werden – und ich mit dir –, ebenso aus dem Häuschen bist wie sie.«
»Du hast recht, das vergesse ich immer. Gib mir mal das Telefon.«
Hilary nickte und kehrte an ihren Schreibtisch zurück, während Clara ihre Tochter beruhigte und ihr Trost zusprach. Offensichtlich war Linda am anderen Ende der Leitung in Tränen ausgebrochen. Wie sehr hätte Hilary sich darüber gefreut, wenn Nick und Linda gute Neuigkeiten für sie gehabt hätten.
Clara redete auf ihre Tochter ein. »*Natürlich* bist du normal, Linda. Bitte hör auf zu weinen, Schatz. Davon bekommst du nur rote, verquollene Augen. Ich *weiß*, dass dir das egal ist, aber spätestens, wenn du dich schick gemacht hast, um aus dem Haus zu gehen … Na, zu Hilary natürlich, dort sind wir doch alle heute Abend eingeladen. Kommt nicht in Frage, dass du absagst, Linda. Hilary hat bereits ein köstliches Dessert besorgt.«
»So, habe ich das?«, meinte Hilary, als Clara aufgelegt hatte.
»Irgendetwas musste ich ja sagen. Sie wollte zu Hause bleiben, sich ins Bett legen und sich die Decke über den Kopf ziehen.«
»Na gut. Eigentlich hatte ich Käse und Weintrauben servieren wollen, aber nun muss ich wohl zulegen«, sagte Hilary. »Was hat dir Frank Ennis gestern Abend als Nachspeise kredenzt?«
»Apfeltarte«, antwortete Clara.
»Bist du *sicher,* dass er dir nicht eine gewisse Frage gestellt hat? Und du hast nur vergessen, es mir zu sagen …«
»Ach was, halt den Mund, Hilary. Sieh an, da kommt Moira. *Tun* wir wenigstens so, als würden wir arbeiten.«
Moiras Ausflug war von Erfolg gekrönt. Die fünfte Einrich-

tung, die sie sich angesehen hatten, schien wie gemacht für Kitty Reilly – voller Nonnen und Priester im Ruhestand und mit einem vegetarischen Gericht pro Mahlzeit zur Auswahl. Mehr konnte man wirklich nicht verlangen.

»Himmel, ich hoffe, dass ich mehr Ansprüche haben werde, wenn bei mir die Zeit gekommen ist«, sagte Clara.

»Was würden Sie sich denn wünschen?«, fragte Moira.

Im ersten Moment eine unschuldige Frage, aber Moiras Tonfall schien andeuten zu wollen, dass Claras Zeit nicht mehr fern war.

»Ach, ich weiß nicht so recht: eine Bibliothek vielleicht, ein Kasino, ein Fitnessraum, o ja, und ein Enkelkind!«, erwiderte Clara. »Und Sie, Moira, was wünschen Sie sich, wenn es einmal so weit ist?«

»Ich würde gern mit Freunden zusammenwohnen, mit Menschen, die ich seit langem kenne und mit denen ich in Erinnerungen schwelgen kann.«

»Und werden Sie das auch in die Tat umsetzen? Werden Sie ein paar Freunde zusammentrommeln und Ihre eigene Senioren-WG gründen?«

Clara hatte großes Interesse an dem Thema, da sie und ihre Freundin Dervla bereits öfter darüber gesprochen hatten.

»Wahrscheinlich nicht. Ich habe leider nicht viele Freunde. Ich hatte nie genügend Zeit, Freundschaften zu schließen«, erwiderte Moira überraschend ehrlich.

Clara warf ihr einen scharfen Blick zu. Für einen Moment hatte Moira ihre Maske abgenommen, und darunter war eine sehr einsame Frau zum Vorschein gekommen. Dann setzte Moira die Maske wieder auf, und alles war wie zuvor.

»Kannst du nicht heute Abend zu mir kommen, Clara, damit wir ihn zusammen anrufen können? Auf jeden Fall früher als gestern …« Franks Stimme war voller Tatendrang.

»Nein, Frank, heute geht es leider nicht. Hilary hat uns zum Essen eingeladen.«

»Aber du *musst* kommen!«, rief er entrüstet.
»Ich kann nicht, Frank. Ich habe dir doch gesagt …«
»Du bist immer gleich so dogmatisch«, meinte er verstimmt.
»Und du auch. Hättest du sofort angerufen, hättest du bereits mit ihm gesprochen.«
»Bitte, Clara.«
»Nein. Ich will mich nicht wiederholen. Wenn du mich zum Händchenhalten brauchst, musst du eben bis morgen Abend warten.«
Dann legte sie auf.
Frank lauschte dem Freizeichen. Was war er doch für ein Dummkopf gewesen, dass er den Jungen nicht sofort angerufen hatte! Clara hatte recht. Er hatte zu lange gezögert, und jetzt würde der junge Mann sicherlich annehmen, dass er nichts von ihm wissen wollte. Natürlich erinnerte sich Frank an Rita Raven. Wer hätte das nicht getan? Seine Mutter und sein Vater hatten nicht das Geringste für das junge Mädchen übriggehabt.
Ihrer Meinung nach stammte Rita aus der falschen Familie. Die Ennis hatten nicht so hart gearbeitet und sich ihren Status an Ehrbarkeit erworben, um diesen nun von ihrem Sohn in den Schmutz ziehen zu lassen. Frank Ennis' Eltern hatten rasch gehandelt, und Rita Raven war aus ihrer aller Leben verschwunden. Von Zeit zu Zeit hatte Frank mit einem Anflug von Wehmut an sie gedacht, und nun war sie gestorben. Viel zu jung. Er sah immer noch die hübsche Siebzehnjährige vor sich, die sie damals gewesen war. Den ganzen weiten Weg bis nach Australien hatte sie zurückgelegt und dort ihr Kind zur Welt gebracht, ohne es ihn wissen zu lassen. Er hatte nicht die geringste Ahnung gehabt.
Aber was hätte er getan, hätte er es gewusst? Der Gedanke bereitete Frank Unbehagen. Er hätte vielleicht nicht edel und gut reagiert, damals, als er auf dem Sprung gewesen war, Karriere zu machen, und als das allgemeine gesellschaftliche Klima nicht eben günstige Voraussetzungen für eine Liaison wie die ihre

bot. Ihre Eltern hatten auf seine Beziehung zu Rita mit Feindseligkeit reagiert und ihre Erleichterung offen gezeigt, als sie das Land verlassen hatte. Hatten sie mehr darüber gewusst, als sie ihm sagten? Bei dem Gedanken daran zog sich Franks Magen zusammen. Aber das war unmöglich. Auch nicht, dass sie mit einer gewissen Geldsumme nachgeholfen haben könnten? Mit Geld gingen seine Eltern sehr sparsam um. Nein, er durfte sich auf keinen Fall in Verdächtigungen dieser Art verrennen. Clara und ihre Damenabende! Heute hätte er sie wirklich an seiner Seite gebraucht.

Hilary verwöhnte die Damen mit einem köstlichen Menü, als dessen krönenden Abschluss sie ein raffiniertes Dessert servierte, das sie neben einigen ausgefallenen Salatkreationen im Feinkostladen mitgenommen hatte.
Die Unterhaltung verlief jedoch angespannt und stockend, wie immer an den Tagen, nachdem Linda erfahren hatte, dass sie wieder nicht schwanger war. Clara und Hilary sahen einander vielsagend an. Vor vielen Jahren war das alles ganz anders gewesen. Damals hatten sich Kinder in überfüllten Waisenhäusern nach einem liebevollen Zuhause gesehnt. Heutzutage standen alleinerziehenden Müttern Zuschüsse und Beihilfen vom Staat zu.
Clara fragte sich, ob Moira bereits mehr über das Kind wusste, das in Kürze in Pflege gegeben werden sollte. Das kleine Mädchen war erst ein paar Monate alt und somit im selben Alter wie Declans und Fionas Baby. Das kleine Mädchen könnte von Glück reden, wenn es Linda und Nick als Eltern bekäme. Nirgendwo würde ein Kind ein liebevolleres Zuhause finden, geschweige denn zwei so vernarrte Großmütter. Clara musste Moira morgen unbedingt danach fragen.
Claras Gedanken schweiften ab zu Frank und seinem Sohn. Hoffentlich war er taktvoll und diplomatisch mit Des Raven umgegangen. Hatte sie ihm auch nachdrücklich genug eingeschärft, dass er Freude und Wärme in seine Stimme legen soll-

te? Der erste Eindruck war entscheidend. Dieser junge Mann hatte über ein Vierteljahrhundert darauf gewartet, mit seinem Vater sprechen zu können. Hoffentlich war diese Begegnung nicht in ein Fiasko ausgeartet.

Wieder meldete sich nur der Anrufbeantworter.
Aus unerfindlichem Grund war Frank verärgert. War dieser Mensch denn jemals zu Hause? Drüben musste es jetzt ungefähr halb sieben Uhr morgens sein. Wo steckte er bloß?
Gedankenverloren wählte Frank an diesem Abend erneut die Nummer, und zu seiner Überraschung meldete sich eine junge Frau mit einem starken australischen Akzent. In dem Moment wurde Frank klar, dass sich Des Raven wahrscheinlich genauso anhörte.
»Ich möchte mit Des Raven sprechen«, begann er.
»Der ist weg«, erwiderte die Stimme munter.
»Und mit wem spreche ich bitte?«, fragte Frank.
»Ich bin Eva. Ich passe auf das Haus auf.«
»Und wann kommt er zurück?«
»In drei Monaten. Ich führe den Hund spazieren und kümmere mich um den Garten.«
»Aha, und sind Sie seine Freundin?«
»Und wer sind Sie?«, entgegnete sie schlagfertig.
»Entschuldigung, ich bin nur ein … Freund … aus Irland.«
»Tja, dann ist er auf dem Weg zu Ihnen.« Eva freute sich, dass die Angelegenheit damit so schnell erledigt war. »Wahrscheinlich ist er schon drüben. Nein, warten Sie, zuerst ist er in England, dort landet er nämlich. Das ist doch ganz in Ihrer Nähe, oder?«
»Ja, kaum eine Stunde Flugzeit.«
Allmählich kam Frank die Unterhaltung reichlich absurd vor.
»Okay, aber er weiß ja, wo er Sie findet.«
»Ja?«
»Also, auf jeden Fall hat er eine Tasche voller Papiere, Unterlagen und Briefe dabei. Er hat mir einen dicken Stapel gezeigt. Ich

glaube, das waren alles Briefe, die er an Leute geschrieben hat, die auf seine Briefe geantwortet hatten.«

»Äh, ja, mag sein ...« Frank runzelte die Stirn.

»Also, kann ich ihm ausrichten, wer angerufen hat? Ich habe nämlich eine Liste hier neben dem Telefon.«

»Haben schon viele Leute angerufen?«, fragte Frank aus plötzlichem Interesse.

»Nein, Sie sind der Erste. Was soll ich jetzt aufschreiben?«

»Wie Sie schon sagten, er wird ja in ein, zwei Tagen hier sein ...«

Frank Ennis verspürte nicht das geringste Bedürfnis, sich noch tiefer in die Sache hineinzureiten.

Er überlegte kurz, ob er Clara anrufen sollte, aber sie war bei ihrem Damenkränzchen und wäre über eine Störung wegen seines Privatlebens nicht sehr erfreut. *Nie* wusste man, wie Frauen reagierten. So wie diese Rita Raven, die bis ans Ende der Welt flüchtete, um dort allein ihr Kind zu bekommen! Und wie geradezu albern Clara sich über die Nachricht gefreut hatte, dass er ein uneheliches Kind hatte!

Voller Schwermut dachte Frank an die Frauen nach Rita und vor Clara. Es waren nicht sehr viele gewesen, aber eines hatten sie alle gemeinsam gehabt: Sie zu verstehen war fast ein Ding der Unmöglichkeit gewesen.

Der Junge würde sich wohl über das Krankenhaus mit ihm in Verbindung setzen müssen, da er Franks Privatadresse nicht kannte. Aber ganz sicher würde er nicht jedem Erstbesten, der ihm über den Weg lief, seine Geschichte erzählen. Diesbezüglich hatte Frank keine Bedenken. Der Junge, Des, hatte schließlich geschrieben, dass sich seines Wissens nach das moralische Klima in Irland nicht mit derselben Geschwindigkeit verändert habe wie in Australien. Schade, dass Des kein Foto von sich geschickt hatte, dachte Frank, aber im selben Moment wurde ihm klar, dass der Junge ... nun gut, Des ... auch nicht wusste, wie sein Vater aussah.

Gut möglich, dass ein Foto von Frank in jungen Jahren existier-

te. Hoffentlich nicht. Irgendwie passte es ihm nicht, dass er sich nun fünfundzwanzig Jahre später seinem Sohn mit lichterem Haar und Bauchansatz präsentieren sollte. Was würde Des Raven von seinem Vater halten, den er so lange nicht zu Gesicht bekommen hatte?
Die Tage schienen nicht vergehen zu wollen.

Als es schließlich so weit war, ging die Sache erstaunlich glanzlos über die Bühne.
Miss Gorman, konservativ und katholisch, die Frank wegen eben dieser Eigenschaften vor zehn Jahren als Sekretärin eingestellt hatte, betrat sein Büro. Im Lauf der Jahre war Miss Gorman noch konservativer und katholischer geworden – falls das überhaupt möglich war. Und sie hatte an fast allem etwas auszusetzen. Nun hatte ein Mann mit australischem Akzent angerufen und Mr. Ennis in einer persönlichen Angelegenheit sprechen wollen. Sein Akzent, seine Beharrlichkeit und seine Weigerung, den Grund seines Anrufes zu nennen, disqualifizierten ihn in Miss Gormans Augen, und sie nahm sein Verhalten sehr persönlich. Zu ihrer großen Überraschung schien die Sache für Frank jedoch höchste Priorität zu haben.
»Von wo aus hat er angerufen?«, fragte Frank mit belegter Stimme.
»Wo irgendwoher in Dublin. Er hat keine Ahnung, wo er eigentlich ist, Mr. Ennis.« Miss Gorman schniefte ungnädig.
»Wenn er wieder anruft, stellen Sie ihn sofort durch …«
»Nun, es tut mir leid, wenn ich etwas falsch gemacht haben sollte, Mr. Ennis, aber Sie nehmen *nie* Anrufe von jemandem entgegen, den Sie nicht kennen.«
»Miss Gorman, Sie haben gar nichts falsch gemacht. Sie sind absolut *unfähig*, auch nur irgendetwas falsch zu machen.«
»Ich hoffe, dass es mir im Lauf der Jahre gelungen ist, Sie davon zu überzeugen.«
Besänftigt zog sie sich zurück, um auf den Anruf zu warten.

»Ich stelle ihn jetzt zu Ihnen durch, Mr. Ennis«, sagte sie, als es so weit war.

»Vielen Dank, Miss Gorman.«

Frank wartete, bis sie nicht mehr in der Leitung war, ehe er sich mit unsicherer Stimme meldete. »Des? Bist du das?«

»Also hast du meinen Brief doch bekommen?« Sehr australisch, aber mit wenig Wärme und noch weniger Begeisterung, als aus seinem Brief gesprochen hatte.

»Ja, ich habe versucht, dich anzurufen, aber zuerst war nur der Anrufbeantworter dran, und dann hat sich eine gewisse Eva gemeldet. Sie hat mir erzählt, dass du bereits unterwegs bist. Also habe ich auf deinen Anruf gewartet.«

»Ich hätte fast nicht angerufen …«

»Wieso nicht? Aus Nervosität?«, fragte Frank.

»Nein, ich habe mir gedacht – wozu die Mühe? Du willst ja ohnehin nichts mit mir zu tun haben. Das hast du mir ja deutlich zu verstehen gegeben.«

»Aber das stimmt doch gar nicht«, rief Frank, erbost über diese Ungerechtigkeit. »Natürlich will ich etwas mit dir zu tun haben. Warum hätte ich dich sonst in Australien angerufen und mich lange mit Eva unterhalten?« Er glaubte, den Jungen fast vor sich zu sehen, wie er gleichgültig die Schultern zuckte. »Warum sollte ich das tun?«

Frank fühlte sich leer. Irgendwie hatte Clara recht gehabt. Er hatte gezögert, als er die Gelegenheit mit Freude hätte ergreifen sollen. Aber das lag nun mal nicht in seiner Natur. Er war ein Mensch, der gründlich über alles nachdachte und erst dann, wenn er ganz sicher war – und nicht eine Sekunde eher –, aktiv wurde.

»Wahrscheinlich hast du gedacht, dass es mir doch nur um mein Erbe geht«, sagte Des.

»Das ist mir nie in den Sinn gekommen. Du hast geschrieben, dass du Kontakt zu mir aufnehmen willst. Und davon bin ich ausgegangen. Natürlich war ich ebenso überrascht wie du. Aber ich habe mich gefreut, als ich von deiner Existenz erfahren habe!«

»Du hast dich gefreut?« Des klang skeptisch.

»Ja, natürlich habe ich mich gefreut«, stammelte Frank. »Des, was soll das? Du hast dich bei mir gemeldet, ich habe dich zurückgerufen. Willst du dich heute mit mir zum Mittagessen treffen?«

»Was schlägst du vor?«, fragte Des.

Frank atmete erleichtert aus. Aber er musste überlegen. Wohin sollte er mit dem jungen Mann gehen?

»Kommt darauf an, was dir gefällt … das Quentins ist sehr gut, und dann gibt es dieses neue Restaurant, Chez Anton, das in aller Munde ist.«

»Legen die Wert auf eine Krawatte?«

Frank stellte fest, dass es Jahre her war, seit er das letzte Mal ein Lokal besucht hatte, in dem Sakko und Krawatte *nicht* obligatorisch gewesen waren. Er würde sich in der nächsten Zeit wohl ziemlich umstellen müssen.

»Natürlich sind das eher gutbürgerliche, aber keine spießigen Restaurants.«

»Also ja. Wohin gehen wir?«

»Ins Chez Anton. Dort bin ich noch nicht gewesen. Wollen wir uns um ein Uhr treffen?«

»Ich schon, und du?«, erwiderte Des mit leichter Ironie in der Stimme, als wollte er Frank auf den Arm nehmen.

»Ich beschreibe dir, wie du hinkommst …«, setzte Frank an.

»Das finde ich schon«, sagte Des und legte auf.

Frank wählte Miss Gormans Durchwahl. Ob sie wohl so freundlich wäre und ihm die Telefonnummer von Chez Anton heraussuchen könne? Nein, er würde selbst reservieren. Ja, er war sicher. Aber vielleicht könnte sie alle Termine für den Nachmittag absagen.

Als sie zurückrief und ihm die Nummer durchgab, fügte sie pikiert hinzu, dass Dr. Casey von der Herzklinik den Vier-Uhr-Termin auf keinen Fall verlegen könne. Es seien zu viele Leute betroffen, die zu viel Hoffnung in das Ergebnis setzten. Ein Treffen ohne Frank Ennis wäre wie *Hamlet* ohne den Prinz. Er

müsse unbedingt um vier Uhr zurück sein. Welches Mittagessen dauere schon drei Stunden?
Nervös rief Frank im Restaurant an.
»Könnte ich bitte mit Anton Moran sprechen? Mr. Moran? Es ist mir peinlich, Sie um diesen Gefallen zu bitten, aber heute werde ich zum ersten Mal meinen Sohn treffen, von dessen Existenz ich nichts gewusst habe, und als Schauplatz habe ich mir Ihr Restaurant ausgesucht. Jetzt kann ich nur hoffen, dass Sie einen Tisch für mich haben. Ich weiß nicht, wie ich mich mit dem jungen Mann – meinem Sohn – in Verbindung setzen soll. Es wäre ein schlechter Start für unsere Beziehung, wenn ich ihm sagen müsste, dass wir keinen Platz bei Ihnen bekommen haben.«
Der Mann am anderen Ende der Leitung war sehr zuvorkommend.
»Diese Angelegenheit scheint mir von größter Bedeutung für Sie zu sein. Also müssen wir dafür sorgen, dass nichts schiefgeht«, sagte er. »Selbstverständlich bekommen Sie einen Tisch. Heute ist der Andrang nicht allzu groß«, fügte er hinzu, »aber Ihre Geschichte hört sich so dramatisch und ehrlich an, dass ich auf jeden Fall einen Tisch für Sie finden würde – und wenn ich mich selbst auf allen vieren zur Verfügung stellen müsste.«
Frank lachte, und plötzlich fiel ihm ein, dass Clara ihm einmal geraten hatte, spontaner zu sein und offener auf die Menschen zuzugehen. Nichts wirke besser als die Wahrheit, hatte sie gesagt.
Wieder eine Runde, die an Clara ging. Sollte die Frau denn in *allem r*echt behalten?
Frank traf bereits früh in dem Restaurant ein und sah sich unter den anderen Gästen um. Nicht ein Mann ohne Sakko und Krawatte. Warum hatte er ausgerechnet dieses Lokal ausgewählt? Aber wäre er mit dem Jungen in eine Burger-Bude gegangen, wäre das wohl kaum dem Anlass angemessen gewesen. Es hätte ausgesehen, als wollte er das neue Familienmitglied verstecken.
Frank ließ die Tür nicht aus den Augen, und jedes Mal, wenn

ein Mann im entsprechenden Alter hereinkam, machte sein Herz einen Satz.

Dann sah er ihn. Er sah Rita Raven so ähnlich, dass es fast schmerzte. Die gleichen Sommersprossen auf der Nase, das gleiche feste Haar und die gleichen großen dunklen Augen.

Frank schluckte. Der junge Mann sprach mit Teddy, dem Oberkellner, der an der Tür stand, und deutete auf seinen Hals. Wie aus dem Nichts zauberte Teddy eine Krawatte hervor, die sich Des geschickt umband. Erst dann führte Teddy ihn an den Tisch.

»Ihr Gast, Mr. Ennis«, sagte er und zog sich zurück.

Dieser Mann hätte besser als Botschafter arbeiten sollen, dachte Frank, statt in diesem Restaurant, das, wie er feststellte, extrem teuer war.

»Des!«, sagte er und streckte die Hand aus.

Der junge Mann musterte ihn abschätzend.

»Tja …«, meinte er und ignorierte die ausgestreckte Hand.

Frank überlegte, ob er ihn umarmen sollte, wie das bei Männern heutzutage üblich war.

Wahrscheinlich würde er sich dabei nur ungeschickt anstellen und die Hälfte der Sachen vom Tisch fegen. Und vielleicht wäre das dem Jungen, der eher robustere australische Umgangsformen gewöhnt war, nicht recht.

»Dann hast du das Restaurant also gefunden«, sagte Frank wenig originell.

Des zuckte die Schultern und schaute herablassend.

»Ich wusste ja nicht, wo du bist. Wo du mit deiner Rundreise starten würdest …«

Franks Stimme wurde leiser. Das würde schwieriger werden, als er erwartet hatte.

Teddy stand an der Tür zur Küche und sprach mit Anton.

»Ich habe Lisa am Telefon.«

Anton seufzte. »Nicht schon wieder.«

»Sie will irgendwann zum Essen vorbeikommen, wenn hier nicht so viel los ist.«

»Wimmle sie ab, ja, Teddy?«
»Das dürfte nicht leicht werden«, meinte Teddy.
»Dann verschaff mir wenigstens eine Woche Luft. Schlag ihr nächsten Mittwoch vor.«
»Mittags oder abends?«
»O Gott, zum Mittagessen.«
»Ein Abendessen wäre ihr lieber«, erwiderte Teddy.
»Na gut, dann den ersten Termin um sechs Uhr«, meinte Anton resigniert.
»Sie schuftet sich ab für das Restaurant, aber bezahlt haben wir ihr meines Wissens nach bisher noch nichts.«
»Es hat sie doch niemand darum gebeten, sich für uns abzurackern.«
Anton spitzte die Ohren, um zu hören, was der frischgebackene Vater und sein erwachsener Sohn miteinander redeten. Aber das Gespräch schien nicht recht in Gang zu kommen.
»Machen Familien dich nicht auch krank, Teddy?«, fragte Anton unvermittelt.
Teddy überlegte kurz, bevor er antwortete. Antons Familie hatte ihm seines Wissens nach kaum je Probleme bereitet, und deswegen verstand Teddy nicht, weshalb Familien aus seiner Sicht eine Zumutung waren, aber er stimmte Anton vorsichtshalber zu.
»Du hast recht, Anton, aber denk doch nur an das einträgliche Geschäft, das wir dem schlechten Gewissen verdanken, das in Familien besonders gut gedeiht! Die Hälfte unserer Gäste ist familiärer Verpflichtungen wegen hier. Jahrestage, Geburtstage, Verlobungen, Abschlussfeiern. Ohne die wären wir längst pleite.«
Teddy verfügte über das Talent, allem etwas Gutes abzugewinnen.
»Ein Punkt für dich, Teddy.«
Anton war jedoch nicht ganz bei der Sache. Dieser Mr. Ennis hatte offensichtlich ein Problem. Die erste Begegnung mit seinem Sohn schien ein Flop zu werden. Selbst von hier aus bemerkte man, dass die Atmosphäre an ihrem Tisch zum Schneiden war.

Clara sagte immer, dass man ehrlich sein sollte, wenn man nicht mehr weiterwusste, und die Fragen stellen, die man auf dem Herzen hatte. Und auf irgendwelche Spielchen sollte man lieber ganz verzichten.

»Was ist los, Des? Was hat sich verändert? In deinem Brief hast du den Eindruck auf mich gemacht, als ob du es gar nicht erwarten könntest, mich kennenzulernen ... Warum bist du jetzt so abweisend?«

»Da kannte ich die ganze Geschichte noch nicht. Ich wusste ja nicht, was deine Familie getan hat.«

»Was hat meine Familie denn getan?«, rief Frank.

»Als ob du das nicht genau wüsstest.«

»Ich weiß es nicht«, protestierte Frank.

»Verkauf mich nicht für dumm. Ich habe Unterlagen, Belege, Unterschriften unter Verträge – ich kenne die ganze Geschichte.«

»Dann weißt du offenbar mehr als ich«, erwiderte Frank. »Von wem stammen diese Dokumente und Verträge?«

»Meine Mutter war ein verängstigtes junges Ding von siebzehn Jahren, und dein Vater hat sie gezwungen, eine Entscheidung zu treffen. Sie sollte Irland für immer verlassen und dafür tausend Pfund bekommen. Eintausend Pfund! So viel war mein Leben wert. Ein lächerliche Summe. Und dafür sollte sie eine Verpflichtungserklärung unterschreiben, dass sie die Familie Ennis niemals mehr behelligen und sie nicht mit ihrer Schwangerschaft in Verbindung bringen würde.«

»Das kann nicht wahr sein!« Vor Schock brachte Frank kaum einen Ton heraus.

»Was hast du denn gedacht, warum sie weggegangen ist?«

»Ihre Mutter hat mir erzählt, dass sie zu Verwandten nach Amerika ausgewandert ist«, erwiderte Frank.

»Ja, das ist die Geschichte, die sie sich ausgedacht haben.«

»Aber warum hätte ich sie nicht glauben sollen?«

»Weil du kein Dummkopf warst. Hättest du dich an ihre Regeln gehalten, hättest du davon profitiert. Du wärst sie losgewesen, deine kleine schwangere Freundin, und alles hätte wieder seine schönste Ordnung gehabt. Diese Chance hast du doch bestimmt mit Freuden ergriffen.«

»Nein, habe ich nicht. Ich wusste ja nicht einmal, dass es Probleme gab. Und bis zu deinem Brief habe ich auch nicht gewusst, dass ich einen Sohn habe.«

»Ach, Frank, bitte. Lass dir was anderes einfallen.«

»Woher weißt du denn, dass meine Eltern Rita gezwungen haben, diese Dokumente zu unterzeichnen?«

»Von Nora. Ihrer Schwester. Meiner Tante Nora. Ich habe sie in London besucht, und sie hat mir alles erzählt.«

»Dann hat sie dir etwas Falsches erzählt, Des. Nichts davon ist wahr.«

»Halt mich nicht für blöd. Wenn du es damals nicht zugegeben hast, warum jetzt?«

»Es gibt nichts, das ich zugeben müsste. Du verstehst mich nicht. Das alles hier ist absolut neu für mich.«

»Du hast dich nie mit ihr in Verbindung gesetzt, hast ihr nie geschrieben.«

»Drei Monate lang habe ich ihr jeden Tag geschrieben. Ich habe die Briefe nach Amerika frankiert, aber nie eine Antwort erhalten.«

»Hat das nicht alle Alarmglocken bei dir schrillen lassen?«

»Nein, hat es nicht. Ich habe ihre Mutter gefragt, ob sie die Briefe weiterleitet, und sie hat es mir bestätigt.«

»Und irgendwann hast du es aufgegeben?«

»Tja, nachdem ich nie eine Antwort erhalten hatte. Und dann hat ihre Mutter gesagt …« Frank hielt inne, als fiele ihm etwas ein.

»Ja?«

»Sie hat gesagt, ich solle Rita vergessen. Ihre Tochter habe ein neues Leben begonnen. Und dann hat sie hinzugefügt, dass es zwar einen ziemlichen Wirbel gegeben habe, dass die Ravens sich aber korrekt und anständig verhalten hätten.«

»Und du hast dir nicht vorstellen können, was sie damit meint?« Des war nicht überzeugt.

»Ich hatte nicht die geringste Ahnung, aber jetzt verstehe ich … Nein, das kann nicht sein …«

»Was kann nicht sein?«

»Meine Eltern – wenn du sie gekannt hättest, Des! Das Thema Sex war in unserem Haus tabu. Sie wären überhaupt nicht imstande gewesen, gemeinsam diesen Entschluss zu fällen, Rita eine Abfindung zu zahlen.«

»Haben sie sie denn gemocht?«

»Nicht besonders. Aber sie haben niemanden gemocht, der mich von meinen Studien und Prüfungen abhielt.«

»Und ihre Eltern – warst du ihnen sympathisch?«

»Eigentlich auch nicht, und zwar aus denselben Gründen. Rita hat ihre Kurse geschwänzt, um mit mir zusammen zu sein.«

»Sie haben dich für ein Schwein gehalten«, sagte Des.

»Das glaube ich nicht!« Frank war überrascht, wie ruhig er auf diese beleidigende Äußerung reagierte.

»Das hat Nora gesagt. Du und deine großartige Familie – ihr hättet ihrer aller Leben ruiniert. Ihre ganze Familie ist auseinandergebrochen. Rita ist nie aus Australien zurückgekehrt, weil sie schwören musste, dort zu bleiben. Eine anständige Familie – für immer zerstört von dir und deiner versnobten Sippschaft.«

Wut und Zorn spiegelten sich auf Des' Gesicht wider.

Frank wusste, dass er sich jeden weiteren Schritt sorgfältig überlegen musste. Dieser junge Mann hatte sich so darauf gefreut, seinen Vater kennenzulernen, und nun verhielt er sich ihm gegenüber derart feindselig, dass er es kaum an einem Tisch mit ihm aushielt, obwohl er seinetwegen um die halbe Welt geflogen war.

»Ritas Schwester in London – Nora, ja? Sie ist bestimmt sehr bestürzt.«

»Auf jeden Fall mehr als du«, erwiderte Des störrisch.

»Aber es *tut* mir ja leid. Ich habe doch gerade versucht, dir das klarzumachen, aber wir verzetteln uns in diesem dummen Streit.«

»Einen dummen Streit nennst du das? Ein Streit, der die Familie meiner Mutter zerstört hat!«
»Des, ich habe von alledem wirklich nichts gewusst. Ich habe das alles erst von dir erfahren.«
»Glaubst du mir denn?«
»Ich glaube, dass Nora dir das alles erzählt hat, sicher.«
»Dann denkst du also, dass sie *lügt?*«
»Nein, ich glaube, dass sie das für die Wahrheit hält, was sie dir erzählt hat. Meine Eltern sind tot. Deine Mutter ist tot. Wir können also niemanden mehr fragen.«
Frank wusste, dass er sich erschöpft und niedergeschlagen anhörte.
Aber seltsamerweise schien Des Raven zu spüren, dass er es ehrlich meinte. »Du hast recht«, sagte er schließlich grollend. »Jetzt liegt es an uns.«
Frank Ennis hatte bemerkt, dass sich der Kellner mehrmals ihrem Tisch genähert und wieder diskret zurückgezogen hatte. Lange konnten sie mit dem Bestellen nicht mehr warten.
»Möchtest du vielleicht etwas zu essen, Des? Ich habe schon mal einen australischen Wein geordert, damit du dich ein wenig zu Hause fühlst.«
»Tut mir leid, aber ich weiß nun mal gern, mit wem ich mich an einen Tisch setze.« Des machte keine halben Sachen.
»Tja, ich weiß nicht, ob es so einfach sein wird, mich kennenzulernen ... Es heißt, ich bin ein schwieriger Mensch, der gern alles verkompliziert«, antwortete Frank. »Das sagt man mir jedenfalls nach.«
»Wer sagt das? Deine Frau?«
»Nein. Ich bin nicht verheiratet.«
Des reagierte überrascht. »Dann hast du keine Kinder?«
»Nein, nur dich.«
»Mein Brief muss ein Schock für dich gewesen sein.«
Frank antwortete nicht sofort. Jetzt durfte er nichts Falsches sagen. Seine Antwort musste ehrlich sein und von Herzen kommen. Aber wie sollte er diesem jungen Mann erklären, dass sei-

ne erste Reaktion aus Zweifeln, Verwirrung und dem Wunsch bestanden hatte, dessen Angaben erst zu überprüfen? Frank wusste, wenn er absolut ehrlich war, würde er Des Raven für immer gegen sich aufbringen und den Sohn verlieren, den er eben erst kennengelernt hatte.

»Es mag sich kalt und merkwürdig anhören, Des, aber im ersten Moment war es tatsächlich ein Schock für mich. Ich konnte nicht glauben, dass ich ein Kind hatte – mein eigen Fleisch und Blut –, das seit einem Vierteljahrhundert auf dieser Welt lebt, ohne das ich etwas davon weiß. Ich bin ein pedantischer Mensch, der Ordnung um sich braucht. Und plötzlich wurde meine aufgeräumte kleine Welt vollkommen auf den Kopf gestellt. Das musste ich erst einmal verdauen. So bin ich nun mal, Des, ich muss über alles erst lange und gründlich nachdenken.«

»Tatsächlich?«, fragte Des höhnisch.

»Ja, tatsächlich. Und als ich wieder klar im Kopf war, habe ich dich sofort angerufen.«

»Und was genau hast du für dich klären müssen?«

»Ich musste mich mit der Tatsache anfreunden, dass ich einen Sohn gezeugt hatte. Und wenn du glaubst, dass man so etwas mir nichts, dir nichts als natürlich und normal für sich akzeptieren kann, dann kann ich dich dafür nur bewundern. Jemand wie ich braucht einfach Zeit, um sich an diese neue Vorstellung zu gewöhnen, und sobald das bei mir der Fall war, habe ich dich angerufen. Aber da warst du schon weg.«

»Aber zuerst warst du schockiert und hattest Angst, dass die Leute es erfahren könnten?«, fragte Des, noch immer mit einem höhnischen Unterton.

»Nein, davor hatte ich am wenigsten Angst.« Frank überlegte, was Clara gesagt hätte, und fügte hinzu: »Ich war stolz, einen Sohn zu haben, und wollte, dass alle es erfahren.«

»Das glaube ich dir nicht … Mächtiger Verwaltungschef eines katholischen Krankenhauses ist Vater eines illegitimen Bastards. Nein, ich kann mir nicht vorstellen, dass du willst, dass die Leute das erfahren.«

»So etwas wie illegitime Bastarde gibt es heutzutage nicht mehr. Die Gesetzeslage hat sich verändert, und die Gesellschaft auch. Die Menschen sind stolz auf ihre Kinder, ob sie nun ehelich sind oder nicht«, erklärte Frank mit Nachdruck.
Des schüttelte den Kopf. »Das ist ja alles sehr schön und sehr nobel, aber bisher weiß niemand von meiner Existenz.«
»Da täuschst du dich, Des. Ich habe anderen von dir erzählt und auch, wie sehr ich mich darauf freue, dich bald kennenzulernen …«
»*Wem* hast du es erzählt? Nicht dieser Schreckschraube in deinem Büro, das ist schon mal sicher. Vielleicht deinen Kumpels im Golfclub oder auf der Rennbahn? Hast du gesagt: ›Ich habe auch einen Sohn. Ich bin auch ein Familienvater‹? Nein. Du hast es keinem Menschen erzählt.«
Frank ließ den Kopf hängen. Wenn er ihm jetzt von Clara erzählte, verschlimmerte er die Situation nur noch. Es gab nur einen Menschen, dem er sein Geheimnis offenbart hatte. In diesem Augenblick tauchte Anton Moran an ihrem Tisch auf.
»Mr. Ennis«, begrüßte er Frank, als wäre dieser ein regelmäßiger Gast seit Eröffnung des Restaurants.
»Ah, Mr. Moran.«
Frank atmete auf. Dieser Mann rettete ihm buchstäblich das Leben.
»Mr. Ennis, ich wollte Sie fragen, ob Sie und Ihr Sohn vielleicht unseren Hummer kosten möchten? Ein Prachtkerl, erst heute Morgen gefangen. Einfach zubereitet, mit ein wenig Butter und einer Auswahl an feinen Saucen.«
Antons Blick wanderte von einem zum anderen. Die beiden Männer schwiegen und sahen einander verblüfft an.
»Es tut mir leid«, sagte der Jüngere von beiden.
»Nein, mir tut es leid, Des«, meinte Frank. »All die verlorenen Jahre …«
Anton murmelte, dass er gleich wiederkäme, um ihre Bestellung aufzunehmen. Er würde niemals erfahren, was sich danach an ihrem Tisch abspielte, aber die beiden Männer schienen eine

schwierige Klippe umschifft zu haben. Zumindest redeten sie miteinander und bestellten kurz darauf das Essen.

Als Anton erneut einen Blick zu ihrem Tisch hinüberwarf, stießen sie gerade mit einem Glas Hunter Valley Chardonnay an. Er war erleichtert. In dem Moment, als er sich die Freiheit genommen hatte, den jungen Mann als Sohn von Frank Ennis anzusprechen, war er tatsächlich ein wenig nervös gewesen. War er zu indiskret gewesen? Nein, es schien alles bestens zu laufen.

Anton atmete auf und kehrte in die Küche zurück. Und da glaubten manche, dass sich die Leitung eines Restaurants darauf beschränkte, den Leuten etwas zu essen hinzustellen!

Das machte wahrhaftig nur einen kleinen Teil aus, dachte Anton.

KAPITEL 9

Moira hatte einen Termin bei Frank Ennis, um ihren ersten vierteljährlichen Rechenschaftsbericht vorzulegen. Sie musste dem Krankenhausmanager ihre Fälle schildern und minutiös ihre bisher geleistete Arbeit erläutern, die St. Brigid immerhin eineinhalb Tagessätze an Gehalt kostete.

Miss Gorman, seine furchterregende Sekretärin, bat Moira, Platz zu nehmen und zu warten. Heute war sie – falls das überhaupt möglich war – noch furchterregender als sonst.

»Hat Mr. Ennis heute viel zu tun?«, erkundigte sich Moira höflich.

»Der arme Mann hat keine Sekunde Ruhe. Alle wollen ständig etwas von ihm.«

Miss Gorman wirkte wie eine zornige Glucke. Vielleicht war sie heimlich in Frank Ennis verliebt und ärgerte sich, dass er sich mit Dr. Casey eingelassen hatte.

»Auf mich macht er den Eindruck, als könnte er sich recht gut zur Wehr setzen«, murmelte Moira.

»O nein, dauernd rufen irgendwelche Leute an und bringen seinen Terminkalender durcheinander.«

»Wer sind denn diese Störenfriede?«

Moiras Interesse war geweckt. Sie hörte es für ihr Leben gern, wenn andere sich stritten.

Miss Gorman zuckte die Schultern. »Ach, Leute eben. Irgendwelche Wichtigtuer, die behaupten, es handele sich um eine dringende private Angelegenheit. So etwas lenkt den armen Mr. Ennis nur von der Arbeit ab.«

Natürlich war sie heimlich in ihn verliebt, dachte Moira und seufzte. Wie viele Menschen vergeudeten ihr ganzes Leben we-

gen einer unerfüllten Liebe. So wie diese Lisa Kelly, die sich für Anton Morans Freundin hielt, obwohl er sich permanent mit anderen Frauen zeigte. Oder dieses arme Ding aus Moiras Team im Sozialamt, das die Beförderung abgelehnt hatte, damit ihr vertrottelter Freund sich nicht minderwertig fühlte.
Die arme Miss Gorman. Sie regte sich tatsächlich darüber auf, dass irgendwelche Leute – wer immer diese auch sein mochten – es wagten, Frank Ennis anzurufen und zu behaupten, es sei privat.
Wieder seufzte Moira und richtete sich auf eine längere Wartezeit ein.

Frank Ennis war wesentlich besserer Laune als bei ihren früheren Begegnungen. Gründlich überprüfte er Moiras Bericht und die Zahlen, die sie ihm vorlegte.
»Sie scheinen das Haupthaus tatsächlich zu entlasten ... das *echte* Krankenhaus, meine ich«, sagte er.
»Sie sollten wissen, dass sich die Herzklinik für ein *echtes* Krankenhaus hält«, korrigierte sie ihn.
»Aus diesem Grund würde ich diese Formulierung auch niemals in Gegenwart der Damen benutzen. Ein *bisschen* Intelligenz sollten Sie mir schon zutrauen, Ms. Tierney.«
»Ich muss schon sagen, die Ambulanz ist wirklich außerordentlich gut geführt.«
»Gewiss doch, das Haus leistet durchaus seinen Beitrag. Das erkenne ich sehr wohl an. Aber manchmal geht es dort zu wie beim Treffen einer Müttergruppe – die eine bekommt ein Kind, die Zweite hat sich gerade verlobt, die Nächste wird bald heiraten. Themen wie in der Klatschspalte einer Illustrierten.«
»Da muss ich Ihnen aber entschieden widersprechen«, erwiderte Moira eisig. »Die Frauen dort sind echte Profis; sie kennen ihr Metier und leisten hervorragende Arbeit. Sie geben den Patienten Sicherheit und zeigen ihnen, wie sie zu Hause mit ihrer Krankheit am besten zurechtkommen. Meiner Meinung nach hat das nicht das *Geringste* mit einer Klatschspalte oder einer Müttergruppe zu tun.«

»Und ich dachte, dass ich wenigstens mit Ihnen Klartext reden könnte. Sie wollten doch Ihre Augen und Ohren für mich offen halten und mir berichten …«

»Sicher, Sie haben mir vorgeschlagen, für Sie zu spionieren, aber ich habe mich niemals damit einverstanden erklärt.«

»Stimmt, das haben Sie nicht. Vermutlich hat man Sie drüben in der Ambulanz wie alle anderen auch einer Gehirnwäsche unterzogen.«

»Ganz sicher nicht, Mr. Ennis. Mich unterzieht man nicht so leicht einer Gehirnwäsche. Darf ich Ihnen nun meinen Bericht hierlassen?«

»Habe ich Sie eigentlich in irgendeiner Weise verärgert, Ms. Tierney?«, fragte Frank Ennis.

»Nein, ganz und gar nicht, Mr. Ennis. Sie machen Ihre Arbeit, ich die meine. Das ist eine Frage gegenseitigen Respekts. Wie kommen Sie auf die Idee, dass Sie mich verärgert haben könnten?«

»Weil das offensichtlich *meine* Art ist, Ms. Tierney – Leute zu verärgern, meine ich. Und *Sie* schauen generell so geringschätzig drein, als würden Sie permanent missbilligen, was Sie sehen.«

Das hatten bereits mehrere Leute zu Moira gesagt, aber normalerweise in der Hitze des Gefechts, wenn es Widerspruch gab gegen Maßnahmen, die Moira im Zuge ihrer Arbeit zu ergreifen hatte. Doch niemand hatte ihr das jemals in einem so sachlichen und unaufgeregten Tonfall offen ins Gesicht gesagt wie Frank Ennis.

»Das muss wohl an meiner Physiognomie liegen, Mr. Ennis. Ich versichere Ihnen, dass ich keine Ihrer Handlungen missbillige.«

»Nun gut.« Er schien zufrieden zu sein. »Aber von jetzt an machen Sie mir die Freude und lächeln öfter mal ein bisschen, ja?«

»Auf Befehl kann ich das nicht. Dabei käme nur eine Grimasse heraus«, erwiderte Moira. »Es wäre weder authentisch noch ehrlich, wenn ich mich zu einem Lächeln zwinge …«

Frank Ennis betrachtete die Frau, die vor seinem Schreibtisch saß.
»Sie haben recht, Ms. Tierney, und ich hoffe, dass wir uns bald unter Umständen wiedersehen, die ein echtes oder von Herzen kommendes Lächeln rechtfertigen.«
»Das hoffe ich auch«, meinte Moira.
Moira wusste nicht, ob sie es sich einbildete, dass er sie voller Mitgefühl und Besorgnis ansah. Dieser Mann bemitleidete *sie!* Wie lächerlich.

Endlich war Wochenende, und alle hatten etwas vor.
Noel und seine Eltern fuhren mit der kleinen Frankie für zwei Tage aufs Land. In einer Bed-and-Breakfast-Pension außerhalb von Rossmore hatten sie Zimmer reserviert. In Rossmore gab es eine Statue der heiligen Anna und eine wundertätige Quelle, an der Josie und Charles sehr interessiert waren. Noel weniger. Er plante, mit seiner Tochter im Wald und an der frischen Luft spazieren zu gehen. Er hatte Moira sogar brav den Koffer gezeigt, den er für die Reise gepackt hatte. Er hatte tatsächlich an alles Notwendige gedacht.
Lisa Kelly flog nach London. Anton wollte dort einige Restaurants besuchen, und sie sollte sich Notizen machen. Sie freute sich schon sehr darauf. Moira hatte nur die Nase gerümpft und sich jeden Kommentar verkniffen.
Frank Ennis hatte erwähnt, dass er eine Bustour zu den größten Sehenswürdigkeiten in Irland plane. Irgendwie sah ihm das gar nicht ähnlich, aber es gab da offenbar jemanden, dem er Irland zeigen wollte, und dies schien ihm die beste Möglichkeit zu sein. Es würde bestimmt sehr interessant werden, versicherte er Moira.
Auch Emily hatte etwas vor. Sie wollte endlich den Westen Irlands kennenlernen. Dingo Duggan hatte sich angeboten, sie und Declans Eltern Molly und Paddy Carroll in seinem Kleinbus hinzufahren. Alle freuten sich sehr auf den Ausflug.
Simon und Maud fuhren mit Freunden nach Nordwales. Sie be-

absichtigten, mit der Fähre nach Holyhead überzusetzen und sich dort eine Jugendherberge zu suchen, aber wenn sie keinen Platz bekamen, konnten sie auch im Freien übernachten, da sie Schlafsäcke und ein Zelt dabeihatten. Zu sechst würden sie sicher jede Menge Spaß haben.

Dr. Declan Carroll und seine Frau Fiona fuhren mit Johnny in ein Hotel am Meer. Fiona hatte bereits angekündigt, dass sie ausschlafen und beide Tage bis zum Mittagessen im Bett liegen bleiben würde. Schließlich gab es dort Babysitter, die auch auf kleinere Kinder aufpassten. Fiona konnte es kaum erwarten.

Dr. Hat wollte mit drei Freunden zu einem Angel-Wochenende wegfahren – all-inclusive, ohne versteckte Extras. Als armer Pensionär müsse er schließlich sein Geld zusammenhalten. Moira wusste nie, wann er es ernst meinte und wann nicht. Aber selbst damit konnte er ihr kein Lächeln entlocken.

Die meisten von Moiras Kollegen fuhren ebenfalls weg, waren auf Partys eingeladen oder machten sich im Garten eine schöne Zeit.

Nur Moira hatte nichts vor und fühlte sich plötzlich von allem ausgeschlossen. Weshalb machte sie keinen Ausflug? Weshalb saß sie nicht in Dingos Kleinbus, der Richtung Westen fuhr, pilgerte zu einer Heiligenstatue in Rossmore oder war unterwegs zu den Seen in den Midlands, zusammen mit Dr. Hat und seinen Freunden?

Die Antwort war eindeutig: Weil sie keine Freunde hatte.

Bisher hatten Freunde in Moiras Leben keinen Platz gehabt. Ihre Arbeit fraß zu viel von ihrer Zeit auf, und um allen Anforderungen gerecht zu werden, musste sie quasi rund um die Uhr im Dienst sein. Freunde fänden es sicher lästig, jederzeit beim Essen damit rechnen zu müssen, dass sie während des Hauptgangs plötzlich aufsprang und zu einem Notfall eilte.

Aber als Moira jetzt miterlebte, dass alle anderen Pläne für das lange Wochenende schmiedeten, fühlte sie sich einsam und isoliert.

Also kündigte sie an, dass sie nach Liscuan fahren würde. Da

Moira normalerweise kaum über ihr Privatleben sprach, gingen die meisten davon aus, dass zu Hause eine Großfamilie auf sie wartete.

»Sie freuen sich bestimmt schon, wieder einmal nach Hause zu kommen und alle wiederzusehen«, sagte Ania. »Das wird ein großes ›Hallo‹ werden.«

»Ganz bestimmt«, erwiderte Moira.

Ania lebte in einer Welt, in der es nur gute und glückliche Menschen gab. Sie war erneut schwanger und musste sich schonen. Der Arzt hatte ihr strikte Bettruhe verordnet, und so blieb sie zu Hause und malte sich die Zukunft mit ihrem Kind in den schönsten Farben aus. Dieses Mal würde es bestimmt klappen, und wenn sie dafür monatelang im Bett liegen musste.

Ein Mal in der Woche chauffierte ihr Mann Carl sie in die Herzklinik, damit sie ihre Kollegen besuchen konnte und auf dem Laufenden blieb. Ania freute sich, dass Moira über das Wochenende nach Hause fuhr. Das würde sie vielleicht ein wenig aufheitern …

Moira schaute aus dem Zug, der Irland in Richtung ihres Heimatorts durchquerte. Sie hatte einen kleinen Koffer bei sich, wusste aber noch nicht, wo sie bleiben sollte. Vielleicht würden ihr Vater und Mrs. Kennedy ihr ein Bett anbieten?

Mrs. Kennedy war ziemlich kurz angebunden, als Moira anrief und mit ihrem Vater sprechen wollte.

»Er hat sich gerade hingelegt. Von fünf bis sechs Uhr hält er immer Siesta«, sagte sie vorwurfsvoll, als ob Moira das wissen müsste.

»Ich bin gerade in der Gegend und wollte kurz vorbeikommen und ihn besuchen«, erwiderte Moira.

»Vor oder nach dem Essen?«, fragte Mrs. Kennedy.

Moira holte tief Luft.

»Vielleicht zum Essen?«, schlug sie vor.

Mrs. Kennedy war eher praktisch und weniger gastfreundlich veranlagt. »Wir haben aber nur zwei Lammkoteletts«, meinte sie.

»Oh, machen Sie sich meinetwegen keine Umstände. Ich esse gern Gemüse«, antwortete Moira.

»Das sollten Sie vielleicht besser mit Ihrem Vater besprechen, wenn er aufwacht. Ich will nichts über seinen Kopf hinweg entscheiden.«

Moira biss die Zähne zusammen. »Gut, dann rufe ich gegen sechs Uhr noch mal an.«

Sie hatte ihrem Vater den Weg für ein Zusammenleben mit Mrs. Kennedy geebnet, und das war nun der Dank dafür. Das Leben war wirklich unfair.

Aber das wusste Moira bereits durch ihre Arbeit. Männern wurde ohne Vorwarnung und ausreichende Abfindung gekündigt; Frauen schlitterten ins Drogengeschäft, weil dies die einzige Möglichkeit für sie war, an ein bisschen Bargeld zu kommen; junge Mädchen liefen von zu Hause weg und weigerten sich, zurückzukommen, weil das, was sie dort erwartete, schlimmer war, als unter einer Brücke zu schlafen. Moira hatte mit ansehen müssen, wie Babys direkt aus dem Krankenhaus in völlig unzulängliche Heime gebracht wurden, während Hunderte von unfruchtbaren Paaren vergebens versuchten, ein Kind zu adoptieren.

Moira saß allein in einem Café und wartete darauf, dass ihr Vater seine Siesta beendete. Siesta! Früher hätte er sich so etwas nicht erlaubt. Abends war Vater immer todmüde von der Arbeit auf der Farm zurückgekommen. Manchmal hatte ihre Mutter etwas zu essen vorbereitet, meistens jedoch nicht. Moiras und Pats Pflicht bestand darin, die Kartoffeln zu schälen, so dass wenigstens diese Arbeit erledigt war. Da ihr Vater sich auf Pat als Farmhelfer nicht sonderlich verlassen konnte, musste er sich auch noch selbst darum kümmern, dass die Hühner im Stall waren. Er rief so lange, bis der Hütehund den Weg nach Hause fand, und tätschelte dem Tier den Kopf. »Guter Hund, Shep.« Jeder Hund, den sie im Lauf der Jahre gehabt hatten, hatte Shep geheißen.

Erst dann setzte ihr Vater sich an den Küchentisch, den er oft

zuvor noch hatte decken müssen: Es gab Kartoffeln und ein paar Scheiben Schinken, die Kartoffeln oft direkt aus dem Topf, mit Salz aus der Großpackung bestreut.
Für Moiras Vater hatte sich das Leben eindeutig verbessert. Moira konnte froh sein, dass sich die wortkarge Mrs. Kennedy seiner angenommen hatte und ihm nun abends ein Lammkotelett briet.
Warum war diese Frau ihr gegenüber so abweisend? Sie hatte nichts zu befürchten von Moira. Das sollte sie doch wissen. Aber eigentlich wirkte sie immer streng und unfreundlich und lächelte nur selten.
Erschrocken stellte Moira fest, dass die Leute genau dasselbe über *sie* sagten. Sogar Mr. Ennis hatte sie darauf angesprochen, dass sie so gut wie nie lächelte und stets eine missbilligende Miene zur Schau trug.
Als Moira mit ihrem Vater am Telefon sprach, klang er lebhaft und zufrieden. Er erzählte ihr, dass er in der letzten Zeit viele Holzschnitzarbeiten gemacht und sich dafür sogar eine eigene Werkstatt eingerichtet habe. Von Pat habe er lange nichts gehört, aber der Junge schien sich wieder gefangen und einen guten Job gefunden zu haben.

Moira fuhr mit dem Bus zu Mrs. Kennedy hinaus und klopfte zaghaft an die Tür.
»Oh, Moira.« Immerhin erkannte Mrs. Kennedy sie, auch wenn sich ihre Freude über den Besuch offenbar in Grenzen hielt.
»Ich komme doch nicht ungelegen für Sie oder meinen Vater?«
»Nein, bitte kommen Sie herein. Ihr Vater macht sich gerade zum Essen frisch.«
Auch das war ein Novum, dachte Moira. Früher hatte sich ihr armer Vater mit schlammverkrusteten Stiefeln und verschwitztem Hemd an den Tisch gesetzt und sich, Pat und ihrer Mutter die Kartoffeln auf den Teller gehäuft, das heißt, falls seine Frau sich überhaupt zu ihnen setzte. Jetzt war das alles anders.
Moira bemerkte, dass der Tisch für drei Personen gedeckt war.

Es gab gefaltete Stoffservietten, eine kleine Vase mit Blumen, schimmernde Salzstreuer und funkelnde Gläser. Ein kultivierter Esstisch wie dieser war nicht zu vergleichen mit den Tischsitten aus dem früheren Leben ihres Vaters.
»Sie haben das Haus sehr hübsch eingerichtet.«
Moira sah sich um, als müsste sie das Haus auf irgendwelche Mängel oder feuchte Stellen absuchen.
»Freut mich, dass es vor Ihrem strengen Auge besteht«, sagte Mrs. Kennedy.
In dem Moment gesellte sich ihr Vater zu ihnen. Moira hielt die Luft an. Mit seinem flotten Sakko sah er zehn Jahre jünger aus als bei ihrem letzten Treffen. Und er hatte sich sogar eine Krawatte umgebunden.
»Du siehst klasse aus, Dad«, sagte sie bewundernd. »Willst du ausgehen?«
»Ja, an unseren schön gedeckten Esstisch. Dafür lohnt es sich doch, sich schick zu machen, oder?«, fragte er. Versöhnlicher fügte er hinzu: »Wie geht es dir, Moira? Ich freue mich, dich zu sehen.«
»Mir geht es gut, Dad.«
»Und wo wirst du schlafen?«
Also hier konnte sie offenbar nicht übernachten. Moira zuckte die Schultern. »Ich finde schon etwas … mach dir mal um mich keine Sorgen.«
Als ob er sich je ihretwegen gesorgt hätte! Schließlich hätte er seine Freundin bitten können, ein Bett für sie zu beziehen.
»Na, wunderbar. Setz dich doch.«
»Ja, nehmen Sie Platz«, sagte Mrs. Kennedy. »Trinken Sie doch ein Glas Sherry mit Ihrem Vater. In zehn Minuten serviere ich das Essen.«
»Ist sie nicht großartig?« Bewundernd schaute ihr Vater Mrs. Kennedy nach.
»Ja, großartig«, meinte Moira wenig begeistert.
Besorgt sah er sie an. »Stimmt etwas nicht, Moira?«
»Herrgott noch mal, Dad«, brach es aus Moira heraus. »Ich

habe den ganzen weiten Weg zurückgelegt, um dich zu besuchen. Du schreibst nie, du rufst nie an, und jetzt wirfst du mir vor, wie ich schaue!«

»Ich habe mir doch nur Sorgen gemacht. Du könntest ja deine Arbeit verloren haben oder so«, erwiderte er.

Moira starrte ihn an. Er meinte es ernst. Wahrscheinlich hatte sie wieder ein trauriges, zorniges oder missbilligendes Gesicht gemacht – genau wie die Leute immer sagten.

»Nein, ich bin über das lange Wochenende nach Hause gekommen, um meine Familie zu besuchen. Ist das so ungewöhnlich? Der Zug war voller Leute, die genau dasselbe vorhatten.«

»Ich dachte, du findest es eher traurig, dass dein Zuhause nicht mehr existiert und an fremde Leute verkauft wurde, während Pat im siebten Himmel schwebt.«

»Pat ist verliebt?«

»Dann hast du ihn also noch nicht getroffen?«

»Nein, ich bin direkt zu dir gekommen. Wer ist es? Wie ist sie?«

»Kannst du dich noch an die O'Learys erinnern? Die mit der Tankstelle?«

»Ja, aber die Mädchen sind zu jung für ihn. Die waren doch erst vierzehn oder fünfzehn Jahre alt«, meinte Moira schockiert.

»Es ist die Mutter – Erin O'Leary.«

»Und was ist aus Mr. O'Leary geworden?« Moira konnte es nicht fassen.

»Der hat sich irgendwohin abgesetzt.«

»Allmächtiger!«, rutschte es Moira heraus. Das war ein Ausdruck ihrer Mutter, den sie seit Jahren nicht mehr verwendet hatte.

»Tja, ganz genau. Man weiß nie, was das Leben so alles bringt«, sagte ihr Vater.

Ihr Vater befand sich in einer Zwickmühle, stellte Moira fest. Er konnte seinem Sohn Pat wohl kaum vorwerfen, dass er sich mit einer verheirateten Frau eingelassen hatte, da er schließlich exakt dasselbe getan hatte.

In dem Moment kam Mrs. Kennedy ins Zimmer und fragte

Moira, ob sie sich vor dem Essen noch frisch machen wolle. Ihr Vater nickte. Moira hielt das für eine gute Idee, nahm eine saubere Bluse aus ihrem Koffer und ging ins Bad.

Es verschlug ihr die Sprache. Auf der Tapete tummelten sich Scharen blauer Meerjungfrauen und Seepferdchen. Auf dem Fensterbrett standen chinesische Porzellanfiguren in Blau und Weiß, und die Seife lag in einer blauen Muschel. Eine Häkelpuppe mit blauem Reifrock verbarg unter diesem diskret die Ersatzrolle Toilettenpapier, für den Fall, dass der kundige Betrachter deren Anblick als Zumutung empfinden könnte. Vor dem Fenster hing ein blau karierter Vorhang, und auch der Duschvorhang wies ein blaues Muster auf.

Moira wusch sich Gesicht und Oberkörper, schlüpfte in ihre frische Bluse und kehrte an den Esstisch zurück.

»Das Badezimmer ist wirklich entzückend«, sagte sie zu Mrs. Kennedy.

»Man tut, was man kann«, erwiderte Mrs. Kennedy und servierte als Vorspeise Melonenscheiben mit einer kleinen Cocktailkirsche darauf.

Dann brachte sie das Hauptgericht.

»Wie ich schon sagte, mir reicht ein wenig Gemüse«, meinte Moira.

Ihr Vater wollte nichts davon hören. »Ich bin extra in die Stadt gefahren und habe ein Lammkotelett für dich geholt«, sagte er. Mrs. Kennedys Miene nach zu schließen, konnte Moira dies ihrem Vater gar nicht hoch genug anrechnen, und sie bedankte sich überschwenglich.

Da sie nicht den Eindruck hatte, beim Essen Pats neue Lebenssituation besprechen zu können, nahm Moira den Hauptgang schweigend zu sich. Ihr Vater und Mrs. Kennedy unterhielten sich angeregt über dies und das – über eine Eule, die er geschnitzt hatte, und über ein Kunstfestival, bei dem lokale Künstler ausstellten. Mrs. Kennedy war der Ansicht, dass auch er sich mit seinen Arbeiten daran beteiligen sollte. Wieder eine Überraschung für Moira.

Dann sprachen sie über Mrs. Kennedys Engagement in einer lokalen Frauengruppe. Alle waren der Ansicht, dass die Zeit der Farmer abgelaufen sei und dass man von der Landwirtschaft allein nicht mehr leben könne. Viele der Frauen verwandelten ihre Höfe deshalb in Bed-and-Breakfast-Pensionen. Mrs. Kennedy überlegte, es ihnen gleichzutun. Schließlich stünden drei Zimmer leer, für die sie nur noch neue Betten zu besorgen bräuchten. Mit sechs Gästen im Haus könnten sie sich ein nettes Zubrot verdienen.

Moira stellte fest, dass sie nicht wusste, wie Mrs. Kennedy mit Vornamen hieß.

Wenn, dann hätte sie sich in das Gespräch einmischen und »Orla« oder »Janet« – oder wie immer sie hieß – fragen können, ob sie vielleicht in einem der drei freien Zimmer übernachten könnte. Aber sie hatte Mrs. Kennedys Vornamen noch nie gewusst, und ihr Vater redete immer nur von »ihr« oder bezeichnete sie als »Schatz« oder »Liebling«. Von ihm konnte sie also keine Hilfe erwarten.

Als sie mit dem Essen fertig war, stand Moira auf und holte ihren Koffer.

»Nun, es war wirklich köstlich, aber wenn ich noch ein Zimmer finden will, dann muss ich jetzt los. Der Bus fährt noch immer um halb, ja?«

»Bleib doch noch. Du kannst den nächsten Bus nehmen«, bat ihr Vater. »Im Stella Maris bekommst du problemlos ein schönes Zimmer.«

»Ich wollte aber vorher noch auf einen Sprung bei Pat vorbeischauen«, meinte Moira.

»Er ist bestimmt noch in der Tankstelle. Warte lieber bis morgen.«

»Gut, in Ordnung, aber ich werde jetzt trotzdem gehen. Noch einmal vielen Dank für das ausgezeichnete Essen.«

»Gern geschehen«, antwortete Mrs. Kennedy.

»Es hat mich sehr gefreut, dich wiederzusehen, Moira. Und arbeite nicht immer so viel in Dublin.«

»Weißt du eigentlich, was ich dort mache, Dad?«
»Arbeitest du nicht in einem Büro für die Regierung?«
»Das könnte man so sagen«, erwiderte Moira tonlos und machte sich auf den Weg.
Bevor der nächste Bus fuhr, wollte sie noch einmal an ihrem alten Haus vorbeischauen. Sie ging die vertraute kleine Straße hinunter, ein Weg, den ihr Vater viele Male zurückgelegt haben musste, bevor er offiziell bei Mrs. Kennedy eingezogen war. Es war ihm nicht zu verdenken, dass er mit dieser Frau zusammenleben wollte – in einem hellen, sauberen Haus, wo eine warme Mahlzeit und vielleicht auch zärtliche Gesten auf ihn warteten. War das nicht besser als alles, was er je in seinem früheren Zuhause erlebt hatte?
Als Moira vor ihrem alten Haus stand, konnte sie auf den ersten Blick sehen, dass die neuen Besitzer es gestrichen und einen Garten angelegt hatten. Die Ställe und Nebengebäude waren umgebaut, modernisiert und in eine Käserei umgewandelt worden. Den Mittelpunkt des Betriebs bildete das Wohnhaus, in dem sie aufgewachsen war.
Moira betrat den alten Hof und sah sich erstaunt um. Sie musste unbedingt ins Haus. Sollte jemand herauskommen, würde sie eben sagen, dass sie früher hier gelebt hatte. Durch die Fenster konnte sie erkennen, dass im Kamin ein großes Feuer brannte und dass auf dem Tisch eine Flasche Wein und zwei Gläser standen.
Der Anblick stimmte sie traurig.
Warum hatten ihre Eltern ihr und Pat nicht so ein behagliches Zuhause bereiten können? Warum hatte es damals keine Sozialarbeiter gegeben, die sie beide aus der Familie genommen und in eine glücklichere Umgebung gebracht hatten?
In all den Jahren hatten ihre Mutter und ihr Vater als Eltern versagt. Ihre Mutter hätte selbst Hilfe gebraucht, und ihr Vater hatte sich vergebens bemüht, mit der Situation klarzukommen. Moira und Pat wäre es zu wünschen gewesen, eine unbeschwerte Kindheit erleben zu dürfen, in einer Familie, in der man Pat

nicht an den Ohren gezogen hätte, wenn er wieder einmal herumgaloppiert war und vorgegeben hatte, ein Pferd zu sein.
Moira hatte nie eine Puppe besessen, geschweige denn ein Puppenhaus. Auch an Geburtstagsfeiern konnte sie sich nicht erinnern. Sie hatte niemals Schulfreunde zu sich nach Hause einladen können, und damals hatte sie begonnen, sich ihr unnahbares Wesen zuzulegen. Schon als Kind hatte sie Freundschaft und Nähe gefürchtet, den früher oder später hätte jede Freundin erwartet, zu Moira nach Hause eingeladen zu werden, und dann wäre ihr ganzes Elend an den Tag gekommen.
Tränen stiegen ihr in die Augen, als sie sah, was für ein gemütliches Zuhause die Farm in ihrer Kindheit hätte sein können.
Mit dem Bus kehrte Moira in die Stadt zurück und buchte zwei Nächte im Stella Maris. Das Zimmer war schön und nicht teuer, aber Moira bebte vor Groll. Ihr Vater bewohnte ein Haus, in dem drei Schlafzimmer leer standen, und seine Tochter war gezwungen, für die Übernachtung in ihrer Heimatstadt Geld auszugeben.
Am nächsten Morgen wollte Moira sich mit eigenen Augen vergewissern, wie es Pat erging. Es fiel ihr schwer, sich ihren Bruder mit Mrs. O'Leary vorzustellen, die um einiges älter war als er. Das war bestimmt nur dummes Gerede. Mr. O'Leary hatte sie gewiss nicht Pats wegen verlassen. Und dass ihr Bruder diese Frau Erin nannte – unvorstellbar.
Doch das würde sie alles morgen erfahren.
Am nächsten Morgen brach sie zeitig zur Tankstelle auf. Pat stand auf dem Vorplatz und betankte wartende Autos mit Benzin oder Diesel. Er schien sich wirklich sehr zu freuen, sie zu sehen.
»Hast du dir auch endlich ein Auto angeschafft, Moira?«, rief er.
»Habe ich, aber es steht in Dublin«, erwiderte sie.
Pat lachte schallend. »Also, von hier aus kann ich es leider nicht betanken.«
Pat schien vollkommen in seiner Arbeit aufzugehen. Gelassen und freundlich im Umgang mit den Kunden, erledigte er gut-

mütig und heiter seinen Job, den andere als eintönig und monoton empfunden hätten.

»Eigentlich bin ich deinetwegen gekommen, Pat. Hast du bald Pause oder kannst du kurz weg?«

»Klar, ich kann jederzeit gehen. Ich gebe nur schnell Erin Bescheid.«

Moira folgte ihm zu der Kasse in den neuen Laden, der in der früher recht heruntergekommenen Tankstelle eingerichtet worden war.

»Erin, meine Schwester Moira ist da. Ist es okay, wenn ich Pause mache und einen Kaffee mit ihr trinke?«

»Oh, Pat, selbstverständlich. Schließlich schuftest du den ganzen Tag! Bleib weg, so lange du willst. Wie geht es dir, Moira? Wir haben uns lange nicht gesehen.«

Moira betrachtete die Frau hinter der Kasse. Erin O'Leary war ungefähr zehn Jahre älter als sie, Mutter von drei Töchtern und Ehefrau von Harry O'Leary, einem Handlungsreisenden, der oft länger und weiter verreist war, als es seine Arbeit erfordert hätte. Und nun hatte er das Land ganz verlassen, wie Moira heute Morgen beim Frühstück im Stella Maris erfahren hatte, als sie auf das Thema zu sprechen gekommen war.

Erin trug einen schicken gelben Kittel mit blauer Borte. Das lange, dünne Haar hatte sie mit einem blau-gelben Band zusammengefasst. Sie war schlank und fit und wirkte viel jünger als vierundvierzig oder fünfundvierzig Jahre. Es war nicht zu übersehen, mit welcher Zuneigung sie Pat betrachtete.

»Wie ich höre, hast du viel für meinen Bruder getan«, sagte Moira.

»Das beruht auf Gegenseitigkeit, kann ich dir versichern. Ohne Pat würde ich nur die Hälfte der Arbeit hier schaffen.«

Pat, der seine Jacke geholt hatte, hörte gerade noch den letzen Satz, als er zurückkam, und freute sich darüber wie ein Kind.

»Da bin ich aber froh. Ich hätte mir auch keinen besseren Bruder als ihn wünschen können«, erwiderte Moira und bemühte sich, so viel Überzeugungskraft wie möglich in ihre Stimme zu legen.

In Wahrheit war ihr Pat stets eine Last gewesen und hatte ihr jahrelang nichts als Sorgen bereitet. Aber das musste sie Mrs. O'Leary nicht unbedingt auf die Nase binden.

»Das kann ich mir vorstellen«, meinte Erin O'Leary und legte den Arm liebevoll um Pats Schultern.

»Und, ist das was Festes mit euch beiden?«, fragte Moira und versuchte, ein Lächeln auf ihr Gesicht zu zaubern, damit man ihre Frage nicht als Verhör, sondern als wohlwollendes Interesse interpretierte.

»Das will ich aber hoffen«, antwortete Erin. »Ohne Pat wäre ich verloren, und die Mädchen auch.«

»Ich gehe hier nicht mehr weg«, erklärte Pat stolz.

Moira überlegte, ob sie aus Sicht der Sozialarbeiterin eine Patchworkfamilie wie diese gutheißen könnte oder nicht. Wahrscheinlich würde sie Erin O'Learys Lebensumstände sorgfältig überprüfen und sich vergewissern, dass deren Ehemann auf keinen Fall zurückkehren und Pat Tierney aus seinem neuen Zuhause und von seiner Arbeitsstelle vertreiben würde. Für sie standen die Bedürfnisse ihrer Schutzbefohlenen stets an erster Stelle, aber wäre sie imstande, Pat um das liebevolle Zuhause zu bringen, das er jetzt zu haben schien, indem sie Mrs. O'Learys familiäre Situation eventuell einer zu kritischen Prüfung unterzog?

Die beiden Geschwister gingen in ein Café in der Nähe, wo Pat offenbar ein beliebter Stammgast war.

Die anderen Gäste erkundigten sich bei ihm nach Erin, und er erzählte ihnen stolz, dass sie ihm vergangene Woche zu seinem Geburtstag einen Kuchen mit seinem Namenszug in Zuckerguss gebacken und dass er von allen Geschenke bekommen habe. Erin musste es wohl auch den Stammgästen erzählt haben, denn der Kaminsims sei voller Glückwunschkarten, wie er hinzufügte.

Mit Schrecken fiel Moira ein, dass ausgerechnet sie ihrem Bruder keine Karte geschickt hatte.

Dann erzählte sie Pat von ihrem Besuch bei ihrem Vater.

»Er scheint sehr glücklich zu sein mit dieser Mrs. Kennedy«, erklärte sie grollend.
»Das ist doch auch kein Wunder, oder? Maureen ist wirklich ein Schatz.«
»Maureen?« Moira wusste nicht, wen er damit meinte.
»Maureen Kennedy«, sagte er, als müsste das jeder wissen.
»Und woher weißt du ihren Namen?«
»Ich habe sie einfach danach gefragt«, antwortete Pat und schaute auf seine Uhr.
»Musst du wieder zurück?«, fragte Moira.
»Na ja, Erin ist allein. Es ist nur noch ein junges Mädchen im Laden, und sie stellt sich mit der Registrierkasse immer so dumm an.«
Moira schaute Pat an und biss sich auf die Lippen. Hoffentlich schimmerten ihre Augen nicht verdächtig. Pat streckte die Hand aus und ergriff die ihre.
»Ich weiß, Moira, es ist nicht leicht für dich, niemanden zu haben, während Dad mit Maureen zusammen ist und ich mit Erin glücklich bin, aber du wirst auch bald jemanden finden, glaube mir.«
Sie nickte stumm.
»Komm mit zurück zur Tankstelle und unterhalte dich noch ein bisschen mit Erin.«
»Ja, das mache ich.«
Moira bezahlte den Kaffee. Wie ein Roboter folgte sie ihrem Bruder zurück zur Tankstelle.
Erin freute sich, sie zu sehen. »Es hatte doch keine Eile, Pat. Du hättest gern länger bleiben können.«
»Ich wollte dich nicht so lange allein lassen.«
»Hörst du, Moira? So ist er immer.«
Pat war hinausgegangen, um in seinen Arbeitskittel zu schlüpfen. Moira sah Erin an. »Ich bin froh, dass er hier bei dir ein Zuhause gefunden hat. Er hatte bisher so wenig Wärme und Zuneigung erfahren. Er hatte nie eine liebevolle Familie um sich. Du wirst nicht … du würdest doch nie …«

Erin fiel ihr ins Wort. »Bei uns hat er eine liebevolle Familie gefunden, und hier wird er auch bleiben. Das verspreche ich dir.«
»Danke«, erwiderte Moira.
»Und wenn du wiederkommst – bald, hoffe ich –, dann kannst du bei uns wohnen. Du musst nicht ins Stella Maris und dort teuer für ein Zimmer bezahlen.«
»Woher weißt du, dass ich dort wohne?«
»Eine Freundin von mir arbeitet dort. Sie hat mich angerufen und mir erzählt, dass du die Leute über mich ausfragst. Harry ist schon lange fort, Moira. Er wird nicht wieder zurückkommen. Aber Pat wird bleiben, und er tut mir und meinen Töchtern sehr gut. Er ist fröhlich, zufrieden, zuverlässig und immer für mich da. So etwas kannte ich bisher nicht, und das ist auch für mich eine schöne Erfahrung.«
Verlegen nahm Moira Erin in den Arm und kehrte ins Stella Maris zurück.
»Hoffentlich macht es Ihnen keine Umstände, wenn ich das Zimmer keine weitere Nacht brauche. Ich muss nämlich mit dem Nachmittagszug nach Dublin zurückkehren.«
»Kein Problem, Ms. Tierney. Dann mache ich Ihnen die Rechnung für eine Übernachtung fertig. Werden Sie das nächste Mal wieder bei uns wohnen?«
Moira fiel Erins Freundin ein, die hier arbeitete.
»Tja, das nächste Mal werde ich vielleicht bei Erin O'Leary übernachten. Sie hat mich freundlicherweise eingeladen. Das hat mich sehr gefreut.«
»Sehr schön«, meinte die Empfangsdame. »Es ist immer angenehmer, privat zu wohnen …«

Moira blickte durch das Fenster auf die regengepeitschte Landschaft hinaus. Kühe standen tropfnass und mit starrem Blick auf den Weiden, und Pferde suchten Schutz unter Bäumen. Während den Schafen das Wetter nichts auszumachen schien, liefen die Bauern geduckt und in Regenkleidung die schlammigen Wege entlang.

Die meisten Passagiere im Zug hatten in Dublin zu tun oder fuhren zu ihren Familien. Moira kehrte nach nicht einmal einem halben Wochenende in eine leere Wohnung zurück. Sie ertrug es einfach nicht, an einem Ort zu bleiben, an dem ihr Bruder und ihr Vater ihr Glück gefunden hatten, während der Besuch dort in ihr nur Verbitterung und Trauer ausgelöst hatte. Es war noch früh am Tag, sie könnte irgendetwas unternehmen. Doch was? Moira war hungrig, aber sie wollte nicht allein in ein Café oder in ein Restaurant gehen. Also ging sie in einen Laden und kaufte sich einen Schokoriegel.

»Ist das nicht ein wunderschöner Tag geworden? Es hat tatsächlich aufgehört zu regnen«, sagte die Frau hinter der Ladentheke, die ungefähr in ihrem Alter war.

»Ja, richtig«, erwiderte Moira und stellte überrascht fest, das ihr das gar nicht aufgefallen war.

»Meine Schicht dauert noch eine Stunde, und dann habe ich frei«, vertraute ihr die Verkäuferin mit einem strahlenden Lächeln an.

»Und was machen Sie dann?«, erkundigte sich Moira.

Moira fragte nicht aus Höflichkeit, sondern aus echtem Interesse. Ganz gewiss wartete auf diese Frau – wie auf jeden anderen Menschen auf dieser Welt – zu Hause eine große Familie und freute sich mit ihr über das Ende ihres Arbeitstages.

»Ich werde mit der Bahn hinaus ans Meer fahren«, antwortete die Frau. »Ich weiß noch nicht genau, wohin, aber vielleicht nach Blackrock, Dun Laoghaire, Dalkey oder sogar nach Bray. Auf jeden Fall dorthin, wo ich am Meer entlangspazieren und mir eine Tüte Pommes und ein Eis kaufen kann. Vielleicht gehe ich auch schwimmen oder treffe einen Bekannten. Aber ich werde bestimmt nicht den ganzen Tag zu Hause hocken, während draußen die Sonne scheint und alle an der frischen Luft sind.«

Moiras Neugier war geweckt. »Und das machen Sie ganz allein?«

»Gibt es etwas Schöneres? Keiner macht mir Vorschriften, und ich kann tun und lassen, was ich will.«

Nachdenklich verließ Moira das Geschäft. Sie war noch nie mit der Bahn ans Meer hinausgefahren. Nicht in all den vielen Jahren in Dublin. Beruflich selbstverständlich, aber nicht zum Vergnügen. Sie hatte keine Ahnung, dass die Leute einfach so an den Strand fuhren.
Doch genau das würde sie jetzt tun. Sie würde an der Liffey entlangspazieren, bis sie den Bummelzug in Richtung Süden erreichte. Am Meer würde sie sich ans Wasser setzen und vielleicht sogar ein Ruderboot mieten. Das würde ihr guttun. Selbstverständlich wäre sie umgeben von Horden glücklicher Familien oder frisch Verliebter, aber vielleicht würde sie ebenso empfinden wie diese Verkäuferin, die sich einfach darauf freute, die Sonne auf ihren Schultern und Armen zu spüren und mit anzuschauen, wie die Wellen sanft an das Ufer plätscherten.
Genau das würde sie tun. Sie würde einen Teil des langen Wochenendes am Meer verbringen.

Natürlich geschah kein Wunder, und die erhoffte Wirkung trat auch nicht ein.
Moira kam weder zur Ruhe, noch fühlte sie sich milder gestimmt. Die Sonne schien auf ihre Arme und Schultern, aber gleichzeitig wehte vom Meer her ein frischer Wind und ließ sie frösteln. Außerdem hatten eindeutig zu viele Dubliner beschlossen, mit ihren Familien an den Strand zu fahren.
Moira sah sich um.
Sie konnte sich nicht erinnern, in ihrer Kindheit je einen Ausflug ans Meer gemacht zu haben, aber in Dublin schien jedes Kind ein gottgegebenes Anrecht darauf zu haben, an die Küste zu fahren, sobald die Sonne schien. Moiras Verbitterung fraß sich wie Säure in ihr Herz, während sie mit gerunzelter Stirn die glücklichen Familien um sich herum betrachtete, die das Strandleben genossen.
Zu ihrer Überraschung blieb ein großer Mann mit rotem Gesicht und rotem Hemd mit offenem Kragen neben ihr stehen.

»Das ist doch Moira Tierney, wenn mich nicht alles täuscht!«
Sie hatte keine Ahnung, wer der Mann war.
»Äh, hallo«, sagte sie vorsichtig.
Der Mann setzte sich neben sie.
»Gott, ist es nicht wunderbar, hier draußen an der frischen Luft zu sein? Wir können wirklich von Glück reden, dass wir in einer Stadt leben, die so nah am Meer liegt«, sagte er.
Verlegen sah sie ihn an.
»Ich bin Brian Flynn. Wir haben uns das erste Mal bei Stella im Krankenhaus gesehen und dann wieder bei ihrer Beerdigung und bei Frankies Taufe.«
»Oh, *Father* Flynn. Ja, natürlich erinnere ich mich. Ich habe Sie nur nicht erkannt in dem ... Ich meine, ohne ...«
»Ein Römerkragen wäre bei dem Wetter nicht sehr praktisch«, meinte Brian Flynn munter. Er trug generell nicht oft Priesterkleidung, es sei denn, er musste eine Messe zelebrieren.
»Sind Ihre Eltern eigentlich mit Ihnen an den Strand gefahren, als Sie noch ein Kind waren?«, fragte Moira unvermittelt.
»Als mein Vater starb, waren meine Geschwister und ich noch sehr klein, aber meine Mutter ist mit uns jeden Sommer für eine Woche an die See gefahren. Wir wohnten in einer Pension namens St. Anthony, und jeder von uns hatte einen Eimer und eine Schaufel. Ja, es war sehr schön«, erwiderte er, in Erinnerung schwelgend.
»Dann hatten Sie eine glückliche Kindheit«, meinte Moira traurig.
»Sind Sie als Kind denn nicht am Meer gewesen?«
»Nein. Wir sind nirgendwohin gekommen. Man hätte uns nie in unserer Familie lassen dürfen. Wir hätten woanders aufwachsen sollen ... egal, wo.«
Brian Flynn ahnte, worauf das Gespräch hinauslaufen würde. Diese Frau schien besessen davon zu sein, Kinder ihren Eltern wegzunehmen und in Pflege zu geben. Zumindest war Noel dieser Meinung. Noel hatte panische Angst vor Moira, und Katie bestätigte, dass es Lisa ebenso erging.

»Tja, ich vermute, dass sich das mittlerweile geändert hat …«, entgegnete Brian Flynn vage.
Er wünschte sich, er hätte Moira nicht angesprochen, aber sie hatte so einsam und verloren ausgesehen in Rock und Blazer inmitten all der leger gekleideten Strandläufer.
»Haben Sie eigentlich jemals das Gefühl, dass Ihre Arbeit sinnlos ist, Father?«
»Nennen Sie mich doch Brian. Nein, das Gefühl habe ich nicht. Natürlich machen wir hin und wieder etwas falsch. Ich meine, die Kirche tut das. Sie geht nicht mit der Zeit. Und auch ich mache Fehler, und das hat nichts mit der Kirche zu tun. Ich kann es einfach nicht lassen, die Leute zu einer katholischen Trauung überreden zu wollen, und wenn ich sie überzeugt habe, stellt es sich heraus, dass sie keine Lust mehr haben, länger zu warten, und lassen sich standesamtlich trauen, während ich dastehe wie ein Idiot. Aber um Ihre Frage zu beantworten: Nein, ich glaube nicht, dass alles sinnlos ist. Ich glaube schon, dass wir mit unserer Arbeit helfen, und ich bekomme viel Resonanz. Sie doch bestimmt auch?«
Er beendete seinen Satz in fragendem Ton, als erwartete er von ihr die Bestätigung, ebenso zufrieden mit ihrer Arbeit zu sein, aber er täuschte sich.
»Das kann ich nicht sagen, Father Flynn, wirklich nicht. Auf meinem Schreibtisch häufen sich die Fälle mit unglücklichen Menschen, die mich auch noch für ihr Unglück verantwortlich machen.«
»Ich bin sicher, dass das nicht stimmt.«
Brian Flynn wünschte sich, er wäre meilenweit weg von hier.
»Aber es *stimmt*, Father. Da habe ich für eine Frau genau die Art von Seniorenheim gefunden, die sie sich vorgestellt hat – mit vegetarischer Kost und mit einer Umgebung, die vor Frömmigkeit nur so trieft. Ich hoffe, Sie entschuldigen meine Ausdrucksweise. Aber die Frau ist immer noch nicht zufrieden.«
»Wahrscheinlich ist sie alt und verunsichert«, sagte Brian Flynn.

»Ja, aber sie ist nur eine unter vielen. Dann ist da noch ein älterer, eigentlich sehr netter Herr namens Gerald. Ich habe dafür gesorgt, dass er *nicht* ins Heim musste, wie seine es Kinder forderten, habe ein Netzwerk an Helfern für ihn aufgebaut, und jetzt jammert er mir die Ohren voll, dass er den ganzen Tag allein ist. Er wäre lieber in einem Heim mit einer Bowling-Bahn.«

»Er ist wahrscheinlich auch alt und verunsichert«, erwiderte Brian Flynn.

»Aber was ist mit denen, die *nicht* alt sind? Die wollen auch keine Hilfe haben. Zum Beispiel diese Dreizehnjährige, die auf der Straße lebte. Ich habe sie zu ihrer Familie zurückgebracht. Sie haben, glaube ich, wegen allem gestritten – wegen ihrem schwarzen Lippenstift und ihrem schwarzen Nagellack. Auf jeden Fall ist sie jetzt wieder abgehauen. Die Polizei sucht sie. So weit hätte es nicht kommen müssen. Da habe ich mich bis weit in die Nacht zu ihr unter die Brücke gesetzt, und es hat alles nichts genützt.«

»Das weiß man nie …« Brian Flynn versuchte es erneut.

»O doch, *ich* weiß es. Und ich weiß auch, dass ich mir eine Menge Feinde gemacht habe wegen dieses unglücklichen Kindes, das von einem Alkoholiker großgezogen wird …«

Die plötzliche Härte in Brian Flynns Stimme war nicht zu überhören.

»Man macht es sich zu einfach, wenn man in Noel nur den Alkoholiker sieht, Moira. Er hat ein völlig neues Leben begonnen, um diesem Kind ein Zuhause zu bieten.«

»Und Sie glauben, dass uns dieses Kind später einmal dankbar dafür sein wird, dass wir es bei seinem versoffenen, verbitterten Vater gelassen haben?«

Loyal sprang Brian Flynn für Noel in die Bresche. »Er liebt seine Tochter sehr. Und er trinkt nicht mehr. Er hat damit aufgehört.«

»Hand aufs Herz – wollen Sie mir damit sagen, dass Noel nicht ein einziges Mal einen Rückfall hatte, seit Frankie bei ihm ist?«

Brian Flynn konnte nicht lügen.

»Es war nur dieses eine Mal, und es hat nicht lange gedauert«, erwiderte er zögernd.
Noch im selben Moment wurde ihm klar, dass Moira nichts davon gewusst hatte. Er sah es ihr an. Wie immer hatte er es geschafft, die Dinge zu verschlimmern. In Zukunft würde er nur noch mit einer Tüte über dem Kopf und mit Sehschlitzen darin herumlaufen. Und mit keinem Menschen je wieder ein Wort wechseln.
»Ich hoffe, Sie halten mich nicht für unhöflich, Moira, aber ich muss jetzt ... äh ... ich bin verabredet ...«
»Nein, natürlich nicht.«
Moira stellte fest, dass der Pfarrer plötzlich wesentlich distanzierter wirkte, aber das passierte ihr oft in Gesprächen.
Father Flynn eilte weiter. Moira fühlte sich unbehaglich an diesem Strand. Sie gehörte nicht hierher. Langsam sammelte sie ihre Sachen ein und ging in Richtung der Haltestelle, von wo aus der kleine Zug sie in die Stadt zurückbringen würde.
Die meisten Menschen fuhren gern mit der Bahn. Moira bekam nicht viel mit von der Landschaft, die vor dem Fenster vorbeizog. Ständig musste sie daran denken, wie sehr sie hintergangen worden war. Sogar der alte Pfarrer, der mit der Sache eigentlich gar nichts zu tun hatte, hatte es gewusst. Aber niemand hatte es für nötig befunden, es der für diesen Fall zuständigen Sozialarbeiterin zu erzählen.
Leider konnte Moira die Bewohner des Chestnut Court nicht sofort mit ihrer neuen Information konfrontieren. Sie wusste, dass Noel und seine Eltern mit dem Baby in eine Kleinstadt gefahren waren, von der sie zwar noch nie etwas gehört hatte, in der es jedoch eine wundertätige Heiligenstatue zu geben schien. Charles und Josie würden gewiss diese Statue aufsuchen, während zu befürchten stand, dass Noel mit dem Kind bereits im nächsten Pub verschwunden war.
Doch Moira würde sich alle Beteiligten so bald wie möglich vorknöpfen: Emily, wenn diese mit Dingo Duggan von ihrem Ausflug an die Westküste zurückgekehrt war; Lisa, wenn sie

und Anton wieder aus London zu Hause waren, und zu guter Letzt würde sie Noel zur Rede stellen, der sie so dreist angelogen hatte. Es gab so viele Stellen, an die sie Frankie Lynch vermitteln könnte und wo ein Kind sicher und geborgen aufwachsen würde. Dieses eine Paar, zum Beispiel – Clara Caseys Tochter Linda und ihr Mann Nick, der Sohn von Hilary aus der Herzklinik. Die beiden sehnten sich verzweifelt nach einem kleinen Mädchen. Sie könnten der Kleinen ein stabiles, behagliches Zuhause bieten, eine Großfamilie mit zwei Großmüttern, die das Kind vergötterten.

Moira seufzte. Hätte es damals doch nur eine Sozialarbeiterin gegeben, die sie und Pat mit einem Wink ihres Zauberstabs in ein ähnliches Zuhause versetzt hätte, an einen Ort voller Liebe und mit Kinderbüchern im Regal, wo man ihnen abends vor dem Einschlafen noch eine Geschichte vorgelesen und sich für ihre Hausaufgaben interessiert hätte und an heißen Tagen mit ihnen an den Strand gefahren wäre, wo sie mit einem Eimer und einem Spaten Sandburgen hätten bauen können.

Noch unter dem katastrophalen Eindruck an ihre lieblose Kindheit stehend, war Moira fest entschlossen, Frankie Lynch zu einem neuen, sicheren Zuhause zu verhelfen.

Denn ihr eigener Verlust hätte nur dann einen Sinn, wenn es ihr gelang, einem anderen Menschen zu einem besseren Leben zu verhelfen. Jetzt musste sie nur noch dieses endlose Wochenende überstehen, bis alle Beteiligten wieder von ihren diversen Ausflügen zurückgekehrt waren, und dann könnte sie die Sache in Angriff nehmen.

Moira konnte es nicht wissen, aber Lisa war bereits wieder in Dublin. In London hatte es eine Reihe von Missverständnissen gegeben. Lisa war davon ausgegangen, dass sie diverse Restaurants besuchen und mit deren Besitzern reden wollten, April hingegen hatte angenommen, dass sie zu PR-Zwecken hinüberflogen, und deshalb mehrere Interview-Termine für Anton arrangiert.

»In England haben sie kein langes Wochenende, es wird ganz normal gearbeitet«, hatte sie den beiden fröhlich erklärt.
»Aber doch nicht am Wochenende.« Lisa hatte sich bemüht, unverkrampft zu klingen.
»Nein, aber Montag ist ein normaler Arbeitstag in London, und am Sonntag könnten wir schon mal proben.«
April sprühte vor Tatendrang. Lisa, die nicht kleinlich erscheinen und auf keinen Fall zeigen wollte, wie verletzt sie war, hatte entsprechend begeistert reagiert.
Außerdem käme ihr das sehr gelegen, da sie zu Hause in Dublin noch jede Menge zu erledigen habe, ließ sie beiläufig einfließen. Und zu ihrer großen Freude bemerkte sie, dass Anton sie nur ungern gehen ließ. Doch jetzt war sie wieder in Dublin, hatte nichts zu tun und konnte sich mit keinem Menschen treffen.
Als Lisa die Haustür zum Chestnut Court aufsperrte, glaubte sie, Moira im Hof mit einigen der Nachbarinnen sprechen zu sehen. Aber das war unmöglich. Noel und das Baby waren in Rossmore, und Moira hatte zu ihrer Familie aufs Land fahren wollen. Das bildete sie sich bestimmt nur ein.
Aber als sie über die Mauer des Korridors spähte, der zu ihrer Wohnung führte, sah sie, dass es tatsächlich Moira war. Lisa konnte zwar nicht hören, was gesprochen wurde, aber ihr gefiel die Sache nicht. Moira kannte – außer ihnen – keinen Menschen in diesem Apartmentblock. Sie war wahrscheinlich gekommen, um zu spionieren.
Lisa trat aus dem Haus und überquerte den Hof.
»Na, *hallo,* Moira«, sagte sie und zeigte sich sehr überrascht.
Die beiden Frauen im mittleren Alter, die Moira ausgehorcht hatte, traten vor Verlegenheit von einem Fuß auf den anderen. Lisa kannte die beiden vom Sehen und nickte ihnen kurz zu.
»Oh, Lisa … Ich dachte, Sie wären weggefahren?«
»Ja, das war ich auch«, stimmte Lisa ihr zu, »aber jetzt bin ich wieder da. Und Sie? Sie wollten doch auch weg?«
»Ich bin auch früher zurückgekommen«, erwiderte Moira. »Sind Noel und Frankie auch schon da?«

»Ich denke nicht, aber ich war noch nicht in der Wohnung. Warum kommen Sie nicht mit und schauen selbst nach?«
Die Nachbarinnen hatten es plötzlich sehr eilig und suchten nach Ausreden, um sich zu verabschieden.
»Nein, nein, das wäre nicht angebracht«, meinte Moira. »Sie sind doch eben erst aus London zurückgekommen.«
»Moira ist unsere Sozialmanagerin«, erklärte Lisa den beiden Nachbarinnen, die rasch den Rückzug antraten. »Sie ist absolute Spitze. Sie kommt immer dann, wenn Noel und ich am wenigsten damit rechnen, für den Fall, wir könnten Frankie halb zu Tode prügeln oder sie in einen Käfig sperren und verhungern lassen. Bis jetzt hat sie uns zwar noch nicht dabei erwischt, aber das ist nur eine Frage der Zeit.«
»Sie verstehen meine Aufgabe vollkommen falsch, Lisa. Ich bin nur Frankies Wohl verpflichtet.«
»Wir alle sind Frankies Wohl verpflichtet«, erwiderte Lisa. »Und das würden Sie auch begreifen, wenn Sie uns dabei zusehen könnten, wie wir sie nachts hin und her tragen, wenn sie wieder einmal nicht schlafen kann. Oder wenn wir ihre Windeln wechseln oder versuchen, sie mit dem Löffel zu füttern, während sie ständig den Kopf wegdreht.«
»Sehen Sie«, meinte Moira, »das ist alles zu viel für sie. Und meine Aufgabe ist es, darüber zu entscheiden, ob Frankie in einer konventionelleren Familie nicht besser aufgehoben wäre … bei Leuten, die reif genug sind, für ein Kind zu sorgen.«
»Aber sie ist doch Noels Tochter!«, rief Lisa, ohne zu bemerken, dass die beiden Frauen sie mit offenem Mund anstarrten. »Und ich dachte, ihr Leute vom Sozialamt seid dafür da, die Familien zusammenzuhalten.«
»Ja, aber Sie beide sind keine Familie, Lisa. Sie teilen sich nur eine Wohnung, und Noel ist als Vater nicht eben zuverlässig. Das müssen Sie doch selbst zugeben.«
»Nein, *nichts* muss ich zugeben!«
Lisa wusste, dass sie – beide Hände in die Hüften gestemmt – wie ein keifendes Fischweib aussah, aber jetzt reichte es ihr.

Und sie begann, alles aufzuzählen, was Noel bisher geleistet hatte und noch leistete.
Moira fiel ihr mit schneidender Stimme ins Wort.
»Könnten wir vielleicht irgendwohin gehen, wo wir unter uns sind?«
Dabei warf sie den beiden Nachbarinnen, die sie zuvor befragt hatte und die noch immer an der Ecke standen, einen bösen Blick zu. Die Frauen zogen sich eilends zurück.
»Ich will meine Zeit nicht weiter mit Ihnen vergeuden«, sagte Lisa. Sie wusste, dass sie sich kindisch anhörte, aber das war ihr egal.
Moira bebte innerlich vor Zorn und war gleichzeitig die Ruhe in Person.
»Bei all Ihren Lobeshymnen auf Noel haben Sie es tatsächlich vergessen, zu erwähnen, dass er einen Rückfall hatte und wieder zu trinken anfing«, entgegnete sie. »Das Kind war in dieser Situation in großer Gefahr, aber niemand hat es für nötig befunden, mich zu verständigen.«
»Es war doch schon vorbei, ehe es überhaupt richtig losging«, erklärte Lisa. »Völlig unnötig, Sie zu alarmieren und den dritten Weltkrieg auszulösen!«
Moira sah ihr einen Moment lang unverwandt ins Gesicht. »Wir sind doch alle auf derselben Seite«, sagte sie schließlich.
»Nein, sind wir nicht«, widersprach Lisa. »Sie wollen uns Frankie wegnehmen. Wir wollen sie behalten. Wie kann man da von Einigkeit sprechen?«
Langsam, als wäre Lisa schwer von Begriff, entgegnete Moira: »Wir wollen alle nur das *Beste* für das Kind.«
»Es ist das Beste für uns alle, wenn sie bei Noel bleibt, Moira.« Plötzlich klang Lisa sehr müde. »Frankie hält Noel von der Flasche fern und ausbildungsmäßig bei der Stange, so dass er ihr ein guter, beruflich etablierter Vater sein wird, wenn sie alt genug ist, um solche Dinge zu verstehen. Und meiner seelischen Gesundheit tut sie auch gut. Ich habe jede Menge Ärger und Verdruss in meinem Leben, aber die Sorge um Frankie erdet

mich gewissermaßen. Plötzlich hat alles einen Sinn, wenn Sie verstehen, was ich meine.«

Moira seufzte.

»Ich verstehe ganz genau, was Sie meinen. Wissen Sie, in gewisser Weise tut sie dasselbe für mich. Die Sorge um Frankie ist auch für *mich* wichtig. Ich will, dass dieses Kind einen guten Start ins Leben bekommt und nicht von einer verkorksten Kindheit blockiert wird, wie es bei mir der Fall war.«

Lisa stutzte. Moira hatte noch nie zuvor über derart persönliche Dinge gesprochen.

»Erzählen Sie mir nichts über die Kindheit! Ich wette, dass meine die Ihre noch an Lausigkeit übertrifft!«, feixte Lisa.

»Sie hätten wohl keine Lust, mit mir zum Essen zu gehen? Ich bin ziemlich geschafft. Ich war in unserem alten Haus, und das hat mich alles ein bisschen mitgenommen. Außerdem ist kein Mensch in der Stadt …«

Sehr verlockend klang diese Einladung nicht, aber Lisa wollte nicht in der leeren Wohnung bleiben. Überdies war nichts zu essen im Haus außer allenfalls einer Dose mit Gemüse im Schrank oder einer Portion Nudeln mit Sauce im Tiefkühlfach. Sie würde sich einsam fühlen. Vielleicht war es besser, sich anzuhören, was Moira zu sagen hatte.

»Wenn wir nicht über Frankie reden«, stellte Lisa zur Bedingung.

»Wer ist Frankie?«, erwiderte Moira und schnitt dabei eine merkwürdige Grimasse.

Lisa ahnte, dass dies wohl ein Lächeln sein sollte.

Sie beschlossen, in Ennios Trattoria zu gehen. Das Restaurant war ein Familienbetrieb: Ennio stand in der Küche und begrüßte die Gäste, sein Sohn bediente an den Tischen. Ennio lebte seit über zwanzig Jahren in Dublin, war mit einer Irin verheiratet und sprach fließend Englisch; er wusste jedoch genau, dass ein italienischer Akzent gut fürs Geschäft war.

Anton hingegen hielt Ennio für einen ausgemachten Idioten,

der es niemals zu etwas bringen würde, wie er zu Lisa gesagt hatte. Ennio machte keine Reklame, hatte keine Berühmtheiten unter seinen Gästen und bekam nie Restaurantkritiken oder stand im Fokus der Presse. In sein Restaurant zu gehen glich für Lisa einer Unabhängigkeitserklärung.

Moira war oft daran vorbeigegangen und hatte sich gefragt, wer wohl sieben Euro für einen Teller Spaghetti bolognese zahlen würde, die man sich zu Hause wesentlich billiger selbst zubereiten konnte. Für sie war der Besuch in diesem Restaurant purer Trotz, um ihrer angeborenen Knauserigkeit und Vorsicht die Stirn zu bieten.

Ennio hieß die beiden Frauen so freudig willkommen, als wartete er bereits seit Wochen auf ihren Besuch. Er legte zwei große, rot-weiße Servietten auf den Tisch, spendierte ihnen einen Begrüßungsdrink auf Kosten des Hauses und erklärte ihnen, dass sogar die Engel im Himmel von den Cannelloni schwärmten, die heute auf der Karte standen. Als er damals das Restaurant eröffnet hatte, hatten seine einfachen, frischen Gerichte sofort großen Anklang gefunden. Seitdem hatte stetige Mundpropaganda dafür gesorgt, dass die Trattoria fast jeden Abend aus allen Nähten platzte.

Anton könnte sich täuschen, was Ennio betraf, dachte Lisa. Das Lokal war schon fast voll, überall sah sie strahlende Gesichter. Hier waren es nicht Stil, Dekor oder Beleuchtung, die den Gast anlockten – oder gar Interviews zur Steigerung der Publicity. Vielleicht war Ennio alles andere als ein Dummkopf.

Auch Moira begann zu verstehen, warum die Leute sieben Euro für einen Teller Nudeln ausgaben. Sie zahlten nicht nur für das Essen, sondern für ein sauberes, kariertes Tischtuch, eine herzliche Begrüßung und das Gefühl, hier die Seele baumeln lassen zu dürfen.

Sie hätte sich natürlich auch zu Hause ein paar Cannelloni in den Ofen schieben können, aber in ihrer kleinen, leeren Wohnung wäre es nicht dasselbe gewesen wie hier, wo sogar die Engel ins Schwärmen gerieten.

Zum ersten Mal seit langer Zeit fing Moira an, sich zu entspannen, und sie hob ihr Glas.
»Auf uns«, sagte sie. »Wir mögen vielleicht einen schlechten Start ins Leben erwischt haben, aber wir haben überlebt!«
»Auf die Überlebenden«, erwiderte Lisa. »Soll ich anfangen?«
»Bestellen wir zuerst die Cannelloni, und dann können Sie loslegen«, meinte Moira.

Moira war eine gute Zuhörerin, das musste Lisa ihr lassen. Sie hörte konzentriert zu, merkte sich, was man gesagt hatte, und fragte an den richtigen Stellen nach. So wollte sie wissen, wie alt Lisa gewesen war, als ihr zum ersten Mal bewusst wurde, dass ihre Eltern keinerlei Liebe füreinander empfanden. Allerdings stellte sie auch völlig belanglose Fragen wie die, ob Lisas Eltern mit den beiden Mädchen jemals am Meer gewesen wären. Sie zeigte jedoch Mitgefühl, wenn es nötig war, reagierte entsetzt an den entsprechenden Stellen, und erkundigte sich neugierig, *warum* Lisas Mutter in diesem lieblosen Zuhause geblieben war. Als die Rede auf das Thema »Freunde« kam, schien sie genau zu verstehen, weshalb Lisa nie welche gehabt hatte.
Wie konnte man in ein solches Zuhause Freunde mitbringen?
Lisa erzählte auch von ihrer Arbeit als Grafik-Designerin für Kevin, von ihrer ersten Begegnung mit Anton und davon, wie diese ihr Leben verändert hatte. Sie hatte den sicheren Hafen von Kevins Agentur verlassen und sich selbständig gemacht. Nein, andere Auftraggeber hatte sie bisher nicht, aber Anton hatte ihre anfängliche Unterstützung dringend gebraucht und wäre ohne sie verloren gewesen, wie er ständig beteuerte. Erst heute Morgen in London hatte er sie noch angefleht, nicht zu fliegen und ihn allein mit April seinem Schicksal zu überlassen.
»Ah, diese April«, sagte Moira in Erinnerung an ihr Essen mit Clara im Chez Anton. »Eine sehr *nichtssagende* Person.«
»*Nichtssagend!*« Lisa stürzte sich mit Wonne auf dieses Wort.

»Genau das ist sie! Nichtssagend!« Genüsslich wiederholte sie den Ausdruck.

Sanft begann Moira, die Unterhaltung in eine andere Richtung zu lenken, genauer gesagt, kam sie auf Noel zu sprechen.

»Und war es nicht wunderbar, dass Sie so schnell einen Ort gefunden haben, wo Sie bleiben konnten?«, lieferte sie das Stichwort.

»O ja, wäre Noel nicht gewesen, hätte ich nicht gewusst, wohin an diesem Abend, als mir klarwurde, dass mein Vater, mein eigener Vater … in unserem Haus …«

Von Erinnerung überwältigt, verstummte sie.

»Aber Noel hat Sie sofort mit offenen Armen aufgenommen?«, fuhr Moira fort.

»Na ja, so würde ich das nicht sagen, das wäre vielleicht ein wenig übertrieben, aber er hat mir eine Zuflucht angeboten. Das war sehr großzügig von ihm, vor allem, wenn man bedenkt, dass ich ihn eigentlich kaum kannte. Und dann sind er und Emily auf die Idee gekommen, dass es wohl das Beste wäre, wenn ich bliebe. Ich könnte ihnen dafür bei Frankie helfen und umsonst dort wohnen.«

»Umsonst? Sie meinen, Noel muss – außer seine übrigen Ausgaben zu bestreiten – auch noch für Sie zahlen?«

Ein Funkeln trat in Moiras Augen. Ohne dass sie danach gefragt hatte, bekam sie die interessantesten Informationen quasi frei Haus geliefert.

Lisa schien zu erkennen, dass sie sich verplappert hatte.

»Nein, natürlich nicht ganz *umsonst*. Ich beteilige mich an den Kosten für das Essen, jeder von uns zahlt sein Telefon, und wir teilen uns die Arbeit mit dem Baby.«

»Aber er hätte das Zimmer doch auch an einen zahlenden Untermieter vergeben können.«

»Das glaube ich kaum«, erwiderte Lisa lebhaft. »Niemand zahlt auch noch Geld dafür, um in eine Wohnung mit einem schreienden Baby zu ziehen. Glauben Sie mir, Moira, manchmal bekommen wir die ganze Nacht kein Auge zu. Es geht oft zu wie im Tollhaus, wenn wir beide um drei Uhr morgens versuchen, Frankie wieder zum Einschlafen zu bewegen.«

Moira nickte mitfühlend. Mit jeder Sekunde bekam sie mehr Munition geliefert.

Doch seltsamerweise beglückte sie das nicht annähernd so sehr, wie sie es sich vorgestellt hatte. Verkehrte Welt. Irgendwie hätte sie es gut gefunden, wenn diese beiden einsamen Seelen – Lisa und Noel – mit Hilfe dieses Kindes das Glück hätten, ihre inneren Dämonen erfolgreich zu bekämpfen. In einem Hollywood-Film hätte es für die beiden ein Happy End gegeben.

Zum Glück ahnte Lisa nichts von Moiras Gedanken.

»Und jetzt sind Sie an der Reihe«, sagte sie zu Moira. »Erzählen Sie mir, was an Ihrer Kindheit so schrecklich war.«

Und so begann Moira, in allen Einzelheiten und von Anfang an zu schildern, wie es gewesen war, tagtäglich von der Schule nach Hause zu kommen und nichts zu essen vorzufinden. Und nicht nur sie hatte darunter zu leiden gehabt, sondern auch ihr Vater, auf den lediglich ein paar gekochte Kartoffeln warteten, wenn er müde vom Feld heimkam. Moira verfiel weder in Selbstmitleid, noch beklagte sie sich. Jahrelang hatte sie ihr Privatleben für sich behalten, aber dieser jungen Frau konnte sie sich anvertrauen, weil Lisa noch größere Probleme hatte als sie. Moira beendete ihre Geschichte mit der Beschreibung ihres inneren Zustandes, als sie an diesem Tag Liscuan vorzeitig verlassen hatte und nach Dublin zurückgekehrt war, weil sie den Anblick ihres Vaters und ihres Bruders nicht mehr ertragen hatte, denen es gelungen war, aus den Trümmern ihres Lebens etwas Neues zu erschaffen.

Lisa hörte aufmerksam zu. Warum hatte nie jemand Moira darüber aufgeklärt, dass es Möglichkeiten gab, eine unglückliche Kindheit zu verarbeiten, ihr nie gesagt, dass sie froh sein sollte, wenn es anderen Menschen gutging, statt den Eindruck zu erwecken, Genugtuung über deren Scheitern zu empfinden? Womöglich müsste sie die erste Zeit Theater spielen, aber bald kämen ihr die neuen Gefühle ganz natürlich vor. Lisa hatte es irgendwann geschafft, Freude darüber zu empfinden, dass Katie glücklich verheiratet war und Erfolg im Beruf hatte. Sie freute sich, dass Kevins Agentur gut lief. Gewiss, wenn es sich um ihr feindlich gesinnte Menschen wie ihren Vater und April handelte, dann wäre es übermenschlich, ihnen nur das Beste zu wünschen …

Während Lisa ihren Gedanken nachhing, bemerkte sie plötzlich, dass die Frau am Nebentisch ernsthaft nach Luft rang. Ein Bissen des Essens hatte sich in ihrer Kehle verkeilt, und der junge Kellner starrte die Frau aus weit aufgerissenen Augen an, als deren Gesichtsfarbe von Rot zu Weiß wechselte.

»Was ist los, Marco?«, fragte die junge blonde Kellnerin. War das Maud Mitchell? Wieso arbeitet sie hier, fragte sich Lisa. Mit einem Blick hatte Maud die Situation erfasst und rief über die Schulter zurück: »Simon, komm *sofort* her! Wir brauchen dich!«

Ihr Bruder, auch er in Kellnerkleidung, kam schnellstens an den Tisch.

»Sie bekommt keine Luft«, sagte Maud.

»Da gibt es nur den Heimlich-Griff«, stimmte Simon ihr zu.

»Kannst du sie zum Husten bringen?«, fragte Maud, äußerlich die Ruhe in Person.

»Sie versucht ja zu husten. Irgendetwas steckt in …« Die Tochter der Frau war einer Hysterie nahe.

»Madam, ich werde Sie jetzt bitten aufzustehen, und dann wird mein Bruder von hinten Ihren Bauch umfassen und kräftig zudrücken. Bitte bleiben Sie ganz ruhig, das ist ein völlig normaler Vorgang«, sagte Maud mit fester, ermutigender Stimme.

»Wir haben das im Erste-Hilfe-Kurs gelernt«, beteuerte Simon. Dann stellte er sich hinter die Frau, legte beide Arme um den Bauch der Unglücklichen und drückte fest zu. Beim ersten Mal zeigte die Frau keine Reaktion, aber beim zweiten Mal schoss ein kleines Stück Keks aus ihrem Mund.

Sofort schnappte sie nach Luft. Tränen der Dankbarkeit liefen über ihre Wangen, ehe sie vorsichtig an einem Glas Wasser

nippte und schließlich die Namen der jungen Leute wissen wollte, die ihr das Leben gerettet hatten.
Lisa hatte wie gebannt die Szene beobachtet und stellte plötzlich fest, dass sie nicht ein Wort von dem gehört hatte, was Moira in den letzten Minuten gesagt hatte. Alles war so schnell passiert, dass nur wenige Gäste etwas mitbekommen hatten. Die Zwillinge waren in der Tat etwas Besonderes. Aus dem Augenwinkel sah Lisa, wie der Kellner namens Marco Simon enthusiastisch die Hand schüttelte und Maud daraufhin sehr innig in den Arm nahm …
Zufrieden mit dem Verlauf dieses Abends, teilten Lisa und Moira sich die Rechnung und brachen auf.
Ennio verabschiedete sie mit seinem sorgsam gepflegten italienischen Akzent.
»Was für eine Freude, wenn gute Freundinnen zusammen gutes Ässen genießen«, meinte er munter, als er sie zur Tür begleitete.
Woher sollte er auch wissen, dass sie keine guten Freundinnen waren? Wären sie wirklich befreundet gewesen, wären sie nicht unverrichteter Dinge nach Hause gegangen. Stattdessen hatten sie sich lediglich über ihre Einsamkeit ausgetauscht und keinerlei Anstrengungen unternommen, einen Ausweg aus der Situation zu finden, geschweige denn einen echten Kontakt zueinander herzustellen. Diesen einen fröhlichen Abend hatten sie nur den besonderen Umständen und Ennios Gastfreundschaft zu verdanken, aber mehr war nicht gewesen.
Ennio wäre traurig gewesen, hätte er dies alles gewusst, als er hinter seinen letzten Gästen absperrte. Als sinnenfrohem Italiener hätte ihm die Vorstellung, zwei gute Freundinnen mit seiner Küche zu verwöhnen, gewiss besser gefallen.

KAPITEL 10

Emily hatte mit Paddy und Molly Carroll ein wunderbares Wochenende im Westen Irlands verbracht – und das, obwohl Dingo Duggan sich als zwar begeisterter, aber auch reichlich forscher Chauffeur entpuppt hatte. Er schien völlig unfähig und nicht willens, Karten zu lesen, und hatte jeden von Emilys Versuchen, ausgeschilderte Straßen zu finden, von vornherein abgeblockt.

»Kein Mensch versteht doch, was die Nummern auf diesen Schildern bedeuten sollen, Emily«, hatte er gemeint. »Die verwirren bloß. Wichtig ist nur, immer in Richtung Westen und Meer zu fahren.«

Und dabei gelangten sie tatsächlich an wunderschöne Orte wie die Sky Road und fuhren durch hügelige Landschaften, in denen große Bergziegen hoffnungsvoll ihren Wagen samt Insassen beäugten, als erwarteten sie sich von diesen Unterhaltung und Futter. Die Abende verbrachten Emily und ihre Freunde in gemütlichen Pubs, wo sie wie alle anderen sentimentale Lieder anstimmten. Und hinterher waren sich alle einig, dass dies einer der schönsten Ausflüge gewesen war, die sie jemals unternommen hatten.

Emily hatte von ihrem Vorhaben berichtet, zu Betsys Hochzeit nach Amerika zurückzukehren. Die beiden Carrolls waren sofort Feuer und Flamme – eine Hochzeit in dem Alter zwischen zwei verwandten Seelen. Was für eine Chance für Emily, sich schick zu machen und noch einmal so richtig über die Stränge zu schlagen.

Dingo Duggan war skeptisch. »In ihrem Alter könnte das leicht zu viel für sie werden«, warnte er.

Rasch steuerte Emily die Unterhaltung in unverfänglichere Gewässer.
»Wie bist du denn eigentlich zu deinem Namen gekommen, Dingo?«, fragte sie.
»Ach, das war nach meiner Zeit in Australien. Ich wollte damals unbedingt reich werden«, erklärte Dingo, als müsste das jedem sonnenklar sein. Emily war wohl nicht die Erste, die ihm diese Frage stellte.
Wenn von Dingos Reichtum nicht mehr übrig geblieben war als sein schon reichlich ramponierter Kleinbus, dann konnte er nicht sonderlich erfolgreich gewesen sein, aber für Emily Lynch zählten ohnehin andere Dinge im Leben.
»Hattest du dann wenigstens eine schöne Zeit?«, fragte sie.
»Und ob ich die hatte. Das ist jetzt alles zehn Jahre her, aber ich denke noch oft an das zurück, was ich dort gesehen habe: Kängurus und Emus, Wombats und prächtige Vögel. Ich meine, große Vögel mit prächtigem Gefieder, die aussahen, als wären sie aus einem Zoo entflogen. So etwas hatte ich zuvor noch nie gesehen.«
Seinem zufriedenen Lächeln nach zu schließen, schien ihn die Erinnerung auch heute noch zu beglücken.
»Wie lange bist du denn in Australien gewesen?«
Emily wollte mehr wissen über das Leben, das er auf diesem Tausende von Meilen entfernten Erdteil geführt hatte.
»Sieben Wochen.« Dingo seufzte vergnügt. »Sieben wunderbare Wochen, und weil ich nach meiner Rückkehr allen davon vorgeschwärmt habe, hat man mir irgendwann den Spitznamen ›Dingo‹ verpasst. Das ist ein verwilderter Hund, weißt du …«
»Ich verstehe.« Emily hatte gedacht, dass er länger dort geblieben wäre. »Und, äh … warum bist du dann so bald wieder zurückgekommen?«
»Oh, weil ich irgendwann kein Geld mehr hatte und auch keinen Job finden konnte … zu viele Iren ohne Papiere, die sich darum prügelten. Also dachte ich mir, dann fährst du eben wieder nach Hause.«

Emily hatte nicht viel Zeit, sich über Dingo und die Tatsache Gedanken zu machen, dass er sich nach einem Aufenthalt von knapp zwei Monaten, der zudem bereits zehn Jahre zurücklag, für einen Experten in Sachen Australien hielt. Denn täglich trafen neuen E-Mails aus New York ein, die beantwortet werden mussten.

Wie jede andere Braut vor ihr und nach ihr war auch Betsy das reinste Nervenbündel: Erics Mutter war nicht nett zu ihr, das graue Seidenkleid, das sie sich für die Hochzeit gekauft hatte, gefiel ihr nicht mehr, die Schuhe waren zu eng, und ihr Bruder entpuppte sich als Geizkragen und sabotierte die Hochzeitsfeier. Mit einem Wort – sie brauchte dringend Emily an ihrer Seite. Und so flehte sie die Freundin per Mail an, ein paar Tage früher zu kommen, sonst bestünde die Gefahr, dass die Hochzeit ausfallen würde.

Emily beruhigte die nervöse Braut, überlegte es sich aber doch, früher zu fliegen. Noel half ihr, sich unter den vielen Angeboten der Fluggesellschaften zurechtzufinden, und sie entdeckten tatsächlich einen passenden Flug.

»Keine Ahnung, warum ich dir dabei helfe, nach Amerika zurückzukehren«, murrte Noel. »Du wirst uns allen schrecklich fehlen, Emily. Lisa und ich haben einen Schichtplan für Frankie aufgestellt. Der reinste Alptraum!«

»Ihr solltet vielleicht Dr. Hat stärker einbeziehen«, schlug Emily vor.

»Ich kann ihn nicht darum bitten.«

»Frankie mag Dr. Hat. Er kann wunderbar mit ihr umgehen.«

»Soll ich es eigentlich Moira sagen?«, fragte Noel zweifelnd.

»Selbstverständlich.«

Emily schickte umgehend eine E-Mail mit der guten Nachricht an Betsy. Sie würde drei Tage früher kommen und sich aller Probleme mit tristen grauen Kleidern, zu engen Schuhen, geizigen Brüdern und komplizierten Schwiegermüttern annehmen. Alles würde gut werden.

»Wenn du weg bist, wird uns Moira noch mehr auf die Nerven gehen«, kündete Noel voll düsterer Vorahnungen an.
»Bring Frankie am Nachmittag einfach zu Dr. Hat. Er spielt regelmäßig Schach mit einem Studenten aus Boston, soviel ich weiß. Hat ist ganz begeistert. Er hat mich sogar gefragt, ob ich den jungen Mann nicht besuchen und ihm ein Schachspiel vorbeibringen könnte, wenn ich ohnehin in den Staaten bin, aber ich habe ihm erklärt, dass ich in der kurzen Zeit bestimmt nicht dazu kommen werde.«
»Dr. Hat spielt online Schach! Woher kann er so gut mit dem Computer umgehen?«
»Ich habe es ihm gezeigt«, erklärte Emily. »Dafür hat er mir Schach beigebracht.«
»Ich scheine ja keine Ahnung zu haben, was um mich herum alles vorgeht.« Noel staunte.
»Du musst vor Moira keine Angst haben. Sie ist nicht dein Feind.«
»Aber sie ist immer so misstrauisch, Emily. Jedes Mal, wenn sie in die Wohnung kommt, schüttelt sie plötzlich wie wild irgendwelche Sofakissen auf, für den Fall, dass sich dahinter eine Flasche Whiskey verstecken könnte, und schaut grundlos in den Brotkasten, in der Hoffnung, dort eine halb volle Flasche Gin zu finden.«
»Ich komme ja bald wieder, Noel, und da Frankie bis dahin gewachsen sein wird, wird sie ein paar neue Kleidchen aus New York gut gebrauchen können. Und wenn sie alt genug ist, dann bringe ich ihr das Malen bei. Wir können schon mal auf zwanzig Jahre im Voraus ein paar Galerien buchen, da sie garantiert überall auf der Welt ausstellen wird.«
»Wenn du meinst.«
Noels Gesicht hellte sich auf bei der Vorstellung, dass seine Tochter eine berühmte Malerin werden könnte. Vielleicht sollte er schon mal seine Malutensilien aus dem Schrank holen. Vor seinem Umzug hatte er sich vergewissert, dass dort keine Flaschen mehr versteckt waren. In der letzten Zeit hatte er kei-

ne Gelegenheit zum Malen mehr gehabt, aber vielleicht hatte es einen guten Einfluss auf Frankie, wenn er wieder damit anfing?

»Wenn sie es wirklich will, wird sie auch Erfolg haben.«

Emily nickte bestätigend.

»Was ist mit dir? Was hast du dir eigentlich für dein Leben gewünscht, Emily?«

»Ich wollte eigentlich immer nur Kunst unterrichten, und als ich dann ausrangiert wurde, weil ich angeblich zu altmodisch war, da wollte ich etwas von der Welt sehen und bin losgezogen. Und das macht mir jetzt richtig Spaß.«

»Ich hoffe, dass du von hier aus niemals mehr weiterziehen willst«, sagte Noel.

Emily lächelte. »Ich werde auf jeden Fall so lange warten, bis Frankie groß genug ist und du eine nette Frau gefunden hast.«

»Ich werde dich daran erinnern«, meinte Noel.

Er freute sich. Emily machte nie leichtfertige Versprechungen, aber wenn sie warten wollte, bis er eine Frau fand, dann würde sie noch lange hier sein!

Alle würden Emily vermissen. Im Charity-Shop herrschte bereits jetzt ein großes Durcheinander. Molly war am Verzweifeln. Wer sollte Emily mit ihrer Fähigkeit ersetzen, die Größe einer Kundin richtig einzuschätzen und deren Geschmack zu erahnen, kaum dass diese den Laden betreten hatte? Bestes Beispiel dafür war dieses wunderbare erikarote Strickkostüm, das Moira sich heimlich von einer Bekannten hatte besorgen lassen. Und all die Nachbarn, deren Blumenkästen sie bepflanzt und versorgt hatte – sie hatten jetzt schon Panik, dass ihre Blumen während Emilys dreiwöchiger Abwesenheit verdorren und eingehen könnten.

Auch Charles Lynch machte sich Sorgen, dass sein Hundesitter-Service leiden würde. Emily fand immer wieder neue Kunden für ihn und erinnerte ihn daran, läufige Hündinnen von den anderen zu trennen, damit ihre Besitzer keine bösen Überraschungen erlebten. Und schließlich führte sie seine Bücher, damit das Finanzamt nichts zu beanstanden hatte.

Auch in der Gemeinschaftspraxis würde sie fehlen, da sich außer ihr offenbar niemand mit der Ablage auskannte. Emilys bloße Anwesenheit wirkte wahre Wunder. Alle Mitarbeiter hatten zwar ihre Handynummer, aber es war ihnen strengstens untersagt, in den kommenden drei Wochen bei ihr anzurufen. Declan Carroll brachte es auf den Punkt: Die Aussicht auf drei Wochen ohne Emily war alles andere als verlockend.

Denn wer – außer Emily – wusste schon Antwort auf Fragen nach der besten Busroute zum Krankenhaus, kannte die Adresse der beliebtesten Fußpflegerin oder den Namen des Seelsorgers von St. Brigid?

»Vielleicht könntest du diese Hochzeit in einer Woche hinter dich bringen?«, schlug Declan vor.

»Vergiss es, Declan. Ich will die Hochzeit nicht ›hinter mich bringen‹. Ich freue mich wahnsinnig darauf. Meinetwegen könnten wir zwei Monate feiern! Meine allerbeste Freundin heiratet den Mann, der sie seit Jahren verehrt! Und ich muss mich schließlich drüben um alles kümmern: um drückende Schuhe, langweilige Kleider und nervende Brüder und Schwiegermütter. Da habe ich wirklich keinen Kopf mehr frei für dich und deinen Reinigungszettel, Declan …«

»Dann werden wir es eben eine Zeitlang ohne dich schaffen müssen«, murrte Declan. »Aber allzu lang solltest du nicht fortbleiben.«

Lisa stieß ins gleiche Horn. »Wir können dich nicht einmal telefonisch erreichen, falls Frankie zu husten anfängt.«

»Na, sonst ruft ihr doch auch nicht an«, erwiderte Emily mit sanfter Stimme.

»Nein, aber wir *wissen*, dass wir es könnten«, meinte Lisa. »Außerdem muss ich dir noch etwas gestehen, Emily. Es kann nämlich sein, dass ich Mist gebaut habe mit Moira. Wir waren zusammen essen, und dabei habe ich durchblicken lassen, dass es manchmal ziemlich anstrengend ist, Frankie zu versorgen. Du weißt schon: Windeln wechseln, füttern, sie herumtragen, bis sie Bäuerchen macht. Eigentlich war das von mir als Kompliment für Noel gedacht, dafür, wie gut er mit allem zurechtkommt, aber es hat sich dann angehört, als wollte ich mich beschweren. Natürlich war das Wasser auf Moiras Mühlen, und sie hat zum x-ten Mal angezweifelt, ob wir überhaupt in der Lage sind, uns um Frankie zu kümmern, und das war das *Letzte …*«

»Jetzt mach dir mal keine Sorgen«, beschwichtigte Emily sie. »Ich werde mit Moira reden.«

»Mir wäre es lieb, du würdest hierbleiben und jeden Tag mit Moira reden«, sagte Lisa.

»*Du* kannst mich immer per Mail erreichen, aber behalte das in Gottes Namen für dich.«

»Nur wenn es um Frankie geht«, versprach Lisa.

»Gut, abgemacht – nur wegen Frankie«, antwortete Emily, die jedoch genau wusste, dass kein Gesetz so streng war, dass es nicht im Notfall gebeugt werden konnte.

Schließlich flog Emily nach New York.

Sie konnte sich kaum vorstellen, dass sie erst vor ein paar Monaten in Irland gelandet war. Damals hatte sie niemanden gekannt, und jetzt hinterließ ihre dreiwöchige Abwesenheit bereits tiefe Lücken im Leben der anderen. Erstaunlich, wie schnell sie in diese kleine Gemeinschaft aufgenommen worden war.

Hoffentlich hatte sie sich keinen irischen Akzent angewöhnt und konnte sich den Ausdruck »Oh, Jesus!« verkneifen, den man in Dublin ständig zu hören bekam und der keineswegs Ausdruck von Blasphemie oder Respektlosigkeit war. Am Anfang war sie jedes Mal zusammengezuckt, aber schon bald kam ihr der Fluch – zumindest für amerikanische Ohren – leicht über die Lippen.

Je näher Emily New York kam, desto aufgeregter wurde sie. Was sie drüben wohl erwartete? Sie versuchte, die Erinnerung an ihre irischen Freunde und Bekannten in den hintersten Winkel ihres Gedächtnisses zu verbannen und sich stattdessen auf Erics Mutter und Betsys Bruder zu konzentrieren, aber immer wieder stiegen Bilder aus Dublin in ihr hoch.

Bilder von Noel und Lisa im Chestnut Court, wie sie die kleine Frankie in den Schlaf wiegten und sich auf ihren Collegeabschluss vorbereiteten, der ihnen eine Zukunft eröffnen würde – oder auch nicht.

Bilder von Josie und Charles, wie sie in ihrer Küche knieten, den Rosenkranz beteten und zusätzlich noch drei Ave Maria mit der Botschaft an St. Jarlath nach oben schickten, dass sich die Spendenkampagne für seine Statue gut anließ.

Emily dachte auch an Dr. Hat, wie er Schach spielte mit dem Jungen aus Boston, der sich am Fuß verletzt hatte und deswegen eine Woche lang nicht in die Schule gehen konnte.

Sie dachte an Molly im Secondhand-Laden, die sich wohl gerade den Kopf zerbrach, wie viel sie für einen plissierten Leinenrock verlangen sollte, der noch nie getragen worden war.

An Paddy Carroll, der große, saftige Knochen für die Hunde aus der Nachbarschaft mit nach Hause brachte.

An Aidan und Signora, die den drei Kindern – ihrem Enkelkind, Frankie und dem kleinen Johnny – italienische Lieder vorsangen.

An Muttie, der fröhlich seinem Hund Hooves pfiff oder zusammen mit seinen »Kollegen« im Pub alle Probleme dieser Welt löste.

Und sie dachte an Brian Flynn, diesen herzensguten Priester, der sich bemühte, seine wahren Gefühle bezüglich dieser Heiligenstatue zu verbergen, die mitten in einem Arbeiterviertel in Dublin errichtet werden sollte.

So viele Bilder schwirrten Emily durch den Kopf, dass sie darüber einschlief. Und dann landete sie auch schon am John F. Kennedy Airport, und nachdem sie ihr Gepäck geholt und den Zoll passiert hatte, sah sie Eric und Betsy aufgeregt hinter der Glastür stehen. Sie hatten sogar eine Fahne dabei, auf der

in krakeligen Buchstaben stand: »Willkommen zu Hause, Emily!«
Seltsam, dass sie sich hier nicht mehr zu Hause fühlte.
Aber es war wunderbar, wieder in New York zu sein.

Als Erstes nahm Emily Erics Mutter beiseite und führte mit ihr ein Gespräch von Frau zu Frau. Dabei gelang es ihr, dieser begreiflich zu machen, dass Eric sich rasant seinem biologischen Verfallsdatum nähere und deswegen froh sein müsse, dass Betsy überhaupt in die Ehe eingewilligt und sich von ihm habe erweichen lassen.
Betsy hatte ihr offenbar nach Irland geschrieben, dass der Ehe einige »Hindernisse« im Weg stünden. Emily konnte sich beim besten Willen nicht vorstellen, welche das waren. Also schaute sie Erics Mutter fest in die Augen und fragte, ob sie vielleicht wisse, was damit gemeint war. Als Betsys zukünftige Schwiegermutter – eine reichlich umständliche Person – herumdruckste und nicht so recht wusste, was sie darauf antworten sollte, war es Emily klar, dass sie gewonnen hatte. Kritik und schlechte Laune seien das Letzte, was Betsy an ihrem großen Tag gebrauchen könne, fuhr Emily fort, sonst könnte es nämlich leicht passieren, dass sie es sich im letzten Moment anders überlegte und den armen Eric einfach stehen ließ.
Das Problem mit den Schuhen löste Emily schlicht dadurch, dass sie Betsy überzeugte, ein Paar in der richtigen Größe zu kaufen, und das langweilige graue Kleid wurde mit Hilfe einer Stola in Rosa- und Cremetönen aus einem Accessoire-Laden aufgewertet.
Zu guter Letzt ging Emily zu Betsys Bruder und machte ihm klar, dass an dieser Hochzeit nicht gespart werden dürfe. Immerhin hatte seine Schwester lange auf diesen Tag warten müssen. Emily überredete den Geizkragen, noch ein paar Dollar mehr für ein anspruchsvolleres Menü hinzulegen, und Champagner sollte es auch noch geben.
Natürlich wurde es eine glanzvolle Hochzeit. Emily war sehr

gerührt, als sie ihre Freundin in dem raffiniert aufgepeppten Kleid und mit bequemen Schuhen an den Füßen sah. Sogar Betsys Bruder hatte sich einen eleganten Anzug geleistet, und ihre Schwiegermutter hatte Charme ohne Ende versprüht.
Betsy weinte vor Glück, und auch bei Eric flossen die Tränen; dies sei der schönste Tag seines Lebens, beteuerte er. Emily weinte, weil alles so wunderbar war, und der Trauzeuge bekam feuchte Augen, weil seine eigene Ehe heillos zerrüttet war und er jeden beneidete, der das Glück hatte, noch einmal von vorn anzufangen.
Als alle Verwandten nach Hause gefahren waren und der Trauzeuge sich abgesetzt hatte, um einen weiteren sinnlosen Versuch zu starten, seine eigene Ehe zu retten, begaben sich die Braut und der Bräutigam mit der Brautjungfer nach Chinatown, um dort weiterzufeiern. Flitterwochen standen nicht auf dem Programm, aber noch vor Jahresende war ein Urlaub in Irland geplant.
Emily schwärmte den beiden von den Menschen vor, die sie dort kennenlernen würden, und Eric und Betsy konnten es kaum erwarten, so faszinierend klangen Emilys Schilderungen. Am liebsten wären sie auf der Stelle zum Flughafen gefahren und nach Irland geflogen.

An: Emily
Von: Lisa
Ich weiß, wir hatten uns darauf geeinigt, dass wir uns nur mailen, wenn es Frankie schlechtgeht … Hier ist alles in bester Ordnung, aber mir war einfach danach, mich bei dir zu melden. Frankie geht es prächtig, und allmählich schläft sie auch durch.
Moira scheint übrigens meine Bemerkungen über die Arbeit, die so ein Baby macht, nicht schamlos auszunutzen. Wenn wir Glück haben, hat sie bereits alles vergessen.
Frankie ist wirklich gern bei Dr. Hat. Er singt ihr immer Seemannslieder vor und füttert sie mit Apfelkompott. Davon kann sie gar nicht genug bekommen!

Und noch etwas: Maud und Marco von Ennios Trattoria sind tatsächlich ein Paar; man hat die beiden zusammen im Kino gesehen. Das freut mich für Maud, da es bei ihr zu Hause momentan nicht viel zu lachen gibt, aber der arme Simon scheint sich ein wenig abgeschoben zu fühlen.
Noel war letzte Woche verabredet. Ich habe für ihn ein Rendezvous mit Sophie, einer Freundin von Katie, arrangiert, aber es hat nicht funktioniert. Als er ihr von Frankie erzählte, wollte sie wissen, wann er das Kind wieder zu seiner Mutter zurückbringt. Daraufhin hat Noel ihr eröffnet, dass Stella tot ist, und plötzlich hatte es diese Sophie sehr eilig, sich zu verabschieden. Ein Mann mit einem Kind! Gott bewahre!
Der arme Muttie sieht richtig schlecht aus. Declan äußert sich zwar nicht, aber ich habe kein gutes Gefühl.
Sonst meint es das Leben recht gut mit mir.
Alles läuft bestens. Heute war Antons Bild in der Zeitung, und April hat es sich endgültig mit ihm verdorben, was mir natürlich sehr gefällt.
Wie war die Hochzeit?
Liebe Grüße,
Lisa

Betsy und Eric wollten natürlich alles ganz genau wissen, und Emily schilderte kurz die beteiligten Personen: Moira war der Feind, gegen den alle zusammenhielten, April war Lisas Rivalin um Antons Gunst, die Zwillinge im Teenageralter versuchten, im Catering-Geschäft Fuß zu fassen, und Muttie war ihr Großvater oder Onkel oder Vormund – das wusste keiner so genau. Und Anton? Er war das Objekt von Lisas Begierde, das sich ihr ständig entzog …

An: Lisa
Von: Emily
Danke für die Neuigkeiten. Die Hochzeit war ein Traum – ich werde dir die Fotos zeigen.

Was hat April denn angestellt? Wie hat sie es geschafft, in Ungnade zu fallen?
Beste Grüße,
Emily

An: Emily
Von: Lisa
April hat überall herumposaunt, dass am Dienstag eine Gruppe Gourmetkritiker ins Restaurant kommen sollte, die sich jedoch nicht haben blicken lassen; jemand hat ihnen erzählt, dass der Termin gestrichen worden sei. Anton war stinksauer auf April. Um ihn aufzumuntern, haben wir zusammen in seinem Restaurant gespeist …

Das frisch getraute Ehepaar Eric und Betsy brachte Emily selbstverständlich zum Flughafen, und beide winkten ihr noch lange nach, obwohl sie bereits in der Menschenmenge verschwunden war, die in den Terminal Vier strömte. Der Abschied war allen schwergefallen, aber Eric und Betsy war klar, dass Emily in Gedanken bereits wieder bei ihrem Leben in Dublin wäre, sobald sie in diesem Aer-Lingus-Flugzeug sitzen würde.
Dublin schien in der Tat eine verrückte Stadt zu sein, die Emily verändert hatte. Betsys normalerweise so zurückhaltende und ruhige Freundin wirkte wie verzaubert von den Menschen, die sie dort kennengelernt hatte und die einer Off-Broadway-Bühnenshow entsprungen zu sein schienen …

Im Gegensatz zu vielen anderen Passagieren konnte Emily nicht schlafen. Hellwach saß sie auf ihrem Platz und stellte Vergleiche an zwischen dieser Reise und ihrem damaligen Flug über den Atlantik, als sie das erste Mal nach Irland gekommen war.
Damals war sie auf der Suche nach ihren Wurzeln gewesen und hatte versucht, sich vorzustellen, was für ein Leben ihr Vater in Dublin geführt und wie dies ihn geformt hatte. Darüber hatte sie leider kaum etwas in Erfahrung bringen können, stattdessen

war sie in eine Reihe menschlicher Dramen verwickelt worden. Jetzt half sie, ein mutterloses Kind großzuziehen, das einen trockenen Alkoholiker zum Vater hatte, sie jobbte in einem Wohltätigkeitsladen und versuchte, ihrer Tante bei der Sammlung von Spenden für die Statue eines unbekannten Heiligen zu helfen, der irgendwann im sechsten Jahrhundert gestorben war, und sie organisierte einen Hundesitter-Dienst für ihren Onkel. Eigentlich verrückt, das alles, und trotzdem hatte sie das Gefühl, nach Hause zu fliegen.

Es war früher Morgen in Dublin, als die Transatlantikflüge landeten und die Passagiere sich um die Laufbänder der Gepäckausgabe scharten. Emily griff nach ihren neuen Koffern – ein Geschenk von Eric, mit dem er sich dafür bedankte, dass sie als Brautjungfer fungiert hatte.

Es wäre schön, wenn jemand sie abholen würde, dachte sie, als sie durch den Zoll ging, aber wer sollte das sein?

Josie und Charles hatten kein Auto. Auch Noel und Lisa nicht. Dingo Duggan wäre eine Möglichkeit gewesen, aber das war eher unwahrscheinlich. Dann würde sie eben wieder mit dem Bus fahren wie beim ersten Mal, nur dass sie heute wusste, was sie erwartete.

Gerade als sie an die frische Luft trat, sah sie eine vertraute Gestalt, die ihr zuwinkte. Es war Dr. Hat.

»Ich dachte mir, ich könnte Sie eigentlich abholen«, sagte er und nahm ihr einen der Koffer ab.

Umringt von lächelnden Menschen, die sich zur Begrüßung umarmten und um den Hals fielen, war Emily gerührt, ihn zu sehen.

»Ich stehe auf dem Kurzzeit-Parkplatz«, erklärte Dr. Hat stolz und ging voraus. Er musste ihretwegen sehr früh aufgestanden sein.

»Ich freue mich sehr, Sie zu sehen, Hat«, sagte Emily, als sie in den kleinen Wagen stieg.

»Ich habe Ihnen eine Thermoskanne mit Kaffee und ein Eiersandwich mitgebracht. Kann das mit Amerika mithalten?«, fragte er.

Emily lachte. »Ach, Hat, es ist so schön, wieder zu Hause zu sein!«

»Wir hatten alle schon Angst, dass Sie drüben bleiben und ebenfalls heiraten werden.«

Hat schien sehr erleichtert, dass dies nicht der Fall war.

»Das würde ich doch nie tun«, erwiderte Emily und fühlte sich geschmeichelt, dass alle sie wieder zurückhaben wollten. »Erzählen Sie mir doch schon mal sämtliche Neuigkeiten, bevor ich in den St. Jarlath's Crescent komme.«

»Oh, es gibt in der Tat viel zu erzählen«, meinte Hat.

»Wir haben auch viel Zeit.«

Emily machte es sich auf dem Beifahrersitz bequem und hörte sich an, was Dr. Hat zu berichten hatte.

Es waren nicht nur gute Neuigkeiten.

Die Schlechte war, dass Mutties Zustand sich rapide verschlimmert hatte. Auch wenn dies kein Thema war und man nicht offen darüber sprach – er hatte nur noch wenige Monate zu leben. Lizzie schien dies nicht wahrhaben zu wollen und plante eifrig eine Reise in die Sonne. Sie bedrängte sogar die Zwillinge, ihre Pläne, nach New Jersey zu gehen, in die Tat umzusetzen, damit sie und Muttie die beiden drüben besuchen könnten.

Simon und Maud jedoch war es klar, dass es zu dieser Reise niemals kommen würde, und sie waren entsprechend niedergeschlagen. Declan Carroll hatte sie deswegen zusätzlich zum Babysitten eingeteilt, damit sie auf andere Gedanken kämen.

Hats gute Neuigkeit war die, dass die kleine Frankie von Tag zu Tag kräftiger wurde. Emily wagte nicht, zu fragen, aber Hat wusste, was sie wissen wollte.

»Noel ist wirklich ein Pfundskerl. Lisa war eine Weile nicht da, aber er kommt prima zurecht.«

»Woraus ich schließe, dass Sie kräftig mithelfen.« Emily sah ihn dankbar an.

»Ich liebe dieses Kind. Die Kleine ist absolut pflegeleicht.«
Hat konzentrierte sich auf den Verkehr.
»Sonst noch irgendwelche Neuigkeiten?«, fragte Emily.
»Also, Molly Carroll hat gemeint, dass Sie es niemals glauben werden, wie viele Kleidungsstücke sie von einer einzigen Verrückten bekommen hat.«
»Verrückt in welchem Sinn? Wütend oder übergeschnappt? Ich weiß nie, was Sie damit meinen.«
»Na ja, sagen wir mal, die Frau war außer sich vor Wut. Sie ist nämlich dahintergekommen, dass ihr Mann einer anderen jede Menge schöner Kleider gekauft hat, und die hat sie alle genommen und in den Laden gebracht!« Das schien ihn sehr zu amüsieren.
»Aber dürfen wir das überhaupt annehmen? Durfte die Frau sie uns überlassen?«
»Offenbar. Der Ehemann hat sich dumm gestellt und behauptet, sie für seine Frau gekauft zu haben, aber sie hatten weder die richtige Größe noch die richtigen Farben! Darunter waren wirklich erstaunliche Sachen, unter anderem Korsetts in Schwarz und Rot!«
»Du meine Güte! Ich kann es kaum erwarten, in den Laden zu kommen«, sagte Emily.
»Und Sie kennen doch die alte Dame, die Charles ihren Hund überlassen hat?«
»Mrs. Monty, ja? Sagen Sie nicht, sie hat ihm Cäsar wieder weggenommen …«
»Nein. Die arme Frau ist gestorben – möge sie in Frieden ruhen – und hat ihr ganzes Geld Charles hinterlassen!«
»Hatte sie denn überhaupt Geld?«
»Erstaunlicherweise ja.«
»Ist das nicht wunderbar!«, rief Emily.
»Das wäre es, wenn man jedoch bedenkt, wofür es ausgegeben werden wird …« Vielsagend zeichnete Dr. Hat mit dem Finger einen Heiligenschein um seinen Kopf.

Charles und Josie warteten im Haus Nummer dreiundzwanzig bereits auf sie; sie hatten alle Hände voll zu tun mit Frankie, die ein wenig erkältet und sehr quengelig war. Keine Spur von ihrem sonnigen Gemüt. Emily freute sich ungemein, die Kleine wiederzusehen, und schlagartig hörte das Kind zu nörgeln auf, als sie es auf den Arm nahm.
»Die ist aber gewachsen in diesen drei Wochen. Ist sie nicht eine Schönheit?«
Emily gab dem Kind ein Küsschen und wurde dafür mit einem lauten Gebrabbel belohnt. In dem Moment wurde Emily klar, wie sehr ihr Frankie gefehlt hatte. Niemand hatte mit diesem Kind gerechnet oder es, um ehrlich zu sein, überhaupt gewollt – zumindest am Anfang nicht! Und jetzt war die Kleine der Mittelpunkt ihrer Welt.
Dr. Hat nahm die Einladung auf eine Tasse Tee gern an und vertiefte sich in ein Spiel mit Frankie, das darin bestand, dass er brav ihren Teddybären aufhob, den sie gleich darauf wieder zu Boden warf. Auch Molly Carroll schaute kurz vorbei, um Emily willkommen zu heißen.
Noel rief aus dem Büro an, um sich zu vergewissern, dass sie tatsächlich zurückgekommen war und nicht beschlossen hatte, wieder nach New York zu ziehen.
Frankie ging es gut, erzählte er, bis auf eine verstopfte Nase war sie gesund und munter. Auch die Gemeindeschwester war dieser Ansicht. Lisa war schon wieder fort und hatte jetzt bereits drei Kursabende verpasst. Es würde schwierig für sie werden, das Versäumte aufzuholen. O ja, doch, er bekam jede Menge Hilfe.
Am College hatte er eine junge Frau namens Faith kennengelernt, die zu Hause fünf jüngere Brüder hatte und dort nicht lernen konnte, so dass sie an drei Abenden in der Woche zu Noel kam und ihn unterstützte. Faith war ganz vernarrt in Frankie. Sie hatte zwar reichlich Erfahrung mit jüngeren Brüdern, aber nie näheren Kontakt zu einem kleinen Mädchen gehabt.

Die Abende von Noel und Faith verliefen bald nach demselben Muster: Frankie baden, ihr die Flasche geben, sie ins Bett bringen, dann die Notizen und die Ausdrucke aus dem Internet durchsehen. Faith hatte viel Verständnis für Noels Situation bei Hall's; sie war in einem ebenso aussichtslosen Job gefangen, setzte aber große Hoffnung auf das Diplom, auf das sie gemeinsam lernten. Die Leute im Büro respektierten dies sehr.

Faith war eine fröhliche und optimistische junge Frau von neunundzwanzig Jahren; sie hatte dunkles, lockiges Haar, grüne Augen, ein ausdrucksstarkes Gesicht und ein breites Lächeln. Und sie liebte Spaziergänge. Sie zeigte Noel viele Plätze in Dublin, von deren Existenz er bisher nicht einmal etwas geahnt hatte. Sie müsse deshalb so viel laufen, erzählte sie, weil dies ihren Geist beruhige. Vor sechs Jahren hatte ein schwerer Schicksalsschlag sie ereilt. Nur wenige Wochen vor der geplanten Hochzeit war ihr Verlobter bei einem Autounfall ums Leben gekommen. Faith hatte dieses Unglück auf ihre Weise verarbeitet, indem sie stundenlang spazieren gegangen war und sehr zurückgezogen gelebt hatte. In der letzten Zeit jedoch hatte sie das Bedürfnis verspürt, sich wieder mehr der Welt und den Menschen zuzuwenden. Das war einer der Gründe, weshalb sie diesen Kurs im College belegt hatte, und dies erklärte auch, warum sie sich so problemlos an Noels Lebensumstände anpassen konnte.

Faith hatte ein Erinnerungsalbum für Frankie angelegt und dort Strähnen ihrer Haare, ihre erste Babysocke und Dutzende von Fotos eingeklebt.

»Hast du auch ein Foto von Stella?«, fragte sie Noel.

»Nein – nicht ein einziges.«

Faith ließ es dabei bewenden.

»Aber ich könnte vielleicht ein Bild von ihr malen«, sagte er nach einer Weile.

»Das wäre wunderbar. Frankie freut sich bestimmt darüber, wenn sie älter ist.«

Dankbar sah Noel sie an. Er fühlte sich sehr wohl in ihrer Gesellschaft. Vielleicht könnte er später versuchen, auch sie zu porträtieren.

Lisa und Anton waren bei einem keltischen Gourmetfestival in Schottland. Vielleicht bestünde die Möglichkeit, mit schottischen Nobelrestaurants gemeinsame Aktionen zu planen. Jeder, der in Antons Restaurant für eine gewisse Summe speiste, sollte einen Gutschein über die Hälfte dieses Betrags in einem dieser schottischen Gourmettempel bekommen und umgekehrt. Die Sache könnte funktionieren, da sie damit einen völlig neuen Markt erschlossen, vor allem den mit amerikanischen Touristen.

Die Idee stammte von Lisa, und sie hatte im Vorfeld bereits Karten drucken lassen, um zu demonstrieren, wie die Gutscheine aussehen könnten. Der Name des jeweiligen Restaurants sollte erst zum Schluss eingesetzt werden.

Mehrere Male glaubte Lisa zu spüren, dass Anton sie anerkennend von der Seite ansah, aber sie war mittlerweile klug genug, ihn nicht beifallheischend anzuschauen. Stattdessen konzentrierte sie sich völlig auf ihre Arbeit.

In einem der Hotels, in denen sie eincheckten, wollte die Dame am Empfang wissen, ob ihnen die Flitterwochen-Suite recht wäre. Lisa sagte absichtlich nichts, aber Anton fragte mit offensichtlichem Interesse, ob sie denn wie ein frisch vermähltes Paar aussähen.

»Eigentlich nicht, aber Sie beide wirken so glücklich«, erwiderte die junge Frau.

Lisa beschloss, die Entscheidung Anton zu überlassen.

»Das sind wir auch, hoffe ich. Ich meine, wer würde an diesem schönen Ort nicht glücklich sein, und wenn wir ohne Aufschlag die Flitterwochen-Suite bekommen könnten, wäre das das Tüpfelchen auf dem i.«

Dabei lächelte er sein unwiderstehliches Lächeln, und Lisa wusste, dass Anton in der Rezeptionistin eine neue Verehrerin gefunden hatte.

Es tat so gut, mit ihm hier zu sein und zu wissen, dass April nichts mehr zu melden hatte und keine Gefahr bestand, dass sie ihren kleinen Po in der hautengen Jeans auf Antons Schreibtisch oder seiner Stuhllehne plazieren könnte. April war meilenweit entfernt …

Doch dann war die Reise zu Ende, und die Realität hatte sie wieder. Jetzt hieß es erneut, drei Abende in der Woche ins College zu gehen, nachts Frankie zu beruhigen, die immer noch stündlich wach wurde, und sich mit April auseinanderzusetzen, die wieder in Antons Leben drängte.

Lisa fiel auf, dass im Chez Anton immer mehr Publicityevents stattfanden, die zwar in den Zeitungen erwähnt wurden, aber keinerlei zahlende Gäste einbrachten, die das Restaurant so dringend benötigte. Sie machte sich große Sorgen, dass dadurch mehr Schein als Sein finanziert wurde. Entscheidend war letzten Endes, wie viele Menschen man in das Restaurant locken konnte, die für das Essen bezahlten und das Lokal an ihre Freunde weiterempfahlen, die wiederum Geld einbrachten, und nicht die x-te Benefiz-Pressekonferenz mit irgendwelchen C-Promis, die sich für die Klatschspalten ablichten ließen. Das war Aprils Welt.

Lisa war nicht sicher, ob dies der richtige Weg war. Aber allein mit Anton, verbarg sie ihre Zweifel vor ihm. Er mochte es nicht, wenn sie herumnörgelte. Und er hätte es gewiss als Nörgelei empfunden, hätte sie ihm ins Gesicht gesagt, dass sein Bekanntheitsgrad zwar hoch, die Anzahl der zahlenden Gäste aber noch immer zu niedrig war.

Lisa war nicht froh, wieder zu Hause zu sein.

Emily war gerade auf dem Weg zu Muttie und Lizzie, als sie von weitem Lisa auf sich zukommen sah und ihr auf den ersten Blick anmerkte, was mit ihr los war. Sollte es die ihr zugedachte Rolle im Leben bleiben, Menschen aufzumuntern und positive Stimmung zu verbreiten, fragte sie sich.

»Na, wie geht es, Lisa? Noel hat mir erzählt, dass du ein paar wunderbare Tage in Schottland verbracht hast«, sagte Emily.
»Es war traumhaft, Emily. Bist du jemals an einem Ort gewesen und hast dir gewünscht, dass es niemals enden möge?«
Emily überlegte einen Moment. »Eigentlich nicht. Es hat schon mal den einen oder anderen Tag gegeben, an dem ich mir wünschte, dass er niemals enden würde. Der Hochzeitstag meiner Freundin Betsy zum Beispiel, und dann die Fahrt durch Connemara. Und auch als ich noch Kunst unterrichtet habe, hat es besondere Tage gegeben.«
»Solche Tage habe ich in Schottland erlebt«, schwärmte Lisa und strahlte dabei über das ganze Gesicht.
»Schön – die Erinnerung daran wird dir helfen, wenn du wieder studieren musst.« Emily wusste, dass sie sehr barsch klang.
»Noel ist wirklich ein Schatz. Während ich weg war, hat er seine Mitschriften für mich fotokopiert und Molly Carroll gebeten, Frankie im Park spazieren zu fahren. Und jetzt hat er wieder alles rückgängig machen müssen, damit unser Feldwebel Moira ja nichts zu meckern hat. Deswegen bin ich jetzt auf dem Weg in den Wohltätigkeitsshop, als Ersatz für Mrs. Carroll.«
»Aber du kannst doch nicht den ganzen Tag im Laden stehen – du musst nachholen, was du im Unterricht versäumt hast.«
»Ich habe was zum Lernen dabei. So viel wird schon nicht los sein«, erwiderte Lisa.
»Ich komme auf jeden Fall später nach, sobald ich bei Muttie und Lizzie gewesen bin.«
Lisa schüttelte den Kopf. »Es sieht nicht gut aus für die beiden«, berichtete sie. »Muttie bekommt keine Chemotherapie mehr, und Lizzie schmiedet Pläne für eine Zukunft, die es nicht gibt. Emily, du hast schon genug am Hals mit dem Jetlag und dem Besuch bei Muttie. Ich schaffe das schon eine Weile allein.«
»Wir werden ja sehen«, antwortete Emily.

Es waren nur drei Wochen vergangen seit ihrem letzten Besuch, aber Muttie wirkte bereits viel gebrechlicher. Sein Gesicht war blass und eingefallen, und seine Kleidung schlotterte an ihm. Nur seiner guten Laune hatte dies alles nichts anhaben können.

»Na, zeig uns doch mal die Fotos. Wir wollen sehen, wie Amerikaner eine Hochzeit feiern«, sagte er und setzte seine Brille auf.

»Das ist aber nicht sehr typisch«, erklärte Emily. »Zum einen ist die Braut nicht mehr wirklich jung, ganz zu schweigen von der Brautjungfer.«

»Der Bräutigam ist auch kein junger Kerl mehr«, feixte Muttie.

»Die Leute sind alle so schick angezogen!«, staunte Lizzie. »Und was haben diese chinesischen Zeichen zu bedeuten?«

»Ach, zum Abendessen waren wir in einem chinesischen Restaurant«, erklärte Emily. »In Chinatown gibt es jede Menge Restaurants, Geschäfte, kleine Pagoden und chinesischen Schnickschnack.«

»Das werden wir uns alles selbst anschauen, wenn wir dieses Jahr nach New York fliegen. Emily wird uns sicher Tipps geben können.«

»Das heißt, falls ich es überhaupt noch in ein Flugzeug schaffe.« Muttie schüttelte den Kopf. »In letzter Zeit geht mir immer öfter die Puste aus, Emily. Hooves bettelt mich an, dass ich mit ihm auf einen Drink ins Pub zu meinen ›Kollegen‹ gehe, aber schon die paar Schritte ermüden mich.«

»Siehst du deine Freunde denn noch ab und zu?«

Emily wusste genau, wie gern Muttie mit den anderen Männern in der Bar über Pferde fachsimpelte, während Hooves danebensaß, den Kopf auf Mutties Knie legte und sein Herrchen mit glänzenden Augen ansah.

»Oh, Dr. Hat ist mir wirklich eine große Hilfe. Und manchmal überkommt sogar unseren Declan Carroll ein unbändiger Durst, und dann fährt er mich auf ein paar Bier hinüber.«

Emily wusste sehr wohl, dass Declan Carroll oft einen »unbändigen Durst« vorschützte und sich ein oder zwei Bier mit Limonade gönnte, wenn er seinen Nachbarn ins Pub fuhr.

»Und wie geht es der Familie?«, erkundigte sich Emily.

Wie sie erwartet hatte, schienen alle eine plötzliche Sehnsucht zu verspüren, Irland wiederzusehen, und flogen aus Chicago oder aus Sydney herüber. Muttie konnte sich über diese Zufälle nur wundern.

»Ich weiß gar nicht, woher sie das Geld dafür nehmen, Emily. Keine Ahnung. Ich meine, wirtschaftlich geht es ihnen doch auch nicht viel besser als uns.«

»Und die Zwillinge? Haben sie noch immer so viel zu tun?«

»Oh, Maud und Simon sind ganz wunderbar. Sie reden zwar kaum mehr darüber, nach New Jersey zu gehen, aber dafür hat Maud jetzt einen italienischen Freund – ein wirklich höflicher, respektvoller junger Mann namens Marco. Sie haben uns ein Telefon eingerichtet, wo man denjenigen sogar sieht, mit dem man spricht. Das nennt sich Skype, und kommendes Wochenende werden wir meine Tochter Marian in Chicago anrufen, und dann können wir sie und ihre ganze Familie sehen. Aber irgendwie kommt mir das unheimlich vor.«

»Ist schon eine tolle Sache, diese Technik«, stimmte Emily ihm zu.

»Ja, aber das geht mir alles fast ein bisschen zu schnell. Heutzutage steigen unsere Kinder einfach in ein Flugzeug und kommen vom anderen Ende der Welt angereist, um uns zu besuchen, und dann dieses magische Telefon. Ich komme da nicht mehr mit …«

Als Emily den Wohltätigkeitsladen betrat, stellte sie fest, dass die Zwillinge arbeiteten und Lisa in einer Ecke saß und über ihren Notizen brütete. Kunden waren keine im Laden.

»Wir müssen wirklich nicht alle hier sein«, meinte Emily und zog ihren Mantel aus.

»Maud und ich haben gerade überlegt …«

»Wir wollen niemanden verärgern …«

»Es ist nur so, dass es da ein italienisches Showkochen gibt …«

»In Ennios Trattoria unten am Kai …«

»Und Maud ist doch bis über beide Ohren in den Sohn des Hauses verliebt ...«
Simon wollte die Sache von vornherein klarstellen.
»Stimmt doch gar nicht. Wir waren nur ein paar Mal zusammen aus ...«
»Aber es geht in einer halben Stunde los ...«
»Und wenn es möglich wäre, dass wir ein andermal hier arbeiten könnten ...«
Emily fiel den beiden ins Wort.
»Verschwindet. Und zwar sofort«, sagte sie.
»Bist du sicher ...«
»Wenn ich euch damit nicht verärgere ...«
»Ist Ennios Trattoria dieser kleine Italiener, wo ich dich das letzte Mal gesehen habe?«, fragte Lisa plötzlich.
»Ja, und du warst mit Moira zusammen. Du Verräterin!« Maud kannte keine Gnade.
Simon war empört. »Du hast dich mit ihr privat getroffen!«
»Nein, das war Zufall. Sie war einsam an dem Abend.«
»Kein Wunder ...« Maud war unversöhnlich.
»Seid ihr immer noch hier?«, fragte Emily und öffnete die Ladentür. Als die Zwillinge gegangen waren, wandte sie sich an Lisa. »Und du gehst jetzt in den Chestnut Court zurück und lernst, wie es sich gehört, Lisa. Ich werde inzwischen die neue Ware auszeichnen, die hereingekommen ist. Sonst verplempern wir beide diesen Vormittag, und für St. Jarlath haben wir nicht einen Penny eingenommen.«
Lisa sah sie überrascht an. »Aber du glaubst doch nicht an diesen Unsinn mit St. Jarlath, Emily?«
»Na ja, es ist kein Fehler, sich alle Optionen offenzuhalten«, antwortete Emily beinahe entschuldigend.
»Aber, Emily, wenn es einen Gott gäbe, wäre ich jetzt mit Anton verlobt, Stella wäre nicht im Kindbett gestorben, und Frankie hätte eine Mutter. Noel würde die ihm gebührende Anerkennung bei Hall's bekommen, Muttie würde nicht an Krebs sterben, du würdest die Weltregierung oder wenigstens den öffent-

lichen Dienst leiten und hättest einen netten, braven Ehemann an deiner Seite, der dir was Leckeres zum Essen kocht, wenn du abends nach Hause kommst.«

»Wie kommst du auf die Idee, dass ich mir das von Gott wünschen würde?«, fragte Emily.

»Was denn sonst? Außer allen zu sagen ...«

»Ich würde mir etwas völlig anderes wünschen: ein eigenes Haus, die Zeit, wieder mit dem Malen anzufangen, um endlich herauszufinden, ob ich überhaupt Talent habe, ein kleines Büro, von dem aus ich meine Firma ›Emilys Blumenkästen‹ leiten könnte ... Ich will weder einen braven Ehemann noch die Macht, ein Land zu regieren. Kommt nicht in Frage!«

»Das sagst du so.« Lisa wusste es besser.

»Willst du es mir ebenso schwermachen, dich loszuwerden, wie die Zwillinge?«, fragte Emily.

»Habe verstanden. Ich gehe ja schon. Danke, Emily. Du verblüffst mich. Wäre ich gerade aus Amerika zurückgekommen, würde ich mich ins Bett legen, statt direkt zur Arbeit zu laufen. Ich bin völlig ausgepowert, und dabei war ich nur in Schottland!«

»Na, wahrscheinlich warst du im Urlaub viel aktiver als ich«, feixte Emily.

Lisa zog es vor, zu gehen, um sich nicht überlegen zu müssen, was Emily wohl damit gemeint haben könnte. Auf dem Weg zur Bushaltestelle war sie in Gedanken jedoch schon wieder in Schottland. Sie hatten in fünf verschiedenen Hotels übernachtet, und in jedem davon hatten Anton und sie sich geliebt. In der Flitterwochen-Suite sogar zwei Mal. Wieso verzichtete Anton in Dublin auf dieses Vergnügen und wollte nicht, dass sie jede Nacht mit ihm verbrachte? Bei ihrer Ankunft am Flughafen hatte er sie zum Abschied geküsst und beteuert, wie gut es ihm mit ihr gefallen habe. Wieso die Vergangenheitsform? Sie hätten auch zu Hause so weitermachen können.

Es konnte doch jetzt nicht vorbei sein.

Anton hatte ihr schließlich seine Liebe gestanden – vier Mal insgesamt. Zwei Mal eher mit einem scherzhaften Unterton, als sie erfolgreich mit Hotels und Restaurants verhandelt hatte, aber noch zwei Mal, als sie miteinander schliefen. Er musste es ernst gemeint haben, denn wer würde so etwas in einem solchen Moment sagen, wenn es nicht von Herzen käme?

Einer der Neuzugänge im Wohltätigkeitsladen war eine wunderschöne grün-schwarze Seidenbluse. Ein »unerwünschtes Geschenk«, wie die Dame sich ausdrückte, die sie vorbeigebracht hatte. Die Bluse lag noch zwischen Lagen von Seidenpapier verpackt in einer Schachtel. Emily hängte sie auf einen Kleiderbügel und überlegte sich, was sie dafür verlangen sollte. Neu hatte die Bluse bestimmt über hundert Euro gekostet, aber keine ihrer Kundinnen würde auch nur annähernd so viel dafür bezahlen. Die Dame, die sie gespendet hatte, würde sicher vorbeikommen, um nachzuschauen, wie viel sie kostete, aber Emily wollte auf keinen Fall zu wenig verlangen. Die Bluse war wirklich wunderschön. Wäre es ihre Größe gewesen, hätte sie bereitwillig fünfzig Euro dafür bezahlt. Emily hatte die Bluse noch immer in der Hand, als Moira hereinkam.

»Ich wollte nur mal nachschauen, wo Frankie ist«, sagte sie grußlos.

»Guten Morgen, Moira«, erwiderte Emily mit ausgesuchter Höflichkeit. »Frankie ist mit Mrs. Carroll, Declans Mutter, im Park.«

»Oh, ich weiß, wer Mrs. Carrol ist. Ich wollte mich nur vergewissern, dass Frankie nicht einfach irgendwo abgestellt und vergessen wurde.«

Um ihre Bemerkung abzuschwächen, zauberte Moira ein schiefes Lächeln auf ihr Gesicht.

»Das passiert einer Frankie Lynch garantiert nicht«, entgegnete Emily mit eisiger Stimme.

»Sie meinen es sicher gut, Emily, aber *Sie* tragen nicht die Verantwortung für dieses Kind.«

»Die Kleine ist immerhin mit mir verwandt.« Emilys Augen

funkelten kampfeslustig. »Sie ist die Tochter meines Cousins. Das macht sie zu meiner Nichte zweiten Grades.«
»Aha!« Moira schien nicht beeindruckt.
»Kann ich sonst noch etwas für Sie tun, Moira?«
Noch gelang es Emily, ihre gute Erziehung nicht zu vergessen. Aber nicht mehr lange.
»Also, ich bin auf dem Weg in die Herzklinik, und die dortige Leiterin hat jeden Tag etwas anderes an. Sie interessiert sich nur für Klamotten, glaube ich.«
»Soweit ich weiß, ist sie auch eine ausgezeichnete Herzspezialistin«, erwiderte Emily.
»Ja, das ist sie. Bestimmt sogar. Aber sie muss ständig kommentieren, was die Leute anhaben … Deshalb wollte ich mal fragen, ob Sie vielleicht … na ja, Sie wissen schon …«
»Heute ist Ihr Glückstag, Moira. Diese traumhaft schöne Bluse ist gerade hereingekommen. Sie würde wunderbar zu Ihrem schwarzen Rock passen. Probieren Sie sie doch mal an.«
Moira sah tatsächlich sehr gut damit aus.
»Wie viel?«, fragte sie auf ihre übliche uncharmante Art.
»Im Geschäft würde die Bluse über hundert Euro kosten. Ich wollte sie gerade für fünfzig Euro auszeichnen, aber da Sie ja quasi eine Stammkundin sind … Sagen wir fünfundvierzig?«
Das war mehr, als Moira hatte ausgeben wollen, aber sie einigten sich auf den Preis, und Moira machte sich neu eingekleidet auf den Weg in die Herzklinik. Ihre unansehnliche graue Bluse hatte sie in die Aktentasche gestopft.
Sobald Moira draußen war, rief Emily bei Fiona an.
»Ich weiß, das ist ein bisschen intrigant …«, begann sie.
»Ich liebe Intrigen«, erwiderte Fiona.
»Moira Tierney ist auf dem Weg zu euch, und sie trägt eine umwerfend schöne neue Bluse, die sie gerade hier gekauft hat. Wahrscheinlich bereut sie den Kauf schon bitter und ärgert sich über den Preis, also lobe sie bitte dafür.«
»Wird gemacht«, versprach Fiona begeistert.

In der Klinik ging es bereits hoch her. Frank Ennis war zu einem seiner verhassten Überraschungsbesuche eingetroffen. Man trank gerade Tee, als er kam.
»Oh, das sind aber feine Kekse«, sagte er und schüttelte missbilligend den Kopf.
»Die haben wir selbst bezahlt, Frank«, erklärte Clara munter. »Jede Woche besorgt ein anderer die Kekse und bezahlt sie aus der eigenen Tasche. Gott bewahre! Wir wollen doch nicht, dass St. Brigid schließen muss, nur weil die Herzambulanz zu viele Kekse konsumiert. Nimm doch noch einen, wenn du schon mal hier bist …«
In dem Moment kam Moira ins Büro.
»Sie bringen wenigstens einen Hauch von Klasse in dieses Büro«, sagte Frank Ennis anerkennend.
Ania, die müde wirkte und der man die Schwangerschaft inzwischen deutlich ansah, fühlte sich ungerecht behandelt.
»Sie muss schließlich keine Uniform tragen«, flüsterte sie Fiona und Barbara zu und deutete mit dem Kopf auf Moira.
Zu ihrer Überraschung schien Fiona nicht ihrer Meinung zu sein.
»Ihre Bluse ist wirklich etwas Besonderes, Moira.« Fiona spielte ihre Rolle perfekt.
Auch Clara bewunderte die Bluse.
»Sie haben einen Blick für gute Kleidung, Moira. Das ist eine erstklassige Seide.«
Nicht in einer Million Jahre hätte Moira ihnen verraten, wo sie die Bluse gekauft hatte. Sie murmelte ein paar Worte, lehnte dankend Tee und Gebäck ab und eilte in ihr kleines Büro.
Heute sollten sich drei neue Patienten bei ihr vorstellen. Der erste war ein großer Mann mit tiefen Falten im Gesicht und struppigem Haar, der sich jedes Wort aus der Nase ziehen ließ. Moira bedachte ihn mit einem ihrer knappen Lächeln und griff nach einem Formular.
»Nun, äh, Mr. … äh … Kennedy. Ihre momentane Adresse bitte.«

»St. Patrick's Wohnheim.«
»Ja, ich sehe hier, dass Sie dort wohnen, seit Sie das Krankenhaus verlassen haben. Und zuvor …?«
»War ich in England.«
»Adressen?«
»Ich bin viel rumgekommen, wissen Sie …«
Moira wusste nur zu gut, was er damit meinte. Er war nicht der einzige Ire, der Jahre seines Lebens auf dem Bau verloren hatte, jeden Monat unter einem anderen Namen, ohne Versicherung und ohne Rentenanspruch. Freitagabend hatte er seinen Wochenlohn bar in einem Pub ausgehändigt bekommen.
»Dann davor«, sagte sie müde. Sie benötigte nun mal irgendwelche Unterlagen für diesen Mann.
»Da war ich in Liscuan. Ist lange her«, erwiderte er.
Moira blickte überrascht auf. Der Mann war ihr doch gleich bekannt vorgekommen.
Vor ihr saß Maureen Kennedys verschollen geglaubter Ehemann. Sie plante die Zukunft des Mannes, dessen Frau nun mit ihrem Vater zusammenlebte.

Noel kam müde aus dem Büro nach Hause.
Als er die Tür zum Chestnut Court aufsperrte, fand er Lisa am Küchentisch schlafend vor, umgeben von ihren Studienunterlagen. Noel hatte gehofft, dass sie etwas zum Abendessen vorbereitet hatte und vielleicht sogar bei den Carrolls gewesen war, um Frankie abzuholen.
Aber er hatte Verständnis. Wahrscheinlich war sie todmüde von ihrer Reise nach Schottland und nicht sehr erfreut, wieder zu Hause zu sein. Dann würde eben er Frankie abholen. Unterwegs könnte er noch Fisch und Fritten besorgen. Zum Glück war heute Abend kein Unterricht. Ein Besuch bei Muttie wäre vielleicht auch noch drin. Der arme Kerl sah in letzter Zeit wirklich schlecht aus …

Muttie hieß Noel mit einem breiten Grinsen willkommen, was seinem eingefallenen Gesicht noch mehr das Aussehen eines Totenkopfes verlieh.
»Lizzie, Noel ist da. Hast du noch ein Stück Kuchen für den Burschen?«
»Nein danke, Muttie. Ich wollte nur schnell Frankie bei Molly und Paddy abholen und dir kurz hallo sagen. Ich muss die Kleine heim- und ins Bett bringen.«
Maud und Simon saßen im Wohnzimmer, die blonden Köpfe über einen Computer gebeugt.
»Wir richten gerade Skype für Muttie ein«, erklärte Maud stolz.
»Damit er von Angesicht zu Angesicht mit den Leuten reden kann«, fügte Simon ebenso freudestrahlend hinzu.
»Wenn ihr beide mal in New Jersey seid, kann ich jede Woche mit euch telefonieren!« Muttie schien bester Laune zu sein.
»Ja, aber wir werden nicht nach New Jersey gehen«, sagte Maud.
»Es gibt zu vieles, das uns hier hält«, fügte Simon kryptisch hinzu.
»Die Kochvorführung in Ennios Trattoria heute war übrigens große Klasse«, erzählte Maud.
»Dieser Marco ist wirklich ein netter Kerl. Da muss man schon weit laufen, um einen so anständigen Burschen zu finden«, sagte Muttie. »Also, beeil dich, Simon, und such dir eine Freundin, bevor es zu spät für uns alle ist.«
Alle Blicke richteten sich fragend auf Muttie, aber er hatte nichts Böses im Sinn gehabt.
»Es ist noch zu früh, sich festzulegen«, erwiderte Simon.
»Wer hat denn was von ›sich festlegen‹ gesagt?«, fragte Maud.
In dem Moment klopfte es an der Tür. Ein junger Mann mit lockigem schwarzem Haar stand davor und trug schwer an einem großen Topf, in dem irgendetwas in Tomatensauce blubberte.
»Das ist für den *nonno* meiner schönen Maud«, sagte er.
»Danke dir, Marco«, antwortete Muttie erfreut. »Lizzie, komm mal her und schau dir an, was der Junge uns mitgebracht hat.«

Lizzie kam aus der Küche herbeigeeilt.
»Marco! Na, so was! Ich wollte gerade mit dem Kochen anfangen.«
»Das ist ein gutes Timing, wie?« Marco strahlte in die Runde.
»Also, ich muss jetzt los.« Noel stand auf. »Ich bin übrigens Noel. Ich würde ja gern mitessen, aber ich muss meine Tochter abholen. *Buon appetito.*«
Noel wäre gern geblieben. Es ging ihm sehr nahe, so viel Freude in einem Haus zu sehen, das bald in tiefer Trauer versinken würde.

Als Lisa im Chestnut Court aufwachte, hatte sie einen steifen Nacken. Sie sah Noels Mantel an der Tür hängen. Offenbar war er gekommen und gleich wieder gegangen. Sie hätte sich um das Essen kümmern oder wenigstens Frankie bei Molly Carroll abholen sollen. Jetzt war es zu spät. Noel hatte einen Zettel hinterlassen, auf dem stand, dass er Fisch zum Abendessen mitbringen würde. Er war so ein lieber Mensch. Wäre nicht vieles einfacher, wenn sie in Noel verliebt wäre statt in Anton? Aber das Leben war komplizierter, und vielleicht wären die Hindernisse noch unüberwindbarer. Lisa stand auf, streckte sich und deckte den Tisch.
Heute Abend hätte sie gern ein Glas Wein zu dem Fisch getrunken, aber in diesem Haus würde es nie Alkohol geben. Lisa musste an den hervorragenden Wein denken, den sie in Schottland genossen hatten. Sie und Anton hatten abwechselnd die Rechnung in den Restaurants übernommen, und deswegen war Lisas Bankkonto jetzt haushoch überzogen. Doch das war kein Thema für Anton. Lisa hoffte noch immer, dass sich die Situation zu ihren Gunsten ändern würde. Wenn Anton sich nicht endlich zu ihr bekannte, würde sie sich eine Arbeit suchen müssen.
Aber Noel würde bald nach Hause kommen, und deshalb sollte sie alle negativen Gedanken beiseiteschieben.

Im St. Jarlath's Crescent Nummer dreiundzwanzig saßen Josie und Charles Lynch in schweigendem Staunen nebeneinander. Gerade eben hatten sie die Tür hinter einem höchst seriösen Anwalt im Nadelstreifenanzug geschlossen. Er war gekommen, um ihnen mitzuteilen, wie hoch die Summe war, die Meriel Monty ihnen hinterlassen hatte. Wenn alle Geldanlagen aufgelöst waren, belief sich ihr Erbe auf ungefähr zweihundertneunundachtzigtausend Euro, wie ihnen der Anwalt bedächtig erklärte.

KAPITEL 11

Zum Glück erkannte Eddie Kennedy sie nicht. So fiel es Moira leichter, die professionelle Distanz zu wahren.
Das Wohnheim konnte nur eine Übergangslösung für ihn sein; bald würde er sich eine dauerhafte Unterkunft suchen müssen. Wären die Umstände anders gewesen, hätte Moira ihn eindringlicher über seine Situation in Liscuan befragt und angeregt, ob er es dort nicht noch einmal versuchen wolle. Schließlich trank er nicht mehr. Vielleicht wäre sogar eine Versöhnung mit Maureen Kennedy für ihn möglich gewesen, aber die Vorstellung, damit das Glück ihres Vaters zu zerstören, das dieser erst spät in seinem bis dahin so unerfreulichen Leben gefunden hatte, war für Moira unerträglich.
Wo immer Eddie Kennedy seine Erlösung finden mochte – in Liscuan bestimmt nicht.
Moira seufzte tief und überlegte, was sie für diesen Mann tun könnte, wäre er ein anderer und hätte sie nicht gewusst, dass die Frau, die er verlassen hatte, jetzt mit ihrem Vater zusammenlebte.
Resigniert versuchte sie mit weiteren Fragen herauszufinden, ob Eddie Kennedy nach einem in England verbrachten Arbeitsleben eventuell irgendwelche Sozialleistungen zustünden, jedoch ohne Erfolg. Dieser Mann war nirgendwo gemeldet und fiel durch alle Raster. Von nun an würde ihn sein Weg von einem Wohnheim zum nächsten führen.
Wäre es ihm ebenso ergangen, wäre er auf einen anderen Sozialarbeiter gestoßen? Vielleicht hätte einer von Moiras Kollegen Erkundigungen in Liscuan eingezogen. Und wenn dies bereits geschehen war? Wenn Mrs. Kennedy und ihr Vater sich nicht

geäußert hatten, sähe die Situation für ihn nicht viel anders aus als jetzt …
Trotzdem fühlte Moira sich schuldig. Dieser Mann sollte nicht verzichten müssen, nur weil die für ihn zuständige Sozialarbeiterin wollte, dass ihr Vater weiterhin ungestört in dem Haus lebte, das eigentlich sein Zuhause war. Moira wünschte sich nicht zum ersten Mal, dass sie eine Freundin hätte, mit der sie sich besprechen könnte.
Sie musste an das Essen mit Lisa in Ennios Trattoria denken; es war ein angenehmer Abend gewesen, und sie hatte sich überraschend gut mit Lisa unterhalten können. Aber wahrscheinlich würde die junge Frau sie für verrückt erklären, sollte Moira dies noch einmal vorschlagen.
Noch schlimmer – für verrückt *und* bedauernswert.

Als Muttie unschlüssig herumdruckste, wusste seine Frau Lizzie sofort, dass er etwas auf dem Herzen hatte.
»Raus mit der Sprache, Muttie.«
Jahrelang hatte sich Lizzie Mutties Geschichten angehört: Geschichten über unschlagbare Pferde, schmerzende Rücken, verwässertes Bier und in der letzten Zeit vor allem über den einen oder anderen unglücklichen Leidensgenossen, den er im Krankenhaus getroffen hatte. Muttie hatte nämlich entdeckt, dass es viel Leid und Krankheit auf dieser Welt gab, Dinge, über die man sich normalerweise nie Gedanken machte, solange man sich bester Gesundheit erfreute.
Lizzie fragte sich, was sie wohl jetzt zu hören bekäme.
»Ich mache mir Sorgen, dass die Zwillinge ihre Reise nach Amerika verschieben, weil ich diese Behandlung bekommen muss.«
So trotzig, wie er sie dabei ansah, schien er sich nichts sehnlicher zu wünschen, als dass sie ihm widersprach.
Nichts leichter als das. Er sollte bekommen, was er wollte. Lizzie verzog das Gesicht und lachte schallend.
»Na, wenn du sonst keine Sorgen hast, Muttie Scarlet, dann

kannst du wirklich von Glück reden! Hast du denn überhaupt keine Augen im Kopf? Sie wollen nicht weg, weil Maud verrückt nach diesem Marco ist. Sie will auf keinen Fall fort und zulassen, dass sich irgendeine Puppe aus Dublin ihren Marco schnappt. Das hat absolut nichts mit dir zu tun!«
Muttie wirkte sehr erleichtert.
»Wahrscheinlich habe ich mich wieder einmal zu wichtig genommen …«, murmelte er.

Noel Lynch und Lisa Kelly waren auf dem Markt und kauften an den Ständen, die Emily ihnen empfohlen hatte, Obst und Gemüse ein. Moira hatte moniert, dass sie zu wenig selbst kochten und dass Frankie unter Nährstoffmangel leiden könnte.
»Ständig muss sie irgendwelche neuen Forderungen stellen«, beklagte sich Lisa wütend.
»Warum sollten selbstgemachte Breie besser sein als die, die man kaufen kann?«, meinte Noel erbost. »Was sind das überhaupt für Zusatzstoffe, von denen sie dauernd spricht? Und warum tun die Hersteller das hinein?«
»Ich möchte wetten, dass nichts davon stimmt. Moira will uns bestimmt nur das Leben schwermachen. Also, jetzt zeig mir mal, was Emily aufgeschrieben hat: Äpfel, Bananen. Kein Honig, der könnte sie vergiften. Gemüse, aber kein Brokkoli. Brühe. Die haben wir noch zu Hause, rein biologisch und fast salzlos. Ich habe nachgesehen.«
»Tatsächlich?« Noel war überrascht. »Wie sieht die denn aus?«
»Wie ein Stück weiches Karamell in Stanniolpapier. Glaub mir, Noel, das stimmt schon. Komm, wir zahlen und dann gehen wir nach Hause und pürieren das Gemüse, und während es vor sich hin köchelt, schauen wir uns noch mal die Mitschrift der Vorlesung an, die wir beide verpasst haben. Was würden wir ohne Faith nur tun!«
»Ja, da hast du recht.«
Lisa warf ihm einen prüfenden Blick zu. Alle außer Noel hatten

es mittlerweile mitbekommen, dass Faith in ihn verliebt war. Für Lisa war Noel nichts weiter als ein Freund und Wohnungsgenosse, aber sie wollte nicht, dass die Situation dadurch kompliziert wurde.
In gewisser Weise fühlte sich sogar Anton von der Tatsache herausgefordert, dass sie mit einem Mann zusammenwohnte. Irgendwie ging er mehr auf sie zu, und ein oder zwei Mal hatte er von ihr wissen wollen, ob zwischen ihr und Noel eine gewisse Spannung existiere. Die Ausdrucksweise war typisch für Anton, und er stellte die Frage so beiläufig, als würde sie ihn nicht sonderlich interessieren.
Aber so war er nun mal. Er hätte nicht gefragt, hätte es ihn nicht beschäftigt.
Lisa fühlte sich wohl in der Wohnung im Chestnut Court. Noel passte auf, dass sie keinen Unterricht am College versäumte – wenn sie nicht gerade auf dem Sprung war, um sich mit Anton zu treffen –, und die kleine Frankie war ihr mittlerweile richtig ans Herz gewachsen, auch wenn sie dies niemals zugegeben hätte. Ein Leben ohne das kleine Mädchen würde ihr schwerfallen. Denn sobald Anton begriffen hatte, dass ein wenig mehr Engagement nicht gleich lebenslanges Zuchthaus bedeutete, würde das den Weg zu einer Beziehung ebnen.

Auch Emily Lynch war auf dem Gemüsemarkt. Sie hatte Dr. Hat versprochen, ihm zu zeigen, wie man ein vegetarisches Currygericht zubereitet, denn sein Freund Michael sollte bald zu Besuch kommen.
»Könnten Sie nicht … äh … an meiner Stelle kochen?«, bat Dr. Hat.
»Kommt nicht in Frage! Sie sollen Michael genau beschreiben können, wie Sie es gemacht haben.« In dem Punkt war Emily unerbittlich.
»Emily, *bitte*. Kochen ist Frauensache.«
»Warum sind dann die meisten großen Köche Männer?«, fragte sie.

»Alles Angeber«, erklärte Dr. Hat gehässig. »Das wird nie hinhauen, Emily. Es wird alles anbrennen.«
»Jetzt machen Sie sich nicht lächerlich – wir werden jede Menge Spaß beim Gemüseschneiden haben. Und bald kochen Sie das Rezept jede Woche nach.«
»Das bezweifle ich«, meinte Dr. Hat. »Das kann ich mir beim besten Willen nicht vorstellen.«

Die Begegnung mit Eddie Kennedy hatte Moira beunruhigt. Ihre kleine Wohnung kam ihr wie ein Gefängnis vor, dessen Mauern sie mehr und mehr einengten. Vielleicht waren sie und er verwandte Seelen, und sie würde enden wie er – ohne Freunde und betreut von einer Sozialarbeiterin, die jetzt noch in die Schule ging.
Am Freitag war ihr Geburtstag. Ein Mensch, der niemanden zum Feiern hatte, war wirklich arm dran. Moiras Gedanken kehrten wieder zu dem angenehmen Abend in Ennios Trattoria zurück.
Wenigstens dieses eine Mal hatte sie sich wie eine normale junge Frau gefühlt.
Wie Lisa wohl reagieren würde, wenn sie sie zum Essen einlud? Wahrscheinlich hatte sie ohnehin keine Zeit. Aber Moira hatte nichts zu verlieren. Sie würde sofort einen Abstecher in den Chestnut Court machen.
»Allmächtiger, es ist schon wieder *Moira!*«, sagte Lisa, als sie die Sprechanlage betätigt und sie hereingelassen hatte.
»Was kann sie denn jetzt wieder wollen?«
Nervös sah Noel sich in der Wohnung um, für den Fall, dass irgendetwas herumlag, das Moira gegen sie verwenden könnte. Frankies Babysachen hingen zum Trocknen über den Heizungskörpern – ein Pluspunkt für sie. Immerhin achteten sie darauf, dass die Wäsche richtig gelüftet wurde.
Dann nahm er erneut die Aufgabe in Angriff, Frankie mit einem Löffel frisch püriertes Gemüse einzuflößen, was die Kleine jedoch in erster Linie als großen Spaß empfand, da man sich mit

dem Brei so herrlich das Gesicht bemalen und die Haare einreiben konnte.
Wie immer sah Moira sehr geschäftsmäßig aus in ihrem grauen Hosenanzug und den flachen Schuhen, aber heute Abend schaute Noel sie zum ersten Mal genauer an. Sie schien wie von einem Schutzschild umgeben, der ihr die Menschen vom Leib halten sollte. Eigentlich hatte sie eine schöne, klare Haut und welliges, aschblondes Haar, das gut zu ihrem Teint passte. Sie machte nur leider nicht viel aus sich.
»Möchten Sie vielleicht eine Tasse Tee mit uns trinken?«, fragte er vorsichtig.
Moira hatte die häusliche Szene auf den ersten Blick erfasst: Das Kind war bestens versorgt. Das konnte jeder sehen. Noel und Lisa hatten sogar auf sie gehört, frisches Gemüse besorgt und einen Babybrei daraus gekocht.
Und in der ganzen Wohnung stapelten sich Lehrbücher und Studienunterlagen. Das also war ihr sogenannter hoffnungsloser Fall. Eine bunt zusammengewürfelte Familie, eigentlich ungeeignet, ein Kind wie Frankie großzuziehen, und trotzdem schienen sie gut zurechtzukommen, auf jeden Fall besser als Moira.
»Gott, war das heute ein anstrengender Tag«, brach es plötzlich aus Moira heraus.
Wäre das Dach des Wohnblocks weggesprengt worden, Noel und Lisa hätten nicht überraschter sein können. Sogar Frankie hob ihr mit Brei verschmiertes Gesichtchen.
Moira beklagte sich nie über ihre Arbeit. Im Gegenteil. Unermüdlich versuchte sie, dieser verrückten Welt ihre Ordnung aufzuzwingen. Dies war der erste Hinweis darauf, dass womöglich auch sie nur ein Mensch war.
»Was war denn heute so besonders anstrengend?«, erkundigte sich Lisa höflich.
»Dieser ewige Frust. Ich kenne da ein Paar, das sich verzweifelt ein Kind wünscht. Bei den beiden hätte ein Baby ein wunderbares Zuhause, aber glauben Sie, sie würden eines bekommen? O nein, natürlich nicht. Kinder kann man vernachlässigen, ihnen

weh tun, in ihrer Gegenwart Drogen nehmen – das ist alles in Ordnung, solange sie bei ihren leiblichen Eltern bleiben. Und dann sollen wir auch noch stolz darauf sein, dass wir die Familie nicht auseinandergerissen haben …«

Unwillkürlich drückte Noel Frankie fester an sich.

»Nicht Sie, Noel«, sagte Moira müde. »Sie und Lisa, Sie beide geben Ihr Bestes.«

Ein erstaunliches Lob aus ihrem Mund. Lisa und Noel sahen sich irritiert an.

»Natürlich ist Ihre Situation hoffnungslos, aber Sie halten sich wenigstens an die Regeln«, fügte Moira grollend hinzu.

Erleichtert lächelten Lisa und Noel einander an.

»Aber alles andere ist nur noch ermüdend, und ich frage mich, ob das überhaupt je zu etwas führen wird.«

Lisa überlegte, ob Moira wohl kurz vor einem Nervenzusammenbruch stand.

»Ihre Arbeit ist bestimmt sehr stressig. Da müssen Sie wenigstens in Ihrem Privatleben versuchen, diesen Stress zu kompensieren«, meinte Lisa, um das Gespräch wieder in normale Bahnen zu lenken.

»Ja, genau. Wenn ich immer nur an die Arbeit bei Hall's denken würde, wäre ich jetzt schon im Irrenhaus«, pflichtete Noel ihr bei. »Gäbe es nicht Frankie, die mich zu Hause erwartet, wäre ich bereits ein nervliches Wrack.«

»Mir geht es ebenso«, erklärte Lisa, die dabei an Anton dachte. »Mal ehrlich – immer nur dieses Auf und Ab, diese ständigen Aufregungen und Dramen. Ich bin froh, dass ich daneben noch ein anderes Leben habe.«

Moira hörte sich das alles schweigend und ohne erkennbares Zeichen der Zustimmung an. Schließlich kam sie auf den Grund ihres Besuchs zu sprechen.

»Mein Privatleben ist genau der Grund, weshalb ich heute hier bin«, sagte sie. »Ich werde am Freitag fünfunddreißig Jahre alt und hatte gehofft, dass Sie mit mir zum Essen in Ennios Trattoria gehen würden, Lisa …«

»Ich? Am Freitag? Du meine Güte. Äh, danke, Moira, vielen Dank für die Einladung. Ich habe am Freitag noch nichts vor, oder, Noel?«

War es ein flehender Blick, den sie ihm zuwarf? Wollte sie von ihm eine Ausrede hören? Oder freute sie sich gar darauf? Noel hatte keine Ahnung, und so erschien ihm eine ehrliche Antwort am sichersten.

»Freitagabend bin ich an der Reihe, als Babysitter zu Hause zu bleiben – du hast frei«, erwiderte er.

Lisas Gesicht zeigte keine Regung. »Das ist wirklich sehr freundlich von Ihnen, Moira. Werden viele Leute kommen?«

»Zu Ennio? Ich weiß es nicht. Vermutlich schon.«

»Nein, ich meine, um Ihren Geburtstag zu feiern?«

»O nein, nur wir zwei«, sagte Moira, stand auf und ging.

Noel und Lisa wagten erst wieder zu sprechen, als sie das Gebäude verlassen hatte.

»Wir hätten ihr sagen sollen, dass sie nicht wie fünfunddreißig aussieht«, meinte Lisa.

»Wie alt sieht sie denn aus?«, fragte Noel.

»Sie könnte durchaus schon hundert sein. Sie könnte jedes Alter haben. Warum hat sie mich zum Essen eingeladen?«

»Vielleicht ist sie in dich verliebt«, mutmaßte Noel, fügte aber rasch hinzu: »Tut mir leid, war nur ein Scherz.«

»Du kannst leicht Witze reißen, du musst nicht am Freitag mit ihr zum Essen gehen.«

»Vielleicht steht sie kurz vor dem Durchdrehen«, meinte Noel nachdenklich.

Lisa hatte genau dasselbe gedacht.

»Warum sagst du das?«

»Na ja …«, antwortete Noel langsam und gedehnt, »… weil das sehr seltsam ist. Kein normaler Mensch würde dich zum Essen einladen. Dich doch nicht.«

Lisa sah ihn erstaunt an und stellte fest, dass er grinste.

»Ja, du hast recht, Noel. Die Frau ist einsam und hat keine Freunde. Das ist alles.«

»Ich habe gerade überlegt ...« Noel hielt inne. »Ich dachte mir, dann könnte ich an dem Abend vielleicht Faith zum Essen einladen. Zu einem richtigen Menü, nicht nur auf einen Teller Suppe oder einen Toast. Sozusagen als Dank für ihre Mitschriften und das alles.«

Lisa sah ihn mit großen Augen an. »Aha?«

»Freitagabend wäre doch nicht schlecht, oder? Du kommst wahrscheinlich erst spät heim, wenn du mit Moira um die Häuser ziehst. Und ich esse ohnehin lieber hier. In einem Restaurant ist die Versuchung groß, eine Flasche Wein oder einen Cocktail zu bestellen.«

Noel sprach nur selten über seine Sucht. Er ging zu seinen Meetings und verbannte ansonsten jeden Alkohol aus der Wohnung. Es war ungewöhnlich, dass er jetzt darauf zu sprechen kam.

Allem Anschein nach war er doch an Faith interessiert.

Lisa war in Gedanken bereits einen Schritt weiter. Angenommen, Faith würde zu Noel ziehen? Wo sollte sie dann bleiben?

Aber sie durfte jetzt kein Theater machen. Dies war ihre am wenigsten angenehme Eigenschaft. In Schottland hatte Anton einmal zu ihr gesagt, dass sie ein absoluter Engel sei, solange sie kein Theater mache. Und Noel hatte ein wenig Glück in seinem Leben verdient.

»Das ist wirklich eine tolle Idee. Ich mache euch noch einen Salat, bevor ich gehe, und vielleicht könntest du das Ingwerhuhn vorbereiten, das du manchmal kochst. Das macht viel her. Und wir dürfen nicht vergessen, das Tischtuch und die Servietten zu bügeln.«

»Es ist doch nur Faith. Wir müssen niemandem etwas beweisen«, protestierte Noel.

»Aber du willst ihr doch zeigen, dass du dich gerne anstrengst, um ihr einen schönen Abend zu bereiten, oder etwa nicht?«

Plötzlich wurde Noel bewusst, dass dies seit Jahren seine erste richtige Verabredung war.

»Und als Gegenleistung musst du mir helfen, ein Geschenk für Moira auszusuchen. Aber nicht zu teuer. Ich bin pleite!«

»Frag doch Emily. Sie soll im Laden etwas Passendes suchen. Sie findet immer etwas Schönes – auch ganz neue Sachen.«

»Das ist eine hervorragende Idee.« Lisas Miene hellte sich auf. »Tja, kleine Frankie, unser Leben hier kommt allmählich so richtig in Schwung. Du wirst dich anstrengen müssen, mit uns mitzuhalten …«

Frankie streckte Lisa beide Arme entgegen.

»*Mama*«, sagte sie.

»Fast richtig, Frankie, aber ich heiße LI-SA, das klingt viel vornehmer.«

Aber ein »Mama« aus dem Mund dieses Kindes war ein echtes Kompliment.

Faith war überrascht, freute sich aber sehr über die Einladung.

»Werden viele Leute kommen?«, fragte sie nervös.

»Nein, nur wir zwei«, antwortete Noel. »Ist das in Ordnung für dich?«

»Oh, natürlich!« Faith schien erleichtert zu sein. Sie lächelte. »Danke, Noel, ich freue mich schon auf den Abend.«

»Ich auch«, sagte Noel.

Plötzlich fiel ihm etwas ein. Ob sie wohl erwartete, dass sie miteinander ins Bett gingen? Schlagartig wurde ihm klar, dass er noch nie im Leben nüchtern mit einer Frau geschlafen hatte. Bei den Anonymen Alkoholikern kursierten die schrecklichsten Gerüchte zu diesem Thema, das offenbar sehr problembehaftet war. Die Angst vor einem möglichen Versagen konnte die schlimmsten Folgen haben. Viele Leute in seiner Gruppe hatten erzählt, dass sie zuvor heimlich einen Schluck Wodka getrunken hätten, um sich gut zu fühlen, und deshalb innerhalb einer Woche wieder an der Flasche hingen.

Aber er würde sich diesem Problem stellen, wenn es so weit war. Es hatte keinen Sinn, sich den Mittwoch zu ruinieren, indem er sich Gedanken über den kommenden Freitag machte.

Immer eines nach dem anderen – diese Devise funktionierte tatsächlich.

Schließlich war Freitag.
Emily hatte eine zierliche Perlmuttbrosche entdeckt, die Lisa als Geburtstagsgeschenk mitbringen konnte. Sogar eine kleine Schachtel und etwas schwarzen Samt zum Auslegen hatte sie besorgt. Moira wäre garantiert begeistert.
Anton hatte nur gelacht, als Lisa ihm erzählte, dass sie an dem Abend mit Moira in Ennios Trattoria gehen würde.
»Das wird bestimmt irrsinnig lustig«, hatte er abfällig gemeint.
»Es wird sicherlich ein schöner Abend«, erwiderte Lisa aus dem plötzlichen Gefühl heraus, sich verteidigen zu müssen.
»Wenn du auf pampige Pasta, billigen Wein und einen Haufen schmachtender Italiener stehst, die ihre Lippen spitzen und dir ein *›bella signora‹* hinterherhauchen …«
»Die Leute dort sind sehr nett.«
Lisa hatte keine Ahnung, warum sie diese kleine Trattoria so heftig verteidigte.
»Ja, und bei Chez Anton sind wir auch sehr nett. Warum habt ihr euch nicht für uns entschieden, du und deine Sozialarbeiterin?«
»Jetzt sei doch mal Realist, Anton. An einem Freitagabend! Außerdem hat sie Ennio ausgesucht.«
Plötzlich wirkte er wie ein kleiner Junge, dem man unrecht getan hatte. »Ich hätte euch einen guten Preis gemacht.«
»Ich weiß das, aber sie nicht. Verstehst du?«
»Kommst du wenigstens hinterher vorbei? Teddy hat an dem Tag ebenfalls Geburtstag, und wir werden nach Restaurantschluss noch feiern.«
»Eher nein, wir werden bestimmt noch ein wenig um die Häuser ziehen.«
Zum Glück war ihr Noels Bemerkung eingefallen. Der Ausdruck von Überraschung und Verärgerung auf Antons Gesicht war Belohnung genug.

Noel deckte den Tisch. Lisa hatte den Salat mit Frischhaltefolie in den Kühlschrank gestellt, und sein Ingwerhuhn stand – mit Alufolie abgedeckt – bereit und musste nur noch für fünfundzwanzig Minuten in den Ofen geschoben werden. Die Kartoffeln waren im Topf.

Frankie war bereits bei Declan und Fiona, wo sie heute übernachten sollte.

»Dada«, brabbelte sie, als Noel ihr zum Abschied winkte, und sein Herz machte einen Satz wie immer, wenn die Kleine ihm zulächelte.

Jetzt war er allein in der Wohnung und wartete, dass eine Frau zum Essen kam. Wie ein ganz normaler Mensch.

Lisa hatte sich schick angezogen für den Abend der Geburtstagsfeier. Es tat gut, zu wissen, dass Anton eifersüchtig war und allen Ernstes glaubte, dass sie danach noch in einen Nachtclub gehen würde.

In Ennios Trattoria wurden sie bereits erwartet.

»*Che belle signore!*«, empfing sie der Wirt persönlich und überreichte jeder von ihnen einen kleinen Strauß Veilchen. Genauso, wie Anton vorhergesagt hatte. »*Marco, vieni qui, una tavola per queste due bellissime signore.*«

Der Sohn des Hauses kam auf sie zugeeilt und klopfte imaginären Staub von den Sitzkissen. Moira und Lisa bedankten sich überschwenglich.

Lisa stellte fest, dass Maud an diesem Abend arbeitete. Dies wiederum fiel Marco auf.

»Sie kennen doch meine Freundin und Kollegin, Maud«, sagte er stolz.

»Ja, natürlich kenne ich sie, ein wunderbares Mädchen«, erwiderte Lisa. »Und das ist Moira Tierney, die sich für Ihr Restaurant entschieden hat, um heute hier ihren Geburtstag zu feiern.«

»Moira Tierney«, wiederholte Marco erschrocken. »Maud hat Ihren Namen erwähnt.«

Ihm war deutlich anzusehen, dass Maud wohl nicht sehr herzlich von Moira gesprochen hatte. Aber er bemühte sich, seiner Rolle als charmanter Kellner gerecht zu werden, und überreichte den Damen die Speisekarten.
Während die beiden Frauen verschiedene Gerichte auswählten, konnte Moira es sich nicht verkneifen, mehrmals auf die ihrer Meinung nach horrende Gewinnspanne hinzuweisen.
»Wie kann man nur so viel für ein Knoblauchbrot verlangen!«, meinte sie pikiert.
»Wir müssen ja kein Knoblauchbrot bestellen«, entgegnete Lisa.
»Nein, nein, wir bestellen alles, was uns schmeckt. Schließlich habe ich heute Geburtstag«, verkündete Moira feierlich.
»Ist auch wieder wahr.«
Lisa ließ sich ihre gute Laune nicht verderben. Es sah so aus, als würde dies ein langer Abend werden.

Emily machte einen Abstecher zu Dr. Hat, um sich zu vergewissern, dass ihm das Currygericht für seinen Freund Michael gelungen war, und um ihm den Tipp zu geben, Bananenscheiben und ein wenig Kokosnuss als Beilagen zu servieren.
Zu ihrer Überraschung war der Tisch für drei Personen gedeckt.
»Kommt seine Frau denn auch zum Essen?«, fragte Emily. Bisher war nur von Michael die Rede gewesen.
»Nein, Michael hat nie geheiratet. Noch so ein eingefleischter Junggeselle wie ich«, sagte Dr. Hat.
»Und für wen ist das dritte Gedeck?«
»Ich hatte gehofft, dass Sie uns Gesellschaft leisten würden«, erwiderte er zögernd.

Paddy Carroll und seine Frau Molly waren auf dem Weg zu einer Veranstaltung der Metzgerinnung. Das Festessen fand wie jedes Jahr in einem eleganten Hotel statt, und die Frauen nutzten die Gelegenheit, ihre schönsten Kleider auszuführen. Jeder wusste, dass Paddy Carroll an diesem Abend gern einen über

den Durst trank, und so wollte Declan sie hinfahren, und ein Taxi würde sie wieder nach Hause bringen.
Fiona winkte ihren Schwiegereltern nach, die in großer Hektik das Haus verließen, und setzte sich dann mit einer Tasse Tee ins Wohnzimmer, um die beiden Babys zu beaufsichtigen, die auf dem Fußboden herumkrabbelten. Bald war Schlafenszeit. Die Kinder waren an diesem Abend ziemlich aufgedreht; sie würde sie in zwei Zimmern schlafen legen müssen, damit sie zur Ruhe kamen.
Fiona lauschte in sich hinein. Sie hatte das Gefühl, als könnte sie schon wieder schwanger sein. Wenn, dann würde sie sich sehr freuen, und Declan auch. Das hieße aber, dass sie sich beeilen müssten. Sie müssten alles daransetzen, dass das neue Haus fertig zum Umzug war, bevor das Baby kam. Auf keinen Fall konnten sie Paddy und Molly noch einmal einen schreienden Säugling zumuten.

Bei der zweiten Flasche Wein kam Moira endlich auf Eddie Kennedy zu sprechen. Lisa glaubte zwar, die Situation zu verstehen, begriff aber nicht so recht, wo das Problem lag.
»Ich finde nicht, dass Sie etwas für ihn unternehmen müssen«, sagte sie. »Es war Zufall, dass er an Sie als Sozialarbeiterin geraten ist. Sie müssen ihm nichts von der trauten Zweisamkeit in Liscuan erzählen.«
»Aber er hat dieses Haus gekauft, bevor der Alkohol ihn ruiniert hat. Er hat das Recht, dort zu wohnen.«
»Unsinn. Er hat auf alle Rechte verzichtet, als er sich nach England abgesetzt hat. Er hat sich dafür entschieden, sein altes Leben hinter sich zu lassen. Jetzt kann er nicht von Ihnen erwarten, dass Sie Ihren Vater auf die Straße setzen und seine Frau überreden, ihn wieder zurückzunehmen. Wahrscheinlich will sie ihn ohnehin nicht mehr wiederhaben …«
»Aber soll er denn in einem Männerwohnheim sterben, nur weil ich jede Irritation vermeiden will?«
»Er hat sich nun mal für diesen Weg entschieden.« Lisa war nicht umzustimmen.

»Wenn er Ihr Vater wäre ...«, begann Moira.
»Ich hasse meinen Vater. Selbst wenn er in hellen Flammen stünde, würde ich nicht auf ihn spucken!«
»Aber ich fühle mich schuldig. Ich habe für meine Klienten immer alles getan, was in meiner Macht stand. Das ist bei Eddie Kennedy nicht der Fall«, erwiderte Moira betrübt.
»Vielleicht könnten Sie auf andere Weise Wiedergutmachung leisten? Sie könnten ihn mal im Wohnheim besuchen oder nachmittags einen Ausflug mit ihm machen.«
Moira sah Lisa ungläubig an. Das hatte doch nichts mit der Erfüllung ihrer Pflicht zu tun, sondern überschritt eindeutig die dünne Linie, die Professionalität von Freundschaft trennte. Das war vollkommen undenkbar.
Lisa zuckte die Schultern. »Also, ich würde das wahrscheinlich so machen.«
Als Lisa aus dem Augenwinkel Marco entdeckte, nickte sie ihm kaum merklich zu, und keine dreißig Sekunden später trug er aus der Küche eine kleine Torte mit einer Kerze an ihren Tisch. Die Kellner sangen »Happy Birthday«, und alle Gäste im Restaurant klatschten.
Moira errötete und stammelte ein paar Worte. Als sie versuchte, die kleine Torte anzuschneiden, quoll die Füllung auf einer Seite heraus. Lisa nahm ihr das Messer aus der Hand.
»Alles Gute zum Geburtstag, Moira«, sagte sie und legte so viel Wärme in den Glückwunsch, wie sie konnte. Zu ihrer großen Verwunderung sah sie, dass Tränen über Moiras Gesicht liefen. Fünfunddreißig Jahre alt, und wahrscheinlich war das hier die erste Geburtstagsfeier, die diese Frau je erlebt hatte.

Das Essen im Chestnut Court verlief in bester Stimmung.
»Ich hätte dir ja nie zugetraut, dass du so gut kochen kannst!«, sagte Faith bewundernd. Sie war eine angenehme Gesprächspartnerin, weder geschwätzig noch einsilbig. Angeregt erzählte sie von ihrem bisherigen Leben.
Kurz erwähnte sie auch den Unfall, bei dem ihr Verlobter um-

gekommen war, aber sie hielt sich nicht lange dabei auf. Vielen Menschen stießen schreckliche Dinge zu, und jeder musste irgendwie damit fertig werden.

»Liebst du ihn noch?«, fragte Noel, während er einen Nachschlag von dem Huhn servierte.

»Nein. Eigentlich kann ich mich gar nicht mehr richtig an ihn erinnern Und du, Noel, fehlt dir Frankies Mutter?«, fügte sie hinzu.

»Nein, da geht es mir ein wenig wie dir. Meine Erinnerungen an Stella sind auch sehr diffus, aber damals war ich meistens betrunken. Ich habe generell kaum Erinnerung an diese Zeit.« Er lächelte nervös. »Aber ich bin glücklich, dass ich Frankie habe.«

»Wo ist sie übrigens? Ich habe ihr ein kleines Buch über Tiere mitgebracht. Es ist aus Baumwolle, also kann sie es ruhig anknabbern!«

»Lisa hat sie zu Fiona und Declan gebracht. Lisa ist übrigens zum Essen ausgegangen.«

»Mit Anton?«

»Nein, mit Moira.«

»Das ist wirklich mal etwas anderes.« Faith war über alle Beteiligten bestens informiert.

»Das kann man wohl sagen«, erwiderte Noel. Er strahlte über das ganze Gesicht.

Der Abend ließ sich wirklich gut an.

Fiona hatte Declan gerade eine Tasse Kaffee gebracht, als sie vor der Tür schnelle Schritte hörte.

Draußen stand Lizzie, die völlig aufgelöst war.

»Ob Declan wohl mal schnell kommen kann? Es tut mir so leid, euch zu stören, aber Muttie hat sich übergeben, und da ist überall Blut!«

Declan war bereits aufgestanden und hatte nach seiner Arzttasche gegriffen.

»Ich komme in einer Minute nach – ich schau nur rasch zu den Kindern«, rief Fiona.

»Gut.«

Sekunden später stürmte Declan durch die Haustür der Scarlets. Muttie war aschfahl im Gesicht und hatte sich in eine Schüssel übergeben. Declan erfasste die Szene mit einem Blick.

»Ist halb so schlimm, Muttie. Im Krankenhaus kriegen sie dich im Handumdrehen wieder hin.«

»Kannst du mir nicht was geben, Declan?«

»Nein, im St. Brigid nimmt man es sehr genau mit den Notfällen. Man würde mich sofort verklagen.«

»Aber es dauert doch ewig, bis ein Rettungswagen kommt«, wandte Muttie ein.

»Wir nehmen meinen Wagen. Steig schon mal ein«, sagte Declan bestimmt.

Lizzie wollte ebenfalls mitkommen, aber Declan überredete sie, auf Fiona zu warten. Er führte sie ins Haus zurück und erklärte ihr im Flüsterton, dass man Muttie eventuell über Nacht im Krankenhaus behalten würde, so dass es das Beste wäre, wenn sie eine kleine Tasche für ihn packte. Wenn sie fertig war, würde Fiona mit ihr im Taxi ins Krankenhaus fahren. Sie bräuchte sich keine Sorgen zu machen, er würde sich darum kümmern, dass Muttie gut versorgt wurde. Declan wusste, dass es beruhigend auf Lizzie wirkte, wenn sie sich nützlich machen konnte.

Mittlerweile war auch Fiona nachgekommen. Sie mussten unbedingt jemanden finden, bei dem Johnny und Frankie über Nacht gut aufgehoben waren, und zwar schnell, sonst wäre das Chaos groß. Noel hatte das erste richtige Rendezvous seines Lebens; seine Eltern waren nicht da, Lisa war mit Moira unterwegs – das hielt ihnen zumindest die Sozialarbeiterin vom Leib. Also blieb nur noch Emily übrig.

Declan überließ es Fiona, alles zu organisieren, und brauste mit Muttie, der blass und verängstigt neben ihm saß, ins Krankenhaus.

Emily hatte darauf bestanden, dass Dr. Hat die Mahlzeit persönlich servierte. Schließlich hatte er auch gekocht.

Michael entpuppte sich als ruhiger, nachdenklicher Mensch, der ihr vorsichtige Fragen über ihr bisheriges Leben stellte. Emily hatte den Eindruck, als würde er ihr seines alten Freundes wegen auf den Zahn fühlen. Sie konnte nur hoffen, dass sie gut abschnitt, da sie sich in Hats Gesellschaft wohl fühlte und seine Freundschaft nur ungern verlieren würde.

Überrascht zuckte sie zusammen, als sie ihr Handy in der Tasche klingeln hörte, während sie noch am Esstisch saßen. Sie erwartete eigentlich keine Anrufe.

»Emily, hier ist die Krise ausgebrochen. Deine Babysitterdienste sind gefragt!« Fiona klang sehr gehetzt.

Emily zögerte nicht eine Sekunde. »Natürlich, bin schon unterwegs!«

Sie entschuldigte sich rasch bei den beiden Männern und eilte die Straße hinunter.

Vor dem Haus der Carrolls herrschte großer Aufruhr. Lizzie stand weinend da und umklammerte einen kleinen Koffer; Fiona lief zwischen der Haustür des Scarlets und ihrer eigenen hin und her. Hooves bellte wie verrückt, und Dimples antwortete mit tiefer Stimme aus dem Garten der Carrolls. Declan hatte Muttie ins Krankenhaus gebracht. Das Taxi für Fiona und Lizzie war auf dem Weg.

»Ich begleite Lizzie ins Krankenhaus und warte mit ihr auf Neuigkeiten über Muttie«, erklärte Fiona, als Emily eintraf.

»Kann ich meine Babysitterdienste auch in Dr. Hats Haus ableisten? Wir sind nämlich noch beim Essen.«

»Natürlich, Emily, es tut mir so leid. Ich wollte nicht stören …«

»Nein, ist schon in Ordnung, mach dir keine Sorgen. Wir, das sind zwei alte, verknöcherte Junggesellen und meine Wenigkeit. Viel Glück – und gebt uns Bescheid …«

»Versprochen«, sagte Fiona, und dann hielt auch schon das Taxi vor dem Haus. Sie nahm Lizzie und den Koffer und verstaute beides auf der Rückbank des Wagens. »Emily, du bist wirklich ein Schatz. Der Schlüssel liegt wie üblich unter dem Blumentopf.«

»Nun fahrt schon los«, drängte Emily.
Sie lief in das Haus der Carrolls, holte Johnny aus seinem Bettchen im vorderen Zimmer und schnallte ihn in seinem Buggy fest.
»Wir werden jetzt Onkel Hat und Tante Emily besuchen«, sagte sie. Dann schob sie den Kinderwagen durch die Tür, sperrte hinter sich ab und versteckte den Schlüssel wieder unter dem Blumentopf.
Dr. Hat und Michael reagierten mit angemessener Begeisterung auf den kleinen Johnny. Der kleine Junge, erschöpft von all der Aufregung, schlief sofort auf Dr. Hats Sofa ein. Emily deckte ihn liebevoll zu, und dann setzten die drei ihre Mahlzeit fort.
Als Hat das Dessert servierte, gestand er seinen Gästen, dass er das Baiser nicht selbst gebacken, sondern in der Konditorei gekauft hatte.
»Was meinen Sie, Michael? Wir hätten ihm auch geglaubt, wenn er gesagt hätte, dass er es selbst gemacht hat«, feixte Emily.
Michael war aufgekratzt und in weinseliger Stimmung. »Ich würde alles glauben, was Hat mir heute Abend erzählt«, meinte er grinsend. »Ich habe noch nie einen Menschen gesehen, der sich so verändert hat. Wenn das an deinem Ruhestand liegt, dann kann ich nur sagen – weiter so, Hat. Und ich bewundere es, wie ihr euch in dieser Straße um die Kinder kümmert. Zu meiner Zeit war das nicht so. Da waren alle gestresst und nervös und hätten es nie für möglich gehalten, dass sich ein anderer auch nur für zwei Minuten eines fremdes Kindes annehmen könnte.«
»Ah, sie haben das System wirklich perfektioniert«, verkündete Dr. Hat stolz. »Wann immer Johnny und Frankie einen Babysitter brauchen, steht sofort einer parat.«
»Frankie?«, fragte Michael.
»Sie ist die Tochter meines Cousins Noel«, erklärte Emily. »Er ist alleinerziehender Vater und macht das wirklich toll. Aber Noel hat heute Abend ein wichtiges Rendezvous, und wir ein-

gefleischten Singles setzen große Hoffnungen in Faith, wie die junge Dame heißt. Noel bekocht sie in seiner Wohnung.«
»Dann lernt diese Faith das Baby wohl heute kennen?«, fragte Michael.
»Nein, sie kennt die Kleine bereits, sie ist ja immer zum Lernen in der Wohnung. Aber ich denke, dass Frankie heute Nacht woanders untergebracht ist, damit die beiden ein wenig allein sein können.«
»Und wer passt heute Abend auf Frankie auf?«, fragte Michael. Beeindruckt von dieser Atmosphäre aus guter Nachbarschaft und Samaritertum, dachte Michael sich nichts Böses dabei, als er seine Frage stellte.
Emily stutzte und überlegte.
»Lisa kann es nicht sein. Sie ist mit der allseits gefürchteten Moira beim Essen. Die Zwillinge sind nicht in der Stadt. Die Carrolls sind bei diesem Galadinner der Metzger. Noels Eltern, mein Onkel Charles und meine Tante Josie sind im Westen … Verdammt, wer passt auf Frankie auf?«
Emily spürte, wie leichte Panik in ihr hochstieg.
Hätte Noel jemanden von außerhalb ihres Zirkels um diesen Gefallen gebeten, hätte er es gewiss gesagt. Bei der bloßen Erwähnung eines Fremden pflegte Moira bereits aggressiv wie ein Rottweiler zu reagieren.
»Wenn Sie mich bitte entschuldigen würden, aber ich rufe nur rasch Noel an, damit ich beruhigt bin«, sagte Emily.
»Sie wollen doch nicht Noels erstes Rendezvous mit Faith stören?« Dr. Hat schüttelte den Kopf. »Überlegen Sie mal, Emily, Frankie muss doch irgendwo sein.«
»Aber mir fällt sonst niemand mehr ein, Hat, ich muss Noel anrufen.«
»Sie werden sich nur ärgern, wenn alles in bester Ordnung ist.«
»Nein, bestimmt nicht. Weil ich dann nämlich beruhigt schlafen kann«, erwiderte sie.

»Noel, es tut mir wirklich leid«, begann sie.

»Ist etwas passiert, Emily?« Ihr Tonfall hatte ihn sofort alarmiert aufhören lassen.

»Nein, nichts. Ich wollte nur etwas nachprüfen. Wo ist Frankie heute Abend?«

»Lisa hat sie vorhin zu Fiona und Declan gebracht. Ich habe eine Freundin zum Essen da.«

»Ins Haus der Carrolls?«

»Ist wirklich alles in Ordnung, Emily?«, fragte er erneut.

»Alles bestens, Noel«, sagte sie und legte rasch auf. »Ihr beide kümmert euch um Johnny. Ich muss Frankie bei den Carrolls zurückgelassen haben. Aber in dem Zimmer lag nur ein Kind.« Sie war bereits durch die Tür, noch ehe die Männer ihr weitere Fragen stellen konnten.

Emily lief so schnell den St. Jarlath's Crescent hinunter, wie sie es niemals für möglich gehalten hätte. Was hatte Fiona gesagt? Sie hatte nichts von »Babys« gesagt. Sie hatte nur von »Babysitterdiensten« gesprochen.

Mit zitternder Hand tastete Emily unter dem Blumentopf nach dem Hausschlüssel und sperrte die Tür auf.

»Frankie?«, rief sie, als sie ins Haus stürmte.

Es war nichts zu hören.

In der Küche befand sich ein zweites Kinderbett mit Frankies Spielsachen. Frankies Buggy stand daneben. Doch von dem Kind selbst war nichts zu sehen. Emily bekam plötzlich weiche Knie und musste sich auf einen Küchenstuhl setzen.

Jemand war ins Haus gekommen und hatte Frankie mitgenommen.

Wie hatte das passieren können?

Dann fiel ihr etwas ein.

Natürlich! Fiona war zurückgekommen, um nach dem Rechten zu sehen. Genau, so musste es gewesen sein.

Emily lief zu Muttie und Lizzies Haus hinüber. Alles war dunkel. Noch ehe sie ausholte, um an die Tür zu klopfen, wusste sie, dass niemand öffnen würde.

Jetzt bekam sie es wirklich mit der Angst zu tun. Mit bebenden Fingern wählte sie Fionas Handynummer. Als sie verbunden wurde, hörte sie, wie im Haus der Scarlets ein Telefon zu klingeln begann. Es war Fionas Klingelton, Emily erkannte ihn sofort. Nach ein paar Sekunden hörte das Klingeln auf, und die Textansage der Mailbox startete.

Declan. Sie musste Declan anrufen.

»Emily?« Er war sofort am Apparat. »Ist alles in Ordnung? Ist was mit den Kindern?«

»Johnny geht es gut«, sagte sie. »Er liegt bei Dr. Hat auf dem Sofa und schläft.«

»Und Frankie?« Plötzlich klang Declan alarmiert. »Was ist mit Frankie?«

Aber da war Emily schon losgelaufen.

KAPITEL 12

Sie versuchten, methodisch vorzugehen, aber irgendwann gewann die Panik die Oberhand; immer wieder überprüften sie ihre Liste.

Signora und Aidan wussten nichts über das Kind, boten aber an, sich an der Suche zu beteiligen. Charles und Josie zu erreichen versuchen, das hatte wenig Sinn. Sie waren meilenweit entfernt und konnten nichts tun; sie würden nur einen hysterischen Anfall bekommen. Und bevor Paddy und Molly von dem Ball nach Hause kamen, würden noch Stunden vergehen. Paddy wäre bis obenhin mit Brandy abgefüllt und völlig aufgekratzt, und Molly würden die Schuhe drücken.

Wer konnte in das Haus der Carrolls gekommen sein und Frankie mitgenommen haben? Allein konnte sie das Haus nicht verlassen. Emily hatte bei ihrer Rückkehr alles gründlich von oben bis unten durchsucht und war in jede noch so kleine Nische gekrochen, in die ein kleines Kind hätte krabbeln können. Irgendwo musste sie doch sein.

Aber Frankie war verschwunden.

Ob jemand das Haus beobachtet hatte? Das schien zwar nicht sehr wahrscheinlich, und irgendwelche Anzeichen eines Einbruchs gab es auch nicht. Aber es musste eine logische Erklärung geben. Sollten sie die Polizei verständigen?

Nachdem er Faith allein in der Wohnung zurückgelassen hatte, damit sie das Telefon hütete, rannte Noel mit blassem Gesicht von einem Haus im St. Jarlath's Crescent zum nächsten. Hatte denn niemand etwas gesehen?

Zuvor hatte er Lisa eine SMS geschickt und sie gebeten, ihn von der Damentoilette aus anzurufen. Moira sollte nichts mitbekommen. Lisa war überrascht, mit welcher Panik sie auf Noels Hiobsbotschaft reagierte, der sie bat, fürs Erste auf *keinen* Fall nach Hause zu kommen. Sie konnte machen, was sie wollte – Hauptsache, sie lenkte Moira ab. Lisa zwang sich zu einem tapferen Lächeln, als sie an ihren Tisch zurückkehrte, überzeugt, dass Moira ihr die Panik ansehen würde.

Im Krankenhaus lief Lizzie unruhig auf dem Korridor hin und her und fragte vorwurfsvoll, wann man sie denn nun endlich zu Muttie lassen würde. Irgendwann konnte Fiona sie überreden, in das Wartezimmer zurückzukommen, sich zu ihr zu setzen und gemeinsam auf Declan zu warten.
Dieser kam zwanzig Minuten später.
»Also, Muttie ist jetzt stabil, aber sie werden ihn noch eine Weile hierbehalten.« Seine Stimme klang rauh. »Sie haben ihm etwas gegeben, und jetzt schläft er«, sagte er zu Lizzie. »Du wirst wahrscheinlich erst morgen mit ihm sprechen können, aber wenn er sich ausgeschlafen hat, wird es ihm bessergehen. Wir sollten jetzt alle nach Hause fahren.«
Lizzie war erleichtert, das zu hören. »Ich freue mich, dass er wenigstens schlafen kann. Dann lasse ich ihm den Koffer für morgen hier.«
»Gute Idee, Lizzie«, sagte Fiona. Sie spürte, dass Declan ihr etwas verschwieg. Konnte dieser Abend denn noch schlimmer werden?

Es war ein ständiges Kommen und Gehen. Michael blieb bei Johnny, während Hat und Emily den Hergang immer wieder zu rekonstruieren suchten. Bestimmt hundert Mal machte Emily sich den Vorwurf, dass sie sich niemals mit der flapsigen Bitte um ihre »Babysitterdienste« hätte abspeisen lassen sollen. Sie hätte fragen sollen, was das genau bedeutete und auf wie viele Kinder sie aufpassen sollte.

Aber das sei schließlich Fionas Schuld, verteidigte Hat Emily. Wie hatte sie nur vergessen können, darauf hinzuweisen, dass die beiden Babys nicht in ein und demselben Zimmer schliefen. Das war unerhört.

Noel war außer sich vor Kummer, Angst und Wut. Was hatten sich diese idiotischen Frauen nur dabei gedacht, die Sicherheit seiner Tochter aufs Spiel zu setzen? Wie konnten sie nur so dumm sein, sie allein in diesem Haus zu lassen?

Doch auch ihn traf schwere Schuld. Stella hatte ihm ihre Tochter anvertraut, und er hatte sie enttäuscht, nur weil er einen Abend mit einer Frau verbringen wollte. Und jetzt hatte irgendein Monster, ein perverser Mensch, sein kleines Mädchen entführt. Er würde Frankie vielleicht niemals mehr wiedersehen, sie niemals mehr in seinen Armen halten und ihr Lächeln sehen. Niemals mehr würde er ihre Stimme hören, die ihn »Dada« nannte … Wenn ihr jemand weh getan hatte, wenn jemand seiner Frankie auch nur ein Haar gekrümmt hatte …

Und mitten im St. Jarlath's Crescent sank Noel auf die Knie und vergoss bittere Tränen um sein kleines Mädchen.

Zwei Mal gelang es Lisa, Moira zu entkommen, indem sie auf die Toilette ging, aber das konnte sie wohl kaum den ganzen Abend über durchhalten. Sie beschloss deshalb, Moira zu überreden, mit ihr zu Teddys Geburtstagsparty im Chez Anton zu gehen.

»Aber ich kenne dort doch niemanden«, hatte Moira abgewiegelt.

»Ich auch nicht. Die meisten sind auch für mich Fremde – alles Freunde von dieser langweiligen April. Aber kommen Sie doch mit, Moira, es gibt etwas zu trinken, und es ist immerhin auch Ihr Geburtstag. Warum nicht?«

Als Moira schließlich zustimmte, riss Lisa sich zusammen, obwohl sie viel lieber auf der Stelle nach Hause zu Noel geeilt wäre und ihm dabei geholfen hätte, die Suche zu koordinieren.

Irgendeine Erklärung für Frankies Verschwinden *musste* es doch geben. Außer Noels hysterischen Spekulationen, was hätte passiert sein können, hatte Lisa keine weiteren Informationen.

»Noel, nimm es mir bitte nicht übel, wenn ich das sage, aber fang nicht wieder mit dem Trinken an!«

»Nein, Lisa, bestimmt nicht.« Er klang sehr reserviert.

»Ich weiß, dass du jetzt sauer bist auf mich, aber ich *musste* dir das sagen.«

»Ja, wahrscheinlich.«

»Ach, vergiss, was ich gesagt habe. Frankie geht es gut. Das ist alles nur ein Missverständnis. Alles wird sich aufklären.«

»Sicher doch, Lisa«, erwiderte Noel.

Sergeant Sean O'Meara war ein erfahrener Polizeibeamter, dem nichts Menschliches fremd war. Der größte Teil dessen, was ihm in seiner bisherigen Laufbahn untergekommen war, war zutiefst deprimierend gewesen, doch was er an diesem Abend erlebte, war an Absurdität nicht mehr zu überbieten.

Ein sturzbetrunkener Mann namens Paddy Carroll hatte ihm wortreich zu erklären versucht, dass irgendjemand ihm bei dem großen Ball der Metzger irgendwelche Tropfen in seine Drinks geschüttet habe, woraufhin er sich nicht mehr in der Gewalt gehabt habe, so dass er sich bereitwillig von seiner Frau in ein Taxi habe setzen lassen, um mit ihr nach Hause zu fahren. Seine Frau wiederum, eine gewisse Mrs. Molly Carroll, beteuerte, sich nicht viel aus Alkohol zu machen und deswegen froh gewesen zu sein, dass ihr Mann freiwillig mit nach Hause kam, da ihre Füße sie sonst umgebracht hätten. Aber als sie zu Hause ankamen, fehlte zu ihrer großen Verwunderung jede Spur von ihrer Familie – Sohn, Schwiegertochter und Enkelsohn –, dafür lag ein kleines Mädchen namens Frankie mutterseelenallein in ihrem Bettchen in der Küche.

Daraufhin hatten sie versucht, mit diversen Leuten in Kontakt zu treten, aber niemanden erreicht, der hätte wissen können, was vorgefallen war. Als sie den Vater des Kindes ausfindig zu machen versuchten, mussten sie, vor dessen Wohnblock stehend, feststellen, dass sie keine Ahnung hatten, in welchem Apartment er wohnte. Was sind das nur für Menschen, die ihre Namen nicht auf die Klingelschilder schreiben, klagte Paddy Carroll und sah sich missbilligend um. Was für Menschen wollen nicht, dass man weiß, wo sie wohnen?

Was sollten sie also tun? Das Kind schrie, und keiner reagierte auf ihr Klingeln. Ihr Sohn und seine Familie waren nicht auffindbar; Emily war nicht zu Hause; Signora und Aidan hatten den Anrufbeantworter eingeschaltet; bei Muttie und Lizzie meldete sich ebenfalls niemand. Alle Bewohner der Straße schienen sich in Luft aufgelöst zu haben, seit die Carrolls zu dem Metzgerball aufgebrochen waren.

»Dann wollen Sie also, dass wir diesen Noel Lynch suchen. Ist das korrekt?«, hatte Sergeant O'Meara gefragt. »Sind Sie schon mal auf die Idee gekommen, ihn einfach anzurufen?« Und mit diesen Worten hatte er Paddy Carroll, der plötzlich noch verwirrter aussah, einen Telefonhörer in die Hand gedrückt.

Drüben im Chestnut Court war Faith eine Zeitlang nervös auf und ab gelaufen. Neben das Telefon hatte sie ein Blatt Papier gelegt, und nun saß sie da und zwang sich, nicht jedes Mal hektisch aufzuspringen, wenn es klingelte. Jeder, der anrief, wurde nach seiner Telefonnummer gefragt, aber ihre eigenen Informationen waren dürftig. Ja, Frankie wurde noch vermisst, nein, Noel war nicht da, er war auf der Suche nach ihr. Nein, bisher hatten sie die Polizei noch nicht verständigt, aber das würden sie wohl bald tun müssen. Sie hatten ausgemacht, dass Faith bei der Polizei anrufen würde, wenn Frankie nicht innerhalb der nächsten Stunde gefunden werden sollte. Und das war bald so weit.

Noel hatte bereits acht Mal angerufen, obwohl er genau wusste, dass Faith ihn sofort informieren würde, sobald es etwas Neues gäbe.

Sie schaute erneut auf die Uhr. Es war an der Zeit. Sie musste die Polizei verständigen. Mit zitternden Händen griff Faith nach dem Telefon, und genau in dem Moment klingelte es. Ihr Magen verkrampfte sich. Nervös meldete sie sich.
Zuerst dachte sie, es sei irgendein Spinner am Apparat. Die Stimme des Mannes am anderen Ende des Telefons klang gedämpft, unzusammenhängend und wütend, wie es Faith zunächst schien, bis sie erkannte, dass er vielleicht betrunken sein könnte.
Nein, Noel war nicht da, er war ... Nein, er war zuvor schon zu Hause gewesen, aber ... Nein, seine Tochter wurde vermisst, und sie wollte gerade die Polizei verständigen ...
»Aber das will ich Ihnen ja die ganze Zeit über sagen«, meinte der Mann. »Ich habe seine Tochter. Sie ist hier bei uns ...«
Und plötzlich hörte Faith durch das Telefon Frankies unverwechselbares Gebrüll.

»Man hat sie *gefunden*, Noel! Sie ist gesund und munter«, jubelte Faith. »Es geht ihr gut. Sie verlangt nach ihrem Daddy.«
»Hast du sie gesehen? Ist sie bei dir?«
»Nein. Sie haben sie zur Polizei gebracht. Die Carrolls – Paddy und Molly Carroll. Es war alles nur ein Missverständnis. Sie haben *dich* gesucht.«
»Was meinen sie damit, zum Teufel? Was soll das heißen – *sie haben mich gesucht?* Wir waren doch den ganzen Abend hier!«
Noel war hin- und hergerissen zwischen Erleichterung und Zorn.
»Nein, es ist alles in Ordnung, reg dich nicht auf. Der Schock ist schon groß genug für sie.«
»Welcher Schock? Was sollen wir da sagen? Was ist denn eigentlich passiert?«
»Die Carrolls sind früher von ihrem Ball nach Hause gekommen und haben Frankie allein in ihrem Bettchen vorgefunden – offenbar kurz nachdem Fiona und Lizzie ins Krankenhaus gefahren sind. Die Carrolls haben bei den Nachbarn geklingelt,

aber alle waren ausgeflogen – Declan und Fiona waren mit den Scarlets im Krankenhaus, Emily war bei Dr. Hat, und Charles und Josie waren natürlich auch nicht da. Dann haben sie versucht, Fiona zu erreichen, aber die hatte ihr Handy bei Lizzie gelassen. Bei Declan war besetzt, und deswegen sind sie in den Chestnut Court gefahren, um dich zu finden. Aber soweit ich es verstanden habe, haben sie wohl die falsche Wohnung erwischt und die falsche Klingel gedrückt. Als wir erfuhren, dass Frankie vermisst wird, waren sie bereits auf dem Weg zur Polizei. Die Carrolls dachten, es müsse etwas Schreckliches passiert sein, und wollten das Kind keinem weiteren Risiko aussetzen. Aber Frankie geht es gut, und wir sollten uns beeilen, sie abzuholen.«
Aber Noel war noch immer verzweifelt. »Frankie auf dem Polizeirevier! Was habe ich jetzt noch für eine Chance, sie zu behalten, wenn die verdammte Moira davon erfährt?«
»Mach dir mal keine Sorgen. Ich rufe jetzt sofort Lisa an und sage ihr, dass Frankie wieder da ist. Dann packe ich ein paar Sachen für sie ein … Warum holst du mich eigentlich nicht hier ab, und wir fahren zusammen? Holen wir Frankie nach Hause, bevor Moira Gelegenheit hat, zu erfahren, dass sie überhaupt vermisst wurde …«

Sergeant O'Meara hatte keine Ahnung, was die vielen Menschen in seiner Polizeiwache zu suchen hatten, und er wünschte sich nichts sehnlicher, als dass irgendjemand dieses schreiende Kind beruhigen würde. Mrs. Carroll schaukelte das Kind auf ihren Knien, aber das Gebrüll schwoll immer stärker an. Allmählich ging die Situation Sergeant O'Meara gewaltig auf die Nerven.
»Warum haben Sie das Kind eigentlich hierhergebracht, wenn Sie genau wissen, wer die Kleine ist, und Sie alle in irgendeiner Verbindung zu ihr stehen?«
Paddy Carroll versuchte, es ihm zu erklären. »In dem Moment haben wir eben gedacht, dass es das Richtige ist. Damit wir auf der sicheren Seite sind«, sagte er.

»Auf welcher sicheren Seite denn?«, fragte Sergeant O'Meara und hob die Stimme, um den Lärm zu übertönen.

Paddy bedauerte es, nicht klarer im Kopf zu sein und nicht deutlicher artikulieren zu können. »Könnte ich vielleicht eine Tasse Tee bekommen?«, bat er.

»Schade, dass dir das nicht schon früher am Abend eingefallen ist«, meinte Molly Carroll spitz.

Froh, dem Babygeschrei einen Moment entkommen zu können, machte Sergeant O'Meara sich daran, eine Tasse Tee zu organisieren.

»Ist dieser Noel Lynch denn jetzt wenigstens auf dem Weg hierher?«, fragte er erschöpft.

»Da ist er ja!«, rief Paddy Carroll und deutete auf die Glastür, die in den Wachraum führte. »Das ist er! Noel! Noel! Komm rein! Wir haben Frankie hier!«

Und Sergeant O'Meara konnte Paddy Carrolls Teetasse gerade noch auffangen, bevor deren Inhalt sich auf das Kind ergoss, als Noel sich auf seine kleine Tochter stürzte.

»Frankie! Geht es dir gut?«, rief er mit vor Rührung belegter Stimme. »Frankie, mein kleiner Spatz. Es tut mir so leid, glaube mir. Ich lasse dich niemals mehr ...«

Hektisch vergewisserte Noel sich, dass seine Tochter unverletzt war, säuberte ihr Gesicht und Nase und wischte ihr die Tränen ab.

Die ganze Zeit über stand wortlos eine kleine, schlanke Frau mit grünen Augen hinter ihm und lächelte strahlend. Sie trug eines von Frankies Jäckchen und einen Wollschal in der Hand; und was noch wichtiger war, sie hatte eine Flasche mit Babynahrung dabei, die sie an Noel weiterreichte.

Als Noel seine Tochter zu füttern begann, hörte sie zu schreien auf, beruhigte sich, und der Frieden war wiederhergestellt.

Sergeant O'Meara war zutiefst dankbar, dass sich die Situation von selbst zu klären schien.

Nach und nach trafen immer mehr Menschen ein: eine extrem gestresst wirkende Frau mittleren Alters mit krausem Haar und

ein älterer Mann, der mit seinem steifen Hut aussah, als käme er direkt aus einem Schwarzweißfilm.
»Oh, Frankie! Es tut mir so leid …« Die Frau bückte sich, um das Kleinkind zu küssen. »Ich wusste doch nicht, dass du im Haus warst. Ich werde mir das niemals verzeihen. *Niemals!*«
Der Mann mit dem Hut stellte sich als Dr. Hat vor; er schien der Einzige zu sein, der sich einigermaßen unter Kontrolle hatte.
»Ende gut, alles gut. Wenn dieses Sprichwort auf etwas zutrifft, dann wohl auf diese Situation.« Strahlend blickte er in die Runde. »Das haben Sie wirklich gut gemacht, Mr. und Mrs. Carroll. Unter diesen Umständen war es genau das Richtige. Noel, was hältst du davon, wenn wir jetzt alle nach Hause gehen und Sergeant O'Meara seiner Arbeit überlassen? Sie sind doch sicher auch meiner Ansicht, dass hier kein polizeiliches Protokoll erforderlich ist, oder?«
Der Beamte warf Dr. Hat einen dankbaren Blick zu. Eine grauenvolle Vorstellung, über diesen Vorfall auch noch einen Bericht schreiben zu müssen.
»Wenn alle Beteiligten damit zufrieden sind …«, begann er.
»Es tut mir wirklich außerordentlich leid«, fuhr Dr. Hat mit sonorer Stimme fort. »Wir haben vollkommen unnötig Ihre Zeit in Anspruch genommen, aber ich versichere Ihnen, dass es nur gut gemeint war. Wir müssen uns noch einmal in aller Form bei Ihnen entschuldigen – aber es ist ja nichts Schlimmes passiert …«
Und während die Gruppe das Polizeirevier verließ, wurde der Sergeant Zeuge, wie man einander in erleichtertem Tonfall bestätigte, dass Moira von diesem Vorfall niemals etwas zu erfahren bräuchte. Er fragte sich flüchtig, wer diese Moira wohl sein mochte, aber es war schon spät, und jetzt konnte er endlich nach Hause zu seiner Frau Ita, die stets unzählige Geschichten über ihre Arbeit in der Station im St.-Brigid-Hospital auf Lager hatte. Falls er noch die Energie aufbrächte, alle Beteiligten an der Geschichte auseinanderzuhalten, würde er ihr heute auch einmal etwas zu erzählen haben.

Muttie schlief bereits, als Lizzie an sein Bett trat. Man hatte ihr erzählt, dass er morgen noch einmal in die Röhre müsse, es ihm aber sonst gutgehe; es sei besser, wenn sie nach Hause ginge und sich mal richtig ausschliefe. Also stellte sie seinen Koffer neben das Bett.
»Kann ich ihm eine Nachricht dalassen?«, fragte sie, eingeschüchtert von der fremden, ungewohnten Umgebung. Eine Krankenschwester brachte ihr Papier und Bleistift.
Lizzie klemmte den Zettel an den Koffer.

Muttie, mein Schatz, ich bin nach Hause gegangen, komme aber morgen wieder. Du wirst bald wieder gesund. Wenn wir den Koffer das nächste Mal packen, fliegen wir nach New York und essen in Chinatown zu Abend.
Ich hab dich lieb,
Lizzie

Jetzt, da sie den Brief geschrieben hatte, fühlte sie sich besser, sagte sie zu Declan.
Dessen Erleichterung über die sichere Rückkehr Frankies wurde überlagert von dem, was er soeben von dem behandelnden Ärzteteam erfahren hatte: Der Krebs hatte sich inzwischen überall in Mutties Körper ausgebreitet.
Jetzt würde es nicht mehr lange dauern.

Lisa glaubte, dass dieser Abend niemals enden würde. Teddys Geburtstagsparty war bereits in vollem Gang, als sie im Chez Anton eintrafen. Man hatte gerade Musik aufgelegt und zu tanzen begonnen. Lisas Blick fiel auf April, die mit Anton tanzte.
»Hey, was du da machst, hat mit Tanzen nichts zu tun! Das ist eher schon ein Lapdance, den du hier aufführst!«, rief Lisa mit schriller Stimme. Ein paar Leute lachten. Anton wirkte verärgert.
April fuhr fort, sich aufreizend zu verrenken.

»Jetzt reg dich wieder ab«, sagte sie zu Lisa. »Du tanzt, wie es dir gefällt – ich mache, was ich will.«
Angestachelt von Alkohol und Eifersucht, wollte Lisa weiter auf April einreden, als Moira sich rasch einmischte.
»Ich bräuchte dringend einen Schluck Wasser, Lisa. Möchten Sie vielleicht mitkommen und mir Gesellschaft leisten?«
»Jetzt?«, fragte Lisa.
»Ja, jetzt«, entgegnete Moira und schob Lisa in Richtung der Damentoilette. Dort füllte sie ein Glas mit Wasser und bot es Lisa an.
»Sie erwarten doch nicht von mir, dass ich das trinke?«
»O doch, und danach sollten wir nach Hause fahren.«
Lisa stand kurz davor, die Fassung zu verlieren. Moira durfte auf keinen Fall erfahren, dass Frankie vermisst wurde.
»Ich werde es mir überlegen«, sagte sie.
Doch Moira ließ nicht locker. »Ich hielte es aber für das Vernünftigste. Gut, dann werde ich uns jetzt ein Taxi rufen.«
»Nein, wir können nicht nach Hause! Überall hin, nur nicht nach Hause!«, rief Lisa aufgeregt.
»Nun, wohin möchten Sie dann?«, fragte Moira mit sanfter Stimme.
»Das sage ich Ihnen gleich«, versprach Lisa.
Genau in dem Moment ging eine SMS auf ihrem Handy ein. Mit zitternden Händen schaute sie auf das Display.

»Alles klar. Kannst nach Hause kommen. F. gesund und munter.«

»Sie haben sie *gefunden!*«, rief Lisa.
Moira unterbrach ihr Telefonat mit dem Taxiunternehmen. »Wen haben sie gefunden?«
Lisa konnte sich gerade noch bremsen. »Meine Freundin Mary! Sie war weg, und jetzt ist sie wieder da!«, erklärte sie mit reichlich wirrem Gesichtsausdruck.
»Aber Sie haben doch vorhin mit Ihrer Freundin telefoniert?« Moira verstand kein Wort.

»Ja, und danach hat sie sich verlaufen. Und jetzt ist sie wieder aufgetaucht«, stammelte Lisa.
Moira beendete ihr Telefonat und lotste Lisa in Richtung Ausgang.
Auf ihrem Weg kamen sie an Teddy, dem anderen Geburtstagskind, vorbei. »Gut gemacht«, flüsterte er Moira ins Ohr. »Anton ist Ihnen sehr dankbar. Sie ist ja eine wandelnde Zeitbombe«, fügte er hinzu und deutete mit dem Kopf auf Lisa.
»Schade, dass er selbst nichts machen konnte!«, konterte Moira.
Teddy zuckte die Schultern. »Sie ist doch nicht sein Problem.«
»Für sein Vergnügen ist sie wohl gut genug, aber sie ist nicht wichtig genug, um sie anständig zu behandeln, wie?«
»Ich habe doch gesagt, wie dankbar er Ihnen ist. Sie war drauf und dran, eine Szene zu machen.«
Moira ließ Teddy wortlos stehen und half Lisa in das Taxi. Moiras schlechte Meinung über Männer schien heute Abend wieder einmal traurige Bestätigung zu finden.
Im Taxi fing Lisa leise zu singen an, sentimentale Lieder über Verlust und Untreue, und dann waren sie auch schon im Chestnut Court.
»Ich wollte Lisa nach Hause bringen. Aber sie ist nicht mehr ganz sicher auf den Beinen«, rief Moira in die Sprechanlage.
»Könnten Sie ihr vielleicht nach oben helfen, Moira?«
»Selbstverständlich.«
Noel drückte Frankie Faith in den Arm. Zum ersten Mal, seit er sie im Polizeirevier in Empfang genommen hatte, gab er sie jemand anderem. Dabei wurde ihm bewusst, dass er sie fest umklammert gehalten hatte, seit sie nach Hause gekommen waren. Faith hatte inzwischen das Geschirr gespült und die Wohnung aufgeräumt. Jetzt nahm sie Noel die Kleine ab, während Moira Lisa durch die Tür bugsierte und auf einen Stuhl setzte.
»Das ist zum Teil auch meine Schuld. Wir haben bei Ennio ziemlich viel Wein getrunken, und danach sind wir noch zu dieser Party im Chez Anton gegangen.«

»Aha, ich verstehe«, sagte Noel.

»Das wird schon wieder, Lisa«, meinte Faith tröstend und tätschelte Lisa die Hand.

»Hallo, Moira. Ich bin übrigens Faith, eine Freundin von Noel und Lisa. Wir kennen uns aus dem College.«

»Hallo.«

Plötzlich verspürte Moira einen völlig unsinnigen Neid auf Lisa. Niemand machte ihr einen Vorwurf, weil sie sich betrunken hatte. Im Gegenteil. Sie wurde bereits erwartet und freudig begrüßt. Sogar das Kind hatte seine kleinen Arme nach ihr ausgestreckt, als sie auf dem Stuhl zusammensackte. Wäre Moira dies passiert, hätte nur eine leere Wohnung sie willkommen geheißen. Jedermann in dieser Welt schien seine privaten Verhältnisse geklärt zu haben, während sie – Moira – noch immer allein war.

Lisa atmete erleichtert auf, als Moira überstürzt die Wohnung verließ.

»Ich habe ihr nichts gesagt«, lallte sie.

»Das weiß ich doch«, sagte Noel.

»Du hast das wirklich ganz toll gemacht«, lobte Faith sie.

»Gut, bin ich froh, dass wieder alles okay ist«, meinte Lisa mit stockender Stimme, während sie langsam vom Stuhl rutschte, aber Noel und Faith fingen sie gerade noch rechtzeitig auf.

»Wenn ich mir überlege … wenn ich bedenke, was ich zu dir gesagt habe, Noel, wie schlimm es wäre, wenn du wieder zu trinken anfängst … und dann saufe ich mir selbst die Hucke voll …«, sinnierte Lisa.

»Das macht doch nichts, Lisa. Morgen geht es dir wieder besser«, beruhigte Noel sie. »Und es war wirklich eine Spitzenleistung von dir, uns Moira vom Hals zu halten. Absolut brillant war das.«

»Wir sollten Lisa jetzt helfen, ins Bett zu gehen, ja?«

Aus Faith' Mund hörte sich das an, als wäre dies die normalste Sache von der Welt und geschähe jeden Abend in allen Haushalten ringsum …

Als Lizzie nach Hause kam, war sie überrascht, so viele Menschen vorzufinden. Ihre Schwester Geraldine war gekommen, ihre Tochter Cathy und deren Mann Tom Feather. Die Zwillinge und Marco waren da, und ständig trafen Anrufe aus Chicago und Australien ein. Fortwährend kochte jemand Tee, und Marco hatte eine Platte mit Kuchen mitgebracht.

»Muttie wird sehr enttäuscht sein, dass er das verpasst«, meinte Lizzie, und jeder schaute ganz schnell weg, damit sie den Schmerz auf ihren Gesichtern nicht sah.

Schließlich gelang es ihnen, sie zu überreden, ins Bett zu gehen. Das Wohnzimmer war noch immer voller Menschen. Cathy brachte ihre Mutter nach oben und versuchte, ihr Mut zuzusprechen.

»Die sind fantastisch im St. Brigid, Mam, mach dir seinetwegen keine Sorgen. Gerade eben hat Geraldine gesagt, wie gut die Ärzte dort sind. Alles Koryphäen. Die bringen Dad im Handumdrehen wieder auf die Beine.«

»Ich glaube, dass er sehr krank ist«, sagte Lizzie.

»Aber er ist dort wirklich in den besten Händen«, wiederholte Cathy zum zwanzigsten Mal.

»Aber er wäre viel lieber zu Hause«, erklärte Lizzie zum dreißigsten Mal.

»Und er kommt auch wieder nach Hause, Mam. Deshalb musst du jetzt ins Bett, damit du ausgeruht und vorbereitet bist, wenn er heimkommt. Du schläfst ja schon im Stehen ein.«

Dieses Argument war überzeugend. Lizzie machte einen Schritt in Richtung Bett, und Cathy griff nach ihrem Nachthemd. Ihre Mutter sah so schmal und zerbrechlich aus, und Cathy fragte sich, wie sie das wohl alles überstehen würde, was noch vor ihr lag.

Marco hatte an Maud gesimst, dass er und Dingo Duggan Tag und Nacht mit dessen Kleinbus zur Verfügung stünden, falls jemand ihre Fahrdienste benötigte.

»Das mit deinem *nonno* tut mir so leid«, hatte er geschrieben. »Lieber Gott, lass ihn wieder gesund werden.«

»Ja, lieber Gott, bitte«, sagte Simon, als Maud ihm die SMS vorlas.
»Ich glaube, das sagt er ganz automatisch.«
»So wie Lizzie ›DV‹ sagt«, stimmte Simon ihr zu.
»Ja, ich erinnere mich, dass Mutter den Ausdruck auch immer benutzte, nur dass sie ›VD‹ gesagt hat«, erzählte Maud. »Dad hat es ihr immer wieder erklärt. DV bedeutet *Deo Volente* – mit Gottes Willen –, aber Mutter hat nur genickt und weiter VD gesagt.«
Simon und Maud sprachen nur selten über ihre Eltern, die sie verlassen hatten, als sie noch sehr klein gewesen waren. Ihr Zuhause war jetzt bei den Scarlets. Muttie war der Mann, den sie wie einen Vater liebten, nicht der elegante Gentleman, der stets auf Reisen gewesen war, und Lizzie war die Mutter, die sie nie gehabt hatten. Ihre eigene Mutter war gesundheitlich labil und der Realität schon sehr entrückt gewesen. Hätte man ihnen gesagt, dass ein Elternteil verstorben wäre, hätte ihre Trauer sich in Grenzen gehalten. Doch als sie das mit Muttie erfuhren, fühlte es sich an, als würde ihnen jemand ein Messer in den Leib rammen.

Schwester Ita O'Meara schaute auf den Mann, der vor ihr im Bett lag und ganz offensichtlich in einer schlimmen Verfassung war. Sie konnte nichts anderes mehr für ihn tun, als ihn zu beobachten und dafür zu sorgen, dass er keine Schmerzen hatte.
»Wie heißen Sie?«, fragte er.
»Ich bin Ita, Mr. Scarlet.«
»Dann bin ich Muttie«, antwortete er.
»Nun, Muttie, was kann ich für Sie tun? Ein Tasse Tee vielleicht?«
»Ja, Tee wäre schön. Könnten Sie sich vielleicht zu mir setzen und ein bisschen mit mir plaudern?«
»Das lässt sich machen. Sehr gern sogar. Heute Abend ist es ziemlich ruhig.«
»Wissen Sie, Ita, Sie kennen mich nicht.«

»Das stimmt, aber jetzt lerne ich Sie kennen«, versicherte sie ihm.
»Nein, so habe ich das nicht gemeint. Ich will ja mit jemandem sprechen, der mich nicht kennt.«
»So?«
»Einem Fremden kann man oft leichter das Herz ausschütten. Sagen Sie … geht es zu Ende mit mir?«
Ita war diese Frage schon oft gestellt worden, und es war nie einfach, sie zu beantworten.
»Sie wissen, dass Sie ernsthaft krank sind und ein Stadium erreicht haben, in dem wir nichts anderes mehr für Sie tun können, als dafür zu sorgen, dass Sie keine Schmerzen haben. Aber heute Abend werden Sie uns noch nicht verlassen.«
»Gut. Aber lange wird es nicht mehr dauern, oder?«
»Sehr lange nicht mehr, Muttie, aber ich würde sagen, dass Ihnen schon noch die Zeit bleibt, Ihre Dinge zu regeln.« Itas Zuversicht war wohltuend. »Soll ich denn jemanden für Sie anrufen?«
»Woher wissen Sie, dass ich noch was regeln will?«, fragte er.
»Das wollen alle, die hier liegen. Vor allem in ihrer ersten Nacht im Krankenhaus. Sie wollen sich aussprechen und mit ihren Anwälten und allen möglichen anderen Menschen reden. Wenn sie dann wieder draußen sind, haben sie alles vergessen.«
Muttie schaute sie flehend an. »Und glauben Sie, dass ich wieder rauskomme?«
Ita erwiderte seinen Blick. »Ich sage Ihnen jetzt eines: So sicher, wie ich meinen eigenen Namen kenne, weiß ich, dass Sie wieder nach Hause gehen und alles vergessen werden. Sie werden sich weder an mich erinnern noch an den Tee, den wir miteinander getrunken haben.«
»Doch, ich werde mich an Sie erinnern und an Ihre Freundlichkeit. Ich werde jedem von Ihnen erzählen. Und außerdem haben Sie recht. Ich will etwas loswerden, ich will mit Anwälten reden und manchen Leuten noch ein paar Dinge sagen. Ich hoffe aber, dass ich das zu Hause machen kann.«

»Das ist ein guter Vorsatz, Muttie«, sagte Ita, als sie seine leere Tasse wegräumte.
Sie wusste, dass er nicht mehr lange zu leben hatte, aber sie würde ihr Bestes tun, um es ihm so leicht wie möglich zu machen. Ita seufzte. Dieser Mann war so freundlich und strahlte so viel Herzlichkeit aus. Warum musste er schon gehen, während so viele mürrische und verbitterte Menschen oft noch viele Jahre lebten? Das verstand sie nicht. Es war sehr schwierig, an einen gütigen, allwissenden Gott zu glauben, wenn man sah, wie wahllos das Schicksal zuschlug. Wie oft hatten sie und Sean das schon gesagt. Und dieser bescheidene, anständige Mensch, der eine große Familie und viele Freunde hatte, musste sterben.
Sean wusste als Polizist ähnliche Geschichten zu erzählen: die Geschichte von dem Jungen, der sich einer Gang angeschlossen hatte, bei seiner ersten Spritztour geschnappt worden war und nun vorbestraft war; die einer mittellosen jungen Mutter, die sich nicht mehr anders zu helfen wusste, als zu stehlen, um für ihr Baby etwas zu essen kaufen zu können. Auch sie war vor Gericht gelandet.
Das Leben war vieles, aber mit Sicherheit nicht gerecht.

Allen war klar, dass Muttie auf jeden Fall nach Hause wollte, und so wurde das Team für ambulante Palliativpflege informiert. Von nun an würden ihn täglich zwei Schwestern betreuen.
Drei Tage später konnte Ita ihren Patienten einer kleinen Gruppe von Freunden übergeben. Alle freuten sich, dass er wieder nach Hause kam. Zwei von Mutties Kindern, Mike und Marian, und deren Mann Harry waren inzwischen aus Chicago eingetroffen. Muttie war entsetzt.
»Ihr müsst ja in Geld schwimmen, dass ihr es euch leisten könnt, alle hier rüberzufliegen, nur um mich zu sehen. Ich komme mir richtig bedeutend vor. Ich werde heute entlassen, und außerdem wird mich Ita zu Hause besuchen«, fügte Muttie hinzu.

»Tja, diesen Mann kann man wirklich nicht allein lassen. Kaum drehe ich mich um, lacht er sich schon eine andere an!«, sagte Lizzie und strahlte vor Stolz über Muttie, den Schürzenjäger.
Mutties »Kollegen« aus dem Pub warteten bereits, als er im St. Jarlath's Crescent eintraf. Lizzie war das zwar nicht recht, aber ihre Tochter war anderer Ansicht.
»Es entspannt ihn, sich mit ihnen unterhalten zu können«, sagte Cathy.
»Aber ist es denn vernünftig, wenn diese sechs Kerle bei uns im Wohnzimmer herumsitzen, obwohl Muttie sehr ruhebedürftig ist?«
Lizzie war nicht überzeugt von der entspannenden Wirkung dieser Gesellschaft auf Muttie. Aber Cathy wusste, dass ihre Mutter lediglich versuchte, eine gewisse Ordnung im Haus aufrechtzuerhalten, da ihr Bruder und ihre Schwester schließlich eine Weile bleiben würden. Ihnen allen war klar, dass ihr Vater nur noch kurze Zeit zu leben hatte.
So gern Lizzie und Cathy es gesehen hätten, wenn Mutties Kontakte auf die Familie beschränkt blieben, so sehr schien er geradezu aufzublühen, wenn Freunde, Nachbarn und die Freunde aus dem Pub ihn besuchten. Er hatte es immer geliebt, sich mit anderen Menschen auszutauschen. Und dieses Bedürfnis war nach wie vor äußerst lebendig. Nur seinem hageren, schmalen Körper sah man die Krankheit an, die ihn langsam tötete.
Sein geliebter Hund Hooves hockte die meiste Zeit des Tages zu Mutties Füßen und wich ihm nicht von der Seite. Bald fraß das Tier nichts mehr und lag nur noch apathisch in seinem Korb.
»Hooves und ich sind eben momentan nicht so gut auf den Beinen«, erklärte Muttie. »Morgen vielleicht …«
Cathy und Lizzie brühten indes unzählige Tassen Tee auf, während sich in dem kleinen Haus im St. Jarlath's Crescent die Besucher die Klinke in die Hand gaben. Die »Kollegen« kamen immer als Gruppe, und dann hörten die Frauen schallendes Gelächter aus dem Wohnzimmer dringen, während die Männer eine neue, bessere Welt planten – eine Welt ohne die gegenwär-

tige Regierung, ohne zukünftige Regierungen, Banken oder Gesetze.

Diese Freunde aus dem Pub waren sanftmütige Männer, die gern große Reden schwangen, und Muttie war stets ihr Mittelpunkt gewesen. In seiner Gegenwart gaben sich die Männer jovial und übermütig, doch sobald sie außer Sichtweite waren, konnte Cathy sehen, wie ihre Gesichter versteinerten.

»Jetzt dauert es nicht mehr lange. Gott steh uns bei«, sagte einer der »Kollegen«, der nicht dafür bekannt war, großen Respekt vor dem Allmächtigen zu haben und um dessen göttliche Hilfe zu bitten.

Doch meistens wurden die Besucher nur einzeln vorgelassen, streng überwacht von Lizzie und Cathy.

Jedem wurde höchstens eine Viertelstunde zugestanden. Auch der freundlichen Krankenschwester, Ita O'Meara, die auf einen Sprung vorbeischaute und mit Muttie über alles Mögliche redete – über Pferde und Windhunde, nur nicht über Krankheiten.

»Eine sehr patente Frau«, meinte Muttie anerkennend, als sie wieder gegangen war.

Der Strom der Besucher riss nicht ab, und alle erkundigten sich gehorsam bei Lizzie, wann der Zeitpunkt am günstigsten wäre. Dafür hatte sie extra einen Terminkalender angelegt, der griffbereit auf dem Tisch im Gang lag.

Fiona und Declan kamen zusammen mit dem kleinen Johnny. Unter dem Siegel der Verschwiegenheit vertrauten sie Muttie ihr Geheimnis an, dass sie ihr zweites Kind erwarteten, und Muttie versprach, dass die Neuigkeit bis zu seinem Lebensende gut bei ihm aufgehoben wäre.

Als Dr. Hat ihn besuchte, brachte er ein paar selbstgebackene Scones mit. Emily Lynch hatte ihm das Kochen und Backen beigebracht. Das sei gar nicht so schwierig, wenn man sich einmal näher damit befasste, meinte er. Muttie versprach, sich auch darüber Gedanken zu machen, wenn er wieder besser in Form wäre.

Josie und Charles waren natürlich der Ansicht, dass die gläubige

Hingabe an St. Jarlath in jeder Situation im Leben von Nutzen war. Muttie dankte ihnen herzlich. Sein Interesse an dem Heiligen sei zwar groß, beteuerte er, und er werde gewiss versuchen, mit ihm in Verbindung zu treten, falls er ihn jemals bräuchte. Doch zum Glück ging es ihm von Tag zu Tag besser, und bald hätte er wieder seine alte Kraft zurückgewonnen.

Wie alle anderen reagierten auch Charles und Josie mit Befremden auf Mutties Reaktion. Eigentlich hätten sie gern mit ihm über ihre Erbschaft von Mrs. Monty gesprochen und gefragt, wie sie das Geld ausgeben oder anlegen sollten. Bisher hatten sie keinem Menschen die genaue Summe verraten, nicht einmal Noel. Aber es kam ihnen gefühllos vor, solche Dinge mit einem Mann zu besprechen, der dem Tod so nahe war. Wusste Muttie wirklich nicht, dass er bald sterben würde?

Molly und Paddy Carroll erging es ähnlich.

»Er redet davon, in ein paar Monaten nach New York zu fliegen.« Molly war wirklich perplex. »Muttie wird nicht einmal mehr bis zur Liffey kommen. In Gottes Namen – weiß er das denn nicht?«

Sein Optimismus war für alle ein Mysterium.

Als Noel zu Besuch kam, brachte er natürlich Frankie mit. Während die Kleine auf Mutties Knien saß und ihm ihre Schnabeltasse anbot, redete Noel freimütiger mit dem Kranken als mit jedem anderen Menschen zuvor. Er schilderte Muttie die schreckliche Angst, die er durchlitten hatte, als Frankie verschwunden gewesen war, und den unerträglichen Schmerz, der ihm fast das Herz zerrissen hatte.

»Du machst das ganz toll mit diesem kleinen Mädchen«, meinte Muttie anerkennend.

»Manchmal träume ich, dass sie gar nicht meine Tochter ist und dass jemand kommt und sie mir wegnimmt«, gestand Noel und hob das Kind auf seinen Schoß.

»Das wird nie passieren, Noel.«

»Was für ein Glück, dass Stella sich an mich gewandt hat. Hätte sie es nicht getan, dann würde Frankie jetzt bei anderen Men-

schen aufwachsen, und sie hätte niemanden von euch je kennengelernt.«
»Frankie hat Glück, dass sie dich hat, auch wenn du immer zu viel arbeitest«, sagte Muttie.
»Aber ich muss so viel arbeiten. Ich will doch eine Position haben, auf die ich stolz sein kann, wenn sie mal alt genug ist, um zu begreifen, was ich mache.«
»Und du hast ihretwegen den Alkohol aufgegeben. Das war bestimmt nicht einfach.«
»Meistens geht es mir ganz gut. Ich habe immer so viel zu tun, dass ich gar nicht zum Nachdenken komme, aber es gibt auch Tage, da könnte ich ein Bier nach dem anderen hinunterkippen. Das sind schlimme Tage.«
»Und was machst du dann?«, fragte Muttie.
»Dann rufe ich meinen Freund bei den AA an, und er kommt zu mir, oder wir treffen uns auf einen Kaffee.«
»Das ist übrigens ein verdammt toller Haufen. Zum Glück habe ich die Leute selbst nie gebraucht, aber die machen ihre Sache wirklich gut.« Muttie nickte anerkennend.
»Du bist ein anständiger Kerl, Muttie«, brach es plötzlich aus Noel heraus.
»Na ja, ich bin kein übler Mensch«, erwiderte Muttie verlegen, »aber ich habe auch eine großartige Familie. In der Hinsicht bin ich glücklicher als viele andere, die ich kenne. Unsere Kinder würden alles für uns tun, und jetzt kommen sie sogar wie die Millionäre aus Chicago angeflogen, nur weil ich einen kleinen Rückfall hatte. Und dann die Zwillinge …! Nicht einmal in einem Luxushotel würde ich besser verpflegt werden als von ihnen. Ständig lassen sie sich etwas Neues für mich einfallen.« Ein breites Lächeln trat auf Mutties Gesicht.
Noel drückte Frankie an sich. Die Kleine erwiderte die Umarmung ihres Vaters und hielt ihm fürsorglich ihren Schnabelbecher unter die Nase. Noel fragte sich, warum er manchmal träumte, dass man sie ihm wegnehmen würde. Sie war schließlich seine Tochter, sein eigen Fleisch und Blut.

Marco hatte sich für seinen Besuch bei Muttie mit Anzug und Krawatte ausgestattet, als ginge er zu einem offiziellen Empfang. Lizzie hatte darauf bestanden, dass er ihren Mann besuchte, ihm aber nahegelegt, sehr behutsam mit ihm umzugehen. Hooves war im Lauf der Nacht gestorben. Sie hatten zwar versucht, dies vor Muttie zu verbergen, aber er hatte gewusst, dass etwas nicht stimmte. Schließlich hatten sie es ihm sagen müssen.
»Hooves war ein würdevoller Hund. Wir werden ihn doch jetzt nicht beleidigen, indem wir um ihn heulen«, sagte Muttie.
»Recht hast du«, stimmte Lizzie ihm zu. »Ich werde es den anderen sagen.«
Als Marco ins Zimmer kam, blieb er neben dem Bett stehen.
»Das mit Ihrem Hund tut mir sehr leid, Mr. Scarlet.«
»Ich hätte nie gedacht, dass er vor mir geht, Marco. Aber das ist wahrscheinlich besser so, denn ohne mich wäre er sehr einsam gewesen.«
»Mr. Scarlet, ich weiß, dass es Ihnen nicht gutgeht, und wahrscheinlich ist das auch ein ungünstiger Zeitpunkt, aber ich würde Ihnen gern eine Frage stellen.«
»Was hast du denn auf dem Herzen, Marco?«
Muttie lächelte dem jungen Mann aufmunternd zu. Der Anzug, der ängstliche Blick, die verschwitzten Handflächen. Es war ihm von weitem anzusehen, welche Frage er ihm stellen wollte.
»Ich wollte Sie um die Ehre bitten, um die Hand Ihrer Enkeltochter anhalten zu dürfen«, verkündete Marco steif.
»Du willst Maud heiraten? Sie ist aber noch sehr jung, Marco. Sie ist noch gar nicht richtig erwachsen, und von der Welt hat sie auch noch nicht viel gesehen.«
»Aber *ich* würde ihr doch die Welt zeigen, Mr. Scarlet. Ich würde mich gut um sie kümmern und dafür sorgen, dass es ihr an nichts fehlt.«
»Das weiß ich, mein Junge. Hast du sie denn schon gefragt?«
»Bisher noch nicht. Es gehört sich, dass ich zuerst ihren Vater oder Großvater frage.«
»Ich bin nicht ihr Großvater, das weißt du.«

»Aber für Maud sind Sie es. Sie liebt Sie wie einen Großvater.«
Muttie schneuzte sich. »Also, das höre ich gern, weil Lizzie und ich sie und Simon nämlich auch sehr liebhaben. Aber wie kann Maud dich heiraten, wenn sie mit Simon nach New Jersey gehen wird?«
»Sie geht jetzt nicht weg. Das haben sie verschoben«, erklärte Marco.
»Aber doch nur, weil ich krank bin. Sie werden weggehen ... du weißt schon ... danach.«
»Sie werden noch sehr lange bei uns sein, Mr. Scarlet.«
»Nein, mein Sohn, das werde ich nicht, aber ich bin sicher, dass Maud und du euch längst einig seid.«
»Solange ich Sie nicht gefragt hatte, konnte ich ihr doch nicht sagen, dass ich sie heiraten will ...«
Der hübsche junge Mann sah Muttie flehend an, seine Zustimmung zu geben.
»Und würde sie denn mit dir im Restaurant deines Vaters arbeiten?«
»Ja, zumindest für die erste Zeit, wenn sie das will. Dann würden wir gern unser eigenes Restaurant eröffnen. Das wird wahrscheinlich noch ein paar Jahre dauern, aber mein Vater hat versprochen, uns einen Zuschuss zu geben. Sie müssen sich wegen Maud keine Sorgen machen. Unsere Familie wird sie wie eine Tochter aufnehmen.«
Muttie sah ihn fest an. »Wenn Maud sagt, dass sie dich heiraten will, dann würde mich das sehr freuen.«
»Oh, vielen Dank, Mr. Scarlet«, erwiderte Marco strahlend. Er konnte sein Glück kaum fassen.

Auch Lisa kam Muttie besuchen.
»Ich kenne Sie zwar nicht so gut, Mr. Scarlet, aber soweit ich weiß, müssen Sie ein ganz besonderer Mensch ein. Jetzt habe ich erfahren, dass Sie krank sind, und wollte Sie fragen, ob ich vielleicht etwas für Sie tun kann?«
Muttie schaute sich um, ob sie allein im Zimmer waren.

»Wenn ich dir fünfzig Euro gebe, könntest du die für mich im nächsten Rennen auf *Not the Villain* setzen, Kindchen?«
»Oh, Mr. Scarlet, wirklich …«
»Es ist mein Geld, Lisa. Könntest du das für mich tun? Du hast doch gesagt, dass du mir helfen willst.«
»Natürlich. Ich mache es. Wie stehen die Chancen?«
»Zehn zu eins, denke ich. Bleib nicht darunter.«
»Aber dann würden Sie ja fünfhundert Euro gewinnen.« Lisa staunte.
»Und du bekommst natürlich deinen Anteil – sozusagen eine Provision«, entgegnete Muttie und lachte herzlich, als Lizzie in das Zimmer kam, um die Teetassen wegzuräumen und für ein wenig Ruhe zu sorgen, ehe der nächste Besucher eintraf.

Lisa hatte keine Ahnung, wo sich das nächstgelegene Wettbüro befand, aber Dingo Duggan konnte ihr den Namen eines Buchmachers nennen.
»Ich kann dich hinfahren«, erklärte er bereitwillig.
Dingo war ein wenig verliebt in Lisa und ließ sich gern mit einer attraktiven jungen Frau in seinem Kleinbus sehen.
»Hast du denn einen guten Tipp bekommen?«, fragte er.
»Jemand hat mich gebeten, fünfzig Euro auf ein Pferd mit der Quote zehn zu eins zu setzen.«
»Gott, das muss ja ein toller Gaul sein«, meinte Dingo. »Du könntest mir nicht zufälligerweise verraten, wie das Pferd heißt? Das würde den Gewinn nicht schmälern. Ich kann auch nur zehn Euro setzen, aber ein Hunderter wäre nicht zu verachten. Im Gegenteil.«
Lisa nannte ihm den Namen des Pferdes, warnte ihn aber. »Die Quelle ist nicht ganz verlässlich, Dingo. Ich möchte nicht, dass du Geld verlierst.«
»Mach dir mal keine Sorgen«, versicherte Dingo ihr. »Ich bin auch nicht auf den Kopf gefallen.«
Lisa kam sich in dem Wettbüro ziemlich fehl am Platz vor, und Dingos Anwesenheit machte die Sache nicht besser.

»Wohin musst du jetzt?«, fragte Dingo, als sie beide gewettet hatten.
»Ich bin mit Anton verabredet«, antwortete Lisa.
»Ich fahre dich hin«, bot Dingo ihr an.
»Nein danke – ich will ein bisschen laufen, um einen klaren Kopf zu bekommen, und außerdem muss ich vorher noch zum Friseur.«
Eigentlich völlig normale Aktivitäten, aber Dingo fiel auf, dass Lisa sie ankündigte, als wären sie von größter Wichtigkeit. Er zuckte die Schultern.
Da sollte einer die Frauen verstehen.

Katie seufzte, als sie Lisa kommen sah. Sie wollte bestimmt wieder kurzfristig einen Termin haben. Der Frisiersalon war voller Kunden. Hatte ihre Schwester denn noch nie davon gehört, dass man sich vorher anmeldete?
»Ich bräuchte dich dringend«, sagte Lisa.
»Unter einer halben Stunde ist heute nichts zu machen«, erwiderte Katie.
»Ich warte.« Lisa war überraschend ruhig und gelassen.
Hin und wieder warf Katie ihr einen Blick zu. Lisa hatte einen Stapel Zeitschriften auf dem Schoß liegen, schlug aber keine davon auf. Ihre Augen blickten ins Leere, und in Gedanken schien sie weit weg zu sein.
Als Katie fertig war, fragte sie: »Eine wichtige Verabredung?«
»Nein, aber ein wichtiges Gespräch.«
»Mit Anton?«
»Mit wem sonst?«
Katie war besorgt. »Du solltest wirklich vorsichtig sein.«
»Ich war jahrelang vorsichtig, und wohin hat mich das gebracht?«
Ohne große Begeisterung betrachtete Lisa ihr Spiegelbild. Die nassen, strähnigen Haare unterstrichen die Blässe ihres Gesichts und die dunklen Schatten unter den Augen.
»Wir werden dich jetzt wieder hübsch machen«, sagte Katie, als hätte sie ihre Gedanken gelesen.

»Tja, es könnte nicht schaden, wenn ich ein bisschen besser aussehen würde.« Lisa lächelte matt. »Hör mal, Katie, ich möchte, dass du mir die Haare abschneidest. Ich will sie streichholzkurz haben.«
»Du spinnst, du hattest immer langes Haar. Tu nichts Unüberlegtes.«
»Ich will einen richtig frechen Kurzhaarschnitt. Schneidest du sie mir, oder soll ich zur Konkurrenz gehen?«
»Natürlich schneide ich dir die Haare, aber du wirst morgen aufwachen und bitter bereuen, was du getan hast.«
»Nicht, wenn der Schnitt gut ist.«
»Aber du hast doch gesagt, dass er gerade dein langes Haar so gern an dir mag.« Katie ließ nicht locker.
»Dann muss er mich eben auch mit kurzem Haar mögen«, konterte Lisa.

In zwei Stunden war die Verwandlung vollbracht: großes Make-up, Maniküre und ein neuer Haarschnitt. Lisa fühlte sich bedeutend besser. Sie zückte ihren Geldbeutel, aber Katie winkte ab.
»Bleib ruhig und gelassen, wenn du mit Anton sprichst. Sag nichts, das dir schaden könnte. Und sei vorsichtig.«
»Warum erzählst du mir das? Du kannst Anton nicht leiden. Du glaubst nicht, dass er der Richtige für mich ist.« Lisa war verwirrt.
»So ist es. Aber du magst ihn, und ich mag dich wiederum sehr, und deswegen will ich, dass du glücklich bist.«
Lisa fiel ihrer Schwester um den Hals und küsste sie. Das kam wahrlich nicht alle Tage vor.
Katie konnte es nicht fassen. Lisa, die immer so abweisend und zerstreut war, hatte sie tatsächlich in den Arm genommen und auf die Wange geküsst.
Was wohl als Nächstes kam?

Lisa ging direkt ins Chez Anton. Das war die beste Zeit, um ihn abzupassen, denn am Nachmittag war es meistens ruhig im Restaurant. Jetzt musste sie nur noch Teddy loswerden und April vertreiben, falls sie da war, und dann konnte sie ein vernünftiges Gespräch mit Anton führen.
Teddy sah sie kommen, erkannte sie jedoch nicht sofort.
»Schnall dich schon mal an«, zischte er Anton zu.
»O Gott, nicht heute, nicht auch das noch …«, stöhnte Anton.
Lisa sah umwerfend aus, als sie das Restaurant betrat, und das wusste sie auch. Lächelnd schritt sie zuversichtlich aus. Sie wusste, dass Anton und Teddy sie nicht aus den Augen ließen. Der Schock über ihr verändertes Aussehen war ihnen deutlich anzusehen. Das kurze, seidig schimmernde Haar unterstrich diskret ihren Typ und verlieh ihr Selbstvertrauen. Lächelnd blickte Lisa von einem Mann zum anderen und drehte den Kopf, damit sie ihren neuen Look gebührend bewundern konnten.
»Ah, Kaffee …«, sagte sie erfreut. »Teddy, ich hoffe, du nimmst es mir nicht übel, aber ich habe mit Anton etwas zu bereden, ja?«
Lisas bestimmtes Auftreten ließ auf diese Frage nur eine Antwort zu.
Teddy warf Anton, der lediglich die Schultern zuckte, einen fragenden Blick zu und ging.
»Nun, Lisa, was gibt es? Du siehst übrigens fantastisch aus.«
»Danke dir, Anton. Tatsächlich?«
»Ja, du siehst so verändert aus, irgendwie leuchtend. Aber dein langes Haar ist weg!«
»Ich habe es mir heute Morgen abschneiden lassen.«
»Das sehe ich. Dein schönes langes goldenes Haar …« Er klang enttäuscht.
»Das liegt jetzt auf dem Fußboden im Salon meiner Schwester. Früher haben die Friseure dieses Haar verkauft, um Perücken daraus zu machen. Wusstest du das?«
»Nein, das wusste ich nicht«, erwiderte Anton.

»O ja. Auf jeden Fall bin ich meines jetzt los.«
»Mir hat deine Frisur immer gut gefallen. Ich habe dein langes Haar *geliebt*«, sagte er bedauernd.
»Tatsächlich, Anton? Du hast mein langes Haar *geliebt?*«
»Du siehst anders aus, irgendwie verändert, immer noch sehr schön, aber eben anders.«
»Gut, dann gefällt dir also, was du siehst?«
»Das ist doch albern, Lisa. Natürlich gefällst du mir. Ich mag dich.«
»So ist das also? Du magst mich?«
»Ist das ein Quiz? Natürlich mag ich dich. Du bist meine Freundin.«
»Freundin – nicht *Geliebte?*«
»Na gut, Geliebte. Was immer ...« Ärger stieg in ihm hoch.
»Gut, weil ich dich nämlich liebe. Sehr sogar«, fügte sie freundlich hinzu.
»Ach, lass das, Lisa. Bist du schon wieder betrunken?«, fragte er.
»Nein, Anton, ich bin absolut nüchtern, und als ich dieses eine Mal ausnahmsweise besoffen war, da warst du gar nicht nett zu mir. Du hast Teddy mehr oder weniger angewiesen, mich aus dem Restaurant zu werfen.«
»Du hast dich zum Narren gemacht. Du solltest mir dankbar sein dafür.«
»So sehe ich das nicht.«
»Im Gegensatz zu dir war ich nüchtern – also glaube mir, es war besser, dass du gegangen bist, bevor dich noch mehr Leute so sehen konnten.«
»Was geht dir eigentlich durch den Kopf, wenn du an mich denkst? Liebst du mich sehr oder nur ein bisschen?«
»Lisa, das sind doch nur Worte. Würdest du bitte aufhören, dich wie eine Dreizehnjährige aufzuführen?«
»Du sagst, dass du mich liebst, wenn wir miteinander schlafen.«
»Das sagt man eben so«, erwiderte Anton abwehrend.
»Das denke ich nicht.«

»Keine Ahnung. Ich habe darüber noch keine Befragung durchgeführt.« Inzwischen war er richtig wütend.
»Beruhige dich, Anton.«
»Ich bin ruhig …«
»Es würde dieses Gespräch wesentlich erleichtern, wenn du dich nicht aufregst. Sag mir einfach, wie wichtig ich in deinem Leben bin.«
»Ich weiß nicht … sehr wichtig – du machst das Design für uns. Du hast jede Menge tolle Ideen. Du siehst gut aus, und ich mag dich sehr. Reicht das?«
»Und siehst du mich als Teil deiner Zukunft?« Lisa war noch immer die Ruhe in Person.
Schweigen.
Lisa erinnerte sich an Katies Rat, besonnen zu bleiben und nicht etwas zu sagen, das sie hinterher bereuen würde. Vielleicht lautete seine Antwort nein und dass sie nicht Teil seiner Zukunft war. Wenn das so wäre, würde sie ins Bodenlose stürzen, aber Lisa war überzeugt davon, dass seine Antwort anders ausfallen würde.
Anton schien sich sichtlich unwohl in seiner Haut zu fühlen. »Frag mich nicht nach der Zukunft. Keiner von uns weiß, wo wir in zehn Jahren sein werden.«
»Wir sind jedenfalls alt genug, um es uns vorstellen zu können«, erwiderte Lisa.
»Weißt du, worüber Teddy und ich gerade gesprochen haben, als du hereingekommen bist und ihn vertrieben hast?«
»Nein. Worüber denn?«
»Über die Zukunft dieses Restaurants. Die Einnahmen sind lausig, uns fehlt Geld an allen Ecken und Enden. Die Lieferanten werden schon ungeduldig, und die Bank lässt uns auch im Stich. An manchen Tagen verkaufen wir kein einziges Mittagessen. Heute waren nur drei Tische besetzt. Es wäre für uns günstiger, wenn wir jedem, der reserviert, fünfzig Euro in die Hand drückten und ihn wieder wegschickten. Heute Abend ist erst die Hälfte der Tische reserviert. Den Kunden entgehen solche Din-

ge nicht. Es muss wieder Leben in die Bude, sonst gibt es Probleme. Du willst mit mir über die Zukunft reden – ich glaube, es gibt keine.«
»Siehst du *mich* als Teil deiner Zukunft?«, wiederholte Lisa ihre Frage.
»O Herrgott noch mal, Lisa. Ich hätte mehr davon, wenn du dir etwas einfallen lassen würdest, das uns hilft, statt wie ein liebeskranker Teenager herumzuheulen. Das heißt, falls wir hier überhaupt noch so etwas wie eine Zukunft haben sollten …«
»Du willst also Ideen von mir hören?« Ihre Stimme klang inzwischen gefährlich ruhig und gefasst.
Anton warf ihr einen nervösen Blick zu. »Dir fällt doch immer etwas ein.«
»Okay. Leichte Mittagessen – kalorienreduzierte Menüs in einem Teil des Restaurants, wo die Gäste nicht sehen können, wie saftige Roastbeefs und fettes Tiramisu an ihnen vorbeigetragen wird. Dafür kann dir sogar diese dumme Gans von April Publicity besorgen. Ah, und außerdem könntest du eine wöchentliche Radiosendung organisieren, für die Zuhörer ihre Rezepte unter zweihundertfünfzig Kalorien beisteuern, die du dann beurteilst. Sind das gute Ideen?«
»Wie immer triffst du den Nagel auf den Kopf. Sollen wir den anderen Bescheid geben, um sie zu besprechen?«
»Und was für Ideen hast du nun in Bezug auf mich?«, fragte Lisa.
»Bist du immer noch auf diesem Trip?«
»Sag es mir einfach. Sag es mir jetzt, beantworte mir meine Frage, und ich höre auf, dich zu löchern«, versprach sie.
»Okay. Ich bewundere dich. Ich bin dein Freund …«
»Und Liebhaber …«, fügte sie hinzu.
»Na ja, gelegentlich. Ich dachte immer, du würdest in der Hinsicht ebenso denken wie ich.«
»Wie meinst du das genau?«
»Ich meine, dass das, was wir miteinander haben, etwas sehr Kostbares ist, aber nicht unser ganzes Leben ausmacht und geradewegs zum Traualtar führt.«

»Warum legst du dann weiterhin Wert auf meine Gegenwart?«
»Weil du, wie ich schon sagte, sehr clever bist, sehr hübsch und unterhaltsam. Und auch ein bisschen einsam, denke ich.«
In dem Moment, als sie diese Worte hörte, ging eine Veränderung in Lisa vor sich. Es war fast so, als erwachte sie aus einem Traum. Antons Gleichgültigkeit, seine Untreue und seine sorglose Art konnte sie ertragen, nicht jedoch sein Mitleid.
»Du wirst vielleicht auch ein wenig einsam sein, wenn es mit diesem Restaurant hier den Bach runtergeht, Anton, Teddy abgesprungen ist und in ein anderes schickes Lokal gewechselt hat und die kleine Miss April sich ein eher erfolgversprechendes Objekt ausgeguckt hat. In ihrem kleinen Leben ist kein Platz für Versager. Wenn die Leute sagen: ›Anton? Ist das nicht der, dem mal dieses Restaurant gehört hat, das erst eine Weile in war und dann wieder spurlos verschwunden ist?‹, dann könnte es verdammt einsam um dich werden. Hoffen wir, dass sich dann jemand deiner erbarmt, und du wirst sehen, wie sich das anfühlt.«
»Lisa, bitte.«
»Auf Wiedersehen, Anton.«
»Du kommst zurück, wenn du wieder bei Sinnen bist.«
»Ich glaube nicht.« Lisa war noch immer sehr gefasst.
»Warum bist du so wütend auf mich, Lisa?«
Anton hielt den Kopf schief. Das machte er immer, wenn er sie zu überreden versuchte.
Aber sie änderte ihre Meinung nicht.
»Ich bin wütend auf mich selbst, Anton. Ich hatte einen Traumjob und habe ihn deinetwegen aufgegeben. Ich hätte neue Kunden akquirieren sollen, aber es gab hier ja immer etwas für mich zu tun. Ich bin pleite und abhängig davon, dass ein Pferd namens *Not the Villain* heute sein Rennen gewinnt, weil ich dann nämlich so etwas wie eine Provision ausbezahlt bekomme, die mich in die Lage versetzen wird, meinen Anteil an den Lebensmitteln für die Wohnung zu bezahlen, in der ich ein Zimmer habe.«

»*Not the Villain*«, wiederholte Anton langsam, »so würde ich mich selbst sehen. Ich dachte nicht, dass du es ernst meinst. Ich komme mir genauso vor wie das Pferd, auf das du Geld gesetzt hast. Ich bin hier nämlich nicht der Bösewicht.«
»Ich weiß. Deswegen bin ich ja so wütend. Ich habe alles missverstanden …«

Teddy hörte, dass die Restauranttür krachend ins Schloss fiel, und kam zurück.
»Alles okay?«, fragte er.
»Teddy, wenn sich abzeichnet, dass hier alles den Bach runtergeht, würdest du dann woanders hingehen?«
»Das kleine Mistvieh – sie hat es dir erzählt«, schimpfte Teddy.
»Was hat sie mir erzählt?«
»Sie muss mich gesehen oder gehört haben. Unten in dem neuen Hotel am Fluss. Ich wollte mich erkundigen, ob sie jemanden brauchen können, und sie wollten es sich überlegen. Diese Stadt ist schlimmer als ein Dorf. Lisa muss es von den Leuten dort erfahren haben.«
»Nein, sie hat nichts davon gewusst.«
Anton war plötzlich sehr müde. Die bestimmte Art, mit der Lisa das Restaurant verlassen hatte, hatte etwas sehr Endgültiges an sich. Aber das war doch alles nur Unsinn, oder etwa nicht? Sie hatte nichts davon ernst gemeint. Wahrscheinlich hatten sich ein paar ihrer Freundinnen verlobt oder waren schwanger, und sie hörte ihre biologische Uhr ticken. Aber diese Idee mit den kalorienreduzierten Menüs war gar nicht so schlecht. Sie könnten extra Speisekarten mit ihrem Logo darauf drucken lassen. Lisa würde sich bestimmt wieder selbst übertreffen, wenn sie erst mal mit diesem Unfug aufhörte …

Lisa verließ beschwingt das Restaurant, und während sie die belebten Straßen entlangging, wurde ihr bewusst, dass die Leute ihr Blicke zuwarfen, bewundernde, wie ihr schien. Sie würde jetzt nicht darüber nachdenken, was sie gerade gesagt und getan hatte. Sie würde ihr Leben von nun an in verschiedene Kategorien aufteilen, diesen Bereich hier erst mal ausklammern und sich stattdessen auf etwas völlig anderes konzentrieren. Diese Stadt war voller Versprechungen, potenzieller Freunde und auch möglicher Beziehungen. Sie würde Anton aus ihren Gedanken verbannen und den Kopf nicht hängen lassen.

Plötzlich sah sie Emily, die Frankie im Buggy vor sich herschob, auf sich zukommen.
»Ich gewöhne sie ans Einkaufen – sie wird schließlich Jahre ihres Lebens damit zubringen müssen, also kann sie sich schon mal frühzeitig darauf einstellen.«
»Ach, Emily, immer einen Scherz auf den Lippen, wie? Was hast du denn eingekauft?«
»Einen Bettüberwurf, eine Teekanne und einen Duschvorhang. Also alles aufregende Dinge«, erwiderte Emily.
Frankie gluckste zufrieden.
»Jetzt klingt die kleine Dame total zufrieden, aber du hättest sie mal vor einer halben Stunde hören sollen. Ich glaube, sie fängt allmählich an zu zahnen, das arme Ding. Sie war ganz rot im Gesicht und hat geheult, und ihr Zahnfleisch sah geschwollen aus. Wenn es tatsächlich schon so weit ist, stehen uns harte Zeiten bevor«, erklärte Emily.
»Das kann ich mir vorstellen«, meinte Lisa. »Dann ist es wohl besser, wenn ich die kommenden Monate ausziehe!«
Und nach einem Lächeln und einem Küsschen für Frankie war sie auch schon wieder weg.

Als Emily und Frankie in den St. Jarlath's Crescent Nummer dreiundzwanzig zurückkamen, war Josie deutlich anzusehen, dass sie etwas Wichtiges auf dem Herzen hatte.
»Die Dinge stehen schlecht«, sagte sie mit grimmiger Miene.
Das konnte alles Mögliche bedeuten: dass die Einnahmen im Wohltätigkeitsladen zu wünschen übrig ließen, dass der Wind Dr. Hats Wäsche auf der Leine davongetragen hatte oder dass

Fiona und Declan beabsichtigten, umzuziehen. Plötzlich wurde Emily bewusst, dass Josie über Muttie sprach.
»Es ist doch nicht …?«
»Ja. Sein Zustand hat sich verschlimmert.«
Nun wusste Josie nicht so recht, ob sie die Nachbarn besuchen sollte oder nicht.
Emily war dagegen. Sie wären nur im Weg. Muttie und Lizzie waren bestimmt schon von Familie und Verwandten umringt. Schließlich sah Josie dies ein.
»Ich habe übrigens vorhin Father Brian ins Haus gehen sehen«, berichtete sie.
Frankie brabbelte etwas vor sich hin und streckte die Arme nach Emily aus, um hochgehoben zu werden.
»Braves Mädchen«, sagten beide Frauen gleichzeitig und seufzten.
Josie überlegte, ob es eventuell hilfreich wäre, noch einen Rosenkranz zu beten, und Emily fragte sich, welche praktische Hilfe sie leisten könnte. Vielleicht sollte sie eine große Fleischpastete backen. Die könnten ihre Nachbarn dann im Ofen warm halten, falls jemand Hunger bekommen sollte. Sie würde sich sofort an die Arbeit machen.

Muttie war sehr deprimiert, weil er sich so schwach fühlte. Die Tage und Nächte schienen übergangslos ineinanderzufließen, und ständig kam jemand ins Zimmer und sagte ihm, dass er sich ausruhen solle. Er tat ohnehin nichts anderes mehr, seit er aus dem Krankenhaus nach Hause gekommen war.
Und dabei gab es noch so viele Dinge zu regeln. Der Anwalt konnte einen wahnsinnig machen, so kompliziert redete er daher, doch in einem Punkt drückte er sich klar aus. Die monatlichen Zahlungen der Familie Mitchell für den Unterhalt der Zwillinge waren zwar gering gewesen und prompt an deren siebzehntem Geburtstag eingestellt worden, sie hatten sich im Lauf der Jahre aber zu einer ansehnlichen Summe angesammelt. Hinzu kam ein Anteil aus Mutties großem Gewinn, als er

beim Rennen ein kleines Vermögen gewonnen hatte. Damals hatten sie alle vor Freude fast einen Herzanfall erlitten.
Der Rest des Testaments war unkompliziert: Alles andere ging an Lizzie und die Kinder. Trotzdem machte Muttie sich Sorgen, dass die Zwillinge nicht angemessen versorgt waren.
»Wenn sie das alles erben, was wir besprochen haben, werden sie bestens versorgt sein«, erklärte der Anwalt ihm.
»So gehört sich das auch. Wissen Sie, als sie damals zu uns kamen, da haben die beiden jede Chance verspielt, jemals in die bessere Gesellschaft aufzusteigen. Eigentlich steht ihnen das von Geburt an zu. Und dafür müssen sie angemessen entschädigt werden.«
Der Anwalt wandte sich ab, damit Muttie nicht sehen konnte, dass ihm Tränen in die Augen traten.

Auch Father Flynn war wieder einmal zu Besuch gekommen.
»Gott, Muttie, wie schön friedlich ist es hier bei Ihnen im Vergleich zu der Welt da draußen.«
»Was gibt es denn Neues in der Welt?« Trotz seiner Krankheit war Mutties Neugier ungebrochen.
»Also, in dem Zentrum, in dem ich arbeite, ist momentan die Hölle los wegen einer muslimischen Hochzeit. Dieses Paar wünscht sich das nun mal, und ich habe sie natürlich erst an die Moschee verwiesen. Auf jeden Fall ist die Verwandtschaft geteilter Meinung – einige wollen dabei sein, andere wollen auf keinen Fall eine Moschee betreten. Ich habe vorgeschlagen, dass wir das Catering organisieren – Ihre Enkelkinder könnten das übernehmen –, aber dann gibt es noch eine Fraktion, die der Meinung ist, dass unser Zentrum als katholische Einrichtung aus den Mitteln der Kirche finanziert wird, und die Hochzeit strikt verbieten will. Muttie, ich sage Ihnen eines, man könnte verrückt werden.«
»Ich hätte nichts dagegen, mir draußen mal wieder so richtig den Wind um die Ohren wehen zu lassen«, sagte Muttie sehnsüchtig.

»Ach, das werden Sie bald genug wieder können.« Brian Flynn hoffte, dass er überzeugend genug klang.
»Aber wenn ich die Welt da draußen nie mehr wiedersehe, weil ich mich bald von hier verabschieden werde … Ja, glauben Sie denn, dass es dort etwas gibt … dort oben, meine ich?«
»Ich will Ihnen die Wahrheit sagen, Muttie. Ich weiß es nicht, aber ich denke schon. Dieser Glaube ist der Kitt, der mich all die Jahre über zusammengehalten hat. Ich wäre sehr enttäuscht, wenn es dort oben nichts gäbe.«
Muttie gab sich mit dieser Antwort zufrieden. »Das haben Sie sehr schön gesagt, Father«, erwiderte er anerkennend.
Als Brian Flynn das Haus verließ, stellte er sich allerdings die Frage, ob wohl jemals ein Priester einem Sterbenden eine banalere und einfallslosere Beschreibung des Glaubens gegeben hatte.

Als Lisa Muttie besuchen wollte, war sich die Familie nicht sicher, ob er dem noch gewachsen wäre.
»Aber ich muss ihm unbedingt ein Geheimnis verraten«, bat sie.
»Dann geh in Gottes Namen mit deinem Geheimnis hinein – aber nur zehn Minuten«, meinte Lizzie.
Lisa setzte ein strahlendes Lächeln auf.
»Ich habe hier fünfhundert Euro für Sie, Muttie. *Not the Villain* hat mit drei Längen gewonnen.«
»Sprich leiser, Lisa. Ich will nicht, dass irgendjemand erfährt, dass ich spiele«, flüsterte er.
»Nein, ich habe gesagt, dass ich ein Geheimnis mit Ihnen besprechen muss.«
»Die denken jetzt wahrscheinlich, dass wir eine Affäre miteinander haben«, meinte Muttie lachend, »und das wäre Lizzie wahrscheinlich lieber, als wenn ich spielen würde.«
»Wo soll ich das Geld hinlegen, Muttie?«
»Steck es zurück in deine Handtasche. Es ist mir doch nur um den Spaß gegangen.«

»Aber, Muttie, ich kann die fünfhundert Euro nicht annehmen. Über eine Provision hätte ich mich natürlich gefreut, aber mehr … das geht doch nicht.«
»Kauf dir was Hübsches, Kindchen«, sagte Muttie, und dann sank sein Kopf zurück auf das Kissen, und Lisa verließ auf Zehenspitzen das Zimmer.
Maud nützte die Gelegenheit und schlüpfte durch die Tür.
Muttie schlug die Augen auf. »Liebst du diesen Marco, Maud?«, fragte er.
»Sehr sogar, auch wenn ich weiß, dass ich keine Erfahrung habe und dass mir der Vergleich mit anderen Männern fehlt.«
»Wer sagt das?«, erkundigte sich Muttie.
»Alle sagen das, aber mir ist das egal. Einen Besseren als Marco finde ich nie.«
Muttie ergriff Mauds Hand.
»Dann halte zu ihm, Maud, und finde auch für Simon ein nettes Mädchen. Vielleicht bei eurer Hochzeit.«
Maud hielt Mutties magere Hand fest und blieb bei ihm, bis er eingeschlafen war. Tränen traten ihr in die Augen und rannen über ihr Gesicht, aber sie unternahm nichts, um sie wegzuwischen. Der Schlaf tat ihm gut. Im Schlaf war er frei von Schmerzen. Maud wünschte sich, dass Muttie so lange wie möglich in diesen Genuss kam.

Mutties Kinder wussten, dass es entweder heute oder morgen so weit wäre. Auf Zehenspitzen liefen sie durch das Haus und unterhielten sich nur flüsternd. Hin und wieder kam einer auf eine Anekdote aus ihrer Kindheit zu sprechen – auf ein Picknick, das Muttie und Lizzie mit Marmeladensandwiches veranstaltet hatten, oder auf einen Ausflug mit dem Zug ans Meer nach Bray.
Sie erinnerten sich daran, wie Muttie vor langer Zeit eine kleinere Summe gewonnen und sofort in zwei Brathähnchen und eine große Portion Pommes frites investiert hatte. Und daran, dass alle Kinder zur Erstkommunion und zur Konfirmation im-

mer schöne Kleider und Anzüge bekommen hatten, auch wenn dies mit häufigen Besuchen beim Pfandleiher verbunden gewesen war. Muttie auf diversen Hochzeiten. Ihr Hund Hooves. Muttie, wie er Lizzies Einkaufstasche trug.

Doch diese Erinnerungen konnten sie nur miteinander teilen, wenn Lizzie außer Hörweite war. Sie glaubte noch immer, dass sich Mutties Zustand bessern würde.

An diesem Tag brachte Ita, die Palliativschwester, ein Kräuterkissen für Muttie mit. Als sie ihn ansah, erkannte er sie schon nicht mehr.

»Er wird bald ins Koma fallen«, sagte sie leise zu Maud. »Vielleicht solltet ihr Dr. Carroll bitten, zu kommen, und die Pflegeschwestern werden sich dann um alles Weitere kümmern.«

In dem Moment traf der Schmerz Maud zum ersten Mal mit voller Wucht, und sie lehnte sich schluchzend an Simons Schulter. Bald würde es keinen Muttie mehr geben, und im Mittelpunkt des letzten Gesprächs, das sie mit ihm geführt hatte, hatte Marco gestanden.

Ihr fiel wieder ein, was Muttie gesagt hatte, als ihr geliebter Hund Hooves gestorben war.

»Ihm zu Ehren müssen wir stark sein. Er hätte es sich verbeten, dass die Leute seinetwegen ein großes Geschrei machen. Ihm zu Ehren – seid stark.«

Und sie waren stark gewesen bei Hooves' Beerdigung.

Muttie zu Ehren wären sie ebenso stark.

»Am schlimmsten ist das Wissen, dass er nicht mehr da sein wird«, sagte Simon.

Brian Flynn leistete ihnen bei einer Tasse Tee Gesellschaft. »Es heißt, wenn man an jemanden denkt, dann lebt dieser Mensch in Gedanken weiter«, sagte er.

Niemand erwiderte ein Wort, und der Pfarrer wünschte sich, er hätte nichts gesagt.

Aber alle nickten.

Wenn sich an einen Menschen zu erinnern bedeutete, dass dieser in Gedanken weiterlebte, dann würde Muttie auf ewig leben.

Lizzie beschloss, zu Muttie zu gehen und sich an sein Bett zu setzen.
»Er schläft aber sehr, sehr tief, Mam«, sagte Cathy.
»Ich weiß. Er liegt im Koma. Die Schwestern haben mir erklärt, dass das passieren würde.«
»Mam, das heißt …«
»Ja, Cathy, ich weiß, dass es zu Ende geht mit ihm. Heute Nacht noch. Ich will nur noch einmal eine Weile mit ihm allein sein.«
Cathy starrte ihre Mutter mit offenem Mund an.
»Ich weiß es schon lange, aber ich wollte dieses Wissen bis heute nicht an mich heranlassen. Während ihr alle euch die größten Sorgen gemacht habt, hatte ich wenigstens noch ein paar unbeschwerte Tage …«
Cathy begleitete ihre Mutter in das Zimmer, die Krankenschwester ging hinaus und schloss fest die Tür hinter sich.
Lizzie wollte sich in Ruhe von ihrem Mann verabschieden.

»Ich weiß nicht, ob du mich hören kannst, Muttie«, sagte sie, »aber ich wollte dir unbedingt noch sagen, dass es immer lustig war mit dir. Seit ich dich kenne, hast du mich jeden Tag zum Lachen gebracht. Seitdem war ich stets guter Dinge und stolz auf uns. Bis dahin habe ich gedacht, dass wir irgendwie minderwertig sind, aber du hast mir beigebracht, dass auch wir etwas wert sind, auch wenn wir nicht so viel Geld haben. Also, ich hoffe, du hast viel Spaß da oben, bis ich … na ja, bis ich nachkomme. Ich weiß zwar, dass du ein halber Heide bist, aber du wirst schon dahinterkommen, dass das alles stimmt und nur auf dich wartet. Wäre das nicht eine Überraschung? Ich liebe dich, Muttie, und wir schaffen das hier schon, das verspreche ich dir.«
Dann küsste sie ihn auf die Stirn und rief die Familie zusammen.

Zwanzig Minuten später kam die Palliativschwester aus dem Zimmer und bat darum, Dr. Carroll zu verständigen.
Fiona rief ihn auf seiner Handynummer an.
»Ich bin in fünfzehn Minuten da«, versprach er, und so brachten sie diese Viertelstunde irgendwie hinter sich, während sie darauf warteten, dass Declan kam. Er ging sofort in Mutties Zimmer.
Rasch kam er wieder heraus.
»Muttie hat seinen Frieden gefunden«, bestätigte er.
Fassungslos und mit Tränen in den Augen klammerten sie sich aneinander.
Auch Marco, der mittlerweile zur Familie zählte, war gekommen. Der eine oder andere von Mutties »Kollegen« – alles kräftige Männer, die mit ihrer physischen Präsenz das Haus vollkommen auszufüllen schienen – griff zum Taschentuch und putzte sich lautstark die Nase.
Und plötzlich übernahm Lizzie, die zarte Lizzie, die bis zum heutigen Tag an dem Glauben festgehalten hatte, dass sie und Muttie noch bis nach New York und Chinatown kämen, das Kommando.
»Simon, gehst du bitte nach oben und lässt alle Rollos herunter. Dann wissen die Nachbarn Bescheid. Maud, könntest du den Bestatter anrufen – die Nummer liegt neben dem Telefon –, und sag ihm, dass Muttie von uns gegangen ist. Er weiß, was zu tun ist. Und du, Marco, könntest du etwas zu essen besorgen? Wir müssen etwas im Haus haben für die Nachbarn, die zu uns kommen. Geraldine, schau mal nach, wie viele Tassen und Teller wir haben. Und jetzt will ich keine Tränen mehr sehen. Wenn Muttie das wüsste, dann würde er euch was erzählen.«
Irgendwie brachten sie tatsächlich ein wässriges Lächeln zustande. Die Vorbereitungen für Mutties Begräbnis hatten begonnen.

Als der Sarg die Straße entlanggetragen wurde, stand der ganze St. Jarlath's Crescent Spalier.
Lisa und Noel hatten Frankie im Buggy dabei; auch Faith gesellte sich zu ihnen. Sie hatte so viel über diesen Mann gehört,

dass sie ihm unbedingt die letzte Ehre erweisen wollte. Emily stand bei ihrem Onkel und ihrer Tante, daneben befanden sich Dr. Hat und Dingo Duggan. Declan und Fiona, die den kleinen Johnny in einem Tragetuch umgebunden hatte, standen neben Molly und Paddy. Freunde und Nachbarn sahen zu, als Simon und Marco halfen, mit gemessenen Schritten den Sarg aus dem Haus zu tragen.
Die Gruppe der »Kollegen« konnte es noch immer nicht fassen, dass Muttie nicht plötzlich aus dem Haus trat und sie alle zu einem Bier überredete, um rasch einen Blick auf die Seite des Buchmacherdienstes mit den Rennergebnissen zu werfen.
Irgendwo in der Ferne läutete eine Kirchenglocke. Sie hatte zwar nichts mit Mutties Begräbnis zu tun, aber es klang, als würde sie aus Sympathie mit einstimmen. Alle Vorhänge, Jalousien und Rollos in der Straße waren geschlossen. Die Menschen legten Blumen aus ihren Gärten auf den Sarg, als dieser vorbeigetragen wurde.
Weiter unten in der Straße warteten der Leichenwagen und andere Fahrzeuge darauf, die Trauergäste zu Father Brian Flynns Kirche im Einwandererzentrum zu bringen.
Muttie hatte genaue Instruktionen hinterlassen.

Wenn ich sterbe – was sich wohl nicht mehr vermeiden lässt –, dann will ich, dass Father Brian Flynn in seinem Zentrum meine Totenmesse liest. Ich wünsche mir eine kurze Rede und nicht mehr als ein, zwei Gebete. Und dann würde ich gern meine Organe spenden, falls jemand noch etwas damit anfangen kann, und ansonsten will ich ohne großes Aufheben eingeäschert werden.
Unterschrieben im vollen Besitz meiner geistigen Kräfte,
Muttance Scarlet

Marco stand in Mutties und Lizzies Küche, belegte Platten mit italienischen Vorspeisen und füllte Schalen mit frischer Pasta. Lizzie hatte ihn gebeten, an nichts zu sparen. Aus dem Restau-

rant seines Vaters hatte Marco zusätzlich Gabeln und Teller mitgebracht.
Bevor Muttie gestorben war, hatte er Marco seinen Segen gegeben, aber Marco wollte Maud erst fragen, wenn die schlimmste Trauer um ihren Großvater vorüber war. Erst dann würde er ihr einen Antrag machen, und zwar in aller Form. Ob er und Maud wohl ebenso glücklich werden würden wie Muttie und Lizzie? War er überhaupt der Richtige für sie? Maud war so intelligent.
An der Küchenwand hing ein Foto von Muttie. Wie üblich lächelte er. Marco glaubte fast, ihn sagen zu hören: »Nur Mut, Marco Romano. Du bist so gut wie jeder andere und besser als die meisten.«

Es stimmte, was man so sagte: Wenn sich die Leute an einen erinnern, dann ist man nicht tot. Und das war sehr tröstlich.
Father Flynn hielt eine kurze Totenmesse. Ein *Vaterunser*, ein *Ave-Maria* und ein *Ehre sei Gott in der Höhe*. Ein junger Marokkaner spielte »Amazing Grace« auf der Klarinette, und eine junge Polin gab »Hail, Queen of Heaven« auf dem Akkordeon zum Besten. Dann war die Zeremonie auch schon vorbei.
Draußen standen die Leute in der Sonne, unterhielten sich über Muttie, und nach der Einäscherung trafen sie sich in seinem Haus, um sich endgültig von ihm zu verabschieden, wie es sich gehörte.

KAPITEL 13

Mutties Tod hinterließ eine tiefe Lücke im Leben aller Bewohner des St. Jarlath's Crescent. Jedem zerriss es das Herz, wenn er Lizzie an der Gartentür stehen sah, wo sie wie immer auf ihren Mann zu warten schien. Selbstverständlich sorgten alle dafür, dass sie nie allein war, aber eines nach dem anderen kehrten ihre Kinder nach Chicago und nach Australien zurück. Cathy hatte sich um ihre Catering-Firma zu kümmern, und die Zwillinge mussten ihre Arbeit in Ennios Trattoria wiederaufnehmen und eine Entscheidung über ihre Zukunft treffen.

Bei allen ging das Leben allmählich weiter, doch Lizzies Leben war zu einem abrupten Stillstand gekommen, und das wussten alle.

Gelegentlich wurde sie abends von Charles und Josie zum Essen eingeladen, aber wenn die beiden von ihrer Sammelaktion für die Statue erzählten, dann blickte Lizzie ins Leere. Manchmal verbrachte sie auch einen Abend bei Paddy und Molly, aber sie konnte Mollys Erzählungen über den Secondhand-Laden oder Paddys Anekdoten von der Fleischtheke nur bis zu einem gewissen Punkt ertragen. Sie selbst hatte nichts mehr zu erzählen. Emily Lynch erwies sich als sehr einfühlsame Gesprächspartnerin, die Lizzie Fragen zu ihrer Kindheit und den ersten Jahren im Dienst bei Mrs. Mitchell stellte. Sie führte Lizzie in eine Zeit vor Muttie zurück, an Orte, an die Muttie nie einen Fuß gesetzt hatte. Aber Lizzie konnte nicht erwarten, dass Emily ständig für sie da war. In der letzten Zeit schien Emily sich sehr mit Dr. Hat angefreundet zu haben. Lizzie freute sich natürlich für sie, aber die Trauer um Muttie überschattete alles.

Es gab so vieles, was sie ihm sagen wollte. Jeden Tag fiel ihr etwas Neues ein: dass Cathys erster Mann Neil zu seiner Beerdigung gekommen war und Muttie als Helden bezeichnet hatte; dass Father Flynn sich während der Zeremonie so lautstark die Nase geputzt hatte, dass alle dachten, sein Trommelfell sei geplatzt; dass er unendlich freundliche Worte über Mutties und Lizzies weit verzweigte Familie gefunden hatte.
Lizzie wollte Muttie erzählen, dass Mauds Verlobung mit Marco unmittelbar bevorstand und dass Simon sich sehr darüber freute, aber trotzdem in die Vereinigten Staaten auswandern wollte. Sie wollte mit Muttie besprechen, ob sie in ihrem Haus bleiben oder sich eine kleinere Wohnung suchen sollte. Alle rieten ihr, nicht vor Ablauf eines Jahres eine Entscheidung zu treffen. Ob Muttie das wohl auch so sah?
Lizzie seufzte oft und viel in diesen Tagen, versuchte aber trotzdem zu lächeln. Jeder, der zu ihnen ins Haus gekommen war, war stets mit einem Lächeln begrüßt worden, und daran sollte sich nichts ändern. Erst wenn sie allein war, verblasste ihr Lächeln, und sie ließ ihrer Trauer um Muttie freien Lauf. Oft glaubte sie, seine Stimme in einem anderen Zimmer zu hören, doch nie laut genug, um etwas verstehen zu können. Wenn sie morgens Tee machte, stellte sie automatisch eine zweite Tasse für Muttie auf den Tisch und bei den Mahlzeiten einen zweiten Teller. Die Trostlosigkeit ihres Alltags brachte sie oft an den Rand der Verzweiflung.
Ihr Bett fühlte sich so groß und leer an, und beim Schlafen hielt Lizzie ein Kissen im Arm. Fast jede Nacht träumte sie von Muttie. Manchmal gute Träume von glücklichen Tagen und fröhlichen Zeiten, oft aber auch schreckliche Träume vom Verlassenwerden, von Verlust und Kummer. Sie wusste nicht, was schlimmer war. Jeden Morgen erwachte sie aufs Neue mit dem Bewusstsein, dass Muttie fort war und niemals mehr zurückkommen würde. Es würde niemals mehr so werden wie früher.

Endlich war es Sommer geworden, und die Tage wurden länger und wärmer. Dr. Hat lud Emily zu einem Picknick ein. Als sie vorschlug, Michael mitzunehmen, reagierte Dr. Hat aus einem ihr unerfindlichen Grund ziemlich seltsam. Emily bereitete klassische Sandwiches vor, wobei sie sorgfältig die Kruste des Weißbrotes abschnitt, und füllte zwei Thermoskannen mit Tee. Dann packte sie noch eine Dose mit Schokoladenkeksen ein, und zu dritt fuhren sie in Dr. Hats Wagen hinaus in die Wicklow Mountains.

»Es ist fantastisch, dass diese Hügel so nahe an der Stadt liegen«, meinte Emily bewundernd.

»Das sind keine Hügel, das sind Berge«, entgegnete Dr. Hat vorwurfsvoll. »Das ist ein wichtiger Unterschied.«

»Tut mir leid«, sagte Emily lachend, »aber was kann man von einer Ausländerin wie mir, einer Außenseiterin, schon erwarten?«

»Du bist doch keine Außenseiterin. Dein Herz ist hier zu Hause«, widersprach Dr. Hat und warf ihr erneut einen seltsamen Blick zu. »Oder zumindest hoffe ich das.«

Michael seufzte, schaute aus dem Fenster und begann leise vor sich hin zu summen. Dr. Hat und Emily ignorierten ihn und setzten ihre Unterhaltung lauter fort.

»Hat, du traust dich doch nur, mich auf den Arm zu nehmen, weil Michael dabei ist.«

»Noch nie in meinem Leben war mir eine Sache so ernst. Ich hoffe tatsächlich, dass dein Herz in Irland zu Hause ist. Ich fände es nämlich furchtbar, wenn du wieder weggehen würdest.«

»Warum denn?«

»Weil du eine interessante Frau bist, die etwas in Bewegung setzt. Ich war drauf und dran, mich bequem in meinem Pensionistendasein einzurichten, aber du hast dem einen Riegel vorgeschoben. Seit ich dich kenne, fühle ich mich wieder mehr als Mann.«

Michaels Summen wurde lauter, als versuchte er, ihre Stimmen zu übertönen.

»Tatsächlich?«, rief Emily. »Tja, und ich fühle mich wieder viel weiblicher, seit ich dich kenne. Das kann doch nur Gutes bedeuten.«

»Weißt du, ich habe deshalb nie geheiratet, weil ich nie eine Frau kennengelernt habe, die mich nicht gelangweilt hätte. Ich möchte … ich würde gern …«

»Was würdest du gern?«, fragte Emily.

Mittlerweile war Michaels Summen zu einem ohrenbetäubenden Crescendo angewachsen.

»Ach, Michael, jetzt hör doch bitte damit auf«, bat Emily. »Hat versucht mir etwas zu sagen.«

»Er hat es dir doch schon gesagt«, meinte Michael seufzend. »Er hat dir einen Heiratsantrag gemacht. Könntest du jetzt vielleicht ja sagen?«

Emily schaute Hat fragend an. Er brachte den Wagen langsam zum Stehen und stieg aus. Dann ging er auf die Beifahrerseite, öffnete die Tür und fiel inmitten des Heidekrauts und des Stechginsters der Wicklow Mountains vor Emily auf die Knie.

»Emily, würdest du mir die große Ehre erweisen und meine Frau werden?«, fragte er feierlich.

»Warum hast du mich das nicht schon früher gefragt?«

»Weil ich Angst hatte, dass du nein sagen würdest und wir dann keine Freunde mehr sein könnten.«

»Du brauchst keine Angst mehr zu haben.« Emily berührte sanft seine Wange. »Ich würde nämlich gern deine Frau werden.«

»Gott sei Dank«, rief Michael. »Jetzt können wir endlich unser Picknick machen!«

Emily und Dr. Hat waren der Ansicht, dass es in ihrem Alter keinen Grund gab, weshalb sie noch länger warten sollten. Die Hochzeit würde stattfinden, sobald Betsy und Eric zu Besuch nach Irland kamen. So bekämen Betsy und Michael Gelegenheit, als Brautjungfer respektive als Trauzeuge zu fungieren. Und Father Flynn könnte sie in ihrer Kirche trauen. Die Zwil-

linge könnten das Catering übernehmen, und Dingo würde sie in den Flitterwochen an die Westküste chauffieren.
Auf einen Verlobungsring legte Emily keinen großen Wert. Ein gediegener, solider Ehering war ihr lieber. Dr. Hat, fast übermütig vor guter Laune, ließ sich zum ersten Mal im Leben überreden, zum Schneider zu gehen und sich einen Maßanzug anfertigen zu lassen. Ein neuer, dazu passender Hut musste natürlich auch unbedingt her, doch Hat versprach, diesen während der Trauung in der Kirche auf jeden Fall abzunehmen. Aber für die Fotografen würde er ihn wieder aufsetzen. Darauf legte er gesteigerten Wert.
Aus Betsys E-Mails sprach allerhöchste Aufregung.

Und er hat dir tatsächlich in Gegenwart von diesem anderen Mann – diesem Michael – im Auto einen Antrag gemacht? Das ist der Wahnsinn, Emily, sogar was dich betrifft. Und in Zukunft wirst du auch noch in nächster Nähe zu deiner Verwandtschaft wohnen!
Nur eines wüsste ich gern: Warum wird dein Zukünftiger Hat genannt? Ist das die Abkürzung für Hathaway, oder gibt es einen irischen Heiligen namens St. Hat?
Mich würde nichts mehr überraschen.
Liebe Grüße von deiner schon etwas ältlichen Brautjungfer in spe,
Betsy

Emily schaffte es noch immer spielend, ihre diversen Jobs zu erledigen: Sie bepflanzte Blumenkästen, half in der Arztpraxis aus, stand hinter dem Verkaufstresen im Charity-Shop. Und dort war es auch, wo sie ihr Hochzeitskleid entdeckte, das aus einer Boutique stammte, die schließen musste. Die Besitzerin war der Ansicht, dass die Modelle aus dem Schaufenster nicht mehr verkäuflich waren und deswegen besser für einen wohltätigen Zweck gespendet werden sollten.
Emily war gerade dabei, die Lieferung vorsichtig auf Kleiderbü-

gel zu hängen, als ihr Blick darauf fiel. Ein Seidenkleid mit Blumenmuster in Dunkelblau und Blassblau samt dazu passender, dunkelblauer Jacke, die am Kragen mit dem Stoff des Kleides eingefasst war. Das Kleid war perfekt: elegant und feminin und wie gemacht für eine Hochzeit.

Gewissenhaft legte Emily die Summe, die sie für das Jackenkleid verlangt hätte, in die Kasse und nahm es mit nach Hause.

Josie sah sie zur Tür hereinkommen.

»Du kommst gerade recht«, sagte sie. »Trinkst du eine Tasse Tee mit mir?«

»Gern, aber ich habe nicht viel Zeit. Ich will Molly nicht zu lange allein lassen.«

Emily setzte sich.

»Ich habe nämlich ein Problem«, begann Josie.

Emily seufzte. »Erzähl es mir.«

»Es geht um dieses Geld, das Mrs. Monty Charles vermacht hat.«

»Ja, und ihr spendet es für die Statue.«

Das war nichts Neues für Emily.

»Schon, aber jetzt sind wir unsicher, weil es nämlich doch recht viel ist«, fuhr Josie fort und warf ängstliche Blicke um sich. »Es sind nämlich nicht mehrere tausend ... es sind über hunderttausend Euro.«

Emily staunte nicht schlecht. »Diese arme alte Lady besaß so viel Geld! Wer hätte das gedacht!«, sagte sie.

»Ja, und genau das ist unser Problem.«

»Wie meinst du das, Josie?«, fragte Emily sanft.

Josie war wirklich sehr durcheinander.

»Das ist zu viel Geld, um es für eine einzige Statue auszugeben, Emily. So haben wir uns das nicht vorgestellt. Wir wollten eine kleine Statue haben, zu der die ganze Gemeinde etwas beiträgt. Wenn wir jetzt diese große Summe spenden, bekommen wir dafür zwar auch eine große Statue, aber das ist nicht dasselbe ...«

»Ich verstehe ...« Emily hielt die Luft an.

»Das ist so viel Geld, dass wir uns jetzt fragen, ob wir nicht unserer Enkeltochter gegenüber in der Pflicht sind. Sollen wir nicht besser eine bestimmte Summe für ihre Ausbildung auf die Seite legen, um ihr damit einen Start ins Leben zu ermöglichen? Oder sollen wir Noel etwas davon abgeben, damit er eine Rücklage für schlechte Zeiten hat? Oder sollte ich es mir gönnen, jetzt schon mit dem Arbeiten aufzuhören und mit Charles ins Heilige Land zu reisen? Das ist alles möglich, ich weiß. Aber würde das St. Jarlath besser gefallen als eine Statue? Woher sollen wir das wissen?«
Emily wog ihre Antwort sorgfältig ab. Es war sehr wichtig, was sie jetzt sagte.
»Was ist deinem Gefühl nach das Richtige, Josie?«
»Das ist ja das Problem, mir scheint beides richtig zu sein. Weißt du, wir hatten nie viel Geld. Aber jetzt sind wir reich – dank Mrs. Monty. Ist es möglich, dass wir uns deswegen verändert haben und so gierig geworden sind, wie man es reichen Leuten immer nachsagt?«
»Oh, das könnte dir und Charles doch niemals passieren!«
»Doch, es könnte uns passieren, Emily. Immerhin sitze ich hier und überlege mir, eine teure Reise ins Heilige Land zu unternehmen. Und ich versuche, mir einzureden, dass es St. Jarlath viel lieber wäre, wenn wir das Geld für andere gute Zwecke ausgeben würden.«
»Ja, das ist sicher eine Möglichkeit«, stimmte Emily ihr zu.
»Weißt du, wenn ich nur ein Zeichen von ihm bekäme, was er will …«
»Was würde Gott sich wohl wünschen?«, überlegte Emily laut.
»Unser Herr war nicht so sehr an Glanz und Gloria interessiert. Er war eher dafür, den Armen zu helfen.«
»Natürlich kann man den Armen auch mit einer Statue helfen, die sie immer an einen großartigen Heiligen erinnern wird.«
»Sicher …«
»Du findest die Idee mit der Statue wohl nicht mehr so gut?«, fragte Josie, inzwischen den Tränen nahe.

»Doch, natürlich. Ich bin weiterhin für diese Statue. Du und Charles, ihr habt beide so lange dafür gearbeitet. Es ist eine *großartige* Idee, aber ich bin trotzdem der Meinung, dass ihr es bei der kleineren Statue, die ihr ursprünglich im Sinn hattet, belassen solltet. Innere Größe macht sich nicht an äußerer Größe fest.«

Allmählich erlahmte Josies Widerstand. »Wir könnten eine große Summe für die Statue spenden und den Rest anlegen.«

»Nach allem, was du über St. Jarlath weißt, glaubst du, dass er damit einverstanden wäre?«

Emily wusste, dass Josie in ihrem tiefsten Inneren überzeugt sein musste, ehe sie von der Vorstellung abrückte, das ganze Erbe für eine Heiligenstatue auszugeben.

»Ich denke schon«, erwiderte Josie. »Er wollte immer nur das Beste für die Menschen, und wenn wir am Ende des Crescent einen Kinderspielplatz einrichten lassen, dann wäre das doch wohl ganz in seinem Sinn, oder?«

»Und die Statue?« Emily wagte es kaum zu atmen.

»Die könnten wir doch auf dem Spielplatz aufstellen und das ganze ›St. Jarlath's Kinderparadies‹ nennen.«

Emily lächelte erleichtert. Ihrer Vorstellung nach war Gott eine wohlwollende Macht, die so manches Mal formend in das Leben der Menschen eingriff, sich zu anderen Zeiten jedoch zurückhielt und den Dingen ihren Lauf ließ. Mit Hat diskutierte sie oft über dieses Thema. Seiner Ansicht nach war Gott eine Manifestation des Wunsches der Menschen nach einem Leben nach dem Tod und der Versuch, der Zeit, die wir auf Erden verbringen, mehr Sinn zu geben.

Aber heute hatte Emilys Gott eingegriffen und sichergestellt, dass Charles und Josie ihrem Sohn und ihrer Enkeltochter die nötige Hilfe zukommen ließen. Außerdem würden sie einen Spielplatz bauen, auf dem die Kinder gut aufgehoben wären, und endlich nach Jerusalem reisen. Und es würde gnädigerweise eine kleine Statue werden und keine überdimensionale Monstrosität, über die sich die Leute lustig machen würden.

All das geschah zu einem äußerst günstigen Zeitpunkt für Noel. Er stand kurz vor seinen Abschlussprüfungen und machte seit Tagen einen vollkommen überarbeiteten und übermüdeten Eindruck.

»Sobald du und Charles euch einig seid, solltet ihr es Noel sagen«, schlug Emily vor.

»Wir werden es gleich heute Abend besprechen. Charles ist mit den Hunden im Park.«

»Ich habe übrigens einen köstlichen Lammeintopf für euch vorbereitet«, sagte Emily.

Eigentlich hatte sie ihn für sich und Hat gemacht, aber das hier war wichtiger. Josie durfte keine Ausrede haben, ihr Gespräch mit Charles über ihre Entscheidung zu verschieben. Josie war leicht von solchen Nebensächlichkeiten wie der Pflicht, eine Mahlzeit auf den Tisch zu bringen, abzulenken.

Emily würde für sich und Hat eben etwas anderes kochen.

Jeden Sonntagabend wurde der »Dienstplan« erstellt und an die Küchenwand gepinnt. So sah man auf den ersten Blick, wer zu welcher Stunde des Tages auf Frankie aufpasste. Noel und Lisa hatten jeder eine Kopie davon. Bald wäre Frankie alt genug, um in Miss Keanes Kinderkrippe zu gehen, zunächst für drei Stunden am Vormittag. Dann musste nur noch der Name desjenigen in die Liste eingefügt werden, der sie dort abholen sollte.

Lisa würde sie jeden Morgen zu Miss Keane bringen, und eine kleine Schar von Helfern sollte Frankie wieder abholen. Mittags hatte Lisa nämlich keine Zeit mehr, da sie auf der anderen Seite der Stadt einen Job in einer Sandwichbar angenommen hatte. Besondere Fähigkeiten benötigte sie dafür keine, aber sie konnte alle ihre Talente einbringen. So konnte sie zumindest ihren Anteil an den Lebensmitteln bezahlen, und an Ideen für neue Kreationen mangelte es ihr nicht.

Ein Sandwich mit Gorgonzola und Datteln? Das kam gut an bei den Kunden, und so schlug Lisa vor, auf Plakaten für das Sandwich der Woche zu werben. Als es hieß, dafür sei kein Geld vor-

handen, bot sie an, die Plakate selbst zu malen. Außerdem entwarf sie gleich noch ein neues Logo für die Sandwichbar.
»Sie sind viel zu gut für diesen Job«, meinte Hugh, der junge Besitzer der Sandwichbar.
»Ich weiß, ich bin überqualifiziert. Sie können von Glück reden, dass Sie mich haben.«
»Das stimmt. Sie sind die reinste Wundertüte.«
Hugh lächelte sie an. Er war reich, gutaussehend, von sich eingenommen und sehr an ihr interessiert. Aber Lisa stellte fest, dass ihr das Interesse an Männern abhandengekommen war. Sie hatte vollkommen vergessen, wie man flirtete.
Zudem gab es andere Dinge, die sie auf Trab hielten.
Seit neuestem versorgte sie zusammen mit Emily die Blumenkästen. Dabei lernte sie nicht nur viel über Pflanzen im Allgemeinen, sondern auch über das Leben der Menschen im St. Jarlath's Crescent im Besonderen. Emily brachte ihr bei, die Pflanzen zu bewässern und zu düngen, und zeigte ihr, wie man sie umtopfte. Das war eine völlig andere Welt für Lisa, aber sie lernte schnell. Emily hielt Lisa für ein Naturtalent und für durchaus in der Lage, ihre eigene Gärtnerei zu betreiben.
»Tja, früher ist mir alles nur so zugeflogen«, sagte Lisa nachdenklich. »Ich war wirklich gut in der Schule, und danach hatte ich diesen tollen Job in der Agentur. Aber dann ist mir alles aus den Händen geglitten …«
Emily wusste, wann es besser war zu schweigen.
Geistesabwesend fuhr Lisa fort: »Als ich Anton kennenlernte, war es, als verirrte ich mich in einem dichten Nebel. Ich vergaß die Welt um mich herum.«
»Und nimmst du die Welt allmählich wieder wahr?«, fragte Emily vorsichtig.
»Hin und wieder reißen die Nebelschwaden auf.«
»Gab es eigentlich etwas, das du unbedingt mal machen wolltest, aber wozu du leider nie die Gelegenheit hattest?«
»Ja, vieles, aber das werde ich alles nachholen. Und mit diesen Prüfungen fange ich an.«

Emily nickte. »Das wird dir helfen, Ordnung in deine Gedanken zu bringen.«
»Ja, und mich von Anton fernzuhalten ...«, fügte Lisa reumütig hinzu.
Sie wusste genau, dass alle sie herzlich begrüßen würden, wenn sie in das Restaurant zurückkehrte. Sie müsste ihre Abwesenheit nicht erklären. Alle würden denken, dass sie einfach nur mal ausgeflippt und jetzt wieder bei Sinnen war. Teddy würde ihr lächelnd einen Espresso reichen, April würde ein ärgerliches Gesicht machen, und Anton würde langsam den Blick heben und ihr erklären, wie hübsch sie aussähe und wie einsam und farblos die Zeit ohne sie gewesen sei. An der Oberfläche würde sich nichts verändert haben. Doch darunter war alles anders. Anton liebte sie nicht. Sie war einfach verfügbar gewesen, das war alles.
Aber wie sie zu Emily gesagt hatte – es gab noch viele Dinge zu erledigen, die mit anderen Bereichen ihres Lebens zu tun hatten. Zum Beispiel ihre Beziehung zu ihrer Mutter.
Seit sie entdeckt hatte, dass ihr Vater Prostituierte ins Haus brachte, waren Lisas Begegnungen mit ihrer Mutter selten geworden. Hin und wieder trafen sie sich auf einen Kaffee, und einmal gingen sie vor Weihnachten miteinander zum Essen. Pflichtschuldig wurden Geschenke ausgetauscht, und sie machten höfliche Konversation.
Ihre Mutter hatte sich nach Lisas Entwürfen für das Chez Anton erkundigt, und Lisa hatte ihre Mutter nach ihrem Garten gefragt und ob sie sich nun für oder gegen ein Gewächshaus entschieden habe. Der größte Teil ihres Gesprächs drehte sich um Katies Frisiersalon und dessen stetig wachsenden Erfolg. Erleichtert war man anschließend auseinandergegangen.
Weder Mutter noch Tochter hatten gefährliche Themen angesprochen oder sich auf verbotenes Terrain gewagt.
Aber so ging es nicht weiter, sagte sich Lisa. Sie musste ihre Mutter dazu bewegen, ihrem Beispiel zu folgen und sich von den alten Fesseln zu befreien.

Umgehend rief sie ihre Mutter an.
»Ob ich mit dir zum Essen gehen will? Aus welchem Anlass?«, fragte ihre Mutter.
»Es gibt kein Gesetz, das besagt, dass wir uns nur zu speziellen Anlässen treffen dürfen«, entgegnete Lisa. Es war ihrer Mutter deutlich anzumerken, dass sie nicht recht wusste, was sie von Lisas Vorschlag halten sollte.
»Gehen wir in Ennios Trattoria«, schlug Lisa vor, und bevor ihre Mutter einen Grund finden konnte, warum dies nicht möglich war, machte Lisa Nägel mit Köpfen. »Gut, dann bei Ennio, morgen um ein Uhr.«

Di Kelly bot einen hübschen Anblick, als sie in das Restaurant kam. Sie trug eine rote Jacke mit Gürtel und darunter einen weißen Rollkragenpullover. Inzwischen dreiundfünfzig Jahre alt, wirkte sie keinen Tag älter als vierzig. Ihr glänzendes, schwingendes Haar bewies, dass die täglichen hundert Bürstenstriche nicht umsonst gewesen waren, und die regelmäßigen Spaziergänge hatten ihren Körper schlank und drahtig erhalten.
Aber sie schien sich nicht wohl in ihrer Haut zu fühlen.
»Hübsch, was du da anhast«, sagte Lisa. »Wie geht es dir?«
»Oh, gut. Und dir?«
»Auch gut.«
»Hast du Neuigkeiten für mich?«, fragte ihre Mutter mit interessierter Miene.
»Was für Neuigkeiten denn?«
»Na ja, ich habe überlegt, ob du mir vielleicht sagen wirst, dass du und dieser Anton heiraten werdet. Du testest ihn jetzt schon lange genug.«
Ihr schrilles Lachen zeigte, wie nervös sie war.
»Heiraten? Anton? O Gott, nein! Ich käme nicht im Traum auf die Idee.«
»Oh, tut mir leid. Ich dachte, das ist der Grund, weshalb wir uns heute treffen. Weil du mich zur Hochzeit einladen willst, aber deinen Vater nicht.«

»Nein, solche sensationellen Neuigkeiten habe ich leider nicht«, sagte Lisa.
»Warum hast du mich dann eingeladen?«
»Brauchen wir denn einen Grund dafür? Du bist meine Mutter, und ich bin deine Tochter. Für die meisten Menschen ist das Grund genug.«
»Aber wir sind nicht wie die meisten Menschen«, erwiderte ihre Mutter.
»Warum bist du bei meinem Vater geblieben?« Lisa hatte nicht beabsichtigt, so unverblümt mit dieser Frage herauszuplatzen.
»Jeder von uns muss im Leben Entscheidungen treffen …«
»Aber du konntest doch nicht weiterhin *freiwillig* mit ihm zusammenleben wollen, nicht nachdem du wusstest, was er tat.« Lisa war empört.
»Das Leben ist ein Kompromiss, Lisa. Früher oder später wirst auch du das verstehen. Ich hatte zwei Möglichkeiten: ihn verlassen und allein in einer kleinen Wohnung leben oder bleiben und in einem Haus wohnen, das mir gefällt.«
»Aber wie kannst du diesen Mann noch respektieren?«
»Ich hatte noch nie großes Interesse an Sex. Er schon. Das ist alles. Es hat mir noch nie Spaß gemacht. Du weißt ja, dass wir in zwei getrennten Betten schlafen …«
»Ich habe auch gesehen, dass er eine Frau in dein Schlafzimmer gebracht hat«, sagte Lisa.
»Aber nur ein paar Mal. Er hat sich sehr geschämt, dass du ihn mit dieser Frau gesehen hast. Hast du es eigentlich Katie erzählt?«
»Was spielt das jetzt für eine Rolle?«, fragte Lisa.
»Ich wollte es nur wissen. Sie ruft fast nie an. Er denkt, das liegt daran, weil du es ihr gesagt hast. Meiner Meinung nach ist es schon seit längerem der Fall, dass sie sich kaum mehr meldet.«
»Hat es euch denn nie zu denken gegeben, dass eure beiden Töchter nichts mit euch zu tun haben wollen?«
»Du bist doch immer sehr höflich mir gegenüber. Jetzt hast du

mich sogar zum Essen eingeladen, um unsere Beziehung zu pflegen.«

»Welche Beziehung? Glaubst du vielleicht, man kann bei uns von einer Beziehung reden, nur weil ich dich frage, ob du jetzt diese Clematis an der Garage angepflanzt hast, oder weil du von mir wissen willst, wie es Anton geht?«

Lisas Mutter zuckte die Schultern. »Unsere Beziehung ist nicht besser oder schlechter als andere.«

»Nein, ist sie nicht. Sie ist völlig unnatürlich. Das ist mir bewusst geworden, seit ich mit diesem kleinen Mädchen unter einem Dach lebe. Frankie ist noch kein Jahr alt und wird von so vielen Menschen geliebt, wie du es wahrscheinlich nicht für möglich hältst. Man wird sie nie allein lassen, und sie wird sich nie einsam und verloren fühlen so wie Katie und ich damals. Es liegt in der Natur des Menschen, seine Kinder zu lieben. Ihr beide wart immer so kalt … Ich wüsste wirklich gern, warum.«

Ihre Mutter wirkte sehr gefasst, als sie antwortete.

»Ich habe deinen Vater nie geliebt, auch nicht vor unserer Ehe, aber ich hatte eine Arbeit, die ich verabscheute, und kein Geld, um mir Kleider kaufen oder ins Kino gehen zu können. Jetzt habe ich einen Teilzeitjob, den ich mag, und muss an nichts sparen. Im Gegenzug dafür deinen Vater zu heiraten, das schien mir ein gerechter Tausch zu sein. Mir war jedoch nicht klar, dass sich das mit dem Sex als so wichtig erweisen würde, aber … na ja … wenn ich keine Lust hatte, war es nur fair, ihm seine Freiheit zu lassen, damit er sich außer Haus amüsieren konnte.«

»Oder auch mal zu Hause«, fiel Lisa ihr ins Wort.

»Ich sagte dir doch, dass das nur ein, zwei Mal vorkam.«

»Wie konntest du das alles nur ertragen?«

»Wenn nicht, hätte ich ganz allein von vorn anfangen müssen, und im Gegensatz zu dir hatte ich keine Ausbildung. Ich arbeite als Aushilfsverkäuferin in einer Modeboutique und werde miserabel bezahlt. Aber ich habe ein schönes Haus und bin bestens versorgt.«

»Dann ist es dir also lieber, einen Mann, den du zugegebenermaßen nicht liebst, mit Prostituierten zu teilen?«
»So sehe ich das nicht. Für mich stellt sich meine Situation so dar, dass ich meiner Leidenschaft fürs Kochen frönen und mich um ein schönes Haus kümmern kann. Ich habe einen Garten, der mir viel bedeutet, treffe mich regelmäßig mit Freunden zum Bridge und gehe oft ins Kino. Das ist ein durchaus angenehmes Leben.«
»Du scheinst dir das offensichtlich gut überlegt zu haben«, erwiderte Lisa. Widerwillig begann sie, die Erklärung ihrer Mutter zu akzeptieren.
»Ja, das habe ich. Ich wollte dir das eigentlich nie in dieser Offenheit und Deutlichkeit erklären, aber ich hätte auch nie erwartet, dass du mich danach fragst.«
Inzwischen hatte ihre Mutter sich wieder gefangen und ließ sich das Kalbfleisch milanese, eine Art Wiener Schnitzel, mit sichtlichem Genuss schmecken.
Maud hatte an diesem Tag Dienst im Restaurant. Aber als sie bemerkte, dass die beiden Frauen intensiv ins Gespräch vertieft waren, hielt sie sich zurück und verzichtete darauf, Lisa anzusprechen. Während Maud sich mit großer natürlicher Anmut im Raum bewegte, fiel Lisa auf, dass Marco, der hinter dem Tresen stand und Wein für die Gäste einschenkte, sie bewundernd beobachtete. Das war es, was Liebe und Ehe ausmachte – nicht dieser hoffnungslose, deprimierende Tauschhandel, auf den ihre Eltern sich eingelassen hatten. Zum ersten Mal in ihrem Leben verspürte Lisa so etwas wie Mitgefühl in sich aufsteigen – sowohl für ihre Mutter als auch für ihren Vater.

Faith übernachtete mittlerweile mehrmals in der Woche in der Wohnung im Chestnut Court. So konnte sie an den Abenden, an denen sie alle drei zusammen lernten, Frankie versorgen und sie zu Bett bringen. Es war eine merkwürdige kleine Patchworkfamilie, aber sie funktionierte, und Faith wurde nicht müde zu betonen, dass ihr diese Form der Zusammenarbeit lieber war, als allein zu Hause zu lernen. Zu dritt gingen sie die jeweils letzte Vorlesung durch und besprachen sie, machten sich Notizen, was sie in der kommenden Woche den Dozenten fragen wollten, und wiederholten für ihr Examen. Sie spürten, dass sich die Arbeit gelohnt hatte.

Jetzt, da der Abschluss bevorstand, stellten sie sich vor, wie es sich für sie auswirken würde, wenn sie einen Titel hinter ihrem Namen bekamen.

Noel wollte sich umgehend um eine bessere Position bei Hall's bewerben. Falls das nicht klappen sollte, würde er seinen ganzen Mut zusammennehmen und sich mit seinen neu erworbenen Qualifikationen nach einem anderen Betrieb umschauen. Faith würde sich in ihrem Büro als Abteilungsleiterin ins Gespräch bringen. Diese Tätigkeit übte sie zwar schon seit längerem aus, nur bisher ohne Titel und das entsprechende Gehalt, so dass ihre Vorgesetzten wohl nicht mehr umhinkönnten, sie zu befördern.

Und Lisa? Lisa hatte als Einzige keine Ahnung, was sie mit ihrem Collegeabschluss anfangen sollte.

Bisher hatte sie gehofft, als Partnerin ins Chez Anton einzusteigen. Sie hatte Anton, Teddy und ein paar der anderen zu ihrer Abschlussfeier einladen wollen und sich sogar schon überlegt, welches Kleid sie an dem Tag tragen wollte.

Doch jetzt? Sie würde sich auf dem freien Markt umsehen müssen. Es würde ihr nicht leichtfallen, aber es blieb ihr wahrscheinlich keine andere Wahl, als sich wohl oder übel auch mit Kevin in Verbindung zu setzen, dessen Agentur sie Antons wegen verlassen hatte. Im letzten Jahr noch war sie einigermaßen vernünftig und in ihrem Job etabliert gewesen.

Beklommen griff Lisa nach ihrem Telefon.

»Na, *hallo!*«

Kevin hatte jedes Recht, überrascht zu sein und mit Ironie zu reagieren. Monatelang war Lisa ihm aus dem Weg gegangen, wenn sie sich zufälligerweise bei derselben Veranstaltung getroffen hatten; im Chez Anton war er nie Gast gewesen. Es fiel

Lisa äußerst schwer, ihn jetzt anzurufen und einzugestehen, dass sie gescheitert war.

Aber er machte es ihr einfach.

»Du bist also wieder zu haben. Verstehe ich das richtig?«, fragte er.

»Du kannst deinen Triumph gern auskosten, Kevin. Du hast recht gehabt. Ich hätte von vornherein auf dich hören und es mir gründlich überlegen sollen.«

»Aber du warst nun mal bis über beide Ohren verliebt«, erwiderte Kevin.

Der leise Spott in seiner Stimme hielt sich in Grenzen, und dabei stand es ihm zu, ihr Vorhaltungen zu machen.

»Das war so, ja.«

Falls ihm auffiel, dass sie die Vergangenheitsform benutzte, so ließ er sich nichts anmerken.

»Mit Geld hat er dich also nicht entlohnt. Hat er dich wenigstens mit Liebe entschädigt?«

»Nein, dieses Gefühl ist momentan absolute Mangelware.«

»Und jetzt suchst du wieder einen Job?«

»Weißt du etwas für mich? Irgendetwas?«

»Vielleicht ist das ja nur ein dummer Streit unter Liebenden, und in einer Woche willst du wieder zurück zu ihm.«

»Garantiert nicht«, beteuerte Lisa.

»Im Moment könnte ich dir nur eine Stelle als Junior-Assistentin anbieten. Ich kann dir keine Top-Position geben, das wäre den anderen gegenüber unfair.«

Lisa hatte gelernt, was Demut bedeutete. »Dafür wäre ich dir wirklich sehr dankbar, Kevin. Mehr, als du dir je vorstellen kannst.«

»Ich bitte dich. Kannst du am Montag anfangen?«

»Geht Montag in einer Woche auch? Ich arbeite zurzeit in einer Sandwichbar und werde erst kündigen müssen. Zumindest sollte ich einen Ersatz für mich besorgen.«

»Lisa, Lisa, du hast dich *in der Tat* sehr verändert«, sagte Kevin und legte auf.

Lisa informierte den jungen Playboy Hugh umgehend von ihrer Kündigung. »In einer Woche habe ich einen Ersatz für mich gefunden«, versprach sie.
»Hey, ich will aber nicht nur jemanden, der die Sandwiches belegt. Ich will obendrein noch eine Marketingberaterin und eine Grafik-Designerin haben«, erwiderte er lachend.
»Das dauert vielleicht ein bisschen länger, aber ich wollte Ihnen auf jeden Fall schon mal Bescheid geben.«
»Schade, dass Sie gehen. Ich hatte nämlich Großes mit Ihnen vor. Ich habe nur auf den richtigen Augenblick gewartet.«
»Das ist immer ein Fehler«, erwiderte sie munter. »Also, Hugh, wenn Sie was verkaufen wollen, dann konzentrieren Sie sich lieber auf Ihre Sandwiches. Wie wäre es mit einem Tandoori-Hähnchen-Wrap? Die Leute werden es Ihnen aus den Händen reißen.«
»Dann sollten wir in Ihrer letzten Woche noch einmal so richtig loslegen.«
Lisa machte sich daran, pikante Hühnersandwiches zu belegen. Zuvor schickte sie noch eine SMS an Maud und Simon mit der Bitte, sich nach einem Ersatz für sie umzusehen. In wenigen Stunden hatten sie jemanden gefunden. Eine ihrer Freundinnen wäre genau die Richtige dafür.
»Schickt sie gleich bei mir vorbei, und ich arbeite sie noch ein«, schlug Lisa vor.
Die junge Frau hieß Tracey und machte einen sehr eifrigen Eindruck. Leider war sie an beiden Armen tätowiert.
Lisa drückte ihr eine Bluse in die Hand.
»Wir tragen sie zugeknöpft und hochgeschlossen«, erklärte sie. »Hugh legt großen Wert auf diese Dienstkleidung.«
»Ist wohl ein alter Nörgler, wie?«, fragte Tracey.
»Eher ein junger Nörgler, würde ich sagen, und definitiv sehr attraktiv«, erwiderte Lisa.
Traceys Miene hellte sich auf. Dieser Job hatte womöglich ungeahnte Vorteile zu bieten.

Lisa staunte, wie schnell es ihr gelang, sich an ein Dasein zu gewöhnen, in dem sich nicht ständig alles um Anton drehte. Nicht dass ihr dieses Leben nicht gefehlt hätte; mehrmals am Tag fragte sie sich, was die anderen wohl gerade im Restaurant taten und ob Anton ihre Ideen zur Ankurbelung des Geschäfts umsetzen würde. Aber es gab genügend andere Dinge, die sie auf Trab hielten, und an fast allen Fronten lief es bestens für sie.

Für Lizzie schleppten sich die Tage endlos dahin. Der erste Kummer wich allmählich einem dumpfen, lauernden Schmerz, und die Leere in ihrem Leben drohte sie zu überwältigen.

»Ich überlege mir, ob ich mir nicht einen kleinen Job suchen soll«, vertraute sie den Zwillingen an.

»Was würdest du denn gern tun, Lizzie?«, fragte Simon.

»Eigentlich alles. Früher habe ich als Putzfrau gearbeitet.«

»Das wäre dir heutzutage bestimmt zu anstrengend«, meinte Simon unverblümt.

»Du könntest doch irgendeinen Laden leiten, Lizzie«, schlug Maud vor.

»O nein, auf keinen Fall. Ich hätte viel zu viel Angst vor der Verantwortung.«

»Könntest du dir eventuell vorstellen, in Marcos Restaurant zu arbeiten? Ich meine, in der Trattoria seines Vaters. Sie suchen eine Teilzeitkraft. Ich habe da was läuten hören. Sie brauchen jemanden, der sich darum kümmert, dass die Tischwäsche in die Reinigung kommt und dass die Käsebestellung entgegengenommen wird, und der außerdem die Trinkgelder aus den Kreditkartenbelegen aussortiert. Das wäre doch was für dich, oder?«

»Tja, das könnte ich schon machen, aber Ennio würde mir doch nie einen so verantwortungsvollen Posten geben«, erwiderte Lizzie ängstlich.

»Natürlich würde er das«, entgegnete Simon loyal.

»Du gehörst doch zur Familie, Lizzie«, sagte Maud und blickte stolz auf ihren Verlobungsring.

Anias Baby sollte in ein paar Monaten zur Welt kommen. In der Herzklinik herrschte deswegen große Aufregung, vor allem, weil Ania partout nicht in Mutterschutz gehen wollte. Sie arbeitete wieder, seit die Zeit der strikten Bettruhe vorüber war.
»Hier fühle ich mich viel sicherer«, meinte Ania kläglich. Also schickten sie sie nicht nach Hause, schreckten aber jedes Mal zusammen, wenn Ania nur tief Luft holte oder sich streckte, um eine Akte aus dem Regal zu holen. Aber hier in der Klinik stand sie wenigstens unter permanenter Aufsicht.
Clara Casey fand, dass nach der schrecklichen Erfahrung ihrer Fehlgeburt alle Ania beistehen müssten, sobald das Baby sich ankündigte. Clara verstand nur allzu gut, dass die junge Frau – fern der Heimat, ohne Mutter und Schwestern – besorgt war. Ihr Mann Carl, noch nervöser als Ania, falls das überhaupt möglich war, hielt sich mittlerweile ebenfalls ständig in der Klinik auf. Schließlich konnte es jeden Moment losgehen.
In dieser Hinsicht war Clara sehr tolerant. »Dann arbeitet eben um ihn herum«, riet sie den anderen. »Der arme Mann steht doch vollkommen neben sich aus Angst, dass dieses Mal wieder etwas schiefgehen könnte.«
Clara war abgelenkt von dem, was sich in ihrem häuslichen Umfeld tat. Es ging um Frank Ennis und seinen Sohn. Deren Beziehung war von Anfang an schwierig gewesen und hatte sich im Lauf des Irlandbesuchs auch nicht gebessert. Des war inzwischen nach Australien zurückgekehrt, und die beiden hatten hin und wieder Kontakt zueinander. Für Frank, der sich große Mühe gab, ein Mal in der Woche eine E-Mail an seinen Sohn zu schicken, war das nicht oft genug.
»Des könnte sich wirklich öfter melden, als nur mal eine windige Postkarte vom Great Barrier Reef zu schicken«, murrte Frank.
»Sei dankbar für das, was du bekommst. Meine Adi schickt auch nur sporadisch Postkarten. Ich habe keine Ahnung, wo sie ist und was sie treibt. So ist es eben mit Kindern.«
Dann erreichte Frank eines Tages ein Brief, mit dem niemand gerechnet hatte.

In der letzten Zeit muss ich oft an Irland denken. Ich weiß, ich war nicht sehr freundlich zu dir und habe es dir nicht geglaubt, als du sagtest, du hättest nicht gewusst, was deine Familie getan hat. Aber es hat eben eine Weile gedauert, bis ich damit klarkam. Vielleicht sollten wir noch einmal einen Versuch starten. Ich habe mir überlegt, für ein Jahr nach Irland zu kommen, falls das für dich in Ordnung ist. Ich habe mich auch schon wegen einer Stelle erkundigt, und mein Abschluss würde in Irland anerkannt werden.
Schreibe mir, ob du dich mit dieser Vorstellung anfreunden könntest, und dann suche ich mir eine eigene Wohnung. Ich will dir nicht zur Last fallen. Wer weiß, vielleicht könnten wir in dem Jahr mal dieses Vater-Sohn-Ding ausprobieren und schauen, wie es läuft. Auf jeden Fall würde ich gern Clara und meine Beinahe-Halbschwestern kennenlernen.

Keiner von beiden sagte ein Wort, als sie den Brief lasen. Es war das erste Mal, dass Des Raven hatte durchblicken lassen, dass er sich eine Vater-Sohn-Beziehung wünschte. Und ebenfalls zum ersten Mal hatte er Clara erwähnt …

Die Prüfungsergebnisse waren am Schwarzen Brett ausgehängt. Noel, Faith und Lisa hatten bestanden und sollten nun ihre Diplome erhalten. Mit üppigen Eisbechern feierten sie ihren Abschluss in dem Café neben dem College und überlegten, was sie zu der Feier anziehen sollten, abgesehen davon, dass sie schwarze Talare und blassblaue Kapuzen tragen würden.
»Kapuzen?«, fragte Noel entsetzt.
»So heißen die Dinger nun mal – das sind diese überdimensionalen zeremoniellen Krägen, die über die Schultern herunterhängen, um uns von den Ingenieuren oder Konstrukteuren zu unterscheiden.« Lisa kannte sich offenbar aus.
»Ich werde ein gelbes Kleid anziehen. Das ist zwar nicht neu, aber unter dem Talar sieht man ohnehin nicht viel. Lieber gebe ich mein Geld für gute Schuhe aus«, beschloss Faith.

Lisa hatte sich bereits alles genau überlegt. »Und ich werde mir ein rotes Kleid kaufen und dazu Katies neue Schuhe ausleihen. Und was ist mit dir, Noel?«

»Wieso macht ihr eigentlich so einen Wirbel um die Schuhe?«, fragte er.

»Weil die jeder sieht, wenn man auf die Bühne geht, um die Diplomrolle in Empfang zu nehmen.«

»Und wenn ich die hier ordentlich putze?« Noel schaute zweifelnd auf seine Füße.

Die Frauen schüttelten die Köpfe. Er benötigte dringend neue Schuhe.

»Ich werde dir eine blassblaue Krawatte von einem meiner Brüder mitbringen«, versprach Faith.

»Und ich bügle dir dein gutes Hemd auf. Das Geld, das du übrig hast, wird in gutes Schuhwerk investiert«, beschloss Lisa.

»So viel Lärm um nichts«, murrte Noel.

»Zahllose Abende in der Uni, nächtelanges Lernen – und das nennst du nichts!« Lisa war empört.

»Du willst doch Frankie später mal die Fotos zeigen, oder?«, fragte Faith.

»Ich kaufe mir ja schon diese verdammten Schuhe!«, versprach Noel.

Der Tag der Abschlussfeier war hell und sonnig. Zum Glück, denn dann würden keine Schirme die Sicht verderben oder Menschen wie begossene Pudel im Regen stehen.

Frankie schaute begeistert zu, als ihre Mitbewohner sich herausputzten, und krabbelte auf dem Fußboden allen vor die Füße. Dabei brabbelte sie unverständliche Worte, bis die Erwachsenen schließlich verstanden, was sie ihnen mitteilen wollte: »Frankie auch.«

»*Selbstverständlich* kommst du auch mit, Schätzchen.« Faith schwang sie in die Luft. »Und für dich habe ich auch ein süßes blaues Kleid. Das passt genau zur Krawatte deines Daddys, und du wirst das schönste Mädchen auf der ganzen Welt sein!«

Noel sah wirklich gut aus in Anzug und Krawatte und wurde von den beiden Frauen, die imaginäre Flusen von seinen Schultern wischten und mit Begeisterungsrufen seine neuen Schuhe inspizierten, gebührend bewundert. Nachdem zu guter Letzt Emily eingetroffen war, die Frankie in ihrem neuen Kleidchen im Buggy mitnehmen sollte, brachen alle gemeinsam zum College auf.

Frankie verhielt sich während der gesamten Zeremonie untadelig, auf jeden Fall besser als die meisten anderen Babys, die während der wichtigsten Phasen der Abschlussfeier schrien oder strampelten. Stolz betrachtete Noel seine Tochter. Sie war in der Tat das schönste kleine Mädchen auf der Welt! Schließlich hatte er das alles nur für sie getan. Na ja, für sich selbst natürlich auch, aber um diesem kleinen Mädchen eine Zukunft zu ermöglichen, war es die Mühe wert gewesen.

Einer nach dem anderen betraten die frischgebackenen Absolventen die Bühne, und das Publikum suchte in ihren Reihen nach ihren Angehörigen, die wiederum die Zuschauerreihen nach bekannten Gesichtern absuchten. Schließlich entdeckte Noel Emily, die Frankie auf dem Schoß hielt, und lächelte voller Freude und Stolz.

Lisa sah, dass ihre Mutter und ihre Schwester sich zu Ehren des Tages schick gemacht hatten; auch Garry war da, und alle ihre Freunde.

Dann entdeckte sie Anton.

Er wirkte ein wenig verloren, als gehörte er nicht hierher. Lisa fiel ein, dass sie dieses Datum bereits vor Monaten in seinen Terminkalender geschrieben hatte.

Allerdings bedeutete es ihr nun nichts mehr, dass er gekommen war. Alles war einzig und allein ihr Fehler gewesen. Anton hatte sie nie geliebt. Das hatte sie sich nur eingebildet.

Der Präsident der Universität fand freundliche und warmherzige Worte für die Absolventen.

»Sie mussten vieles aufgeben, um an diesem Studiengang teilzunehmen. Sie mussten auf Fernsehen, auf Kino, auf Theater verzichten. Doch nun wollen sie Ihnen, ihren Familien und Freunden, danken für die Unterstützung, die Sie ihnen in dieser Zeit zuteil werden ließen. Jeder einzelne Absolvent, der heute hier steht, hat eine weite Reise hinter sich. Sie sind nicht mehr die Menschen, die damals voller Hoffnung aufbrachen. Und sie haben mehr geschafft als nur einen akademischen Titel. Sie haben die Befriedigung, sich ein Ziel gesetzt und es erreicht zu haben. In Ihrer aller Namen ziehe ich meinen Hut vor diesen jungen Menschen.«

In diesem Moment setzte frenetischer Applaus ein, und die frischgebackenen Absolventen strahlten von der Bühne herab. Dann begann die namentliche Vorstellung.

Im Anschluss an den Festakt war ein Essen bei Ennio geplant. Außer Noel und seiner Familie sollten Emily und Hat, Declan, Fiona, Johnny und die beiden Carrolls daran teilnehmen. Faith würde ihren Vater und drei ihrer fünf Brüder mitbringen. Lizzie arbeitete inzwischen als Chefin vom Dienst in der Trattoria und hatte einen großen Tisch für alle reserviert. Ennio hatte versprochen, einen Spezialpreis zu machen, und die Zwillinge und Marco sollten servieren. Später wollte sich auch Lizzie zu ihnen an den Tisch gesellen.

Für Lizzie war diese Arbeit ein Segen. Oft kam sie stundenlang nicht dazu, mit dem traurigen und leeren Blick, der ihren Nachbarn das Herz brach, an Muttie zu denken. Es gab einfach zu viel zu tun für sie, und es war zu laut, um ständig über das nachgrübeln zu können, was sie verloren hatte. Außerdem war Ennio stets mit einem Espresso oder einem aufmunternden Wort zur Stelle. Und Lizzie lernte neue Menschen kennen, Menschen, die Muttie nicht gekannt hatten. Das Leben war nicht einfacher, aber erträglicher geworden. Das immerhin konnte Lizzie sich eingestehen, und die Zwillinge begleiteten sie auf ihrem Weg. Als gläubige Katholikin dankte Lizzie Gott jeden Morgen und jeden Abend dafür, es so eingerichtet zu haben, dass Maud und Simon zu ihnen ins Haus gekommen und bei ihnen aufgewachsen waren.

Ennio hatte vorgeschlagen, über dem Tisch ein Spruchband aufzuhängen mit den Worten FELICITAZIONI – TANTI AUGURI – FAITH LISA NOEL in alphabetischer Reihenfolge, damit niemand beleidigt sein konnte.
»Was heißt das?«, fragte Faith.
»Wir gratulieren und wünschen alles Gute«, übersetzte Marco aufgeregt.
Die Tischgesellschaft, samt der beiden Babys, war bunt gemischt und kam bestens miteinander aus. Alle redeten munter durcheinander, und die Gespräche gerieten nie ins Stocken. Immer wieder wurden neue Speisen serviert und die Gläser frisch mit Wein gefüllt. Den krönenden Abschluss bildete schließlich eine große Torte mit Zuckerglasur, auf der die Umrisse einer Diplomrolle und eines Doktorhutes zu erkennen waren.
Von den anderen Tischen kamen die Gäste herbei, um sie zu bestaunen.
»Die Glasur hat Maud gemacht«, erklärte Marco stolz.
»Nicht allein«, wiegelte Maud verlegen ab.
»Aber hauptsächlich Maud«, beharrte Marco.
Zum Anstoßen gab es anschließend italienischen Spumante und für Noel ein Glas Holunderblütensaft. Man trank auf das Wohl der drei erfolgreichen Studenten und ließ sie vielstimmig hochleben.
Zur großen Überraschung aller stand Noel auf und klopfte an sein Glas.
»Ich finde, dass wir – wie der Präsident vorhin gesagt hat – unseren Familien und Freunden gegenüber sehr dankbar sein müssen. Erheben wir drei unsere Gläser auf euch. Ohne euch hätten wir das alles nicht geschafft. Wir hätten diesen wunderbaren Abschlusstag nicht erlebt und könnten heute Abend nicht hier feiern. Auf die Familien und die Freunde«, sagte er.
Lisa und Faith standen auf, und alle drei wiederholten den Trinkspruch.
»Auf unsere Familien und Freunde.«

KAPITEL 14

Ania brachte ihr Kind beinahe in der Herzambulanz zur Welt. Noch dazu um Wochen zu früh.

Einer der Diätkochkurse war gerade in vollem Gang, als bei Ania das Fruchtwasser abging. In Windeseile schaffte man sie in den Kreißsaal des St.-Brigid-Hospitals. Am Abend verbreitete sich die Nachricht, dass sie einen kleinen Jungen zur Welt gebracht hatte, der sofort in die Abteilung für Frühgeburten verlegt worden war.

Alle litten mit Carl und Ania, denn den beiden jungen Eltern stand eine schwierige Zeit bevor. Während der gesamten Schwangerschaft hatten sie bereits große Ängste ausgestanden, und die Sorgen waren noch nicht vorüber. Sie wichen dem winzigen Baby im Brutkasten nicht von der Seite, aber Carl wollte später in die Herzklinik kommen und berichten, wie es um den Kleinen stand.

Clara Casey telefonierte mit ihrem geschiedenen Mann und sagte, dass sie etwas mit ihm zu besprechen habe.

»Oh, oh, dein Tonfall gefällt mir ganz und gar nicht«, meinte Alan.

»Habe ich nicht immer alles getan, was du von mir verlangt hast? Ich habe dir zwei Kinder geboren, ich habe dir alle Freiheiten gelassen, dem jeweiligen Ruf deines Herzens zu folgen, ich habe mich von dir scheiden lassen, als du es wolltest, und ich habe dich nie um einen Penny Unterhalt gebeten.«

»Du hast mein Haus bekommen«, erwiderte Alan.

»O nein. Falls du dich erinnerst – die Anzahlung auf das Haus hat meine Mutter geleistet, und ich habe jeden Monat mit *mei-*

nem Verdienst die Hypothek abgestottert. Es war immer mein Haus, also lassen wir diese Diskussion.«

»Worüber willst du denn mit mir reden?« Alan klang eingeschnappt.

»Über alles Mögliche … die Zukunft … die Mädchen …«

»Die Mädchen!« Alan schnaubte. »Adi treibt sich in Peru herum und …«

»In Ecuador.«

»Egal. Und Linda legt einfach auf, wenn ich sie anrufe.«

»Das liegt nur an deinem Kommentar, als sie dir erzählt hat, sie und Nick würden ein Kind adoptieren. Du hast darauf geantwortet, dass du niemals den Sohn eines anderen Mannes großziehen würdest. Das war wirklich äußerst hilfreich …«

»Dir kann man es wirklich nicht recht machen, Clara. Bin ich ehrlich, ist es falsch, bin ich nicht ehrlich, ist es auch falsch.«

»Bis morgen«, sagte Clara und legte auf.

Er sah älter und ungepflegter aus. Nach einer endlosen Abfolge immer neuer Begleiterinnen war er momentan ohne feste Partnerin. Alan, der sich immer so viel darauf zugutehielt, stets eine Frau zur Verfügung zu haben, die ihm die Hemden bügelte, wirkte ziemlich heruntergekommen.

»Du siehst gut aus«, sagte er. Ein Kompliment, das er jeder Frau machte. Clara ging nicht darauf ein.

»Kaffee?«, schlug sie vor.

»Oder vielleicht etwas Stärkeres?«, fragte er.

»Nein, du verträgst nicht mehr so viel wie früher. Nach ein paar Gläsern Wein fällst du über mich her, und das ist das Letzte, was ich will.«

»Früher hat dir das mal gefallen«, murmelte er.

»Ja, das stimmt, aber damals habe ich auch jedes Wort geglaubt, das aus deinem Mund kam.«

»Sei nicht so uncharmant, Clara.«

»Nein, im Gegenteil, ich will dir mein Entgegenkommen beweisen. Frank wird nächste Woche hier einziehen.«

Er war schockiert. »Aber das kannst du nicht machen!«

»Nun, es ist beschlossene Sache. Ich dachte nur, dass du es von mir erfahren solltest, das ist alles.«

»Aber, Clara, für so etwas bist du doch viel zu alt«, sagte er.

»Kaum zu glauben, dass du einmal als umwerfend charmant bekannt warst«, meinte Clara kopfschüttelnd.

Emily hatte den leer stehenden Raum in Dr. Hats Haus als Gästezimmer für Betsy und Eric eingerichtet und auch schon eine Reihe von Ausflügen geplant, um den Freunden die schönsten Seiten der Insel zu zeigen. Es war lächerlich, aber sie hatte nun einmal den Wunsch, dass die beiden Irland ebenso lieben sollten wie sie. Sie konnte nur hoffen, dass es während ihres Besuchs nicht regnen, dass kein Abfall auf den Straßen herumliegen würde und dass die Lebenshaltungskosten nicht noch mehr steigen würden.

Lange bevor das Flugzeug landen sollte, standen Emily und Hat bereits am Flughafen und warteten.

»Es kommt mir vor wie gestern, dass du mich hier abgeholt und mir etwas zu essen ins Auto gebracht hast«, sagte Emily.

»Damals war ich bereits schwer in dich verliebt, hatte aber schreckliche Angst, dass du dich über mich lustig machen würdest.«

»Das hätte ich doch nie getan.« Emily warf ihm einen liebevollen Blick zu.

»Ich hoffe nur, dass deine Freundin mich nicht für zu alt und zu langweilig für dich hält«, fügte Hat ängstlich hinzu.

»Du bist mein Hat. Ich habe mich für dich entschieden. Du bist der einzige Mann, den ich jemals heiraten wollte«, erwiderte sie bestimmt.

Und so war das.

Betsy war beeindruckt von der Größe des Flughafens und dem lebhaften Treiben ringsum. Irgendwie hatte sie erwartet, dass das Flugzeug auf einer Wiese mit Kühen oder Schafen landen würde. Dieser betriebsame Airport unterschied sich jedoch in nichts von den Flughäfen zu Hause. Und sie konnte nicht glauben, wie voll die Autobahnen waren und wie hoch die Gebäude in den Himmel ragten.

»Du hast mir nie gesagt, wie modern das Land ist. Ich habe gedacht, hier reiht sich ein niedliches Cottage an das andere, und jeder kennt jeden«, sagte Betsy lachend.

Es war, als wären die beiden Freundinnen nicht einen Tag getrennt gewesen.

Eric und Dr. Hat tauschten erleichtert Blicke. Alles würde gut werden.

Emily sollte von ihrem Onkel Charles zum Altar geführt werden. Nach reiflicher Überlegung waren er und Josie zu dem Schluss gekommen, dass ein Spielplatz für die Kinder und eine *kleine* Statue für St. Jarlath allen am ehesten gerecht würden, und für Noel und Frankie hatten sie bei einem Anwalt Geld hinterlegt. Charles hatte zudem eine größere Summe als Hochzeitsgeschenk für Emily abgezweigt, damit sie nicht mittellos in die Ehe gehen musste. So oft wie Charles jedoch betonte, dass dies keine Mitgift sei, fing Emily allmählich an, sich zu fragen, was sie davon zu halten hatte.

Nur Noel wusste noch immer nichts von seinem Erbe. Charles und Josie hatten bisher vergebens darauf gewartet, einmal allein mit ihm sprechen zu können. Ständig war jemand bei ihm – Lisa oder Faith oder Declan Carroll. Sie konnten sich kaum noch an die Zeit vor Frankies Geburt erinnern, als Noel immer allein gewesen war. Jetzt bildeten er und seine Tochter stets den Mittelpunkt einer Schar von Menschen.

Endlich trafen sie ihn allein an.

»Setz dich bitte, Noel, wir haben dir etwas zu sagen«, begann Charles das Gespräch.

»Das klingt aber gar nicht gut.«

Besorgt blickte Noel von einem zum anderen.

»Dir wird gefallen, was dein Vater zu sagen hat«, erklärte Josie und schenkte ihrem Sohn eines ihrer seltenen Lächeln.

Noel hoffte, dass seine Eltern keine Vision gehabt hatten und dass ihnen St. Jarlath nicht in der Küche erschienen war und sie gebeten hatte, eine Kathedrale für ihn zu erbauen. In der letzten Zeit hatten sie einen vollkommen normalen Eindruck auf ihn gemacht, und es wäre wirklich schade, wenn sie einen Rückfall erlitten hätten.

»Es geht um deine Zukunft, Noel. Du weißt, dass Mrs. Monty, möge sie in Frieden ruhen, uns Geld hinterlassen hat. Wir wollen es mit dir teilen.«

»Ach, nein, Dad, danke, aber das ist für dich und Mam. Du hast dich ihres Hundes angenommen – ich würde doch nie etwas davon haben wollen.«

»Aber du weißt ja gar nicht, wie viel sie mir vererbt hat«, sagte Charles.

»Ist es genug, damit ihr nach Rom reisen könnt? Oder gar nach Jerusalem? Das sind ja wunderbare Neuigkeiten!«

»Es ist viel mehr – du wirst es kaum glauben.«

»Aber es gehört dir, Dad.«

»Wir haben jedenfalls Geld für Frankies Ausbildung zurückgelegt, damit sie sich immer eine gute Schule leisten kann. Und für dich ist auch noch eine schöne Summe übrig, vielleicht als Anzahlung auf ein Haus, damit du dein eigener Herr bist und keine Miete mehr zahlen musst.«

»Aber das ist doch lächerlich, Dad. So etwas kostet ein Vermögen.«

»Aber die Frau hat uns ein Vermögen hinterlassen. Und nach reiflicher Überlegung sind wir zu dem Schluss gekommen, dass wir es für einen Kinderspielplatz mit einer kleinen Statue für St. Jarlath und für unser eigenes Fleisch und Blut ausgeben wollen.«

Noel war sprachlos. Seine Eltern hatten für alle seine Probleme eine Lösung gefunden. Er würde Frankie ein anständiges Zuhause bieten können – und vielleicht auch Faith, falls sie ihn haben wollte. Frankie würde in den Genuss einer erstklassigen Ausbildung kommen, und Noel hätte einen Notgroschen auf der Seite.

Und das alles nur, weil sein Vater einen kleinen King-Charles-Spaniel mit verträumten braunen Augen namens Cäsar gut behandelt und sich seiner angenommen hatte.

War das Leben nicht verrückt?

Bevor sie am Morgen der Hochzeit zur Kirche aufbrachen, nahm Charles Emily auf ein paar Worte beiseite.

»Von Rechts wegen sollte mein Bruder dich zum Altar führen, aber ich hoffe, ich werde dir auch Ehre machen.«

»Charles, wenn es nach meinem Vater gegangen wäre, wäre er erst gar nicht aufgetaucht, oder wenn, dann sturzbetrunken. Du bist mir tausend Mal lieber.«

Father Flynn traute das Paar. Sie hätten die Kirche fünf Mal füllen können, aber Emily und Hat hatten sich eine kleine Hochzeitsgesellschaft gewünscht, und so warteten zwanzig Gäste draußen im Sonnenschein, während sie sich das Jawort gaben.

Danach fuhren sie mit Eric und Betsy in Holly's Hotel im County Wicklow und später wieder zurück in den St. Jarlath's Crescent, wo für die beiden Paare endlich die Hochzeitsreise begann. Dingo Duggan hatte bereits neue Reifen für seinen Kleinbus besorgt, damit sie auch sicher in den Westen Irlands und wieder zurück kamen.

Die Flitterwöchner übernachteten in idyllischen Bauernhäusern und wanderten Hand in Hand über muschelbedeckte Strände mit lila und blau leuchtenden Bergen im Hintergrund. Und hätte man jemanden gefragt, wer sie waren und was sie hier taten, so wäre niemand auf die Idee gekommen, dass die beiden Paare im mittleren Alter auf Hochzeitsreise waren. Dafür wirkten sie viel zu gesetzt und zufrieden.

Zwei Tage nach Emilys Hochzeit erfuhr Father Flynn von der Leiterin des Pflegeheims in Rossmore, dass seine Mutter im Sterben lag. Er eilte sofort an ihr Krankenbett, um wenigstens ihre Hand zu halten. Seine Mutter war zwar seit langem verwirrt, aber er hoffte, dass es ein Trost für sie wäre, wenn er an ihrem Bett saß. Zunächst erwähnte seine Mutter nur Menschen, die bereits vor langer Zeit verstorben waren, und Ereignisse aus Brians Kindheit, doch irgendwann kam sie auch auf die Gegenwart zu sprechen.

»Was ist eigentlich aus Brian geworden?«, fragte sie ihn.

»Ich bin doch hier.«

»Ich hatte mal einen Sohn namens Brian«, fuhr sie fort, als hätte sie ihn nicht gehört. »Aber ich weiß nicht, was aus ihm geworden ist. Ich glaube, er ist zum Zirkus gegangen. Er hat die Stadt verlassen, und niemand hat je mehr etwas von ihm gehört …«

Als Mrs. Flynn starb, nahm ganz Rossmore an ihrem Begräbnis teil. Das Personal im Pflegeheim hatte die Habseligkeiten der alten Dame zusammengepackt und dem Priester mitgegeben. Darunter befanden sich auch einige alte Tagebücher und einige Schmuckstücke, die jedoch nie jemand an ihr gesehen hatte.

Auf der Rückfahrt im Zug schaute Brian sich alles an. Ihrem Tagebuch konnte er entnehmen, dass seine Mutter diesen Schmuck von ihrem Mann bekommen hatte, aber nicht aus Liebe, sondern wegen seines schlechten Gewissens. Beschämt musste Brian erfahren, dass sein Vater kein treuer Ehemann gewesen war, sondern geglaubt hatte, sich die Vergebung seiner Frau mit einer Halskette und ein paar Broschen erkaufen zu können. Brian beschloss, den Schmuck seiner Schwester Judy zu geben, ohne jedoch dessen Geschichte zu erwähnen.

In einem der abgegriffenen Tagebücher schlug er das Datum seiner Priesterweihe nach. *Das ist der schönste Tag meines Lebens,* hatte seine Mutter geschrieben.

Irgendwie machte das die Vorstellung wieder wett, er wäre zum Zirkus gegangen.

Anias Familie war auf dem Weg von Polen nach Irland, um bei ihr zu sein, während sie und Carl dem kleinen Robert nicht von der Seite wichen. Das Frühchen war so winzig, dass es auf ihre Handfläche gepasst hätte, hätte es nicht in diesem Inkubator gelegen, angeschlossen an Monitore und Schläuche, die in seinem zarten Körper steckten.

Ania schaute gebannt auf den Monitor. Robert, der Probleme hatte, selbständig Luft zu holen, wurde von einer Maschine beatmet. Immerhin konnte Ania durch die Löcher in den Brutkasten hineingreifen und die winzige Hand ihres Sohnes halten. Er sah so klein und verletzlich aus und wirkte gänzlich unvorbereitet auf diese Welt.

Zu Hause wartete das neu eingerichtete Kinderzimmer auf das Baby. Geschenke von Freunden und wohlmeinenden Gratulanten füllten den Raum: Babykleidung, Spielsachen und alle anderen Dinge, die ein neugeborenes Kind benötigte. Insgeheim fragte Carl sich, ob der kleine Robert wohl jemals damit spielen würde.

Am dritten Tag war es Ania endlich vergönnt, ihr Baby auf den Arm zu nehmen. Überwältigt von Emotionen, brachte sie kein Wort heraus, und ihr Gesicht war nass von Tränen der Hoffnung und der Freude, während sie das winzige, zerbrechliche Wesen hielt.

»*Maly cud*«, flüsterte sie ihm auf Polnisch zu. »Kleines Wunder.«

Die Flitterwochen waren rundum gelungen. Emily und Betsy lachten und schwatzten wie zwei junge Mädchen, während Hat und Eric ihr gemeinsames Interesse am Beobachten von Vögeln entdeckten und sich täglich Notizen machten. Dingo lernte in Galway ein junge Einheimische mit schwarzem Haar und blauen Augen kennen und verliebte sich in sie. Tagsüber schien die Sonne auf die Neuvermählten, und nachts funkelten die Sterne am Himmel.

Die schöne Zeit ging für jeden viel zu früh zu Ende.

»Ich bin gespannt, was es Neues gibt, wenn wir zurückkommen. Hoffentlich entwickelt sich Anias Baby gut und wächst und gedeiht«, sagte Emily, als sie sich Dublin näherten.
»Du bist hier inzwischen wirklich verwurzelt«, meinte Betsy.
»Ja, das ist schon seltsam. Mit meinem Vater habe ich mich nicht ein einziges Mal über Irland unterhalten, geschweige denn über andere Dinge, aber ich habe das Gefühl, wirklich hierherzugehören.«
Als Hat sie das sagen hörte, lächelte er zufrieden. Das war mehr, als er erhofft hatte.
Bei ihrer Rückkehr wurden sie von der sensationellen Nachricht überrascht, dass Clara Casey, die Leiterin der Herzambulanz, mit Frank Ennis zusammengezogen war. Darüber hinaus hieß es, dass Frank Ennis einen Sohn namens Des Raven habe, der bisher in Australien lebte und nun für ein Jahr nach Irland kommen sollte.
Fiona kannte kein anderes Thema mehr. Sogar ihre eigene Schwangerschaft trat in den Hintergrund. Clara und Frank Ennis *unter einem Dach* – erstaunlich! Und Frank war Vater eines *Sohnes,* den bisher niemand zu Gesicht bekommen hatte. Unglaublich!

Die erste Gelegenheit zu einer Familienfeier bot sich, als Adi mit ihrem Freund Gerry aus Ecuador zurückkehrte. Des hatte sich gewünscht, auch dieses Mal wieder ins Chez Anton zu gehen.
»Das soll ein richtiger Neuanfang werden«, hatte er gemeint.
Dieses Mal war es nicht nötig, um einen Tisch zu betteln, auch wenn sie inzwischen zu neunt waren: Clara, Frank und Des; dann Adi und Gerry, Linda und Nick. Hilary und Claras beste Freundin Dervla durften natürlich auch nicht fehlen.
Das Restaurant war halb leer und hatte viel von seiner Exklusivität verloren. Die Speisekarte war weniger umfangreich als zuvor, und Anton selbst wechselte zwischen Küche und Gastraum hin und her. Sein Oberkellner habe ihn verlassen,

wie er erzählte. Teddy habe unbedingt Tapetenwechsel gebraucht. Nein, er wisse nicht, wohin er gegangen sei.
Des Raven war sehr charmant zu seinen neuen Beinahe-Stiefschwestern. Mit Adi unterhielt er sich angeregt über den Lehrerberuf, und Linda erzählte er von Freunden, die ein chinesisches Baby adoptiert hatten. Auch über sein Leben in Australien wusste er amüsant zu berichten.
Clara wollte von Anton wissen, ob er ihnen etwas empfehlen könne.
»Wir haben eine ausgezeichnete Fleischpastete«, schlug er vor.
»Damit sind die Männer versorgt, aber was sollen wir Frauen essen?«, fragte sie.
Clara fiel auf, dass Anton müde und besorgt aussah. Es war gewiss nicht einfach, ein Restaurant zu führen, das den Anschein erweckte, als liefe es nicht mehr allzu gut.
»Vielleicht eine kleinere Portion Fleischpastete?«, schlug er mit gewinnendem Lächeln vor.
Schlagartig erlosch Claras Mitleid mit diesem Mann. Mit einem Lächeln wie diesem würde er überall durchkommen. Er war ein Überlebenskünstler.
Frank Ennis, der extra für diesen Anlass einen neuen Anzug gekauft hatte, schenkte immer wieder Wein nach und drängte die Gäste, als Vorspeise Austern zu bestellen.
»Ich rede viel über dich, mein Sohn«, sagte er stolz zu Des.
»Gut. Über Clara auch?«, fragte Des.
»Nur voller Respekt und Hochachtung«, entgegnete Frank.
»Gut«, mischte Clara sich ein, »denn sie will dir nämlich sagen, dass ihre Klinik dringend zusätzliche Mittel benötigt …«
»Kommt nicht in Frage.«
»Es dauert zu lange, bis wir die Ergebnisse der Blutuntersuchungen aus dem Hauptkrankenhaus bekommen. Wir brauchen dringend unser eigenes Labor.«
»Ich werde dafür sorgen, dass eure Bluttests bevorzugt behandelt werden«, versprach Frank Ennis.
»Du hast sechs Wochen, um mir zu beweisen, wie ernst es dir

damit ist, sonst ist der Kampf eröffnet«, erwiderte Clara. »Privat ist dieser Mann erstaunlich großzügig«, wandte sie sich im Flüsterton an Dervla. »Nur wenn es um das Krankenhaus geht, kommt seine boshafte Ader zum Vorschein.«

»Er ist vernarrt in dich«, meinte Dervla. »Allein hier beim Essen hat er mindestens dreißig Mal ›meine Clara‹ gesagt.«

»Also, ich glaube, ich komme noch ganz gut weg. Schließlich behalte ich meinen Namen, meinen Job, meine Klinik und mein Haus«, feixte Clara.

»Hör auf, die taffe Ärztin zu spielen, du bist genauso sentimental wie er und freust dich doch schon darauf, einen auf Familie zu machen. Und ich freue mich für dich, Clara, und hoffe, dass ihr sehr glücklich miteinander werdet.«

»Das werden wir ganz bestimmt.«

Clara hatte sich alles genau überlegt. An ihrer beider Leben sollte sich so wenig wie möglich ändern. Schließlich waren sie zwei Erwachsene mit festen Gewohnheiten.

Lisa, die inzwischen als Junior-Assistentin in Kevins Agentur arbeitete, war sehr überrascht, als ihr Boss sie zum Mittagessen einlud. Mit dieser Vorzugsbehandlung hatte sie nicht gerechnet. Im Quentins staunte sie noch mehr, als er eine Flasche Wein bestellte. Normalerweise trank Kevin ausschließlich Wodka.

Dies sah nach einer ernsten Sache aus. Hoffentlich wollte er sie nicht entlassen. Aber dann würde er sie doch sicher nicht zum Essen ausführen?

»Hör auf, so ein besorgtes Gesicht zu machen, Lisa. Wir werden uns jetzt in aller Ruhe ein gutes Essen schmecken lassen«, sagte Kevin.

»Was gibt es denn? Spann mich nicht so auf die Folter.«

»Eigentlich sind es zwei Dinge, die ich mit dir besprechen wollte. Hat Anton dir eigentlich je etwas für deine Arbeit bezahlt?«

»Ach, warum musst du jetzt wieder damit anfangen? Ich habe

dir doch schon gesagt, dass es mein Fehler war. Ich bin sehenden Auges in mein Unglück gelaufen.«
»Nein, das bist du nicht. Du warst blind vor Leidenschaft und Liebe. Deine Fairness in allen Ehren, aber ich muss das wirklich wissen.«
»Nein, er hat mir nie etwas bezahlt, aber ich war Teil des Restaurants und damit Teil des Traums. Ich habe es für *uns* getan, nicht für ihn. Zumindest habe ich das gedacht. Lass mich das alles nicht noch einmal wiederholen. Ich *weiß*, wie ich mich monatelang habe ausnützen lassen ... das macht die Sache nicht leichter.«
»Zufälligerweise weiß ich, dass Anton heute Konkurs anmelden wird, und ich wollte sichergehen, dass du deine Ansprüche geltend machst. Schließlich bist du auch eine Geschädigte. Du hast für ihn gearbeitet, ohne einen Cent zu sehen, Herrgott noch mal. Du bist eine Gläubigerin, die Forderungen an ihn hat.«
»Ich habe nicht die geringste Absicht, irgendetwas von ihm zu fordern. Es tut mir leid, dass er keinen Erfolg hatte. Ich werde seine Sorgen nicht noch vergrößern.«
»Das ist doch geschäftlich, nicht privat, Lisa. Er wird es verstehen. Die Leute müssen ihr Geld bekommen. Das läuft automatisch. Man wird seine Vermögenswerte verkaufen – ich weiß ja nicht, was ihm gehört und was geleast oder mit einer Hypothek belastet ist, aber die Gläubiger müssen bezahlt werden. Und du bist eine davon.«
»Nein, Kevin, trotzdem danke.«
»Du liebst schöne Kleider, Lisa, und solltest dir eine schicke Garderobe leisten können.«
»Bin ich nicht smart genug für dein Büro? Ist das dein Problem?«
Lisa war verletzt, aber es gelang ihr, ihre Enttäuschung mit Ironie zu überspielen.
»Nein, du bist zu smart. Viel zu smart. Deswegen kann ich dich auch nicht halten. Ich habe einen Freund in London, der sucht ein Talent wie dich. Ich habe ihm von dir erzählt. Er wird dir

den Flug nach London bezahlen und eine Übernachtung in einem teuren Hotel. Und das Gehalt, das er dir anbietet, verrate ich dir besser nicht!«

»Du versuchst tatsächlich, mich loszuwerden, und verkaufst mir das Ganze noch als Beförderung«, sagte sie bekümmert.

»Ich bin noch *nie* so gründlich missverstanden worden! Mir wäre es viel lieber, du würdest bei mir bleiben und ich könnte dich selbst in absehbarer Zeit befördern, aber dieses Angebot ist zu gut, um es auszuschlagen, und außerdem dachte ich mir, dass es so für dich einfacher sein könnte.«

»Einfacher?«

»Na ja, du weißt schon. Es wird ein ziemliches Gerede um das Chez Anton geben. Alle möglichen Spekulationen und reißerischen Zeitungsberichte.«

»Ja, vermutlich wird das so sein. Der arme Anton.«

»O Gott, sag jetzt bitte nicht, dass du deswegen wieder zu ihm zurückwillst.«

»Nein, das mit uns ist aus und vorbei. Da war auch nie etwas.«

»Ach, weißt du, Lisa, ich bin überzeugt, dass er dich auf seine Art sogar geliebt hat.«

Lisa schüttelte den Kopf. »Aber in einer Hinsicht hast du recht. Ich könnte es nicht ertragen, in Dublin zu sein, während die Aasgeier über ihm kreisen.«

Kevin strahlte. »Du fährst also zu dem Vorstellungstermin?«

»Ja, ich fahre«, versprach Lisa.

Simon fand es an der Zeit, über New Jersey zu sprechen. Die unerwartet hohe Erbschaft, die Muttie ihnen hinterlassen hatte, ermöglichte es Maud und Marco, eine Anzahlung auf ein eigenes Restaurant zu leisten, und ihm, sich als Partner in ein Top-Lokal einzukaufen.

»Du wirst mir fehlen«, sagte Maud.

»Dir wird gar nicht auffallen, dass ich weg bin«, versicherte Simon ihr.

»Wer wird dann meine Sätze für mich zu Ende sprechen?«

»Das wirst du Marco im Handumdrehen beibringen.«
»Und du wirst dich drüben verlieben und nie mehr zurückkommen.«
»Das bezweifle ich. Ich werde oft nach Hause kommen, um Lizzie, dich und Marco zu besuchen.«
Maud fiel auf, dass er weder ihren Vater noch ihre Mutter oder ihren Bruder Walter erwähnte. Walter saß im Gefängnis, ihr Vater war auf Reisen, und ihre Mutter hätte sie wahrscheinlich ohnehin nicht erkannt.
Als könnte er ihre Gedanken lesen, fuhr Simon fort: »Hatten wir nicht ein großes Glück, dass Muttie und Lizzie uns aufgenommen haben? Wir hätten sonstwo landen können.«
Maud schloss ihren Zwillingsbruder in die Arme. »Diese Amerikanerinnen haben ja keine Ahnung, was da auf sie zukommt«, erwiderte sie.

Dies war ein Tag der Veränderungen.
Declan, Fiona und ihr Sohn Johnny zogen um. Das war ein großer Schritt für sie, auch wenn sie lediglich in das Haus nebenan zogen und ihr künftiges Leben so einrichten wollten, dass für Paddy und Molly Carroll möglichst alles beim Alten blieb. Sie würden gleich nebenan wohnen, und wenn Johnny alt genug war und laufen konnte, würde er hüben und drüben zu Hause sein. Und das neue Baby? Das würde von Anfang an in eine Großfamilie hineingeboren werden, die auf zwei Häuser verteilt war.
Declan und Fiona hatten das Haus in einem warmen Gelbton streichen lassen. Später hätten sie noch genügend Zeit, sich Gedanken über die weitere Farbgestaltung zu machen, am wichtigsten war zunächst, dass die Räume hell und freundlich waren. Johnnys Zimmer war so weit fertig und wartete nur noch auf sein Kinderbett, und genügend Platz für ihre Bücher und ihre Musik hatten Declan und Fiona auch.
Und endlich hatten sie auch eine eigene Küche.
Die Zeit mit Molly und Paddy Carroll war sehr glücklich gewesen, doch es konnte nicht für immer so weitergehen. Trotzdem

hatten Declan und Fiona den Tag, an dem sie in ein geräumigeres Haus umziehen würden, sowohl herbeigesehnt als auch gefürchtet, aber diese Lösung war ideal.
Jetzt trugen sie ihre Umzugskartons die paar Schritte zwischen den Häusern hin und her und machten regelmäßig auf eine Tasse Tee Rast in der alten oder in der neuen Küche, um zu zeigen, dass die beiden Häuser zusammengehörten. Dimples trottete durch das neue Haus und beschnüffelte es anerkennend, und Emily hatte ihnen als Einweihungsgeschenk bereits ein paar bepflanzte Blumenkästen vorbeigebracht.

Dr. Hat und Emily beschlossen, ein Geschäft für Gartenbedarf zu eröffnen. Neben dem Wohltätigkeitsladen war genügend Platz vorhanden. Jetzt, da so viele Bewohner des St. Jarlath's Crescent begonnen hatten, sich für die Verschönerung ihrer Gärten zu interessieren, war der Bedarf an Pflanzen und Ziersträuchern enorm gestiegen.
Am Tag des Umzugs machten Emily und Hat sich auf den Weg, um ihr zukünftiges Gartenzentrum zu vermessen, das bald nicht länger mehr Wunsch, sondern Wirklichkeit wäre – ihr gemeinsames Projekt, das sie noch stärker miteinander verbinden würde.

Auch in Antons sich in Auflösung befindendem Restaurant machte sich das Personal Gedanken über die Zukunft. Nächste Woche wäre für immer Schluss. Und das wussten alle.
Mittendrin saß April mit ihrem Notizbuch und machte Anton Vorschläge, wo er überall Vorträge halten könnte über die Schwierigkeiten, in Zeiten wirtschaftlicher Krise ein Geschäft zu leiten.
Anton war nervös und hörte ihr nicht zu. Er fragte sich, was Lisa wohl dazu sagen würde.

Es war auch an diesem Tag, dass Linda und Nick beschlossen, über die Adoption eines Babys nicht nur zu sprechen, sondern aktiv zu werden.

Für Noel war es ebenfalls ein guter Tag.
Mr. Hall eröffnete ihm, dass seit geraumer Zeit eine leitende Stellung in der Firma unbesetzt sei, die er jetzt Noel anbieten wolle.
»Sie haben mich wirklich beeindruckt, Noel, und ich will Ihnen auch nicht verschweigen, dass Sie sich besser geschlagen haben, als ich es jemals für möglich gehalten hätte. Ich hatte immer gehofft, dass Sie das Zeug dazu hätten, etwas aus sich zu machen, aber ich muss gestehen, dass ich zumindest eine Zeitlang meine Zweifel hatte.«
»Ich hatte selbst so meine Zweifel«, hatte Noel lächelnd gestanden.
»Es gibt immer einen Wendepunkt im Leben eines Menschen. Welcher war der Ihre?« Mr. Halls Interesse schien echt zu sein.
»Als ich Vater wurde«, hatte Noel spontan geantwortet, ohne auch nur eine Sekunde darüber nachdenken zu müssen.
Und nun war er zu Hause mit Frankie und half ihr bei ihren ersten selbständigen Schritten. Noel und seine Tochter waren allein. Frankie fand es noch immer beruhigend, sich an seiner Hand festhalten zu können, aber hin und wieder setzte sie sich mit erstaunter Miene unvermittelt auf den Hosenboden. Sie hatte sich große Mühe gegeben, die Stoffbücher, die Faith ihr geschenkt hatte, zu zerreißen, aber diese hatten sich als sehr widerstandsfähig erwiesen. Ihre Stirn war vor Konzentration gerunzelt.
»Ich hab dich sehr lieb, Frankie«, sagte Noel zu ihr.
»Dada«, brabbelte sie.
»Ich liebe dich wirklich. Ich hatte schreckliche Angst, dass ich nicht gut genug für dich bin, aber das haben wir doch gar nicht so schlecht hingekriegt, oder?«
»Slecht«, wiederholte Frankie, fasziniert vom Klang dieses Wortes.
»Sag mal ›lieb‹, Frankie, sag: ›Ich hab dich lieb, Dada.‹«
Sie hob den Kopf und sah ihn an. »*Lieb Dada*«, sagte sie mit glockenheller Stimme.

Und zu seiner großen Überraschung spürte Noel, wie ihm die Tränen über das Gesicht liefen. Und nicht zum ersten Mal wünschte er sich, dass es einen Gott und auch einen Himmel geben möge. Denn es wäre wirklich wunderbar, wenn Stella dies alles von oben sehen könnte und wissen würde, dass alles genau so gekommen war, wie sie es sich erhofft hatte.

KAPITEL 15

Noel und Lisa schmiedeten Pläne für Frankies erstes Geburtstagsfest. Es sollte eine Eistorte und Papierhüte geben, und Mr. Gallagher von Nummer siebenunddreißig, dessen Hobby die Zauberei war, hatte angeboten, an dem Tag zu kommen und die Kinder zu unterhalten.

Dies alles kam natürlich Moira zu Ohren.

»Sie wollen so viele Menschen in Ihre Wohnung einladen?«, fragte sie zweifelnd.

»Ich weiß, ist das nicht wunderbar?« Lisa stellte sich absichtlich dumm.

»Wissen Sie, Lisa, ich finde, Sie sollten wirklich mehr aus sich machen. Sie sind intelligent und blitzgescheit. Sie sollten Karriere machen und in einer anständigen Wohnung leben.«

»Das hier *ist* eine anständige Wohnung.«

Noel war in der Küche und füllte die Waschmaschine, so dass er sie nicht hören konnte.

»Nein, das ist sie nicht. Sie sollten Ihre eigene Wohnung haben. Und wenn Noels Romanze weiterhin solche Fortschritte macht, werden Sie ohnehin eine benötigen«, fügte Moira, pragmatisch wie immer, hinzu.

»Aber bis dahin bin ich hier glücklich.«

»Kommen Sie endlich raus aus Ihrer Komfortzone. Was haben Sie hier eigentlich zu suchen bei einem Mann, der ein Kind großzieht, das vielleicht sein eigenes ist, vielleicht aber auch nicht?«

Lisa war empört. »Natürlich ist Frankie Noels Tochter!«

»Tja, wer weiß. Die Mutter war eine sehr unzuverlässige junge Frau, wissen Sie. Ich habe sie im Krankenhaus kennengelernt.

Eine sehr unberechenbare Person. Sie hätte jeden als Vater angegeben.«
»Also wirklich, Moira. So etwas Lächerliches habe ich noch nie gehört«, erwiderte Lisa, die sich sehr über Moiras boshafte Engstirnigkeit ärgerte.
Das Leben war wirklich eine Lotterie. Statt Moira hätte ihnen auch eine so ausnehmend nette und angenehme Sozialarbeiterin wie diese Dolores zugeteilt werden können, die zu Katies Stammkundinnen im Salon zählte. Sie hätte sich über Frankies Fortschritte und Noels Erfolge als Vater gefreut. Aber nein, sie waren mit Moira geschlagen.
Gott sei Dank war Noel während Moiras dummer, taktloser Bemerkungen in der Küche gewesen und hatte nichts mitbekommen.

Allerdings hatte Noel doch jedes Wort gehört und konnte sich gerade noch beherrschen.
Was war diese Moira doch für ein bösartiges Weib, und dabei hatte er gerade angefangen, sie in positiverem Licht zu sehen. Aber damit war es nun vorbei. Vor allem nach diesen Bemerkungen.
Mühsam gelang es ihm, ihr ein fröhliches »Auf Wiedersehen« nachzurufen, als er die Wohnungstür zufallen hörte. Er würde nicht einen Gedanken an diesen Unsinn verschwenden. Stattdessen würde er sich Gedanken über die Geburtstagsparty und über seine kleine Frankie machen. Die Bemerkungen dieser Frau hatten nicht die Macht, ihn zu verletzen. Er stand über solchen Dingen.
Doch er musste Lisa gegenüber so tun, als hätte er nichts gehört. Das war wichtig.

Moira entfernte sich mit schnellen Schritten von der Chestnut Road. Es tat ihr leid, in diesem Ton mit Lisa gesprochen zu haben. Das war nicht sehr professionell und sah ihr gar nicht ähnlich. Sicher, sie hatte ihre eigenen Sorgen wegen ihres Vaters und Maureen Kennedy. Trotzdem war das kein Grund, so über Noel herzuziehen. Zum Glück war er in der Küche bei der Waschmaschine gewesen und hatte sie nicht gehört. Lisa würde ihm bestimmt nichts sagen.

Warum kam ein Unglück eigentlich selten allein?

Moiras Bruder hatte ihr geschrieben, dass ihr Vater und Mrs. Kennedy zu heiraten beabsichtigten. Und nachdem Mr. Kennedy fünfzehn Jahre lang verschwunden gewesen war, keinerlei Kontakt zu seiner Frau aufgenommen hatte und sein Name auch nicht in britischen Melderegistern aufgetaucht war, wurde er nun offiziell für tot erklärt. Das Paar wollte in einem Monat heiraten und in seinem Haus eine kleine Feier für ein paar handverlesene Gäste veranstalten. Alle schienen damit zufrieden zu sein, wie Moiras Bruder schrieb.

Das wunderte Moira nicht, aber diese Leute mussten sich auch nicht mit der Tatsache herumschlagen, dass Mr. Kennedy sich bester Gesundheit erfreute, in einem Männerwohnheim lebte und zu Moiras Klienten zählte.

»Vater, ich bin's, Moira.«

Er klang so überrascht, als hätte ihn der Premierminister von Australien persönlich angerufen.

»Moira!« Mehr brachte er nicht heraus.

Moira kam sofort zur Sache. »Ich habe erfahren, dass ihr heiraten wollt …«

»Ja, das hoffen wir. Freust du dich denn für uns?«

»Sehr. Und die anderen, ist es für sie auch in Ordnung, wenn ihr heiratet, wo doch …« Sie verstummte taktvoll.

»Man hat ihn für tot erklärt«, erwiderte ihr Vater mit Grabesstimme. »Normalerweise wird man von staatlicher Seite nach sieben Jahren für tot erklärt, und er ist jetzt schon viel länger verschwunden.«

»Und … äh … was sagt die Kirche?«, fragte Moira.

»Oh, wir hatten endlose Diskussionen mit unserem Gemeindepriester. Schließlich ging die Angelegenheit bis zum Erzbischof.

Im kanonischen Recht gibt es etwas, das nennt sich *praesumptio mortis,* und da wird jeder Fall nach Sachlage verhandelt. Da der Knabe keinerlei Adresse hinterlassen hat oder irgendwo gemeldet war, wird es auch von dieser Seite kein Problem geben.«
»Und bin ich denn auch eingeladen?«
Dies war noch immer ein wunder Punkt für sie. Moira hoffte, ihr Vater würde ihr erklären, dass sie nicht groß feiern und angesichts ihres Alters und der besonderen Umstände die Zahl der Gäste überschaubar halten wollten.
»Aber natürlich. Ich würde mich sehr freuen, wenn du hier sein könntest. Wir beide würden uns freuen.«
»Danke, das ist nett von dir.«
»Ich bitte dich. Ich fände es wirklich schön, wenn du kommen würdest.«
Als er auflegte, hatte er ihr zwar weder Datum noch Zeit oder Ort der Hochzeit genannt, aber das konnte sie von ihrem Bruder erfahren.

Frankies Geburtstagsparty war ein rauschender Erfolg.
Frankie und Johnny, die am selben Tag geboren waren, trugen stolz Krönchen auf dem Kopf. Bis auf die beiden waren nur wenige Kinder da, dafür umso mehr Erwachsene. Lizzie half, den Wackelpudding zu machen, und Molly Carroll war verantwortlich für die Cocktailwürstchen.
Frankie und Johnny waren noch zu klein, um Mr. Gallaghers Tricks entsprechend würdigen zu können, aber die erwachsenen Gäste waren begeistert und applaudierten laut, als der Hobbyzauberer Kaninchen, bunte Tücher und goldene Münzen aus der Luft holte und wieder verschwinden ließ. Den Kindern hatten es vor allem die Kaninchen angetan, die sie – natürlich vergebens – im Hut des Zauberers suchten. Davon angeregt, schlug Josie vor, auf dem neuen Kinderspielplatz auch ein Kaninchengehege anzulegen, und die Idee wurde mit Begeisterung aufgenommen.
Noel war froh, dass die Party reibungslos verlief. Keines der

Kinder reagierte überdreht oder übermüdet. Für die erwachsenen Gäste hatte er sogar ausnahmsweise Wein und Bier bereitgestellt, und es hatte ihm absolut nichts ausgemacht, Alkohol im Haus zu haben. Als Faith und Lisa hinterher die Wohnung aufräumten, verstauten sie die nicht ausgetrunkenen Flaschen stillschweigend in Faith' Tasche.

Doch Noels Herz war schwer. Zwei beiläufig dahingesagte Bemerkungen hatten ihn stärker aus der Fassung gebracht, als er dies für möglich gehalten hätte.

Dingo Duggan, der berüchtigt dafür war, es gut zu meinen, aber stets das Falsche zu sagen, posaunte laut hinaus, dass Frankie ein viel zu hübsches Baby sei, um Noels Tochter zu sein. Noel zwang sich zu einem Lächeln. Die Natur gehe eben manchmal seltsame Wege, um körperliche Makel auszugleichen, erwiderte er leichthin.

Auch Paddy Carroll fand, dass Frankie mit ihren ausgeprägten Wangenknochen und den großen dunklen Augen ein ausgesprochen hübsches Kind sei.

»Sie kommt eben ganz nach ihrer Mutter«, sagte Noel, war in Gedanken aber weit weg.

Stella hatte ein ausdrucksstarkes, Vitalität ausstrahlendes Gesicht gehabt, das gewiss, aber weder hohe Wangenknochen noch große dunkle Augen.

Die hatte Noel aber auch nicht.

War es möglich, dass Frankie tatsächlich das Kind eines anderen Mannes war?

Als alle gegangen waren, blieb Noel reglos sitzen, bis Faith neben ihm Platz nahm.

»Hat es dich belastet, Alkohol im Haus zu haben, Noel?«, fragte Faith.

»Nein, ich habe nicht ein einziges Mal daran gedacht. Wieso fragst du?«

»Du kommst mir ein bisschen niedergeschlagen vor.«

Da sie so einfühlsam reagierte, erzählte er ihr, was Moira gesagt hatte – dass er so naiv sei, zu glauben, Frankies Vater zu sein.

Faith hörte sich das alles mit Tränen in den Augen an.
»Ich habe noch nie etwas so Lächerliches gehört. Diese Frau ist böse, traurig und verbittert. Du wirst doch hoffentlich nichts auf das geben, was sie sagt?«
»Ich weiß es nicht. Es ist immerhin möglich.«
»Nein, es ist nicht möglich! Warum hätte Stella dich ausgesucht, wenn du nicht der Vater bist?« Faith regte sich fast mehr auf als er.
»Stella hat damals mehr oder weniger dasselbe zu mir gesagt«, erwiderte er.
»Vergiss es, Noel. Du bist der beste Vater auf der Welt, und diese Moira will und kann das einfach nicht akzeptieren. Mehr steckt nicht dahinter.«
Noel lächelte matt.
»Ich mache uns jetzt eine schöne Tasse Tee, und wir lassen uns das schmecken, was von der Party übrig geblieben ist«, schlug Faith vor.

Moira stattete Mr. Kennedy im Wohnheim einen Besuch ab. Sie wollte sichergehen, dass er auch alles bekam, worauf er einen Rechtsanspruch hatte, und er schien sich bereits gut eingelebt zu haben.
»Haben Sie eigentlich je daran gedacht, dorthin zurückzukehren, woher Sie ursprünglich kommen?«, fragte sie zaghaft.
»Nie. Dieser Abschnitt meines Lebens ist für immer vorbei. Die halten mich bestimmt für tot. Und das ist mir auch ganz recht so«, erwiderte er.
Seine Antwort erleichterte Moira ein wenig, wenn auch nicht sehr. Ihr Benehmen war absolut unprofessionell, und was würde ihr schließlich bleiben außer ihrem Beruf, wenn es darauf ankam? Hatte sie auch hier versagt?
Moira bedauerte zudem sehr ihren Ausbruch Lisa gegenüber und ihre an Noels Vaterschaft geäußerten Zweifel. Das war unverzeihlich gewesen. Zum Glück hatte Noel sie nicht gehört. Auf jeden Fall war er höflich, wenn sie mit ihm sprach.

Noel konnte nicht schlafen, also stand er auf und setzte sich ins Wohnzimmer. Dort nahm er ein Blatt Papier und schrieb alle Gründe auf, die für ihn, und alle, die gegen ihn als Frankies Vater sprachen. Wie üblich kam er zu keinem Ergebnis. Er liebte dieses Kind so sehr – sie musste seine Tochter sein.
Und trotzdem fand er keinen Schlaf. Es gab nur eine einzige Lösung für sein Problem: Er würde einen DNA-Test machen lassen.
Gleich am nächsten Tag wollte er sich darum kümmern. Entschlossen zerriss er das Blatt Papier in kleine Schnipsel.
Eine andere Lösung gab es nicht.

Noel wollte wegen des DNA-Tests weder Declan noch Dr. Hat ansprechen und hatte sich deshalb bei einem AA-Treffen erkundigt, ob sich jemand mit solchen Dingen auskenne. Ein Freund von ihm wolle das wissen, hatte er beiläufig erklärt. Wie immer wusste die Gruppe eine Antwort auf seine Frage: Man ging zu einem Arzt, der mit einem Wattestäbchen einen Abstrich aus der Mundhöhle entnahm und in ein Labor schickte. Einfacher ging es wirklich nicht.
Tja, schön und gut. Aber Noel wollte auf keinen Fall, dass Declan von seinen Zweifeln erfuhr. Hat konnte er auch nicht fragen. Er gehörte mittlerweile ebenfalls zur Familie. Also musste er sich einen fremden Arzt suchen.
Noel überlegte, welchen Rat ihm seine Cousine Emily wohl geben würde. Bestimmt würde sie sagen: »Du musst der Wahrheit ins Gesicht schauen und es schnell hinter dich bringen.« Dagegen war schwer etwas einzuwenden.
Also suchte er sich einen Arzt auf der anderen Seite der Stadt, genauer gesagt, eine Ärztin, die sehr pragmatisch an die Sache heranging und sofort auf das Wesentliche zu sprechen kam.
»Der Test wird Sie einiges kosten. Wir müssen nämlich das Labor bezahlen.«
Noel nickte. »Ja, das weiß ich.«
»Und es ist Ihnen wirklich ernst damit? Es ist nicht nur eine

vorübergehende Laune oder ein dummer Streit mit Ihrer Partnerin?«
»Nein, nichts dergleichen. Ich muss es einfach wissen.«
»Und wenn es sich herausstellt, dass Sie *nicht* der Vater des Kindes sind?«
»Dann habe ich immer noch Zeit, mir zu überlegen, was ich machen werde.«
Die Ärztin ließ nicht locker. »Sie müssen darauf vorbereitet sein, etwas zu erfahren, das Sie nicht gerne hören.«
»Ich finde keine Ruhe, bevor ich es nicht weiß«, erwiderte er.
Danach ging alles sehr schnell. Er kam mit Frankie in die Praxis, und bei beiden wurde ein Abstrich gemacht. In drei Wochen würde Noel Bescheid bekommen.

Obwohl er wusste, dass das Ergebnis drei Wochen auf sich warten lassen würde, fieberte Noel täglich der Post entgegen. Die Ärztin hatte versprochen, ihn zu informieren, sobald es ihr vorlag, und sie hatten vereinbart, nicht miteinander zu telefonieren, um sicherzugehen, dass niemand etwas davon mitbekam.
Da war es besser, sich auf die Post zu verlassen.
Noel schaute sich jeden Umschlag im Postkasten genau an, aber der Arztbrief ließ auf sich warten.
In der Zwischenzeit fuhr Lisa zu ihrem Vorstellungsgespräch nach London und kehrte völlig aufgeregt wieder zurück. Als sie die Zusage erhielt, nahm sie die neue Stelle sofort an. Bis zum Umzug würde es nicht mehr lange dauern, und sie wusste nicht, was sie zuerst erledigen sollte.
Doch für Noel war die Zeit noch nie so langsam vergangen. Die Tage bei Hall's schleppten sich endlos dahin. Sein Bedürfnis nach einem Schluck Alkohol war jeden Tag so übermächtig, dass er fast alle Abende bei einem AA-Meeting verbrachte. Weshalb dauerte es so lange, das bisschen Gewebe, oder was immer diese DNA war, miteinander zu vergleichen?
Manchmal, wenn sein Blick auf Frankie fiel, schämte er sich

entsetzlich, dass er ihr das antat und unbedingt Gewissheit haben wollte.

Noel hatte eine lange Geschichte der Verdrängung hinter sich. Als er noch trank, verdrängte er die Möglichkeit, dass ihm im Büro jemand auf die Schliche kommen könnte. Als er mit dem Trinken aufhörte, verbannte er alle Gedanken an heimelige Bars aus seinem Kopf und aus seinem Gedächtnis. Meistens funktionierte es, aber nicht immer.

Und jetzt war es wieder dasselbe. Er verdrängte jeden Gedanken daran, dass Frankie *nicht* seine Tochter sein könnte und was er dann tun würde. Dass Stella ihn angelogen oder dass er sie missverstanden haben könnte, die Möglichkeit, dass Frankie nicht sein kleines Mädchen, sondern die Tochter eines anderen Mannes war – dies war absolut unvorstellbar. Daran durfte er nicht einmal denken.

Sobald er Gewissheit hatte, würde es einfacher werden, doch die Zeit bis dahin war die Hölle für ihn.

Irgendwann traf der Brief schließlich im Chestnut Court ein, und Lisa legte ihn morgens beim Hinausgehen auf den Tisch.

In der Wohnung war es still, als Noel sich eine zweite Tasse Tee eingoss. Seine Hand zitterte so stark, dass er den Umschlag kaum halten konnte. Noel fühlte sich nicht stark genug, um den Brief zu öffnen. Er musste unbedingt dieses Zittern abstellen. Wie sollte er sonst diesen Tag überstehen? Vielleicht sollte er den Brief beiseitelegen und ihn erst morgen aufmachen. Hastig legte er ihn in eine Schublade. Zum Glück hatte er sich bereits rasiert, denn jetzt wäre er dazu nicht mehr in der Lage.

Langsam kleidete er sich an. Er war bleich und sah müde aus, doch ein Außenstehender hätte ihm nicht angesehen, dass in einer Schublade in seiner Küche das wichtigste Geheimnis seines Lebens ungeöffnet schlummerte. Niemand sah ihm an, dass Noel für ein einziges Bier und ein großes Glas irischen Whiskey sein gesamtes Hab und Gut eingetauscht hätte.

Erstaunlich, wie normal er nach außen hin wirkte. Man hätte

ihn für einen vollkommen durchschnittlichen Menschen halten können.

Lisa war sehr überrascht, dass Noel noch da war, als sie mit Dingo Duggan und dessen Kleinbus vor dem Haus vorfuhr. Sie wollte ihre restlichen Habseligkeiten zu Katie und Garry bringen.

»Hallo, ich dachte, du bist in der Arbeit.«

Noel schüttelte den Kopf. »Ich hab mir freigenommen«, murmelte er.

»Du Glücklicher. Wo ist Frankie? Wolltest du dir einen schönen Tag mit ihr machen?«

»Sie ist bei Emily und Hat. Hat doch keinen Sinn, alles durcheinanderzubringen«, erwiderte er tonlos.

»Ist alles in Ordnung, Noel?«

»Klar doch. Was machst du denn hier?«

»Ich hole meine Sachen ab, damit ihr beiden Turteltäubchen mehr Platz habt.«

»Du weißt doch, dass du nicht störst. Es gibt genügend Platz für uns alle.«

»Aber ich werde bald nach London gehen. Da kann ich doch deine Wohnung nicht mit meinen Kartons vollstellen.«

»Ich weiß nicht, was ich ohne dich getan hätte, Lisa, wirklich nicht.«

»Das war in der Tat ein spannendes Jahr!« Lisa konnte ihm nur zustimmen. »Du hast Frankie bekommen, und mir … na ja, mir sind auch so einige Lichter aufgegangen. Zum einen über Anton und zum anderen über meinen Vater …«

»Du hast mir nie erzählt, warum du an dem Abend zu mir gekommen bist«, meinte Noel.

»Und du hast nie danach gefragt, wofür ich dir dankbar bin. Aber ich werde Frankie ganz fürchterlich vermissen. Faith hat versprochen, mir jeden Monat ein Foto zu schicken, damit ich sehe, wie sie wächst und gedeiht.«

»Du wirst uns bestimmt alle bald vergessen haben.« Noel rang sich ein mattes Lächeln ab.

»Wie stellst du dir das denn vor? Das hier war mein erstes richtiges Zuhause.«
Lisa umarmte Noel und ging in ihr Schlafzimmer, um die Kartons herauszusuchen, die zu ihrer Schwester gefahren werden sollten.
»Grüß Katie von mir«, sagte Noel mechanisch.
»Mache ich. Sie kann es kaum erwarten, mir etwas zu sagen. Das habe ich ihrer Stimme angehört.«
»Es muss schön sein, eine Schwester zu haben«, meinte er.
»Das ist es auch. Vielleicht könntest du mit Faith dafür sorgen, dass auch Frankie bald eine kleine Schwester bekommt«, feixte sie.
»Vielleicht.« Er klang nicht sehr zuversichtlich.
Lisa war erleichtert, als sie Dingo kommen hörte, der ihre Kartons hinuntertragen sollte. Noel war heute wirklich nicht er selbst.

Katie hatte Lisa in der Tat etwas zu sagen: Sie war schwanger. Sie und Garry waren vor Freude völlig aus dem Häuschen und hofften, dass Lisa ihre Freude teilte.
Lisa gratulierte begeistert. Sie hatte zwar nicht gewusst, dass bei den beiden Nachwuchs geplant war, aber Katie beteuerte, dass sie sich schon lange ein Kind gewünscht hätten.
»Ihr zwei Karrieristen und Workaholics?«, fragte Lisa in gespieltem Entsetzen.
»Ja, aber wir wollten immer ein Kind haben, um unser Leben komplett zu machen.«
»Ich verspreche dir, ich werde eine fantastische Tante abgeben. Ich habe zwar keine Ahnung, was es heißt, ein Baby zu bekommen, aber ich weiß alles darüber, wie man es großzieht.«
»Ich finde es sehr schade, dass du weggehst«, sagte Katie.
»Ich werde ganz oft nach Hause kommen«, versprach Lisa. »Und dieses Kind wird als Wunschkind aufwachsen – nicht so wie wir bei Eltern, die uns nicht haben wollten, Katie.«

Emily und Hat saßen inmitten eines Bergs von Samenkatalogen und versuchten, aus dem umfangreichen Angebot die richtigen Pflanzen herauszusuchen. Frankie hockte neben ihnen und schien völlig versunken in die Abbildungen der Blumen.
»Sie ist wirklich ein pflegeleichtes Kind«, sagte Emily zärtlich.
»Schade, dass wir uns nicht eher kennengelernt haben – wir hätten selbst ein paar davon bekommen können«, meinte Hat wehmütig.
»O nein, Hat, mir liegt die Rolle der Großmutter viel mehr. Mir sind die Kinder am liebsten, die am Abend zu ihrer Mutter nach Hause gehen«, erwiderte sie.
»Ist es dir nicht langweilig mit mir?«, fragte er plötzlich.
»Wie meinst du das?«
»Na ja, drüben in Amerika war immer was los bei dir: Du hast unterrichtet, hast Galerien und Museen besucht und warst ständig von tausend Menschen umgeben.«
»Hör auf, ständig nach Komplimenten zu haschen, Hat. Du weißt, dass ich in dieses Land verliebt bin. Und in dich. Und wenn wir diesen kleinen Schatz hier im Chestnut Court abgeliefert haben, dann werde ich dir als Beweis dafür das beste Käsesoufflé aller Zeiten machen.«
»Herr im Himmel, ein besseres Leben als meines kann es gar nicht geben«, erklärte Hat und seufzte zufrieden.

Es war sehr still in der Wohnung, nachdem Lisa und Dingo unter großem Hallo abgefahren waren.
Noel öffnete die Schublade und nahm den Brief wieder heraus. Vielleicht sollte er vorher doch etwas essen, um bei Kräften zu bleiben. Er hatte noch nicht einmal gefrühstückt. Er machte sich ein Tomatensandwich und hackte sorgfältig die Zwiebeln klein. Sogar die Rinde schnitt er ab, aber es schmeckte trotzdem nach Sägespänen.
Er zog den Umschlag zu sich heran.
Wenn er es schwarz auf weiß vor sich sähe, dass er Frankies Vater war, dann wäre alles in Ordnung. Oder? Dann würde ihn

endlich dieses schale Gefühl verlassen, und er wäre wieder normal.
Aber angenommen … Noel verbot es sich, auch nur an diese Möglichkeit zu denken. Selbstverständlich war er Frankies Vater. Und nachdem er das fade Tomatensandwich gegessen hatte, war er bereit, den Umschlag zu öffnen.
Er nahm den Brief und schlitzte ihn mit dem Messer auf. Das Ergebnis war in knapper, offizieller Sprache, aber unmissverständlich verfasst.
Die DNA-Proben stimmten nicht überein.
Eine unbändige Wut schoss in Noel hoch. Ihm wurde heiß. Er verspürte einen dumpfen Druck im Magen, und gleichzeitig war ihm ganz leicht im Kopf.
Das konnte nicht wahr sein.
Stella konnte ihm unmöglich einen Haufen Lügen aufgetischt und ihm ihr Kind als sein eigenes untergeschoben haben. Sie hätte doch bestimmt nicht alle diese Arrangements getroffen und seinen Namen auf die Geburtsurkunde setzen lassen, wenn sie es nicht geglaubt hätte.
Vielleicht hatte sie so viele Liebhaber gehabt, dass sie nicht wissen konnte, wer Frankies Vater war.
Und ihn hatte sie ausgesucht, weil er so bescheiden war und keinen Ärger machen würde.
Vielleicht war Frankies leiblicher Vater aber auch unzuverlässig oder schlicht nicht greifbar.
Noel spürte, wie bittere Galle in ihm hochstieg.
Er wusste genau, was er jetzt brauchte, um sich besser zu fühlen. Er griff nach seiner Jacke und verließ die Wohnung.

Moira hatte an diesem Vormittag in der Herzklinik wieder einmal viel zu tun. Sobald sich herumgesprochen hatte, dass keine so gut wie sie die Ansprüche ihrer Klienten durchzusetzen vermochte, gaben sich bei ihr die Bedürftigen die Klinke in die Hand. Wenn jemand Anrecht auf Vergünstigungen hatte, dann sollte er auch in deren Genuss kommen. Das war Moiras Credo,

und sie füllte geduldig alle erforderlichen Formulare aus, besorgte die nötigen Pflegekräfte und kümmerte sich um finanzielle Zuwendungen oder sonstige Hilfen.
Heute sollte Mr. Kennedy zur Nachsorge in die Klinik kommen; sie würde zu ihm gehen und sicherstellen, dass man sich seiner auch angemessen annahm. Und zu ihrer großen Überraschung hatte Clara Casey von Moira wissen wollen, ob sie vielleicht zehn Minuten für sie erübrigen könne, um eine persönliche Angelegenheit zu besprechen.
Moira fragte sich, worum es wohl gehen mochte. In der Klinik machte das Gerücht die Runde, dass Dr. Casey und Mr. Ennis seit kurzem in ihrem Haus zusammenlebten, aber so etwas Privates würde Clara gewiss nicht mit ihr diskutieren wollen.
Kurz nach Mittag, als Moiras Dienst offiziell endete, kam Clara in ihr Büro.
»Das hier geht nicht zu Lasten Ihrer Arbeitszeit in der Klinik, Moira. Es ist ein persönlicher Gefallen, um den ich Sie bitte.«
»Sicher, nur zu«, forderte Moira sie auf.
Noch vor ein paar Monaten wäre ihr Kommentar um einiges bissiger und auch dienstlicher ausgefallen, aber die Ereignisse der letzten Zeit hatten auch bei Moira ihre Spuren hinterlassen.
»Es geht um meine Tochter Linda. Sie und ihr Mann wollen unbedingt ein Baby adoptieren, wissen aber nicht, wie sie das anstellen sollen.«
»Was haben sie denn bisher unternommen?«, fragte Moira.
»Nicht sehr viel, außer darüber zu reden, aber jetzt wollen sie Nägel mit Köpfen machen.«
»Gut. Wollen Sie, dass ich mit ihnen rede?«
»Linda ist heute zufälligerweise hier. Sie will mit mir zu Mittag essen. Käme Ihnen das zu plötzlich?«
»Nein, ganz und gar nicht. Möchten Sie bei dem Gespräch dabei sein?«
»Nein, nein – aber ich weiß Ihr Angebot zu schätzen, Moira. In diesen letzten Monaten ist mir klargeworden, wie unglaublich

sorgfältig und hartnäckig Sie sind, wenn es um Ihre Arbeit geht. Wenn jemand Linda und Nick helfen kann, dann Sie.«

Moira konnte sich nicht vorstellen, weshalb sie Dr. Casey jemals für hochnäsig und herablassend gehalten hatte. Sie stand auf, als Clara ihre hübsche, hochgewachsene Tochter ins Zimmer holte.

»Hier bist du in den besten Händen«, sagte Clara zu ihr, und Mutter und Tochter umarmten einander.

Moira verspürte zu ihrer größten Verwunderung eine unbändige Freude in sich aufsteigen.

Beim Mittagessen mit ihrer Mutter in der Einkaufsmeile war Linda vor Begeisterung kaum zu bremsen.

»Ich verstehe überhaupt nicht, warum dir diese Frau jemals unsympathisch war. Sie war absolut *wunderbar*. Die Sache ist eigentlich ganz einfach. Man wendet sich an das Gesundheitsamt, die verweisen einen wiederum an die Adoptionsstelle, dort muss man jede Menge Formulare ausfüllen und Fragen beantworten, und dann wird das häusliche Umfeld begutachtet. Moira wollte wissen, ob uns die Nationalität des Kindes wichtig ist, was ich natürlich verneint habe. Es sieht so aus, als könnten wir tatsächlich Glück haben.«

»Ich freue mich ja so, Linda«, sagte Clara sanft.

»Deswegen solltet ihr eure Babysitter-Kenntnisse aufpolieren. Frank und du, meine ich«, fügte Linda mit unnatürlich glänzenden Augen hinzu.

Moira verließ die Klinik in bester Laune. Zum ersten Mal, so schien es, hatten ihre Talente Anerkennung gefunden. Es war eine dieser seltenen Gelegenheiten, bei denen die Betroffenen tatsächlich mit ihrer Sozialarbeiterin zufrieden waren.

Sie hatte Linda eindringlich davor gewarnt, dass die Mühlen der Bürokratie langsam mahlten, und ihr erklärt, dass es das Wichtigste sei, hartnäckig und ruhig zu bleiben und sich auf keinen Fall provozieren zu lassen. Linda war sehr zufrieden mit

Moiras Erklärungen gewesen, und – was noch wichtiger war – sogar Lindas Mutter hatte Moira in den höchsten Tönen gelobt. So etwas war ihr noch nie passiert.
Moiras Weg führte sie am Chestnut Court vorbei, und aus reiner Gewohnheit schweifte ihr Blick über die Fenster von Noels und Lisas Wohnung. Noel war sicher bei der Arbeit, aber vielleicht war Lisa zu Hause und packte. Sie würde bald nach London gehen. Aber es hatte keinen Sinn, sich Lisa jetzt aufzudrängen, um sich hinterher wieder den Vorwurf anhören zu müssen, spioniert zu haben. Moira wollte das gute Gefühl nicht aufs Spiel setzen, das sie aus der Klinik mitgenommen hatte, und deswegen ging sie weiter.

Gegen Mittag erhielt Emily einen Anruf. Es war Noel. Seine Stimme klang undeutlich, so als hätte er getrunken.
»Ist alles in Ordnung, Noel?«, fragte sie besorgt und mit klopfendem Herzen.
Eigentlich hätte er jetzt Frankie abholen sollen. Was war passiert?
»Ja. Alles bestens.« Er sprach wie ein Roboter. »Ich bin gerade im Zoo.«
»Im Zoo?«
Emily war verwirrt. Der Zoo lag meilenweit entfernt auf der anderen Seite der Stadt. Sie wusste nicht, ob sie entsetzt oder erleichtert sein sollte. Wenn Noel dort war, war er in Sicherheit. Aber was hatte er dort zwischen Löwen, Volieren und Elefanten zu suchen, statt seine Tochter abzuholen?
»Ja. Ich bin seit Jahren nicht mehr hier gewesen. Es gibt viel Neues zu sehen.«
»Sicher, Noel, das kann ich mir vorstellen.«
»Deshalb wollte ich dich fragen, ob Frankie noch ein bisschen länger bei dir bleiben kann, ja?«
»Natürlich.« Besorgt stimmte Emily zu.
War er betrunken? Er klang angespannt. Was konnte diesen Zustand ausgelöst haben?

»Bist du allein im Zoo?«
»Ja, im Moment schon.«

Immer wieder hatte Noel diese Gedanken hin und her gewälzt. Seit einem Jahr lebte er nun eine Lüge. Frankie war nicht seine Tochter. Gott weiß, wessen Kind sie war.
Er liebte sie wie sein eigenes Fleisch und Blut, keine Frage. Aber er hatte sie auch für sein Kind gehalten, das außer ihm keinen Menschen auf der Welt hatte. Sein Name stand auf ihrer Geburtsurkunde. Er hatte dieses Mädchen geliebt, es versorgt, gefüttert und seine Windeln gewechselt. Er hatte die Kleine beschützt und ihr ein behütetes Leben ermöglicht, umsorgt von Menschen, die sie liebten. Er hatte sie als seine Tochter angenommen. Bereute er dies nun?
Frankie war ein Jahr alt, ihre Mutter war tot. Was hätte sie für einen Start ins Leben, wenn er jetzt nichts mehr mit ihr zu tun haben wollte?
Aber brachte er es über sich, das Kind eines anderen als sein eigenes großzuziehen? Noel bezweifelte es. Sie war das Kind eines anderen, ein anderer Mann hatte sie gezeugt und sich dann seiner Verantwortung entzogen. Sollte er herausfinden, wer dieser Mann war? Oder würde er damit nur Zeit vergeuden?
Doch was wäre er für ein Mensch, wenn er jetzt kneifen würde? Könnte er Frankie im Stich lassen? Sie brauchte ihn jetzt ebenso sehr wie damals, als er das winzige, hilflose Baby aus der Klinik nach Hause geholt hatte.
Noel versuchte, sich ihre Wohnung – ihr Zuhause – vorzustellen: Frankies Spielsachen auf dem Fußboden, ihre Strampelanzüge, die zum Wärmen über den Heizkörpern hingen, ihre Fotos auf dem Kaminsims. Die Kindernahrung in der Küche, die Babylotionen im Badezimmer; er wusste jede Minute des Tages, wo Frankie sich aufhielt.
Ihm fiel wieder ein, welche Angst er ausgestanden hatte, als sie an jenem Abend vermisst worden war. Alle hatten sie gesucht,

so viele Menschen waren um ihre Sicherheit besorgt gewesen. Im Moment befand sie sich in der Obhut von Emily und Hat, und wenn sie in den Wohltätigkeitsladen gingen, würden sie sie mitnehmen. Seine eigenen Eltern sahen ihr Enkelkind in ihr. Frankie kannte jeden in der Nachbarschaft, alle waren Teil ihres Lebens, so wie sie Teil des ihren war. Wollte er dem allen nun ein Ende setzen?

Doch könnte er das Kind eines anderen Mannes aufziehen?

Er brauchte etwas zu trinken. Nur einen Drink, damit er wieder klarer sah.

Als Moira im St.-Jarlath's-Charity-Shop vorbeischaute und sich überrascht zeigte, dort Frankie schlafend in ihrem Buggy vorzufinden, ließ Emily sich nichts von ihren Sorgen anmerken.

»Um wie viel Uhr holt ihr Vater sie ab?«, fragte Moira.

Eigentlich wollte sie es gar nicht wissen, sondern fragte aus reiner Gewohnheit und um zu zeigen, dass sie – wie immer – alles unter Kontrolle hatte.

»Er kommt später vorbei«, erwiderte Emily mit einem zuversichtlichen Lächeln. »Suchen Sie etwas Bestimmtes, Moira? Sie haben wirklich einen ausgezeichneten Geschmack. Ich hätte hier eine sehr schöne Tasche für Sie – eine Mischung aus Handtasche und Aktenkoffer. Ich glaube, sie ist aus Marokko. Jedenfalls dem Muster nach zu schließen.«

Die Tasche war in der Tat sehr schön und genau richtig für Moira. Sie nahm sie in die Hand und überlegte. Aber bevor sie Geld für sich selbst ausgab, musste sie erst ein Geschenk für ihren Vater und Mrs. Kennedy finden. Vielleicht konnte Emily ihr dabei helfen.

»Eigentlich bräuchte ich ein Hochzeitsgeschenk, aber etwas Neues, das noch verpackt ist. Und zwar für ein schon etwas älteres Paar, das auf dem Land lebt.«

»Haben sie ein eigenes Haus?«, erkundigte sich Emily.

»Ja, das heißt, das Haus gehört ihr, und er lebt dort … Ich meine, er wird dort leben.«

»Ist sie eine gute Köchin?«
»O ja, das ist sie.« Moira wunderte sich über diese Frage.
»Dann braucht sie nichts für die Küche, weil sie bereits alles hat. Ich hätte hier eine hübsche Tischdecke, offensichtlich ein Geschenk, das nicht gut ankam. Wir könnten die Packung aufmachen und nachsehen, ob alles in Ordnung ist, und sie wieder verschließen.«
»Eine Tischdecke?« Moira war unsicher.
»Sehen Sie, das ist bestes Leinen, und das Blumenmuster ist handgemalt. Das wird ihr bestimmt gefallen. Ist sie eine enge Freundin von Ihnen?«
»Nein«, antwortete Moira. Dann wurde ihr klar, dass sie sich ziemlich abweisend anhörte. »Ich meine, sie wird meinen Vater heiraten«, fügte sie hinzu.
»Oh, ich bin sicher, dass Ihre künftige Stiefmutter sich über die Tischdecke freuen wird«, meinte Emily.
»Stiefmutter?« Moira verzog das Gesicht.
»Na, das ist sie doch dann, oder?«
»Ja, natürlich«, antwortete Moira hastig.
»Auf jeden Fall hoffe ich, dass die beiden glücklich werden«, sagte Emily.
»Ich denke schon. Es ist ein wenig kompliziert, aber sie passen gut zusammen.«
»Und das ist doch das Wichtigste.«
»Ja, in gewisser Weise schon, aber es gibt noch ein paar offene Fragen. Das ist schwer zu erklären, aber so ist es nun mal.«
»Wahrscheinlich gibt es so etwas überall«, meinte Emily diplomatisch.
Sie hatte nicht die geringste Ahnung, wovon Moira sprach.

Als Moira den Laden verließ, hatte sie sowohl die Tasche als auch das Tischtuch gekauft; allmählich entwickelte sie sich zu einer treuen Stammkundin.
Doch es gab etwas, das schwer auf ihrer Seele lastete. Mr. Kennedy hatte ein Recht darauf, zu erfahren, dass seine Frau in Lis-

cuan einen anderen Mann heiratete und dass dieser Mann der Vater seiner Sozialarbeiterin war.
Moira wusste, dass viele ihr raten würden, sich aus der Sache herauszuhalten. Alles wäre problemlos über die Bühne gegangen, wäre Mr. Kennedy nicht zufälligerweise Moira über den Weg gelaufen und hätte von ihr einen Wohnplatz in einem Heim zugewiesen bekommen. Aber sie konnte nun mal nicht so tun, als ob nichts geschehen wäre. Sie hatte Mr. Kennedy getroffen, und sie konnte es nicht auf sich beruhen lassen.

»Alles in Ordnung, Mr. Kennedy?«
Sie saßen im Tagesraum des Wohnheims.
»Miss Tierney. Heute ist doch gar nicht Ihr Tag.«
»Ich war gerade in der Gegend.«
»Ich verstehe.«
»Ich wollte mich nur erkundigen, ob es Ihnen hier auch wirklich gutgeht, Mr. Kennedy.«
»Aber das fragen Sie mich jede Woche, Miss Tierney. Es ist okay, das habe ich Ihnen schon gesagt.«
»Denken Sie nicht manchmal an Ihre Zeit in Liscuan zurück?«
»Nein. Ich bin doch schon so viele Jahre fort.«
»Das sagten Sie, aber würden Sie nicht gern dorthin zurückkehren? Würden Sie es nicht noch einmal mit Ihrer Frau versuchen wollen?«
»Glauben Sie nicht, dass sie nach all diesen Jahren eine Fremde für mich ist?«, fragte er.
»Aber einmal angenommen, sie will wieder heiraten, da sie davon ausgeht, dass Sie tot sind?«
»Nur zu. Ich hätte nichts dagegen einzuwenden.«
»Das würde Ihnen nichts ausmachen?«
»Ich habe meine Entscheidung getroffen, als ich damals von Liscuan wegging. Maureen ist frei, die ihre zu treffen.«
Moira betrachtete ihn. Das war gut – aber dennoch war sie noch in der Verantwortung. Sie wusste noch immer Bescheid. Sie musste es ihm sagen.

»Mr. Kennedy, es gibt etwas, das ich Ihnen sagen muss«, begann sie.
»Machen Sie sich deswegen mal keine Sorgen«, erwiderte er.
»Nein, bitte, Sie müssen mir zuhören. Die Dinge liegen nicht so einfach, wie Sie sich das vielleicht vorstellen. Die Situation ist heikel.«
»Miss Tierney, das weiß ich doch alles«, sagte er.
Einen verzweifelten Moment lang dachte sie tatsächlich, dass er es wusste, aber es war unmöglich, dass er über das Leben in Liscuan im Bilde sein konnte. Er war seit Jahren im Exil.
»Nein, warten Sie, Sie müssen mir zuhören …«, setzte sie erneut an.
»Ich weiß alles. Ich weiß, dass Ihr Vater in unser Haus gezogen ist und jetzt Maureen heiraten wird. Und warum auch nicht?«
»Weil Sie immer noch ihr Ehemann sind«, stammelte Moira.
»Sie halten mich für tot, und das bin ich auch für sie.«
Moira staunte nicht schlecht. »Sie haben es die ganze Zeit über gewusst?«
»Ich habe Sie sofort erkannt. Ich kann mich noch gut an Sie erinnern, Sie haben sich kein bisschen verändert. Sie sind immer noch tüchtig und zupackend. Sie hatten keine schöne Kindheit.«
Dieser Mann, der die letzten Jahre seines Lebens in einem Männerwohnheim verbringen würde, bemitleidete *sie*. Moira hatte das Gefühl, als schwankte die Erde unter ihren Füßen.
»Sie sind sehr gut zu mir, aber im Ernst, wir sollten die Dinge auf sich beruhen lassen. So richten wir am wenigsten Schaden an.«
»Aber …«
»Nichts aber. Belassen Sie es dabei. Lassen Sie die beiden heiraten, und erwähnen Sie mich nicht.«
»Aber woher wussten Sie das?« Moiras Stimme war fast ein Flüstern.
»Ich hatte einen Freund, mit dem ich in Verbindung geblieben war. Er hielt mich auf dem Laufenden.«

»Und ist Ihr Freund noch in Liscuan?«
»Nein, er ist inzwischen gestorben, Moira. Jetzt wissen nur noch Sie und ich es.«
Geheimnisse sind ein großer Gleichmacher, dachte Moira. Plötzlich nannte er sie nicht mehr Miss Tierney.

Linda erzählte ihrer Mutter, dass Moira Wort gehalten hatte. Sie hatte hier einen Termin vereinbart und dort eine Begegnung arrangiert, und jetzt lief die Sache. Ohne Moira hätten sie und Nick sich im Dschungel der Bürokratie verlaufen, meinte Linda. Sie schien keine Hindernisse für sie zu sehen, und das war das Beste, was man über eine Sozialarbeiterin sagen konnte.
»Ich verstehe einfach nicht, warum ihr sie nicht mögt«, sagte Linda. »Ich habe noch nie jemanden kennengelernt, der so hilfsbereit ist.«
»Sie geht wirklich in ihrem Beruf auf«, stimmte Clara ihr zu. »Aber in Urlaub würde ich mit ihr nicht fahren wollen. Irgendwie schafft sie es immer, jeden zu beleidigen und vor den Kopf zu stoßen.«
Frank pflichtete ihr bei. »Sie ist eine Frau, die niemals lächelt«, meinte er missbilligend. »Das ist eine Charakterschwäche.«
»Sie hatte immerhin die Charakterstärke, sich zu weigern, für dich zu spionieren, als sie in die Klinik kam«, erwiderte Clara munter. »Das ist ein weiterer Punkt zu ihren Gunsten.«
»Ich glaube, sie hat mich damals missverstanden …«
Frank wollte keinen Unfrieden.

Es war neun Uhr abends, als Noel und Malachy bei Emily und Hat auftauchten, um Frankie abzuholen.
Noel war bleich, aber gefasst. Malachy hingegen wirkte sehr müde.
»Ich bleibe heute Nacht im Chestnut Court«, sagte er zu Emily.
»Das ist gut. Lisa hat schon alle ihre Sachen abgeholt, also dürfte es ein wenig einsam in der Wohnung werden«, erwiderte Emily zurückhaltend.

Als Frankie, die bereits fest geschlafen hatte, aufwachte, freute sie sich, im Zentrum der allgemeinen Aufmerksamkeit zu stehen.

»Dada!«, sagte sie zu Noel.

»Ganz recht«, antwortete er mechanisch.

»Ich habe Frankie gerade erklärt, dass ihre Großmutter und ihr Großvater einen hübschen kleinen Garten bauen werden, wo sie und alle ihre Freunde spielen können.«

»Wunderbar«, meinte Malachy.

»Ja«, sagte Noel.

»Deine Eltern werden nächsten Woche den ersten Spatenstich für den Kinderspielplatz mit einer feierlichen Zeremonie begehen. Und danach geht die Arbeit los.«

»Aha«, sagte Noel.

Malachy brachte die beiden nach Hause. Die ganze Zeit über plapperte Frankie in ihrem Buggy vor sich hin – Wörter, die zwar erkennbar waren, aber keinerlei Sinn ergaben.

Noel schwieg. Er war zwar körperlich anwesend, aber nicht geistig; man merkte ihm deutlich an, dass etwas anders war als sonst. Frankie war noch dasselbe Kind, das sie an diesem Morgen gewesen war, aber alles andere hatte sich verändert, und er hatte noch nicht die Zeit gehabt, sich an diese Vorstellung zu gewöhnen.

Malachy schlief auf dem Sofa. In der Nacht hörte er, wie Frankie zu weinen anfing und wie Noel aufstand, um die Kleine zu beruhigen und zu trösten. Der Mondschein fiel auf Noels Gesicht, als er sich hinsetzte und das Kind auf dem Arm hielt. Malachy sah die Tränen auf seinem Gesicht.

Moira nahm den Zug nach Liscuan. Am Bahnhof wurde sie von ihrem Bruder Pat und Erin O'Leary abgeholt.

»Wer kümmert sich denn um die Tankstelle?«, fragte sie.

»Wir haben jede Menge Hilfe von unseren Nachbarn. Alle freuen sich, dass wir zu der Hochzeit eures Vaters gehen.«

Erin sah sehr elegant aus in einem rosa- und cremefarbenen

Komplet und mit einer großen rosafarbenen Rose im Haar. Neben ihr fühlte Moira sich trotz ihres besten Kostüms wie ein Mauerblümchen. Als ihr Blick auf Erins zierliche, mädchenhafte Handtasche fiel, wünschte sie sich, sie hätte nicht ihre seriöse Aktentasche mitgebracht. Doch jetzt war es zu spät zum Umziehen. Sie müssten sich ohnehin beeilen, um noch rechtzeitig zu der Trauung zu kommen.

Ungefähr fünfzig Personen warteten vor der Kirche.

»Heißt das, alle diese Leute wissen, dass unser Vater heute heiratet?«, fragte sie Pat.

»Ja, und alle freuen sich für ihn«, erwiderte Pat. So einfach war das.

Moira wappnete sich dagegen, die gesamte Zeremonie, die Messe und den päpstlichen Segen in dem Wissen durchzustehen, dass sie der einzige Mensch war, der die ganze Geschichte kannte. Als der Priester zu der Stelle mit der Frage kam, ob es einen Grund gebe, weshalb diese beiden Menschen nicht im Bund der Ehe vereint sein sollten, schwieg Moira.

Die Geschenke waren in einem der Empfangsräume im Stella Maris aufgebaut, und alle schienen das handgemalte Tischtuch sehr zu bewundern. Maureen Kennedy, jetzt Maureen Tierney und ihre Stiefmutter, nahm Moira beiseite.

»Dieses Geschenk war wirklich sehr aufmerksam von dir. Ich hoffe, dass du jetzt, da unsere Situation geklärt ist, einmal zu uns kommst und bei uns übernachtest, und dann decken wir den Abendbrottisch mit diesem schönen Tischtuch.«

»Das wäre schön«, erwiderte Moira leise.

Faith war drei Tage fort gewesen, und als sie zurückkam, eilte sie sofort in das Zimmer, um Frankie hochzuheben.

»Ich habe dir auch ein paar ganz süße kleine Stiefelchen mitgebracht«, sagte sie zu der Kleinen und drückte sie an sich.

»Das Kind hat viel zu viele Klamotten«, murrte Noel.

»Ach, Noel, das sind doch wirklich schöne Schuhe – schau sie nur an!«

»In einem Monat sind sie ihr bestimmt schon wieder zu klein«, nörgelte er.
Alle Freude wich aus Faith' Gesicht.
»Entschuldige, aber passt dir etwas nicht?«
»Ich finde es nicht so toll, dass dieses Kind von aller Welt mit Klamotten überhäuft wird. Das ist alles.«
»Ich bin nicht ›alle Welt‹, und ich überhäufe sie nicht mit Klamotten. Sie braucht dringend Schuhe, um am Samstag zu der Spatenstichfeier für den Kindergarten zu gehen.«
»O Gott – das habe ich ganz vergessen.«
»Das lass mal deine Eltern besser nicht wissen. Schließlich ist das der Höhepunkt ihres Jahres.«
»Werden viele Leute kommen?«, fragte Noel.
»Noel, ist alles in Ordnung? Du siehst irgendwie anders aus, als ob dir etwas zugestoßen wäre.«
»Das ist es auch in gewisser Weise«, erwiderte er.
»Willst du darüber reden?«
»Nein, nicht im Moment. Ist das in Ordnung? Tut mir leid, wenn ich so barsch war. Die Schuhe sind wirklich schön. Frankie wird damit am Samstag sicher für Aufsehen sorgen.«
»Ganz bestimmt wird sie das – soll ich uns jetzt was zu essen kochen?«
»Eine Frau wie dich muss man wirklich lange suchen, Faith.«
»Ich weiß«, sagte sie und ging in die Küche.
Noel zwang sich zu einer freundlichen Miene, während Frankie mit großer Konzentration die kleinen pinkfarbenen Stiefelchen aus dem Karton holte. Warum konnte sie nicht sein Kind sein?
In der Küche schaute Noel Faith dabei zu, wie sie in Minutenschnelle ein Essen auf den Tisch zauberte. Er hätte viel länger dafür gebraucht.
»Du hast Frankie so gern, als wäre sie dein eigenes Kind, nicht wahr?«, fragte er.
»Natürlich. Ist es das, was dich bedrückt? Sie ist gewissermaßen auch mein Kind, da ich mehr oder weniger mit ihr zusammenwohne und dir helfe, sie großzuziehen.«

»Aber es macht dir nichts aus, dass sie nicht deine leibliche Tochter ist?«
»Worauf willst du hinaus, Noel? Ich liebe dieses Mädchen. Ich bin verrückt nach der Kleinen – weißt du das denn nicht?«
»Ja, aber du hast von vornherein gewusst, dass sie nicht dein Kind ist«, erwiderte er traurig.
»Ah, jetzt weiß ich, worum es geht. Das ist dieser Floh, den Moira dir ins Ohr gesetzt hat und der in deinem Kopf allerlei Unfug anrichtet. Verjag ihn, Noel. Du bist Frankies Vater, ein ganz großartiger sogar.«
»Einmal angenommen, ich hätte einen DNA-Test machen lassen und erfahren, dass sie nicht mein Kind ist – was dann?«
»Du würdest dieses wunderbare Kind mit einem DNA-Test beleidigen wollen? Noel, du weißt nicht, was du da sagst. Und was würde es schon ausmachen, was dieser Test ergibt?«
In dem Moment hätte Noel es ihr erzählen können. Er hätte zu der Schublade gehen und den Brief mit den Ergebnissen herausholen können. Er hätte ihr gestehen können, dass er den Test gemacht hatte und dass Frankie nicht von ihm war. Diese Frau war die einzige, der er sich jemals so nahe gefühlt hatte, um sogar eine Heirat in Betracht zu ziehen. Sollte er dieses große Geheimnis mit ihr teilen?
Stattdessen zuckte er die Schultern.
»Du hast wahrscheinlich recht. Nur ein sehr misstrauischer Mensch würde diesen Test machen.«
»Das klingt schon mehr nach dir«, erwiderte Faith beruhigt.

Nachdem Faith gegangen war, blieb Noel noch lange am Tisch sitzen. Vor ihm lagen drei Umschläge: Der eine Brief enthielt das Ergebnis des DNA-Tests, den zweiten Brief hatte Stella ihm vor ihrem Tod hinterlassen, und der dritte war von ihr an Frankie gerichtet.
Früher, in jenen dunklen Tagen, als er noch stündlich darum kämpfen musste, die Finger vom Alkohol zu lassen, war er oft versucht gewesen, den Brief an Frankie zu öffnen. In jenen Ta-

gen hatte er nach einem Grund gesucht, um weiterzumachen, nach etwas, das ihm Kraft gab. Heute wollte er den Brief lesen, für den Fall, dass Stella ihrer Tochter den Namen ihres richtigen Vaters genannt hatte.

Doch etwas hielt ihn davon ab, vielleicht ein Sinn für Fairplay. Aber das war natürlich Unsinn. Stella hatte gewiss nicht fair gespielt. Aber wenn er den Brief damals nicht geöffnet hatte, dann würde er ihn heute auch nicht aufmachen.

Was hatte Stella nur von alledem gehabt? Ein kurzes, rastloses Leben, viel Schmerz und Angst, keine Familie, keine Freunde. Sie hatte ihr Kind nie gesehen oder seine Ärmchen um ihren Hals gespürt. Noel hatte all das gehabt und noch viel mehr.

Noch vor einem Jahr – was hatte da für Noel gesprochen? Nicht viel. Als Alkoholiker in einem aussichtslosen Job, ohne Freunde und ohne Hoffnung, hatte sich dieser Zustand für ihn erst mit Frankie geändert. Wie einsam und verängstigt musste Stella sich in dieser letzten Nacht ihres Lebens gefühlt haben.

Noel griff nach dem Brief, den sie ihm im Krankenhaus geschrieben hatte.

»*Sag Frankie, dass ich kein schlechter Mensch war …*«, hatte sie geschrieben. »*Und richte ihr aus, dass wir beide für sie da gewesen wären, wenn es anders gekommen wäre …*«

Noel straffte seine Schultern.

Er war Frankies Vater in allen wichtigen Belangen. Vielleicht hatte Stella einen grundlegenden Fehler gemacht. Wer konnte schon Aussagen über das Leben anderer Menschen treffen? Und einmal angenommen, Stella wachte tatsächlich von oben über Frankie, dann wollte er ihr nicht den Schmerz zufügen, dass er ihr Kind im Alter von zwölf Monaten im Stich ließ.

Noel hatte dieses Kind gestern geliebt, und heute liebte er es nicht weniger. Er würde Frankie immer liebhaben. So einfach war das.

Er griff über den Tisch und schob die beiden Briefe von Stella wieder zurück in die Schublade. Den Umschlag mit den Ergebnissen des DNA-Tests zerriss er in tausend kleine Stücke.

Es war ein prächtiger Tag für den Spatenstich. Charles und Josie legten die Hand auf die Schaufel und stachen in die Erde des kleinen Stückes Land, das sie sich für den Kinderspielplatz gesichert hatten. Alle klatschten, und Father Flynn sprach seine üblichen Worte über die fruchtbaren Resultate, die einem gemeinschaftlichen Engagement entsprangen.

Unter den Zuschauern waren auch ein paar von Mutties Pub-»Kollegen«. Einen konnte man murren hören, dass er viel lieber eine Statue von Muttie und Hooves hier sähe als die eines lange verstorbenen Heiligen, über den niemand etwas wusste.

Lizzie hatte den Arm um Simon gelegt, der in der Woche darauf nach New Jersey fliegen würde, aber versprochen hatte, spätestens nach drei Monaten wieder zurückzukommen und ihnen zu berichten, wie es dort drüben war. Daneben standen Maud und Marco, der sich Hoffnungen auf eine Hochzeit im Frühjahr machte, aber Maud wiegelte ab, dass sie es nicht eilig habe mit dem Heiraten.

»Dein Großvater hat mir seinen Segen zu unserer Hochzeit gegeben«, flüsterte Marco ihr zu.

»Ja, aber er hat nicht gesagt, *wann* du mich heiraten sollst«, erwiderte Maud ebenso leise, aber bestimmt.

Natürlich waren auch Declan, Johnny und Fiona, der man die Schwangerschaft inzwischen deutlich ansah, unter den Zuschauern, zusammen mit Declans Eltern und dem Hund Dimples. Dimples verband eine wahre Hassliebe mit dem kleinen Spaniel Cäsar. Dimples hatte nichts gegen Cäsar, er war ihm einfach nur zu klein, um als anständiger Hund zu gelten.

Auch Emily und Hat, die mittlerweile zum Inventar des St. Jarlath's Crescent gehörten, durften nicht fehlen, und man erinnerte sich kaum noch an eine Zeit, als die beiden nicht zusammen gewesen waren. Emily versuchte, sich zu merken, was alles gesagt wurde, da sie Betsy am Abend in einer E-Mail alles berichten und ihr Fotos schicken wollte. Auch Betsy war dieser kleinen verschworenen Gemeinschaft inzwischen rettungslos verfallen und wollte über alles auf dem Laufenden gehalten werden. Sie und Eric beabsichtigten, im nächsten Jahr auf jeden Fall wiederzukommen und ihre neu geknüpften Kontakte zu pflegen.

Emily dachte an den ersten Tag zurück, als sie in dieser Straße angekommen war und von den Plänen ihres Onkels und ihrer Tante erfahren hatte, eine riesige Statue zu errichten. Schon erstaunlich, wie so ganz anders und dennoch positiv sich das alles gefügt hatte.

Noel und Faith unterhielten sich, während Frankie allen stolz ihre neuen pinkfarbenen Stiefelchen zeigte. Jemand machte Noel darauf aufmerksam, dass eines der Häuser im Crescent in Kürze zum Verkauf stand. Vielleicht könnten er und Faith es erwerben, dann wäre Frankie in der Nähe des Spielplatzes. Eine wahrhaft verlockende Idee.

Und während sie gemeinsam zu Emilys und Hats Haus zurückgingen, wo Tee und Kuchen auf sie warteten, spürte Noel, wie ihm eine Last von den Schultern fiel. Er kam an dem Haus vorbei, in dem Paddy und Molly Carroll sich abgeschuftet hatten, um ihrem Sohn ein Medizinstudium zu ermöglichen, und dann an Mutties und Lizzies Haus, in dem die Zwillinge ein besseres Zuhause gefunden hatten, als sie es sich jemals erträumt hätten. Noel musste unwillkürlich schlucken, als ihm klarwurde, dass so viele Dinge nicht mehr von Bedeutung waren.

Frankie wollte den Weg zu Emily unbedingt zu Fuß zurücklegen, obwohl sie das noch gar nicht konnte. Faith folgte ihr sicherheitshalber mit dem Buggy, aber Frankie gab nicht so leicht auf, sondern hielt sich an Noels Hand fest und jauchzte immer wieder »Dada«. Kurz vor Hats Haus gaben ihre kurzen Beinchen jedoch nach, und Noel nahm sie rasch auf den Arm.

»Braves Mädchen, du bist Daddys braves kleines Mädchen«, wiederholte er ein ums andere Mal.

Der Druck in seiner Brust hatte nachgelassen, und das schreckliche Gefühl, einen langen, dunklen Korridor entlangzulaufen, war verschwunden. Noch heute Abend würde er Malachy anrufen, und dann wäre er für alles bereit. Noel legte den Arm um

Faith' Schulter und führte seine kleine Familie in das Haus, um mit den anderen Tee zu trinken.

Meine allerliebste Frankie, meine schöne Tochter, ich werde dich niemals sehen oder kennenlernen, aber ich liebe dich unendlich. Ich habe darum gekämpft, für dich am Leben zu bleiben, aber ich habe es nicht geschafft. Ich habe einfach zu spät damit angefangen, weißt du. Hätte ich gewusst, dass ich einmal ein kleines Mädchen haben würde, für das es sich zu leben lohnt … Aber für Wünsche dieser Art ist es jetzt viel zu spät. Stattdessen erhoffe ich mir für dich das Beste, was das Leben dir zu geben vermag. Ich wünsche dir Mut – davon habe ich jede Menge. Zu viel, würde der eine oder andere vielleicht sagen! Ich hoffe, dass du niemals so töricht und waghalsig sein wirst, wie ich es war. Stattdessen wünsche ich dir Frieden und die Liebe guter Menschen, die für dich da sein und dich glücklich machen werden. Es ist Abend, und ich sitze hier in einer Abteilung des Krankenhauses, in der niemand schlafen kann. Es ist meine letzte Nacht auf dieser Welt, und morgen wird dein erster Tag sein. Ich wünschte, wir hätten uns kennenlernen dürfen.

Doch eines weiß ich. Noel wird ein großartiger Vater sein. Er ist sehr stark und kann es kaum erwarten, dir morgen zu begegnen. Seit Wochen bereitet er sich auf diesen Augenblick vor. Er lernt, wie er dich zu halten, zu füttern, deine Windeln zu wechseln hat. Er wird dir ein zärtlicher Vater sein. Mein Gefühl sagt mir, dass du das Licht seines Lebens sein wirst.

So viele Menschen erwarten dich morgen. Sei meinetwegen nicht traurig, du hast meinem Leben letztendlich einen Sinn gegeben!

Lebe wohl und werde glücklich, kleine Frankie. Lache viel und sei voller Vertrauen.

Und vergiss nie, dass deine Mutter dich aus tiefstem Herzen geliebt hat.

Stella

DANKSAGUNG

Ich möchte meiner Lektorin Carole Baron und meiner Agentin Chris Green danken, die mir beim Schreiben dieses Buches eine große Hilfe waren und mir als gute Freundinnen zur Seite standen.

Maeve Binchy

Sommerleuchten

Roman

Mountfern ist eine verschlafene kleine irische Stadt, in der stets alles seinen gewohnten Gang geht. Die Menschen hier kümmern sich um sich selbst – und um die Angelegenheiten ihrer Nachbarn. Doch plötzlich taucht eines Sommers der reiche Patrick O'Neill auf, der aus dem verfallenen Gut Fernscourt, das bisher nur als Kinderspielplatz diente, ein elegantes Hotel für wohlhabende Amerikaner machen will. Der ehemals friedliche Ort spaltet sich schnell in Anhänger und erbitterte Feinde dieses Plans, und am Ende des Sommers haben neu entstandene Allianzen und aufgeflammte Leidenschaften das ruhige Leben in Mountfern zerstört.

»Wie klug und witzig Maeve Binchy ist!«
Irish Times

KNAUR TASCHENBUCH VERLAG

Maeve Binchy

Wege des Herzens

Roman

Clara Casey hat Sorgen mit ihren Töchtern: Adi kämpft ständig gegen oder für etwas, während ihre Schwester Linda von einer Beziehung in die andere stolpert. Clara selbst muss außerdem mit den Anforderungen ihres neuen Jobs fertig werden, denn sie wurde eben zur Chefärztin in einer Dubliner Klinik ernannt. Leider ist der smarte Verwaltungschef Frank damit nicht sehr glücklich. Doch Clara lässt sich nicht unterkriegen.

»Ihre Liebesgeschichten stecken so voller echtem und ungeschminktem Leben, dass es Spaß macht, daran teilzuhaben. Maeve Binchy vermittelt während des Lesens Wärme, Freude und Glück. Was will man mehr?«

Denglers-buchkritik.de

Maeve Binchy

Straße ins Glück

Roman

Das irische Städtchen Rossmore scheint am Ende der Welt zu liegen – und doch beherbergt es einen Schatz, zu dem viele Menschen pilgern: die Quelle der heiligen Anna, die angeblich Wunder wirkt und durch die schon so mancher Wunsch in Erfüllung ging. Doch nun ist eine neue Straße geplant – und die Quelle soll verschwinden. Die Einwohner von Rossmore sind gespalten: Die einen glauben an die wundertätigen Kräfte der Quelle, die anderen halten das für puren Aberglauben. Selbst der junge Kaplan Brian Flynn weiß nicht, wen er unterstützen soll: die Familie von Neddy Nolan etwa, auf dessen Land die Straße verlaufen soll und dem man viel Geld als Entschädigung angeboten hat? Kaplan Brian lernt seine Schäfchen von einer völlig neuen Seite kennen, und Neddy Nolan, im Ort eher als unbedarft und bescheiden bekannt, entwickelt ungeahnte Geisteskräfte – dank der Liebe …

»Ein echtes Lesevergnügen!«
www.lbib.de

KNAUR TASCHENBUCH VERLAG